M

몬스트러몰로지스트 2

웬디고의 저주

THE CURSE OF THE WENDIGO
by Rick Yancey

Korean translation edition is published by arrangement with Simon Schuster Books For Young Readers, an imprint of Simon & Schuster Children's Publishing Division through KCC.

릭 얀시
박슬라 옮김

몬스트러몰로지스트 2
웬디고의 저주

CURSE OF THE WENDIGO

황금가지

감사의 말 —— 9

프롤로그: 2009년 9월 —— 15

4권 황량함 —— 25

1장 "나는 도대체 뭘까, 윌 헨리?" —— 27

2장 "그렇다면 내가 해 줄 수 있는 일은 없군." —— 42

3장 "아주 끈질긴 사냥꾼이지." —— 54

4장 "그는 나의 둘도 없는 친우였다. 오, 그렇지만 나는 정말 그가 미웠지!" —— 65

5장 "평생 후회할 거요." —— 79

6장 "완전히 다른 종." —— 87

7장 "두려워할 필요 없어요." —— 101

8장 "나는 내 친구를 찾으러 왔소." —— 115

9장 "내가 그를 지겠소." —— 127

10장 "그건 사람을 폐인으로 만들 수 있단다." —— 138

11장 "하늘 높이 비상했건만 바닥으로 추락했다." —— 154

12장 "네가 할 수 있는 유일한 쓸모 있는 일." —— 173

13장 "진정한 위험." —— 186

5권 풍요로움 203

14장 "거기서 구해 온 사람." 205
15장 "우리는 서로에게 늘 정직해야 한다." 222
16장 "당신을 여기서 볼 수 있어 기쁘군." 231
17장 "이히 하베 디히 아우흐 페르미스트." 251
18장 "제가 살아야 될 이유가 있나요?" 281
19장 "내가 누구를 배신했는데." 301

6권 보상 319

20장 "아름다운 날." 321
21장 "그를 발견할 것 같지는 않군요." 335
22장 "일생일대의 특종." 350
23장 "알아챘어야 하는데." 380
24장 "그는 내게 보여 주고 싶었던 거다." 393
25장 "유일한 희망." 409
26장 "그도 우리와 크게 다를 바가 없는 사람입니다." 424
27장 "물." 438
28장 "찾았습니다." 458
29장 "내가 줄 수 있는 선물이 있었건만." 469

에필로그: 2009년 11월 486

내게 어둠 속 빛이 되어 준 샌디를 위해.

감사의 말

윌 헨리의 일기를 두 번째로 편집하는 일은 첫 번째 책을 출간할 때보다도 더 힘든 작업이었다. 전반적으로 관련 사료가 훨씬 풍부하여 사실 여부를 일일이 검토해야 했기 때문이다. 그 점에 있어 신중하고 꼼꼼한 사실 확인 작업을 해 준 조너선 디조반니와 교열 담당자 베라 맥닐에게 감사한다.

실비 블룸 리드 박사와 해너 플립, 그리고 린다 키튼도프는 이 책에서 사용된 여러 언어를 조사하는 데 큰 도움을 주었다.

제프리 월트 박사는 『괴물학자와 제자』에서 인간의 신체 구조에 대해 식견을 제공해 주었다. 나 같은 비전문가의 터무니없는 질문에도 늘 변함없는 인내심과 유쾌함을 발휘해 준 그는 참으로 귀한 보물이다.

내 에이전트인 브라이언 드피오레는 이 프로젝트에 무한한 열정을 쏟았을 뿐만 아니라 최초의 독자가 되어 주기도 했다. 그는 편집 과정 내내 유용한 의견을 제시하고 막다른 길에 몰릴 때마다 새로운 길로 인도해 주었다. 그가 내 에이전트라니 행운이 아닐 수 없으며 그를 친구라고 부를 수 있다는 데 자부심을 느낀다.

이 책을 작업하는 동안 가족들이 보여 준 무한한 배려와 인내심, 지지에 대해 얼마나 감사하고 있는지는 어떤 말로도 온전히 표현할 수 없다. 내 아들들은 언제나 내 작품의 가장 열렬한 팬이 되어 주었다. 고맙다, 얘들아.

그러나 내가 가장 큰 빚을 지고 있는 이는 이 책을 헌정한 주인공이자 내 아내인 샌디다. 그녀의 사랑과 적극적인 헌신, 그리고 타협을 모르는 정직성이 없었다면 나는 어디로 가야 할지 몰라 끝없이 방황했을 것이다. 그녀는 나의 가장 친한 친구다.

끔찍한 인디언 살인사건

위니펙, 12월 14일. 인디언 수사관 쇼트가 베런스 강 보호구역에서 12킬로미터 떨어진 곳에서 발생한 끔찍한 살인사건에 관한 소식을 전해 왔다. 장티푸스를 앓던 인디언 여인이 정신착란을 일으키자, 그녀가 '웬디고'가 되었다고 생각한 남편은 그녀가 다른 부족민들을 잡아먹기 전에 죽여야 한다고 결심하고 아내의 머리를 비틀어 목뼈를 부러뜨렸다. 인디언 피의자는 살인 혐의로 수감되었다.

—《뉴욕타임스》, 1897년 12월 15일 자

추장의 명령에 따라 총을 쏘다

위니펙, 매니토바. 10월 27일. 오타와 주 캐나다 자치령 경찰 소속 R. G. 체임벌린과 쉘 호(湖)의 인디언 수사관 B. J. 배널라틴이 세 명의 인디언을 체포하여 오늘 도착했다. 그중 두 명은 지난겨울 디노로워에서 약 550킬로미터 동북쪽에 있는 캣 호에서 그들 부족의 추장을 총으로 쏘아 죽인 혐의를 받고 있다. 두 죄수가 들려준 사연은 다음과 같다.

'아와나케미그'라는 이름의 캣 호 인디언 추장이 '웬디고'가 되었거나 실성하여 죄수들에게 자신을 총으로 죽이도록 명령했다. 부족의 원로회가 소집되어 이틀간 논의를 벌인 끝에 추장의 명령에 따라야 한다는 결론을 내렸다. '웬디고'는 천막에 누워 몸의 어떤 부위를 쏴야 할 것인지 손으로 가리켜 주었다.

그가 죽은 후에는 장작을 쌓고 시신에 불을 붙여 이틀간 태웠는데 인디언들의 믿음에 따르면 추장의 사악한 영혼을 완전히 파괴하기 위해서였다고 한다. 배널라틴은 이 같은 사실을 보고받았으나 캣 호 부족은 정부와 조약을 맺지 않았기에 이 사건을 수사하기 전에 특별법을 승인받아야 했다.

체임벌린 치안관은 쉘 호에서 배널라틴과 두 명의 길잡이와 합류하여 20일 동안 왕복 1100킬로미터를 이동했다. 체포된 두 인디언은 재판을 받기 위해 오늘 우리 시(市)에 도착했다.

프롤로그

2009년 9월

그 독자는 퇴직한 중학교 영어 교사로, 2001년에 어머니가 요양원에 입주했다고 했다. 그 후로 5년 동안 그녀는 앨라추아 카운티에서 게인즈빌까지 30분을 운전해 어머니를 방문했다. 날씨가 화창한 날이면 두 사람은 양로원의 두 거주병동 사이에 있는 조약돌 깔린 안뜰에 앉아 이야기를 나누곤 했는데, 오늘 그녀는 나와 함께 그곳에 앉아 있었다. 안뜰 중앙에서는 분수대가 물을 뿜고, 그 주위에는 무더운 플로리다 기후에 녹이 스는 것을 방지하기 위해 페인트를 거듭 덧칠한 카페식 야외 테이블이 삼면을 둘러싸고 있었다. 벌써 느지막한 9월인데도 공기는 여전히 후텁지근하고 기온은 32도를 육박했다. 그늘 밑에 있었는데도 말이다.

독자의 모친은 2006년에 돌아가셨지만 그녀는 이곳에서 자원봉사자로 일하며 매주 가족이 없거나 있더라도 거의 찾아오지 않는 노인에게 책을 읽어 주고 있었다. 그녀의 이름과 연락처는 요양원 원장이 알려 주었다. 그는 자신이 아는 한 윌리엄 헨리 제임스라는 이름을 가진 노인은 다른 입주자들과 가깝게 지내지 않았다고 했다. 그가 여기 살던 동안 유일한 방문객이라고는 지금 내 맞은편에 앉아 커다란 컵에서 얼음이 다 녹아 버린 아이스티를 홀짝이고 있는 자원봉사자뿐이었다. 원장은 어쩌면 그녀가 도움이 될지도 모른다고 말했다.

"전 도움이 안 될 거예요." 하지만 그녀는 이렇게 말했다.

"평소에 무슨 말을 하진 않던가요?" 내가 물었다.

"자기 이름하고 태어난 연도뿐이었죠."

"1876년 말이죠."

그녀는 고개를 끄덕였다. "그래서 제가 자주 놀리곤 했어요. '어머나 할아버지, 그때 태어나셨을 리가 없어요.' 그러면 그분은 고개를 끄덕이고는 다시 똑같은 말을 하곤 했죠."

"책을 읽어 줄 때는 어땠나요?"

"그냥 멍하니 앉아 있었어요. 가끔은 졸기도 했고."

"실은 내용을 귀담아듣고 있다는 느낌은 안 들었고요?"

"내용은 별로 중요한 게 아니었어요." 그녀가 말했다.

"그럼 뭐가 중요했던 겁니까?"

"사람이죠. 그분한테는 아무도 없었어요. 매주 화요일 오후 2시에 찾아오는 저를 빼면요."

그녀는 음료를 한 모금 마셨다. 분수대가 콸콸 물줄기를 뿜었다. 받침대 밖으로 물이 넘쳐 돌 위로 물방울이 튀었다. 분수대는 안뜰 중앙에서 살짝 한쪽 옆으로 치우쳐 있는 폭신한 모래땅 위에 세워져 있었다. 분수대 건너편에는 요양원에 살고 있는 남녀 노인 한 쌍이 야외용 탁자에 앉아 서로 손을 꼭 잡은 채 물줄기 위에서 너울거리는 빛의 유희를 바라보고 있었다. 혹은 적어도 그런 것처럼 보였다. 그녀가 고갯짓으로 그들을 가리켰다.

"하긴, 한동안은 저분도 있었죠."

"저분이라니, 누굽니까?"

"릴리언이라고 해요. 윌리엄 할아버지의 여자 친구죠."

"여자 친구요?"

"윌리엄 할아버지만 사귄 건 아니고요. 제가 여기서 봉사하는 동안 사귄 입주자만 열두 명은 될걸요." 그녀가 짧게 웃었다. "알츠하이머를 앓는 분이에요. 그래서 이 남자 저 남자 옮겨 다니며 몇 주간 찰떡같이 붙어 있다가 흥미를 잃으면 다른 남자를 '골라' 떠나버린답니다. 직원들은 릴리언을 '매정한 여인'이라고 불러요. 어떤 할아버지들은 릴리언이 떠나면 크게 상심하죠."

"윌리엄도 그랬나요?"

그녀는 고개를 저었다. "그건 잘 모르겠네요. 윌리엄은……." 그녀는 적절한 표현을 찾아 고심했다. "때때로 저는 그분이 자폐증이 있을지도 모른다고 생각했어요. 치매에 걸린 게 아니라 그냥 평생 동안 자폐를 앓은 건 아닐까 하고요."

"그 사람은 자폐증이 아니었습니다."

그녀는 릴리언과 그녀의 남자 친구로부터 눈을 떼고 눈썹을 추켜세우며 나를 쳐다보았다. "그래요?"

"그분이 돌아가신 뒤에 침대 밑에 숨겨 놓은 낡은 공책을 발견했어요. 일기나 회고록 같은 거였는데 여기 오기 전부터 쓰고 있었던 것 같더군요."

"그래요? 그럼 저보다 당신이 그분에 대해 더 잘 알겠네요."

"그분이 쓴 건 읽었지만 그분에 대해선 전혀 모르겠더군요." 나는 신중하게 말을 골랐다. "아직 그중 세 권밖에 안 읽었지만 그게…… 너무 생소한 내용이라서요."

왠지 그녀의 시선이 불편하게 느껴졌다. 나는 자세를 고쳐 앉으며 건너편에 있는 릴리언에게로 관심을 돌렸다. "저분이 그를 기억하고 있을까요?"

"그럴 것 같진 않은데요."

"그래도 물어보긴 해야겠지요." 나는 그다지 의욕 없는 목소리로 말했다.

"몇 시간은 저러고 앉아 있을 거예요. 서로 아무 말도 안 하고 손만 잡은 채 멍하니 있는 거죠. 어떻게 보면 낭만적이기도 해요. 뒷일만 신경 쓰지 않으면요."

"뒷일요?" 나는 그녀가 죽음에 대해 말하고 있다고 생각했다.

"릴리언이 다른 남자한테 반하는 거요. 지금 같이 앉아 있는 분 있죠? 저분 이름은 케네스예요. 둘이 사귄 지는 한 달 정도 됐고요. 일주일만 있으면 케네스는 다시 혼자가 될 거예요."

"릴리언이 윌과…… 헤어졌을 때 윌은 어땠나요?"

그녀는 어깨를 으쓱해 보였다. "아무렇지도 않아 보였어요."

나는 릴리언과 그녀의 남자 친구를 다시 쳐다보았다.

"하지만 속으로도 정말 그랬는지는 모를 일이죠."

"그래요." 그녀가 대답했다. "그건 그렇죠."

그날 오후, 나는 윌 헨리를 담당했던 의사를 만났다. 그는 2007년 6월 14일 윌 헨리에게 사망선고를 내린 사람이었다. 그는 윌 헨리가 요양원에 들어온 뒤로 줄곧 그를 담당했다.

"그분은 자기가 1876년생이라고 주장했죠." 의사가 두 눈을 반짝이며 말했다.

"저도 그렇게 들었습니다. 실제 나이는 몇 살쯤일까요?"

"어려운 문제네요. 90대 중후반쯤이지 않을까 생각합니다. 하지만 그 나이치고도 놀랍도록 정정한 편이었어요."

"치매를 제외하면 말이죠."

"그 정도 오래 살면 노인성 퇴행은 피할 수가 없어요."

"사인은 뭐였습니까?"

"노화죠."

"심장마비? 발작?"

"둘 중 하나였을 겁니다. 부검을 하지 않았으니 확실히 말하기는 힘들어요. 하지만 돌아가시기 전에 마지막 검진을 했을 때만 해도 상태가 아주 좋았습니다."

"혹시……. 음, 그러니까 그분 몸에……. 음, 이상한 점이 있지는 않았습니까? 혈액 샘플을 채취한 적이 있나요?"

"물론이죠. 건강검진을 하려면 당연히 필요하니까요."

"뭔가…… 특이한 점은 없었고요?"

의사는 무슨 소리를 하느냐고 묻는 표정으로 고개를 기울였고, 나는 그가 웃음을 억지로 참고 있다는 인상을 받았다.

"예를 들어, 어떤 것 말입니까?"

나는 목청을 가다듬었다. 입 밖으로 소리 내어 말하려니 머릿속에 있을 때보다도 더 황당하게 느껴졌다.

"일기장을 보면, 윌 헨리는…… 열한두 살쯤에 일종의 기생충에 감염된 적이 있다더군요. 가느다란 지렁이처럼 생긴 기생충인데, 크기는 지렁이보다 훨씬 작고 숙주의 수명을 연장시킨답니다."

의사는 고개를 끄덕였다. 나는 잠시나마 그 끄덕임을 긍정의 표시로 받아들였다. 그가 그런 공생체에 대해 들어 본 적이 있다는 의미로 말이다. 그리고 만일 윌 헨리의 환상특급 같은 이야기 중에서 그 부분이 진실이라면 나머지도 그렇지 않을까? 어쩌면 19세기 말에 정말로 그렇게 총명하고 괴팍한 그의 후견인, 펠리노어 워스롭이라는 괴물학자가 존재했을지도 모른다. 내 손에 들어온 그 낡은 공책이 단순한 상상력의 산물이 아니라 진짜로 한 세기가 넘도록 신기하고 기이한 삶을 살아온 이의 회고록일지도 모른다. 한밤중에 나를 식은땀에 젖어 화들짝 놀라 깨어나게 만든 것들, 하도 머릿속 깊이 끈질기게 달라붙어 다시 잠이 들려면 안간힘을 써야 했던 그 괴물들이…… 진짜인지도 모른다!

그러나 그런 내 바람—그렇게 불러도 될지 모르겠지만—은 그리 오래가지 못했다. 의사의 끄덕임은 알았다는 표시에 불과했다. 형식적인 예의 바름일 뿐이었다.

"그런 게 있다면 정말 좋겠죠?" 그는 대답을 바라는 것이 아니었다. "하지만 아뇨, 그분의 피는 완벽하게 정상이었어요. 나쁜 콜레스테롤 수치가 좀 높긴 했지만 그것 말고는……." 그는 어깨를 으쓱했다.

"CT 스캔이나 MRI는요?"

"그게 왜요?"

"그런 검사를 한 적은 있나요?"

"헨리 씨 같은 경우에는 CT나 MRI가 필요하지 않았어요. 제 일은 그분이 말년을 가능한 편안하게 보내게 하는 거였고, 전 충실하게 제 할 일을 했습니다. 이번엔 제가 질문을 해도 될까요? 뭣 때문에 이러시는 겁니까?"

"그런 게 왜 중요한지 물으시는 건가요?"

"네, 왜 그런 데 신경을 쓰시죠?"

"저도 잘 모르겠군요. 아마 궁금해서가 아닐까요. 대체 이 사람은 누구인가? 어디에서 왔고 어떻게 여기 오게 되었는가? 그리고 왜 그런 일기인지 소설인지를 썼는가? 하지만 제 생각에 가장 큰 이유는 아마 제가 약속을 했기 때문일 겁니다."

"윌 헨리한테요?"

나는 잠시 망설였다. "원장님 말입니다. 그분이 일기장을 주면서 읽어 달라고 부탁하셨거든요. 혹시 윌리엄 헨리의 친척을 찾을 단서가 있나 알아보라고 말입니다. 예전에 그분이 누구였는지 아는 사람이 분명히 있을 겁니다. 없을 수가 없어요."

의사가 싱긋 웃었다. 그는 내 말을 이해했다. "지금으로선 당신이 유일한 사람일 것 같은데요."

나는 계속해서 두꺼워지기만 하는 윌 헨리의 자료 파일에 자원봉사자와 의사와 나눈 대화 내용을 적은 노트를 끼워 넣었다. 그런 다음 절대로 집착하지 않겠다고 맹세한 서랍 속에 파일을 떨어뜨렸다. 나는 내 스케줄이 허락하는 한에서만 이 일에 열중할 것이다. 나한테는 새로 쓰기 시작한 책의 마감이 있었고, 가족에게 충실할 의무도 있었으며, 나름의 고민거리도 쌓여 있었다. 해진 가죽 표지에 낡아서 노랗게 변색된 오래된 일기장 더미는 아직도 내 책상 옆에 손도 대지 않은 채 쌓여 있었다. 나는 이 중 세 권을 『괴물학자와 제자』라는 제목으로 출간했다. 그 책을 읽은 독자 중 누군가가 익숙한 대목을 발견하지 않을까 싶어서였다.

가능성은 매우 희박했다. 법적인 이유 때문에 일기장은 소설로 출간되어야 했고, 설사 누군가 윌리엄 제임스 헨리의 이름을 알아보더라도 우연의 일치로 치부하기 쉬웠다. 하지만 그 이야기 속 무언가가 누군가의 기억을 건드릴지도 모른다. 어쩌면 그가 자식이나 손자들에게 안트로포파기라는 무시무시한 괴물에 대한 기괴한 이야기를 들려줬을 수도 있다. 윌리엄 헨리는 분명 고등교육을 받은 사람이었다. 어쩌면 아주 먼 옛날에 본명이 아닌 가명으로 뭔가를 출간했을지도 모른다. 그의 이름이 진짜 윌리엄 헨리라면 말이다. 그가 처음 하수도에서 발견되었을 때 경찰은 데이터베이스에 그의 지문을 돌려 보았지만, 윌리엄 제임스 헨리라고 주장하는 사람은 전에 체포를 당한 적도, 군에 복무한 적도 없었으며 의무적으로 지문을 등록해야 하는 어떤 직업에도 종사한 적이 없었다.

만일 이 일기장의 첫 세 권이 소설이라면—여러모로 보건대 그래야만 했다.—저자는 치매에 걸려 총기를 잃으면서 글 속의 주인공인 윌 헨리와 자신을 동일시하게 된 것일지도 모른다. 별난 괴짜 작가들은 그보다도 더 이상한 일도 저지르곤 하니까.

나는 여름 내내 인터넷을 뒤지고 이곳저곳 전화를 걸고 금싸라기 같은 정보를 알고 있을지도 모르는 사람들을 만나며 돌아다녔지만, 과거를 꽁꽁 감춰 둔 진실의 상자를 열 만한 열쇠는 아직 발견하지 못했다.

지난 9월, 책상 앞에 앉아 작가들이 으레 겪는 슬럼프로 애를 먹고 있을 때 무심코 책상 옆에 쌓인 일기장 더미에 눈이 갔다. 나는 충동적으로 네 번째 일기장을 집어 들어 아무 곳이나 펼쳤다. 놀랍게도 거기 끼워져 있던 신문기사 쪼가리 하나가 책상 위로 떨어졌다.* 나는 흥분해서 가슴을 두근거리며 책장을 후루룩 넘겨 보았고, 사이에 끼워져 있던 다른 신문기사 조각을 발견했다. 어쩌면 이것은 윌 헨리의 일기장인 동시에 스크랩북이었는지도 몰랐다.

그 후로 사흘 동안 나는 남은 일기장에 숨어 있던 수집품들을 찾아냈다. 그러고는 새 파일을 만들어 "신문기사 모음"이라는 라벨을 붙이고, 일기장에 끼워져 있던 순서대로(즉 일기장의 권수와 페이지 순서에 맞춰) 정리한 다음 그에 관한 조사 방법을 짧게 끼적여 두었다. 몇몇 자료들은 진짜가 확실했다(예를 들면 《뉴욕타임스》). 하지만 다른 것들, 가령 아브람 폰 헬룽의 명함 같은 것은 진위가 명확하지 않았다. 그것들은 가짜가 아니라고, 또는 일기장의 저자가 창의성을 발

* 이 책의 앞머리에 기사 내용을 첨부했다.

휘한 또 다른 독특한 창작물이 아니라고 100퍼센트 확신할 수가 없다.

R.Y.

플로리다 게인즈빌,

2009년 9월

“논리는 때때로 괴물을 낳는다.”

— 앙리 푸앵카레

M

4권

황량함

"야생의 공포가, 그 광활한 대자연의 마력이,
파괴적인 황량함의 유혹이 아득한 목소리로
그를 부르고 있었다."

— 앨저넌 블랙우드

1장

“나는 도대체 뭘까, 윌 헨리?”

나는 기억하고 싶지 않다.

나는 잊어버리고 싶다. 그를 잊어버리고 싶다. 나는 대략 1년 전 펜을 놓고 다시는 그것을 들지 않겠다고 맹세했다. 나와 함께 세상에서 망각되자고 생각했다. 나는 노인이다. 나는 미래에 빚진 것이 아무것도 없다.

나는 곧 잠들 것이고 이 끔찍한 꿈에서 깨어날 것이다. 끝없는 밤이 떨어지고, 나는 다시 일어날 것이다.

나는 어서 빨리 그 밤이 오길 갈망한다. 나는 두렵지 않다.

공포와 두려움이라면 충분히 맛봤다. 나는 심연을 너무 오랫동안 들여다봤고, 지금은 심연이 나를 들여다보고 있다.

잠과 의식 사이에, 그것이 있다.

눈을 뜰 때와 눈을 감을 때 사이에, 그것이 있다.

그것은 항상 거기에 있다.

그것은 내 심장을 갉아 먹는다. 내 영혼을 씹어 먹는다.

고개를 돌려도 그것이 보인다. 귀를 막아도 그것이 들린다. 몸을 숨겨도 그것이 느껴진다.

그것은 인간의 언어로 형용할 수 없다.

그것은 헐벗은 나뭇가지와 차가운 돌의 언어, 매서운 바람의 음침한 속삭임과 단조로운 빗소리 속에서 들려오는 것이다. 그것은 하늘에서 떨어지는 눈(雪)이 부르는 노래, 높은 차양에 가로막혀 처량하게 쪼개진 햇빛의 시끄러운 아우성이다.

그것은 볼 수 없는 눈이 보는 것. 들을 수 없는 귀가 듣는 것이다.

그것은 죽음이 부르는 낭만적인 사랑 노래, 피투성이 이빨에 낀 썩은 고기의 장엄한 찬송가, 태양 아래 부패한 시체들의 만가(輓歌), 폐허가 된 신의 성전*에서 꿈틀거리는 구더기들의 우아한 춤이다.

이 회색의 대지에서, 우리에게는 이름이 없다. 우리는 노란 눈에 비친 죽은 시체일 뿐.

우리의 뼈가 피부 밑에서 하얗게 바래 간다. 텅 빈 눈구멍이 굶주린 까마귀 떼를 응시한다.

그림자로 뒤덮인 이 땅에서, 우리의 가느다란 목소리는 고요한 적막을 가르는 파리 새끼의 날갯짓과도 같다.

우리의 언어는 어리석고, 바보 천치의 헛소리에 불과하다. 나무뿌

* 「고린도전서」 3장 17절에서 유래한 관용구로 인간의 육신을 가리킨다. "누구든지 하느님의 성전을 더럽히면 하나님이 그 사람을 멸하시리라 하느님의 성전은 거룩하니 너희도 그러하니라."

리와 덩굴이 그보다 더 풍부한 언어를 말할 것이다.

당신에게 그것을 보여 주고 싶다. 그것은 이름이 없다. 인간에게 비유할 상징도 없다. 그것은 아주 오래되었고, 그 기억마저 오래되었다. 그것은 우리가 이름을 붙이기 전의 세상을 알고 있다.

그것은 모든 것을 안다. 그것은 나를 알고, 당신을 안다.

그리고 나는 그것을 보여 주리라.

당신에게 보여 주리라.

이제 그때로 가 보자. 당신과 나, 토끼 굴에 빠진 앨리스처럼, 세상에 아직도 어둡고 무서운 장소가 남아 있던 시절로, 그리고 기꺼이 그 안에 뛰어들던 이들이 살던 시대로.

노인인 내가 다시 소년이 된다.

세상에 죽고 없는 괴물학자가 다시 생명을 얻는다.

그는 비밀이 많은 사람이었고 조용한 삶을 즐겼으며, 그 자신의 독선적 사고에 사로잡힌 천재였고, 일에 있어서는 세심하고 꼼꼼했지만 하나뿐인 제자에게는 무관심했고, 심각한 우울증 발작이 일어날 때면 자신이 쫓던 괴물들만큼이나 강력한 악령에 사로잡히곤 했다.

그는 까다로운 인간이었고 황소처럼 고집이 셌으며, 거의 잔인할 정도로 타인에게 냉담했고, 속내를 파악하기는 힘들었으나 기대하는 것은 많았고, 나를 무시하지 않을 때면 엄격한 주인이자 혹독한 스승이었다. 며칠 동안 우리 사이에 오간 말이 고작 몇 마디에 불과할 때도 있었다. 나는 그가 살던 오래된 집의 잊힌 방에 놓인 먼지 쌓인 가구와 비슷한 존재였는지도 모른다. 설령 내가 그 집에서 도망친대도 그가 내가 사라졌다는 사실을 눈치채는 데는 한두 주일은 족히 걸릴 것이다. 하지만 그러다가도 어느 순간 갑자기 그의 온 관심이 나한테 쏠릴 때면, 그때마다 물에 빠져 숨 막혀 죽거나 수천 킬로그램짜리 바위에 깔리는 것처럼 매우 불쾌한 상황에 처해야 했다. 그 묘한 광채를 발하는 어두운 눈동자가 나를 뚫어져라 쳐다보고, 미간에는 깊은 고랑이 파이고, 입술은 얇고 팽팽하게 당겨져 핏기가 사라진다. 그것은 그가 검시대 위에서 이름 모를 생명체의 배를 가르고 그 안을 들여다볼 때마다 볼 수 있는, 그가 강렬한 집중력을 발휘할 때 특유의 표정이었다. 그런 매서운 눈빛만으로도 그는 나를 초라하게 만들 수 있었다. 나는 나 자신과 말다툼을 하며 수많은 시간을 보냈다. 그에게 무시당하는 것과 지대한 관심을 받는 것 중 어느 쪽이 더 최악일 것인가.

그러나 나는 그를 떠나지 않았다. 그는 내가 가진 전부였고, 나 역시 그가 가진 전부였다는 말은 결코 자랑도, 과장도 아니다. 실로 그가 죽을 때까지 나는 그의 옆을 지킨 유일한 동반자였다.

하지만 항상 그랬던 것은 아니다.

그는 외로운 사람이었지만 은둔자는 아니었다. 한 세기가 끝나 가던 그 시절, 많은 이들이 괴물학자를 찾아왔다. 전 세계 곳곳에서 그의 조언을 구하거나 강연에 초청하거나 도움을 받고 싶다는 편지와 전보가 날아들었다. 그는 실험실에 갇혀 있기보다 직접 현장에 나가는 것을 좋아했기에 희귀종이 발견되었다는 소식이 들려오기만 하면 만사를 제치고 달려가곤 했다. 옷장 안에는 미리 꾸려 놓은 트렁크와 조사용 장비가 항상 구비되어 있었다.

그는 매년 뉴욕에서 열리는 괴물학회의 연례 학회를 언제나 학수고대했다. 그와 같은 일에 종사하는 과학자들이 2주일 동안 한자리에 모여 논문을 발표하고, 의견을 교환하고, 새로 발견한 사실들을 공유하고, 그리고 전혀 의외 같지만 맨해튼에 있는 모든 술집과 살롱의 문을 닫게 만드는 행사였다. 아니, 어쩌면 이건 별로 이상한 일이 아닐지도 모른다. 그들은 평범한 이들이라면 뒤도 안 돌아보고 줄행랑칠 괴물들을 연구하고 쫓아다니는 사람들이었다. 그 과정에서 감내해야 할 고충을 생각하면 방탕한 놀음은 필연적인 귀결이었다. 하지만 워스롭은 늘 예외에 속했다. 그는 술이나 담배, 그 외에 맑은 정신을 흐트러뜨리는 약물에는 절대로 손을 대지 않았다. 그는 그러한 악덕에 붙잡힌 노예들을 비웃었다. 하지만 실은 그도 다른 동료들과 다를 바가 없었다. 그에게는 그만의 악덕이 있었다. 혹자는 오히려 그것이 더 위험했다고 말할 수도 있으리라. 어쨌든 나르키소스는 포도 열매 때문에 죽은 것이 아니니 말이다.

그 서신은 1888년의 느지막한 봄날에 도착했다. 그날 도착한 수많은 우편물 중 하나였지만 괴물학자에게는 굉장히 충격적인 내용을 담고 있었고, 그는 그것을 손에 받아 들자마자 금세 그 내용에 열중했다.

뉴욕 소인이 찍혀 있는 편지의 내용은 다음과 같았다.

친애하는 워스롭 박사,

나는 믿을 만한 소식통으로부터 우리 협회의 존경스러운 회장인 폰 헬룽 박사가 이번 11월 뉴욕에서 개최되는 연례 학회에서 동봉한 바와 같은 내용을 발제할 것이라는 소식을 들었습니다. 더불어 그 터무니없는 발의안을 작성한 장본인이라는 사실도 말입니다. 이 정보에는 한 치의 의구심도 없으며, 그에 대해 조금이라도 불확실한 바가 있다면 이런 서한으로 당신을 귀찮게 하지도 않았을 것입니다.

그는 정신이 나간 게 틀림없습니다. 그 점에 있어서는 내가 그 인간을 걱정하지 않는 것만큼이나 조금도 걱정되지 않습니다. 그럼에도 나는 두렵습니다. 나는 그의 교활하고 음험한 주장이 우리 학문의 타당성을 심각하게 위협할 것이라 생각합니다. 우리가 종사하는 이 학문이 어두운 망각 속으로 자취를 감추거나 또는 그보다 최악으로 대중들 사이에서 사기꾼이나 돌팔이와 동급으로 취급되는 운명으로 전락할지도 모릅니다. 그러므로 나는 우리 괴물학의 미래가 심각한 위험에 처했다는 나의 우려가 결코 과장이 아니라고 단언하는 바입니다.

이 서한에 동봉한 모욕적인 헛소리를 읽는다면 당신 역시 그가 발제를 마친 직후 강력한 반론을 제시하는 것만이 우리의 유일한 희망이라는 데 동의할 것입니다. 그리고 나는 존경하는 회장의 위험하고도 우려스러운 논고에 대적할 인물로서 이 시대의 탁월한 이상(異狀)박물학 박사인 워스롭 박사, 귀하 이상으로 적격을 갖춘 이는 없다고 생각하는 바입니다.

그대의 충실한 종복,

익명의 동료로부터

아브람 폰 헬룽 박사가 쓴 논문의 첫 문단을 읽자마자 박사는 적어도 한 가지 면에서 그에게 서신을 보낸 인물이 옳다는 사실을 확신하게 되었다. 그 논문은 실제로 그가 몸담고 있는 학문의 정통성과 타당성을 위협하고 있었다. 그가 세계에서 가장 저명한 괴물학자의 주장을 논박하는 데 최적의 인물이라는 사실에는 다른 누군가의 확언이 필요하지도 않았다. 펠리노어 워스롭의 천재성에는 그 자신이 천재임을 자각하고 있다는 놀라운 통찰력이 포함되어 있었기 때문이다.

그리하여 모든 일들이 뒤로 미뤄졌다. 방문객은 온 길을 돌아가야 했고, 다른 서신들은 답장을 받지 못했다. 모든 초대장은 거절됐다. 연구도 중단되었다. 수면과 음식물의 섭취는 최소한으로 줄었다. 다소 장황한 제목이 달린 그의 37페이지짜리 소논문 「괴물학을 역사의 쓰레기통 속으로 내던질 것인가? 괴물학 발전을 위한 제110회 괴물학 협회 연례 학회에서 아브람 폰 헬룽 회장이 발의한 '종래에 초현실적 존재로 간주되던 신화 속 생물들의 이상생물 편람 편입 여부에 대한 조사 및 검토 제의'에 대한 답변」은 그해 여름 여러 차례의 검토와 수정, 교정을 거쳤다.

그리고 그동안 박사는 늘 그렇듯이 나를 조수로서뿐만 아니라 요리사와 하녀, 잡역부, 세탁부 겸 심부름꾼으로 취급했다. 나는 필요한 책을 갖다주고, 편지를 받아 적고, 딱딱하고 지나치게 형식적이며 때로는 우스꽝스러울 정도로 미숙하고 서툰 그의 발제를 경청하는 청중 역할을 맡았다. 그는 허리를 어색하게 세우고 가늘고 긴 팔을 등 뒤로 돌려 두 손을 맞잡은 채 시선은 항상 정확하게 바닥에 고정시켰으며 턱을 밑으로 기울여 안 그래도 눈에 띄게 음침한 얼굴을 더욱 그늘지게 만들었다.

그는 원고를 낭독하지 않겠다고 고집을 부렸다. 그래서 자주 논조에서 "벗어나" 요점을 잊어버렸고, 펠리노어 왕에게서 이름을 딴 자신의 이름에 걸맞게 사고의 덤불 속에서 허우적거리며 손에도 닿지 않는 논리의 퀘스팅 비스트*에게 두서없이 몽둥이를 휘둘렀다.

또 때로는 횡설수설하다가 청중들을 18세기 초 괴물학의 탄생(이 특이하고 비밀스러운 학문의 아버지라고 일컬어지는 바크빌 드라포트리에서 시작해)부터 현재에 이르기까지 기나긴 길을 끌고 다니며 이미 오래전에 죽음의 천사의 억센 품에 안긴, 잘 알려져 있지도 않은 인물을 인용해 온갖 자료를 내던졌다.

"내가 어디까지 했지, 윌 헨리?" 쓸데없이 장황한 설명을 길게 늘어놓고 나면 그는 내게 이렇게 물어보곤 했다. 그리고 정말 이상하게도 그런 질문은 늘 내가 그보다 훨씬 재미있는 것들, 가령 요즘의 날씨나 벌써 때가 한참 지난 저녁식사 메뉴 같은 것에 정신이 팔려 있을 때에만 불쑥 날아들었다.

그럴 때면 나는 그의 노여움을 폭발시키고 싶지 않아 재빨리 머릿속을 뒤적여 제일 그럴싸한 대답을 내놓았고, 대개는 워스롭이

---

* 아서 왕 전설에서 펠리노어 왕이 쫓는 괴수. 아무리 쫓아도 잡을 수 없는 존재로 묘사된다.

개인적으로 숭배해 마지않는 다윈의 이름을 들먹였다.

그렇다고 이 수법이 늘 먹힌 것은 아니다.

"다윈!" 한번은 괴물학자가 흥분해서 고래고래 소리를 지르며 주먹을 공중에 휘둘렀다. "다윈이라니! 정말이지 윌 헨리, 도대체 다윈이 카르파티아의 토속 전승과 무슨 상관이란 말이냐! 아니면 호메로스는? 고대 노르웨이의 우주론하고는 또 뭔 관계지? 내가 이 일이 얼마나 중요한지 너한테 똑바로 주지시키지 않았더냐? 만일 내가 실패하기라도 한다면, 내 모든 업적과 경력이 걸린 이 중차대한 일에 실패한다면, 개인적으로 굴욕과 오명을 뒤집어써야 할 뿐만 아니라 우리가 몸담고 있는 학문 그 자체가 무너지는 거란 말이다! 괴물학이 사라지는 것은 물론이고, 200년에 걸쳐 제 한 몸 바쳐 헌신해 온 이들, 후대인들보다 훨씬 뛰어난 석학들의 노력과 업적이 돌이킬 수 없게 되는 거란 말이다! 나 자신도 포함해서, 아니 심지어 나조차도 말이다. 윌 헨리, 생각해 보려무나!"

"전 그게…… 박사님이 카르파티아 이야기를 하시길래, 전……."

"하느님 맙소사! 나도 안다, 윌 헨리. 그리고 네가 그걸 아는 건 내가 방금 그 말을 했기 때문이고!"

그는 구두 발표라는 과업에 열중한 만큼 준비 서면에 대해서도 한층 더 철저한 노력을 기울였다. 초고를 열두 번이나 고쳐 썼는데, 그의 악필은 아무리 뛰어난 사람이라도 읽는 게 거의 불가능했기 때문에 그때마다 원고를 다른 사람이 읽을 수 있는 상태로 만들기 위해 결국에는 내 손에 떨어졌다. 만약 그가 쓴 글을 본래의 상태 그대로 인쇄공에게 넘긴다면 틀림없이 구깃구깃한 종이 뭉치가 되어 내 머리로 날아올 터였다.

필사라는 기나긴 고난의 시간이 끝나고 중세 수도사처럼 책상 앞에 구부정하게 앉아 잉크로 얼룩진 손가락으로 뻑뻑한 눈을 비비고 있노라면, 괴물학자는 경련이 이는 내 손에서 그날 하루의 결과물을 낚아채 자신이 쓴 원고와 비교하며 조금이라도 실수를 하지는 않았는지 눈에 쌍심지를 켜고 검사했고 거의 항상 원하는 것을 찾아냈다.

이런 헤라클레스적인 시련을 완수하고 인쇄업자에게 완성된 원고를 가져다주고 나니 더 이상은 할 일이 남지 않았다(그리고 괴물학자 자신도 닳고 닳아 남은 것이 없었다. 그는 이 일에 착수한 후 체중이 거의 7킬로그램이나 줄었다.). 하지만 가을에 열릴 학회를 기다리는 동안 그는 또다시 심각한 우울증 속으로 침전했다. 괴물학자는 굳게 닫힌 서재에 몸을 감추고 실질적인, 그리고 형이상학적인 침울감을 곱씹으며 심지어 그의 괴로움을 덜어 주려는 내 마지못한 시도에도 아무 관심을 보이지 않았다. 나는 빵집에서 그가 가장 좋아하는 라즈베리 스콘을 사 왔다. 신문의 사교계 소식란에 실린 최신 가십을 알려 주었고(그는 사교계에 이상한 집착을 가지고 있었다.) 우리가 살고 있는 뉴예루살렘에서 무슨 일이 일어나고 있는지도 전해 주었다. 그래도 그는 아무 위안을 얻지 못했다. 우편물에도 관심을 잃었다. 내가 그의 책상 위에 가지런히 정돈해 놓은 우편물은 손을 댄 흔적 하나 없이 고스란히 남아 있었고, 얼마 후에는 흡사 가을 숲에 쌓인 낙엽 더미처럼 책상 위에 편지 봉투가 수북하게 쌓였다.

8월 말 즈음에 멘로 파크에서 큼지막한 소포가 도착했는데, 그때는 그도 친구가 보내온 선물을 보고 매우 기뻐하며 잠시나마 예전의 괴물학자로 돌아왔다. 소포에는 짧은 편지가 동봉되어 있었다.

설계에 도움을 준 데 대해 감사하며.

토머스 A. 에디슨.

그는 한 시간 남짓 축음기를 틀었지만 그 후로는 손도 대지 않았다. 그것은 무언의 형벌처럼 그의 옆에 놓여 있었다. 그것은 토머스 에디슨의 꿈이 현실로 실현된 것이었다. 당대, 어쩌면 역사상 최고의 지성 중 한 명이라 일컬어지는 진정한 과학자. 그가 사는 세상은 그가 있기에 계속 발전하고 변화할 것이다.

"나는 도대체 뭘까, 윌 헨리?"

빗방울이 떨어지는 어느 날 오후, 박사가 불쑥 물었다.

나는 어린애답게 그의 질문을 문자 그대로 이해했다.

"괴물학자시잖아요."

"나는 한낱 티끌에 불과해. 내가 죽으면 누가 나 같은 걸 기억이나 해 주겠니?"

나는 책상 위에 산더미처럼 쌓여 있는 편지를 바라보았다. 그는 대관절 무슨 말을 하고 있는 걸까? 내가 보기에 그는 아주 유명했다. 그날 아침만 해도 런던 왕립학회에서 서한이 도착하지 않았던가. 그가 뭔가 심오한 이야기를 하고 있다는 사실을 깨달은 나는 본능적으로 대답했다. "저요. 제가 박사님을 기억할 거예요."

"너? 하긴, 너야 별로 선택의 여지가 없겠지." 그의 시선이 축음기 위를 배회했다. "내 꿈이 원래 과학자가 아니었다는 건 아느냐? 어렸을 때 나는 시인이 되고 싶었지."

만일 그가 자신의 뇌가 스위스 치즈로 만들어졌다고 말했더라도 그보다 더 놀라지는 않았을 것이다.

"시인요?"

"그래, 그런 소망이야 이젠 잊었지만 그 기질만은 아직도 남아 있지. 어쩌면 너도 눈치챘을지 모르겠다. 난 꽤나 낭만적인 사람이란다, 윌 헨리. 상상이 가니?"

"그러다 어떻게 됐는데요?"

"나이가 들었지."

그는 가늘고 섬세한 손가락을 세례신 원통 위에 대고 장님이 점자를 읽듯 거기 난 구멍과 가느다란 홈을 어루만졌다.

"거기엔 미래가 없다, 윌 헨리." 그는 상념에 잠겨 말했다. "미래는 과학의 몫이지. 우리 인류의 미래는 에디슨이나 테슬라 같은 이들에게 달려 있지, 워즈워스나 휘트먼에게 달려 있는 게 아니야. 시인들은 바벨론 강가에 드러누워서 뮤즈의 시체가 썩어 가는 땅에서 자란 과실에 취해 흐느끼겠지. 하지만 그들의 목소리는 진보의 톱니바퀴 소리에 묻혀 들리지도 않게 될 거야. 미래에는 인간의 감정조차 뇌의 화학작용에 불과한 것으로 취급되는 시대가 올 거다. 희망, 믿음, 심지어 사랑까지 말이다. 인간의 뇌에서 그런 감정들이 생성되는 정확한 지점을 발견하고 또 규명하고 나면 우린 이렇게 말할 테지. '자, 대뇌피질의 이 영역에 우리의 영혼이 살고 있습니다.'"

"전 시가 좋은데요." 내가 말했다.

"그래, 그리고 어떤 사람들은 나무껍질 벗기는 걸 좋아하지. 그래서 그 사람들은 항상 나무를 찾아다닌단다."

"박사님이 쓰신 시, 아직도 있어요?"

"아니, 없다. 너한텐 다행이지 뭐냐. 난 정말 형편없었거든."

"뭐에 대한 시를 쓰셨는데요?"

"시인들이라면 다들 쓰는 거. 넌 정말 대단하구나, 윌 헨리. 어떻게 그렇게 하필 제일 쓸데없는 부분에 집중해서 물고 늘어지는 해괴한 재능을 갖고 있는 거냐?"

나는 그가 틀렸다고 말하고 싶었다. "전 박사님을 절대로 잊지 않을 거예요. 절대로요. 그리고 다른 사람들도 그럴 거예요. 박사님은 에디슨이랑 벨이랑 다른 모든 위인들을 다 합친 것보다 훨씬 더 유명해질 거예요. 제가 그렇게 만들게요."

"나는 망각 속으로 사라질 거다. 내가 태어난 곳으로, 하찮은 먼지가 되어 돌아가리라. 슬퍼하는 자, 존경하는 자, 칭송하는 자 하나 없이…… 혹시나 모를까 봐 알려 주는데 이건 월터 스콧 경이 쓴 시의 한 구절이다."

그가 자리에서 일어났다. 이제 그의 얼굴은 격정으로 빛나고 있었고, 모든 육욕과 자아에서 벗어난 성인이나 선인처럼 왠지 무서우면서도 이상하게 아름다웠다.

"하지만 나는 아무것도 아니다. 내가 기억되든 말든 그것도 중요한 게 아니지. 진정으로 중요한 건 내가 하는 일과 학문이고, 나는 그게 조롱받는 꼴은 절대 못 본다. 설령 내 목숨을 대가로 내놓는 한이 있더라도 그런 일은 절대로 생기게 하지 않을 거다. 윌 헨리, 만일 폰 헬룽이 성공한다면 말이다, 우리의 이 고귀한 대의가 하찮고 어리석은 이들의 미신으로 전락하여 우리가 만티코어*나 안트로포파기를 대하듯이 흡혈귀나 좀비 같은 것들에 대해 떠들게 된다면, 그렇다면 괴물학은 과거의 연금술처럼 쇠락하고 점성술만큼이나 쓸데없고, 바넘**의 서커스 괴물처럼 우스꽝스러워질 거다!

성숙한 이들, 지성인들, 세련되고 교양을 갖춘 사람들이 우리 집을 지날 때마다 무식한 농부들처럼 성호를 긋게 되겠지. '워스롭 가문에서 대관절 무슨 해괴망측한 일이 벌어지고 있는 걸까!' 괴물학은 전혀 해괴망측한 것도 아니고, 다름 아닌 자연과학이다. 만일 너와 나 같은 사람들이 없었다면 저 머저리 천치 같은 인간들은 지금쯤 자기 내장에 목이 졸려 죽었던가 아니면 집파리처럼 세상에 흔해 빠진 괴물들의 배 속에서 소화되고 있을 거다!"

그는 숨을 깊이 들이쉰 다음, 이어 방금 전까지 연주하던 교향곡의 다음 악장을 시작하려다 갑자기 온몸을 경직시키고는 고개를 한쪽으로 갸우뚱 기울였다. 나도 귀를 기울였다. 그렇지만 빗줄기가 유리창에 가볍게 입 맞추는 소리와 벽난로 위에서 시계가 규칙적으로 째깍거리는 소리 외에는 아무것도 들리지 않았다.

"누가 왔구나." 그가 말했다. 그는 몸을 돌려 창문을 가리고 있는 차양 틈새로 밖을 내다보았다. 내 눈에는 그의 야윈 얼굴밖에 보이지 않았다. 저 홀쭉한 뺨! 파리한 피부! 그는 자신의 운명에 대해 토

---

* 사자 몸통에 사람 머리가 붙은 상상의 식인 괴물.

** 현대 서커스의 기틀을 다진 서커스 흥행업자이자 심리 조작의 대가인 P. T. 바넘을 가리킨다.

로했다. 하지만 지금도 실은 언제든지 하찮은 먼지가 되어 금방 사라질 것처럼 보인다는 사실을 그는 과연 알고 있는 걸까?

"빨리 나가 봐라, 윌 헨리. 누가 됐든 지금은 몸이 안 좋아서 손님을 만날 수가 없다고 하고. 뭘 기다리고 있는 거냐? 냉큼 움직여라, 윌 헨리. 냉큼 가 봐!"

잠시 후, 현관 종이 울렸다. 그가 내 뒤에서 서재 문을 닫았다. 나는 현관 복도에 달린 가스등에 불을 켜 바닥에 무겁게 깔려 있던 초자연적인 그림자를 쫓아낸 다음, 현관문을 활짝 열어젖혔다. 내 앞에는 내 길고 긴 일생 동안에도 결코 다시 보지 못한, 세상에서 가장 아름다운 여인이 서 있었다.

2장

"그렇다면 내가 해 줄 수 있는 일은 없군."

"안녕?" 그녀가 당황한 미소를 지으며 말했다. "내가 잘못 왔나 보네. 펠리노어 워스롭 씨 댁을 찾아왔는데."

"여기가 워스롭 박사님 댁이에요." 나는 겨우 적당히 떨리지 않는 목소리를 낼 수 있었다. 그녀의 아름다운 외모보다도 더욱 놀라운 것은 그녀가 지금 우리 집 문 앞에 서 있다는 사실이었다. 내가 박사와 함께 살게 된 이래 지금껏 여성이 찾아온 적은 단 한 번도 없었다. 그냥 그런 일은 있을 수가 없었다. 해링턴 레인 425번지는 숙녀가 올 만한 곳이 아니었다.

"다행이구나. 집을 잘못 찾았나 했거든."

그녀는 내게 묻지도 않고 문지방 안으로 들어오더니 회색의 여행용 망토를 벗고 모자를 살짝 고쳐 썼다. 짙은 적갈색 머리칼 한 가닥이 우아한 목덜미 위로 느슨하게 흘러내려 있었다. 빗물에 촉촉하게 젖어 등불 아래에서 빛나는 그녀의 얼굴은 그야말로 나무랄 곳이 없었다. 뺨과 코 위에 자잘한 주근깨가 흩어져 있었지만 그것조차 그녀의 완벽한 아름다움을 손상시키지는 못했다.

박사의 섬뜩하고 무시무시한 직업의 다채로운 현현(顯顯)을 묘사하는 데 전혀 거리낌 없는 내가, 어둠의 주민들의 오만 가지 흉측한 모습을 시시콜콜 세세하게 설명할 수 있는 내가, 70년 전 어느 여름날에 만난 여성을 설명하면서 윌오더위스프처럼 짧고 금세 사라져 버릴 덧없는 어휘밖에 떠올리지 못한다는 게 너무나도 이상하다. 나는 그녀의 머릿단이 불빛에 비쳐 얼마나 눈부시게 반짝였는지 묘사할 수 있다. 하지만 그게 뭐 어쨌단 말인가? 초록색 반점이 박힌 헤이즐 색 눈동자에 대한 찬양을 늘어놓을 수도 있다. 그렇지만 그걸로는 한참 부족하다. 이 세상에 다시 기억하기에 너무 끔찍한 것들이 존재한다면, 너무나도 아름다워 떠올리기조차 힘든 것들도 있다.

"박사님께 챌러 부인이 찾아왔다고 전해 주겠니?" 그녀가 따스한 미소를 지으며 물었다.

나는 무어라 알아들을 수 없는 말을 웅얼거렸지만 그녀의 미소는 사라지지 않았다.

"박사님이 댁에 안 계시니?"

"아뇨." 나는 간신히 대답했다. "어, 그러니까 집에 계시긴 하는데요, 지금은 어…… 몸이 안 좋으셔서 손님을 맞이하기가 힘드세요."

"하지만 내가 찾아왔다고 말씀드리면 생각이 바뀔지도 몰라."

"네, 부인." 그러고는 재빨리 덧붙였다. "그런데 박사님은 아주 바뻐셔서요……."

"아, 그 사람은 항상 바쁘지." 그녀가 작게 웃음을 터뜨렸다. "안 바쁜 적이 없다니까. 어머나, 내 정신 좀 봐. 내 소개를 안 했구나." 그녀가 손을 내밀었다. 나는 그 손을 잡았다. 그러고는 혹시 손등에 입을 맞춰야 했던 건 아닌지 당황했다. 나는 사교계의 예의범절에 대해서는 전혀 아는 것이 없었다. 어쨌든 펠리노어 워스롭의 교육을 받고 있었으니 말이다.

"내 이름은 뮤리엘이란다." 그녀가 말했다.

"전 윌리엄 제임스 헨리예요." 나는 어색하지만 최대한 격식을 갖춰 대답했다.

"헨리! 그래, 네가 헨리로구나. 보자마자 알았어야 했는데. 제임스 헨리의 아들이지?" 그녀가 내 팔 위에 차가운 손을 얹었다. "너희 부모님 일은 참으로 가슴 아픈 일이었단다, 윌. 그런데 네가 왜 이 집에 있는 거니……?"

"박사님이 저를 맡으셨거든요."

"그랬어? 참 별일이구나. 우리 똑같은 사람에 대해 이야기하고 있는 거 맞지?"

등 뒤에서 서재 문이 열리고, 괴물학자의 목소리가 들렸다. "윌 헨리, 도대체 누가……." 고개를 돌린 나는 극도의 충격이 그의 얼굴을 강타한 것을 보았다. 하지만 이내 그 위에 차가운 무관심의 가면이 덧씌워졌다.

"펠리노어." 뮤리엘 챈러가 다정하게 불렀다.

박사는 그녀에게서 눈을 떼지 않은 채 내게 말했다. "윌 헨리. 내가 아까 분명히 말하지 않았더냐?"

"윌리엄은 야단치지 마요." 그녀가 명랑하게 말했다. "내가 비에 젖은 고양이처럼 바들바들 떠는 걸 보고는 불쌍해서 들인 것뿐이니까. 몸이 안 좋아요?" 느닷없이 그녀가 물었다. "열이 나는 것 같은데."

"몸 상태는 최상이오. 불편한 곳도 없고."

"나도 그렇게 말할 수 있으면 좋겠네요. 나는 홀딱 젖었거든요! 집 밖으로 쫓아내기 전에 뜨거운 사과주나 차 한 잔이라도 대접해 주면 좋겠는데. 당신을 만나려고 아주 먼 길을 왔어요."

"뉴욕은 별로 안 멀 텐데. 거기서부터 걸어왔다면 또 모르지만."

"그건 싫다는 뜻인가요?"

"안 된다고 해 봤자 아무 소용도 없겠지. 뮤리엘 반스에게는 아무도 싫다는 말을 할 수 없으니까."

"챈러예요."

"아, 그렇지. 알려 줘서 고맙소. 이래봬도 당신이 누군지는 기억하고 있다오. 윌 헨리, 챈러 부인을……." 그는 그 이름을 씹어 내뱉듯이 말했다. "응접실로 안내하고 차 한 잔 내드려라. 미안하군, 챈러 부인. 하지만 우리 집에는 사과주가 없거든. 나올 철도 아니고."

몇 분 뒤, 쟁반을 들고 부엌에서 나온 나는 응접실 앞에서 발을 멈췄다. 응접실에서 격한 말다툼 소리가 번져 나왔기 때문이다. 박사의 목소리는 무척 격앙되어 있었고, 손님의 목소리는 그보다 차분하긴 했지만 못지않게 절박했다.

"내가 그 얘기를 곧이곧대로 받아들이더라도……. 설령 그런 헛소리를 믿는다고 해도……. 아니, 내 믿음에도 불구하고 실제로 그게 존재한다고 해도……. 나 말고 도움을 요청할 사람이 수십 명은 있을 텐데."

"그럴지도 모르죠. 하지만 세상에 펠리노어 워스롭은 단 한 명뿐이잖아요."

"날 치켜세우는 거요? 이거 놀라운데, 뮤리엘."

"내가 얼마나 필사적인지 이제 알겠죠? 내 말 믿어요, 펠리노어. 달리 도움을 요청할 사람이 있었더라면 당신을 찾아오지 않았을 거예요."

"사람 설득하는 솜씨 참 좋군."

"나야 항상 현실주의자니까. 당신하곤 다르게 말이죠."

"난 과학자요. 그러니 가장 완벽한 현실주의자지."

"당신이 이렇게 매몰차게 구는 이유는 알겠지만……."

"내가 매몰차게 군다고 생각하는 것 자체가 당신이 제대로 이해하지 못하고 있다는 증거요. 당신은 나한테 아직 애정의 잔재가 남아 있다고 여길지 몰라도, 장담컨대 난 그런 게 전혀 남아 있지 않아."

"도움을 요청하는 사람은 신경 쓰지 말고, 실제로 도움이 필요한 사람만 생각하는 게 어때요? 당신도 한때는 그이를 사랑했잖아요."

"내가 누구를 사랑했는지는 당신이 알 바 아니요."

"그건 그래요. 내가 여기 찾아온 건 내가 사랑하는 사람을 위해서니까."

"그럼 직접 찾으러 갈 것이지 왜 여기까지 와서 나를 괴롭히는 거요?"

무슨 얘기가 오가는지 엿듣는 데 열중한 나머지 발을 헛디뎌 하마터면 쟁반을 떨어뜨릴 뻔했다. 그래서 응접실 문지방에서 술 취한 주정뱅이처럼 비틀거리는 바람에 주전자 주둥이에서 찻물이 벌컥거리며 쏟아지고 받침 접시 위에서 컵이 짤가당거렸다. 박사는 벽난로 앞에 서 있었다. 뮤리엘은 조금 떨어진 안락의자에 경직된 자세로 앉아 있었고, 손에는 편지지를 꼭 쥐고 있었다.

박사가 못마땅하다는 듯이 나를 노려보더니 앞으로 걸어와 그녀의 손에서 편지를 낚아챘다. 나는 차가 담긴 쟁반을 그녀 옆에 있는 탁자에 올려놓았다.

"차 드세요, 챈러 부인." 내가 말했다.

"고맙다, 윌." 그녀가 말했다.

"그래그래, 그만 나가 봐라." 박사가 편지지에 코를 파묻은 채 말했다.

"더 필요하신 건 없나요, 부인?" 내가 물었다. "갓 구운 스콘이 있는데요……."

"안 돼." 박사가 편지지 뒤에서 으르렁거리며 말했다. "스콘 같은 거 내올 생각 마라!"

그는 코웃음을 치며 편지를 바닥에 팽개쳤다. 나는 잽싸게 종이를 집어 방 안에 팽팽한 긴장감이 맴돌고 있다는 사실조차 깜박하고는 순식간에 읽어 내려갔다.

친애하는 존 부인,

내 영어가 서투른 걸 용서해 주십시오. 오늘 아침 RP에서 돌아와 곧장 이 편지를 부칩니다. 이 소식을 어떻게 전해야 할지 모르겠습니다만, 죄송합니다. 미스터 존이 사라졌습니다. 그것이 그를 불러 데려가 버린 겁니다.

잭 피들러에게 말해 뒀으니 계속 존을 찾아볼 테지만 그것이 그를 데려갔으니 잭 피들러도 그를 다시 데려올 수 없을 겁니다. 나는 그에게 가지 말라고 말렸지만 그것이 밤낮을 가리지 않고 그를 불러서, 그래서 그는 가 버렸습니다. 미스터 존은 이제 세찬 바람을 타고 날고, 이끼머금이는 그를 놔주지 않을 것입니다. 죄송합니다, 부인.

P. 라로세

"윌 헨리." 박사가 날카롭게 불렀다. "이게 무슨 짓이냐? 이리 내놔라!" 그가 내 손에서 편지지를 낚아채고는 챈러 부인에게 물었다. "라로세가 누구요?"

"피에르 라로세. 존의 안내인이었죠."

"그리고 이 잭 피들러라는 사람은?"

그녀는 고개를 저었다. "처음 듣는 이름이에요."

"그는 이제 세찬 바람을 타고 날고 이끼머금이는 그를 놔주지 않을 것입니다." 박사는 편지를 소리 내어 읽고는 차갑게 웃었다. "천만의 말씀! 당연히 관할 당국에는 연락했겠지."

"당연하죠. 이틀 전에 랫 포티지로 수색대가 돌아왔어요……." 그녀는 차마 말을 잇지 못하고 고개만 가로저었다.

"그렇다면 내가 해 줄 수 있는 일은 없군. 이게 괴물학과 관련된 문제가 아니라는 내 의견을 덧붙이는 것 말고는 말이오. 무엇이 당신 남편을 '세찬 바람' 위로 데려갔는지는 몰라도 그건 '이끼머금이' 같은 게 아니오. 상상력 자체는 꽤 흥미롭긴 하지만. 그리고 난 렙토 루르코니스를 그런 이름으로 지칭하는 건 들어 본 적이 없어. 아마 무슈 라로세가 지어낸 말일 거요. 원시림에서 사람이 실종된 걸 웬디고 탓으로 돌리는 게 처음 있는 일도 아니고."

"그 사람이 거짓말을 하고 있다는 건가요?"

"그 사람이 틀렸다는 거요. 의도적이든 아니든, 어느 쪽인지는 나도 모르지. 렙토 루르코니스는 전설에 불과해요, 뮤리엘. 치아 요정과 똑같은 거라고. 이 사건에서 가장 이상한 점은 존이 애초에 왜 그런 존재하지도 않는 걸 찾으러 거기까지 갔냐는 거요."

"그는…… 옆에서 부추긴 사람이 있었어요."

"아하." 괴물학자가 고개를 끄덕였다. "폰 헬룽이었군. 그렇지? 폰 헬룽이 그를 보낸 거요."

"그런 제안을 하긴 했죠."

"그리고 존은 말 잘 듣는 애완견처럼 그의 말을 따랐고."

순간 그녀의 몸이 뻣뻣하게 굳었다. "내가 지금 시간 낭비를 하고 있는 거죠?"

"그게 문제요, 뮤리엘. 존이 사라진 지 얼마나 됐소?"

"석 달쯤 됐어요."

"그렇다면 맞아요, 당신은 지금 시간 낭비를 하고 있는 거요. 내가 당신을 위해 해 줄 수 있는 일은 없소. 존을 위해서도 마찬가지고. 당신 남편은 죽은 거요."

두 눈 가득 눈물이 고였지만, 그녀는 울음을 터뜨리지 않았다. 온몸의 세포 하나하나가 그녀가 얼마나 절망적인지 말해 주고 있었으나 그의 무신경한 단언에도 그녀는 흔들리지 않았다. 남성은 육체적으로는 더 강할지 모르나 과연 여성은 그보다 훨씬 강인한 존재라!

"난 그 말 안 믿어요."

"잘못된 믿음이오."

"아니, 펠리노어. 그걸 말하는 게 아니에요. 내가 의지할 수 있다고 생각한 유일한 사람…… 존이 의지할 수 있다고 생각한 유일한 사람이……."

워스롭이 고개를 끄덕였다. 그는 그녀의 아름다운 얼굴에서 시선을 떼고 내가 자주 들어 알고 있는 예의 그 무덤덤하게 강의하는 말투로 설명했다. "예전에 안데스에 갔을 때, 침보라소 산의 베이스캠프에서 수컷 아스토미*와 마주친 적이 있소. 사람의 고막을 찢을 정도로 엄청나게 커다란 소리를 지르는, 아주 처치 곤란한 능력을 지닌 생물이지. 말 그대로 녀석을 만났다가 뇌가 귀로 흘러내린 사람을 본 적도 있으니까. 녀석은 한밤중에 우연히 우리 캠프를 만났고, 나만큼이나 깜짝 놀랐소. 우리는 한동안 서로 얼굴만 멀뚱히 쳐다보았지. 놈의 얼굴은 나한테서 겨우 30센티미터도 떨어져 있지 않았고. 나한테는 총이 있었소. 놈에게는 입이 있었지. 우리 둘 다 언제든 무기를 사용할 수 있는 상황이었소. 그렇게 몇 분간 대치 상태를 유지하다가 마침내 내가 이렇게 말했지. '이보게 친구. 자네가 그 입을 다물고 있다면 나도 총을 쏘지 않겠네!'"

뮤리엘은 그가 즉석에서 꺼낸 우화의 의미를 이해했다. 그녀는 천

* 그리스 로마 신화에 나오는 먹고 마시지 않아도 생존이 가능한 종족.

천히 고개를 끄덕이고 찻잔을 내려놓은 다음 의자에서 일어섰다. 그녀가 우리 쪽으로 움직이지도 않았는데도 괴물학자와 나는 저도 모르게 뒤로 주춤 물러났다. 이 세상의 아름다움 중에는 뺨에 부드럽게 입 맞추는 봄날의 햇살처럼 따스한 아름다움과, 절망하라 외치는 오지만디아스*의 목소리처럼 위협적인 아름다움이 있다.

"내가 어리석었지. 당신이란 사람은 절대로 바뀌지 않을 텐데."

"그게 당신이 바란 거라면, 그래요, 당신은 어리석었소."

"하지만 나만 그런 게 아니죠. 당신은 불쌍한 사람이에요, 펠리노어 워스롭. 왜 그런지 알아요? 내가 아는 한 세상에서 가장 똑똑한 사람이면서 허영과 앙심으로 똘똘 뭉친 치졸한 인간이니까. 당신은 항상 죽음을 사랑하지 않았던가요? 그래서 더욱 놀라워. 그것과 마주칠 기회가 생기면 당장 달려들 줄 알았는데. 그게 바로 당신이 이 구역질 나는 직업을 선택한 유일한 이유니까!"

그녀는 몸을 돌리고 황급히 방을 빠져나갔다. 금방이라도 뭔가 터뜨릴 것처럼 입가를 한 손으로 꼭 누른 채.

나는 박사를 올려다보았지만 그는 고개를 휙 돌려 버렸다. 얼굴의 절반이 짙은 그림자 아래 숨어들었다. 나는 서둘러 뮤리엘 챈러를 따라 나가 그녀가 외투를 걸치는 것을 도와주었다. 문을 열자 돌개바람이 몰아쳐 바닥 위로 빗방울이 튀었다. 잿빛의 폭풍우 사이로, 검은색 이륜마차와 마부가 연석 위에서 기다리고 있는 것이 보였다. 커다란 회색 말의 어깨에 둘린 마구가 물기로 번질거렸다.

---

* 퍼시 셸리의 시 「오지만디아스」를 일부 인용한 것으로 보인다. "내 이름은 오지만디아스. 왕중의 왕. 내 위업을 보라, 너희 강대한 자들아, 그리고 절망하라."

"만나서 반가웠다, 윌." 그녀가 현관 밖으로 발을 내디디며 말했다. 그녀의 손이 잠깐 동안 내 어깨 위에 머물렀다. "널 위해 기도할게."

박사는 응접실에서 꼼짝도 않고 서 있었다. 나를 돌아보지도 않았다. 나는 무슨 말을 꺼내야 할지 몰라 어색한 침묵 속에서 한참 동안 멀뚱히 서서 기다렸다.

"뭐냐?" 그가 부드럽게 물었다.

"챈러 부인은 가셨어요, 박사님."

그는 대꾸하지 않았다. 움직이지도 않았다. 나는 쟁반을 부엌으로 가져가 다기를 씻고 시렁 위에 얹어 두었다. 일을 마치고 다시 응접실로 돌아왔을 때에도 박사는 여전히 털끝만큼도 움직이지 않은 채였다.

나는 전에도 수없이 이런 모습을 본 적이 있었다. 워스롭의 과묵함은 그가 감정적으로 얼마나 깊이 동요하고 있는지를 보여 주는 가장 직접적이고도 확고한 증거였다. 그는 내적으로 강렬한 감정을 느낄수록 겉으로는 아무것도 드러내지 않았다. 차분한 얼굴은 마치 죽은 자의 얼굴을 본뜬 가면처럼 아무 표정도 없었다.

"왜? 이번에는 또 뭐냐, 윌 헨리?"

"저녁으로는 뭘 드시고 싶으세요, 박사님?"

그는 대답하지 않았다. 지금 서 있는 곳에서 꿈쩍도 하지 않았다. 그래서 나도 꿈쩍도 하지 않았다.

"지금 뭘 하는 게냐?" 그가 물었다.

"아무것도요, 박사님."

"미안하지만, 여기 말고 딴 데 가서 할 일은 없느냐?"

"네, 박사님, 어……. 그럴게요, 박사님."

"뭐? 뭘 할 건데?"

"아무것도요, 박사님. 여기 말고 딴 데 가서 아무것도 안 할게요."

3장

"아주 끈질긴 사냥꾼이지."

새벽 4시가 조금 넘었을 무렵 외침 소리가 들려왔고, 늘 그렇듯이 나는 거기에 응답했다. 그는 침실에 있었다. 침대 시트 아래서 열병이라도 걸린 양 와들와들 떨고 있었다. 낯빛은 시체처럼 창백했다. 이마에는 식은땀이 흐르고 윗입술에도 땀방울이 맺혀 있었다.

"윌 헨리." 그가 갈라진 목소리로 말했다. "너 잠 안 자고 뭐 하는 거냐?"

"박사님이 절 부르셨잖아요."

"내가? 기억이 안 나는데. 지금 몇 시지?"

"4시가 넘었어요, 박사님."

"4시라니, 새벽 4시 말이냐?"

"네, 박사님."

"시간이 벌써 그렇게 됐다고? 확실하니?"

나는 그렇다고 대답하고는 침대 옆 의자에 앉았다. 우리는 한참 동안 그런 적막 속에 앉아 있었다. 그는 몸서리를 치면서, 나는 하품을 하면서.

"아무래도 감기에 걸린 것 같다."

"의사를 불러올까요?"

"아니면 오리고기 때문일 거야. 그걸 만든 지 얼마나 됐지, 윌 헨리? 어쩌면 그게 상했는지도 몰라."

"그건 아닐 거 같아요. 저도 같이 먹었는데 저는 괜찮은걸요."

"하지만 넌 아직 애잖니. 애들은 원래 위장이 튼튼하거든. 정말로 그렇단다."

"전 맛있게 먹었는데요."

"그래, 그런 것 같더구나. 네가 그렇게 허겁지겁 먹는 걸 누가 보면 내가 널 굶기는 줄 알겠다. 내가 수없이 말하지 않았느냐, 윌 헨리. 식욕을 지배하지 않으면 식욕이 너를 지배하게 될 거라고 말이다. 단테가 욕구를 다스리지 못하는 사람들에게 얼마나 많은 지옥을 할애했는지 아느냐? 식탐의 죄를 저지른 이들은 제3옥의 영원한 암흑 속에 갇히게 되고 하늘에서는 똥오줌이 떨어지지."

나는 고개를 끄덕였다. "네, 박사님."

"네, 박사님이라니…… 넌 그게 재미있니? 하늘에서 끝도 없이 영원히 똥이 떨어지는 게?"

"아뇨, 박사님."

"하지만 네가 방금 그랬잖니. '네, 박사님.' 그 이야기가 마음에 들기라도 한 것처럼 말이다."

"전 박사님 말이 맞는다고 말한 거예요. 똥 이야기가 아니라요."

"'똥 이야기'라……. 윌 헨리, 이쯤 되면 네가 너 자신에게 그리고 나한테 너무 비굴하게 행동하는 것 같다는 생각이 드는구나. 그렇게 사사건건 알랑방귀만 뀌다간 제8옥에 떨어지게 될 거다. 그곳에 떨어지면 똥물 강에서 헤엄을 쳐야 하지."

"그럼 전 이러나저러나 선택의 여지가 없는 거네요."

그는 툴툴거렸다. "그래, 없지."

나는 억지로 하품을 참았다.

"나 때문에 잠을 못 자고 있는 거냐, 윌 헨리?"

"네, 박사님. 아뇨, 박사님. 죄송해요, 박사님."

"뭐가 죄송한데?"

"그러니까…… 어…… 기억이 안 나요."

"뭔지 기억도 못 하는데 그것 때문에 죄송하다고?"

"아뇨, 박사님. 왜 죄송한지 기억이 안 난다고요."

"너 때문에 내 머리가 다 지끈거린다. 너와 얘기를 하느니 차라리 미노스 왕의 미궁*에서 헤매는 게 낫겠어."

"네, 박사님."

"'네 박사님! 네 박사님!'" 그가 새된 목소리로 내 대답을 흉내 냈다. "내가 심지어 벽난로 위에서 요정들이 춤을 추고 있다고 말해도 넌 '네, 박사님! 네, 박사님!'이라고 할 거다. 집에 불이 났는데 내가 기름을 부으라고 하면 그때도 너는 '네, 박사님! 네, 박사님!' 하다가

* 크레타 섬의 전설적인 왕으로 미궁을 지어 그 안에 반인반수의 괴물 미노타우로스를 가둬 두었다.

우리 둘을 하늘나라로 보내겠지! 너한테 도대체 머리라는 게 있긴 하느냐, 윌리엄 제임스 헨리? 너한테도 그 중요한 기관이 달려 있는 게 맞지, 응?"

이번에도 대답이 혀끝까지 밀려 나왔지만("네, 박사님!") 아슬아슬한 찰나에 목 뒤로 꿀꺽 삼켰다. 하지만 그는 눈치채지 못했다. 괴물학자는 역정을 냈다.

"내가 그동안 애쓴 게 모조리 헛짓거리였단 말이냐?" 그는 천장을 노려보며 베개 위로 주먹을 내리쳤다. "내 평화로운 삶과 시간을 희생해서 참고 또 참아 가며 가르치고 인도했는데, 네 아버지가 나한테 해 준 봉사를 생각해 지극한 관심과 배려를 베풀었건만 그게 다 헛수고였다고? 그렇게 열과 성을 기울였는데 나한테 돌아온 보답이 뭐지? 거의 2년이나 내 밑에 있어 놓고도 결정적인 순간에 하는 대답이라는 게 겨우 무지렁이 마차꾼들이나 할 법한 아첨이라니! 다시 묻겠다, 윌 헨리, 너한테 머리라는 게 달려 있기는 한 것이냐?"

"어, 네, 박사님." 나는 머뭇거리며 대답했다.

"하느님 맙소사, 또 그거냐?" 그가 버럭 포효했다.

"저한테도 달려 있어요!" 나도 발끈해서 받아쳤다. 마침내 내 인내심도 한계에 부딪쳤다. 아닌 밤중에 홍두깨처럼 한밤중에 그놈의 "윌 헨리이이이이이이!" 소리에 호출돼, 나라는 존재를 좋아하지도 않고 머릿속에 자기밖에 없는 미치광이의 침대 옆으로 달려온 것만도 지금까지 셀 수 없을 정도였다. 대관절 나한테 뭘 원하는 거지? 나는 그저 신경질이 나거나 유치한 고민거리가 생길 때마다 발로 걷어차는 화풀이 대상인 걸까? 그가 사악한 악령에 사로잡혀 있다는 건 안다. 그 점은 나도 부인하지 않는다. 하지만 그것들은 내 악마가 아니었다.

"내가 식욕에 대해 한 말은." 내 반응이 꽤 의외였는지 박사가 한층 누그러진 말투로 또박또박 말했다. "감정에도 적용된다, 윌 헨리. 그렇게 성을 낼 필요는 없지 않느냐."

"박사님도 그랬잖아요." 내가 지적했다.

"나는 그럴 만한 이유가 있었고." 마치 나한테는 그럴 만한 이유가 없다는 것처럼 그가 대꾸했다.

"그리고 어쨌든 간에, 모든 부분에서 나를 따라 할 필요는 없다고 충고하고 싶구나. 아니, 어떤 부분에서든 말이다." 그가 씁쓸하게 웃었다. "괴물학 연구를 보더라도."

전 안 그럴 거예요. 이 말이 혀끝까지 나왔지만 애써 삼켰다.

"전에도 말한 것 같다만, 윌 헨리, 괴물학을 가르치는 대학은 없다. 적어도 아직까지는 그렇지. 대신에 우리는 이름 높은 스승 밑에 들어가 수학(修學)한다. 나는 매우 뛰어난 괴물학자였던 선친 밑에서 공부를 시작했지만, 아브람 폰 헬룽 박사의 지도하에서 학업을 마쳤지. 그분은 괴물학 협회의 회장이자, 존 챈러를 파멸로 몰고 간 그 유감스러운 논문의 저자이기도 하다. 나는 거의 6년 동안 폰 헬룽 박사 밑에 있었고 심지어 한동안은 그분과 한 집에 살기도 했어. 존과 나, 우리 둘 다 그랬다. 그리고 부친과의 관계가 틀어진 뒤로—최대한 무난하게 표현하자면—폰 헬룽은 내게 아버지나 다름없는 분이었다. 그분이 내 부친의 빈자리를 채워 주었다면 나는 그분에게 자식의 빈자리를 채워 주었지."

그는 한숨을 내쉬었다. 부드러운 등불 빛 아래서 그의 얼굴은 마치 죽은 사람처럼 파리했다. 홀쭉한 뺨에는 음영이 드리웠고, 퀭한 눈 밑은 거무죽죽했다.

"참으로 애석한 일이다, 윌 헨리…… 괴물학에만 해당되는 것도 아니야."

나는 그가 존 챈러에 대해 말하고 있다고 생각했다. 동료 괴물학자이자, 뮤리엘이 한때 그도 사랑하지 않았느냐고 말한 사람. 하지만 아니었다.

"천문학, 식물학, 심리학, 물리학…… 이 시대의 레오나르도 다빈치라고 불릴 수 있는 인물이 있다면 그건 바로 폰 헬룽일 거다. 북미 과학계에서 가장 전도유망한 젊은이들이 5번로에 있는 그의 응접실에 몰려들었지. 그중에는 에디슨, 테슬라, 켈빈, 파스퇴르도 있었다. 그는 알렉산드르 황제와 런던 왕립협회 회원들의 특별 고문으로 활약했고, 웅변 솜씨는 가히 키케로에 견줄 정도였다. 폰 헬룽이 79년에 잉게누스(Ingenus) 속(屬)에 속하는 여섯 개 종의 해부조직상 차이에 대해 발표했던 강연이 아직도 기억나는구나. 커다란 강당이 세 시간 동안 흡사 주문에라도 걸린 것처럼 숨소리 하나 없이 고요했지. 내 일생에서 지적으로 가장 고무된 순간 중 하나였다. 그런데 지금은…… 이 사달이 났구나. 존 챈러처럼 뛰어난 과학자가 어떻게 그런 명백한 헛소리에 홀려 넘어갔는지 이해할 수가 없어. 평범한 지능을 가진 어린애라도 그 정도는 알 텐데. 너라도 알았을 거다, 윌 헨리. 네 지적 능력을 얕보는 게 아니야. 벌거벗은 임금님과 똑같은 상황이라는 걸 지적하는 거다."

"벌거벗은 임금님요?"

"그래그래, 그 정돈 너도 알잖니." 그가 성마르게 대꾸했다. "내 비위를 맞출 필요가 없다는 소리다. 벌거벗은 임금님이 지나가는 걸 보고 구경꾼들이 하나 같이 손뼉 치고 환호를 보낼 때 한 소년만이 이렇게 외쳤지. '하지만 발가벗었잖아!' 그것과 마찬가지야. 챈러는 언제나 폰 헬룽을 숭배했지. 물론 그 친구만 그런 건 아니야. 가시덤불 앞에 선 모세처럼, 학자들이 그의 발언을 칭송하는 건 수많은 회의석상에서 무수히 봤으니까. 챈러가 존경해 마지않는 스승님을 위해 그의 미심쩍은 주장의 증거를 찾아 랫 포티지로 달려간 것도 무리가 아니지. 렙토 루르코니스를 찾아서 말이다."

"렙토 루르코니스가 뭐예요, 워스롭 박사님?"

"내가 말했잖니. 전설이다."

"어, 그렇게 말씀하셨는데요, 그러니까 그게 정확하게 뭐예요?"

"라틴어 공부를 더 열심히 해야겠구나, 윌 헨리." 그가 나를 꾸짖었다. "공식 학명은 '렙토 루르코니스 세미호미니스 아메리카누스(Lepto lurconis semihominis americanus)'라고 한다. '렙토'는 그리스어에서 온 말로 '수척하다' 또는 '비정상적으로 가늘다', 즉 야위었다는 뜻이다. '루르코니스'는 '대식가'라는 뜻의 라틴어고. 즉 '굶주린 대식가'라는 뜻이 되지. 나머지 '세미호미니스 아메리카누스' 정도는 너 혼자서도 해독할 수 있겠지?"

"네, 박사님. 그런데, 그러니까 그게 뭐예요?"

그는 잠시 동안 아무 말도 하지 않았다. 한숨을 푹 내쉬더니 헝클어진 머리카락을 손가락으로 빗어 넘기며 속삭이듯 말했다.

"굶주림이다."

"굶주림요?"

"그래, 윌 헨리. 결코 채워지지 않는 굶주림이지."

"어떤 굶주림인데 채워질 수가 없어요?"

"그건 바람을 타고 온다." 괴물학자가 어두운 눈으로 막연히 허공을 응시하며 말했다. "원시림을 덮은 칠흑 같은 어둠 속에서 그 무시무시한 목소리, 치명적인 유혹의 목소리가 파괴적인 황량함 속에서 너를 부르지……."

온몸에 오싹 소름이 끼쳤다. 그의 목소리가 너무나도 낯설게 느껴졌다. 그의 눈동자가 천장 위를 배회하며 내 눈에는 보이지 않는 무언가를 멍하니 응시하고 있었다.

"그것은 앗센…… 제누…… 우티코…… 빈디코라고 불린다. 무수한 땅에서 무수한 이름으로 불리지. 그것은 산과 언덕보다도 더 오래된 존재다, 윌 헨리. 먹고 또 먹지만 먹으면 먹을수록 더 허기를 느끼지. 결코 채워지지도 않고 만족시킬 수도 없는 굶주림이다. 알곤킨족의 언어로 그 이름은 문자 그대로 '모든 인간을 먹어 치우는 자'라는 뜻이지.

너는 아직 어리다. 그것이 네 이름을 부르는 소리를 아직 듣지 못했지. 하지만 그것이 너를 발견하는 순간, 너는 이제 끝이다. 끝난 거라고, 윌 헨리! 놈에게서 달아날 방법은 없어. 그것은 아주 끈질긴 사냥꾼이고, 모든 고난과 시련을 참고 견디다 마침내 네가 방심한 순간, 바로 그때를 노려 달려든다. 그 얼음장 같은 손아귀에 잡히면 절대로 빠져나올 수 없어. 그것은 너를 상상도 못 하리만큼 높은 곳으로 데려가 끝없는 바닥으로 추락시킬 거다. 네 영혼을 파괴하고 생명력을 빼앗아가겠지. 그리고 그것이 너를 잡아먹을 때 너도 그 성찬을 함께 즐기게 될 거다. 그래! 너는 천국의 문을 향해 승천하는 동시에 지옥의 가장 깊은 나락으로 추락해 절망과 공포를 맛보겠지. 너는 굶주림 그 자체가 된다. 높이 오를수록 아래로 추락하고 먹을수록 허기지고……."

박사는 숨을 깊이 들이마셨다. 놀랍게도, 펠리노어 워스롭은 더 이상 무슨 말을 해야 할지 몰라 주저하고 있는 것 같았다. 나는 그 괴수에 대한 알쏭달쏭한 설명에 당황해 그가 말을 잇기를 기다렸다. 방금 전까지는 그것을 허황된 전설이라고 치부하더니 이번에는 갑자기 그것이 실존하는 양 말하다니. 너는 아직 어리다. 그것이 네 이름을 부르는 소리를 아직 듣지 못했지. 그게 무슨 뜻일까? 무엇이 나의 이름을 부른다는 거지?

방 안은 후텁지근하고 답답했다. 박사는 아무리 더운 날이라도 잠잘 때 창문을 열어 놓는 것을 거부했는데 괴물학자들 사이에서는 흔한 습관이라고 했다. 덕분에 내 잠옷은 땀에 젖어 축축했다. 그의 시선은 여전히 천장에 못 박혀 있었지만, 누군가 나를 지켜보고 있는 것 같은 불편한 느낌이 들었다. 목 뒤의 털이 쭈뼛 서고, 심장은 두근거렸다. 분명히 뭔가가 있었다. 내 눈이 닿지 않는 주변 어딘가에, 지독히 굶주린 형태도 없는 무언가가.

"그녀가 옳아." 그가 나지막이 말했다. "나는 허영과 앙심으로 똘똘 뭉친 치졸한 인간이지. 그리고 항상 죽음과 사랑에 빠져 있었고. 내가 그녀를 잃은 것도, 그것만은 그녀가 내게 줄 수 없었기 때문이겠지. 그런 생각은 한 번도 해 본 적이 없었는데. 생각하지 않는 것들에 대해 생각하는 건 아주 어려운 일이란다, 윌 헨리. 아주 어려운 일이야. 언젠가는 너도 이해할 거다."

그는 옆으로 돌아누웠다.

"이제 불 끄고 나가 봐라. 내일 아침에는 랫 포티지로 떠난다."

다락방으로 돌아온 나는 그 후로 한 시간이 넘도록 잠을 이루지 못하고 뒤척였다. 가끔 깜박깜박 선잠에 빠진 게 고작이었다. 바로 여기, 내 눈이 닿지 않는 어딘가에, 저 어두운 그림자 속에 뭔가가 도사리고 있다는 느낌을 떨쳐 버릴 수가 없었다. 그리고 그것은 내 이름을 알고 있었다.

선명한 기억 속에서 빗속에 서 있는 뮤리엘이 떠올랐다. 나는 그녀의 회색 숄이 물기에 반짝이는 것을, 그녀의 젖은 속눈썹 위로 빗살이 스쳐 지나가는 것을, 현관에 나타난 나를 보고 그녀의 입술이 살짝 벌어지는 것을 보았고, 나는 그녀를 보고 깜짝 놀라 허둥거렸다.

별안간 그녀가 사라지고 나는 어머니의 침대 옆에 있었다. 어머니의 발치에 앉아 당신이 긴 머리채를 빗질하는 모습을 지켜보았다. 방 안에는 아버지도 있었지만 보이지는 않았다. 어머니의 적갈색 머리칼 사이로 황금색 광채가 어른거렸다. 맨발이 드러나 있고, 손목은 가늘고 연약했다. 사각사각 빗질 소리가 규칙적으로 울려 퍼질 때마다 머리칼 사이로 비쳐 들어오는 빛줄기가 빗살처럼 나란히 움직였다. 그녀의 온몸이 눈부신 황금빛 광채에 싸여 있었다.

아래층에서 박사가 빽 소리를 질렀다. 나는 화들짝 놀라 몸을 곧

추세웠다. 물에 빠져 죽어 가던 사람이 갑자기 수면 위로 몸을 내민 것처럼. 나는 사다리를 타고 아래층으로 내려갔다. 늘 그렇듯이 그의 목소리가 점점 더 크고 다급하게 울리고 있었다. 하지만 나는 사다리의 가장 아랫단에서 발을 멈췄다. 왜냐하면 그는 나를 부르고 있는 게 아니었기 때문이다. 그의 입에서 나오는 것은 내 이름이 아니었다. 다른 사람의 이름이었다.

4장

"그는 나의 둘도 없는 친우였다. 오, 그렇지만 나는 정말 그가 미웠지!"

다음 날 아침, 우리는 박사의 친구를 구조하는 임무에 착수했다. 지금은 지구 상에서 사라져 버린 장소로 떠날 여행 계획을 세웠다.

우리가 그 거칠고 황량한 캐나다의 서부 개척지로 모험을 떠나고 17년 후, 랫 포티지는 키웨이틴과 노먼이라는 두 자매 개척마을과 통합되었다. 새로운 부락의 이름은 세 마을의 머리글자를 따서 '케노라(Ke-No-Ra)'라고 지어졌다. 메이플리프 밀가루 회사가 랫 포티지라는 이름의 마을에는 공장을 설립하지 않겠다고 선언했기 때문이다. 그들은 쥐를 뜻하는 랫(Rat)이라는 글자가 밀가루 판매량에 영향을 끼칠지도 모른다고 우려했다.

온타리오와 매니토바 주 경계에, 오늘날의 케노라 옆에 있는 우즈호(湖)는 원주민어로 '와우주쉬크 오니건'이라고 불렸는데 그것은 문자 그대로 "사향쥐 나라로 가는 운반로"라는 뜻이었다. 랫 포티지라는 이름도 여기서 유래했다. 오늘날 케노라는 수렵인들의 메카다. 하지만 1888년에는 지금과는 전혀 다른 종류의 사냥이 유행하고 있었다. 10년 전에 금광이 발견되면서 이 조용하고 심심한 작은 마을은 온갖 사기꾼과 투기꾼, 두 눈을 빛내며 행운을 찾아온 이들과 절박한 무리들이 넘치는 시끌벅적한 곳이 되었고 그중엔 간간이 노상강도와 살인자, 말썽꾼 들도 뒤섞여 있었다. 심지어는 여성들도 무기를 소지하지 않고서는 외출을 하지 않는다고 했다.

하지만 우리에게는 얼마나 다행한 일이었는지! 만일 그곳에서 금광이 발견되지 않았더라면 우리는 수 주일에 걸쳐 광활한 캐나다 영토를 가로질러야 했을 것이다. 하지만 우리가 탐험에 나설 무렵 랫 포티지는 금광 덕분에 캐나다 퍼시픽 철도의 중심지가 되어 있었다.

우리의 여행은 고작 사흘밖에 걸리지 않았고 더구나 모든 설비가 갖춰진 풀맨 침대차에서 안락한 시간을 보낼 수 있었다.

기차 여행이 끝나고 나면 얼마나 고된 고생길에 시달릴지 알고 있었던 박사는 그 짧은 시간이나마 편안하게 보내기 위해 아무것도 아끼지 않았다. 우리는 끼니때마다 푸짐한 식사를 즐겼고 오후에는 차와 스콘, 그리고 시시때때로 온갖 주전부리와 사탕과 그가 먹을 짭짤한 땅콩이 나왔는데, 워스롭은 땅콩을 엄청나게 먹었다. 그리고 내가 해링턴 레인에서 본 그 어느 때보다 훨씬 깊은 숙면을 취했다. 사실을 말하자면 그의 엄청난 코골이와 이갈이 때문에 밤늦은 시간까지 잠을 이루지 못한 것은 내 쪽이었다.

하지만 나는 개의치 않았다. 나는 생전 처음으로 아직 예스러움에 젖어 있는 매사추세츠를 떠나 경이로움으로 가득한 낯선 세상으로 가고 있었다. 내 또래의 어린 소년이라면 누구나 단정하게 정돈된 정원과 가로등이 줄지어 서 있는 거리를 벗어나 인간의 손길이 닿지 않은 대자연으로 모험을 떠나고 싶다는 꿈을 꿔 본 적이 있을 것이다. 지평선 너머에서 손짓하는 웅대한 탐험, 별이 총총 빛나는 검고 부드러운 하늘, 그리고 내 발이 닿기만을 기다리는 미답의 처녀지. 그것은 수천수만 번의 "냉큼 서둘러라!"보다도 세 배는 더 다급한 목소리로, 어떤 인간의 언어로도 표현할 수 없되 마음으로는 누구든 이해할 수 있는 언어로 나를 불렀다. 그것을 위해서라면 나는 뭐든지 감내할 수 있었다. 심지어 저녁식사를 위해 옷을 갈아입을 때마다 괴물학자가 요란법석 수선을 떨거나 사방으로 뻗친 내 머리카락을 얌전히 만든다며 포마드를 처덕처덕 발라 대는 헛된 수고를 자청하는 것마저도 참을 수 있었다.

박사가 겉치장을 하는 데 눈곱만큼이라도 신경을 쓰는 모습을 본 것은 그때가 처음이었다. 그가 무덤에 누운 지 40년이 지난 지금까지도, 나는 괴물학자를 생각할 때면 여기저기 마른 핏자국이 지고 최근에 그가 "호기심"을 쏟는 무언가의 내장 조각이 달라붙어 있는 낡고 해진 덧옷을 입고 머리칼은 온갖 방향으로 뻗쳐 강한 주장을 하고 있으며 빰은 사흘 밤낮을 꼬박 기른 턱수염으로 덮여 있고 갈라진 손톱에는 피가 말라붙어 있는 모습을 떠올린다. 그래서 그가 높이 세운 칼라에 멋들어진 크라바트*를 매고 턱을 말끔히 면도하

* 넥타이처럼 매는 남성용 스카프.

고 손톱을 깨끗이 정돈하고 검은 머리칼을 단정하게 이마 뒤로 넘겨 붙인 모습을 보는 것 자체가 내게는 엄청난 충격이자 놀랍도록 당황스러운 일이었다.

그의 놀라운 변신을 눈여겨본 것은 나뿐만이 아니었다. 저녁식사 시간에 우리가 식당차 좌석을 향해 걸어갈 때면 주변에 앉아 있는 숙녀들이 그를 힐끔거리거나 눈웃음을 보냈다. 그것은 나한테 그의 변신만큼이나 당황스러운 일이었다. 펠리노어 워스롭이 여성들의 눈길을 사로잡다니. 아니, 심지어 반하게까지 만들다니! 어떤 숙녀는 얼굴을 붉히거나—더더욱 기가 막힌 일이었다.—미소 띤 얼굴로 그에게 말을 걸기도 했다. 세상에, 젊은 여성이 워스롭에게 저렇게 상냥하게 말을 걸다니!

물론 워스롭은 언제나와 다름없는 워스롭이었고, 여자들의 그런 관심을 무시하거나 아니면 아예 눈치채지 못한 것 같았다. 그리고 당연하게도 그런 태도는 그를 더욱 매력적으로 보이게 만들었다. 나는 늘 박사가 따뜻한 피와 살이 아니라 차가운 돌로 만들어진 사람이라고 생각했던지라, 여성들의 수줍은 미소와 힐끔거리는 눈길, 발그스름한 볼을 어떻게 해석해야 할지 알 수가 없었다.

"어쨌든 결론은 의심의 여지가 없다. 석 달이나 지났으면 죽은 게 틀림없어."

마지막 날 저녁식사 도중 박사가 불쑥 말했다. 그는 얼굴을 돌린 채 식탁 옆 커다란 창문을 내다보고 있었다. 밤이 내려앉아 창밖의 풍경은 유리창에 반사된 우리의 그림자에 가려져 있었다. 나는 그가 유리창에 비친 자신의 얼굴을 바라보고 있는지 아니면 그 너머를 보고 있는지 알 수가 없었다.

"구출하러 가는 게 아니라 수습하러 가는 거지. 솔직히 말하면, 수습할 수 있는 게 남아 있을 확률도 매우 희박해. 우리 직업군에서 일에 실패했다는 건 그런 뜻이니까."

"그럼 왜 가시는 거예요?" 내가 물었다.

그는 고개를 돌리더니 나를 바라보았다. 불편할 정도로 아주 오랫동안.

"내 친구였으니까."

그날 밤, 침대차에 누워 어린아이를 어르는 듯한 단조로운 흔들림과 열차 바퀴의 자장가에 빠져들 무렵 그가 갑자기 입을 열었다. 방금 전까지 우리가 식당차에서 대화를 나누고 있었다는 투였다.

"나도 너처럼 외동이었다, 윌 헨리. 하지만 나는 존 챈러에게서 형제애라고 부를 만한 것과 유사한 것을 느꼈지. 우리는 폰 헬룽 박사 밑에서 함께 수학하며 6년을 같이 살았다. 같은 방을 쓰고, 같은 음식을 나눠 먹고, 같은 책을 읽었지. 하지만 그 외의 다른 모든 면에서 우리는 정반대였다. 내가 내향적이고 다소 병약했다면 존은 활발한 성격에 운동을 좋아했지. 굉장히 뛰어난 권투선수이기도 했고. 내가 그에게 싸움을 거는 우를 범했을 때에는 마이스터 아브람이 우리를 간신히 떼어 놓기 전까지 내 코를 부러뜨리고 왼쪽 광대뼈에 금이 가게 만들었지.

우리가 괴물학에 발을 들여놓은 길은 서로 달랐다. 그는 괴물학의 활동적인 면모, 즉 놈들을 쫓고 추적할 때 느끼는 스릴과 흥분을 좋아했고 나는 너도 알다시피 그보다 더 복잡한 이유에서 괴물학에 이끌렸지. 존의 부친은 과학자가 아니라서 존이 폰 헬룽의 제자가 되겠다고 했을 때 크게 반대했다. 챈러 가문은 동부에서 가장 부유한 가문 중 하나야. 존의 부친은 대통령이나 밴더빌트, 모건, 애스터 같은 인사들과도 친밀한 사이란다. 그리고 존은 그런 부친의 뒤를 이을 아들이었고. 그래서 내가 아는 한 그의 부친은 아직까지도 존을 용서하지 않고 있을 거다. 확실하진 않지만 존과 의절했다고 알고 있다. 물론 존은 개의치 않았지. 남들의 기대를 저버린다는 게 오히려 즐거운 듯 보였어."

박사는 입을 다물었다. 한참 시간이 지나 이윽고 잠이 들었나 싶었을 무렵, 다시 이야기를 꺼냈다.

"그는 사람들에게 못된 장난을 치는 걸 좋아했다. 특히 나를 골리는 걸 좋아했지. 너한텐 뜻밖일지 몰라도, 우리 워스롭 가 사람들은 원래 유머 감각이 없는 걸로 유명하단다. 일종의 선천적 결함이지. 나는 선친의 살아생전에 그분이 소리 내어 웃는 것을 딱 한 번밖에 본 적이 없어. 그나마도 매우 조용하고 점잖은 웃음이었지. 존은 내 침대 시트를 접어 놓거나 내가 자는 동안 따뜻한 물에 손을 담가 두는 것 같은 장난을 치는 걸 좋아했어. 한번은 다음 날 우리가 해부하기로 되어 있던 탄자니아 응골로코(Ngoloko)의 시체에서 피를 빼내서는 그걸 채운 들통을 우리 방 문지방에 올려놓은 적도 있지. 무슨 일이 있었을지 짐작이 가지? 내 청진기 귀 부분에 밀랍을 붙여 놓기도 했고 내 치약 가루에 말린 분뇨 가루를 섞어 놓기도 했다. 그리고 기억에 길이 남을 아주 유감스러운 사건은, 내가 협회의 운영 위원회 앞에서 최종 시험을 치를 때였는데 바로 그 직전에 내 차에 소당류가 함유된 말린 콩 추출물을 탔지. 그건 나를 포함해서 대부분의 사람들이 소화를 시키지 못하는 물질인데 배에 가스가 차서, 최소한 내 경우에는, 엄청난 가스를 뿜어내게 만든단다. 나는 논문을 발표하는 내내 쉴 새 없이 방귀를 뀌었고, 그날 참석자들 모두가 끊임없이 눈물을 흘린 건 내 논문이 훌륭해서가 아니었다. 내가 처음 그 강당에 들어섰을 때 거긴 메트로폴리탄 오페라하우스보다도 더 거대해 보였어. 그렇지만 그곳을 나올 때에는 좁아터진 수도관보다도 더 쪼그라들어서 엄청난 악취가 났지……. 방금 그 소리는 뭐냐, 윌 헨리? 너 지금 웃는 거냐?"

"아뇨, 박사님." 나는 숨을 꼴딱거리며 대답했다.

"나는 존 챈러를 미워했다. 그는 나의 둘도 없는 친우였다. 오, 그렇지만 나는 정말 그가 미웠지!"

다음 날 아침 우리는 구름 한 점 없는 푸른 하늘 아래 랫 포티지에 도착했다. 살을 에는 북풍이 우리의 등을 날카롭게 찔러 댔고 마치 투명한 거인 아기가 손으로 목욕물을 휘젓듯이 우즈 호의 수면을 살랑이고 있었다. 낚싯배들이 까딱거리며 수면 위를 미끄러지면 아비새가 물속으로 잠수하며 물보라를 튀겼다. 나는 호수 건너편 남쪽 가장자리를 따라 통통거리며 지나가는 증기선을 바라보았다. 대머리독수리 한 마리가 연기가 피어오르는 굴뚝 위로 날아오르고 있었다.

사슴 가죽 재킷과 비버 모피 모자를 걸친, 원주민 피가 섞인 듯한 강인한 몸집의 사내가 군중을 헤치고 불쑥 나타나더니 어색한 영어로 25센트만 주면 우리 가방을 호텔까지 들어다 주겠다고 말했다. 그의 제안을 시작으로 기나긴 협상이 개시되었다. 다른 수많은 부자들과 마찬가지로 워스롭은 대단한 구두쇠였다. 나는 그가 구운 지 이틀 된 빵 덩어리 하나를 놓고 고작 1페니를 깎기 위해 한 시간 동안이나 티격태격하는 것도 본 적이 있다. 거기에 인간의 정직성을 믿지 않는 타고난 불신까지 더해지면—그는 남들이 늘 자신을 속이려 든다는 의심을 떨칠 수가 없었다.—1분이면 끝날 간단한 거래가 그 70배가 넘는 시간까지 질질 이어질 수 있었다. 힘들고 긴 흥정이 끝났을 때—가격을 제시하고 그에 반박하고 또다시 반박하고—박사와 짐꾼은 각자 결과에 불만족스러운 기색이었다. 두 사람은 서로에게 다소 질린 것 같았다.

내 스승의 기분은 러셀하우스에 도착할 때까지도 그다지 개선되지 않았다. 우리가 묵을 방은 아주 작았다. 가구는 세면대와 장님이 짠 듯한 옷장, 그리고 그만큼 똑같이 조잡한 침대 하나가 다였다. 워스롭은 하룻밤당 10센트를 추가로 지불하기로 하고 간이침대를 빌려 왔다. 그에게는 노상강도를 당하는 것이나 다름없는 액수였다.

우리는 방에 가방을 내려놓고 배를 채우러 길 건너 식당을 찾았다. 연기가 자욱한 실내에 앉은 사내들이 찌그러진 놋쇠 타구에 입안 가득 담뱃진 섞인 끈적이는 침을 뱉어 대면서 우리의 동부식 옷차림을 노골적으로 의심스러운 눈초리로 노려보았다. 식사를 마친 후에는 뮤리엘에게 서신을 보낸 사람을 찾으러 갔는데, 그것은 박사가 예상했던 것보다 훨씬 어려운 일이었다.

우리가 투숙한 호텔의 직원이 말했다.

“라로세? 네, 그 사람 알죠. 찾는 사람이 꽤 많은 길잡이예요. 라로세보다 산세를 더 잘 아는 사람도 없을 겁니다. 거의 한 달은 못 봤는데요. 어디 갔는지도 모르고요. 하지만 그 사람을 찾으면 제게도 좀 알려 주십시오. 그 친구 저한테 빚진 돈이 있거든요.”

랫 포티지 우체국장의 말은 이러했다.

“그럼요, 아는 사람입니다. 고주망태가 아닐 때는 썩 괜찮은 친구죠. 언제 봤는지는 기억이 안 나는데요…….”

“7월 말에 여기서 편지를 부쳤을 거요.” 괴물학자가 말했다.

“맞아, 그래요. 그건 기억납니다. 그때도 꽤 취해 있었죠. 숲에서 막 돌아온 참이라고 했던 것 같은데. 정신이 살짝 나간 것 같더라고요. 영 그 사람답지 않은 것이. 하지만 말을 안 하려고 듭디다. 마을에 없다면 숲에 나가 있을 겁니다. 샌디 호 쪽으로 가 보세요. 하지만 곧 돌아올걸요. 항상 돌아오니까요.”

“그 사람 가족은 있소?”

“제가 아는 한에는 없어요. 술과 도박 때문에 마을로 돌아오는 친구죠. 그러고 보니, 그 친구를 보거든 저한테 빚진 돈이나 갚아 달라고 말해 주십쇼.”

메인 가를 따라 늘어선 상점 주인들부터 부두 일꾼들에 이르기까지, 도박장과 손님들로 붐비는 싸구려 술집, 허드슨 만 사의 사무실과 귀청이 떨어질 것 같은 소음과 톱밥이 휘날리는 제재소에 이르기까지, 마을 전체가 피에르 라로세를 알거나 혹은 그 사람에 대해 들어 본 적이 있는 것 같았다. 하지만 그가 지금 어디 있는지 아는 사람은 아무도 없었다. 그가 한동안 보이지 않았다는 데에는 모두의 증언이 일치했는데, 거기다 그는 모든 마을 사람들에게 적어도 한 건 이상의 빚을 지고 있는 것 같았다. 다른 일감을 구했거나 고향인 퀘벡으로 돌아갔거나 아니면 불어난 빚더미를 감당하지 못해 숲으로 달아났다는 게 사람들의 중론이었다. 뮤리엘 챈러에게 편지를 부쳤을 즈음에 그를 봤다고 말하는 사람들도 있었다. 그들은 그가 제정신이 아니었고, 술에 취해 인사불성이 되어 "미친개처럼 입가에 거품을 물고" 피가 날 때까지 자기 귀를 때려 댔다고 말했고, 또 어떤 이들은 다른 사람 귀에는 안 들리는 목소리에 대해 신음하고 흐느끼며 끊임없이 뭐라고 중얼거렸다고 말했다.

여행을 떠나기 전, 챈러는 라로세와 함께 메인 가에 있는 장비 가게에 들렀다(워스롭이 챈러에 대해 설명하자 직원이 기억해 냈다.). 탄약과 텐트, 침낭 등 장비에 대한 비용은 전부 챈러가 지불했고, 무엇을 사냥하러 가느냐고 묻자 라로세가 한쪽 눈을 찡긋하며 은밀하게 속삭였다고 한다. "숲 속에 사는 '오래된 존재'를 찾으러 간다오."

직원은 키득거리며 덧붙였다. "뭔 소린지 알겠더라고요. 그러고는 확인사살이라도 하듯이 은총알이 있냐고 묻데요. 그래서 나도 장단을 맞춰서 '은총알은 대관절 왜 필요한데요?'라고 물어봐 줬죠. 하지만 왜 그런 걸 찾는지는 뻔하죠……. 그 챈러라는 사람 말입니다……. 수색대가 찾던 사람이 그 사람이죠? 숲에서 실종된 무슨 거물을 찾는다며 기마경찰이 동원됐잖아요."

가게에서 나온 워스롭이 한심하다는 듯이 고개를 설레설레 저었다. "내가 바보였다, 윌 헨리. 제일 먼저 경찰을 찾아갔어야 했는데."

그는 대장간 앞에서 어정거리는 사내에게 길을 물었다. 우리는 먼지가 뿌옇게 날리는 도로를 건너, 달려오는 마차와 수레들을 피해, 늦은 오후의 긴 그림자가 누워 있는 길 반대편으로 향했다. 김이 모락모락 나는 말똥 무더기를 뛰어넘은 다음, 하루 일을 마치고 지상으로 돌아와 술집 앞에서 보람찬 시간을 즐기고 있는 광부 무리를 지났다. 얼굴은 민스트럴 쇼*에 나오는 사람들처럼 시꺼멓고 눈동자의 흰자위만이 신기할 정도로 하얗게 빛나고 있었는데 각자 허리춤에는 총을 졸라매고 있었다. 열린 술집 문 사이로 흘러나오는 음악소리가 거리 위를 가볍고 희미하게, 그리고 경쾌하게 떠돌고 있었다. 어디선가 갑자기 총소리처럼 들리는 소리가 빵 하고 터지더니 뒤이어 왁자지껄한 웃음소리가 들려왔다.

우리는 캐나다 왕립 기마경찰대의 원조 격인 북서 기마경찰대 지구대로 들어갔다. 빳빳한 붉은색 제복을 입은 젊고 건장한 경사가 책상에서 벌떡 일어섰다.

"무엇을 도와 드릴까요?"

"부디 그 제안을 실천해 주길 바라오." 박사가 대답했다. "존 챈러라는 미국인을 찾고 있소. 그의 실종신고가 들어온 것으로 알고 있습니다만."

경사가 고개를 끄덕이며 눈을 살짝 가늘게 떴다. "챈러 박사의 친구분이십니까?"

"그렇소. 남편이 실종되었다며 그의 부인이 내게 부탁을 했지요."

"그렇군요." 그가 건장한 어깨를 으쓱하며 무관심한 투로 말했다.

* 백인이 얼굴을 검게 칠하고 흑인들을 희화화한 뮤지컬.

"실종자를 찾는 건 자유입니다만, 성함이……."

"박사요, 워스롭 박사."

경찰의 눈이 휘둥그레졌다. "설마 괴물 사냥꾼 워스롭 박사는 아니시겠죠?"

"난 이상생물학을 연구하는 과학자요." 박사가 정색하며 대꾸했다.

"그래요……. 하지만 괴물들을 사냥하시죠! 성함을 들어 본 적이 있어요!"

"내 명성이 이런 북쪽까지 전해졌는지는 몰랐는데." 워스롭이 무덤덤하게 말했다.

"아, 제 어머니께서 어렸을 때 선생님의 모험담에 대해 말씀해 주셨거든요. 전 그게 어린애들한테 겁을 주려고 하는 소린 줄 알았는데!"

"당신 어머니가 들려주셨다고? 그럼 그건 내 이야기가 아니요. 아마 내 돌아가신 부친의 이야기일 거요."

"뭐, 누구든 간에 바지를 적실 정도로 무시무시한 내용들이었어요! 그 챈러란 사람 말입니다, 그 사람도 같은 괴물 사냥꾼인가요?"

"챈러 부인이 말해 주지 않았소?"

사내는 고개를 저었다. "말코손바닥사슴을 사냥하러 왔다고 하던데요. 안내인이랑 같이 둘이 숲으로 들어갔는데 안내인만 살아 나왔죠."

"피에르 라로세."

"그래요, 그게 그 사람 이름입니다. 그런데 재밌는 게, 지금은 그 사람도 실종됐단 말입니다."

"그건 그를 심문하지 못했단 뜻이오?"

"그가 어디 있는지 알기만 한다면 저도 지금 당장 잡아 오고 싶지요, 워스롭 박사. 그 사람이야말로 이 수수께끼 같은 사건의 열쇠니까요. 실종자가 살아 있는 걸 마지막으로 본 사람인데 우리하고 말도 섞기 전에 온데간데없이 사라져 버렸으니. 그 두 사람 흔적을 찾기 위해 거의 한 달이나 숲을 뒤졌어요. 샌디 호와 서커 야영지까지 말입니다."

"서커 야영지?"

"네, 잭 피들러네 부족이 사는 곳이죠."

"피들러라, 어디서 들어 본 이름인데."

"그랬을 겁니다. 괴물학 학위가 있는 건 아니지만 그 사람도 괴물을 사냥하거든요. 주술사이기도 하고요. 야만인치고는 꽤 개화됐어요. 현대식 영어도 할 줄 알고. 요 근처 배에서 일을 했죠. 악기도 만들고. 그래서 '피들러'*란 이름을 얻게 됐지요."

"그 사람한테 챈러와 라로세에 관해서 물어봤소?"

"하지만 아무것도 얻지 못했어요. 어쨌든 그 사람이 해 준 말 중에서 쓸모 있는 건 하나도 없었죠. 라로세가 가엾은 챈러 부인에게 한 것과 똑같은 이야기라……."

"렙토 루르코니스." 박사가 중얼거렸다.

"렙토…… 뭐요?"

박사가 한숨을 내쉬었다. "웬디고 말이오."

경사가 천천히 고개를 끄덕이더니, 이윽고 그의 얼굴에 깨달음이

* 민속음악 등을 연주하는 바이올린 연주자를 뜻한다.

번졌다. 그가 떨리는 목소리로 말했다. "설마 정말로 그걸 말하는 건 아니…… 이제까지 그런 건 안 믿었는데. 그래서 당신이 여기 온 겁니까? 그게 진짜 존재해요?"

"물론 그런 건 없소." 박사가 신경질을 내며 쏘아붙였다. "편리하긴 하지. 당신 어머니가 당신에게 겁을 주려고 들려준 이야기처럼 말이오."

"그럼 그 얘기들도 다 진짜가 아니었다고요?"

"아니, 그건 다 진짜였을 거요. 그건 완전히 다른 종류니까."

"웬디고요?"

"당신이 들은 이야기 말이오, 이 사람아. 난 챌러가 실종됐다는 건 알아요. 하지만 라로세의 행방에 관한 정보를 얻고 싶었소……."

"박사님뿐만이 아닙니다. 랫 포티지에 사는 사람 중 절반은 그럴 걸요. 하지만 정말 연기처럼 흔적도 없이 사라져 버렸어요."

"내 경험에 따르면 사람은 '흔적도 없이' 사라질 수가 없소, 경사. 여하튼 가장 좋은 출발점은 두 사람이 살아 있는 모습을 마지막으로 목격한 사람일 것 같군."

"잭 피들러를 말씀하시는 거군요. 하지만 아까도 말씀드렸다시피, 그 사람에게도 물어봤지만 아무것도 모른다고 했어요."

"자신과 비슷한 영적 성향을 지닌 사람에게는 더 자세한 이야기를 해 줄지도 모르지요."

"네?"

"같은 괴물 사냥꾼 말이오."

5장

"평생 후회할 거요."

괴물학자가 샌디 호까지 안내할 유능한 안내인을 어디서 구할 수 있느냐고 묻자, 이름을 조너선 호크라고 밝힌 젊은 경사가 잽싸게 자신이 하겠다고 나섰다.

"그 근방을 나보다 더 잘 아는 사람도 없을 겁니다, 박사님. 여기 있는 이 꼬마 친구만 할 때부터 누비고 다녔거든요. 어머니가 당신이 사냥했다고 말해 준 놈들을 쫓아다녔죠. 당연히 장난으로요. 그게 다 진짜가 아니었다니 안심이네요! 오늘 밤에 오타와에서 교대해 줄 친구가 오니까 내일 동이 트자마자 곧장 출발할 수 있습니다."

박사는 매우 기뻐했다. 그는 나중에 내게 북서 기마경찰대원보다 더 믿음직한 안내인을 찾기는 힘들 거라고 말했다. 호크는 우리에게 어떤 장비를 챙겨 왔느냐고 물었다. 북부의 울창한 산림을 통과

해야 하기 때문에 단순히 650킬로미터를 왕복하는 도보 여행이 아니라 산지 탐험에 가까울 것이라고도 했다. 워스롭은 따뜻한 옷과 굳은 결의 말고는 아무것도 준비하지 않았다면서 호크에게 깊은 인상이라도 주려는 듯이 리볼버도 가져왔다고 엄숙한 말투로 덧붙였지만 경사는 웃음을 터뜨렸다.

"권총은 별 쓸모가 없어요. 사향쥐나 비버 정도라면 몰라도 숲에는 회색 곰과 늑대, 살쾡이 같은 맹수가 가득하거든요. 내가 장총을 구해 오죠. 나머지는 전부 나한테 맡겨 둬요. 솔직히 박사님, 나도 피들러와 이야기할 때 뭔가 숨기는 게 있다는 느낌이 들었거든요. 하지만 그쪽 사람들은 원래 우리를, 그러니까 경찰들을 잘 안 믿으니까요. 그리고 박사님 말이 맞아요. 같은 괴물 사냥꾼한테는 털어놓을지도 모르죠."

두 사람은 서로를 높이 평가하며 헤어졌다. 물론 호크 쪽이 훨씬 더 큰 감명을 받은 것 같았지만 말이다.

그는 진심으로 박사에게 반한 것 같았는데, 어린 시절에 우러러보던 영웅이 내 스승이 아니라 그분의 부친이라는 사실을 아직도 제대로 이해하지 못한 것 같았다.

예기치 않은 행운을 얻어 한층 기분이 좋아진 박사는 곧장 전신국으로 가서 뉴욕에 있는 뮤리엘 챈러에게 전보를 보냈다.

> 당일 아침 랫 포티지에 도착. 라로세 실종. 새벽에 호크 경사와 함께 샌디 호로 출발. 추후 연락.

"전보를 받고 어떻게 반응할지 모르겠구나." 저녁식사를 하던 중 박사가 말했다. 그 생각에 신이 났는지 얼굴에 홍조가 떠올라 있었다. "아마 놀라겠지. 하지만 충격을 받지는 않을 거야. 결론이 확실해질 때까지는 소식을 전하지 않을 거다. 쓸데없는 희망을 주고 싶지는 않으니까. 그 가엾은 바보 녀석이 살아 있을 가능성은 사실상 거의 없지만, 그녀가 직접 남편을 찾으러 여기 올까 봐 걱정이다. 뮤리엘이라면 그러고도 남을 여자지. 엄청나게, 어떤 사람들 말을 빌리면 지독히도 고집이 세거든. 존의 시신을 자기 손으로 만져 보지 않는 한 그가 죽었다는 걸 믿지 않을 거야."

그의 기분이 무척 좋아 보였기 때문에 나는 내 머리가 날아갈 위험을 무릅쓰고 그의 과거라는 위험 지대에 침범해 보기로 했다.

"무슨 일이 있었던 거예요?"

그가 이맛살을 찌푸렸다. "무슨 소리냐?"

"박사님이랑 뮤리엘, 어, 챈러 부인요."

"너도 그때 옆에 있었잖니. 분명히 기억하고 있다. 물론 중간에 너더러 나가 보라고 한 것도 확실히 기억하고 있고."

"죄송해요, 박사님. 그러니까 더 옛날에요……."

"왜 무슨 일이 있었을 거라고 생각하는 거지?"

얼굴이 확 뜨거워졌다. 나는 시선을 돌렸다. "그분이 말씀하신 것 때문에요. 그리고 박사님이…… 밤중에 그분 이름을 부르시는 걸 들었거든요."

"네가 그런 소리를 들었을 리가 없다. 내가 충고 한마디 하련, 윌 헨리? 사도 바울의 말처럼 누구나 어른이 되면 어린아이의 일을 버려야 할 때가 온단다.* 나와 뮤리엘 사이에 있었던 일도 그런 것이었지."

하지만 그녀가 해링턴 레인에 왔던 날, 그는 어린아이의 일이고 뭐고 아무것도 포기하지 않은 것 같았다. 자신을 그렇게 설득하고, 심지어 본인 스스로 그렇게 믿었을지도 모르지만, 그렇다고 그것이 사실이 되는 것은 아니다. 그의 거짓말을 믿느니 차라리 지독한 냉소 쪽이 더 설득력이 있으리라.

"두 분은 어릴 때부터 아는 사이였나요?"

"그건 그냥 비유일 뿐이야, 윌 헨리. 실제로 그랬다는 게 아니라. 우린 어린아이였을 때 만난 게 아니다."

"뮤리엘은 챈러 씨랑 결혼한 사이였고요?"

"아니, 내가 그 두 사람을 소개했다. 말하자면 말이지. 어쨌든 그 둘은 나 때문에 만나게 됐으니까."

나는 그가 이야기를 계속하기를 기다렸다. 그는 사슴고기를 씹고, 차를 한 모금 마시고, 내 오른쪽 어깨 너머를 막연히 응시했다.

"사고가 있었다. 내가 다리에서 떨어졌지."

"다리에서 떨어졌다고요?"

"그래, 다리 밑으로 떨어졌다." 그가 짜증을 내며 말했다. "그게 그렇게 놀랄 일이냐?"

"왜 떨어진 건데요?"

"뉴턴의 사과가 떨어진 것과 똑같은 이유에서다. 어쨌든 다치지

* 「고린도전서」 13장 11절을 일부 인용한 것으로 보인다. "내가 어렸을 때에는 말하는 것이 어린아이와 같고 깨닫는 것이 어린아이와 같고 생각하는 것이 어린아이와 같다가 장성한 사람이 되어서는 어린아이의 일을 버렸노라."

는 않았지만 하필 2월이라 강물이 무척 찼지. 그래서 열이 오르는 바람에 며칠간 병원에 입원해야 했다. 그래서 그 두 사람이 만나게 됐지. 나를 통해서가 아니라 나를 넘어서 말이다."

"박사님을 넘어요?"

"내 침대 너머로."

"뮤리엘이 박사님 간호사였어요?"

"아니. 그녀는 간호사가 아니었어. 답답하기는! 그녀는…… 그녀는 내 약혼녀였다! 이제 속이 시원하니?"

나는 깜짝 놀랐다. 워스롭이 누군가와 약혼하는 게 가능하다니, 내 어쭙잖은 상상력으로는 감히 꿈도 꾸지 못할 일이었던 것이다.

"왜 그런 눈으로 쳐다보는 거지? 내가 강에 빠진 건 행운이었다. 그 사고만 아니었다면 나는 그녀와 결혼해서 며칠 동안 앓아눕는 것과는 비교도 안 될 만큼 훨씬 길고 힘든 고충을 겪어야 했을 테니까. 난 그런 건 체질적으로 어울리지 않아. 생각해 봐라, 윌 헨리. 나 같은 남자가 결혼을 하다니! 나와 같이 살아야 할 가엾은 여자를 생각해 봐! 난 원칙적으로 혼인이라는 제도에는 반대하지 않는다. 결혼이란, 적어도 우리 문화권에서는 종의 생존과 유지를 위해 필수적인 제도지. 하지만 상대가 괴물학자라면 얘기가 달라. 그래서 그들을 말렸는데."

"뭘 말렸는데요?"

"결혼 말이다! 나는 그녀에게 평생 후회할 거라고 말했다. 그는 집에 잘 들어오지도 않을 테고, 언젠가는 영원히 돌아오지 않을 거라고. 그런데도 두 사람 다 내 말은 듣지도 않더구나. 사랑은 우리를 바보로 만든단다, 윌 헨리. 명명백백한 현실, 이 경우로 말하자면 괴물학자의 높은 사망률이라는 현실을 눈먼 장님처럼 못 보게 만들지. 우리가 몸담은 이 분야에서는 마흔을 넘기는 경우가 아주 드물어. 내 선친과 폰 헬룽 박사는 매우 보기 드문 예외에 속하지. 그리고 이번에도 내가 옳다는 사실이 다시금 증명됐구나."

박사가 몸을 앞으로 기울였다. 나는 그에게서 뿜어져 나오는 그 묘한 위압감에 저도 모르게 몸을 움츠리며 의자 위에서 쪼그라들었다.

"절대로 사랑에 빠지지 마라, 윌 헨리. 절대로, 절대로 안 된다. 네가 내 전철을 밟든 그렇지 않든, 사랑에 빠져 결혼을 하고 가족을 꾸리게 되면 네겐 엄청난 재앙이 될 거다. 너를 감염시킨 생물체가 안정을 유지해서 네 아버지와 같은 운명이 찾아오지 않더라도 너는 비정상적으로 긴 수명을 살 될 테고, 그렇게 되면 네 자식의 자식들이 먼저 죽는 것을 봐야 할 거다. 네가 사랑하는 모든 사람들이 너보다 먼저 스러지는 것을 봐야 하는 거다. 그들이 간 후에도 너는 계속해서 살아가야겠지. 무녀의 저주처럼, 홀로 계속 살아가야 하는 거다."

다음 날 아침이 되자 호크 경사가 로비에서 기다리고 있었다. 우리는 푸짐한 아침식사를 나눠 먹은 다음—그날 후로는 아주 오랫동안 맛보지 못한 식사다운 식사였다.—회색 구름이 잔뜩 낀 하늘 아래 차가운 북풍 속으로 나갔다. 새삼 캐나다의 잔혹한 겨울이 다가오고 있다는 것을 실감할 수 있었다. 우리가 가져갈 장비는 말을 매는 말뚝 아래 놓여 있었다. 두 개의 큼지막한 배낭에 각종 도구들이 매달려 달랑거리고 있었다. 삽과 손도끼, 냄비와 프라이팬. 식량이 든 작은 가방과 윈체스터 장총 한 쌍도 있었다.

"항상 가볍게 움직여야 합니다." 우리의 안내인이 명랑하게 말했다. "그래야 시간을 절약할 수 있으니까요."

장총을 본 워스롭은 방에 리볼버를 두고 온 것을 기억해 내고 내게 가서 가져오라고 명령했다. 그는 코트 주머니에 권총을 넣고는 말했다. "그럼 냉큼 움직입시다, 호크. 내가 배낭과 장총을 들지. 식량 가방은 윌 헨리가 들 거요."

그 말에 깜짝 놀란 조너선 호크가 물었다. "당신 아들도 같이 갑니까?"

"이 애는 내 '아들'이 아니오. 그래요, 이 아이도 같이 갈 거요."

젊은 경찰관은 얼굴을 찌푸렸다. "내가 참견할 일은 아니긴 한데요……."

"당연히 그렇지."

"애는 여기서 기다리는 게 낫지 않을까요."

"윌 헨리는 내 조수요, 호크 경사. 이 아이의 봉사는 내게 없어서는 안 되는 것이오."

"속도가 느려질 텐데요."

"이렇게 길가에서 말다툼을 하는 것보단 낫겠지. 경사, 윌 헨리는 겉으로 보기보다 훨씬 쓸모가 많아요. 내 보장하지."

호크는 반신반의하며 내 "외관"을 스윽 훑어보았다.

"그럼 당신 말을 믿도록 하지요, 박사님. 하지만 내 눈엔 애가 좀 허약해 보여서요. 여긴 뉴잉글랜드가 아닙니다. 우린 지금 산간 오지로 가는 거예요."

호크 경사가 이번에는 내게 말했다. "숲 속에 괴물이 사는 건 아니다, 윌 헨리 군. 그래도 호시탐탐 너를 잡아먹으려는 짐승들이 많아. 그래도 같이 가고 싶니?"

"전 박사님이랑 같이 있을 거예요." 나는 최대한 단호한 말투로 선언했다.

호크는 그제야 단념했다. 그는 건장한 어깨를 한 번 으쓱하더니 삐딱하게 웃고는 등 뒤에 장총을 걸고 우리에게 따라오라고 말했다. 그는 키가 큰 장정이었고, 다리도 길었다. 험하고 으슥한 산세를 장기간 여행하는 데 익숙한 사람이었다. 앞으로 나와 박사는 우리의 정신적, 육체적 한계를 시험하게 될 터였다. 호크의 말이 옳았다. 이곳은 뉴잉글랜드가 아니었다.

6장

"완전히 다른 종."

첫날 밤에 우리는 호수의 북쪽 사면에서 야영을 했다. 꽤 잘 다져진 길을 따라 거의 30킬로미터나 되는 거리를 걸은 후였다. 호수 양쪽에는 카누들이 놓여 있었는데, 이 길을 랫 포티지로 가는 통상로로 활용하는 원주민과 이 지역 사냥꾼들이 일부러 남겨 놓은 것이었다. 호수를 건너는 데만 두 시간이 넘게 걸렸다. 워낙 물이 넓고 큰지라 건널 때도 신중에 신중을 기해야 했다. 우리 세 사람과 장비를 싣고 나니 조그만 카누가 겁이 날 정도로 낮게 가라앉았기 때문이다. 워스롭과 호크가 텐트를 세우는 동안—호크는 일행이 셋이 되리라고는 생각지 못해 텐트를 하나만 가져왔다.—나는 주변에서 땔감을 모았다. 해가 지기 직전의 어스름 속에서 나는 커다란 동물이 슬그머니 움직이는 소리를 들은 것 같다는 생각이 들었다. 하지만 정말로 그런 소리가 난 건지, 아니면 해가 이지러지면서 내 상상력이 활개를 치기 시작한 건지 알 수가 없었다.

하지만 아직 밤이 떨어지기도 전에 호크 경사는 따뜻한 모닥불을 피우고 신선한 사슴고기 소시지를 프라이팬에 구웠다. 그는 여름 방학에 놀러 온 어린 학생처럼 잔뜩 신이 나서 재잘거렸다.

"괴물학 이야기 좀 해 주시죠, 박사님. 나도 숲에서 별별 이상할 것들을 많이 봤지만 박사님이 겪은 일에 비하면 아무것도 아니라고요! 우리 어머니가 들려주신 얘기가 반에 반이라도 진짜라면……."

"당신 어머니가 어떤 얘기를 해 줬는지 알 수가 없으니 그분의 정직성에 대해서는 평가할 수가 없군요."

"뱀파이어는 어때요? 뱀파이어 사냥도 해 봤나요?"

"없소. 그리고 그건 아무래도 어려울 거요."

"왜요? 잡기가 어려워서요?"

"불가능하니까."

"맞아. 관에서 잠을 잘 때를 노리지 않으면 안 되죠."

"경사, 내가 뱀파이어를 사냥하지 않는 건, 웬디고와 마찬가지로 그런 건 존재하지 않기 때문이오."

"그럼 늑대인간은요? 늑대인간을 사냥해 본 적은 있습니까?"

"전혀."

"그것도 존재하지 않는 거예요?"

"그럴 거요."

"그럼 혹시……."

"설마 '좀비'에 대해 물어보려는 건 아니었길 바라오."

경사의 입이 텁 하고 닫혔다. 그는 잠시 모닥불을 응시하더니 막대기 끝으로 불티가 날리는 장작 더미를 휘저었다. 그는 다소 풀이 죽은 듯 보였다.

"그럼 대체 어떤 것들을 사냥하는 겁니까?"

"사실 내가 주로 하는 일은 사냥이 아니오. 나는 연구를 하지. 놈들을 쫓아다니거나 죽이는 건 나로선 최대한 피하고 싶은 일이오."

"별로 재미있을 것 같진 않네요."

"그건 당신이 말하는 '재미'가 무엇이냐에 달렸지."

"괴물학이 그런 괴물들을 사냥하는 게 아니라면 당신 친구 챈러는 왜 웬디고를 찾으러 온 겁니까?"

"그건 나도 잘 모르겠소. 하지만 그것을 찾지 못한다고 해서 그게 존재하지 않는다는 증거는 되지 않소. 왜냐하면 발견하지 못했다는 건 그저 아직 발견되지 않았다는 뜻일 뿐이니까. 아마 그는 그걸 발견하거나 아니면 적어도 반박할 수 없는 증거를 찾길 원했을 거요. 요즘 우리의 연구 대상에 당신이 말하는 그런 존재들까지 포함하자는 움직임이 일고 있거든. 뱀파이어나 늑대인간 따위 말이오. 나는 반대하고 있지만."

"왜요?"

워스롭은 애써 평정을 유지했다. "왜냐하면, 호크 경사, 아까도 말했다시피 그런 것들은 존재하지 않기 때문이오."

"하지만 아까는 발견하지 못했다고 해서 그런 게 존재하지 않는다는 증거는 아니라면서요."

"나는 그런 것들이 존재하지 않는다고 거의 절대적으로 확신할 수 있고, 그것을 증명하는 데에는 나 자신의 논리적 사고 외에는 아무것도 필요하지 않아요. 예를 들어 웬디고를 생각해 봅시다. 그놈의 특성이 뭐요?"

"특성요?"

"그래요. 이를테면 그게 늑대나 곰 같은 맹수들과 다른 점이 뭐요? 어디 설명해 보시오."

호크는 마음의 눈으로 보려는 듯이 눈을 감았다.

"어, 일단 몸집이 크죠. 키는 5미터나 되고, 또 얇아요. 종잇장처럼 얇아서 옆으로 서면 보이지도 않을 정도라죠."

박사가 빙그레 웃었다. "그래요, 계속해 보시오."

"형태를 바꿀 수도 있어요. 가끔은 늑대나 곰으로 변신하기도 하고요, 또 항상 굶주려 있지요. 그렇지만 사람 말고 다른 것은 안 먹어요. 그리고 먹으면 먹을수록 점점 더 배가 고파지고, 점점 더 얇아지고, 그래서 사람들을 계속 잡아먹게 되죠. 자기도 어쩔 수가 없는 거예요. 나무 꼭대기에서 꼭대기로 뛰어다니면서 이동하는데, 때로는 긴 팔을 펼쳐서 바람을 타고 날기도 합니다. 그리고 항상 밤에 찾아오지요. 일단 놈이 당신을 발견하면 그땐 끝장이에요. 할 수 있는 게 아무것도 없거든요. 그게 며칠 동안 당신을 쫓아다니면서 이름을 부르면 그 목소리를 들은 사람은 자기도 모르게 놈에게 가게 되지요.

총알로는 죽일 수 없습니다. 효과가 있는 건 은총알뿐이죠. 은으로 된 무기라면 뭐든 놈에게 상처를 입힐 수 있지만 반드시 심장을 맞추거나 머리를 잘라야 합니다. 그런 다음에는 시체를 불에 태워야 하고요."

호크는 숨을 길게 들이마시고는 내 스승을 뚱한 표정으로 올려다보았다.

"이제 웬디고의 신체적인 특성을 대부분 알게 된 셈이군." 박사가 수업을 시작하는 교사처럼 설명을 이어 나가기 시작했다. "전체적인 외관은 인간에 가깝고, 키는 성인 남성의 두 배가 넘을 정도로 매우 크며, 극도로 말랐는데 당신 말에 따르면 자연법칙을 거슬러 옆에서 보면 거의 안 보일 정도로 얇지요. 한 가지 당신이 빠뜨린 게 있는데, 그건 렙토 루르코니스의 심장이 얼음이라는 거요. 웬디고의 먹이는 인간이고—흥미롭게도 특정 종류의 이끼도 섭취하는 걸로 알려져 있소.— 하늘을 날 수 있는 능력도 있고. 아, 그리고 당신이 빠뜨린 게 또 하나 있군. 바로 번식에 관한 부분이지."

"뭐요?"

"지구 상에 있는 모든 생물종은 다음 세대를 이을 재생산 능력을 갖고 있소, 경사. 그 정도는 어린애도 알 거요. 자, 그럼 말해 보시오. 웬디고는 어떻게 새끼 웬디고를 낳지요? 사람과(人科) 생물은 포유류보다 한 단계 위에 있으니—얼음으로 된 심장이 어떻게 혈액을 순환시킬 수 있느냐에 대한 문제는 접어 두기로 합시다.—무성(無性)일 수는 없겠지. 녀석들은 어떻게 짝짓기를 할 것 같소? 과연 웬디고도 사랑에 빠질 것 같소? 일부일처제겠소, 아니면 일부다처제나 일처다부제겠소?"

호크가 웃음을 터뜨렸다. 그에게도 황당무계한 소리였던 것이다.

"놈들도 사랑을 할 수 있을지 모르죠. 사람들만 그런다면 좀 안됐잖아요."

"자연을 인격화해선 안 됩니다, 경사. 물론 발달 단계가 낮은 하등 동물도 사랑을 할 수 있을지 모른다는 여지는 남겨 둬야 하지만. 나는 비버가 무슨 생각을 하는지 모르오. 어쩌면 비버도 자기 딴에는 자기 짝을 열렬히 사랑할지도 모르지. 그렇다면 웬디고는 다른 동물들과 달리 죽지 않으니 재생산을 할 필요도 없는 걸까요?"

"잡아간 사람들을 자기들처럼 똑같이 바꾸는지도 모르죠."

"하지만 아까는 놈들이 우리를 잡아먹는다고 하지 않았소."

"어, 잡혀간 사람들이 어떻게 되는지는 나도 정확하게 몰라요. 사냥꾼이나 덫놓이꾼, 인디언들한테 들은 이야기니까요."

"그렇다면 뱀파이어나 늑대인간과 똑같은 거로군. 우리가 놈들의 식량이면서 동시에 뒤를 이을 자손이라고?"

박사는 부러 꾸민 근엄한 표정을 지으며 고개를 주억거렸다.

"누가 봐도 명백하지 않소? 웬디고는 사람을 잡아먹는 괴물이 아니라 굶주림이나, 기아에 시달린 나머지 같은 인간을 잡아먹는 터부 행위에 대한 은유인 거요. 아니면 어린애들한테 부모님 말씀을 잘 들어야 한다고 겁을 줄 때 쓰려고 지어낸 이야기일 수도 있지."

한동안 아무도 입을 열지 않았다. 장작이 갈라지며 불똥이 튀었다. 작은 야영지 위로 검은 그림자가 휘휘 돌며 춤을 췄다. 호수는 달빛 아래서 은빛으로 빛나고, 밀려오는 물결은 기슭을 관능적으로 핥고 있었다. 찌르륵거리는 귀뚜라미 소리가 울리는 가운데 때때로 수풀 속에서 나뭇가지가 야생동물에 밟혀 부러지는 소리가 들렸다.

"애초에 괴물학에 대해 묻질 말걸 그랬어요." 호크가 억울하다는 듯이 말했다. "이젠 재미가 하나도 없어졌다고요."

호크가 동전을 던져 누가 먼저 망을 볼지 정했다. 문명 세계에서 겨우 한 나절밖에 떨어지지 않았건만 우리는 벌써 늑대와 곰의 영역에 들어와 있었고, 그래서 밤새 불을 지킬 필요가 있었다. 워스롭이 제일 늦게 잠을 잘 사람으로 뽑혔지만 그는 결과에 만족하는 것 같았다. 그는 덕분에 생각할 시간이 생겼다고 말했는데, 내게는 무척 아이러니한 말처럼 들렸다. 어차피 그는 늘 생각에 잠겨 있었기 때문이다.

덩치 좋은 호크 경사가 텐트에 기어 들어오더니 내 옆에 누웠다. 잠자리가 워낙 좁은 탓에 우리 둘의 어깨가 맞닿았다.

"너희 두목은 정말 특이하구나, 윌."

그는 워스롭에게 들리지 않게 조그맣게 속삭였다. 열려 있는 입구 덮개 너머로 박사의 어둑한 윤곽이 보였다. 윗몸은 주황색 모닥불 위로 구부정하게 기울어 있고 허벅지에서는 장총 끄트머리가 튀어나와 있었다.

"무례하진 않은데 별로 다정한 성격도 아니야. 좀 냉혈한 같은 데도 있고. 그렇지만 친구를 찾아서 여기까지 온 걸 보면 사람은 괜찮은 것 같아."

"친구 때문인지는 확실치 않아요." 내가 말했다.

"친구 때문이 아니야?"

"저분은 챈러 박사가 벌써 죽었다고 생각하거든요."

"사실은 내 생각도 그렇다. 그래서 수색을 중단한 거고. 하지만 그건 웬디고랑 비슷한 거야. 그 사람을 못 찾을 가능성이 크지만 그렇다고 그가 정말 죽었다는 증거는 아니라는 거지."

"친구분을 찾는 걸 진짜 중요하게 여기는 것도 아닌 것 같아요."

나는 솔직히 털어놓았다.

"그래? 그럼 뭐 하러 여기까지 온 거냐?"

"아마 그분 때문일 거예요."

"누구?"

"챈러 부인요."

"챈러 부인!" 호크가 속닥였다. "그게 무슨…… 아! 아아! 혹시 그거……. 아니다, 말하지 마라!" 그는 졸린 듯 나른하게 키득거렸다. "냉혈한은 아니었구먼그래."

그가 옆으로 돌아누웠다. 잠시 후 코고는 소리가 우렁차게 울려 퍼졌다. 나는 꽤 오랫동안 잠을 이룰 수가 없었다. 그의 시끄러운 코골이 소리 때문이 아니었다. 몸과 마음이 길을 잃고 공중에 둥둥 떠 있는 것 같은 이상한 기분, 평생도록 익숙했던 세계에서 멀리 떨어져 이 넓고 광활한 대자연 속에 누워 있노라니 마치 망망대해 한가운데 떠 있는 것처럼 나 자신이 너무나도 작고 초라하게 느껴지는 묘한 감각 때문이었다. 나는 반쯤 감은 눈꺼풀 아래로 텐트 밖에 앉아 있는 스승의 옆모습을 지켜보았다. 왠지 이상하게 안심이 되는 것 같았다. 나는 괴물학자가 나를 지켜 주고 있다는 생각에 뜻밖의 안도감을 느끼며 스르르 잠들었다.

첫날 밤에 거대한 숲에서 느꼈던 불안감은—전에 품고 있던 부푼 기대감 때문에 더욱 힘들게 느껴진—따분함과 흥분이 뒤섞인 묘한 감정 속에서 그 뒤로도 며칠간 지속되었다. 아무리 걷고 걸어도 풍경은 변하지 않았고 아무리 방향을 바꾼들 우리 앞에는 똑같은 길이 계속되었다. 우리가 지금 어디 있는지 알 수 있는 단서가 아무것도 없었다. 가끔은 커튼을 양옆으로 걷는 것처럼 갑자기 숲이 갈라지면서 수목의 짙은 어둠을 뚫고 햇빛이 비치는 밝은 공터가 나타나기도 했다. 지상으로 머리를 내민 둥근 바위들, 협곡을 뚫고 나온 암반의 레비아탄들, 험준한 얼굴에는 덥수룩한 이끼가 턱수염처럼 나 있었다.

우리는 무수한 계곡과 실개울을 지나쳤다. 어떤 것들은 폴짝 뛰어넘기에는 너무 넓어서 얼음장처럼 차가운 물에 발을 적시며 건너야 했다. 길이 끊어져 유실된 곳을 힘들게 기어오르기도 하고 한낮에도 음산한 그림자가 드리운 깊은 협곡을 오르기도 했다. 호크가 '브륄레'*라고 부르는 폐허와 맞닥뜨리기도 했다. 봄철의 격렬했던 산불에 희생된 자작나무와 단풍나무, 가문비나무와 솔송나무의 골격만 남은 검은 잔해가 지평선 너머까지 멀리 펼쳐져 종말론적인 풍경을 만들어 내고 있었다. 땅바닥 가득 두껍게 쌓인 회색빛 재 위로 바람이 무자비하게 채찍질할 때마다 뿌연 가루가 연무처럼 피어올랐다. 이런 황량하고 적막한 땅 위에서 문득 고개를 드니 회색빛 하늘에 검은 형체 하나가 떠다니는 것이 눈에 들어왔다. 아마도 사냥감을 노리고 있는 독수리 같은 맹금류일 테다. 바로 그때, 소름 끼치는 그 찰나의 순간 나는 그것의 눈으로 우리를 보았다. 한심할 정도로 작고 하찮은 땅 위의 여행자들. 죽은 땅에 발을 들여놓은 침입

---

* 산불에 탄 산림지대를 가리키는 말.

자들.

호크 경사는 어떻게든 공터에 야영지를 세우고 싶어 했지만, 번번이 해넘이가 산림 깊숙한 곳에서 우리의 발목을 붙드는 바람에 무덤처럼 컴컴한 암흑 속에서 텐트를 쳐야 했다. 모닥불이 없다면 한 치 앞도 보이지 않을 정도였다.

호크의 명랑한 성격은 끈질긴 어둠과 침울함을 덜어 내는 데 큰 도움이 되었다. 그는 옛날이야기와 우스갯소리를 아주 많이 알고 있었고—대부분은 아니더라도 그중 몇 개는 아주 외설적이었다.— 썩 근사한 목소리를 지니고 있었다. 그는 이름 모를 숲의 신에게 헌사라도 바치듯이, 턱을 살짝 기울인 채 옛날 프랑스 산사람들이 부르던 노래를 흥얼거리곤 했다.

제 페 윈 마트레스 위 아 파 롱탕,

쥐헤 라 부아 디망쉬, 아 위, 쥐헤!*

"이 노래 아십니까, 박사님?" 그가 박사를 놀리기 시작했다. 「르 쾨르 드 마 비엥아미」, 「내 사랑하는 이의 마음」이라는 노래죠. '며칠 전 아름다운 아가씨 나를 사로잡았네…….' 이 노래를 들으면 옛날에 키웨이틴에서 만난 아가씨가 생각난단 말이죠. 지금은 이름도 기억이 안 나지만 그땐 그 여자랑 결혼까지 할 뻔했지요! 결혼하셨나요, 박사님?"

---

* 프랑스어로 "며칠 전 아름다운 아가씨 나를 사로잡았네. 일요일에 그녀를 만나러 가리, 아, 만나러 가리."

"아니요."

"한 적도 없고요?"

"한 적도 없소."

"하지만 결혼할 뻔한 적은 있겠죠?"

"전혀."

"왜요, 여자 안 좋아하십니까?" 호크가 나한테 눈을 찡긋하며 이죽거렸다.

박사는 불쾌한 듯 입을 꾹 다물었다. "과학적 탐구에 종사하는 과학자로서, 나는 그들을 엄밀히 말해 우리와는 완전히 다른 종으로 분류해야 한다고 생각하오. 호모 에니그마(Homo enigma)나 호모 모탈리스(Homo mortalis)처럼 말이오."

"난 박사님의 학문 분야에 대해서는 문외한이지만 괴물 사냥꾼이 평범한 사람들과는 다른 눈으로 세상을 보는 것만은 알겠더군요. 당신들은 항상 끔찍하고 흉측한 것들에 관심을 갖죠. 하지만 그래서 밝고 아름다운 걸 보면 그 진가를 더 잘 알 것 같은데요. 적어도 내 생각은 그래요. 어쨌든 그렇게 말씀하신다면 믿어 드리죠."

호크가 다시 조곤조곤 노래를 부르기 시작했다. "라 드망드 아 마미 주 뤼 페래."*

워스롭이 갑자기 성을 내며 자리에서 벌떡 일어났다. "제발 그 지긋지긋한 노래 좀 그만 부르시오!"

박사는 발을 쿵쿵 구르며 수풀 쪽으로 걸어가다 모닥불과 어둠이

* 프랑스어로 "그녀가 원한다면 난 해 줄 거야."

만나는 경계점에서 우뚝 멈춰 섰다. 마치 모닥불 위에서 뜨겁게 달궈지기라도 하는 듯이 그의 길고 호리호리한 형체가 꿈틀거렸다.

호크는 까딱도 하지 않았다. 그는 내 옆구리를 쿡쿡 찌르며 박사를 가리켰다. "너희 박사님은 자기가 좋아하는 걸 싫어하는 사람인가 보다, 윌. 그리고 반대로 싫어하는 건 좋아하고 말이야."

"다 들려요, 경사!" 워스롭이 어깨 너머로 소리쳤다.

"전 박사님한테 절대로 없어서는 안 될 하인한테 얘기하던 거였는데요, 박사!" 호크가 명랑하게 되받아쳤다.

박사가 고개를 살짝 숙이고 손을 들어 올렸다. 손가락 끝이 움찔거리는 게 보였다. 그것만 빼면 그는 미동도 없이 얼어붙어 있었다. 마치 땅바닥에 박힌 기둥처럼. 그는 뭔가에 귀를 기울이고 있는 것 같았다. 호크가 나를 돌아보며 바보처럼 웃는 얼굴로 입을 열었다. 하지만 내가 땅을 박차고 일어서는 바람에 그는 하려던 말을 잊어버렸다. 나는 내 스승을 알았다. 나는 본능적으로 그의 본능에 반응했다.

돌개바람이 불어와 괴물학자의 머리칼과 모닥불을 들쑤셨다. 불똥이 춤을 추며 빙글빙글 돌았다. 텐트의 한쪽 자락이 펄럭거렸다. 호크가 나지막이 박사의 이름을 불렀지만 그는 대답하지 않았다. 그는 검은 숲을 노려보고 있었다. 고양이처럼 그 짙은 어둠 속을 꿰뚫어 볼 수라도 있는 양.

호크가 나를 의아한 눈으로 쳐다보았다. "왜 저러시는 거냐, 윌?"

박사가 갑자기 수풀 속으로 뛰어들더니 순식간에 나무 사이로 사라졌다. 레비아탄의 배 속처럼 시커먼 어둠이 그를 통째로 삼켜 버렸다. 너무나도 순식간에 일어난 일이라 뭔가가 갑자기 숲에서 튀어나와 그를 채어 가기라도 한 것 같았다. 나는 놀라서 앞으로 뛰쳐나갔다. 호크가 내 목덜미를 틀어쥐더니 뒤로 끌어당겼다.

"안 돼, 윌!" 그가 외쳤다. "서둘러! 내 가방에 등불이 있을 거다."

박사가 숲과 덤불을 헤치며 돌아다니는 소리가 들렸다. 그가 멀어질수록 소리도 희미해졌다. 나는 모닥불 장작으로 등불에 불을 붙여 호크에게 건네주었고, 우리는 제멋대로 뛰쳐나간 내 스승을 찾아 숲 속으로 돌진했다. 우리가 든 등불은 어둠에 흠집을 내는 정도가 고작이었지만 호크는 워스롭의 흔적을 쉽사리 찾아냈다. 그의 숙련된 눈은 부러진 나뭇가지와 바닥에 난 쓸린 자국을 하나도 빠짐없이 포착할 수 있었다. 우리는 눈으로 볼 수 있는 흔적에만 의존해야 했다. 밤은 죽은 듯이 고요했다. 울창한 나뭇잎이 우리 몸에 쓸리는 소리를 제외하면 아무것도 들리지 않았다. 질긴 덩굴과 나뭇가지가 우리의 앞길을 막아섰다. 마치 숲이 우리의 발을 잡아 두려는 듯이, 무언가의 원령이 말을 걸기라도 하는 듯이. 가지 마, 가지 마. 보고 싶지 않을 거야.

바닥이 비스듬히 오르막으로 변했다. 숲이 엷어졌다. 우리는 별빛 아래 찬연하게 빛나는 공터와 마주쳤다. 그리고 그 중앙에는 아직 어린 솔송나무의 부러진 그루터기가 하나 있었다. 키는 2.5미터쯤 되어 보였고, 바닥에는 산산이 부서진 나무 파편이 흩어져 있었다. 마치 별무리로 뒤덮인 높은 하늘에 살고 있는 커다란 거인이 손을 내밀어 지상의 이쑤시개를 부러뜨린 것 같았다.

나무에서 그리 멀지 않은 곳에 괴물학자가 서 있었다. 고개를 한

쪽으로 기울이고 팔짱을 낀 채 화랑에서 마음에 든 미술작품을 감상하는 감정가처럼 나무를 바라보고 있었다.

부러진 솔송나무 가지에 인간의 몸뚱이가 꽂혀 있었다. 워스롭의 눈높이에 걸려 있는 흉골 위로 뾰족한 가지 끝이 삐죽 나와 있었다. 손발은 땅바닥을 향해 힘없이 늘어져 있고 머리는 뒤로 푹 젖혀졌으며 입은 반쯤 벌어져 있었다. 텅 빈 눈구멍에는 바닥없는 어둠이 고여 있었다.

시체는 실오라기 하나 걸치지 않은 알몸이었다. 그리고 얼굴을 제외한 온몸의 껍질이 벗겨져 있었다. 옷과 피부, 두 겹의 껍질이 모두 벗겨져 있었다. 찬란한 별빛 아래, 원래대로라면 피부 아래 숨겨져 있어야 할 힘줄과 근육이 축축하게 젖어 번들거리고 있었다.

싸늘한 별들이 고대의 음악을 따라, 영원토록 이어질 장엄한 교향곡에 맞춰 회전했다.

별들은 나이가 많다. 그들의 기억도 오래갈 것이다.

7장

"두려워할 필요 없어요."

"하느님 맙소사." 호크 경사가 속삭였다. 그는 가슴에 성호를 그었다. 불길한 기운을 뿜어내는 텅 빈 구멍을, 소리 없이 절규하는 얼어붙은 입을 바라보았다.

"아는 사람이오?" 워스롭이 물었다. 그러더니 이내 스스로 답을 찾았다. "피에르 라로세로군."

호크가 마른 입술을 혀로 축이며 고개를 끄덕였다. 그는 나뭇가지에 꿰인 시체에서 눈을 떼고 겁먹은 눈동자를 굴리며 재빨리 주변을 둘러보았다. 총의 방아쇠 위에서 손가락이 가늘게 떨리고 있었다. 뭐라고 거칠게 중얼거리는 소리가 들렸다.

"윌 헨리." 박사가 말했다. "텐트에 가서 도끼를 가져오너라."

"도끼요?" 호크가 물었다.

"꼬챙이에 꿰인 돼지처럼 사람을 이대로 놔둘 순 없잖소. 냉큼 다녀와라, 윌 헨리."

내가 돌아왔을 때, 박사는 평상시와 다름없이 침착한 모습으로 수염이 거뭇한 턱을 쓰다듬으며 생각에 잠겨 있었고 호크는 공터 건너편에 있는 관목 숲을 비틀거리며 헤매고 있었다. 그가 든 등불이 수풀 속에서 커다란 개똥벌레처럼 까딱였다. 나는 워스롭에게 손도끼를 건네주었다. 그는 피곤에 지친 여행자가 힘겹게 쟁취한 평화로운 잠을 방해하고 싶지 않은 듯이 조심스럽게 시신에 다가갔다. 그가 내게 등불을 더 가까이 가져오라고 손짓했다. 그때 호크가 숨을 헐떡이며 다시 나타났다. 머리카락에는 잔가지와 죽은 이파리가 붙어 있고 뺨은 붉게 상기되어 있었다.

"아무것도 없어요. 너무 깜깜해서 보이는 것도 없고요. 동이 틀 때까지 기다려야 할 것 같습니다……. 그런데 지금 뭐 하는 겁니까?"

박사가 날카로운 도끼날을 시신의 몸뚱이에 힘껏 내리쳤다. 길쭉한 살 조각이 호크의 뺨에 찰싹 달라붙었다. 괴물학자의 방식에 익숙지 않은 불쌍한 경사가 비명을 빽 내지르더니 정신없이 손을 휘둘러 얼굴에서 살점을 떼어 냈다.

"나무를 잘라요, 이런 빌어먹을. 사람을 자르면 어떻게 합니까?" 그가 소리쳤다. "당신 대체 뭐가 문제예요, 워스롭?"

박사가 뭐라 툴툴거리더니 도끼를 다시 뒤로 잡아당겼다가 앞으로 휘둘렀다. 두 번째 일격은 정확히 나무둥치에 명중했다. 시체가 다소 흔들리나 싶더니, 이내 끔찍하고 처절할 정도로 느릿느릿한 속도로 나뭇가지에서 빠져 핑그르르 반 바퀴를 돌아 바닥에 떨어졌다. 쿵 하는 섬뜩한 소리가 차가운 밤공기 가득 울려 퍼졌다. 호크는 시체가 자기 앞에 떨어지기라도 한 양 기겁하며 뒤로 펄쩍 물러섰다.

"따라와라, 윌 헨리." 박사가 피 묻은 도끼를 내게 건네며 엄숙하게 말했다.

나는 등불을 낮게 쥔 채 시체 옆으로 다가갔다. 워스롭이 한쪽 무릎을 꿇고 앉아 시신의 상태를 차분히 살펴보기 시작했다. "등의 상피도 완전히 벗겨졌군." 캐나다의 광활한 원시림이 아니라 해링턴 레인에 있는 그의 실험실에 와 있는 듯한 말투였다. "더 바짝 비춰 봐라, 윌 헨리. 아래쪽 조직은 열상을 입었고. 상처가 깔끔하군. 무슨 무기인지는 몰라도 아주 날카로운 걸 사용했어. 하지만 여기와 여기에는 찢어진 흔적이 있구나." 그는 손가락 끝으로 광배근을 꾹 눌렀다. 손가락 위로 끈적이는 액체가 고였다. 피는 붉은색보다 검은색에 가까워 보였다. "윌 헨리, 제발 불 좀 똑바로 들고 있어라. 그늘이 지잖니."

그는 바닥에 손과 무릎을 대고 엎드려 시체에 얼굴을 바짝 들이대고는 고개를 좌우전후로 기웃거리며 꼼꼼히 살펴보고 눌러 보고 찔러 보고, 나아가 벌써 부패하고 있는 살덩이에 거의 닿을 정도로 코를 들이밀고 킁킁거렸다.

그것은 호크의 능력으로는 감당하기가 너무 힘든 광경이었다. 그는 우리 뒤에서 걸쭉한 욕지거리를 내뱉으며 초조하게 한자리를 맴돌았다. 순식간에 두 사람의 역할이 바뀌었다. 우리는 이제 호크 경사가 어린 시절을 보낸 거친 산세에서 벗어나 피와 그림자의 땅, 괴물학의 영역에 들어와 있었다.

"빌어먹을, 지금 대관절 뭘 하는 겁니까, 워스롭?" 호크의 겁에 질린 목소리가 허공에 떠돌았다. "지금 이러고 있을 시간이 없어요. 어쩌면……." 그는 말끝을 흐렸다. 호크의 목소리가 그가 지금 얼마나 신경이 곤두서 있는지 말해 주고 있었다. 마치 그에게 익숙한 세상이 눈 깜짝할 사이에 사라져 버린 것만 같았다. 그는 지금 낯설고 이질적인 땅에 홀로 남은 원주민이었다. "그러지 말고 시신을 야영지로 가져갑시다. 냄새를 맡고 싶으면 거기 가서 맘껏 맡아요!"

박사는 이 현명한 제안에 기꺼이 찬동했다. 내가 앞장서고, 박사와 호크는 뒤에서 우리의 그 소름 끼치는 습득물을 나눠 들었다. 우리가 자리를 비운 사이 모닥불이 사그라지어 희미하게 깜박이는 잿더미로 변해 있었기에 내가 손도끼를 들고 땔감을 좀 잘라 왔다. 하지만 호크에게는 성이 차지 않는 모양이었다. 그는 한 아름도 아니고 두 아름이나 되는 땔감을 구해 왔고 곧 불길이 1미터도 넘게 솟구치기 시작했다.

"당신이 옳았소, 경사." 워스롭이 성자 앞에 참회하는 죄인처럼 시체 옆에 무릎을 꿇으며 말했다. "이쪽이 훨씬 낫군." 그는 두 손으로 조심스레 시신의 머리를 받쳐 들고 턱을 아래로 잡아당겼다. 텅 빈 눈구멍이 하늘을 향했다. "자세히 보시오. 라로세라는 게 확실합니까?"

"그래요, 그 사람입니다. 라로세 맞아요." 호크가 가방을 뒤져 은색 플라스크를 꺼내 파들거리는 손가락으로 뚜껑을 뒤틀어 열고 내용물을 벌컥벌컥 들이켜고는 부르르 몸서리를 쳤다. "빨간 머리를 보니 확실합니다."

"흠, 정말 빨갛군. 얼굴에는 손을 대지 않았다는 게 참 이상하단 말이오. 눈은 예외지만."

"왜 눈을 도려냈을까요?"

"누가 일부러 그런 것 같지는 않소." 박사가 시신에 얼굴을 가까이 들이대며 말했다. "내가 보기엔 까마귀 짓인 것 같은데. 하지만 이렇게 깜깜해서야 제대로 볼 수가 없군. 아침까지 기다려야겠소."

"그건 그렇다고 칩시다. 그럼 피부는요? 동물들은 이런 식으로 시체 피부를 벗긴 다음에 버리고 가지 않아요. 그리고 젠장맞을 옷은 다 어디 갔답니까?"

"그래요. 피부를 벗긴 건 동물이 아니오. 적어도 네발 달린 동물은 아니지. 누군가 이 사람의 피부를 아주 날카로운 도구를 써서 벗겨냈소. 사냥 나이프라든가……." 그는 말을 멈추고 시신의 가슴 한복판에 입을 벌리고 있는 커다란 구멍을 들여다보았다. 그것은 나뭇가지가 관통한 흔적을 빼면 시체에서 유일하게 눈에 띄는 상처였다. 워스롭이 피식 웃더니 안타깝다는 듯이 고개를 저었다. "'아, 내 왕국을 내줄 터이니 빛을 다오!'* 일단 기다리는 방법도 있지만……. 윌 헨리, 내 도구 주머니를 다오."

나는 박사의 그런 모습에 황당해하고 있는 안내인의 옆을 돌아 부드러운 천으로 만든 도구 주머니를 가져왔다. 그는 서둘러 가죽끈을 잡아 풀어 주머니를 연 다음 그가 원하는 것을 꺼내 호크의 얼굴 앞에 들어 보였다.

"아니면 메스 같은 것 말이오, 경사. 윌 헨리, 여기를 비춰 다오.

* 셰익스피어의 「리처드 3세」의 한 대목, "내 왕국을 내줄 터이니 말을 다오."의 패러디.

아니, 반대쪽 말이야. 등을 좀 더 아래쪽으로 내려라, 그렇지."

"지금 뭐 하는 겁니까?" 호크가 물었다. 호기심이 혐오감을 이겼는지 그도 몸을 가까이 내밀었다.

"여기 이상한 부분이 있어서……." 가슴에 난 상처 속으로 박사의 손이 사라졌다. 그는 손끝의 미세한 감각과 인간 신체에 대한 지식에만 의존해 메스를 몇 번 놀린 다음, 수술도구를 다시 내게 건네주었다.

"뭐가요?" 호크가 물었다. "뭐가 이상한데요?"

"아악!" 박사가 참다 못해 소리 질렀다. "나라고 두 가지 일을 동시에 할 수는 없소……. 윌 헨리, 등을 내려놓고 이쪽을 잡아당겨라. 아니, 좀 더 깊이 넣어야지. 늑골을 잡아. 아주 세게 잡아당겨야 한다. 윌 헨리, 더 세게 당겨!"

뺨에 다른 사람의 숨결이 느껴졌다. 호크였다. 그는 나를 우두커니 바라보고 있었다.

"없어서는 안 되는 존재라더니." 그가 속삭였다. "이제야 알겠군요!"

박사의 손이 내 손 사이로 사라졌다. 그러더니 잠시 후 과장되고 거침없는 동작으로 심장을 끄집어내 하늘에 제물이라도 바치듯이 그것을 손바닥에 놓고 높이 들어 올렸다. 나는 엉덩방아를 찧으며 뒤로 나동그라졌다. 팔 근육이 고통스러운 비명을 내질렀다. 워스롭은 불 쪽으로 몸을 돌리고 손에 놓인 심장을 자세히 관찰했다. 손가락으로 심낭을 살짝 누르자 반쯤 굳은 걸쭉한 동맥혈이 폐동맥 절단면 위로 볼록 솟더니 모닥불 위로 떨어져 치직거리는 소리를 내며 연기가 되어 사라졌다.

"정말 이상하군……. 우심실에 톱니 모양의 외상이 있어."

"뭐라고요?" 호크가 소리치다시피 물었다. "뭐에 뭐가 있다고요?"

"이빨 자국이오, 경사. 뭔가가 이 사람의 가슴에 구멍을 내고 심장을 한 입 뜯어 먹었소."

그날 밤 괴물학자는 잠을 자지 않았다. 새벽 3시쯤이 되자 그는 나를 잠자리로 쫓아냈다. "계속 이러고 있다간 내일 아침에 넌 쓸모없는 짐이 될 거다, 윌 헨리." 그러고는 호크에게도 눈을 붙이라고 종용했다. 오늘 밤은 자신이 두 차례 모두 불침번을 설 것이라고도 했다. 충격에서 아직 헤어나지 못한 우리 안내인은 박사의 제안을 그리 달갑게 여기지 않았다.

"그러다가 당신이 곯아떨어지면요? 그래서 불이 꺼지기라도 하면…… 냄새 때문에…… 별별 것들이 다 몰려올 겁니다." 그는 어린애가 담요를 껴안는 것처럼 장총을 가슴팍에 그러안았다. "저 밖에 이런 짓을 한 놈들이 아직 돌아다니고 있다는 건 말할 필요도 없고요. 지금 이 순간에도 우리를 지켜보고 있을지도 몰라요. 우리가 잠들기만을 기다리면서요."

"안심해요, 경사. 난 절대로 졸지 않을 거요. 그리고 장총도 옆에 두고 있을 테니 두려워할 필요 없어요."

그러나 호크는 들으려 하지 않았다. 그는 박사가 어떤 사람인지 몰랐다. 일단 조사에 착수하면 박사는 며칠이고 잠을 자지 않았다. 지금 워스롭의 눈은 신이 나서 반짝거리고 있었고 방금 전까지 보였던 피곤한 기색도 언제 그랬냐는 듯 자취를 감췄다. 이제 그는 물

만난 고기나 다름없었다.

"두려워할 필요가 없다고요? 아이고, 성모 마리아님, 세상에 이 사람 말 하는 본새 좀 보쇼!"

"그래요, 제발 내 말대로 해 주시오, 경사. 지금은 본능에 굴복해 이성을 잃을 때가 아니니까. 서커족 야영지는 얼마나 멉니까?"

"하루…… 하루하고 반나절 정도는 더 가야 합니다."

"다행이군요. 우린 지금 다 같은 심정일 거요. 목적지에 최대한 빨리 도착할수록 좋지. 당신은 여기 원주민들을 잘 알지요, 경사? 이런 거나 아니면 비슷한 것에 대해 들어 본 적이 있소?" 그가 시체를 고갯짓으로 까딱였다. 라로세의 시신은 누가 안아 주기를 기다리고 있는 양 두 팔을 활짝 벌리고 있었다. "그들의 문화에 이런 식으로 시신을 훼손하는 풍습 같은 게 있소? 주술적 의미가 있다거나."

"그러니까 지금 인디언들이 사람 가죽을 벗기고 심장을 먹느냐고 묻는 겁니까?"

박사가 희미한 미소를 지었다. "원주민들은 뭔가를 먹으면 그것의 영혼을 섭취한다고 믿잖소."

"그건 잘 모르겠군요, 괴물학자 선생. 크리족이 저 불쌍한 라로세가 당한 것과 비슷한 짓을 했다는 소리는 한 번도 들어 본 적이 없어요. 아주 가끔 머리를 자른다고는 하더군요. 다시 돌아오지 못하게 머리를 자르고 심장을 도려내고 시신은 불로 태운다고요."

"뭐가 돌아오지 못하게 그런다는 거요?"

"우티코, 웬디고요!"

"아, 그래. 그렇겠지. 흠, 무슈 라로세의 심장을 먹은 건 크리족이 아니오. 어떤 부족도 아닐 거요. 일단 이빨 자국이 너무 커요. 그리고 잘린 자국이 모두 들쑥날쑥하기도 하고. 절치(切齒)가 없단 얘기요."

"절…… 뭐요?"

"앞니 말이오. 이런 거." 박사는 피가 말라붙은 손톱으로 자신의 앞니를 가볍게 두드렸다. "간단히 말해서 라로세를 문 건 이빨이 모조리 송곳니로 되어 있다는 뜻이지."

밤이 깊어질수록 호크는 지쳐 갔다. 결국 그는 끙 하는 소리와 함께 내 옆에 몸을 던졌다. 워스롭은 텐트 밖에서 새로 맡은 짐을 지키며 불을 지폈다. 모닥불은 적어도—실제로는 아닐지라도—그 불빛의 경계 너머에 도사리고 있는 것을 막아 줄 것이라는 환상을 가져다주었다.

잠시 후, 내 텐트 동료의 신음 소리가 조용한 콧노래로 바뀌었다. 밤중에 으스스한 묘지를 지날 때 기운을 돋우려고 휘파람을 부는 것과 비슷한 행동이었다. 그것은 호크가 전에도 부른 적이 있는 산사람들의 노래였다.

제 페 윈 마트레스 위 아 파 롱탕,
쥐헤 라 부아 디망쉬, 아 위, 쥐헤!

나는 뒤척이며 선잠을 자다 뭔가가 내 장화를 잡아당기는 것을 느끼곤 눈을 떴다. 나는 작게 비명을 지르며 자리에서 벌떡 일어났다.

"진정해라, 윌 헨리. 나다." 워스롭 박사는 미소를 짓고 있었다. 내가 이제껏 수백 차례나 봤던 흥분해서 달뜬 표정이 떠올라 있었다. 그가 바깥으로 나오라고 몸짓했다. 차고 축축한 공기가 폐부를 찔렀지만 두 팔 벌린 나뭇가지 사이로 쏟아지는 금빛 햇살을 보니 흥겨운 노래가 절로 터져 나왔다. 모닥불은 이미 꺼져서 어두웠고, 검은 잔해 위에 놓인 커피 주전자에서는 김이 나른하게 피어오르고 있었다. 워스롭 박사가 박수를 치듯이 두 손을 가볍게 마주 잡더니 느닷없이 잠은 잘 잤느냐고 물었다.

"네, 박사님."

"왜 거짓말을 하느냐, 윌 헨리? 사소한 거짓말을 하다 보면 종국에는 크고 심각한 거짓말을 하게 된다는 속담도 못 들어 봤느냐?"

"네, 박사님. 들어 봤어요, 박사님."

"'네, 박사님. 네 박사님!' 이번에도 또 '네, 박사님.'이냐? 내가 지난번에 뭐라고 했는지는 기억하니?"

"네……." 나는 잠시 머뭇거렸지만 거의 의무감처럼 덧붙였다. "박사님."

"따라오너라. 적당한 곳을 찾았다."

무슨 적당한 곳? 나는 그를 따라 숲으로 들어갔다. 얕은 구덩이가 하나 파여 있고, 그 옆에는 삽이 내팽개쳐져 있었다.

"빨리 시작하려무나, 윌 헨리. 끝나면 아침을 먹어도 돼. 호크 경사 말이 옳고 그가 어리석은 미신에 빠져 있는 게 아니라면, 해 지기 전에 샌디 호에 도착해야 하니까."

"저 사람을 묻으시려고요?"

"끌고 갈 수도 없는 노릇이잖니. 그렇다고 비바람에 내버려 두고 갈 수도 없고." 그는 한숨을 내쉬었다. 뿌연 입김이 차가운 공기를 휘저었다. "해가 뜨면 단서를 더 발견할 수 있을 줄 알았는데 도구가 갖춰지지 않다 보니 더 이상 내가 할 수 있는 일이 없구나."

"박사님, 이 사람한테 무슨 일이 있었던 건가요?"

"이제까지 찾은 증거로는 누군가 그를 부러진 솔송나무 가지에 꿰어 놓은 것 같다, 윌 헨리." 무미건조한 말투였다. "자, 냉큼 서둘러라! 과일을 따려면 나무에 올라야지!"

그리고 백지장도 맞들면 낫다죠. 나는 삽을 집어 들면서 속으로 생각했다. 평범한 삽에 비해 손잡이 길이가 절반밖에 되지 않는 데다 토양도 거칠고 자갈이 많아 금세 손바닥에 물집이 잡히기 시작했다. 어깨가 쑤셔 왔다. 야영지 쪽에서 두 사람의 말다툼 소리가 들렸다. 호크가 일어난 모양이었다. 수목이 우거진 미궁에 둘러싸여 있다 보니 두 사람의 목소리가 희석돼 무슨 이야기를 하고 있는지 알아들을 수가 없었다.

내 앞에 보이는 굽잇길을 따라 두 사람이 휘청거리며 걸어오는 게 보였다. 두 사람 사이에는 가엾은 라로세의 시신이 들려 있었다. 경사가 윗몸을 잡고 워스롭이 다리를 잡았다. 그러다가 좁은 샛길을 뒷걸음질로 걷던 호크가 이슬로 미끄러운 바닥에 발을 헛디뎌 넘어지고 말았다. 시신이 호크와 함께 옆으로 기우는 와중에도 박사는 똑바른 자세를 고수했다. 어젯밤 워스롭이 시체에 낸 상처가 소름 끼치는 소리를 내며 크게 벌어졌고, 결국에는 몸뚱이가 두 동강으로 부러지고 말았다. 시신의 윗몸이 호크의 무릎 위로 털썩 떨어졌다. 섬뜩하리만큼 새빨간 머리칼이 호크의 목에 얹히고, 헤벌린 입이 입맞춤하듯 그의 턱 아래를 짓눌렀다. 소스라치게 놀란 호크가 시체를 옆으로 우악스럽게 밀치고는 벌떡 일어났다. 그는 워스롭에게 "왜 같이 몸을 낮추지 않았느냐"고 거세게 비난했다.

하나뿐인 삽을 가진 사람으로서, 죽은 안내인의 시신을 구덩이 아래로 내려보내는 임무는 나에게 주어졌다. 호크는 시시각각 인내심을 잃어 갔다. 그는 어떻게든 빨리 숲에서 빠져나가고 싶어 안달이 나 있는 듯 보였다. 그는 무덤가에 무릎을 꿇고 흙 한 줌을 쥐어 구덩이에 뿌리는 동안에도 끊임없이 욕설을 구시렁거렸다. 그 일이 끝나자 그는 나무둥치에 힘겹게 몸을 기댔다. 별로 한 일도 없으면서 이상하게 가쁜 숨을 몰아쉬고 있었다.

"뭔 말이라도 해야 하지 않아요? 추도문 같은 거라도 읊어야죠?"

안타깝게도, 우리는 무슨 말을 해야 할지 몰랐다. 박사는 무관심한 태도로 코트에 붙어 있는 찐득거리는 내장 조각을 털어 냈다. 나는 흙바닥에 꽂혀 있는 삽을 빙글빙글 돌렸다.

호크가 힘없는 목소리로 성모송을 읊기 시작했지만, 내 귀에는 왠지 모든 의미가 탈색된 듯 공허하게만 들렸다.

"은총이 가득하신 마리아님, 기뻐하소서! 주께서 함께 계시니……."

수풀 속에서 바스락거리는 소리가 났다. 흑요석처럼 새까맣게 빛나는 커다란 까마귀 한 마리가 검은 눈을 호기심에 반짝이며 우리를 바라보고 있었다.

"태중에 아들 또한 복되시나이다……."

그림자 밑에서 까마귀 한 마리가 또 나타났다. 그러더니 한 마리. 또 한 마리. 놈들은 꼼짝도 하지 않고, 가느다란 다리로 꼿꼿이 선

채 깊이를 알 수 없는 까맣고 무심한 눈동자로 우리를 물끄러미 지켜보았다. 울창한 관목과 덩굴 숲 사이에서 몇 마리가 더 모습을 드러냈다. 황량한 숲이 보낸 말 없는 사절단, 애도를 표하기 위해 모여든 까마귀는 모두 열세 마리였다.

"천주의 성모 마리아님, 이제 와 저희 죽을 때, 저희 죄인들을 위하여 빌어 주소서."

호크가 감정에 북받쳤는지 갑자기 흐느끼기 시작했다. 괴물학자와 까마귀들은 아랑곳하지 않았다. 새들은 우리가 자리를 뜬 뒤에 그들만의 의식을 개시했다. 내가 뒤를 돌아봤을 때, 놈들은 방금 덮은 무덤 위를 쫑쫑 뛰어다니며 워스롭이 코트에서 털어 낸 내장 부스러기를 쪼아 먹고 있었다.

우리는 말린 비스킷과 씁쓸한 커피로 서둘러 아침을 때우고 텐트를 접었다. 두 어른은 한시라도 빨리 목적지인 샌디 호로 출발하고 싶어 했지만 그 전에 밝은 햇빛 아래에서 사건 현장을 꼼꼼히 둘러봐야 한다는 사실을 자각하고 있었고, 그래서 우리는 거의 한 시간 동안이나 어젯밤에 발견한 학살 현장의 단서를 찾아 근처를 샅샅이 뒤졌지만 아무것도 발견하지 못했다. 발자국 하나, 찢어진 천 쪼가리 하나도 없었다. 죽은 사람의 소지품은커녕 인간의 흔적조차 없었다.

피에르 라로세는 마치 저 높은 하늘 위에서 추락해 하필 뾰족한 나뭇가지 위로 떨어진 것만 같았다.

"이런 건 불가능해." 호크가 부러진 솔송나무를 바라보며 중얼거렸다.

"하지만 실제로 그런 일이 일어났으니 결국 가능한 거겠지." 괴물학자가 대답했다.

“그렇지만 어떻게요? 어떻게 주변에 흔적 하나 안 남기고 2미터가 넘는 나무 꼭대기에 시체를 올려놓는단 말입니까? 디딜 게 뭐라도 있어야 하는 거잖아요. 그리고 만약에 진짜로 그랬다고 쳐도 그 발판은 대체 어디 있고요? 게다가 이런 짓을 하려면 범인이 적어도 두 명 이상이어야 해요. 이런 무대를 혼자서 만들 수 있을 리가 없으니까요. 무엇보다 가장 거슬리는 건 어떻게가 아니라 왜 이런 짓을 했냐는 겁니다. 사람을 죽이려면 곱게 죽일 것이지 뭐 하러 이렇게 온몸의 거죽을 벗기고 꼬챙이에 꿰어 놓는답니까? 대체 뭐 하러요?”

“종교적인 의식 같은 게 아닌가 싶소. 당신 말처럼 이 무대를 만든 작자한테는 뭔가 상징적인 의미가 있었던 거지.”

호크가 생각에 잠겨 고개를 끄덕였다. “라로세는 거의 절반이나 되는 마을 사람들한테 빚을 지고 있었어요. 그가 사기를 쳤다고 고발한 사람도 있었고요.”

“아하, 그렇다면 화가 머리끝까지 난 채권자가 라로세를 납치해서 이런 깊은 곳까지 끌고 와 껍질을 벗겨 죽인 거군. 아주 시적인데! 그런 다음 심장을 뜯어 먹은 거요?”

호크가 저도 모르게 피식 웃음을 흘렸다. “차라리 그쪽이 낫네요, 박사님. 우리 친구 잭 피들러라면 숲에 사는 오래된 존재가 라로세를 데려가다가 칠칠치 못하게 하늘에서 떨어뜨렸다고 말할 것 같단 말이죠!”

괴물학자가 침울하게 고개를 끄덕였다.

“나도 우리 친구 잭 피들러가 뭐라고 할지 궁금하오.”

8장

"나는 내 친구를 찾으러 왔소."

그의 진짜 이름은 자우우노-기지고-가우보였다. "남쪽 하늘에 서는 자" 혹은 그와 거래하는 허드슨 만 회사의 기록에 따르면 '마이사닌닌'이나 '메스나웨세노'라고도 불렸는데 크리족 말로 "멋쟁이"라는 뜻이었다.

그는 추장인 피미치카그(옆으로 선 고슴도치)의 아들이자 '오기마', 즉 그 부족의 주술사이기도 했다. 뛰어난 주술 실력 때문에 부족민들로부터 거의 외경에 가까운 추앙을 받았는데 그중에서 특히 기아의 계절에 찾아오는 사악한 악령을 물리치는 데 능했다. 그는 일평생 "모든 인간을 집어삼키는" 존재를 열넷이나 죽였다고 주장했고 그가 마지막으로 구마를 행한 대상은 1906년, 그의 형제 조지프의 며느리인 와사카피콰이였다. 한편 그런 그의 이타적인 행위에 대해 캐나다 당국은 이듬해에 그를 체포하는 것으로 보답했다.

잭 피들러는 살인죄로 체포되어 사형선고를 받았지만 백인들의 부당한 사법체계에서 탈출하는 데 성공했고, 스스로 자기 자신에게 형벌을 내렸다. 탈옥한 다음 날, 그는 나무에 목을 맨 채 발견되었다.

그의 영적 형제 — 이상박물학의 대가인 펠리노어 워스롭 박사 — 를 처음 만났을 때 잭 피들러는 오십에서 약간 모자란 나이였지만 겉으로는 그보다도 훨씬 늙어 보였다. 해마다 찾아오는 잔인한 추위와 힘겨운 고난, 북녘의 야생이 몰고 오는 궁핍과 기아에 닳고 닳은 탓이었다. 그는 쉰 살이 아니라 일흔 살에 가까워 보였고, 피부는 갈라지고 깊은 고랑이 파여 있었으며 얼굴은 낡은 가죽 신발처럼 검고 쭈글쭈글했다. 하지만 깊숙이 박힌 눈은 검고, 깊고, 강렬하면서도 따스했다. 너무나도 많은 고통을 목격하고, 또한 가슴 깊이 아로새기고 있는 이의 눈이었다.

우리는 해가 떨어진 후에 샌디 호 주변 숲을 개간해 일군 잭 피들러의 왕국에 도착했다. 랫 포티지에서부터 시작된 길고 고된 나날을 거쳐, 워스롭의 열의와 우리의 체력에 대한 호크의 못미더움이 채찍질한 결과였다. 호크는 시간이 지날수록 초조함을 감추지 못했다. 그는 쉴 새 없이 눈동자를 번득이며 길가에 어른거리는 모든 그림자에서 위험을 찾아냈고, 조금이라도 우리의 발을 지체할 방해거리가 생기면 모조리 나쁜 징조로 여겼다.

"그거 압니까, 박사님?" 점심 끼니를 때우려고 잠시 멈췄을 때 그가 말했다. "랫 포티지를 출발해 지금까지 동물을 한 마리도 못 봤어요. 말코손바닥사슴도 여우도, 단 한 마리도요. 새랑 곤충은 뺀대도 숲에서 아무것도 마주치지 않은 적은 이제껏 한 번도 없었는데,

심지어 다람쥐 한 마리도 안 보인다고요. 1년 중에 다람쥐가 제일 바쁘게 돌아다닐 때인데 말입니다. 코빼기도 안 보여요!"

워스롭이 코웃음을 쳤다. "우리가 쥐새끼처럼 숨어 다니는 것도 아니잖소, 경사. 그래요, 나도 그게 좀 이상하다는 건 인정합니다. 크라카타우 화산이 폭발했을 때에도 동물들이 떼를 지어 바다로 뛰어들었다지요."

"그게 뭔 소립니까?"

워스롭은 싱긋 웃었다. "어쩌면 무시무시한 자연재해가 목전에 닥쳤는데 그것도 모르고 남아 있는 동물이 우리뿐일지도 모른단 얘기요."

"사슴이 우리보다 더 똑똑하다고요?"

"두뇌의 발전에는 대가가 따른다는 말을 하는 거요. 인간의 이성은 종종 본능을 압도하니까."

"그런 건 잘 모르지만 어쨌든 뭔가 이상해요. 이렇게 깊이 들어와 있는데 늑대가 한 마리도 안 보이다니. 숲에서 늑대를 쫓아낼 만한 게 뭐가 있겠습니까?"

그 대답을 아는지 모르는지, 박사는 대꾸하지 않았다.

태양이 검은 호수 아래로 가라앉으며 수면을 빛살로 물들였다. 나이 많은 장로들이 호숫가로 나와 우리를 맞이했다. 우리가 온다는 것을 미리 알고 있기라도 한 것 같았다. 그들은 매우 엄숙한 태도로 우리를 맞았고 신선한 물고기와 소금에 절인 사슴고기로 우리를 대접했다. 우리는 달갑게 그들의 호의를 받아들여 호숫가에 피운 모닥불 앞에서 그들이 선사한 따뜻한 담요를 무릎에 두른 채 저녁식사를 즐겼다. 해가 떨어지고 나자 기온이 급격히 추락했다. 저녁식사에는 마을 전체가 참가한 것 같았지만 막상 음식을 먹는 사람은 우리밖에 없었다. 주민들은 조용하지만 강렬한 호기심을 드러내며 우리를 물끄러미 지켜보았다. 호크가 이런 오지에서 백인을 보는 것 자체가 아주 드문 일이라고 설명해 주었다. 선교사도 이렇게 깊은 곳까지는 잘 들어오지 않았고 간혹 찾아오더라도 처참한 실패만을 겪고 떠났다. 서커 씨족 사람들은 세상의 종말에 그들의 영혼이 어찌 될지에 대해서는 그리 걱정이 되지 않는 모양이었다.

그들은 호크 경사와 이미 아는 사이었는데, 원주민 말로 그에게 말을 걸었다. 당연히 나는 그들이 무슨 말을 하는지 전혀 알아들을 수가 없었다. "워스롭", "챈러," "우티코"라는 단어를 포착하는 게 고작이었다. 어른들은 점잖게 거리를 유지했지만 아이들은 우리에 대한 호기심을 감추지 못했다. 한 번에 조금씩 점점 접근하더니 어느 순간 우리 두 사람을 에워싸고는 한 명씩 머뭇거리며 손을 내밀어 내 밝은색 피부를 만져 보거나 굵은 울 재킷을 쓰다듬어 보기도 했다. 나이 든 여성이 꾸짖자 아이들은 잽싸게 흩어졌다.

아이들을 쫓아낸 여성보다 훨씬 젊은 인디언 여자가—나중에 듣기로는 주술사의 아내 중 하나라고 했다.—우리를 주술사의 천막으로 안내했다. 손으로 짠 깔개와 자작나무 가지로 세운 원형의 인디언 천막이었다. 주술사는 천막 중앙에 있는 작은 모닥불 앞 깔개에 혼자 앉아 있었는데, 챙이 넓은 모자를 쓰고 어깨에는 의식용 담요를 걸치고 있었다.

"탄시, 조너선 호크." 그가 경사에게 인사를 건넸다. "탄시, 탄시." 그러고는 워스롭에게도 말을 걸며 우리에게 옆에 앉으라고 손짓했다. 그는 우리의 갑작스러운 방문에도 별로 당황한 것 같지 않았고 나와 박사를 호기심 어린 눈길로 찬찬히 뜯어보았다. 쫓기고 사냥당하고 살해당한 다른 수많은 형제들과는 달리, 서커 씨족은 때때로 호의적이지만 잘못된 길을 찾아온 선교사들을 제외하면 유럽의 정복자들로부터 별 간섭을 받지 않으면서 살고 있었다.

"당신이 온다는 얘기를 들었다오." 그는 호크에게 말했고, 호크는 우리에게 그의 말을 통역해 주었다. "그렇지만 이렇게 빨리 다시 방문할 줄은 몰랐군, 조너선 호크."

"여기 워스롭 박사는 챈러의 친구입니다." 호크가 말했다. "이 사람도 오기마예요. '오키마칸', 아주, 아주 강력한 오기마지요. 당신처럼 우티코를 많이 죽였답니다."

"난 그런 짓을 한 적 없소." 박사가 모욕이라도 받은 양 강력하게 부인했다.

잭 피들러는 어리둥절해하는 것 같더니 호크를 보고 물었다. "하지만 '이이니오크'가 아니잖아. 백인인데."

"그의 부족에서는 '괴물학자'라고 불린답니다. 악령들은 모두 그를 두려워하지요."

피들러가 어두침침한 불빛 속에서 두 눈을 가늘게 뜨고 내 스승을 바라보았다. "내 눈엔 안 보이는군. 그의 '아트칵'은 내게서 숨어 있어."

깊이를 알 수 없는 그의 검은 눈동자가 나를 향했다. 나는 그의 조용하면서도 강력한 위압감에 압도돼 불안하게 몸을 꼼지락거렸다.

"하지만 이 아이는…… 이 아이의 아트칵은 굉장히 밝군. 독수리처럼 하늘 높이 비상해 대지를 굽어보느니. 하지만 뭔가……." 그는 몸을 기울여 내 얼굴을 눈여겨보았다. "아주 무거운 걸 지고 있어. 크고 무거운 짐이야. 이런 어린애한테는 너무 클 정도로…… 너는 아직 어리면서도 나이가 아주 많구나, 아이야. '미시 마니토', 위대한 영혼들처럼 나이가 많으면서도 동시에 아직 어려. 네 이름이 뭐냐?"

나는 워스롭 박사를 올려다보았다. 그는 성마르게 고개를 끄덕였다. 이 저명한 주술사가 나한테만 관심을 보여서 마음이 상한 것 같았다.

"윌 헨리예요." 내가 대답했다.

"너는 미시 마니토의 축복을 받았구나, 윌 헨리. 그리고 미시 마니토의 축복을 받게 되면 아주 무거운 짐을 져야 하지. 무슨 뜻인지 알겠느냐?"

"아니라고 했다간 봐라." 박사가 내 귀에 대고 험악하게 속닥였다. "난 네 아트칵 이야기를 하러 그 먼 길을 온 게 아니다."

나는 나이 많은 이이니오크에게 마지못해 고개를 끄덕였다.

"그가 사랑하는 것은 그를 모르고, 그가 아는 것은 그를 사랑할 수가 없구나. 에하, 미시 마니토처럼, 사랑하지만 사랑을 알지 못하고…… 나는 이 윌 헨리가 마음에 드는구나."

"하고 싶은 얘기가 무궁무진하다는 건 알겠지만 윌 헨리 칭찬이 끝났으면 요점으로 들어가도 되겠소, 경사?" 박사가 참다 못해 물었다. 그는 잭 피들러에게로 몸을 돌렸다. "피에르 라로세가 죽었소."

피들러는 눈썹 하나 까딱하지 않았다. "안다오."

"나한테는 그렇게 말하지 않았잖습니까, 오키마칸." 호크가 피들러의 대답에 놀라 추궁했다. "나한테는 라로세가 어디 있는지 모른다면서요."

"왜냐하면 그때는 몰랐으니까. 당신이 떠난 뒤에야 그를 발견했다오, 조너선 호크."

"그에게 무슨 일이 생긴 거요?" 워스롭이 물었다.

"오래된 존재, '위-티코'가 그를 불렀지."

박사가 작게 앓는 소리를 냈다. "그건 알겠소. 하지만 내 질문은 그의 시신이 왜 그렇게 훼손되어 까마귀밥처럼 버려졌냐는 거요. 그게 당신 부족의 풍습이오, 잭 피들러?"

"처음 발견했을 때부터 그런 모습이었소. 우린 손을 대지 않았을 뿐."

"왜 그런 거요?"

"더 이상 우리에게 속한 자가 아니니까. 그는 우티코에게 속한 자요."

"우티코가 그를 죽였군."

"에하."

"껍질을 벗겨서 부러진 나무에 꽂고, 그리고 이런 짓도 했단 말이오?" 괴물학자가 배낭을 뒤지더니 피에르 라로세의 심장을 끄집어냈다. 호크 경사가 소스라치게 놀라 숨을 헉 들이켰다. 그는 워스롭이 그것을 여기까지 들고 왔으리라고는 꿈도 꾸지 못했던 것이다. 피들러는 침착하게 그 끔찍한 제물을 건네받고는 옹이 진 손으로 조심스럽게 받쳐 들고 모닥불에 비춰 보았다.

"어째서 이런 짓을 한 건가." 그가 워스롭을 꾸짖었다. "위-티코가 화를 낼 게요."

"놈이 화를 내든 말든 내 알 바가 아니지." 박사가 호크에게 신경질적으로 신호를 보냈지만 호크는 머뭇거리며 그 말을 통역하길 꺼려했다. 박사가 잔뜩 분개한 목소리로 다시 말했다. "피에르 라로세에게 무슨 일이 있었건 그건 내 알 바가 아니오. 그건 호크 경사와 그의 상사가 해결할 일이지. 나는 내 친구를 찾으러 왔소. 그와 라로세는 함께 숲으로 들어갔지만 나온 건 라로세뿐이오."

"위-티코에게 속한 것을 가로채서는 안 되오." 주술사가 말했다. "나머지 부분은 남겨 놓았소?"

"아니요." 호크가 대답했다. "묻어 주었습니다."

피들러는 안타깝다는 듯이 고개를 가로저었다. "나모야, 제발 거짓이라고 말해 주시오."

"존 챈러는 어디 있습니까?" 워스롭은 끈질기게 추궁했다. "그도 위-티코에게 속해 있소?"

"나는 오기마요. 조너선 호크가 말한 대로 당신이 오기마라면 당신도 이해할 거요. 난 우리 부족을 보호해야 하오."

"그러니까 그가 어디 있는지 알고 있다는 거요?"

"내가 말해 주겠소, 괴물학자 워스롭. 라로세가 당신 친구를 내게 데려왔소. 우티코를 잡으러 왔다고 했지. 그래서 나도 당신 친구에게 말해 주었소. '우티코는 잡을 수 없소. 우티코가 당신을 잡지. 노란 눈을 들여다보지 마시오. 노란 눈과 눈이 마주치면 노란 눈이 당신을 마주 볼 것이오.' 당신 친구는 내 말을 듣지 않았소. 그의 아트칵은 휘어졌어. 삐뚤어졌지. 더 이상 미시 마니토를 향해 흘러가지 않아. 그래도 그들은 갔소. 우티코를 불렀지. 하지만 우리는 우티코를 부를 수 없어. 우티코가 우리를 부르지.

나는 본 적이 있소. 나는 오기마요. 나는 노란 눈에게서 우리 부족민을 보호하오. 당신 친구는 이이니오크가 아니오. 내 말 알겠소, 오기마 워스롭? 무슨 뜻인지 알겠소? 당신에게 묻겠소. 여우가 곰 새끼를 키우고 까마귀가 회색 늑대에게 젖을 물립디까?

우티코는 오래된 존재요. 대지의 뼈만큼이나 나이가 많아. 우티코는 인간이 최초의 단어를 말하기 전부터 존재하던 거요. 그것은 자우우노-기지고-가우보나 워스롭 같은 이름이 없소. 우티코는 우리가 붙인 이름이지. 그것의 길은 우리의 길이 아니오. 그러나 우리의 종말은 그것의 종말이오, 그것의 종말은 우리의 종말이오. 내일 아침에 일어나면 당신은 '어젯밤에 식사를 했으니 오늘은 먹을 필요가 없겠지!'라고 할 거요? 아니지! 그것의 굶주림은 우리의 굶주림이오, 결코 채워지지 않는 굶주림이오."

"그럼 왜 라로세가 그를 입맛대로 요리하게 내버려 둔 겁니까?" 박사가 물었지만 대답을 기다리지도 않았다. "외람된 말이지만, 오키마칸, 나는 당신네 부족이 가진 만물에 영혼이 깃들어 있다는 우주관에 대해 논하자는 게 아닙니다. 내가 원하는 건 그보다 훨씬 단순한 거요. 당신은 존 챈러가 어떻게 됐는지 알든지 모르든지 둘 중 하나요. 만일 그에 대한 정보를 알고 있다면, 부디 인류애를 발휘해 내게 말해 주길 바랍니다. 그리고 만약 모른다면, 내 볼일은 여기서 끝이오."

서커 씨족의 오기마는 그의 손바닥에 놓여 있는 생명 없는 심장을 내려다보았다.

“나는 우리 부족민을 보호할 거요.” 그가 영어로 말했다.

“아.” 워스롭이 말했다. 그는 호크를 바라보았다. “알겠소.”

우리는 피들러의 천막에서 몇백 걸음 떨어져 있는 원형 천막으로 안내되었다. 일종의 손님용 천막인 것 같았다. 지난 2주간 우리가 밤을 보낸 곳에 비하면 으리으리한 저택이나 다름없었다. 세 사람이 몸을 부대끼지 않고도 지붕 아래서 잠을 청할 수 있다니. 험난한 야생에서 며칠 고생하고 나면 싱싱한 발삼나무 가지로 만든 침대가 그 어떤 깃털 매트리스보다도 더 푹신하고 편안할 수도 있는 것이다. 나는 세상에서 가장 피곤하고 온몸이 욱신거리는 최악의 초보 탐험가였다. 나는 만족스러운 신음을 뱉으며 침구 위로 쓰러졌다.

박사는 잠자리에 들지 않았다. 그는 천막 입구에 앉아 두 손으로 무릎을 껴안은 채 우리를 접대한 집주인의 거주지에서 새어 나오는 불빛을 노려보고 있었다.

“그가 거짓말을 했다고 생각합니까?” 호크가 상념에 빠져 있는 워스롭을 일깨웠다.

“그보다는 아는 것을 전부 털어놓지 않았다고 생각하오.”

“내가 체포할 수도 있는데요.”

“무슨 죄목으로?”

“살인이죠.”

“증거는?”

“당신이 배낭에 줄곧 넣어 다녔던 그거요.”

"스스로 그 사건과는 아무 연관도 없다고 부인한 데다, 시체에도 범죄 현장에도 그를 범인으로 지목할 만한 증거가 나오지 않았는데?"

"그렇지만 누군가 그 불쌍한 친구를 죽인 건 분명하잖습니까. 이 마을에서 고작 한나절도 떨어지지 않은 곳에서, 백인이라면 절대로 못 할 방식으로 말이죠."

"진심이오, 경사? 방금 당신이 한 말을 진심으로 믿고 있다면 당신은 백인들을 충분히 겪어 보지 못했군. 그들이 할 수 없는 일이란 거의 없거든."

"당신은 몰라요, 워스롭 박사. 이 사람들은 야만인이란 말입니다. 동족을 죽여 놓고 그걸 자랑스럽게 뻐기고 다니는 인간들이라고요. 정말로 그걸 자랑이라고 하고 다닌다니까요! 구해 주려고 죽였다니, 어떤 인간들이 그런 짓을 한답니까?"

"글쎄요, 경사. 제일 먼저 기독교 성경에 나온 사람들이 생각나는군. 하지만 무슨 말을 하고 싶은지는 알겠소. 어쨌든 잭 피들러는 당신 문제요. 내 목적은 내 친구가 어떻게 된 건지 알아내는 거고."

"그 사람은 죽었습니다."

"나도 그 점은 의심하지 않았소. 하지만 오키마칸과 이야기를 하고 나니 한 가지 가능성이 떠오르는군……." 박사는 그 생각을 머릿속에서 쫓아내려는 듯 고개를 흔들었다.

"뭔데요? 잭이 그 사람 행방을 안다는 겁니까?"

"내가 잘못 이해한 게 있으면 지적해 주시오. 오기마가 하는 일이 웬디고의 공격을 받은 사람들을 따로 격리해서 '치료'하는 거 아니오? 특별한 주문을 외고, 기도를 하고, 의식을 치르고, 뭐 그런 거 말이오. 모든 게 수포로 돌아간 뒤에야 희생 의식을 치르지요?"

호크가 코웃음을 쳤다. "지푸라기라도 잡고 싶은 거군요, 박사님. 피들러가 자기 입으로 그랬잖습니까. 우리가 어떻게 되든 자기는 상관 안 한다고요. 우리는 이이니오크가 아니거든요." 그는 그 단어를 비웃듯이 내뱉었다.

"우리가 부족을 위험하게 만든다면 관심을 갖게 되겠지."

"거야 그렇죠! 그러면 우리 몸 가죽을 벗기고 심장을 토막 낸 다음에 몸뚱이를 아름드리 숲 어딘가에 가져가 꼬챙이에 꿰어 놓겠죠. 자기들한테 피해가 안 가게요. 라로세만으로도 챈러가 죽었다는 걸 증명하기엔 충분하다고요."

그는 내 옆에 놓인 잠자리에 털썩 누워 나를 놀리기 시작했다. "네 아트칵 좀 달래 봐라, 윌. 너무 밝아서 잠을 잘 수가 없구나." 그러고는 여전히 동상처럼 앉아 있는 박사를 힐끗 쳐다보았다.

"새벽에 동이 트자마자 이 거지 같은 곳을 떠날 겁니다, 박사님. 당신이 같이 가든 말든 상관없이."

워스롭이 피곤한 표정으로 미소를 지어 보였다. "그렇다면 잠을 자 두는 게 좋을 거요, 경사."

"박사님도요." 내가 잽싸게 끼어들었다. 박사는 나보다 몇 배는 더 피곤해 보였다.

괴물학자는 오기마의 천막에서 새어 나오는 주황색 불빛을 향해 고개를 까딱해 보였다.

"저 사람이 잠자리에 들면." 그가 조용히 말했다.

9장

“내가 그를 지겠소.”

나는 거칠게 다리를 잡아당기는 손길에 놀라 퍼뜩 눈을 떴다.

“윌 헨리!” 박사가 다급하게 속삭였다. “냉큼 일어나라, 윌 헨리!”

나는 허리를 벌떡 세웠다. 내가 갑작스럽게 움직이는 바람에 어둠 속에서 우리 두 사람의 이마가 꽝 부딪쳤고, 박사가 저도 모르게 끙 신음 소리를 냈다.

“죄송해요, 박사님.” 내가 중얼거렸지만 그는 벌써 몸을 돌리고 내 옆에서 우렁차게 코를 골고 있는 호크를 흔들어 깨우고 있었다.

“호크 경사! 눈을 뜨시오! 일어나요!” 그가 어깨 너머로 나를 돌아보며 으르렁거렸다. “배낭을 챙겨라, 윌 헨리. 장총도. 서둘러!”

“무슨 일인데요?” 대답은 없었다. 워스롭은 잠에 취한 호크를 깨우느라 정신이 없었다. 천막 밖으로 새벽녘의 자줏빛 하늘과 흐릿한 회색 풍경이 보였다.

박사가 호크의 가슴에 장총을 억지로 떠밀어 안겼다.

“뭐 하는 겁니까?” 호크가 중얼거렸다.

“지푸라기를 잡았소, 경사. 동이 트자마자 여길 뜨고 싶다고 했지요? 사지 멀쩡하게 돌아가고 싶으면 지금 당장 일어나는 게 좋을 거요.” 워스롭이 험악한 표정으로 대꾸했다. 그는 호크에게 배낭을 던지더니 몸을 숙여 천막을 나갔다.

우리는 재빨리 그의 뒤를 따랐다. 박사는 벌써 몇 발짝 앞에서 호숫가를 향해 성큼성큼 걷고 있었다. 호숫가에는 카누가 줄지어 놓여 있었는데, 워스롭이 내 손에서 무거운 가방을 낚아채더니 그중 한가운데 있는 카누 안으로 집어던졌다. 가방이 떨어진 자리 옆에는 온몸에 인디언 담요를 칭칭 감고 엎드린 사람의 형체가 있었다. 워스롭이 내 손에서 장총을 빼앗아 들고는 손가락으로 앞쪽을 가리켰다. 어서 타라! 그러고는 시간이 없다는 듯이 호크의 등을 쿡쿡 찔렀다.

“서두르시오, 경사!”

호크가 카누에 훌쩍 뛰어오르자 박사는 배를 밀기 시작했다. 차가운 물에 다리를 담근 채 배를 호수 쪽으로 몇 발짝 민 후에야 그도 배에 올라탔다. 그는 노를 젓기 시작했다. 호크도 재빨리 그를 따라 하기 시작했다. 우리는 이내 소리 없이 물 위를 미끄러지고 있었다. 아비새가 성난 비명을 지르며 황급히 하늘 위로 날갯짓했다. 유리알 같은 수면 위로 날개 끝이 스쳤다.

나는 내 발 아래 머리를 누이고 있는 사내를 내려다보았다. 어스름 속에서도 죽은 사람처럼 파리한 얼굴과 해골처럼 해쓱한 뺨이 보였다. 몹시 괴로운 꿈이라도 꾸고 있는 마냥 꼭 닫힌 눈꺼풀 아래서 눈동자가 쉴 새 없이 움직이고 있었다. 나는 박사를 올려다보았다. 그는 나를 무시한 채 우리의 목적지인 맞은편 호수 기슭만을 날카롭게 응시하고 있었다.

호수를 채 반도 건너지 못했을 무렵, 우리의 야반도주가 발각됐다. 장총을 든 인디언 장정들이 호숫가로 달려오더니 카누를 타고 우리를 추격하기 시작했다. 워스롭이 호크에게 노를 더 빨리 저으라고 소리쳤지만, 실은 그럴 필요가 없었다. 호크는 미친 듯이 노를 젓기 시작했다. 간혹 추격자들이 어디까지 따라붙었는지 등 뒤를 힐끔거렸는데, 인디언 청년들은 너무나도 능숙하게 노를 저으며 마치 내리막길을 미끄러지는 스케이트 선수처럼 무서운 속도로 물길을 가르며 귀신처럼 우리를 시시각각 죄어 오고 있었다. 박사가 더스터 코트 주머니에서 리볼버를 꺼내 내 무릎 위로 던졌다. 내 몸은 알아서 지키되 최선을 다해 그의 머리만은 피하라는 훈계를 덧붙이는 것도 잊지 않았다.

"우린 따라잡힐 거예요." 몇 분 후 호크가 숨을 헐떡이며 말했다. "그냥 배를 돌려서 맞서 싸우죠?"

"이왕이면 좀 더 안정적인 곳에서 그러고 싶소, 경사." 박사가 힘겹게 숨을 들이켜며 대꾸했다.

"나를 다치게 하진 않을 겁니다. 난 경찰이에요. 공권력을 행사하는 사람이라고요. 날 건드리면 마을 전체가 교수형을 당할 겁니다!"

"아아, 놈들이 총알구멍이 숭숭 뚫린 당신 시체를 호수 바닥에 던지기 전에 어디 그렇게 설득해 보시오!"

안개가 우리를 휘감고, 회색빛 수의가 세상을 뒤덮었다. 뒤쫓아 오던 카누도 시야에서 사라졌다. 왼쪽에서 떠오르고 있는 태양은 어슴푸레하고 창백한 노란빛을 띠고 있었다. 우리가 얼마나 빨리 가고 있는지, 뭍까지는 얼마나 더 가야 하는지 표식으로 삼을 만한 것이 아무것도 보이지 않았다. 안개가 어찌나 지독한지 카론*의 배를 탄 영혼들도 건너편 기슭을 보지 못할 정도였다!

"제발 총구를 이쪽으로 겨누지 말렴, 윌 헨리." 박사가 말했다. 내 총은 곧장 그의 가슴을 겨냥하고 있었다. "그리고 우리한테 저들이 보이지 않는다면 저들도 우리를 볼 수 없다는 점을 명심하려무나. 저쪽도 우리만큼이나 장님 신세야."

"아니, 장님은 나죠, 박사님." 호크가 씩씩거리며 말했다. "저들은 당신이 무슨 꿍꿍인지 알고 있고요."

워스롭은 아무 말도 하지 않았다. 그의 시선은 내 어깨 너머에 못 박혀 있었다. 마치 강렬한 눈빛만으로도 자욱한 안개 건너 목적지가 보이는 것처럼.

마침내 우리가 바라던 곳에 도착했다. 기슭에 닿았다기보다는 쿵 하고 부딪치는 바람에 나는 눈 깜짝할 사이 카누 바깥으로 튕겨 나가 얕은 물 위로 떨어졌다. 워스롭이 나를 일으켜 흠뻑 젖은 몸뚱이를 진흙이 물컹거리는 땅 위로 거세게 내던졌다. 나는 콜록거리며 한참 동안 물과 침을 뱉어 낸 후에야 가까스로 일어나 앉았다. 호크

* 그리스 신화에서 망각의 강을 건너는 뱃사공.

와 박사가 우리의 의식 없는 화물을 카누에서 꺼내 옮기고 있었다. 두 사람은 그를 기슭에서 조금 떨어진 나무 아래로 데려가 바닥에 눕힌 다음 다시 다른 장비를 가지러 배로 돌아갔다. 그때, 안개 속에서 카누 세 대가 여섯 명의 무장한 장정들을 태우고 불쑥 모습을 드러냈다. 어두운 눈썹 아래서 그들의 검은 눈이 매섭게 빛나고 있었다. 워스롭은 두 손을 높이 쳐들었고, 호크는 장총을 겨눴다.

"해를 끼치려는 의도는 없다고 말해 주시오." 박사가 호크에게 말했다.

호크가 나지막한 웃음을 터뜨렸다. "그보단 저 사람들의 의도가 걱정인데요, 박사!" 그가 인디언 말로 뭐라고 말했다. 여섯 명 중에서 제일 키가 크고 호크와 비슷한 연배인 젊은이가 무덤덤한 어조로 조용히 말하며 워스롭을 가리켰다.

"당신이 가져간 걸 돌려달랍니다." 호크가 설명했다.

"그들이 가져간 걸 내가 되돌려 받는 거라고 하시오."

인디언 지도자가 다시 입을 열었다. 그의 솔직한 태도에는 윗사람이 아랫사람을 타이르는 조곤조곤한 어조가 섞여 있었다. 그는 워스롭은 자신의 행동이 어떤 결과를 초래할지 모르고 있다고 말하고 있었다.

"뭐라는 거요? 방금 무슨 말을 한 거요?"

"당신이 그를 데려가야 한다고 고집을 부린다면 그를 죽여야 할 거랍니다. 우티코가 그와 함께 있다고요."

"함께 있다고?"

"아니면 그의 안에 있거나요. 어차피 같은 뜻이거든요."

"그를 죽이고 싶다면 나도 같이 죽여야 할 거요." 워스롭의 눈이 무서울 정도로 위험하게 빛나고 있었다. "우리 모두 말이오. 심지어 이 애까지도! 정말로 그런 걸 원하는 건지 물어보시오. 물어봐요!"

호크의 입에서 말이 나오기도 전에 여섯 개의 장총이 동시에 이쪽을 향했다. 나도 반사적으로 권총을 들어 올렸지만 워스롭은 무기에 손도 대지 않았다.

"통역할 필요 없소, 호크." 박사가 말했다.

"그는 이제 우티코의 것이오." 인디언 전사가 영어로 말했다. "우리가 데려가겠소."

"하느님 맙소사, 이런 터무니없는 미신 짓거리를 내가 언제까지 참아야 하는 거지?" 워스롭이 큰 소리로 탄식했다. 그는 장총을 바닥에 내팽개치더니 내 손에서 권총을 빼앗아 그것도 수풀 쪽으로 던져 버렸다. 그러고는 호크가 반항하기도 전에 그의 장총을 낚아채 그것도 나무들 사이로 내던졌다. 그는 긴 팔을 활짝 벌리고 쏴 볼 테면 쏴 보라는 태도로 가슴을 내밀었다.

"어디 한번 해보라지, 제기랄! 우릴 다 쏴 죽이고 당신네들의 저 소중한 우티코를 데려가라고!"

그 짧은 시간 동안, 나는 어쩌면 그들이 정말로 그럴지도 모른다는 생각에 몸서리를 쳤다. 인디언 전사들의 장총은 한 치의 흔들림도 없이 우리에게 고정되어 있었다. 옆에서 호크가 중얼거리는 소리가 들렸다.

"워스롭, 멋대로 그런 결정을 내리기 전에 내 의견도 먼저 물어봤으면 좋았을 텐데요."

그 외에는 온 세상이 고요했다. 마치 전장에서 전투가 시작되기 직전에 흐르는 무시무시한 적막처럼.

지도자가 입을 열자 부하들이 천천히 무기를 내리기 시작했다. 그가 워스롭에게 말했다.

"뭐라고 한 거요?" 박사가 호크에게 물었다.

"당신더러 바보라는데요." 경사가 안도의 한숨을 내쉬며 말했다. "나도 같은 생각이고요."

박사에게 호크의 의견은 다른 모든 이들의 의견과 똑같은 가치를 지니고 있었다. 다시 말해 전혀 중요하지 않다는 얘기다. 그는 추격자들이 배를 돌려 안개 속으로 사라질 때까지 기다린 후에야 나무 아래 누워 있는 친구에게 달려갔다. 그러고는 성마르게 손가락을 튀기며 내게 빨리 배낭을 가져오라고 재촉했다. 경사는 이이니오크들이 마음을 바꿀 경우를 대비해 호숫가와 수풀 사이를 지키고 서 있었다.

워스롭은 의식이 돌아오지 않은 친구 옆에 무릎을 꿇고 그의 눈꺼풀을 뒤집어 눈동자를 검사했다. 흰자에는 핏발이 서 있고, 노란 기가 도는 눈동자는 잠시도 가만히 있지 못하고 정처 없이 흔들렸으며, 동공은 작고 까만 심장처럼 리듬에 맞춰 끊임없이 수축과 확장을 반복하고 있었다. 깊은 숲을 장악하고 있는 회색빛 아래서 그의 얼굴은 색소가 빠지기라도 한 양 백지장처럼 새하얬고, 뺨과 이마는 힘껏 잡아 늘린 것처럼 얇고 나약해 보였다. 턱은 살 속에 관절을 밀어 넣은 것처럼 앞으로 불거져 나와 있었다. 입술은 퉁퉁 부어올라 밝은 붉은색으로 번들거렸고 창백한 피부색과 거의 기분 나쁜 대조를 이루고 있었다. 부르튼 상처에서 노란 고름이 새어 나왔다.

박사가 친구의 풍성한 모래색 금발을 손가락으로 쓸어 넘겼다. 손가락 사이로 머리칼이 한 줌이나 뽑혀 나왔다. 그의 손에 잡혀 있던 몇 가닥이 때마침 불어온 산들바람에 민들레 꽃씨처럼 휘휘 돌며 컴컴한 숲 속으로 날아 사라졌다.

괴물학자가 끙끙거리면서 낡은 담요로 꽁꽁 싼 고치 안에서 힘겹게 친구를 꺼냈다. 그는 속옷 차림이었다. 수척한 몸에 속옷이 헐렁하게 걸려 있고 그 사이로 갈비뼈가 환히 들여다보였다. 워스롭이 뼈만 남은 앙상한 팔을 들어 손가락으로 손목께를 눌러 보았다. 그가 손을 뗀 후에도 손자국은 젖은 모래 위에 새겨진 발자국처럼 계속 남아 있었다.

"탈수 증세가 심하군." 박사가 조용히 말했다. "물병을 가져와라. 아니, 그 전에 청진기가 있어야겠구나."

박사는 남자가 입고 있는 얇은 내의를 턱까지 말아 올리고 몇 분간 친구의 심장 소리에 귀를 기울였다. 얼마나 말랐는지 피부 아래에서 심장이 팔딱거리는 게 눈에 보일 정도였다. 내가 물통을 가지고 돌아왔을 때 박사는 친구의 황새처럼 비쩍 마른 다리와 무릎, 배를 쓰다듬으며 조심스럽게 곳곳을 눌러 보고 있었다. 그가 만지는 곳마다 창백한 피부에 손자국이 남았다.

박사가 부르튼 입술에 물통을 대고 눌렀다. 생명의 액체가 꿀렁거리는 소리를 내며 입술 양옆으로 흘러내렸다. 워스롭은 무릎 위에 친구의 머리를 받치고 어린애를 다루듯 가볍게 달래며 한 손으로 턱을 붙잡고 반쯤 연 입술 사이로 가느다란 개울을 흘려보냈다. 그가 물을 삼킬 때마다 유난히 큼지막한 울대뼈가 위아래로 오르락내리락했다. 박사가 안도의 숨을 내쉬곤 다정한 목소리로 불렀다.

"존, 존."

이번에는 조금 더 크게, 그의 목소리가 나무 사이로 메아리쳤다.

"존! 존 챈러! 내 목소리 들리나?"

호크 경사가 팔에 장총을 얹은 채 나타났다. 그는 잠시 그 광경을 감상하더니 입을 열었다. "그 사람이 챈러입니까?"

"아뇨, 경사. 이 사람은 그로버 클리블랜드 대통령이오." 박사가 비아냥거리듯이 대답했다. 그는 평소와는 전혀 다른 상냥한 몸짓으로 챈러의 몸에 담요를 덮었다.

"영양실조와 탈수 증세가 심각해요." 워스롭이 호크에게 설명했다. "황달 증세도 있고. 간 기능이 떨어진 거요. 욕창 외에 다른 외상은 안 보이지만 그건 예상했고, 내상이나 다른 이상증세는 없는 것 같소. 물론 지금으로선 확실하지 않지만. 열이 좀 있긴 한데 이질처럼 생명에 위협이 될 만한 다른 심각한 질병에 걸리지도 않은 것 같소."

호크가 장총의 방아쇠를 어루만지며 금방이라도 덤불 속에서 뭔가 튀어나올 것처럼 불안한 표정으로 주위를 두리번거렸다.

"그럼 내 일은 끝난 거군요!"

"나도 그렇소, 경사. 이제 이 친구가 깨어나 걷기만 기다리면……."

"'걷다'니 그게 무슨 소립니까? 이 사람이 걸을 수 있을 때까지 기다리겠다고요?" 호크는 혼수상태로 누워 있는 사내를 내려다보았다. "그게 얼마나 걸리는데요?"

"확답을 하기가 힘들군. 근육이 너무 많이 약해진 데다, 이런저런 고난 때문에 기력도 많이 쇠해서 말이오. 일주일, 아니면 2주일이 걸릴 수도 있소."

"일주일이나 2주일이라고요? 아니아니, 안 됩니다." 호크가 세차게 고개를 도리질 쳤다. "그건 절대로 안 됩니다, 박사님. 숲에서 2주일이나 있을 수는 없어요. 무엇보다 식량이 문제고 날씨도 문젭니다. 2주일이 지나기도 전에 진짜 첫눈이 올 거예요."

"다른 좋은 의견이 있으면 말해 보시오, 경사. 당신도 눈이 있잖소. 이 가엾은 친구가 어떤 상태인지 뻔히 보일 거 아뇨."

"업고 가면 되죠. 맙소사, 이 사람은 윌보다도 더 가벼울 것 같은데요."

"이런 험한 환경에서 그런 짓을 하다간 존의 목숨이 위험해질 수도 있소."

"일요일 오후에 읍내를 돌아다니는 것도 목숨이 위험한 일이라죠. 윌이 내 장총과 배낭을 들어 주면 내가 이 사람을 책임지겠습니다."

호크가 허리를 굽혀 챈러를 들어 올리려고 하자 워스롭이 손바닥으로 그의 가슴을 밀어냈다.

"나는 어떤 악조건도 견딜 각오가 되어 있소, 경사." 박사가 고집스럽게 불퉁거렸다.

"그래요? 나는 아닙니다. 나는 당신도, 이 괴물학이라는 것도 잘 몰라요. 그렇지만 이건 신발에 붙은 곰 똥 같은 겁니다. 가는 곳마다 졸졸 쫓아오는데 떼어 낼 수가 없죠."

호크는 손가락으로 워스롭의 가슴을 쿡 찔렀다.

"난 여기서 나갈 겁니다, 박사님. 당신도 나와 함께 가는 게 좋을 거예요. 아니면 어디 혼자 길을 찾아보시든가요."

한동안 아무도 움직이지 않았다. 두 사내는 꼼짝도 하지 않고 서로의 의지를 시험했고, 결국 패배한 것은 워스롭이었다. 그는 검은 머리칼을 손가락으로 쓸어 넘기며 큰 소리로 한숨을 쉬었다. 그는 챈러를 쳐다보고 나를 쳐다보았다. 그리고 회색 하늘을 두 쪽으로 나누며 가로지르는 은빛 햇살을 바라보았다.

"좋소. 하지만 이 친구는 내가 져야 하는 짐이오."

박사는 이렇게 말하고는 힘없이 처진 존의 겨드랑이 밑에 팔을 끼워 넣고 비칠거리며 몸을 일으켰다. 워스롭의 목과 어깨 사이에 챈러의 이마가 자리 잡았다.

"내가 그를 지겠소."

10장

"그건 사람을 폐인으로 만들 수 있단다."

랫 포티지로의 귀환은 괴로울 정도로 더디게 이뤄졌다. 워스롭은 수시로 멈춰 챈러의 몸 상태를 확인하고 그에게 물을 먹였다. 도움이 안 되기는 호크 경사도 마찬가지였다. 안개 때문에 방향을 가늠하는 데 애를 먹었기 때문이다. 시간이 지날수록 안개는 더욱 짙어져 무채색 장막으로 앞길을 가렸고 숲은 어른거리는 그림자와 상상력이 만든 날랜 환영들, 그리고 죽음의 전조로 가득했다. 빛과 소리가 차단된 이 회색의 대지에서, 우리가 내쉬는 숨결은 입을 떠나자마자 납치돼 땅 밑으로 끌려 들어갔다.

오후 4시쯤에는 그나마 있던 햇빛도 사라졌다. 우리는 샌디 호에서 10킬로미터도 안 되는 곳에 밤을 보낼 텐트를 세웠다. 피에르 라로세의 무덤과 몇 킬로미터쯤 떨어진 곳이었다. 박사는 그제야 그가 지고 있던 짐을 내려놓고 나무 아래 쓰러지다시피 주저앉았다.

하지만 숨을 돌린 것도 잠시, 그는 이내 자리에서 일어나 챈러의 얼굴을 닦고 고개를 세워 목구멍에 물을 흘려 넣는 등 야단법석을 떨며 큰 소리로 그의 이름을 불렀다. 하지만 챈러는 눈을 뜨지 않았다. 나는 완전히 깜깜해지기 전에 불을 지필 땔감을 모아 왔다. 호크는 우리의 변변찮은 소지품 목록을 점검하고는 앞으로 닷새는 버틸 수 있을 거라고 말했다. 그 후부터는 숲에서 알아서 식량을 조달해야 했다.

"원래는 샌디 호에서 물자를 보급할 생각이었죠." 나쁜 소식에 박사가 한쪽 눈썹을 추켜세우자 그가 변명하듯이 덧붙였다. "우리가 누굴 납치할 거라는 얘기는 안 했잖아요."

호크 경사는 여느 때와는 매우 다른 모습이었다. 시선이 한데 차분하게 머무르는 법이 없었다. 쉴 새 없이 좌우전후로 눈동자를 초조하게 번득이며 강박적으로 혓바닥으로 입술을 축였다.

"이 사람을 어떻게 찾았습니까?" 그가 물었다.

"피들러 덕분이오. 존이 살아 있다면 피들러가 그를 확인하러 갈 거라고 생각했거든. 우리가 깨어 있을 때를 피해서 말이오. 내 짐작이 옳았지. 새벽 2시가 지났을 즈음 자기 천막에서 나오더군. 그래서 뒤를 밟았소. 존은 마을 북쪽 끄트머리에 있는 천막에 갇혀 있었소. 다른 사람들과 접촉을 막을 의도였겠지. 원주민이 병자를 격리할 때면 흔히 그런 '병실'을 세우니까.

어쨌든 장소를 알았으니 남은 건 계획과 시간뿐이었소. 천막을 지키는 사람도 없더군. 피들러가 잠들 때까지 기다리기만 하면 됐소."

"무슨 일이 있었던 걸까요? 박사님 생각은 어떻습니까?" 호크가 챈러가 누워 있는 텐트를 바라보며 물었다. 입구 너머로 어렴풋이 희끄무레한 담요가 보였다.

"나도 짐작만 할 뿐이오." 피곤에 지친 박사가 대답했다. "존이 우연히 마을을 찾아왔거나 아니면 누가 그를 발견해서 마을로 데려간 거지. 아마 라로세와 떨어져 길을 잃었을 거요. 라로세가 뮤리엘에게 보낸 편지에서 그렇게 말하기도 했고. 하마터면 죽을 뻔한 거지."

"정말 그랬을 겁니다. 특히 자기가 어디 있는지 몰랐다면요." 호크가 수긍했다. 그는 슬쩍 박사의 얼굴을 살폈다. "뮤리엘이…… 저 사람 부인인가요?"

"그렇소."

"흠."

"왜 그러는 거요?"

경사는 내 쪽으로 시선을 돌렸다. "아무것도 아닙니다."

"아무것도 아닌 게 아닌 것 같은데."

"그냥 헛기침을 한 것뿐인데요."

"당신은 헛기침을 한 게 아니오. '흠'이라고 했지. 그게 무슨 뜻인지 궁금하군."

"아무 뜻도 아닙니다. 그냥 흠 소리를 낸 것뿐이에요, 박사님. 그냥 아무 뜻도 없는 '흠'이라고요."

워스롭은 콧방귀를 뀌었다. 그는 남은 찻물을 바닥에 쏟아 버리고는 몸을 숙여 환자가 누워 있는 텐트로 들어갔다. 호크가 나를 쳐다보았다. 그의 입술에 짓궂은 미소가 떠올라 있었다.

"제 페 윈 마트레스 위 아 파 롱탕." 그가 나직이 노래를 흥얼거리기 시작했다.

"그 지긋지긋한 노래 좀 그만 부르시오!" 박사가 천막 안에서 고함을 질렀다.

경사는 박사의 퉁명스러운 요구에 군말 없이 복종했고, 우리가 문명 세계를 향해 도주하고 있다는 사실을 상기시키는 그 노래를 두 번 다시 부르지 않았다. 그렇다. 나는 그것을 '도주'라고 부른다. 왜냐하면 그것 말고는 달리 표현할 수가 없기 때문이다. 하지만 정말이지 끔찍할 정도로 더디고 굼뜬 도주였다. 우리는 도망치고 있었지만, 우리가 피해 도망치는 그것은 실은 우리와 함께 있었다.

다음 날 아침, 우리는 온통 흐린 잿빛 하늘 아래에서 눈을 떴다. 정오가 되자 싸락눈이 내리기 시작했다. 오솔길 위에 흰 가루가 쌓이자 금세 발밑이 미끄러워졌다. 박사가 운반하던 귀한 화물을 놓칠 뻔한 적도 한두 번이 아니었다. 경사가 교대하자고 제안했지만 그때마다 워스롭은 번번이 퇴짜를 놨다. 거의 집착에 가까울 정도로 절대로 빼앗기지 않겠다는 투였다.

춥고 삭막한 날씨였다. 바람 한 점 불지 않았다. 눈은 안개처럼 소리를 집어삼킨다. 우리는 갈색과 흰색의 지붕 밑에서 전진했다. 모든 색은 퇴색되고 황량한 복도에는 생명체 하나 남아 있지 않았다. 밤은 우리를 으스러뜨리듯이 갑작스럽게 내려앉았다. 햇빛은 서서히 사그라지는 것이 아니라 눈 깜짝할 사이에 실종되었다. 어둠은 이 황량함의 진정한 얼굴이자 본질이었다.

느릿느릿 지나는 길고 험한 길과 단조로운 풍경보다도 더 우리를 무겁게 짓누르는 것은 어둠이었다. 추위가 우리의 손가락과 발가락을 무감각하게 만들 듯, 어둠은 우리의 영혼을 무감각하게 만들었다. 손끝으로 만질 수 있을 것 같은 칠흑 같은 어둠은 어떻게든 그것을 몰아내려는 우리의 보잘것없는 시도를 비웃으며 우리의 목을 졸랐다. 나는 존 챈러와 그가 살고 있는 무의식의 세계가 오히려 부러웠다.

박사도 걱정스러웠다. 해링턴 레인에 살 적에 아무리 기분이 최악인 때도, 침대에 틀어박혀 먹고 자는 것을 거부하며 심각한 우울증 때문에 할 수 있는 일이라곤 숨 쉬는 것밖에 없었을 때도, 지금에 비하면 화창한 봄날처럼 밝고 기운에 넘친다고 말해도 좋을 지경이었다. 그뿐만 아니라 지금 그는 자기 자신도 아니고 다른 사람을 위해 고역을 버텨 내고 있었다. 지금까지 박사가 세상에서 가장 이기적이고 자기중심적인 인간이라고 생각했던 내게는 너무나도 충격적인 일이었다. 그의 얼굴은 점점 수척해졌고 눈은 퀭해졌으며 몸에 걸친 더스터 코트는 옷걸이에 걸린 것처럼 헐렁했다. 그는 자신이 등에 진 사내와 닮아 가고 있었다.

나는 부모가 애를 야단치듯 박사에게 제발 배를 채우고 잠을 자야 한다고 꾸짖거나 그러다 쓰러지기라도 한다면 친구에게 아무 도움도 안 될 것이라고 설득하려 했다. 그는 여느 때와 달리 내게 성을 내지 않고 잔소리를 꾹 참아 냈다. 딱 한 번, 도저히 참다 못해 나한테 15분이나 속사포처럼 마구 쏘아 댔을 때를 제외하면 말이다. 계속 놔뒀다면 한도 끝도 없이 성질을 냈을 테지만 호크가 박사에게 닥치지 않으면 머리에 총알을 박아 버리겠다고 협박하는 바람에 다행히도 거기서 멈출 수 있었다.

마지막 남은 비스킷 부스러기와 베이컨을 먹고 나자, 경사는 장총을 들고 숲으로 사라져 오후 내내 돌아오지 않았다. 그날 우리는 한 발짝도 이동하지 못했다. 호크는 황혼 무렵에야 빈손으로 돌아왔다. 그는 바닥에 무기를 내려놓고 불 옆에 주저앉더니, 끊임없이 구시렁거리며 입을 손등으로 문질러 닦고 입술을 할짝거렸다.

"아무것도 없어요." 그가 중얼거렸다. "아무것도 없다고요. 이런 건 처음이에요. 쥐새끼 한 마리도 안 보인다고요."

그는 시선을 들어 하늘을 바라보았다. "심지어는 새도 안 보여요. 아무것도, 아무것도 없어요."

"우리한텐 아직 서로가 있잖소." 박사가 기분을 북돋우려는 듯 상냥하게 말했다. "자기 몸을 기증하는 방법도 있지요."

호크는 기가 막힌 듯 입을 헤벌리고 그를 멍하니 쳐다보았다. 나는 박사가, 자기 자신의 한계에 대해 너무나도 잘 알고 있는 그가, 너무나도 힘든 나머지 얼토당토않은 우스갯소리를 하려고 한 것이라고 생각했다. 그건 정말이지 어처구니없는 농담이었다. 사람이 두 팔을 퍼덕이면 하늘을 날 수 있다고 믿는 것처럼 말이다.

허기는 우리의 새로운 동반자였다. 그것은 우리 세 사람보다 훨씬 강하고 회복력도 빨랐으며, 마치 우리가 심심풀이 주전부리라도 되는 양 쉴 새 없이 잘근거렸다. 간간이 행군을 멈출 때조차도 우리는 쉴 수가 없었다. 호크와 나는 덤불을 뒤져 나무 열매를 따고 인디언 감자나 냉이처럼 먹을 수 있는 뿌리나 나물을 캤다. 먼지버섯은 대가리를 뽑아 먹고, 히코리 나무는 껍질을 벗겨 삶아 먹었다. (호크는 그 "나무껍질 스튜"가 소화에 좋다고 말했는데, 인디언들이 민간요법으로 설사와 매독에 사용한다고도 했다.) 또 땅바닥에서 나는 이끼인 석송(石松)도 긁어모았는데, 바늘처럼 생긴 이파리를 물에 끓여서 일종의 허브차를 만들었다. 차는 쓰고 톡 쏘는 맛이 났지만—박사는 첫 모금을 삼키자마자 뱉어 버렸다.—호크는 아랑곳하지 않고 계속 이끼를 모았다. 석송은 워낙 불이 잘 붙는지라 그는 심심할 때마다 이끼 덩어리를 모닥불에 던져 넣어 눈부신 흰색 불꽃이 솟구치는 것을 구경했다.

우리는 새날이 밝을 때마다 더욱 쇠약해졌고, 어제보다 더 주린 배를 붙잡고 잠자리에 들었다. 생기를 잃어 퀭한 눈은 서서히 굶어 죽어 가는 자들 특유의 공허한 눈빛을 하고 있었고, 목소리는 공기가 쉭쉭 새는 소리에 불과했다. 우리는 발을 헛디뎌 넘어지면서 오솔길을 지나, 바닥이 드러난 마른 시내를 건너, 황폐한 브륄레를 가로질러, 나뭇가지 하나 없는 기둥이 받치고 선 둥근 회색 하늘 아래 온통 새하얀 사막을 횡단했다. 거기서 우리는 샌디 호에서 탈출한 뒤 처음으로 생명의 표식을 발견했다. 나는 호크의 외투를 잡아당기며 그것을 가리켰다. 놈들은 긴 날개를 활짝 펼치고 강풍 위를 미끄러지며 우리의 머리 위를 천천히 빙글빙글 돌고 있었다. 호크가 고개를 끄덕이더니 재빨리 시선을 돌렸다. 호크가 말했다.

"'부티오'야. 대머리독수리라고도 하지."

박사의 발이 바닥에 뒹굴던 나뭇가지에 걸렸다. 그는 넘어지는 와중에서도 바닥에 부딪치기 전에 가까스로 몸을 비틀어 그가 지고 있던 소중한 화물을 깔아뭉개는 것을 피할 수 있었다.

"난 괜찮아. 괜찮소." 박사가 호크에게 으르렁거렸다. 호크가 도와주려 손을 내밀었지만 거칠게 뿌리쳤다.

"교대합시다, 박사님. 당신 너무 힘들어 보여요."

"손대지 마! 알아듣겠소? 저 친구한테 손가락 하나라도 대면 쏴 버리겠어! 나 말고는 아무도 안 돼!"

"주제넘은 짓을 하려는 건 아니었어요. 그냥 도와주려는 건데요."

"이건 내 거야. 내 거라고!" 박사는 숨을 몰아쉬며 챈러의 몸통 아래 손을 끼워 끙끙거리며 바로 세웠다. 그렇지만 비틀거리다가 이내 다시 고꾸라졌고 이번에는 큰 소리를 내며 등을 바닥에 부딪쳤다. 그의 가슴 위로 친구의 머리가 맥없이 떨어졌다.

"빌어먹을 자식." 박사가 챈러에게 속삭였다. 허공에 단어들이 부딪쳐 산산조각으로 흩어졌다. "도대체 여긴 뭐 하러 온 거야? 무슨 기대를 하고? 바보 자식…… 이 덜떨어진 머저리 같은 놈…… 도대체 뭘 찾을 거라고 기대한 거냐고?"

박사는 친구의 깃털처럼 부드러운 머리칼을 쓰다듬었다. 그러고는 존 챈러의 정수리에 뺨을 기댔다.

"어유, 그만 일어나시죠, 박사." 호크가 그를 재촉했다. "그렇게까지 상황이 최악은 아니에요." 호크가 그를 향해 한 발짝 내디딘 순간, 박사가 느닷없이 권총을 꺼내 호크의 이마를 겨눴다.

"막을 수 있었어!" 박사가 울부짖었다. "당신이 막을 수도 있었다고! 한 달 전에 여기 왔을 때! 손만 뻗으면 닿을 거리에 있었는데 그냥 가 버렸지. 당신이 그를 버린 거라고!"

"이봐요, 박사님. 피들러가 그때 뭐라고 했는지 당신도 알잖아요……."

"나한테 한 것과 똑같은 말을 했겠지. 그래서 내가 그 말을 믿었나? 그 사람 말을 곧이곧대로 믿었어? 나를 바보 취급하게 내버려 뒀냐고?"

"글쎄요." 호크가 딱딱하게 대답했다. "당신이 나보다 더 똑똑한가 보죠."

"그건 칭찬이 아니야."

방금까지 활개 치던 격정이 삽시간에 수그러들었다. 눈빛이 꺼지고, 권총을 잡은 손은 힘없이 떨궈졌다. 평소의 무기력한 태도가 돌아왔고, 나와 호크까지 그의 기묘한 허무감에 전염되는 것 같았다. 황량함이 낳은…… 죽은 삶, 모든 언어는 의미 없고, 모든 행동은 가치 없고, 모든 희망은 헛되도다.

며칠째였는지 모른다. 서커 야영지에서 탈출한 지 열흘이나 열하루째 되는 날이었을 것이다. 호크가 내 스승을 붙들고 다른 곳으로 데려가며 말했다. "잠시 챈러와 같이 있으렴, 윌. 너희 두목하고 얘기 좀 해야겠다." 그들은 몇 미터 위쪽으로 걸어갔고 나는 그 뒤를 몰래 밟았다. 내가 왜 그랬는지 이해하리라 믿는다. 나는 신중하게 몸을 낮추고 그들의 다급하고도 불안한 대화를 엿들었다.

"확실하오?" 박사는 염려하는 듯하면서도 동시에 미심쩍은 말투였다.

후크가 입술을 축이며 고개를 끄덕였다. "처음엔 뭘 착각한 줄 알았지요. 숲에선 그런 일이 자주 일어나거든요. 그래서 아무 말도 안 했는데, 이젠 의심의 여지가 없습니다, 박사. 확실해요."

"왜냐하면……?"

"소리를 처음 들은 건 어제 아침이었습니다. 어젯밤에 망을 설 때는 아무것도 없었고요. 그러다 오늘은 하루 종일 들렸다 안 들렸다 합니다."

"이이니오크족일지도 모르잖소."

호크가 어깨를 들썩였다가 다시 입술을 축였다. "뭔가 있습니다. 늑대일 수도 있지만 분명히 곰은 아니에요. 그렇게 크진 않으니까. 아주…… 이상하단 말이죠."

"라로세를 그렇게 한 게 피들러의 부하들이라면……." 워스롭이 입을 열었다.

"이게 라로세를 데려다가 포를 뜬 범인일 수도 있는 거죠." 호크가 고개를 끄덕이며 뒷말을 받았다. 이번에도 메마른 입술 위로 혀가 지나갔다. "알고 계셔야 할 것 같아서요."

"고맙소, 경사." 박사가 말했다. "어쩌면 정면으로 승부를 봐야 할지도 모르겠군."

호크가 고개를 저었다. "우리는 겨우 두 명이에요. 저쪽은 몇인지 알 수가 없고요. 게다가 이쪽은 챈러에, 윌도 붙어 있는데요."

나는 챈러의 옆으로 돌아왔다. 가슴이 쿵쾅거렸다. 챈러의 눈동자가 칙칙한 눈꺼풀 밑에서 어둠 속을 배회하고 있었다. 어둠은 우리를 머금고, 새하얀 숲은 침묵 속에 잠겨 있었다.

회색의 대지는 현혹적이리만큼 고요했다. 그것은 비밀을 감추고 있었다.

뭔가가 우리를 쫓아오고 있었다.

그날 밤 나는 처음으로 노란 눈을 보았다. 처음에는 내 상상 때문이라고, 낮에 두 사람의 대화를 엿듣고 흥분한 탓이며, 모닥불의 장난일 뿐이라고 생각했다. 나는 나방의 날갯짓에 불빛이 반사됐거나 야광곰팡이 같은 것이라고 생각했다. 숲 속의 아름드리나무들은 온통 그런 것들투성이었으니까. 그것은 내가 발견하자마자 눈 깜짝할 사이에 사라졌다가 곧 순식간에 다시 돌아왔다. 저 깊은 수풀 속에 있다가 다음 순간 내 왼쪽에서 둥둥 떠다니고 있었다. 두 개의 횃불처럼 이글거리는 아몬드 모양의 눈.

나는 호크 경사의 팔을 움켜쥐고—박사는 챈러와 함께 텐트 안에 누워 있었다.—손가락으로 그것을 가리켰다. 호크가 내 손가락 끝을 쳐다봤을 즈음 눈은 벌써 사라지고 없었다.

"왜 그러느냐, 윌?" 호크가 소곤거렸다.

"눈 말이에요." 나도 같이 소곤거렸다. "저기 눈이 있었어요."

우리는 끝없이 기다렸다. 숨을 죽인 채, 어둠 속을 유심히 살피면서. 그러나 그것들은 다시 나타나지 않았다.

노란 눈은 다음 날 밤에 다시 나타났다. 이번에 가장 먼저 발견한 것은 워스롭이었다. 그는 조용히 자리에서 일어나 거의 우스꽝스러워 보일 만큼 놀란 표정을 지으며 숲 속을 응시했다.

"저거 봤소? 내가 잘못 본 거 같긴 한데……."

"둥둥 떠다니는 눈을 본 거면 윌도 어젯밤에 봤다고 합디다." 호크가 장총을 어깨에 걸치며 말했다. 요즘 그는 한시도 총을 몸에서 떼어 놓지 않았다. 심지어 잠을 잘 때도 그랬다.

"저기요!" 내가 나도 모르게 흥분한 목소리로 외쳤다. "저기 또 나타났어요. 바로 저기요!"

호크 경사가 잽싸게 총을 겨눴지만 그것은 다시 사라지고 없었다. 호크는 어깨에 총신을 받친 채 찬찬히 주변을 살폈다.

"곰일까?" 박사가 물었다.

"그럴 수도 있죠." 호크가 나직이 대답했다. "뒷다리로 걷고 있다면 말입니다. 방금 그 눈은 지면에서 거의 3미터 위에 있었습니다, 박사."

몇 초가 지나고, 몇 분이 지났다. 등 뒤에서 뭔가가 꿀떡거리는 소리가 났다. 경사가 화들짝 놀라 텐트 쪽으로 몸을 돌렸다. 워스롭이 재빨리 총열을 아래로 눌러 밀치며 말했다. "챈러요." 그러고는 텐트를 향해 달려갔다. "윌 헨리!" 그가 나를 불렀다. "불을 가져와라!"

텐트 안에 들어가니 박사가 환자 위에 고개를 숙이고 있었다. 챈러는 뭍에 올라온 물고기처럼 발작적으로 입을 뻐끔거리면서 목구멍 안쪽에서 부글거리는 소리를 내고 있었다. 워스롭이 그의 몸을 옆으로 굴려 등을 가볍게 두드리기 시작했다. 챈러의 몸이 갑자기 부르르 경련을 일으키더니 입에서 연녹색 액체가 터져 나왔다. 박사의 셔츠와 바지가 젖고, 고약하고 불쾌한 냄새가 텐트 안을 가득 메웠다. 나는 손으로 코를 틀어막고는 금세라도 토하고 싶은 충동과 맞서 싸웠다. 워스롭이 지저분한 손수건을 꺼내 챈러의 입을 닦은 다음 나를 쳐다보았다.

"물 좀 가져와라, 윌 헨리."

챈러가 신음 소리를 냈을 때, 워스롭은 흡사 그가 벌떡 일어나 앉아 이름을 부른 것 같은 반응을 보였다. 박사의 얼굴이 환하게 밝아졌다.

"정신을 차린 건가요?" 내가 물었다.

"존!" 워스롭이 외쳤다. "존 챈러! 내 말 들리나?"

혹여 그랬다 할지라도 챈러는 대답하지 않았다. 그의 몸뚱이가 다시 축 처졌다. 우리는 기다렸다. 하지만 그는 다시 떠나갔다. 그동안 어디 있었든 간에, 다시 그곳으로 돌아간 것이다.

그 뒤로 며칠간은 노란 눈을 보지 못했다. 그러나 그렇다고 우리의 불안감이 해소된 것도 아니었다. 특히 호크가 가장 심각한 영향을 받은 것 같았다. 그는 가을 낙엽 때문에 축축하고 미끈거리는 길을 따라 기계적으로 발을 옮기는—걷기보다는 거의 미끄러지는 쪽에 가까운—박사보다도 더 자주 뒤처지곤 했다. 호크는 종종 발을 멈추고 뒤를 돌아보며 총을 준비 자세로 겨눈 채 우리가 지나온 북방을 노려보곤 했다. 온몸의 근육과 신경과 힘줄을 일일이 팽팽하게 곤두세운 채 머리를 갸웃거리며 귀를 기울였다. 그가 무엇을 듣고 있었는지는 나도 모른다. 왜냐하면 나도 박사도 아무것도 듣지 못했기 때문이다. 숲에서 들리는 것이라고는 우리의 지치고 불규칙적인 숨소리와 신발이 바닥을 긁으며 나는 쓰윽쓰윽 소리뿐이었다. 행군이 잠시 지체될 때면 호크는 숲 속을 헤치며 돌아다녔는데, 간혹 약한 바람을 타고 그의 성난 목소리가 들려오곤 했다. 그러나 거기에는 조각난 기억에서 추출해 낸 대화의 파편들처럼 아무 의미도 담겨 있지 않았다.

그는 말수가 줄고 부루퉁해졌고, 거의 강박증에 가깝게 입술을 핥았으며, 늘 쪽잠을 잤고, 가끔은 자다가 괴성을 지르며 벌떡 일어나 모닥불에 나뭇가지를 던지거나 더 이상 던질 게 없을 때면 욕설을 퍼부었다. 그가 보기에 모닥불은 늘 너무 작거나 미흡했다. 그는 할 수만 있었다면 숲 전체에 불을 질렀을 것이다. 평생을 숲에서 보낸 이 사내는 연인에게 배신이라도 당한 양 숲을 증오하고 불신했다. 그가 사랑한 것은 그를 사랑하지 않았다. 사실 그것은 이제 그를 죽이려고 하는 것 같았다.

상황이 이러하니 환자의 건강 상태에만 정신이 팔려 있던 워스롭 박사도 우리 안내인이 뭔가 잘못되었다는 것을 눈치챌 수밖에 없었다. 한번은 나를 따로 불러내 말했다. "경사가 걱정되는구나, 윌 헨리. 부디 기우였으면 좋겠다만! 자, 받아라. 주머니에 넣어 둬." 그는 권총을 내 손에 쥐여 주었다.

내 놀란 표정에 질문이 쓰여 있었는지, 그가 말했다.

"그건 사람을 폐인으로 만들 수 있단다." 그는 "그것"이 무엇인지 말해 주지 않았다. 그럴 필요가 없다고 생각하는 것 같았다. "본 적이 있거든."

다음 날, 드디어 호크 경사가 무너졌다. 중간에 휴식을 취하러 피로에 욱신거리는 몸을 바닥에 앉히자마자, 호크가 벌떡 일어나더니 덤불 속으로 휘청휘청 걸어갔다. 이슬에 젖어 빛나는 그의 모자가 흑단처럼 검고 매끈한 나무줄기 사이로 쏜살같이 움직이는 것이 보였다.

“알았어, 알았다고, 이 얼어 죽을 자식들아!” 그는 허파가 터질 듯이 고래고래 소리 질렀다. “거기 있는 거 다 알아! 너희들 소리가 들린다고! 어디 보이는 곳으로 나와 보지그래, 이것들아!”

내가 일어서려 하자 박사가 다시 앉으라고 손짓했다. 박사는 장총을 집어 들었다.

“당장 쏴 죽여 버리겠어. 그걸 바라는 거지? 엉?” 호크가 텅 빈 숲을 향해 윽박질렀다. “개새끼처럼 비참하게 쏴 죽여 버릴 테다. 내 말 들리냐고!”

그 순간 천둥 같은 총소리가 숲을 갈랐고, 나는 깜짝 놀라 반사적으로 몸을 움찔거렸다. 황급히 일어나려 했지만 이번에는 박사가 내 어깨를 힘주어 눌러 앉혔다.

그때, 호크가 갑자기 모골이 송연한 비명을 꽥 지르더니 미친 듯이 허공을 향해 총질을 해 대며 관목 숲을 헤치고 허둥지둥 어디론가 달려 나갔다. 그의 비명은 사람의 입에서 나오는 것이라기보다는 상처 입은 짐승이 내지르는 소리 같았다.

“챈러랑 같이 있어라, 윌 헨리!”

괴물학자가 번개 같은 속도로 호크의 뒤를 쫓았다. 나는 존 챈러의 옆에 바짝 달라붙어 두 손으로 리볼버 권총의 손잡이를 꼭 쥐었다. 무엇을 더 두려워해야 하는 것일까. 우리의 뒤를 밟고 있는 정체 모를 존재일까 아니면 정신이 나가 버린 우리의 안내인일까. 나뭇가지가 우두둑 부서지고 잎사귀가 스치는 소리, 우렁찬 총소리, 그리고 발작을 일으키는 것 같은 비명 소리가 점차 희미해졌다. 원시림 특유의 적막감, 초자연적으로까지 느껴지는 정적이 숲을 내리덮었다. 차라리 방금처럼 떠들썩한 쪽이 더 나을 것 같았다.

그때 내 등 뒤에서 뭔가가 움직였다. 미약한 신음 소리가 났다. 고약한 냄새를 풍기는 누군가의 숨소리가 들렸다. 그리하여 나는 그것을 보았고, 그것이 나를 마주 보았다.

11장

“하늘 높이 비상했건만 바닥으로 추락했다.”

뼈와 가죽만 남은 손이 내 팔을 와락 움켜쥐었다. 솔잎이 융단처럼 깔린 바닥에서 둥글납작한 머리를 쳐들었다. 커다랗게 뜬 눈, 역한 노란색 웅덩이 속에서 유영하는 눈동자, 짙고 선명한 피가 묻은 붉은 입술과 썩은 냄새를 풍기는 크게 벌린 입. 존 챈러가 쉰 목소리로 알아들을 수 없는 말을 지껄이고 있었다. 그가 소스라칠 정도로 억센 아귀힘으로 내 팔을 잡아당겼다. 나는 큰 소리로 박사를 소리쳐 불렀다. 그랬다고 생각한다. 잘 기억이 나지 않는다. 더껑이로 가득 덮인 혓바닥이 앞니를 난폭하게 후려치자 잇몸에서 떨어져 나온 이가 시커먼 목구멍 속으로 굴러떨어졌다. 챈러가 갑자기 숨을 꺽꺽거렸다. 가슴이 커다랗게 부풀어 올랐다. 나는 생각할 겨를도 없이 본능적으로 총을 내려놓고 부러진 이를 찾아 그의 입속에 손가락을 집어넣었다. 그의 입이 텁 닫히면서 내 손가락을 세게 깨물었다. 극심한 통증이 밀려왔다. 그때는 분명히 비명을 지른 것 같다. 정확하게는 잘 기억나지 않지만 말이다. 나는 통증 때문에 정신이 혼미해졌다. 혓바닥에 내 피가 닿는 순간, 야생동물과도 같던 그 끔찍하고 공허한 노란 눈빛이 돌연 냉정하고 신중하게, 짐승 같지만 동시에 이상하게도 인간적으로 변했다.

나는 자유로운 손으로 그의 홀쭉한 가슴을 있는 힘을 다해 밀치면서 물린 손을 빼내기 시작했다. 그의 꽉 다문 잇새로 관절에서 손톱까지 피부가 긁혀 벗겨지는 것이 느껴졌다. 이윽고 그의 입에서 해방된 내 손은 노랗고 걸쭉한 가래와 붉은 피로 범벅이 되어 있었다. 내 피가 그의 목구멍 속으로 꿀렁이며 흘러 들어가는 소리가 났고, 다음 순간 그가 꿀꺽 삼켰다. 기분 나쁠 정도로 커다란 울대뼈가 올라갔다 내려갔다.

그가 나를 향해 손을 뻗었다. 나는 바닥을 기며 도망쳤다. 상처 입은 손을 반대쪽 겨드랑이에 넣어 보호하고 다른 한 손으로 박사의 리볼버를 움켜쥐었다. 하지만 겁에 질린 와중에서도 차마 그를 쏘지는 못했다.

갑자기 그가 뒤로 벌러덩 넘어졌다. 등이 둥글게 휘고, 시체처럼 창백한 얼굴이 언제나 무관심하게 우리를 굽어보는 하늘로 향했다. 앙상한 손가락이 허공을 할퀴었다.

"윌 헨리?" 내 뒤에서 목소리가 들렸다.

박사가 황급히 달려와 챈러 옆에 주저앉았다. 친구의 얼굴을 두 손으로 감싸 쥐고 큰 소리로 그의 이름을 불렀지만, 굳게 닫힌 눈은 열리지 않고 곪아 터진 입술도 더 이상 아무 소리도 내지 않았다.

몸을 돌리니 몇 발짝 떨어진 곳에 호크가 서 있는 게 보였다. 얼굴은 붉게 상기됐고 머리카락에는 자잘한 나뭇가지와 이끼가 주렁주렁 붙어 있었다.

"괜찮니?" 그가 물었다.

나는 고개를 끄덕였다. "뭐였어요?"

"아무것도 아니었다." 그가 말했다. "아무것도 아니었어."

하지만 호크는 안도한 것 같지 않았다.

그것은 아무것도 아닌 것 같았고, 그래서 호크는 한시름 놓을 수 있었다. 그는 어둠을 몰아낼 작정으로 큼지막한 화톳불을 피우고 끊임없이 땔감을 던져 넣으며 열기가 그의 얼굴을 핥고 턱수염을 그슬릴 때까지 그 탐욕스럽고 허기진 붉은 위장을 채워 주었다. 불이 추위를 막아 주는데도 그는 여전히 벌벌 떨고 있었다. 모닥불은 우리를 따라오고 있는 형체 없는 적에 대한 대항마였다. 비록 호크는 벌써 그것에 사로잡힌 것 같았지만 말이다.

심지어 호크는 자신의 처방약에 의존할 수도 없었다. 박사가 호크 경사가 챙겨온 위스키를 응급약 삼아 내 상처를 치료하는 데 한 방울도 남김없이 다 써 버렸기 때문이다. 워스롭은 호크를 최대한 달래 보려 했으나 전부 헛수고였다. 호크는 고약한 성질머리를 가진 두 살짜리 어린애처럼 발작을 일으키며, 썩어 빠진 낙엽 더미와 대지의 뼛조각을 차고 짓밟고, 벌게진 주먹을 허공에 휘두르고 갈라진 입술에서 피를 튀기며 역성을 냈다.

"당신이 무슨 권리가 있다고!" 그는 박사의 얼굴에 대고 빈 술병을 흔들며 고래고래 소리 질렀다. "이건 내 거예요! 내 거! 내 거라고요! 그러니 나한테 권리가 있단 말입니다!"

"선택의 여지가 없었소, 경사." 워스롭이 아이를 달래듯이 말했다. "문명 세계로 돌아가면 한 상자를 통째로 사 주겠소."

"문명 세계? 문명 세계에?" 호크가 낄낄거렸다. "그게 대체 뭐랍니까?"

거대한 숲이 그를 조롱하듯 꼭 닮은 메아리로 화답했다. "문명 세계…… 그게 뭐랍니까……?" "제 페 윈 마트레스 위 아 파 롱탕."

"그게 뭔지 좀 보여 주십쇼, 워스롭. 어디 있는지 손가락으로 가리켜 봐요. 왜냐하면 내 눈엔 안 보이거든! 자, 주위를 둘러봐요! 아무것도, 아무것도, 아무것도 없다고요."

"난 당신에게 보여 줄 수 없소." 괴물학자가 침착하게 응수했다. "안내인은 내가 아니거든."

"그게 무슨 뜻입니까? 네? 지금 뭐라고 한 거요? 무슨 말을 하고 싶은 거냐고요!"

"사실을 지적하는 거요, 경사."

"그러니까 나 때문에 이 저주받을 숲에서 길을 잃었다 이겁니까?"

"난 그렇게 말하지 않았소, 조너선. 그런 뜻도 아니었고."

"이건 내 잘못이 아니에요. 내 잘못이 아니라고!" 그는 텐트 안에 꼼짝도 않고 누워 있는 존 챈러를 향해 몸짓했다. "저걸 데려온 건 당신이잖아요. 그래서 우리가 이 모양 이 꼴이 된 거고!"

박사는 생각에 잠긴 표정으로 고개를 끄덕였다. 이제껏 내가 수백 번도 더 본 표정이었다. 그가 몸담고 있는 그 이상한 학문의 특이한 표본에 열중할 때마다 짓는 진지한 표정이었다.

“랫 포티지는 얼마나 멉니까?” 그가 조용히 물었다. “며칠이나 걸리오, 조너선?”

“내가 그런 수법에 넘어갈 것 같아요? 지금 날 바보 취급 하는 겁니까, 워스롭? 당신이 무슨 속셈인지 알아요. 무슨 수작을 부리는지 다 안다고. 난 최선을 다할 겁니다. 이건 내 잘못이 아니라고요!”

호크가 홧김에 불붙은 장작을 발끝으로 걷어찼다. 그의 발길에 차인 나뭇가지가 관목 숲으로 날아갔고, 순식간에 불꽃이 바닥의 바싹 마른 낙엽과 나뭇가지를 날름거리며 핥기 시작했다. 나는 서둘러 달려가 불씨를 발로 밟아 꺼뜨렸다. 뒤에서 호크 경사가 비아냥거리는 소리가 들렸다.

“내버려 둬라, 윌! 이왕이면 몽땅 활활 타 버리라지! 그러면 저기 뭐가 숨어 있는지 알 수 있을 테니까. 그땐 도망갈 수도 없을 거다, 안 그러냐, 이 개자식아!”

“경사.” 워스롭이 말했다. “저기에는 아무것도 없…….”

“당신 도대체 뭐가 문제예요? 눈도 귀도 없어요? 낮에는 쉴 새 없이 부스럭거리고 밤에는 더러운 냄새가 진동하는데! 지금도 나잖아요. 추잡하고 더러운, 똥오줌이 썩는 악취 말입니다! 사방에서 구린내가 나잖아! 우리 옷에서도 나고, 우리 몸에서도 나고, 우리 숨결에서도 난다고!”

그는 구부정한 손가락으로 텐트를 가리켰다.

“내가 이런 일을 겪는 게 처음인 줄 알아요? 벽에 걸 사슴 머리나 모으려고 왔다가 실종된 풋내기 사냥꾼들을 찾아서 수백 번도 더

이 숲을 누볐어요! 하느님이 주신 상식이란 걸 제대로 쓸 줄도 모르면서 뭣도 모르고 무작정 달려드는 돈만 많은 머저리 자식들! 난 알아요, 난 안다고…….” 그는 손등으로 입술을 거세게 문질렀다. 아랫입술이 터져 피가 났다. 그는 고개를 돌려 모닥불 위에 피를 뱉었다.

“몇 년 전에도 한 사람을 구해 냈지. 그 사람도 얼굴 가죽이 벗겨진 채로 집으로 돌아가야 했어요. 커다란 회색 곰이 눈구멍을 발톱으로 푹 찔러서는 눈알을 두 개 다 뽑아 버렸거든. 그러고는 얼굴을 완전히 벗겨 버렸죠. 껍질처럼 쫙 벗겨 버렸다고! 그래서 랫 포티지로 돌아가는 내내 그 인간의 얼굴 거죽을 내 주머니에 넣어 둬야 했소. 그런 게 바로 트로피지, 바보 머저리 똥구멍만 번쩍번쩍한 병신 새끼!”

그는 낄낄거리더니 다시 침을 탁 뱉었다. 콧수염에 피가 섞인 침이 묻었다. 그는 건장한 어깨를 뒤로 젖히고는 박사를 향해 탄탄한 가슴을 내밀었다.

“당신을 여기서 벗어나게 해 주지요, 괴물학자 양반. 무슨 방법을 써서라도, 설사 죽어서 시체가 되더라도 손가락으로 길을 가리켜 여기서 빠져나가게 해 줄 거요.”

나는 텐트 안에 있는 박사 옆에 앉았다. 다친 손이 아무 데도 닿지 않게 무릎을 세워 팔꿈치를 괴었다. 다친 손가락이 엄청나게 아리고 욱신거렸다. 텐트의 열린 입구 사이로 쪼그리고 앉아 있는 호크의 음영이 보였다.

“우리, 길을 잃은 거예요?” 내가 속삭였다. 나는 말짱한 손으로 꾸르륵 소리를 내는 배를 쓰다듬었다. 허기는 누군가 내 배에 힘 센 주먹을 깊숙이 찔러 넣은 다음 내장을 비틀고 돌리는 듯한 느낌을 줬다.

박사는 대답하지 않았다.

"경사가 놓치면 그렇게 되겠지." 단순히 "길을" 잃는다는 의미가 아니었다.

박사가 불쑥 어둠 속으로 손을 내밀었다. 내 뺨에 뭔가 따스한 것이 닿았다. 나는 순간 몸을 움찔했다. 박사가 나를 만지는 데에는 익숙하지 않았다.

"열은 없구나." 그가 손을 거두며 짧게 말했다. "다행이야."

나는 지쳐서 꾸벅꾸벅 졸기 시작했다. 무심코 중간에 눈을 뜨니 박사가 내 옆에 웅크리고 있고 그 옆에는 챈러가 누워 있었다. 펠리노어 워스롭은 내 팔을 굳게 움켜쥐고 있었다. 잠결에도 나를 꼭 붙들고 있었다. 마치 내가 그를 현실에 잡아 두는 부표인 양, 또는 내가 날아가 버리지 않도록 붙잡고 있는 것처럼.

다시 눈을 떴을 때에는 그의 눈동자가 나를 마주 보고 있었다. 워스롭 박사가 아니라 챈러였다. 이상하리만큼 샛노란 광채를 발하는 눈이었다. 꼭 유리구슬 같았다. 누군가의 주먹이 무지막지한 힘으로 꽉 쥐는 바람에 구슬에 금이라도 간 것처럼 가느다란 실핏줄이 노란 홍채를 그물처럼 뒤덮고 있었다. 그 텅 빈 눈동자에 비친 내 모습이 눈에 보일 정도로 가까웠다. 그가 죽은 게 틀림없다는 생각이 들었다. 하지만 다음 순간, 그의 좁고 병약한 가슴 깊숙이 가르랑거리는 숨소리가 들렸고, 내 입에서도 안도의 한숨이 흘러나왔다. 이렇게 먼 곳까지 와서 그 고생을 했는데 고지를 앞두고 챈러가 죽어버리면 무슨 헛고생이겠는가. 나는 지난번에 우리의 시선이 마주쳤을 때 무슨 일이 벌어졌는지를 떠올리고 재빨리 뒤로 물러나 거리를 확보했다. 그의 시선은 나를 따라오지 않고 방금 전까지 내가 있던 자리에 머물러 있었다. 송장 같은 입이 빠끔거렸지만 아무 소리도 나오지 않았다. 어쩌면 숨이 딸려서 말을 못 하는 것인지도 모른다.

텐트에서 기어 나와 허리를 편 나는 두 눈을 멍청하게 깜박이며 눈앞에 펼쳐진 광경을 바라보았다. 도저히 믿을 수가 없었기 때문이다. 야영지에는 아무도 없었다. 불 꺼진 장작 더미 위에서 시커먼 연기가 께느른하게 하늘거리고 있었다. 주변에서 움직이는 것이라고는 그것뿐이었다.

박사도 없고 호크도 없었다. 그들의 총도 없었다.

나는 조용히 그들의 이름을 불렀다. 목소리가 워낙 작은 데다 상처 입은 산짐승의 울음소리처럼 잘 들리지도 않아 이번에는 용기를 내어 좀 더 큰 소리를 내 보았다.

"워스롭 박사님! 호크 경사님! 이봐요! 어디 계세요!"

그러나 내 고함 소리는 겨우 한 치 앞도 가지 못해 빽빽이 들어선 나무들의 심술궂은 손바닥에 튕겨 나가고 사방을 짓누르는 묵직한 분위기에 산산조각 났다. 나는 입을 닫았다. 심장이 미친 듯이 뛰었다. 죄송해요, 죄송해요. 나도 모르게 마음속으로 연발했다. 왜냐하면 방금 내가 뭔가를 모욕했기 때문이다. 내 외침 소리가 야생에 살아 숨 쉬는 뭔가 불길한 생명력을 모독했기 때문이다.

뒤에서 누군가의 말소리가 들렸다. 나는 고개를 돌렸다. 거품과 가래로 가득한 챈러의 목소리가, 타다 남은 장작 더미에서 올라오는 연기처럼 얼음장처럼 차가운 공기 속을 떠돌고 있었다. 그것은 인간의 언어가 아니되 그렇다고 아무 의미도 없는 헛소리도 아니었다. 그보다는 어린아이가 어른의 말을 서툴게 따라 하는 것 같았다. 정확히 뭐라고 해야 할지 모르면서도 머릿속에 든 생각을, 추상적인 개념을 실체적인 것으로 만들기 위해 애를 쓰는 것처럼 말이다.

나는 텐트 안으로 고개를 들이밀었다. 그는 내가 마지막으로 본 자세 그대로 꼼짝도 하지 않고 있었다. 여전히 모로 누워 둥글게 몸을 만 채 손은 가슴에 얹고, 입술은 침으로 번들거리고, 통통하고 누르스름한 혓바닥은 그가 알고는 있지만 발음하지는 못하는 단어와 씨름하고 있었다.

"구츠누트 네흐스트! 게프궁 그로이페히 크리쉬흐눅트. 칸카!"

나는 바닥에 엉덩방아를 찧었다. 정체 모를 공포심이 파도처럼 덮쳐 와 온몸을 압도했다. 두 사람은 어딜 간 거지? 왜 나한테 아무 말도 없이 가 버린 거야? 적어도 박사님은 나를 깨워서 어디 간다고 말이라도 했어야 하는 거 아닌가?

그럴 시간이 있었다면 말이다. 뭔가가 한밤중에 불쑥 나타나 그를, 또는 그와 호크를 잡아간 게 아니라면 말이다. 그게 아니면…… 나는 호크 경사의 실성한 듯한 웃음소리와 무성한 수염 아래 붉게 달아오른 뺨, 입술에 묻은 핏방울을 떠올렸다…….

만약에 호크가 정말로 실성해 박사에게 무슨 짓을 저질렀다면?

그래서 지금 이 순간에 영원히 침묵을 지킬 회색 땅에 박사의 시체를 몰래 파묻고 있다면?

나는 주머니를 더듬어 만져 보았다. 박사에게 리볼버를 다시 돌려줬던가? 아무래도 그런 것 같았다.

어떻게 해야 하지? 지금이라도 두 사람을 찾아 나서야 하나? 하지만 만일 그들이 실종된 게 아니라 수상한 걸 보고 조사하러 간 거라면, 혹은 사냥감을 쫓아간 거라면 어떻게 하지? 내가 자리를 뜬 사이에 돌아오면? 만약에 그런 경우라면, 내가 야영지로 돌아왔을 때 박사가 또 얼마나 호되게 야단을 칠까? 우리가 여기까지 온 목적인 챈러를 팽개치고 혼자 숲을 헤매고 다녔다고, 어떻게 그렇게 멍청할 수가 있느냐고 불벼락을 내리는 건 아닐까? 나는 텐트에서 들려오는 뜻 모를 헛소리의 파도와 물밀듯 솟구치는 두려움에 압도돼 눈앞이 캄캄했지만, 그 와중에서도 어지러이 흩어져 있는 접이의자들을 정돈하기 시작했다.

어쩌면 박사님이 부상을 입었는지도 몰라. 나는 생각했다. 으슥한 곳에 쓰러져서 살려 달라는 소리도 못 하고 있는 거야. 지금 가면 내가 그분을 구할 수 있을지도 몰라. 그렇지만 나는 누가 구해 주지?

어찌 됐든 뭐라도 하는 편이 꼼짝 없이 마비되어 아무것도 못 하는 것보다는 나았다. 그래서 나는 스스로를 채찍질하며 바닥을 살피기 시작했다. 냉큼 움직여라, 윌 헨리! 무슨 일이 있었는지 알려 줄 단서나 발자국 같은 게 있을지도 몰랐다. 그렇지만 바닥에는 끌린 자국도, 흙이 헤쳐진 흔적도 없었다. 몸싸움을 했다는 증거는 아무데도 없었다. 안심을 해야 할지 아니면 더 걱정을 해야 할지 알 수가 없었다. 그렇게 생각에 잠겨 있던 중 뭔가가 다가오는 소리가 들렸다. 나뭇가지가 부러지는 소리, 자갈이 밟히는 소리. 뭔가가 이쪽으로 접근하고 있었다. 나는 몸을 돌려 야영지 쪽으로 뛰어갔다. 왜 그랬는지는 나도 모른다. 어차피 거기로 돌아가 봤자 무력하기는 마찬가지였으니까. 내가 쓸 수 있는 방어 수단이라고는 다 꺼진 모닥불에서 빼낸, 검은 연기를 뻐끔거리는 장작개비뿐이었다. 나는 텐트를 향해 뒷걸음질 치며 장작개비를 절박하게 휘둘렀다.

"조심하는 게 좋을 거야!" 나는 외쳤다. "나한텐 무기가 있다고!"

"윌 헨리, 너 뭐 하는 거냐?"

그가 공터에 모습을 드러냈다. 아래팔에는 장총이 얹혀 있고 옷은 이슬에 젖어 축축했으며, 검고 퀭한 눈 주위에는 다크서클이 두텁게 깔려 있고, 수염이 잔뜩 난 뺨은 파리했다. 나는 "무기"를 내려놓고 반가움을 터뜨리며 그에게 달려갔다. 나는 본능적으로 그의 허리에 팔을 두르고 하느님께 고맙다는 인사를 하고 싶었지만 그의 표정에 드러난 무언가가 나를 가로막았다. 어린아이라면 누구나 갖고 있는 정확한 육감 덕분에, 나는 그것이 무슨 뜻인지 알고 있었다.

"호크 경사는 어디 있어요?" 내가 물었다.

"지금 상황에서 아주 적절한 질문이다, 윌 헨리. 그런데 저 소리는 뭐냐?"

"챈러 박사예요, 박사님. 그가……."

박사가 나를 밀치고 허둥지둥 텐트로 향했다. 워스롭은 친구의 이름을 불렀지만 돌아온 대답은 여전히 알아들을 수 없는 횡설수설뿐이었다. 잠시 후 박사가 텐트 밖으로 나오더니 코트 주머니를 뒤져 내 손에 권총을 쥐어 주었다.

"받아라."

"호크 경사님은 어디 있어요?" 내가 다시 물었다.

"나는 자고 있었다." 박사가 연유를 설명하기 시작했다. "그런데 새벽녘에 잠에서 깼지. 왜 그랬는지는 모르겠지만. 어쨌든 텐트 밖으로 나가 보니 경사가 사라지고 없었다. 저 저주받을 숲을 한 시간은 족히 뒤졌을 거다. 그렇지만 그 멍청이의 코빼기도 보지 못했어. 도대체 어디로 사라졌는지, 왜 말도 안 하고 혼자만 가 버렸는지 나로선 도통 짐작도 못 하겠다." 박사는 장화 끝으로 내가 떨어뜨린 막대기를 툭툭 찼다. "이걸로 뭘 하려고 했던 거냐?"

"박사님을 때리려고 했어요."

"날 때려?"

"총이 없었거든요."

"총이 있었으면 날 쐈겠구나?"

"네, 박사님. 아뇨, 박사님! 박사님을 쏘진 않았을 거예요. 적어도 일부러 그러진 않았을 거예요."

"총을 내게 다시 돌려주는 게 어떻겠니, 윌 헨리. 네 대답으로는 영 안심이 안 되는구나."

그는 내 어깨 너머로 작은 공터 주위를 둘러싼 어둠을 바라보았다.

"곤란한 일이야. 특히 경사의 정신 상태가 불안정하다는 사실을 감안하면 말이다." 그는 담담하게, 마치 우리 집의 안락한 서재에 앉아 최근에 출간된 쥘 베른의 소설에 대해 담소를 나누듯이 말했다. "몸싸움 같은 걸 한 흔적도 없고, 우리가 밤중에 깰 정도로 큰 소리가 나지도 않았다. 쪽지를 남기지도 않았고."

그는 나를 내려다보았다. "존이 깨어난 지 얼마나 됐지?"

"저도 몰라요. 자다 깼는데…… 그냥 저를 빤히 쳐다보고 있었어요. 그리고 몇 분 전부터 알아들을 수 없는 말을 하기 시작했고요."

"너를 보고 있던 게 아닐 거다, 윌 헨리. 아무것도 보고 있지 않았을 거야. 그는…… 아직 제정신이 아니거든."

박사는 묵묵히 생각에 잠겨 있다가 이내 힘차게 고개를 끄덕였다.

"그래도 희망을 갖자꾸나. 우리끼리 텐트를 접고 숲 속을 헤매 봤자 아무 소용도 없겠지. 그렇다고 호크를 찾아 나서자니 뾰족한 수가 없고. 그를 찾으려면 운이 아주 좋아야 할 텐데 지금까지는 그런 운이 따라 주지 않았으니까 말이야. 여기서 좀 쉬는 게 존한테도, 우리한테도 좋을 것 같다. 그러니 일단은 기다리자꾸나, 윌 헨리."

그것은 적극적인 행동을 가장한 수동적 결정이었지만 우리 둘 다 다른 방도가 떠오르지 않았다. 나는 주변을 돌아다니며 땔감을 모았고 인색한 숲이 주는 먹거리는 죄다 긁어모았다. 그동안 박사는 챈러와 마주 앉아 '게프궁 그로이페히'나 '칸카'보다 더 지적인 말을 이끌어 내기 위해 애썼다.

한 시간 후, 박사는 결국 두 손 두 발을 들고 내가 되살린 불 앞에 나와 앉았다. 우리는 말없이 무기에 손을 얹어 놓은 채 먼 곳을 하릴없이 응시했다. 간혹 나뭇가지가 부러지거나 마른 낙엽이 바스락거리는 소리가 들릴 때마다 놀라 움찔거렸다. 머리 위에서는 음침한 회색 하늘 아래로 낮게 걸린 구름이 흐르고, 음울한 땅을 피해 하늘 높이 부는 바람이 간간이 그 덮개를 들추곤 했다.

대기는 무겁고 정지해 있었다. 초목이 부패하는 날카로운 냄새와 죽음의 기색이 뒤섞인, 시큼털털한 썩는 향이 났다. 추잡하고 더러운, 똥오줌이 썩는 악취! 호크는 그것을 이렇게 묘사했다. 그 악취가 우리 야영지를 더럽히고 있었다. 심지어 내 옷에서도 그 냄새가 났다. 우리 인간은 공공장소에서 죽음을 멀리 떨쳐 놓기 위해 안간힘을 쓰고 보이지 않는 구석에 팽개쳐 놓는다. 그러나 이 야생의 대자연에서 그것은 어디서나 공공연히 적나라하게 존재한다. 그것은 함께 생명을 창조하는 연인이다. 관능적으로 뒤얽힌 포식자와 사냥감의 사지, 절정에 달한 단말마, 숨이 넘어가는 순간 뜨겁게 솟구치는 붉은 핏줄기, 대지에 쓰러진 나무와 푸석한 이파리의 고요한 파정(破情)에 이르기까지, 그것은 모두 생명을 탄생시키기 위한 사랑의 애무이자, 다른 반쪽의 배우자였다.

어스름이 깔리기 시작할 때까지도 실종된 경사는 돌아오지 않았다. 워스롭은 텐트와 모닥불 사이를 오가며 존 챈러에게 물과 먹을 것을 손수 가져다주었다. 물을 먹이는 데에는 성공했지만, 챈러는 먹기를 거부했다. 그는 발작에 가까운 거부감을 내비치며 섬뜩한 비명과 함께 빵 조각을 뱉어 냈다. 커다랗게 뜨인 눈은 여전히 아무것도 보고 있지 않았다.

빛이 흐릿해질수록 불안감은 커져만 갔다. 경사가 그럴싸한 이유로 자취를 감추었을 가능성은 시간이 지날수록 희박해졌다. 앞길을 탐색하거나 동물성 단백질을 구하기 위해 숲에 들어갔다 치더라도 지금쯤은 돌아왔어야 했다. 남은 가능성은 별로 떠올리고 싶지 않은 것들뿐이었다. 특히 문밖으로 30킬로미터 이상 멀리 가 본 적이 없는 열두 살 소년이 생전 처음 하는 여행에서 경험하기에는 말이다. 자신의 동행이 어떤 사람인지 깜박 잊은 소년은 그에게 위안을 줄 수 있는 유일한 사람에게 매달렸고, 불행히도 그것은 펠리노어 워스롭 박사였다.

"경사님한테 무슨 일이 생긴 걸까요?" 내가 물었다.

"그걸 내가 어떻게 알겠니?" 박사는 외려 내게 반문하며 히코리 껍질을 입속에 던져 넣었다. 히코리 껍질을 씹으면 쓰린 속을 잠시나마 달랠 수 있었다. "해가 뜨기 전까지는 추측만 할 수 있을 뿐이지. 그리고 아침이 되면……." 그는 말끝을 얼버무렸다. 무릎 위에 놓인 반짝반짝 닦인 장총을 만지작거리며 울렁거리는 속을 진정시켰다. "내 생각엔 무슨 소리를 들었거나 아니면 들었다고 생각하고 바보처럼 그걸 뒤쫓아 간 것 같다. 어쩌면 우리한테 '넌덜머리'가 나서 지금쯤 랫 포티지에서 따뜻한 벽난로 앞에 편안하게 앉아 있을 수도 있지. 그럴 확률은 거의 없지만 말이다."

"왜요?"

"배낭을 두고 갔잖니. 물통도 여기 있고. 어딜 갔든 다시 돌아올 생각이었던 거야."

아니면 자기 의사로 떠난 게 아니거나. 그것은 박사가 입 밖으로 꺼내지 않은 또 다른 가능성이었다. 그는 조용히 생각에 잠겨 숲 속을 응시하고 있었다. 그의 눈동자에 모닥불이 비쳐 어른거렸다.

"우린 길을 잃었다." 그가 차분하게 말했다. "그것 말곤 설명할 방법이 없어. 너도 어제 내가 그렇게 말했을 때 호크가 어떻게 반응하는지 봤지. 그래서 동이 트자마자 길을 찾으러 갔을 게다. 하지만 그러다 해가 저문 거야. 내일 아침이 되면 돌아오겠지."

"만약에 돌아오지 않으면요?"

박사가 얼굴을 찡그렸다. "왜 안 그러겠니?"

"무서워서요." 나는 호크의 사나운 눈빛을 떠올렸다. 갈라지고 부르튼 입술에서 침방울이 사방으로 튀던 모습도 떠올랐다. 하지만 또 다른 이유에 대해서는 굳이 말을 꺼내지 않았다. 어쩌면 그는 돌아오지 못해서 돌아오지 않는 건지도 몰라요. 나는 부러진 나무줄기에 꼬치처럼 꿰여 있던 피에르 라로세를 떠올렸다.

"그러니 더더욱 돌아오려고 하겠지." 박사가 우겼다. 그러더니 내 생각을 읽기라도 한 양 이렇게 말했다. "나라면 이런 상황에서는 절대로 혼자 있고 싶지 않을 거다. 심지어 나는 거의 어떤 상황에서든 혼자 있는 걸 선택하는 사람인데 말이다!" 그 와중에도 그의 턱은 쉴 새 없이 나무껍질을 씹고 있었다. 그의 눈동자가 갑자기 번득였다. "알 수 없는 비밀들." 그가 중얼거렸다.

"비밀요?"

"내가 괴물학자가 된 이유지." 그는 거의 속삭이듯이, 마치 연인에게 말하듯이 목소리를 낮췄다. "괴물학은 늘 자신의 모습을 비밀 속에 감춘다. 그 진정한 얼굴을 숨기지. 그래서 나는 그녀의 얼굴을 드러내고야 말겠다고 결심했어. 실오라기 하나 없이 벌거벗겨 그 진정한 모습을 보고야 말겠다고 말이야."

그는 얼굴을 들어 어두운 장막이 드리운 하늘을 바라보았다. 가늘고 유연한 나무 꼭대기가 모진 바람에 굽실거리고 있었다. "'바람이 임의로 불매 네가 그 소리는 들어도 어디서 와서 어디로 가는지 알지 못하나니…….'* 그녀는 변덕스럽고 시기심이 강하고 냉랭하리만큼 무심하다. 그리고 바로 그렇기 때문에 저항할 수 없이 매력적이지. 살아 숨 쉬는 그 어떤 여인이 그녀에게 필적할 수 있겠느냐? 어떤 여인이 그녀처럼 무궁한 젊음을 유지할 수 있겠으며, 그런 지극한 환희, 또는 절망을 불러올 수 있을까? 그녀는 몹시 잔혹한 구석이 있단다, 윌 헨리. 그러면서도 대단히 매혹적이지. 나는 그녀를 정복하겠다는 정념을 품었으나 도리어 그녀의 노예가 되었다. 하늘 높이 비상했건만 바닥으로 추락했다. 처참하게…… 추락했지."

모닥불 옆에 가까이 다가앉아 있는데도 이상하게 몸서리가 쳐졌다. 박사도 호크 경사처럼 "산림열"에 걸린 건 아닌지 무서워졌다. 만약 그렇다면, 그래서 그마저 잃게 된다면, 나는 어떻게 되는 거지?

박사가 나를 보고 고개를 젓더니 부드럽게 웃었다. "내가 어렸을 때 시인이 되고 싶었다고 했지?"

"방금 그게 시였어요?"

"아니, 아니다."

"제가 아는 시하고는 완전히 다르던데요."

"넌 역시 영리한 아이다, 윌 헨리. 칭찬과 모욕이 동시에 될 수 있는 말을 할 줄 아는 걸 보니."

그가 입에서 딱딱한 나뭇조각을 꺼내 불 속으로 던졌다.

"끔찍하군! 의자 다리를 씹는 것 같아. 하지만 우리 수중엔 이것뿐이고, 지금은 가진 것만으로 버틸 방법을 찾아야 하지. 맛이 얼마

* 「요한복음」 3장 8절.

나 텁텁하고 고약하든 간에 말이다."

우리는 한동안 침묵을 지켰다. 모닥불에서 불똥이 튀었다. 고개 숙인 전나무와 가문비나무 사이로 바람이 휘파람 소리를 내며 지나갔다. 존 챈러의 희미한 신음 소리가 부조화스러운 화음을 이뤘다.

"저분도 박사님이랑 같은 마음이었나요?" 내가 물었다. "어…… 그러니까 그녀한테요."

"존은 시인보다 권투선수의 영혼을 지닌 친구지. 언제까지고 성숙해지긴 글렀을 거야. 괴물학은 그에게 놀잇감이었다. 여우사냥이나 크리켓처럼."

"그게 재미있다고 생각했다고요?" 박사의 직업을 즐거운 놀이로 여기는 사람이 있다니 믿을 수가 없었다.

"아, 그 친구는 그게 아주 재미있다고 생각했지."

"어떤 점이요?"

"주로 자신을 파멸의 가장자리로 몰고 간다는 점." 그가 잠시 킬킬거리다가 덧붙였다. "하지만 이번엔 너무 가까이 다가간 것 같구나."

"라로세는 그걸 넘어 버렸고요." 내가 말했다. 나는 온몸의 피부가 벗겨진 시신의 모습을 머릿속에서 지울 수가 없었다.

"그것 참 흥미로운 비유구나, 윌 헨리. 어쩌면 이번 일은 처음 생각했던 것보다 괴물학과 연관이 있는지도 모르겠다."

나는 깜짝 놀랐다. "네? 그럼 박사님 생각이 바뀌었다는 뜻인가요? 어쩌면……."

"그게 진짜일지도 모른다고? 오, 아니다. 네가 생각하는 것과는 달라. 어쩌면 웬디고는 이 지역에만 서식하는 토착생물일지도 모른다. 평범한 자연의 산물인데 그러다 신화의 영역으로 편입된 거야. 실은 웬디고와 비슷한 특성을 지닌 이족보행 육식동물이겠지. 사람과에, 인간을 잡아먹고, 나무를 오르거나 단시간 내에 먼 거리를 이동할 수 있는 능력을 갖췄을 테고. 웬디고 전설의 진위를 가려내려고 이 지역을 방문한 괴물학자는 존이 처음이 아니야. 선친이 남긴 기록 중에도 자료가 있었으니까. 경사의 모친이 선친의 이름을 기억하는 것도 그 때문일 테지."

"그럼……. 정말로 뭔가가 있을 수도 있다는 거군요……."

"아, 윌 헨리. 나와 그 정도로 오래 지냈으면 항상 뭔가가 있다는 것 정도는 알 때도 되지 않았니."

12장

"네가 할 수 있는 유일한 쓸모 있는 일."

그는 괴물학이 연인이라도 되는 듯이 이야기했다. 영원한 젊음을 유지하는 아름다운 신부, 나이 들고 메마른 노처녀, 사이렌, 무녀……. 그녀는 그 모든 것이자 동시에 사랑하는 연인이었고, 그가 현실 속 여인들과의 교제를 거부하면서까지 갈구하던 존재였다. 숨이 막힐 정도로 아름다운 뮤리엘 챈러도 예외가 아니었다. 그날 밤, 그가 사랑하는 존재가 입을 열었다. 그러나 그녀가 부른 것은 그가 아니었다.

그녀의 목소리, 대자연의 마력, 강풍을 타고 실려 오는 은밀한 목소리, 황량함이 넘치고 절망이 춤추는 그 목소리, 이이니오크가 우티코라고 부르는 그것의 목소리가 그날 밤 울려 퍼졌을 때, 그녀의 부름에 답한 것은 존 챈러였다.

나는 그를 보기 전에 느꼈다. 모골이 송연하게 일어서는 게 느껴졌다. 누군가 나를 지켜보고 있는 것 같은 불쾌한 기분이 들었다. 나는 뒤를 돌아보았다. 그러고는 숨 쉬는 것을 잊어버렸다. 내가 박사의 팔을 건드리자, 그가 내 시선을 따라 고개를 돌렸다. 우리 두 사람은 눈앞에 펼쳐진 광경을 보고 경악한 나머지 꼼짝도 못 하고 얼어붙었다.

존 챈러가 텐트 입구에 서 있었다. 말라빠진 다리를 넓게 벌리고, 앙상한 팔은 힘없이 밑으로 늘어져 있었으며, 해골처럼 수척한 얼굴 한가운데 박힌 노란 눈은 속에서 화염이라도 내뿜고 있는 양 형형하게 빛났다. 나는 그 눈을 알고 있었다. 본 적이 있었으니까. 그것은 어두운 숲에서 둥둥 떠다니던 노란 눈이었다.

그의 입술이 힘없이 벌어졌다. 그 자신의 날카로운 송곳니에 베여 퉁퉁 부어오르고 피에 젖어 번들거리는 입술. 속셔츠 앞판은 피에 젖어 있었다. 그의 턱수염에도 핏방울이 맺혀 있었다.

워스롭이 외마디 비명을 지르며 벌떡 일어섰다. 장총이 그의 무릎 아래로 굴러떨어졌다. 그는 조심스럽게, 머뭇거리며 친구에게 한 발짝 다가갔다.

"존?"

챈러는 대답하지 않았다. 움직이지도 않았다. 하늘 높이 떠 있는 뭔가를 응시하고 있는 것 같았다. 수척한 몸에 비해 지나치게 커다란 머리가 한쪽으로 비스듬히 기울었다. 뭔가를 기다리듯이, 혹은 정말로 무언가를 듣고 있는 듯이. 더러운 오물 구덩이에서 고약한 냄새를 풍기는 거품이 부글부글 솟아오르듯이, 그의 목구멍에서 귀에 거슬리는 그르렁 소리가 올라왔다.

그러더니 며칠 동안 죽은 것이나 다름없던 그가, 너무나도 쇠약해 내 스승이 갓 태어난 어린아이처럼 안아 들어야 했던 그가, 2주일간 먹을 것 하나 입에 대지 않은 그가, 갑자기 땅을 박차고 오르더니 쏜살같은 속도로 우리를 지나쳐 거의 1미터나 되는 모닥불을 훌쩍 뛰어넘었다. 기괴하게 허우적거리는 긴 팔, 격렬하게 땅을 도리깨질 치는 다리로 짐승 같은 괴성을 지르며 숲 속으로 뛰어들었다. 박사는 생각할 틈도 없이 그의 뒤를 쫓는 중에도 어깨 너머로 나를 다급하게 불렀다. "윌 헨리!" 나는 장총을 집어 들고 몇 발짝 뒤에서 그를 쫓아갔다.

워스롭이 가까스로 챈러의 뒷덜미를 덥석 잡아챘다. 그 즉시 챈러의 팔이 올라오더니 그의 손목을 틀어쥐고 비틀었다. 괴물학자가 챈러의 가는 허리를 감싸 안고 가슴팍으로 끌어당겼다. 챈러는 사납게 고개를 도리질하며 부러진 이로 박사를 물려고 달그락거렸다. 썩은 낙엽 위에서 그의 발이 미끄러져 버둥거렸다. 챈러가 워스롭의 팔을 부여잡더니 입으로 가져갔다.

박사가 비명을 지르며 뒤로 넘어졌다. 챈러가 다시 도주하려 하자 워스롭이 이번에는 그의 무릎을 붙잡고 매달렸다. 두 사람은 흙바닥 위를 나뒹굴었다. 괴물학자가 두 손을 뻗어 실성한 친구가 마구잡이로 쏟아 내는 주먹을 막아 내자 그의 목표는 이제 내 스승의 눈알을 파내는 것으로 바뀌었다. 길고 구부러진 손가락이 워스롭의 얼굴을 길게 할퀴었다. 나는 재빨리 박사의 옆으로 다가가 챈러의 뒤통수 위로 묵직한 개머리판을 높이 치켜들었다.

"안 돼!" 워스롭이 버럭 고함을 질렀다. 그는 챈러의 손목을 잡아

챈 다음 다리를 사용해 그의 팔을 바닥에 고정시켜, 마침내 그보다 작은 상대를 제압하는 데 성공했다. 그는 바닥에 누워 꿈틀거리는 친구의 몸을 체중으로 눌렀다.

"존, 나일세. 알아보겠나?" 괴물학자가 헐떡이며 물었다. "펠리노어야, 펠리노어. 펠리노어라고!"

"안 돼!" 챈러가 끙끙거리며 말했다. 퉁퉁 부은 혓바닥이 간신히 단어를 만들어 냈다. "가야 해…… 반드시…… 대답해야……."

사내는 하늘을 올려다보며 몸부림쳤다. 뾰족한 나무 꼭대기가 평화롭게 흘러가는 구름의 아랫배를 부드럽게 스치고 있었다. 세찬 바람의 노래가 들렸다.

그리고 그 응답으로, 존 챈러는 울음을 터뜨렸다. 그의 눈물은 노란색이었고, 붉은색 줄이 섞여 있었다. 그는 몸을 처량하게 말고는 앙상한 손가락으로 땅바닥을 바작바작 긁었다.

박사가 이윽고 몸에서 힘을 빼고 드잡이질 때문에 지저분해진 얼굴을 돌려 나를 바라보았다. "적어도 이제 기운은 좀 차린 것 같구나."

그는 박사의 품 안에서 헝겊인형처럼 늘어졌다. 워스롭이 그를 안아 들고 텐트로 데려가는 동안에도 앓는 소리만 낼 뿐 반항하지도 않았다. 워스롭은 그를 편안히 눕히고 담요를 덮어 주고, 깨끗한 물에 손수건을 적셔 얼굴을 닦아 주었다. 지금 챈러의 상태를 생각하면 너무나도 애처로운 광경이었다. 박사가 무엇을 어떻게 하더라도 벗의 고통을 덜어 줄 순 없었다. 그러므로 그것은 환자를 위한 행동이 아니었다. 친구의 얼굴에서 더러운 오물을 닦아 주고 정신적으로나 육체적으로나 피폐해진 벗의 마지막 인간성을 지켜 줌으로써, 그는 다소나마 위안을 얻는 것 같았다.

그가 헝겊으로 친구의 곪은 입술 주변을 닦는 동안 나는 옆에서 등불을 들고 있었다. 그가 갑자기 손을 멈추더니 벌어진 입안을 지그시 눈여겨보았다. 그는 피 묻은 손수건을 내 손에 쥐여 주고 챈러의 입에 자신의 손가락을 집어넣었다. 나도 모르게 몸에 힘이 들어갔다. 챈러가 나처럼 박사의 손도 물어 버릴 거라는 생각이 들었기 때문이다. 워스롭이 침이 질질 흐르는 입술에서 반쯤 씹은 노르스름한 덩어리를 꺼냈다. 석송이었다. 챈러가 바닥에 누워 있을 때 아무거나 입에 욱여넣은 것 같았다. 작은 텐트가 이끼와 챈러의 고약한 침 냄새로 가득 찼다. 괴물학자가 중얼거렸다. "이끼머금이." 나는 피에르 라로세의 편지를 떠올렸다. 이끼머금이는 그를 놔주지 않을 것입니다.

"불을 지켜봐라, 윌 헨리." 박사가 피곤한 목소리로 말했다. "불이 꺼지면 낭패야."

나는 등불을 내려놓고 마침내 그 답답한 공간에서 탈출하게 된 데 안도하며 서둘러 밖으로 나갔다. 굶주린 잉걸불이 나무를 게걸스럽게 집어삼키고 있었다. 불길이 하늘을 향해 애원하듯 긴 팔을 뻗어 올리고 있었다. 모두가 굶주려 있어. 나는 속으로 생각했다. 모두가 절박해. 잠시 후 박사가 텐트에서 나와 내 옆에 앉더니 팔로 무릎을 껴안았다.

"어떻게 됐어요?"

워스롭이 고개를 끄덕였다. "지금은 잔다. 정신을 잃은 것일 수도 있고. 아주 지쳤을 거야. 조만간은 깰 것 같지가 않구나."

"그런데 왜……."

"정신착란을 일으킨 거다, 윌 헨리. 당연하잖니."

그는 손바닥에 붙어 있는 가느다란 석송 이파리를 떼어 내 모닥불에 집어던졌다. 불길이 확 피어오르더니 언제 그랬냐는 듯 가라앉았다. 별처럼 밝게 빛나다가 다음 순간 흔적도 없이 사라졌다.

"한 시간 후면 해가 뜰 거다." 그가 말했다. "날이 밝으면 움직이도록 하자. 여기서 죽더라도 겁먹은 토끼 새끼처럼 앉아서 벌벌 떨다 죽느니 차라리 돌아가는 길이라도 찾아보다 죽는 게 낫겠어."

"네, 박사님."

장작불이 갈라지며 타오르는 기분 좋은 소리 위로 바람이 휘파람을, 구슬픈 탄식을, 장송곡을 흘렸다.

박사가 고개를 들며 말했다. "폭풍이 오겠구나."

그것은 동이 트기 전에 찾아왔다. 거센 바람이 몰아치고 올 겨울 첫 함박눈이 쏟아졌다. 텐트를 접은 오전 8시 즈음에는 새하얀 눈이 벌써 5센티미터 남짓 쌓여 있었다. 눈은 그날 하루 종일 내렸고, 우리는 숲의 널찍한 날개의 보호를 받기 위해 공터를 피해 다녔다. 탁 트인 공간에서는 눈보라가 어찌나 미친 듯이 날뛰는지 한 치 앞도 제대로 보이지 않았고 우리도 희끄무레한 유령이나 다름없었다. 오후 2시 무렵에는 눈이 30센티미터가 넘게 쌓였다. 눈발이 약해질 기미는 전혀 없었다. 우리는 발이 푹푹 빠지는 눈길 위를 어두컴컴한 날씨 때문에 서로 비틀거리며 부딪쳐 가면서, 인적미답의 미로 속을 터덜터덜 걸었다. 너무 춥고 정신이 멍해서 말도 나오지 않았다. 우리는 칼날 같은 바람을 피해 고개를 수그렸고, 볼일을 보거나 물통에 눈을 채워 넣을 때에나 발을 멈췄다. 나는 배낭 두 개를 지고 호크의 장총을 갖고 있었다. 식량 주머니는 벌써 옛날 옛적에 버려 버렸다.

시간이 흐를수록 마음은 어두워졌다. 4시쯤 눈보라가 몰아쳐 태양 빛을 학살했지만 박사는 끊임없이 "조금만 더, 조금만 더." 하고 중얼거리며 우리를 채찍질했다.

해가 질 무렵, 우리가 가던 방향과 직각으로 나 있는 길의 흔적을 발견했다. 눈에 반쯤 덮인 사람의 발자국이었다. 갑자기 피로가 눈 녹듯 사라지면서 못내 말로 표현할 수 없는 무한한 기쁨이 몰려왔다. 갓 새겨진 발자국! 세상이 인류를 다 삼켜 버린 게 아니었다. 우리가 이 황량하고 적막한 땅에 유일한 인간이 아니라는 증거가 여기 있었다. 그들은 우리가 향하는 길을 가로질러 오른쪽에서 왼쪽으로 향하고 있었다. 발자국은 두 쌍이었다. 하나가 다른 하나보다 유독 작아 보였는데, 어린아이의 발자국이라고 해도 믿을 수 있을 것 같았다. 그 의미를 먼저 깨달은 것은 박사였다.

"아, 이럴 수가. 윌 헨리, 그게 아니구나!"

그는 나무에 몸을 기댔다. 턱수염에는 고드름이 얼어붙어 있고 눈썹에도 하얗게 눈이 쌓여 있었다. 불그스레한 뺨과 빨갛게 언 코를 빼면 그의 얼굴은 섬뜩할 정도로 하얗게 질려 있었다. 이마에 주름살이 동굴처럼 움푹 파였다.

"우리 발자국이다." 그가 중얼거렸다. "우린 지금 같은 자리를 빙

빙 돌고 있는 거야, 윌 헨리."

박사의 몸이 서서히 바닥으로 미끄러졌다. 이제껏 그가 지고 온 그 무거운 짐이 무릎 위로 떨어졌다. 나는 그 옆에서 발목까지 눈에 덮인 채 서 있었다. 그의 눈빛에 담긴 상실감이 너무나도 처절해 눈길을 돌리고 말았다. 숲은 눈부신 흰색으로 빛나고 있었고 하늘에서는 쉴 새 없이 동전만 한 눈송이가 날렸다. 가슴이 아릴 만큼 아름다운 풍경이었다. 갑자기 두 눈 가득 뜨거운 눈물이 차올랐다. 슬픔이나 절망 때문이 아니라, 내 영혼 깊은 곳에서 솟아오르는 증오와 분노, 혐오의 눈물이었다. 박사는 틀렸다. 그의 연인은 무심하지 않았다. 그녀는 잔혹했고 그것을 즐겼다. 그녀는 우리가 천천히, 고통스럽게 죽어 가기를 기다리고 있었다. 거기에는 어떠한 자비도, 정의도, 심지어는 목적이나 의미도 없었다. 그녀는 그저 자기가 그럴 수 있다는 이유 하나만으로 심심풀이 땅콩처럼 우리를 죽이고 있었다.

"괜찮아요, 박사님." 나는 추워서 이를 달그락거리며 말했다. "괜찮을 거예요. 여기다 텐트를 세워요. 제가 불을 피울게요."

그는 묵묵부답이었고, 나도 굳이 그를 위로할 생각이 없었다. 나는 허드렛일 자체에서 위안을 구했다. 불을 피울 만한 것들을 찾아 그러모은 다음(사방에 눈이 정강이 높이로 쌓여 있다 보니 평소보다 훨씬 힘들었다.), 나무가 없는 곳을 골라 눈을 쓸고 젖은 나뭇가지를 쌓았다. 세찬 바람이 불었다. 바람과 젖은 땔감 모두 내게 도움을 주길 거부했다. 도저히 성냥에 불을 댕길 수가 없어 자꾸 그을리기만 했다. 그때 워스롭이 나타나더니 고갯짓으로 챈러를 가리켰다. "내가 하마. 너는 저 친구를 돌봐라."

"제가 할 수 있어요, 박사님." 나는 고집스럽게 우겼다. "저도 어떻게 하는지 알아요."

"내 말 들어!" 박사가 성냥상자를 움켜쥐었고 나도 내 쪽으로 상자를 확 잡아당겼다. 성냥이 눈 위로 쏟아졌다. 괴물학자가 큰 소리로 욕지거리를 내뱉었다. 바람 때문에 목소리가 뭉개져 잘 들리지가 않았다.

"네가 한 짓을 좀 봐라!" 그가 소리를 꽥 질렀다. "가! 가서 경사의 가방에서 부싯돌이나 찾아와. 냉큼 갔다 와라, 윌 헨리!"

경사의 가방에는 부싯돌이 없었다. 그래서 나는 박사의 가방을 뒤지기 시작했다. 아무것도 없었다. 심장이 달음박질치기 시작했다. 어떻게 된 거지? 부싯돌을 마지막으로 본 게 언제더라? 경사가 실종된 밤이었나? 호크가 부싯돌을 가져간 걸까? 만약 그런 거라면 이유가 뭘까?

뒤에서 발소리가 들렸다. 눈 속에 쪼그리고 앉아 있던 나는 목을 길게 빼서 돌아보았다. 박사가 몇 걸음 뒤에 서 있었다. 어두침침한 땅거미 때문에 그의 얼굴을 알아보기가 힘들었다.

"왜 그러느냐, 윌 헨리?"

"부싯돌을 찾을 수가 없어요."

"거기 있을 텐데."

"저도 그렇게 생각했어요, 그런데 없어요. 직접 찾아보세요."

"안 그러는 게 좋겠다." 그의 얼굴이 보이지 않았다. 그의 목소리에서 눈치채기도 어려웠다. 그래서 상황이 최악으로 치달았다.

"칼이 있었다면……." 내가 입을 열었다. "나무를 깎아서……."

"칼이 있었다면 내가 네 목을 그어 버렸을 거다."

"제 잘못이 아니에요, 박사님. 바람이……."

"너한테 일을 맡겼다. 불 피우는 것처럼 간단한 일이라면 너처럼 쓸모 있는 데가 별로 없는 애라도 그 정도는 할 수 있을 거라고 생각했으니까."

"성냥을 엎은 건 박사님이잖아요." 나는 최대한 침착하게 사실을 지적했다.

"그리고 넌 부싯돌을 잃어버렸고!" 그가 버럭 성을 냈다.

"제가 잃어버린 게 아니에요!"

"그럼 부싯돌이 자기 발로 가방에서 나와 숲 속으로 도망치기라도 했단 말이냐?"

"박사님이 가자고 그런 거잖아요!" 나도 지지 않고 맞고함을 질렀다. "야영지에서 그대로 기다렸어야 했는데! 이젠 길도 완전히 잃어버리고! 우린 얼어 죽을 거예요!"

박사는 두 달음에 내 앞으로 번득 다가와 있었다. 그의 손이 올라가더니 몸 뒤쪽으로 젖혀졌다. 나는 내 얼굴에 손이 날아들기를 기다렸다. 나는 도망치지 않았다. 움츠리지도 않았다. 나는 미동도 없이 똑바로 선 채, 그가 나를 때리길 기다렸다.

그의 손이 허리 아래로 축 늘어졌다.

"이젠 넌덜머리가 난다." 그가 말했다. 그러고는 몸을 돌려 초라하게 쌓아 놓은 나뭇가지 더미 쪽으로 걸어갔다. 그는 성을 내며 그것을 힘껏 걷어찼다.

"너한테 넌덜머리가 난다고! 최소한의 지적 능력이라도 있는 사람이 그런 비판을 한다면 또 모르지. 그런데 네가 감히 내 판단에 이러쿵저러쿵 불평을 해? 너처럼 꼬리 치며 알랑거리는 법밖에 모르는 멍청한 놈이? 난 너보다 더 큰 뇌를 지닌 벌레를 해부한 적도 있다! 아무 짝에도 쓸모없는 짐짝 같은 놈이…… 내 앞을 가로막는 재주밖에 없는 놈이…… 너처럼 천하고 비루먹은 자식을 나한테 넘기고 죽어 버린 네 부모님이 몹쓸 것들이지. '괜찮아요, 박사님! 지금 불을 피울게요, 박사님!' 구역질이 난다. 네가 하는 모든 짓이 하나같이 역겹고 구역질이 나. 더럽고, 쓸모없고, 입만 살아 있는 머저리 자식!"

그는 이제 새까만 어둠 속에서 이성을 잃고 날뛰는 조금 밝은 색의 그림자에 지나지 않았다.

"네가 할 수 있는 일이라고는…… 네가 할 수 있는 유일하게 쓸모 있는 일이라고는 뒈져 버리는 것뿐일 거다. 그러면 네 못생긴 몸뚱이로 일주일은 버틸 수 있을 테니까. 안 그런가, 존? 자네도 그러면 좋겠지? 안 그래, 챈러? 이끼보다는 먹을 만할 거야. 그게 자네가 바라는 거지? 우티코가 자넬 불렀으니까. 이제 우티코가 널 잡고 있으니까. 그렇지? 자, 윌 헨리, 착하지? 이 친구가 한 입만 맛보게 해 주렴!"

그러더니 그는 무너졌다. 방금 전까지 그의 길고 헝클어진 머리카락을 헤집는 바람처럼 격정적으로 날뛰며 포효하다가, 다음 순간에는 갑자기 힘없이 쓰러져 눈 위에 무릎을 꿇고 있었다. 그의 목소리도 함께 스러졌다.

"냉큼 서둘러라, 윌 헨리. 냉큼."

나는 그의 말대로 냉큼 텐트를 치기 시작했다. 바닥에 말뚝을 박고, 줄을 묶고, 막대기를 세우고 너덜너덜해진 캔버스 천을 덮었다. 그런 다음 챈러를 천막 안에 끌어다 놓았다. 그동안 괴물학자는 처음 쓰러진 그 자리에서 정신적 공황 속을 뒹굴고 있었다. 온 사방이 컴컴한 속에서—정말이지 칠흑 같은 어둠이었다.—움직이자니 시간이 걸렸고, 꽁꽁 얼어서 느껴지지도 않는 손발을 움직이자니 더더욱 느려질 수밖에 없었다. 챈러가 너무 미동도 하지 않아서 나는 그의 코에 손을 대어 숨을 쉬고 있는지 확인해 보았다. 나는 챈러와 함께 텐트 안에서 박사를 기다렸다. 온몸을 바들바들 떨면서, 더럽고 고약한 냄새가 나는 담요를 꼭 껴안은 채 죽어 가는 사내가 내뿜는 썩은 내를 맡으면서 말이다. 그러다 깜박 잠이 들었는지, 문득 정신이 들고 보니 워스롭이 내 옆에 앉아 있었다. 나는 눈을 감고 자는 척했다. 박사가 무섭지는 않았다. 그런 걸 생각하기엔 너무 배가 고팠고, 너무 추웠고, 뭔가를 느끼기에는 너무 몽롱했다. 두려움은 영혼을 무감각하게 만든다. 아무것도 느껴지지 않았다. 전혀 아무것도 느껴지지 않았다.

그가 다정하게 내 손을 잡아 들었다. 내 손가락 마디에 그의 따뜻한 입술이 닿았다. 내 죽은 살에 호호 숨을 불기 시작했다. 두 손 사이로 내 손을 넣고 힘차게 문질렀다. 감각이 돌아오기 시작했다. 그리고 살아 있음을 증명하는 고통도 함께 돌아왔다. 그는 내 가슴 위에 손을 내려놓고는 몸을 바짝 붙이고 기다란 팔로 나를 껴안았다.

목에 그의 따스하고도 달달한 숨결이 느껴졌다.

나를 이용하고 있는 거야. 나는 속으로 중얼거렸다. 자기가 얼어 죽지 않으려고 나를 이용하고 있는 거야.

내 부모님은 불에 타 죽었다. 그들은 산 채로 타 죽었다. 나는 얼어 죽을 것이다. 부모님은 불에 죽었다. 나는 얼음에 죽을 것이다. 우리의 죽음을 초래한 사람의 품 안에서, 내가 한낱 짐짝일 뿐이라고 말한 사람의 품 안에서.

너는 아직 어리다. 그는 내게 말했다. 그것이 네 이름을 부르는 소리를 아직 듣지 못했지.

나는 그가 틀렸다고 생각한다. 나는 그것이 이미 내 이름을 불렀다고 생각한다.

그리고 지금 그것은 내게 팔을 두른 채 옆에 누워 있었다.

13장

“진정한 위험.”

우리가 눈을 떴을 때 세상은 눈부신 하얀색이었다. 며칠인지도 모를 시간 동안 우리 머리 위를 맴돌던 구름은 강풍에 떠밀려 산산이 흩어졌고, 새파란 하늘에 실려 새벽이 도착했다. 우리의 짧고 빈약한 휴식은 기력을 회복하기에는 역부족이었다. 우리는 텐트 밖으로 휘청거리며 나와 가을 들판에 선 허수아비가 거대한 창공을 올려다보듯이 무덤덤한 표정으로 새로운 세상을 둘러보았다.

워스롭이 왼쪽을 가리켰다. “저게 뭔지 알겠니, 윌 헨리?” 그가 거칠고 갈라진 목소리로 말했다.

나는 눈을 가늘게 뜨고 그의 손가락 끝을 응시했다. “뭔데요?”

“내가 착각한 게 아니라면 저건 인간이 태양이라고 부르는 거다. 그리고 태양은 동쪽에서 뜨지. 그 말인즉슨 저쪽이 서쪽이고, 저쪽이 북쪽이고, 저쪽이 남쪽이라는 거야!”

박사가 손바닥을 짝 하고 마주쳤다. 신성하리만큼 고요한 숲의 적막을 뚫고 그의 손뼉 소리가 울려 퍼졌다.

"자, 그럼 가 볼까! 기온은 내려갔어도 사위가 밝아졌으니 이번에는 제대로 길을 찾을 수 있을 거다. 빙글빙글 제자리만 도는 일도 없을 테고! 냉큼 짐을 싸라, 윌 헨리!" 내가 그를 물끄러미 쳐다보자, 박사가 말했다. "왜 그러느냐? 뭐가 문제지? 저게 안 보이니? 우린 이제 길을 찾을 수 있어!"

"하지만 여기가 어딘지 모르잖아요." 내가 말했다.

"아니야, 그게 아니지. 우린 지금 그냥 잘못된 곳에 있는 거다." 그가 어색하게 웃었다. 아니, 웃음소리를 처량하게 흉내 내는 데 그쳤다. "왜 웃질 않는 거냐. 내가 우스갯소리를 하는 일이 얼마나 드문데. 웃어라, 윌 헨리. 그러면 기분이 나아질 게다."

"별로 나아지고 싶지 않아요." 나는 무릎을 굽히고 땅에서 말뚝을 뽑았다.

"알겠다. 어젯밤 일 때문에 아직도 뚱한 거구나. 진심으로 한 말이 아니었다는 거 알지? 늘 네가 얼마나 쓸모 있는지 말하지 않았더냐. 너는 나한테 없어서는 안 될 존재야."

"제가 사는 목적도 그거고요."

"까불지 말고."

나는 고개를 가로저었다. 나는 진심이었다.

괴물학자의 예상과는 달리 우리의 여정은 순조롭지 못했다. 눈은 내 머리 꼭대기에 닿을 만큼 1.5미터나 쌓여 있었고, 내가 허리까지 빠져 허우적거릴 때면 박사가 챈러를 바닥에 놓고 나를 꺼내 주러 오길 하릴없이 기다려야 했다. 정오에는 잠시 멈춰 바싹 마른 입에 눈을 쑤셔 넣었다. 나는 워스롭이 설피가 있었더라면 좋았을 거라고 투덜거리는 것을 장장 20분이나 참고 들어줘야 했다. 정 그렇게 아쉽다면 나뭇가지로 만들면 될 텐데. 햇볕은 추위를 막아 주지 못했다. 높다랗게 쌓인 눈을 헤치고 전진하는 것은 강한 체력보다도 의지가 필요한 일이었다. 우리가 가는 방향은 옳았지만 문명 세계는 여전히 아득히 멀리 있었고 나는 더 이상 걱정도 단념했다. 오후가 되었을 즈음에는 만사가 귀찮고 심드렁해졌다. 이제 그만 편안하게 누워 자고 싶다는 생각만 들었다. 더는 추위도 느껴지지 않았다. 실제로 몸에서도 땀이 나는 것 같았다. 두꺼운 양모 외투를 벗어 던져버릴까 고민하던 차에 워스롭이 나를 불렀다.

"윌 헨리! 저거 보이니?"

높다란 나무 꼭대기 위로 검은 점 몇 개가 바람을 타고 멋들어지게 선회하고 있었다. 호크 경사가 부티오라고 불렀던 새였다.

"냉큼 서둘러!" 박사가 새들이 나는 쪽으로 방향을 바꾸며 말했다. "자연의 청소부가 있는 곳에는 짐승 시체가 있기 마련이지. 아직 숨이 끊어지기 직전일 수도 있고! 서두르면 오늘은 왕처럼 푸짐한 식사를 할 수 있을지도 몰라!"

그래서 우리는 다급하게 발을 놀렸다. 고집스러운 눈을 헤치고, 끈질기게 저항하는 근육을 움직여 눈 속에 묻힌 질긴 덤불과 덩굴식물들을 채뜨리며 달렸다. 마침내 숨이 목구멍까지 차서 한계에 달했을 즈음, 마침내 청소부들이 맴돌고 있는 곳에 도착했다. 우뚝 솟은 소나무 가지 위에 몇 마리가 자리 잡고 앉아 교회 집사처럼 엄숙하게 오후 만찬이 시작되길 기다리고 있었다.

그들의 끼니거리는 꼭대기에 걸려 있었다. 흡사 십자가에 못 박힌 예수처럼 팔다리를 양옆으로 활짝 벌리고 머리는 한쪽으로 꺾여 어깨에 닿아 있었으며, 눈알이 없는 빈 구멍은 머나먼 지평선을 응시하고 있었다. 지상에서 12미터나 위에 걸려 있으니 나만큼이나 조그맣게 보였다. 장난 삼아 나무를 타고 올랐다가 너무 높아 겁이 나서 다시 내려오지 못한 작은 소년 같았다. 더 이상 올라가지도 못하고 무서워서 내려오지도 못하는 어린아이.

코트 앞자락에서 놋쇠 단추가 반들거리는 게 보였다. 누더기가 다 된 셔츠가 바람결에 펄럭이고, 추위에 얼어붙은 구불구불한 창자가 보석처럼 반짝반짝 햇빛을 반사했다. 독수리 한 마리가 맹금류 특유의 섬뜩한 동작으로 송장의 얼굴에 홀딱 벗어진 머리를 들이밀더니 벌려진 입에서 혀를 물어 뽑았다.

우리는 마침내 잃어버린 안내인을 찾았다.

"할 수 있겠니, 윌 헨리?" 박사가 물었다.

"그럴 것 같아요, 박사님."

"아니아니, '같아요'라고 하면 안 된다. 할 수 있겠니?"

나는 자신 있는 척 고개를 끄덕였다. "네, 박사님."

"옳지, 잘 했다."

나는 어깨에 밧줄 타래를 걸고 힘겹게 나무를 타기 시작했다. 소나무 껍질은 미끄러웠고, 아래쪽에 붙어 있는 가지들은 튼튼하고 두꺼웠지만 위로 올라갈수록 가늘고 약해졌다.

"옆으로 접근해야 한다, 윌 헨리. 바로 밑으로 가면 안 돼. 몸이 얼어붙어 딱딱해졌을 테니 쉽지가 않을 거다……. 거기 조심해야지! 항상 주의 깊게 살펴보도록 해. 가지가 반쯤 부러졌잖아. 여기서도 보이는데 왜 너는! 조심해라, 윌 헨리! 조심해야 해!"

바람이 내 어깨를 잡아챘다. 칼날처럼 예리한 바람이 뺨을 날카롭게 베고 지나갔다. 내 귀에 대고 노래를 흥얼거렸다. 나는 목표에서 눈을 떼지 않았다. 아래를 내려다보지도 않았다. 나는 시신의 신발이 보이는 곳에서 잠시 숨을 골랐다. 팔은 뻐근하고 발은 뭘 딛고 있는지도 모를 정도로 감각이 없었다.

"더 위로 올라가야 한다, 윌 헨리." 밑에서 괴물학자가 외쳤다. "그리고 옆으로 돌아가라고 했지. 자칫하다간 네 머리 위로 떨어지겠다!"

과연 그에게 보일지는 모르겠지만, 나는 고개를 끄덕였다. 1미터만 더. 이제 몸통 옆으로 올라왔다. 가슴부터 배까지, 몸통 전체가 반으로 갈라져 열려 있었다. 상처 밖으로 드러난 가지런한 늑골에는 새하얀 얼음 결정이 보석처럼 장식되어 있었다. 폐는 두 개의 거대한 다이아몬드 같았다. 꽁꽁 언 창자가 젖은 대리석처럼 광채를 발했다. 끔찍한 광경이었지만 동시에 아름다웠다.

나는 더 높이 올라갔다. 길게 늘어진 팔이 내 머리 위를 스쳤고 나는 조너선 호크의 얼굴을, 아니 남아 있는 얼굴을 바라보았다. 눈이라는 것이 사람의 표정을 얼마나 좌우하는지! 얼굴에 눈이 없다면 우리는 어떻게 상대방의 놀라움과 고통, 슬픔과 즐거움을 구분할 것인가! 코는 뜯겨 나가고 없었다. 지금쯤은 혀와 마찬가지로 내 급작스러운 방해공작에 꺅꺅거리다 구름 한 점 없는 하늘로 떠나가 버린 새들의 배 속에서 소화되는 중일 터다. 새들은 기다릴 줄 안다. 죽은 고기는 어차피 어디 가지 않는다. 혹여 그런 일이 생기더라도 다른 곳에는 더 많은 고기가 있을 터였다. 항상 어딘가에는 먹을 게 있기 마련이었다.

"아니, 아니, 아니야." 귓가를 때리는 바람 소리에 비하면 작고 가냘프긴 했지만, 박사의 목소리가 희박한 공기를 뚫고 내게 날아와 박혔다. "허리가 아니야, 윌 헨리. 목에 둘러야지!"

나는 아슬아슬할 정도로 허리를 구부려 가지를 잡아 몸을 지탱하고는 다른 손으로 밧줄을 풀어 호크 경사의 머리에 올가미를 걸었다.

부티오는 그의 혀를 말끔히 뽑아 가지 않았다. 내 새끼손가락만 한 하얀 조각이 아직 혀뿌리에 붙은 채로 아랫입술 위로 삐죽이 나와 있었다. 한때 "제 페 윈 마트레스 위 아 파 롱탕."을 부르던 혓바닥이었다. 그 가사에 숨결을 불어넣던 허파는 꽁꽁 얼어붙어 있었고, 거기에 감정을 부여했던 심장은 차갑게 식어 있었다.

"윌 헨리, 도대체 뭘 하고 있는 게냐? 냉큼 서둘러라, 윌 헨리! 냉큼!"

나는 밧줄의 한쪽 끄트머리를 그에게 내려보냈다. 땅으로 내려가는 길은 길고도 험난했다. 경사가 나보다 훨씬 빨랐다. 밧줄을 한 번 잡아당기기만 했을 뿐인데 동상처럼 딱딱하게 굳은 시신은 순식간에 바닥으로 떨어졌다.

퍽 하는 소리와 함께 시신이 눈 위에 드러누웠다. 박사가 그 옆에 무릎을 꿇었다. 그는 해가 지기 전에 시체를 조사하고 싶었다. 피에르 라로세와 호크의 시신에 난 상처를 비교하고 싶었던 것이다. 물론 장담할 수는 없다. 박사는 내게 그의 의도를 설명한 적이 없으니까. 어쩌면 직업적인 호기심이 발동한 것인지도 모른다.

나는 이미 볼 만큼 봤기에 들여다보지 않았다. 그리고 나는 나무 꼭대기에서 다른 것을 본 참이었다. 나는 괴물학자가 호크의 시체를 보고 흥분한 것만큼이나 흥분해 있었다.

나는 고개를 돌려 호크의 눈 없는 "시선"을 좇았고, 그렇게 그것을 발견했다. 저물어 가는 햇살에 황금빛으로 물든 커다란 호수, 그리고 그 호숫가 옆에 자리 잡고 있는 와우주쉬크 오니건, 바로 랫포티지 마을이었다.

호크는 약속을 지켰다. 그는 하우데노사우니 부족이 '위대한 평화의 나무'라고 부르는 나무 꼭대기에서, 우리에게 집으로 돌아가는 길을 가르쳐 주었다.

그날 밤은 우리가 캐나다 원시림에서 보낸 최후이자 최악의 밤이었다. 해가 지자 기온이 급격히 하락했다. 적어도 영하 20도는 되는 것 같았는데 우리한테는 심지어 불을 피울 수단마저 없었다. 우리는 보온효과를 내기 위해 텐트 주위에 눈을 모아 쌓은 다음 안으로 기어 들어갔다. 중간에 박사는 나와 챈러를 두고 텐트 밖으로 나갔다 오기도 했다. 챈러는 시간이 갈수록 악화됐다. 얼굴은 새파랗게 질렸고, 그가 살아 있음을 알리는 유일한 징조는 간간이 터져 나오는 뿌연 숨결뿐이었다. 나는 지금까지 우리가 한 고생이 물거품이 될까 봐 겁이 났다. 존 챈러가 그날 밤을 넘기지 못할까 봐 걱정이 됐다.

워스롭은 나더러 챈러를 지키라고 했지만 나는 그의 지시를 따르지 않았다. 시간이 한참 흘렀는데도 박사가 돌아오지 않았던 것이다. 어쨌든 뭔가가 피에르 라로세와 조너선 호크를 살해하지 않았던가.

그는 발목까지 눈에 파묻힌 채 별들이 가득 수놓인 밤하늘을 바라보고 있었다. 하늘에서 쏟아지는 은빛 줄기가 검은 숲을 반짝이는 보석으로 바꿔 놓고 있었다.

"그래." 그가 조용히 말했다. "무슨 일이냐, 윌 헨리?"

"무슨 일이라도 생겼나 해서요, 박사님."

"응? 아무 일도 없다, 윌 헨리."

호크 경사는 처음 떨어진 자리에 두 팔을 벌린 채 누워 있었다. 마치 눈 위에 누워 팔을 흔들어 천사 날개 자국을 만들다 그대로 얼어버린 것처럼.

"오던 중에 내가 상식이라는 걸 떨어뜨린 게 틀림없다는 것만 빼면 말이다. 어째서 나무 위에 올라가서 주위를 둘러본다는 생각을 진작 하지 못한 거지?"

"호크도 그랬던 걸까요?"

"글쎄다. 어쨌든 거기까지 날아 올라가진 않았을 테지. 그건 장담한다."

"하지만 왜 다시 내려오지 않았을까요?"

박사는 고개를 가로저었다. 그러고는 하늘을 가리켰다. "저거 보이니? 오리온자리라고 사냥꾼자리다. 내가 제일 좋아하는 별자리지……. 나무에서 내려오지 못한 이유가 있었겠지. 산짐승이라든가. 그 머저리가 총을 두고 갔지 않느냐. 아니면 생각보다 높아서 발이 얼어 버린 걸지도. 흠, '얼었다'니 말을 잘못 골랐구나."

"그럼 배가 갈라진 건요? 어쩌다 그렇게 된 걸까요?"

"사후에 손상된 거다, 윌 헨리. 육식조들 짓이겠지."

나는 잠시 생각에 잠겼다. 펠리노어 워스롭과 이야기를 나눌 때면 으레 거쳐야 하는 과정이었다. 만약 그렇지 않는다면 늘 대가가 뒤따랐다.

"하지만 아무것도 잡고 있질 않았어요. 몸이 나무 밖을 향하고 있었잖아요. 팔도 이렇게 벌리고 있었고, 꼭…… 꼭…… 나무에 걸린 것처럼요."

"무슨 말을 하고 싶은 거냐, 윌 헨리?"

"뭘 말하고 싶은 건 아니고요, 제가 묻고 싶은 건요……."

"저런. 날씨가 이렇게 춥다 보면 소리가 다르게 들리는 법인데, 네 질문이 뭔지는 아직도 안 들리는구나."

"아무것도 아니에요, 박사님."

"그러니까 호크의 자세가 그가 나무 위로 오르려고 했다는 추측과는 일치하지 않는다는 말을 하고 싶은 거겠지? 그가 왜 나무를 오르려고 했는지는 차치하고 말이다. 나로서는 네 지적은 아무 의미도 없다고 말하고 싶구나. 왜냐하면 그가 나무 꼭대기에 있을 수 있는 유일한 방법은 나무를 타는 것뿐이니까. 내 생각에 옳았어. 호크는 애초에 길을 찾으려고 했던 거다. 그리고 결국 발견한 거지. 그에게는 너무 늦었을지 몰라도 우리한테는 딱 맞는 시간에 말이야.

그보다 더 중요한 문제는 그가 뭣 때문에 죽었느냐 하는 거야. 새들이 사체를 훼손해서 질문에 답하기가 어려워졌다만 지금으로서 내 추측은 유해한 환경에 과다 노출됐다는 거다. 호크 경사는 얼어 죽은 거야."

나는 입술을 깨물었다. 평범한 사람이라면 나무 꼭대기에서 그런 식으로 나무를 등지고 돌지 않을 것이다. 미친 사람이 아니라면 지상에서 12미터나 되는 곳에서 나뭇가지 위에 눕지 않을 것이다. 내가 보기에 그 두 가지는 매우 중요한 지적이었다.

그것이 우리 뒤를 쫓아온 것은 그날 밤의 일이었다. 우리가 그것을 모욕했기 때문이다. 감히 그것에게 속한 것을 빼앗았기 때문이다.

그것은 우리를 잡으러 왔다. 말보다 오래된 존재, 무수한 이름을 지닌 이름 없는 존재.

처음 그 소리를 들은 것은 괴물학자였다. 그는 나를 흔들어 깨우더니 내 입을 손바닥으로 막았다. "밖에 뭐가 있다." 그가 내 귓가에 대고 속닥였다.

박사는 조용히 텐트 입구로 다가가 바닥에 쪼그려 앉았다. 손에는 장총처럼 보이는 것이 들려 있었다. 처음에는 아무 소리도 들리지 않았다. 나무 꼭대기를 지나는 바람의 한탄뿐이었다. 그리고 다음 순간, 나는 들었다. 뭔가 커다란 것이 언 눈 위를 자박자박 걷는 소리였다.

곰일지도 몰라. 나는 생각했다. 아니면 말코손바닥사슴일 거야. 사람이라기에는 체구가 너무 컸다. 나는 몸을 앞으로 내밀며 소리의 근원지를 찾아 귀를 쫑긋 세웠다. 처음에는 가까운 곳에서, 일이 미터도 떨어지지 않은 곳에서 들리는가 싶더니 이내 저쪽 깊은 숲에서 나는 소리라는 생각이 들었다.

괴물학자가 가까이 오라고 손짓했다. "우리 노란 눈 친구가 돌아온 것 같구나. 존과 같이 여기 있어라."

"밖으로 나가시려고요?" 나는 기겁했다.

그는 내 질문이 끝나기도 전에 벌써 텐트 밖으로 사라지고 없었다. 나는 재빨리 그가 웅크려 있던 자리로 다가가 그가 조심스럽게 수풀 쪽으로 다가가는 모습을 지켜보았다. 그의 윤곽이 새하얀 눈 숲을 배경으로 선명하게 움직이고 있었다. 사방이 고요한 가운데 그가 발을 옮길 때마다 얇은 얼음장이 깨지듯 뽀드득거리는 장화 소리가 들렸다. 텐트 안은 높은 언덕을 오르는 것처럼 쌕쌕거리는 존 챈러의 숨소리로 가득했다. 나는 두 눈을 가늘게 뜨고 노란 눈을 찾아 은빛 별무리가 쏟아지는 수풀 속을 주시했다. 바깥 동정을 살피는 데에만 신경을 집중한 나머지 챈러가 하루 종일 간간이 중얼거리던 헛소리를 다시 내뱉기 시작한 것도 모르고 있었다. "구츠누트 네호스트! 게프궁 그로이페히!"

가슴이 사정없이 뛰었다. 박사의 모습이 내 시야에서 완전히 사라졌다. 이제 내게 남은 것이라고는 옆에서 괴상한 소리를 지껄이고 있는 챈러뿐이었다. 제발 입 좀 다물어 주면 좋겠는데, 그러면 박사가 어디서 뭘 하는지 소리라도 들을 수 있을지 모르는데! 나는 뒤를 흘깃 돌아보았다.

그가 일어나 앉아 있었다. 낡은 담요의 윗부분이 무릎 위로 미끄러져 내려와 있었다. 핏기 없이 창백한 피부가 땀에 젖어 어둠 속에서 번들거렸다. 야윈 얼굴에 비해 기괴할 정도로 커다랗게 희번덕거리는 눈이 밝은 노란색으로 빛나고 있었는데, 홍채는 바늘구멍처럼 작고 눈 가장자리에서는 반쯤 응고된 황토색 덩어리가 눈물처럼 흘러내리고 있었다.

그를 마주한 내 첫 번째 반응은 지난번에 우리의 눈이 마주쳤을 때를 떠올리고는 본능적으로 도망치는 것, 적어도 최대한 그와 멀리 떨어지려고 발버둥 치는 것이었다. 박사라면 그런 내 행동을 용납하지 않았을 것이다. 현 상황을 고려하건대, 도망친 내가 마주칠 것이 내가 도망치려고 하는 것보다 훨씬 더 끔찍할지도 모르기 때문이다.

그는 가쁜 숨을 몰아쉬고 있었다. 우중충한 회색 혀가 보였다. 열에 달뜬 입술 사이로 흘러내린 침이 듬성듬성한 턱수염 위로 떨어졌다. 거의 존재하지도 않는 어둑한 빛의 장난인지 이가 신기할 정도로 커다래 보였다.

진정해, 진정해, 진정해. 나는 속으로 중얼거렸다. 그는 괴물이 아니야. 사람이야. 박사님의 친구야.

나는 부디 그가 친근하게 느끼길 바라며 억지로 미소를 지어 보였다.

반응은 거의 즉시 나타났다. 눈 깜짝할 사이에—내가 따라가지도 못할 정도로—그는 나를 덮치듯이 덤벼들었다. 뼈만 남은 앙상한 어깨가 내 턱을 으스러뜨릴 듯이 거세게 부딪쳤다. 나는 뒤로 굴러 넘어졌다. 눈앞에서 검은 별이 핑핑 돌았다. 손 하나가 더듬거리며 다가오더니 내 코와 입을 꽉 틀어쥐었다. 다른 한 손이 내 셔츠

앞섶을 찢어발기더니 날카롭게 깨진 손톱으로 옷 아래 있는 부드러운 피부를 갈라 열었다. 고기 썩는 냄새가 진동하는 뜨거운 숨결이, 그다음에는 곪아 터진 딱지 앉은 입술이, 심장이 뛰고 있는 가슴 위를 내리눌렀다.

그다음은 이빨이었다.

그것은 앗셴…… 제누…… 우티코…… 빈디코라고 불린다. 괴물학자는 이렇게 말했다. 무수한 땅에서 무수한 이름으로 불리지. 그것은 산과 언덕보다도 더 오래된 존재다, 윌 헨리.

나는 발길질을 했다. 내 입을 틀어막고 있는 손바닥을 세게 빨았지만 아무 소용도 없었다. 이제 내 머리는 텐트 밖으로 밀려 나와 있었다. 무수한 별들이 차가운 불꽃처럼 하얗게 빛나는 하늘이 시야를 가득 메웠다. 조너선 호크의 찢기고 갈라진 육신에서 반짝이던 얼음 결정처럼. 오리온자리라고 사냥꾼자리다. 내가 제일 좋아하는 별자리지.

귓가에 피가 쏠리는 소리가 들렸다. 가슴이 지끈거렸다. 심장이 울렁거렸다. 어서 빨리 챈러의 품 안에 들어가고 싶다는 듯 안달하며 갈비뼈를 아프게 두드려 댔다. 그의 입술이 지분거리고 있는 가슴께에서 따끔한 기운이 느껴졌다. 그의 이빨이 내 육신의 중심, 그 순수함을 갈망하며 상처를 갉고 있었다.

먹고 또 먹지만 먹으면 먹을수록 더 허기를 느끼지. 결코 채워지지도 않고 만족시킬 수도 없는 굶주림이다.

무너지고 황폐해진 제단, 희생양의 울음소리. 무덤처럼 음침하고 고요한 정적 속에서 내 이름을 부르는 소리.

그 얼음장 같은 손아귀에 잡히면 절대로 빠져나올 수 없어.

누군가 흐느끼고 있었다. 나는 아니었다. 챈러가 자기가 만든 상처를 내려다보며 울고 있었다. 눈물과 살점을 삼키고 있었다.

깊고 깊은 구덩이 속에서, 어머니가 머리를 빗고 있었다. 황금색 빛줄기. 가녀리고 섬세한 손목. 어머니의 내음.

하늘에서 별들이 하나씩 떨어져 내리기 시작했다. 어머니가 앉아 있는 황금빛 빛무리 속으로.

몸은 그렇게 허약한데 힘은 왜 이렇게 센 것일까? 나는 양손을 하릴없이 바르작거렸다. 발꿈치가 힘없이 땅바닥을 긁었다. 내가 그의 안으로 흘러드는 게 느껴졌다.

거의 다 왔어요, 어머니. 그를 거쳐서 어머니한테 가요. 그의 키스를 타고 다시 태어날 거예요.

저주받을 황무지에서 우리는 고개를 든다. 텅 빈 눈구멍을 들어 매정한 달을 바라본다. 강풍을 타고 나는 목소리가 우리의 이름을 부른다.

황금색 빛은 따뜻했다. 빛은 내 눈 속으로 밀려들어 온몸을 가득 채웠고, 나는 더 이상 아무것도 두렵지 않았다.

장총의 개머리판이 챈러의 뒷머리를 후려쳤다. 가느다란 목이 뒤틀려 한쪽으로 홱 돌아갔는데도 워스롭은 아랑곳하지 않고 다시 한 번 세게 내리쳤다. 그는 장총을 내려놓고 친구의 어깨를 붙잡은 다음 그를 질질 끌어냈다. 챈러가 와락 달려들었지만 박사는 주먹을 휘둘러 그의 머리에 명중시켰다. 챈러가 꿈틀거리는 내 다리 위로 쓰러졌다. 그의 얼굴은 지저분한 피와 점액으로 범벅되어 있었다.

박사가 내 옆에 무릎을 꿇었다. 내 시야를 가득 메운 검은 별들을 헤치고 그의 검은 눈이 나타났다.

"윌 헨리?" 그가 불렀다.

박사는 몸을 숙이고 상처를 살펴보았다. 놀라서 숨을 날카롭게 들이쉬는 소리가 들렸다.

"상처가 깊다. 하지만 너무 깊은 건 아니야." 그가 중얼거렸다. "제일 위험한 건 감염인데……."

"제일 위험한……." 나는 가냘프게 그의 말을 따라 했다.

별안간 청천벽력 같은 굉음과 함께 텐트가 폭발하듯이 하늘로 튕겨져 나갔다. 찢어진 캔버스 천과 부러진 나무 파편, 얼어붙은 밧줄 타래가 엉켜 바람의 인도라도 받은 듯이 숲으로 너울져 갔다. 박사가 몸을 날려 나를 감쌌다. 우리의 몸 위로 그림자가 나타났다. 별빛이 완전히 사라졌다. 고약한 냄새가 세상을 뒤덮었다. 심술궂은 눈이 노랗게 빛났다. 나는 그 눈을 들여다보았고, 그 눈은 나를 마주 보았다.

그다음 일은 드문드문 기억이 없다. 노란 눈이 있었고…… 무성한 숲과 나무딸기 덤불, 썩은 통나무, 복잡하게 얽힌 덩굴줄기와 반쯤 언 얕은 강, 얼어서 굳은 눈이 부서지는 소리, 눈앞을 휙휙 지나가는 나무들과 정신없이 춤추는 별들. 나는 쇠약한 몸뚱이를 억지로 이끌고, 의식을 잃은 존 챈러를 어깨에 둘러 진 박사가 눈밭 위에 두 사람의 무게로 찍은 발자국을 따라 걸었다. 다른 짐은 미련 없이 전부 버렸다. 배낭도 물통도, 심지어 구급상자와 총도 팽개쳤다. 우리를 쫓아오는 존재에게 그것들은 아무 소용도 없었다.

우티코는 잡을 수 없소. 우티코가 당신을 잡지. 오기마는 이렇게 말했다. 우리는 우티코를 부를 수 없어. 우티코가 우리를 부르지.

바람은 더 이상 나무 꼭대기에서 노래 부르지 않았다. 비명을 지르고 절규하고 통곡했다. 발밑에서 땅바닥이 요동쳤다. 숲은 규칙적이고도 귀가 찢어지는 듯한 맥박 소리를, 가이아의 원초적인 심장 박동을 한없이 퍼뜨렸다.

나는 점차 뒤처졌다. 이제는 박사와 존 챈러의 모습도 보이지 않았다. 거대한 태고의 숲을 가로지르는, 지그재그로 난 발자국뿐이었다. 등 뒤에서는 눈의 무게를 견디다 못해 뇌성을 지르며 쓰러지는 나무들과 나뭇가지가 부러지는 뾰족하고 날카로운 소리를 배경 삼아, 바람의 포효와 이가 덜덜거릴 정도로 무서운 그것의 추격전이 펼쳐지고 있었다. 나는 고주망태가 된 주정뱅이처럼 어정쩡한 자세로 비틀거리다 이윽고 바닥에 무릎을 꿇으며 쓰러지고 말았다. 가까스로 일어나 몇 미터를 걸었지만 다시 넘어졌다. 그냥 잡아가라고 해. 나는 생각했다. 그것을 이길 수는 없어. 숨을 수도 없어. 나는 무릎을 꿇은 채 두 손으로 머리를 감싸 쥐고 오래된 존재가 나를 잡아가길 기다렸다.

"일어나! 일어나라, 윌 헨리! 어서 일어나!"

괴물학자가 나를 일으켜 세우더니 앞으로 떠밀었다.

"한 번만 더 쓰러지면 엉덩이를 걷어차 줄 테다!" 그가 고함을 질렀다. "내 말 알아듣겠느냐?"

나는 고개를 끄덕였다. 그러고는 또다시 쓰러졌다. 박사가 분노로 가득한 괴성을 내지르며 나를 잡아당겨 일으켜 세웠다. 그는 아무것도 없는 한쪽 팔로 내 허리를 감싸 안고 전진하기 시작했다. 그의 한쪽 어깨에는 챈러의 몸뚱이가, 다른 한 손에는 스승의 말을 듣지 않는 조수가 매달려 있었다. 한쪽에는 스스로 선택한 짐을, 다른 한쪽에는 그가 물려받은 짐을 인 채, 펠리노어 워스롭은 황량한 대지를 가로질렀다.

M

5권

풍요로움

"인간은 과학보다 미신 속에서
더 진리에 가까이 있다."

— 헨리 데이비드 소로

14장

"거기서 구해 온 사람."

처음에는 꿈을 꾸고 있다고 생각했다. 방은 낯설면서도 어딘가 친숙했다. 꼭 꿈속에 나오는 곳처럼. 세면대에 놓여 있는 이 빠진 대야, 금방이라도 무너질 것 같은 낡은 옷장, 좁은 창문과 칙칙한 흰색 커튼, 그리고 등 아래 느껴지는 울퉁불퉁한 매트리스까지, 나는 꿈을 꾸고 있든가 아니면 죽은 것일 테다. 비록 천국이 이렇게 우울하리만큼 볼품없는 곳이라고는 상상도 못 했지만. 그렇지만 이게 얼마 만에 누워 보는 진짜 침대인가……? 한평생이 지난 것처럼 아득하게 느껴졌다.

"일어났구나!" 오래된 마룻바닥이 삐걱거렸다. 길쭉한 그림자가 다가왔다. 가냘픈 빛이 그의 얼굴을 드러냈다. 숲에서 쌓인 더러운 땟국이 사라졌다. 수염도, 낡은 더스터 코트와 지저분한 바지도 없었다. 머리카락은 단정하게 다듬어져 있고, 얼굴에는 탤컴파우더의 흔적이 남아 있었다.

"워스롭 박사님." 나는 갈라진 목소리로 말했다. "여기가 어디예요?"

"우리가 묵었던 러셀하우스다. 이 소박한 매력을 알아보지 못하겠니?"

"제가 얼마나……."

"오늘이 사흘째 아침이다."

"챈러 박사는……?"

"오늘 오후에 뉴욕으로 떠날 거야."

"살아 있어요?"

"그 질문은 용서해 주마, 윌 헨리. 네가 한동안 의식이 없었다는 점을 감안해서 말이다. 아무리 그래도 그건 너무하잖니."

박사는 미소를 짓고 있었다. 손을 뻗어 내 이마를 다정하게 짚더니 재빨리 손을 치웠다.

"열이 좀 많이 오르기도 했지만 지금은 괜찮은 것 같구나."

나는 가슴을 더듬어 보았다. 두툼한 붕대가 만져졌다.

"흉터가 좀 남을 거다. 어른이 되면 여자들한테 꽤 깊은 인상을 줄 수 있을 거야. 하지만 심각할 정도는 아니니다."

나는 고개를 끄덕였다. 너무 많은 정보가 한꺼번에 밀려드는 탓에 제대로 머릿속에 집어넣을 수가 없었다. 아직도 요전에 있었던 모든 일이 꿈만 같았다.

"우리 거기서 빠져나온 거죠?" 나는 머뭇거리며 박사의 대답을 구했다.

그가 고개를 끄덕였다. "그래, 윌 헨리. 우리는 빠져나왔다."

한참 동안 우리는 그 이야기를 꺼내지 않았다. 그는 내 옷을 꺼내 주었고, 내가 힘겹게 옷을 걸치는 동안 침대 옆에서 조용히 기다렸다. 온몸의 관절이 욱신거리고 피곤에 찌든 근육은 계속해서 경련을 일으키는데 아주 약간만 움직여도 가슴에 난 상처가 엄청나게 아프고 화끈거렸다. 침대에서 윗몸을 일으켜 세울 때는 방 안이 핑핑 돌고 갑자기 지독한 욕지기가 엄습하는 바람에 나도 모르게 주먹 가득 시트를 움켜쥐었을 정도였다. 윗도리를 입을 때에는 박사의 도움을 받지 않고도 어찌어찌 해냈지만 다리에 바지를 꿰려고 고개를 숙였을 때는 그대로 고꾸라질 뻔했다. 박사가 재빨리 잡아주지 않았다면 나는 바닥에 머리를 세게 꼬라박았을 것이다.

"자자, 윌 헨리." 그가 퉁명스럽게 말했다. "진정하렴. 나한테 기대어라."

그는 내 바지를 끌어 올려 허리띠를 조였다.

"다 됐다. 이제 내가 널 아래층까지 부축해서 데려간다고 해서 네 자존심이 상처 입을 일은 없겠지. 내 팔을 잡아라."

그렇게 우리는 로비에 있는 식당으로 향했다. 박사는 차를 주문한 다음, 웨이터(바텐더 겸 요리사이기도 했다.)에게 말했다. "식품 저장고에 있는 것을 몽땅 가져오시오."

그 뒤로 한동안 나는 비스킷과 사슴고기 국물, 메이플 시럽을 잔뜩 끼얹은 팬케이크와 신선한 소시지와 베이컨, 달걀, 감자튀김, 옥수수죽, 빵가루를 입혀 튀긴 송어요리를 정신없이 입안에 욱여넣었다. 워스롭은 천천히 먹으라고 했지만 내 무절제하고 탐욕스러운 식욕은 그의 말을 무시했다. 나는 흡사 태어나서 먹을 것을 처음으로 입에 대는 사람처럼 음식에 달려들었고, 먹으면 먹을수록 배가 채워지기는커녕 도리어 계속 허기가 지는 것만 같았다.

"그러나 배탈 나겠다." 괴물학자가 말했다.

"네, 박사님." 나는 입안 가득 채워 넣은 비스킷을 우물거리며 대답했다.

그는 지겹다는 듯이 눈동자를 굴리고 차를 홀짝이고는 손가락으로 탁자를 초조하게 두들기며 창밖을 내다보았다.

"그거 확실히 보신 적 있으세요?"

"뭐 말이냐?"

"그…… 우리를 쫓아오던 거요."

그는 나를 쏘아보았다. 그의 얼굴에서는 아무런 표정도 읽을 수가 없었다.

"아무것도 우리를 쫓아오지 않았다, 윌 헨리."

"하지만 눈이…… 박사님도 보셨잖아요."

"내가?"

"저는 봤어요."

"수면 부족과 탈수, 심한 공복감, 신체적 부상, 탈진, 동상 그리고 극도의 공포까지…… 그때는 내 시각도 너와 별 다를 바가 없었다고 말할 수 있을 것 같은데."

"그럼 텐트는요? 뭔가가 우리 텐트를 갈가리 찢었……."

"바람이 그런 게지."

그는 내 당혹스러운 표정을 업신여기듯이 바라보았다. "특이하긴 하지만 기상학적 현상이다. 드물긴 해도 아주 없는 일은 아니야."

“하지만 전 들었어요, 박사님. 뭔가가 우리 뒤를 쫓아오는 소리를 요……. 크기가 어마어마했다고요.”

“넌 소리를 들은 게 아니야. 전에도 말했지만 두려움은 이성을 마비시킨다. 내가 정신을 바짝 차렸어야 했는데, 나도 너처럼 감정적으로 지치고 당황해서 어쩔 줄을 몰랐다. 평소처럼 냉정했다면 그때 최선의 선택이 그 자리에 그대로 머무르는 것이라는 걸 알았을 텐데 말이다. 수풀에서 최대한 떨어진 곳에서.”

“수풀에서 떨어진 곳에요?”

“지진이 일어날 경우에 대비해서 말이다.

“지진요?” 나는 의아하다는 듯 그의 말을 반복했다. 그가 고개를 끄덕였다. “그게 지진이었어요?”

“그게 아니면 뭐였겠니?” 그가 뾰로통하게 응수했다. “윌 헨리, 지금 네가 하는 얘기는 아주 터무니없는 소리야. 너도 잘 알고 있잖니.”

나는 포크를 내려놓았다. 갑자기 더는 배가 고프지 않았다. 사실 나는 목구멍까지 그득하게 차 있었고, 배가 너무 불러서 다소 더부룩하고 메스껍기까지 했다. 나는 접시를 내려다보았다. 송어의 초점 없는 눈이 나를 멀거니 응시하고 있었다. 섬세하고 반투명한 뼈에 가늘고 하얀 생선살이 삐죽삐죽 붙어 있었다. 벌거벗겨 그 진정한 모습을 보고야 말겠다. 나는 피에르 라로세를 떠올렸다. 호크 경사의 모습도 생각났다. 끝없는 하늘을 포옹하기라도 하듯 활짝 벌린 팔, 우리에게는 보이지 않는 무언가를 강렬하게 응시하던 검은 눈구멍.

“배 터지게 먹는 게 끝났으면 일어나자꾸나.” 박사가 손목시계를 쳐다보며 말했다. “약속 시간에 늦었다.”

"약속요?"

"정확하게 무슨 일이 있었는지 네 진술을 듣지 않으면 우리를 보내 주지 않겠단다. 한데 나는 이 매력적인 산골마을을 한시라도 빨리 떠나고 싶단 말이지."

우리를 보내 주지 않겠다는 "사람들"은 캐나다 기마경찰대의 두 수사관이었다. 박사는 마을에 도착하자마자 라로세와 호크 경사의 사망 소식을 알렸고 그 즉시 호크의 시신이 우리가 버려 둔 곳에서 수습되었다. 우즈 호의 북쪽 호숫가에서 15킬로미터밖에 떨어지지 않은 곳이었다.

라로세의 무덤을 찾기 위해 꾸려진 수색대도 박사가 그린 엉성한 지도를 들고 떠났다. 박사는 수사관에게 정확한 장소는 알 수 없지만 서커 야영지로 가는 큰길에서 숲 안쪽으로 하루쯤 떨어진 곳에 있다는 것만은 분명하다고 말했다.

박사는 온갖 부류의 법 집행관을 상대해 본 경험을 풍부하게 갖고 있었는데, 그것은 그의 직업 때문에 불가피한 일이기도 했다. 어쨌든 괴물학이란 대자연의 범죄적 측면을 연구하는 것이나 다름없었기 때문이다. 그는 경찰의 질문에 정확하고 꼼꼼하게 대답했지만 존 챈러가 마을을 찾아온 목적에 관한 질문에는 애매모호한 답변을 늘어놓았다.

"존은 조사를 하러 온 거요." 박사는 신중하게 대답했다.

"무엇을 조사하러 온 겁니까?" 수사관이 물었다.

"토착신앙과 관련된 거였습니다."

"좀 더 구체적으로 설명할 수 있습니까?"

"나도 몰라요. 어쨌든 나한테도 정확히 설명해 주지 않았으니까." 워스롭은 다소 성마르게 대꾸했다. "궁금한 게 있다면 내가 아니라 챈러 박사에게 물어보지 그럽니까."

"그렇게 했습니다. 하지만 아무것도 기억나지 않는다더군요."

"그건 사실일 겁니다. 모진 고초를 겪었을 테니."

"그래도 결과적으로는 그의 안내인보다는 낫죠."

"그 친구가 라로세의 죽음과 연관이 있다는 말을 하고 싶은 거라면 대단히 큰 착각을 하고 있는 겁니다, 반장님. 당신들 일 처리 방식에 참견할 생각은 없지만 그런 걸 물어볼 사람은 따로 있어요. 잭 피들러에게 물어보시오."

"아, 물론 잭 피들러도 심문할 거요. 안 그래도 샌디 호에서 이상한 일이 벌어지고 있다는 보고를 들었으니까."

다음은 내 차례였다. 경찰들은 박사에게 자리를 비켜 달라고 정중하게 요청했지만, 그는 단호하게 거절했다. 경찰이 예의를 좀 덜어낸 후에야 박사는 더 고집을 피워 봤자 우리의 출발이 늦춰질 뿐이라는 사실을 깨닫고는 마지못해 물러났다.

그 뒤로 한 시간 동안 나는 수사관들에게 처음 마을을 떠난 날부터 그 끔찍한 마지막 날에 이르기까지 그동안 있었던 일들을 빠짐없이 털어놓았고 그들의 질문에도 될 수 있는 한 정확하게 대답하려고 노력했다. 박사가 "수면 부족과 탈수, 심한 공복감, 신체적 부상, 탈진, 동상 그리고 극도의 공포"에서 비롯된 것에 불과하다고 말한 것, 즉 조금이라도 우티코와 관련된 것만은 제외하고 말이다.

"챈러가 뭣 때문에 숲에 간 건지 알고 있니?" 그들이 물었다.

"뭘 조사하러 간 줄 알았는데요."

"조사, 그렇지. 나도 그건 들었다." 그러더니 갑자기 경찰들의 태도가 바뀌었다. "그런데 그 사람은 도대체 뭘 하는 박사인 거냐?"

"챈러 박사요?"

"워스롭 박사."

"그분은 어…… 자연철학자예요."

"철학자?"

"과학자요."

"무슨 연구를 하는데?"

"어…… 자연요." 나는 더듬거리며 대답했다.

"그렇다면 챈러 박사도 같은 걸 연구하는 사람이냐?"

"네."

"그럼 너는 뭐지? 너도 과학자냐?"

"전 조수예요."

"보조 과학자 같은 거냐?"

"전 박사님 밑에서 일을 도와요."

"무슨 일을 하는데?"

"어……. 박사님이 필요로 하시는 일들을 도와요. 혹시 이번 일로 박사님이 곤란해지시는 건가요?" 나는 화제를 바꾸고 싶었다.

"캐나다 기마대 경사가 사망했다, 얘야. 그러니 누군가는 곤란해지겠지."

"하지만 말씀드렸잖아요. 그 사람이 우릴 버리고 가 버린 거라고요. 한밤중에 혼자 가 버려서 나중에 우리가 죽은 걸 발견한 거고요."

"산림열이라……. 나무 위에 올라가 동사했단 말이지. 평생 산에서 자란 젊은이가, 어릴 때부터 숲을 누비며 사냥을 하고 낚시를 하던 이곳 토박이가, 근방을 속속들이 알고 있던 녀석이 그랬다고? 어느 날 아무 이유도 없이 느닷없이 행방을 감췄다가 하필 눈보라가 치는 중에 나무 꼭대기에 올라가……? 너도 이게 말도 안 된다는 것쯤은 알겠지, 윌?"

"하지만 그게 사실인걸요."

그들이 우리 손목에 수갑을 채우지 않고 건물 밖으로 데려다주었을 때에는 안도감에 머리가 아찔해질 정도였다.

"나중에 다시 연락드리겠습니다, 워스롭 박사."

왠지 불길한 어조였다.

과학의 발전에 봉사하는 투철한 병사로서 생전 처음으로 경찰의 심문을 통과한 나는 이번에는 내 스승의 엄격한 취조를 받아야 했다. 그는 경찰들이 무엇을 묻고 내가 뭐라고 답했는지 하나도 빠짐없이 알고 싶어 했다.

"보조 과학자? 그게 뭐냐, 윌 헨리?"

"그거밖에 생각이 안 났단 말이에요."

우리는 호텔을 나와 부둣가로 향하고 있었다.

"우리 지금 어디 가는 거예요?" 내가 물었다.

"챈러를 만나러 간다." 괴물학자가 무뚝뚝하게 대답했다. "이유는 모르겠지만 그 친구가 네게 감사 인사를 해야 한다고 주장하고 있거든."

챈러는 마을의 약제상이자 유일한 치과의사의 사택에서 기력을 회복하는 중이었다. 그가 지내는 곳은 가겟집 2층이었는데, 길 건너 선창에서 보기에도 상당히 위태롭게 서 있는 건물이었다.

존 챈러의 방으로 향하는 계단을 한 걸음씩 오를 때마다 적지 않은 불안과 두려움이 엄습해 왔다. 박사도 내 기분을 감지했는지 문 앞에서 나를 한쪽으로 불러 세웠다.

"그는 아무것도 기억하지 못한다, 윌 헨리. 육신의 회복은 감탄스러울 정도지만 정신적으로는…… 좌우간 항상 말조심을 해야 한다. 그가 우리들보다 더 힘든 일을 겪었다는 걸 잊지 말고."

존 챈러는 창가에 놓인 흔들의자에 앉아 있었다. 늦은 오후의 햇살이 그의 얼굴을 옅은 빛으로 물들이고 있었다. 마치 관 속에 누워 있는 사람들의 얼굴에도 간혹 광채가 서리는 것처럼. 가장 먼저 눈에 들어온 것은 그가 워스롭 박사처럼 턱을 말끔히 면도하고 머리를 다듬었다는 점이었다. 덕분에 얼굴이 커져서 눈이 작아 보였고, 전체적인 비율도 평범한 사람과 비슷해 보였다. 물론 가엾을 정도로 여위어 있기는 여전했다. 가느다란 목 위에 커다란 머리가 위태롭게 얹혀 있었다.

"아, 어서 오너라!" 챈러가 손톱을 짧게 다듬은 손을 흔들며 가까이 오라고 다정한 목소리로 말했다. "네가 펠리노어의 윌 헨리로구나! 우리가 정식으로 인사를 나눈 적이 없다니 우습지 않니."

그의 손은 얼음장처럼 차가웠지만 아귀힘은 소스라치도록 셌다.

"존이라고 한다. 만나서 반갑구나, 윌. 이렇게 건강한 모습으로 볼 수 있어서 기쁘다. 펠리노어가 네 몸 상태가 좋지 않다고 했거든."

"네, 박사님." 내가 대답했다.

"지금은 괜찮니?"

"네, 박사님."

"다행이야!" 그의 눈동자는 더 이상 노란색이 아니었다. 내가 마지막으로 봤을 때에는 노랗게 타오르는 불꽃 같았다.

"많이 닮았구나." 챈러가 상냥하게 말했다. "네 아버지랑 말이다. 신기할 정도로 닮았어."

"제 아버지를 아세요?" 내가 물었다.

"오, 제임스 헨리를 모르는 사람은 없어. 말 그대로 워스롭의 엉덩이에 붙어 다녔거든. 참으로 유감이다, 윌. 많이 슬펐겠구나."

우리는 어색한 침묵 속에서 서로의 얼굴을, 실제로는 몇십 센티미터도 안 되지만 그보다 훨씬 아득하게 느껴지는 머나먼 공간 건너에 있는 얼굴을 물끄러미 마주 보았다. 그는 이상하게도 어딘가 텅 빈 느낌을 주었다. 말하는 억양도 묘하게 단조로웠다. 꼭 연기 실력이 형편없는 배우가 대본을 읽거나 의미도 모르는 언어를 암기해서 말하는 것 같았다.

"윌 헨리." 워스롭 박사가 말했다. "존이 너한테 사의를 표하고 싶다는구나."

"그래! 펠리노어가 그러는데 나를 구하는 데 네가 없어서는 안 될 역할을 했다면서!"

"워스롭 박사님이 구하신 거예요." 내가 재빨리 응수했다. "워스롭 박사님이 박사님을 잭 피들러에게서 구출해서 여기까지 데려오신 거예요. 등에 업고 지고 부축해서 수백 킬로미터를……."

"윌 헨리." 워스롭이 나지막이 말했다. 그는 고개를 살짝 가로저으며 '안 돼.'라고 소리 없이 입을 벙긋거렸다.

"와우! 넌 정말 네 아버지의 아들이구나, 윌리엄 제임스 헨리! 그에게 봉사한다는 게 자랑스럽고 이렇게 훌륭한 분 곁에 있을 수 있어 영광이며 기타 등등 기타 등등." 그는 워스롭 박사를 쳐다보았다. "도대체 아랫사람들한테 무슨 마법을 쓰는 건가, 펠리노어? 어떻게 자네가 고약한 성질머리에 앞뒤가 꽉 막힌 고집쟁이라는 걸 모를 수가 있지?"

"어쩌면 내 곁에 있는 게 정말로 영광스러운 일이라는 것과 관계가 있는지도 모르지."

챈러가 웃음을 터뜨리자 가슴에서 뭐가 걸린 것처럼 그르렁거리는 소리가 났다. 그는 손등으로 입가에 묻은 침을 닦았다.

"그게 문제였군. 애초에 자넬 데리고 갈걸 그랬어, 펠리노어."

"난 거절했을 거야."

"우리의 옛 정을 생각해도?"

"우리의 옛 정을 생각해도, 존."

"내가 실패했든 아니든 그건 중요한 게 아냐. 노친네는 포기하지 않을 테니까."

"폰 헬룽은 나한테 맡기게."

"이게 누구 탓인지 자네도 알지? 그 빌어먹을 아일랜드 자식 때문이야. 스토클리였나."

"스토클리? 그게 누군데?"

"스톡맨…… 스티클러…… 스토커…… 스토커였나? 아, 내가 도대체 왜 이러지? 머리에 이끼라도 낀 것 같군. 어쨌든 세례명은 에이브러햄인데, 그 이름은 사용하지 않아."

"전혀 들은 적이 없는 이름인데…… 그 작자도 괴물학자인가?"

"오, 이런. 아니야. 이른바 공연 쪽 사람이지. 연예계 말일세, 펠리노어! 후원자를 통해 노친네를 만났다고 하더군. 그 영국 배우 있잖나…… 해럴드 러너…… 맞나?"

워스롭은 고개를 저었다. "난 모르겠네, 존."

"꽤 유명한 작자야. 영국 여왕한테서 기사 작위도 받고 뭐 그랬다지. 작년에 투어를 온 적이 있는데…… 헨리! 그래, 진짜 이름은 그거야, 헨리 경인데……."

"어빙? 헨리 어빙 경?"

"그래! 헨리 어빙 경!* 스틱맨이 그 사람 개인 비서였나 뭐 그랬을 거야. 헨리 경이 그를 폰 헬룽에게 소개했는데 그 뒤부터는 둘이 완전히 죽고 못 사는 사이가 돼서 한 콩깍지처럼 붙어 다닌다네."

"도둑이야." 박사가 끼어들었다. "원래는 '도둑놈들처럼 붙어 다닌다.'라고 하는 거지."

"나도 알아." 챈러의 얼굴이 어두워졌다. "말실수를 해서 미안합니다, 선생님. 지적해 줘서 고맙군." 그가 나를 쳐다보았다. "너한테도 늘 저러냐? 아니, 대답 안 해도 된다."

"그러니까 헨리 경의 개인 비서라는 작자가 폰 헬룽에게 웬디고가 실존한다고 설득했단 말인가?" 워스롭이 미심쩍다는 듯 물었다.

---

* 빅토리아 시대의 유명한 연극 배우.

"내가 그런 말을 했어? 내 얘기를 전혀 듣고 있지를 않군! 허영심 가득한 인간은 자기 말고 다른 사람은 안중에도 없다더니! 그걸 명심해라, 꼬마 빌리! 아니, 스톡맨은 웬디고가 뭔지도 모를 거야. 다만 괴물학과 관련된 거라면 환장할 뿐이지. 심지어 책을 쓰고 싶어 하더군!"

워스롭의 눈썹이 치켜 올라갔다. "책?"

"그 친구는 아주 열렬한 소설가 지망생이거든. 오컬트와 토착 미신, 그런 것에 정신이 팔려 있지."

"하지만 괴물학은 그런 것과 하등 관련이 없지 않은가."

"나도 노인네에게 그렇게 말했다네! 하지만 그분도 이젠 나이가 들었어. 요 몇 년 새 총기가 많이 쇠했단 말이지. 그리고 그 스토커라는 자식이 그를 가만히 내버려 두질 않아. 영국으로 돌아간 뒤에도 폰 헬룽에게 끊임없이 편지를 써서 '목격자의 증언'이니 뭐니 하면서 일기장이나 뭐 그런 데서 발췌한 내용을 보내오고 있거든. 폰 헬룽이 내게도 그중 몇 개를 보여 주더군. 그래서 내가 그랬지. '이 사람을 믿으면 안 됩니다. 공연계에 있는 사람이에요. 작가라고요. 다 지어낸 겁니다.' 그런데도 내 말을 들으려고 하지 않았어. 도리어 화를 내면서 학회에서 발표하겠다며 그 얼어 죽을 논문을 쓰더니 심지어 나한테 여기에 가 달라고 부탁하기까지 했다니까. 그중 하나의 존재를 증명하면 다른 것의 존재도 신빙성을 얻을 수 있으니까."

"다른 것?" 워스롭이 중얼거렸다.

"노스페라투. 뱀파이어 말이야. 그 저주받을 아일랜드인이 열광하는 거지."

"그러니까 마이스터 아브람이 자네에게 북미 대륙의 전설을 보쌈해 오라고 했단 말이지." 워스롭이 말했다. "한심해서 말도 안 나오는군. 존, 왜 그런 일을 하겠다고 한 건가?"

챈러는 시선을 피했다. 그는 한참 동안 아무 말도 하지 않았다. 이윽고 그가 간신히 알아들을 만큼 작고 낮은 소리로 속삭였다.

"그건 자네가 알 바 아니야."

"그분 마음이 상하지 않게 완곡하게 거절할 방법이 있었을 텐데."

둥글납작한 머리가 갑자기 워스롭을 향해 휙 돌아갔다. 가느다란 목에 힘줄이 불끈 솟아올랐다. 존 챈러의 눈이 분노로 이글거렸다.

"나한테 감히 마음의 상처에 대해 설교할 생각 말게, 펠리노어 워스롭. 자네는 그 말의 의미도 모르잖나. 자네가 그의 감정에 대해, 아니 다른 사람의 감정에 한 번이라도 관심을 가진 적이 있기나 한가? 일평생 남을 위해 눈물을 흘려 본 적이 있기나 해? 지금까지 그 처량한 일생을 살면서 한 번이라도, 정말 단 한 번이라도 자기 말고 남을 진심으로 걱정해 본 적이 있으면 어디 한번 말해 보지그래."

"난 대답할 필요가 없네." 워스롭이 조용히 대답했다. "특히 자네한테는, 존."

"아, 그거. 자넨 정말 대단한 위선자야, 워스롭. 그래, 위선자야. 그게 아니고선 설명이 안 돼. 자넨 그 정도로 똑똑하니까. 그때 자네가 강물에 몸을 던진 건 그중에서도 완벽하게 오만하고 자기중심적인 행동이었지. '오호, 통재라! 불쌍하고 가여운 펠리노어!' 한심한 자식! 그때 강물에 빠져 죽었더라면 좋았을걸."

박사는 미끼를 물지 않았다. "자네는 아주 힘든 일을 겪었어." 그가 부드럽게 말했다. "그러니 평소와 다르게 구는 것도 이해는 해. 하지만 자네의 분노가 잘못된 방향을 향하고 있다는 사실을 곧 깨닫길 바라겠네, 존. 난 자네를 숲으로 보낸 사람이 아니야. 거기서 구해 온 사람이지."

나는 그가 챈러를 꼭 안은 채 꽁꽁 언 땅 위로 넘어지던 모습을 떠올렸다. 호크가 그의 짐을 덜어 주겠다고 했을 때 그의 눈에 떠오른 격렬한 감정과 호크를 겨냥한 권총, 그리고 무자비할 정도로 황량한 대자연 속에서 측은할 정도로 초라하게 느껴지던 그의 절박한 외침을 떠올렸다. 나 말고는 아무도 손댈 수 없어!

"자네가 그랬어." 챈러가 의미를 알 수 없는 말을 중얼거렸다. "둘 다 자네가 그랬지."

워스롭이 그게 무슨 뜻이냐고 물으려는 찰나, 문을 두드리는 소리가 났다. 박사가 흠칫 몸을 떨더니 잠시 눈을 지그시 감았다 떴다. 그가 나지막이 속삭였다. "우리가 너무 오래 있었군."

방 안에 들어선 뮤리엘 챈러가 워스롭을 발견하고 물었다. "존은 어디 있죠?"

그러고는 그를 발견했다. 작은 의자에 웅송그려 앉아 있는, 대자연의 비바람과 과도한 욕심의 대가로 마지막으로 봤을 때보다 두 배는 더 나이가 든 듯한 파리하고 쪼글쪼글한 얼굴의 사내. 그녀는 자신도 모르게 날카롭게 숨을 들이켰고, 두 눈에 눈물이 고였다.

챈러는 의자에서 일어나려 했지만 실패했다. 두 번째 시도에서 그는 휘청거리는 두 다리로 가까스로 몸을 지탱하는 데 성공했다. 그는 내가 기억하는 것보다 키가 더 컸다.

"여기 있소." 그가 거칠게 갈라진 목소리로 말했다.

뮤리엘이 그를 향해 달려가기 시작했다. 차츰 발길이 느려지더니 이내 멈춰 섰다. 손을 들어 부드럽게 그의 뺨을 어루만졌다. 그것은 이 세상에서 오직 그 둘만이 공유하는 내밀한 순간, 가슴 시리도록 애달픈 장면이었다. 나는 시선을 돌렸다. 지금 이 순간을 창조한 사람, 사랑하는 여인이 다른 이의 품에 안기는 장면을 연출하기 위해 견디기 힘든 고통을 감내한 장본인에게로.

"존? 당신이에요?" 그녀가 믿을 수 없다는 투로 물었다.

"그래요." 그는 거짓말을 했다. "나요."

15장

"우리는 서로에게 늘 정직해야 한다."

우리는 그들을 기차역까지 배웅했다. 승무원이 챈러를 부축해 객실에 타는 것을 도와주는 동안, 뮤리엘이 박사의 팔에 손을 얹었다.

"고마워요." 그녀가 말했다.

박사는 팔을 슬그머니 뺐다. "존을 위해 한 일이오."

"당신은 그이가 죽었다고 생각했잖아요."

"그래. 당신이 옳았고 내가 틀렸지. 저 친구를 잘 보살펴 주시오, 뮤리엘. 아직 회복되려면 멀었으니까."

"당연하죠. 걱정 마요." 그녀의 눈이 반짝였다. "난 그가 모든 면에서 회복되리라고 믿어요."

뮤리엘은 내게도 작별인사를 했다. "나는 약속을 지키는 사람이란다, 윌."

"약속요?"

"널 위해 기도했거든." 그녀는 박사에게 힐긋 눈길을 보냈다. "적어도 기도의 절반은 응답을 얻은 것 같구나. 이렇게 죽지 않은 걸 보면."

"아직은 말이지." 박사가 말했다. "조금만 더 기다려 보시지."

잘은 모르지만, 그녀의 입술이 웃지 않으려고 기를 쓰고 있는 것처럼 보였다.

"뉴욕에서 만날 수 있을까요?"

"뉴욕에 가긴 할 거요." 그가 대답했다.

이번에는 뮤리엘도 분명히 웃고 있었다. 힘들고 오랜 가뭄 끝에 내리는 한 줄기 단비와도 같은 웃음이었다.

기관차가 날카로운 비명을 질렀다. 굴뚝이 검은 연기를 쿨럭였다.

"기차가 떠나는데." 박사가 말했다.

우리는 기차가 시야에서 사라질 때까지 빈 플랫폼에서 지켜보았다. 하늘 위로 샛별이 떠오르고 있었다. 아비새 한 마리가 저무는 태양을 향해 비통하게 울부짖었다. 나는 어둠이 다가오는 것을 느끼며 부르르 몸을 떨었다. 아무리 멀리 떨어져 있다 한들, 나는 두 동강 난 사내가 묻혀 있는 차가운 땅과 너무나도 가까이 있었다.

"우리는 집에 언제 갈 수 있어요?" 내가 물었다.

"내일." 박사가 대답했다.

해링턴 레인에 있는 우리 집이 이처럼 반가울 줄은 몰랐다. 나는 마차가 집 앞에 서자마자 거의 뛰어내리다시피 뛰쳐나왔다. 바닥에 무릎을 꿇고 현관 깔개에 입을 맞췄다 하더라도 집에 돌아온 기쁨을 완연히 표현하기에는 역부족이었을 것이다. 정말 기적 같았다.

그토록 싫어하는 집이었는데 지금은 벽에 난 실금 하나하나까지도 사랑스러워 미칠 것만 같았다! 사람은 무언가를 잃기 전까지 그것이 얼마나 소중한지 깨닫지 못하는 법이다. 나는 괴물학자도 그 점에 있어서만큼은 내 말에 찬성하리라고 생각한다.

다시는 이 집을 떠나고 싶지 않았으나, 다음 날 아침이 되자마자 나는 다시 짐을 싸야 했다. 오후에는 바쁘게 심부름을 다녔다. 우체국, 웨스턴 유니온 사무실, 세탁소와 양복점, 그리고 마지막으로 라즈베리 스콘을 사러 빵집에도 다녀왔다. 박사는 스콘이 제일 그리웠던 모양이었다. 그는 최악의 경우에 대비해—어쨌든 그는 펠리노어 워스롭이었으니까—밤늦게까지 발표 연습에 매달렸다. 실물 표본을 구하는 데에는 성공하지 못했을망정 폰 헬룽은 렙토 루르코니스와 다른 전설 속 존재들을 괴물학의 범주에 포함시켜야 한다고 주장할 터였다.

뉴욕으로 떠나기 전날 밤, 아주 이상한 일이 있었다. 사실 그때까지 우리에게 일어난 일 중에서 가장 이상한 일이었다. 잠자리에 누워 막 잠이 들려는 차에 갑자기 뚜껑문 위로 박사의 머리가 불쑥 올라오더니 그답지 않게 왠지 어색한 표정으로 내게 깨어 있느냐고 물었다.

"네, 박사님." 나는 자리에서 일어나 침대 옆 등불을 밝혔다. 등불에 비친 박사의 얼굴이 어둠 속에서 둥둥 떠다니는 것처럼 보였다. 솔직히 나는 당황스러웠다. 지금까지 그가 한밤중에 내 방에 찾아온 적은 한 번도 없었다. 항상 나를 그의 방으로 불러냈으니까.

"너도 잠이 오지 않는 모양이구나." 그는 침대 발치에 앉아 좁은 다락방을 휘휘 둘러보았다. 이 집에서 자랐으면서도 이 방에는 처음 와 보는 듯한 모양새였다. "너도 알겠지만 윌 헨리, 너만 원한다면 언제든 2층에 있는 침실을 써도 된다."

"전 여기가 좋아요, 박사님."

"그래? 도대체 이유가 뭐냐?"

"저도 몰라요. 그냥 이 방에 있으면 더…… 음, 안심이 되거든요."

"안심이 된다고? 뭐가?"

박사는 눈길을 돌렸다. 내 대답을 기다리는 것이 아니었다. 다른 뭔가를 기다리고 있는 것 같았다. 그게 뭘까? 왜 갑자기 내 방에 찾아온 거지? 평소의 그와는 전혀 어울리지 않는 일이었다.

"나도 어렸을 때 이 방에서 많은 시간을 보냈지." 천천히, 그가 정적을 깨뜨렸다. "사람의 인식은 과거의 경험에 지배된다, 윌 헨리. 나는 결코 이 방과 안심한다는 개념을 결부시키지 못할 거다."

"왜요?"

"나는 어렸을 때 무척 병약한 체질이었다. 선친이 나를 기숙학교에 보낸 이유 중 하나이기도 하지. 물론 반드시 그것 때문은 아니다. 아버지의 말을 빌리자면 '나를 단련시키기 위해서'였다. 나는 자주 앓아눕곤 했는데, 그때마다 이 다락방으로 추방됐다. 집 안 전체에 병균이 퍼지지 않게 하기 위해서 말이야……." 그는 내 머리 위에 있는 작은 천창을, 그리고 그 너머에서 빛나는 별들을 응시했다.

"내가 열 살 때 어머니가 돌아가셨다. 그건 말했지? 폐병이었지. 선친은, 내 앞에서 공공연히 말하지는 않았지만 그게 다 내 탓이라고 여겼어. 어머니가 돌아가신 순간부터 나는 이 집을 떠날 운명이었다. 그분은 나를 점점 멀리했다. 같은 공간을 공유하고 같은 식탁에서 식사를 하긴 했지만 나도 부친도 철저하게 서로를 무시했고 우리 둘 다 스스로 만든 비탄의 고치 안에 살았지. 그분은 연구에 몰두했고 결국에는 나를 배에 태워 영국으로 보내 버렸다. 그 뒤로 15년 가까이 그를 보지 못했지."

그를 위로할 말을 찾아 열심히 머릿속을 뒤졌지만 막상 내 입에서 나온 말은 "슬픈 일이네요."가 고작이었다.

그는 얼굴을 찌푸렸다. "너한테 동정받자고 한 말이 아니다, 윌 헨리. 난 그저 우리 인간의 인식이 어떻게 개인적인 경험을 통해 만들어지는지, 즉 객관적인 사실이라는 것을 과연 어디까지 믿어야 할지 말하려고 했던 것뿐이야. 간단히 말해, 자신의 인식을 믿어서는 안 된다. 그게 내가 하고 싶었던 말이야."

그는 그렇게 갑작스레 강의를 마치더니 다시 눈을 돌려 침대 반대쪽에 있는 빈 벽을 바라보며 생각에 잠겼다.

"나는 이 방에서 아주 많은 시간을 보냈지. 내가 열과 기침에 시달리고 있을 때 아래쪽 도로에서는 이웃집 아이들의 웃음소리가 들려왔고, 그들의 행복이 내게는 잔인하게 느껴졌다."

그는 기억을 떨쳐 버리고 싶은 듯 세차게 고개를 도리질했다.

"인간의 인식의 또 다른 문제점은 그걸 타인에게 투사하려는 경향이 있다는 거다." 그는 으레 그렇듯이 거의 짜증이 날 정도로 무미건조한 말투로 설명하기 시작했다. "내게 이 방은 그리 유쾌하지 않은 감정과 연관돼 있고, 그래서 나는 그런 느낌을 받는 이유를 이 방 탓으로 돌렸지. 그런데 네가 나와 비슷한 감정을 느끼지 않는다고 하니 혼란스러웠던 거야."

"네, 박사님."

"내가 너의 '네, 박사님.'에 대해 뭐라고 했지, 윌 헨리? 그건 비굴하게 내 비위나 맞추려고 드는, 우리 둘을 모두 모욕하는 행위다."

"네, 박사님." 나는 뻔뻔스럽게 대답했다.

"그동안 생각해 봤는데, 우리의……." 그는 적당한 단어를 찾아 고심했다. "우리가…… 지내 온 방식이 말이다. 네가 나와 같이 산 지도 벌써 2년이나 됐고, 네가 나한테 하는 봉사가 전반적으로는 매우 요긴하긴 하다만 그래도 네 경우에는 부모님이 갑작스레 돌아가셔서 여기 오게 된 것이지 네가 바란 것도 아니고 내가 바란 것도 아니었잖니. 사실이 그래. 예기치 못한 상황 때문에 우리가 이렇게 만나게 된 거지. 하지만 그렇다고 우리가 아무것도 할 수 없는 건 아니다. 나는 과학자라 자유의지에 그리 조예가 깊은 건 아니지만 그렇다고 운명이나 숙명 같은 어리석은 미신을 믿지도 않는다. 네가 나한테 꼭 필요한 존재라는 내 인식은 완전히 사실일 수도 있어. 그렇지만 네가 나와 똑같은 인식을 가져야 하는 것도 아니다."

박사는 잠시 말을 멈추고 내가 대답하길 기다렸다. 내가 아무 말도 하지 않자 그는 어깨를 으쓱하고는 말을 이었다. "너도 벌써 열세 살이 거의 다 되었지. 어떤 문화권에서는 성인으로 취급받는 나이다." 그는 목청을 가다듬었다. "그리고 너는 정신이 맑을 때는 꽤 영민한 모습을 보여 주기도 했고. 아주 드물게 일어나는 일이긴 하지만 말이다." 그가 재빨리 덧붙였다. 그것은 칭찬과 모욕을 동시에 할 수 있는 워스롭만의 독특한 재능이었다. "어쨌든 스스로 결정을 내릴 능력은 있어."

"절 버리시려는 거죠." 갑자기 심장이 달음박질쳤다. "절 버리려는 거예요."

"그런 말은 안 했다! 도대체 정신이 어딜 가 있는 거냐, 윌 헨리? 내가 이렇게 열심히 이야기하고 있는데 너는 어디 꽃밭에서 춤이라도 추고 있는 거냐? 우리가 아무것도 할 수 없는 건 아니라고 했잖니. 너는 선택을 할 수 있고, 무엇보다 나는 네 선택을 존중할 거다. 난 바보가 아니야. 내가 가끔은 같이 살기가 무척 까다로운 사람이라는 것 정도는 알고 있어."

박사는 내가 아니라고 항변하길 기다리듯이 잠시 머뭇거렸지만 아무 대꾸도 돌아오지 않자 머쓱하게 황급히 말을 이었다. "내가 별난 데가 있는 건 사실이다. 인간적인 결점도 있고…… 말하자면…… 그러니까 내가 하고 싶은 말은 어쩌면 나는 혼자 사는 게 최선인 사람일 수도 있다는 거다." 그는 얼굴을 찌푸렸다. "그게 뭐냐? 지금 우는 거냐?"

"아뇨, 박사님."

"거짓말로 상황을 악화시키려고 하지 마라, 윌 헨리."

"네, 박사님."

"그리고 내 직업과 관련된 문제도 있어. 알다시피 내가 하는 일은 아주 위험하단다. 랫 포티지에서 겪은 일이 완벽한 예가 될 수 있겠지. 너도 나 같은 괴물학자와 같이 다니다 보면 네 건강과 안위에 해가 될 수도 있다는 생각이 들었을 거다."

나는 아직도 생생하게 남아 있는 가슴팍 상처를 슬쩍 만져 보았다.

"너를 무작정 거리로 내쫓진 않을 거다. 혹시 그게 네가 걱정하는 거라면 말이다. 네가 잘 지낼 수 있는 다른 좋은 집을 알아봐 주마."

"여기가 제 집이에요. 박사님이랑 같이 사는 집 말이에요."

"말은 고맙다만, 윌 헨리, 그렇지만……."

"제가 가고 나면 박사님은 어떻게 하시려고요? 아무도……."

박사는 괜찮다는 듯이 손을 휘휘 저었다. "요리사와 하녀를 고용하면 돼. 그리고 내 제자로 들어오고 싶다는 사람들이 넘쳐나는 건 너도 알고 있잖니. 내가 하는 학문에 진지한 관심을 가진 진짜 학자들 말이다."

그 말은 내 가슴을 아프게 찔렀다. 나는 고개를 떨어뜨리고 아무 말도 하지 않았다.

그는 가볍게 콧방귀를 뀌었다. "정직은 그 자체로 보상이라는 말은 정말로 진리구나. 하지만 그게 유일한 보상인 건 아니지! 우리는 서로에게 늘 정직해야 한다, 윌 헨리. 네가 이 집에 계속 살고 싶어 하는 만큼이나 나도 너를 여기 두고 싶단다."

"제발요, 박사님. 전 여기가 좋아요."

그는 한참 동안, 어색하고 불편하게 느껴질 정도로 나를 뚫어져라 바라보았다. 일부러 이러는 걸까? 나는 의아했다. 내가 그에게 얼마나 충성스러운지 확인하고 싶었던 걸까? 아니면 정말로 순수한 마음에서 그러는 것일까? 나의 안위를 염려해서? 그게 아니라면 친구의 가시 같은 말에 상처를 입어서—지금까지 그 처량한 일생을 살면서 한 번이라도, 정말 단 한 번이라도 자기 말고 남을 진심으로 걱정해 본 적이 있으면 어디 한번 말해 보지그래?—그에 대한 대답이 이것인 걸까? 그는 대관절 나한테 무엇을 원하는 것일까? 그리고 나는 도대체 그에게서 무엇을 원하는 것일까? 과연 우리는 서로에게서 무엇을 원하는지 알고나 있는 걸까?

"그건 정말 비참한 일이다, 윌 헨리." 이윽고 그가 입을 열었다. "친구를 잃는다는 것 말이야."

16장

"당신을 여기서 볼 수 있어 기쁘군."

다음 날 오후 그랜드 센트럴 역에 도착했을 때, 우리를 기다리고 있던 것은 엄청나게 커다란 체구의 사내였다. 180센티미터가 훌쩍 넘는 키 때문에 군중들 사이에서 홀로 머리가 삐쭉 솟아 있었고 널찍한 어깨와 두터운 가슴, 어수선하게 헝클어진 긴 검은 머리가 얽은 자국이 있는 커다란 얼굴의 아래쪽을 덮고 있었다. 머리에는 중산모를 깊숙이 눌러써서 모자챙이 덥수룩한 눈썹 바로 위까지 내려와 있었다.

사내는 박사에게 아부라도 하는 것처럼 허리를 깊이 숙여 절했는데, 내 눈에는 깊은 존경심을 표현하려고 한 것 같았다. 그는 강한 슬라브 억양으로 괴물학자에게 말을 걸었다.

"워스롭 박사, 제 이름은 아우구스틴 스칼라입니다."

그는 워스롭에게 명함을 내밀었지만 박사는 그것을 쳐다보지도 않고 곧장 내 손에 떨어뜨렸다.

'폰 헬룽 박사.'

"헤르* 헬룽 박사가 박사님께서 뉴욕에 돌아오신 것을 환영한다고 전하시며, 제가 박사님을 위해 봉사하는 것을 허락해 주십사 요청하셨습니다."

"봉사라니, 정확히 무슨 봉사를 말하는 거요, 미스터 스칼라?" 박사가 퉁명스레 물었다.

"묵으실 호텔을 안내하는 거지요." 이 예술가의 모국어가 영어가 아니라는 사실은 분명해 보였다.

"우리 짐이……." 워스롭이 입을 열었다.

"다른 마차로 따로 도착할 겁니다. 전부 처리해 놨습니다. 워스롭 박사님은 걱정할 게 없습니다."

거대한 탐사선이 북극해의 두꺼운 해빙을 깨부수며 전진하는 것처럼, 아우구스틴 스칼라는 42번가 앞에 모여 있는 사람들을 밀치며 과감하게 길을 냈다. 우리는 그를 따라 흑단처럼 새까맣고 거대한 말이 끄는 검은 마차로 향했다. 우리에게 마차 문을 열어 준 스칼라는 진지함이 지나치다 못해 우스꽝스러워 뵈는 매우 정중하고도 연극적인 동작으로 상의 주머니에서 봉투를 꺼내 비굴함을 뚝뚝 흘리며 내 스승에게 내밀었다. 워스롭은 봉투를 받아 들고는 한마디 대꾸도 없이 마차 안으로 미끄러져 들어갔고, 나는 아주 짧은 시간 동안 이 커다란 예술가와 함께 바깥에 남겨졌다. 나는 엄청난 높이에서 뚫어져라 바라보는 그 검고 감정 없는 눈동자와 커다란 덩

* 독일어에서 성인 남성에 대한 경칭.

치에서 뿜어져 나오는 땀과 담배, 김빠진 맥주 냄새가 뒤섞인 악취에 압도되고 말았다.

"넌 누구냐?" 그가 물었다.

"전 윌 헨리예요." 내가 대답했다. 내 귀에도 기어드는 목소리였다. "전 박사님을 위해 일해요."

"그럼 우리는 똑같구나!" 그가 거친 후음이 가득한 발음으로 말했다. "나도 박사님을 위해 일한단다." 그는 솥뚜껑 같은 손을 내 어깨에 얹더니 내 시야에 가득 찰 때까지 얼굴을 내 눈앞으로 들이밀었다. "나는 마이스터 아브람을 위해서라면 목숨도 내놓을 수 있지."

"윌 헨리!" 워스롭이 마차 안에서 외쳤다. "냉큼 들어와라!"

나는 그 어느 때보다도 기꺼운 마음으로 그의 지시에 따랐다. 내가 마차 안으로 뛰어들자 문이 닫혔고, 마차가 갑자기 쿵 하고 요동치더니 스칼라가 마부석에 앉는 것이 보였다.

채찍이 심술궂은 소리를 내며 공중을 갈랐다. 우리는 외바퀴 위에 올라앉은 것처럼 기운차게 흔들리며 거리로 나갔고, 간발의 차로 경찰관이 탄 자전거를 자루를 잔뜩 실은 짐마차 위로 치어 날려 버릴 뻔한 일을 모면했다. 화가 난 경찰관이 호루라기를 삑 불었지만 기차역의 시끄러운 소음에 순식간에 묻혀 버렸다. 도로 위에서 덜걱거리는 마차의 바퀴 소리와 잡상인들의 고함, 필라델피아발 6시 30분 열차의 도착을 알리는 경적 소리. 초저녁의 도로는 어디론가 바삐 달려가는 마차와 자전거로 가득했고, 지옥불을 피해 날듯 무시무시한 속도로 말을 몰며 연신 채찍을 휘두르고 누구든 앞길을 가로지르기라도 하면 거침없이 모국어로 저속한 말을 내뱉는 우리 마부에게는 아무도 신경조차 쓰지 않는 듯했다.

그날, 내가 미국의 금융과 문화의 중심지, 왕중왕 도시이자 보석 중의 보석, 풍요로운 미국의 살아 있는 상징에 처음 발을 디딘 그날 이후로 수많은 세월이 흘렀다.

하지만 아직도 내 기억 속에는 그때의 광경이 선명하게 남아 있다. 보라, 저기 윌 헨리가 간다. 모퉁이를 돌아 6번로를 향해! 뉴잉글랜드의 작은 시골 마을에서 올라온 꼬맹이 윌리엄 제임스 헨리가 혼잡한 도로를 달리는 마차에 앉아 작은 입을 헤벌린 채 유리창 밖을 바라본다. 우둔한 시골뜨기답게 두 눈을 휘둥그레 뜨고 이제까지 그가 매사추세츠 촌구석에서 본 어떤 건물도 초라하게 만들, 그가 아는 가장 높은 교회탑보다도 더욱 위풍당당하고 위대한 건축적인 업적을 바라보며 순수한 찬탄과 경이로움을 내뿜는다.

그를 보라. 마차 양옆에서 움직이는 도로의 행진을 보며 환하게 빛나는 그의 얼굴을 보라. 마차와 짐수레, 배달용 손수레와 커다란 사륜마차, 색색의 화려한 크리놀린 드레스를 뽐내는 숙녀들과 맵시 있게 차려입은 신사들, 자전거에 앉아 행상들의 손수레 사이로 서커스 묘기꾼보다도 능숙하게 요리저리 빠져나가는 멋쟁이들. 해가 지려면 아직 두 시간이나 남았건만 서쪽의 건물들은 벌써 포석 위에 길쭉한 그림자를 드리우고, 화강암이 깔린 거리는 건물 사이로 비스듬히 비쳐드는 햇살 아래 황금빛으로 빛났으며, 동쪽의 건물들도 아스라한 벌꿀 색 색조로 물들어 있었다.

방금 막 시골에서 올라온, 세상에서 가장 괴상하고 끔찍한 환경에서 자란 열두 살 소년에게 뉴욕은 꼭 황금으로 만든 도시처럼 보였다. 구석구석마다 신기함과 놀라움이 기다리는 곳, 소년보다 이전에 왔었던, 그리고 또 그 후로 몰려올 수만 수십만의 이민자들이 그러했듯이 비참한 과거를 떨치고 밝고 무한한 가능성의 날개옷을 입을 수 있는 곳. 들리는가? 나는 들린다. 그의 히죽거리는 얼굴 뒤에 숨은 환희의 웃음소리가 들린다.

그러나 들어라, 윌리엄 헨리 제임스여. 네 기쁨은 이내 저 멀리로 달아나리라. 그 눈과 귀가 호강한 풍성한 만찬은 곧 식탁 위에서 걷히리라.

찬란한 금빛이 죽고, 눈 깜짝할 사이에 벌어질 검은 구덩이로의 추락은 누구도 막을 수 없으리라.

옆에 앉아 있는 괴물학자는 나와는 달리 그런 환희의 감정을 티끌만큼도 느끼지 못하고 있었다. 그는 스칼라가 건네준 편지에 푹 빠져 있었다. 그는 편지를 여러 차례 거듭해 읽더니 수심이 가득한 한숨을 내쉬며 내게 건네주었다.

친애하는 워스롭,

오랜 친구여, 무엇보다 먼저 양해를 구하게 되어 진심으로 미안하게 생각하네. 부디 용서해 주길! 내가 몸소 기차역으로 마중을 나가야 하건만 내 관심을 요하는 일이 너무나도 많아 도무지 빠져나갈 수가 없지 뭔가. 헤르 스칼라는 매우 훌륭한 젊은이라네. 나처럼 자네도 그를 전적으로 신뢰할 수 있을 게야. 혹여 그가 자네를 실망시키기라도 한다면 즉시 내게 알려 주게. 내가 당장 해결할 테니!

내가 자네를 다시 만나길 얼마나 고대하고 있는지 이루 표현할 수 없네.

너무나도 오랜 시간이 흐르지 않았나, 친구여……. 그동안 무척 많은 일들이 있었고, 앞으로도 많은 일이 일어나겠지. 하지만 여기에 쓸 말은 아니니 나중에 많은 이야기를 나눔세.

오늘 밤 파티에서 자네를 만날 수 없어 유감이네. 지금 그보다 더 시급한 문제들이 기다리고 있거든. 그러나 내 안타까운 불참을 보상하는 의미에서 내일 저녁식사에 초대하는 바이네. 부디 수락해 주길. 헤르 스칼라가 7시 25분에 자네 호텔로 데리러 갈 걸세.

그대의 충실한 종복

A. 폰 헬룽

"내가 무슨 심산인지 안다면 이렇게 간절히 보고 싶어 하지 않을 텐데." 박사가 중얼거렸다.

한동안 그의 입에서는 아무 말도 들을 수가 없었다. 한참 뒤 마차가 난폭하게 멈춰 섰다. 그 바람에 머리가 갑작스럽게 앞으로 쏠려 모자가 바닥에 떨어졌고, 내가 모자를 주우려고 허리를 굽힌 사이 박사는 벌써 보도로 뛰어내려 뒤도 돌아보지 않고 성큼성큼 걸어가고 있었다. 검은 망토 자락이 바람에 펄럭이며 춤을 췄다.

나도 서둘러 마차에서 뛰어내렸지만 이번에도 마차에 탔을 때와 마찬가지로 커다란 체구와 째진 눈을 가진 폰 헬룽의 종복과 마주쳤다. 그는 아무 말도 하지 않았다. 그저 나를 물끄러미 쳐다볼 뿐이었다. 그러나 그의 시선에는 이상할 정도로 호기심이 결여되어 있었다. 그는 마치 사람들이 발 앞을 지나는 벌레를 보듯이 검은 눈으로 나를 가만히 응시했다. 그가 빙긋 웃었다.

"오늘 밤에 편안히 잘 자렴, 윌 헨리 군."

그는 오늘 밤이라는 단어에 힘을 줘서 말했다. 평소에는 내가 별로 '편하게' 잘 수 없다는 사실을 아는 것 같은 말투였다.

나는 고개를 끄덕이며 고맙다고 중얼거렸다. 그러고는 재빨리 박사 옆으로 뛰어갔다.

우리는 로비에서 플라자 호텔 직원들로부터 성대한 환영을 받았다. 지배인에서 사환에 이르기까지 여섯 명이나 되는 직원들이 워스롭이 돈을 펑펑 써 대는 부잣집 탕아라도 되는 양 주위로 몰려들었다.

그들이 유난히 들뜬 것은 박사가 돈을 아낌없이 뿌리는 부자이기 때문이 아니라—박사는 전에도 이 호텔에 묵은 적이 있었고 그의 인색함은 아주 잘 알려져 있었다.—당대의 저명한 자연과학자였기 때문이었다. 간단히 말해 내게는 굉장히 놀랍게도 워스롭 박사는 나름 유명 인사였고, 그의 전문 분야가 얼마나 특이하고 괴상한지를 감안하면 엄청나게 희한한 일이었다.

워스롭으로 말하자면 그는 이런 환대와 아첨을 오히려 신경에 거슬려하는 것 같았다. 폰 헬룽과의 전투를 앞두고 그가 얼마나 큰 압박감을 느끼고 있는지를 보여 주는 또 다른 증거였다. 보통 때라면 그는 시간이 얼마나 오래 걸리든 그들이 보내는 선망의 눈빛을 한껏 만끽했을 것이다.

그는 비굴하게까지 들리는 직원들의 환영 인사를 퉁명스레 가로막고는 지배인에게 무척 피곤하니 곧장 객실로 올라가고 싶다고 말했다.

그러자 "알겠습니다, 워스롭 박사님.", "이쪽입니다, 워스롭 박사님."이 웅성웅성 이어지더니 다음 순간 나는 생전 처음 엘리베이터를 타고 있었다. 밝은 붉은색 재킷을 입고 필박스* 모자를 쓴, 기껏해야 내 또래로 보이는 소년이 엘리베이터를 운행하고 있었다.

우리가 묵을 스위트룸은 8층에 있었는데 센트럴 파크와 5번로의 근사한 전망이 환히 내려다보였고, 어찌 보면 어수선할 정도로 빅토리아풍의 화려한 장식들로 꾸며져 있었다. 문지방을 넘는 순간에 얼마나 이상한 기분이 들었는지 모른다. 그날 아침에는 해링턴 레인에 있는 낡고 어두운 집에서 눈을 떴는데, 몇 시간도 지나지 않아 이렇게 크고 도금을 한 것처럼 호화로운 방에 서 있다니! 나는 깡충거리며 창가로 달려가 묵직한 다마스크 커튼을 젖히고는 휘둥그런 눈으로 아래쪽 전망을 둘러보았다. 서쪽으로 기운 해가 신록의 나무 그늘 사이로 보이는 연못 위에서 반짝였고, 황금빛 수면에서는 장난감처럼 작은 돛단배들이 가볍게 미끄러지고 있었다. 연인들이 팔짱을 끼고 웨스트 59번가를 거닐고 있었는데 여성들은 밝은 색 양산을 들고 남자들은 손에 지팡이를 쥐고 있었다. 나는 생각했다. 와, 여기보다 더 살기 좋은 곳은 없을 거야! 우린 왜 여기 살지 않는 거지? 이렇게 멋지고 근사한데?

"윌 헨리." 박사가 뒤에서 불렀다. 몸을 돌리자 그가 셔츠를 벗고 손에는 포도주색 크라바트를 든 채 서 있었다. "내 크라바트는 어디

---

* 원통을 납작하게 눌러 놓은 모양의 챙 없는 모자.

있지?"

"저기…… 어, 지금 손에 들고 계신데요, 박사님."

"이거 말고 검은색 크라바트! 집을 나서기 전에 그걸 챙겨야 한다고 단단히 당부했잖니. 내가 확실히 기억하고 있다만."

"말씀하신 대로 챙겼어요, 박사님."

"가방에 없는데?"

"분명히 거기 있어요, 박사님."

나는 금방 크라바트를 찾아냈다. 그는 내가 그것을 뒷주머니에서 꺼내기라도 한 양 와락 낚아챘다.

"너는 왜 옷을 갈아입지 않는 거냐, 윌 헨리?" 그가 짜증을 내며 말했다. "한 시간도 안 남았다."

"죄송해요, 박사님. 전 몰랐어요. 그런데 뭐가 한 시간도 안 남은 건데요?"

"그리고 그 까치집 같은 머리도 제발 좀 빗어라." 그가 퀭한 눈으로 흐트러진 머리칼을 손가락으로 마구 빗어 넘기면서 덧붙였다. "몰골이 형편없구나."

학회가 시작되기 전날 밤에는 4번가에 있는 찰스 델모니코 레스토랑의 대연회장에서 피로연이 열렸다. 딱히 의무적으로 참석할 필요가 있는 것은 아니었으나 그 자리에 모습을 드러내지 않는 회원은 드물었다. 마실 것과 먹을 것이 풍족히 제공되는 데다 공짜 술의 유혹에 저항할 수 있는 괴물학자는 거의 없었기 때문이다. 피로연에는 늘 악단이 고용되어 최신 유행음악을 연주했고(올해는 「파도를 넘어서」와 「그 모자를 어디서 구했어요?」였다.), 그것은 여성의 참석이 허용되는—공식적이든 비공식적이든—유일한 행사이기도 했다(최초의 여성 괴물학자인 메리 휘튼 캘킨스는 1907년이 되어서야 협회에 가입할 수 있었다.). 연회에 부인을 데려온 괴물학자는 절반도 되지 않았다. 내 스승처럼 대부분의 괴물학자가 평생을 독신으로 보냈기 때문이다. 여성에게 관심이 없거나 아니면 여성을 혐오해서가 아니었다. 그보다 그들은 오로지 자연과학에만 정신이 팔려 위험을 자진해서 쫓아다니는 이들이었고, 안락한 응접실 벽난로와 가족, 가정의 행복을 지키는 데 필요한 끝없는 요구란 생각만 해도 진저리가 나는 것이었다. 무엇보다 그들은 펠리노어 워스롭과 마찬가지로, 그 진정한 얼굴을 영원히 엿볼 수 없는 요녀(妖女)와 오래전부터 사랑에 빠져 있었다.

우리가 모자와 외투를 벗기도 전에 한 작달막한 남자가 옹기종기 모인 사람들을 헤치고 다가왔다. 검은 연미복과 조끼, 검은 바지에 높고 빳빳한 칼라가 달린 흰 셔츠 차림에 작은 키를 3센티미터 이상 높여 주는 맞춤 구두를 신고 있었다. 콧수염은 왁스를 발라 끝을 동그랗게 말아 올렸다.

그는 정통 유럽식으로 워스롭을 맞이했다. 그는 파상 라 비즈, 즉 박사의 양쪽 뺨에 쪽쪽 입맞춤을 하고는 말했다. "펠리노어, 몽 셰라미, 내 친애하는 친구, 안색이 영 시원찮구먼." 그의 춤추는 듯한 검은 눈동자가 나를 향했다.

"다미앵, 이쪽은 내 조수 윌 헨리라네." 박사가 동료의 말을 못 들은 척 말했다. "윌 헨리. 이분은 다미앵 그라부아 박사다."

"만나서 반갑구나." 그라부아가 내 손을 꼭 쥐었다. "코망 바투?"

"네?"

"'안녕. 잘 지내고 있니?'라고 묻는 거다." 워스롭이 일러 주었다.

"그러면 너는 '사 바 비엥.'이라고 대답하는 거야. '잘 지내고 있어요.'라는 뜻이지. 아니면 '파 말.', '그럭저럭요.'라고 말해도 되지. 아주 예의 바르게 행동하고 싶다면 '비엥, 에 부?'라고 물으면 되고."

그래서 나는 마지막 제안에 따르려고 했지만, 내 발음이 어색해서인지 아니면 절박한 시도 때문인지 그는 낄낄거리며 웃더니 괜찮다고 안심시키려는 듯이 내 어깨를 토닥였다.

"파 드 쿠아, 무슈 헨리. 라 쇼즈 상 르메드,* 어차피 넌 미국인이니까."

그라부아는 다시 워스롭에게 관심을 돌렸다. "소식은 들었나?" 그는 짓궂은 웃음을 지었다. "정말 불쾌한 일이 아닌가, 모나미, 충격적이야!"

"뭐가 얼마나 충격적인지 부디 내게도 좀 알려 줬으면 좋겠군, 그라부아." 박사가 대답했다.

"신뢰할 만한 소식통에 의하면 우리 존경하옵는 회장님께서 마지막 날 우리를 아주 깜짝 놀랠 계획이 있다고 하더군."

"정말인가?" 워스롭이 눈썹을 추켜세우며 놀랍다는 듯이 물었다. "어떻게?"

"신화 속 존재들을 괴물학 사전에 포함시킨다는 거야!"

---

* 프랑스어로 "괜찮다, 헨리 군. 그건 방법이 없어."

그라부아는 워스롭이 이 "소식"에 경악하기를 기대하며 짐짓 우쭐거리는 미소를 지었다.

"글쎄." 워스롭이 잠시 뜸을 들이다가 말을 이었다. "그렇다면 우리도 대책을 세워야겠군. 안 그런가? 실례하네, 다미앵. 미안하지만 오늘 하루 종일 아무것도 먹질 못해서."

우리는 산더미 같은 음식이 쌓여 있는 기다란 뷔페 식탁에서 접시를 채우기 시작했다. 그렇게 많은 음식이 한 자리에 모여 있는 것을 본 건 생전 처음이었다. 훈제연어와 생굴, 치킨검보와 완두콩 퓌레, 물렁게와 게르치 찜, 양 어깨살, 국수와 소고기조림, 메추라기찜과 에스파뇰 소스를 뿌린 쇠오리, 버섯 구이와 완두콩을 곁들인 비둘기고기, 속을 채운 가지, 토마토 스튜, 버터에 데친 파스닙 케이크, 크림에 익힌 해시브라운 감자……. 나는 박사가 머리를 뒤로 젖히고 생굴을 삼키는 모습을 보며 그도 나처럼 히코리 나무껍질과 쓰디쓴 석송, 그리고 매운 냉이의 맛을 떠올리고 있는지 궁금했다. 얼마 전에 지독한 굶주림을 경험한 내가 이런 풍요의 뿔*을 마주하고 더 왕성한 식욕을 느꼈을까? 아니, 그렇지 않다. 오히려 그 반대였다. 그것은 내게 역겨울 정도로 지독한 불쾌감을 가져다주었다. 화가 치밀어 올랐다. 나는 화려하게 장식된 연회장을, 영국에서 가져온 거대한 샹들리에와 이탈리아산 고급 벨벳 커튼과 가격을 가늠할 수조차 없는 프랑스 예술품을, 온갖 값비싼 장신구를 뽐내며 근사하게 차려입은 파트너에게 안겨 외국산 비단 드레스 자락으로 바

* 그리스 신화에 나오는 '무한한 음식이 채워지는 뿔로 된 잔'을 가리킨다.

닥을 쓰는 여성들을, 그리고 손에 든 쟁반을 높이 쳐들고 그 사이를 날렵하게 돌아다니는 제복 입은 종업원들을 바라보며 속이 뒤틀리는 것을 느꼈다. 인간의 발자국 하나 없는 광활한 야생림, 하늘을 찌를 듯이 곧추선 나무 꼭대기에 못 박히듯 매달린 남자의 시신, 하얗게 얼어붙은 내장. 눈알이 사라진 텅 빈 눈구멍은 나보다 훨씬 더 많은 것을 보고 있었지만, 그런 나조차도 이 먹고 마시고 춤추며 말썽꾸러기 유명 인사들의 뒷담화나 하는 무지한 멍청이들에 비하면 훨씬 더 많은 것을 볼 수 있었다. 그때의 기분은 뭐라고 표현할 수가 없다. 그때 나는 어린아이에 불과했다. 그렇지만 나는, 내가 느낀 것은 조너선 호크의 꽁꽁 언 내장이 이 화려하고 눈부신 광경보다도 더 궁극적인 현실에 가깝다는 것이었다.

그때 친숙한 목소리가 나를 우울한 상념에서 끄집어냈다. 나는 고개를 들고 입을 떡 벌린 채 세상에서 가장 아름답고 찬란한 눈동자를 바라보았다.

"윌리엄 제임스 헨리, 이 고리타분한 노인네들 사이에 네가 있을 줄이야!" 뮤리엘 챈러가 외쳤다. 그녀는 가볍게 미소 지으며 박사에게 눈을 찡긋해 보였다. "안녕, 펠리노어." 그러고는 내게 말했다. "왜 그러니? 배가 고프지 않아?"

나는 손도 대지 않은 접시를 내려다보았다. "그런가 봐요."

"그렇다면 나와 함께 춤을 추는 영광을 주지 않겠니? 다음 춤 상대가 정해져 있지 않다면 말이야."

악단이 왈츠를 연주하기 시작했다. 나는 박사에게 간절한 눈빛을 보냈지만 그는 방금 물렁게에서 몹시 흥미로운 것을 발견하기라도 한 양 접시만 멀뚱히 응시하고 있었다.

“챈러 부인, 저는 춤을 출 줄 모르는데요…….” 내가 입을 열었다.

“그건 솔직히 말해서 여기 있는 다른 남자들도 다 마찬가지란다. 너는 아주 좋은 춤 상대가 될 거야, 윌. 저 사람들은 몬스트럼 호리발리스는 해부할 줄 알아도 투스텝은 못한다니까!”

그녀는 내 대답은 안중에도 없이 땀으로 흥건한 내 손을 잡고 물었다. “그래도 되겠죠, 펠리노어?”

뮤리엘은 나를 댄스 플로어로 이끌었고, 나는 시작부터 그녀의 발을 밟고 말았다.

“오른손은 여기에.” 그녀가 내 손을 자신의 등 뒤로 가져가며 말했다. “그리고 왼손은 이렇게 잡고. 자, 이제 나를 리드하려면 오른쪽에 살짝 힘을 주렴. 아니, 그렇다고 내 등뼈를 부러뜨리거나 녹슨 손수레처럼 나를 그렇게 세게 밀 필요는 없단다……. 어머, 넌 정말 타고난 춤꾼이구나, 윌. 정말로 한 번도 춤을 춰 본 적이 없어?”

나는 그렇다고 대답했다. 나는 그녀를 쳐다보지도 않고 고개를 계속 한쪽으로 돌리고 있었다. 왜냐하면 딱 내 눈높이에 그녀의 가슴이 있었기 때문이다. 은은한 향수 냄새가 느껴졌다. 나는 라일락 내음에 파묻혀 춤을 추었다.

아름다운 뮤리엘 챈러 부인과 내가 함께 추는 왈츠는 형편없었지만, 어딘가 우아함이 감돌고 있었다. 나는 사람들의 시선을 따갑게 의식하면서도 내가 춤을 추고 있다는 것을 금세 잊어버렸다. 회장 안의 모든 시선이 우리에게 집중되었고, 우리는 그들과는 완전히 딴 세상에서 춤을 추고 있었다. 그녀가 나를 부드럽게 돌렸을 때—솔직히 내가 춤을 리드했다고는 말 못 하겠다.—이리저리 움직이는 사람들 사이로 박사의 모습이 눈에 들어왔다. 그는 우리가 남겨 둔 뷔페 식탁 옆에서 우리를, 아니 그보다는 그녀를 바라보고 있었다. 그가 나를 보고 있었으리라고는 생각하지 않는다.

나는 그 순간이 지속되길 바라는 것만큼이나 어서 끝나기를 간절히 바라고 있었다. 뮤리엘이 손을 내밀고, 허리를 굽혀 절을 하고는 내게 고맙다고 말했다. 나는 서둘러 몸을 돌려 그녀처럼 아름답지는 않지만 나한테 익숙한 그의 곁으로 돌아가려 했지만 그녀가 내 앞을 가로막았다.

"진정한 신사라면 숙녀를 플로어 밖까지 에스코트해 주는 거야, 윌 헨리." 그녀가 빙긋 웃으며 말했다. "그렇지 않으면 홀로 남은 숙녀는 세상에서 가장 어색하고 창피한 퇴장을 해야 할 테니까 말이야. 자, 팔을 들렴. 팔꿈치는 구부리고. 이렇게."

그녀는 내 위팔에 가볍게 손을 얹었고, 우리는 당당한 모습으로 댄스 플로어에서 물러났다. 뷔페 테이블로 귀환하는 길에 그녀의 오른발을 밟은 것 같기도 했지만 나는 속으로 틀림없이 내 착각일 뿐이라며 애써 위안했다.

"윌 헨리, 너 얼굴이 왜 그러냐?" 박사가 말했다. "어디 아프니?"

"우아함을 타고난 아이네요, 펠리노어." 뮤리엘이 말했다. "자랑스러워해도 되겠어요."

"내가 왜 그걸 자랑스러워해야 하는 거지?"

"당신 양자잖아요?"

"우린 그런 관계가 아니오."

"그럼 아이가 안됐네요."

"그럴 필요 없어요. 이 분야에서 대단히 이름 높고 존경받는 분이 말씀하시길 이 아이의 아트칵이 독수리처럼 드높이 난다고 했거든." 박사가 어색한 미소를 짓더니 갑자기 화제를 바꿨다.

"남편은 어떻소?"

"존은 오늘 참석할 기분이 아니어서요."

"그래서 혼자 온 거요?"

"그래서 실망인가요, 펠리노어?"

"아니, 실은 당신을 여기서 볼 수 있어 기쁘군."

"아, 왠지 그다음에 모욕적인 말이 올 것 같은데요."

"존이 많이 나아졌다는 뜻일 테니까. 당신이 그를 버리고 다른 남자와 춤을 추러 올 정도라면 말이오."

"당신이 재미없는 이유가 유머 감각이 부족해서가 아니라는 거 알아요, 펠리노어? 그보다는 너무 뻔하다는 게 문제죠."

뮤리엘은 웃음기를 띠고 있었지만, 억지로 대화를 이어 가고 있었다. 그녀의 대꾸는 마치 캐릭터와 자기 자신을 분리할 수 없는 여배우가 하는 대사 같았다. 당연하게도 박사는 단번에 그녀의 난감한 기색을 눈치챘다.

"뮤리엘." 그가 말했다. "무슨 일이오?"

"아무것도 아니에요." 그녀가 그의 짙은 눈을 들여다보며 간절하게 말했다. "거기서 무슨 일이 있었는지 말해 줘요. 존은 기억이 나지 않는대요. 하지만 난 모르겠어요. 내가……."

"내가 알려 줄 수 있는 건 결과뿐이오. 나머지는…… 당신이 정말로 알고 싶어 하는 건…… 추측에 불과해요."

그녀는 그가 말을 잇기를 기다렸다. 몇 발짝 옆에서는 여전히 무도회가 한창 진행되고 있었다. 빙글빙글 돌아가는 형형색색의 혼란스러운 소용돌이들, 검은색과 흰색, 붉은색과 금색.

"그리고 나는 추측 같은 건 하지 않지." 박사가 덧붙였다.

"그이는 변했어요." 그녀가 말했다.

"그건 나도 알겠더군."

"겉모습을 말하는 게 아니에요. 물론 그것도 그렇지만…… 집에 돌아온 뒤로 식사를 한 번도 제대로 하질 못했어요. 음식을 먹으려고 시도는 하지만 삼키질 못하고 뱉어 내요. 그리고…… 몸을 씻으려고 하지도 않고요. 그이가 원래 얼마나 위생 관념이 철저한 사람인지 알죠, 펠리노어? 그런데 지금은 잠잘 때 몰래 목욕을 시켜야 해요. 하지만 그중에서도 최악은…… 이걸 어떻게 설명해야 할지 모르겠는데…… 그가 텅 비어 있다는 점이에요, 펠리노어. 몸은 여기 있지만…… 실제로는 여기 없어요."

"참을성을 가져요, 뮤리엘. 이제 겨우 3주일밖에 안 됐잖소."

그녀는 고개를 가로저었다. "그런 걸 말하는 게 아니에요. 난 그이의 아내예요. 난 캐나다로 떠났던 사람을 아주 잘 알아요. 그렇지만 거기서 돌아온 사람은…… 내가 전혀 모르는 사람이에요."

다미앵 그라부아가 불쑥 그녀의 옆에 나타났다. "오호라, 여기 있었군요!" 그가 다정하게 외쳤다. "부인을 잃어버린 줄 알았습니다!"

뮤리엘이 그의 밝게 빛나는 얼굴에 미소로 답했다. 그라부아는 그녀보다 5센티미터는 더 작았다.

"무슈 헨리가 나한테 춤을 신청했거든요." 그녀가 나를 놀리듯이 말했다. "실부 플레, 파르도네 무아."*

"비엥 쉬르,** 그렇지만 무슈 헨리가 내 데이트 상대를 훔치려는 터무니없는 시도를 계속한다면 결투 신청을 할 거요!"

그라부아는 박사를 돌아보았다. "펠리노어, 올해는 내가 내기 담당이라네." 그가 조끼 주머니에서 종이 한 장을 꺼냈다. "9시 20분, 1시 15분, 그리고 11시 30분이 남았어. 자네가 관심이 있으면……."

"그라부아, 내가 그런 걸 안 한다는 건 자네도 알잖나."

그는 어깨를 으쓱했다. 뮤리엘이 내 깜짝 놀란 표정을 보고는 명랑한 웃음을 터뜨렸다.

"패싸움 때문이란다, 윌. 매년 꼭 난장판이 되거든."

"아무래도 늦은 시간이 먼저 나가지." 그라부아가 말했다. "술이 들어가야 하니까."

"누가 싸우는데요?"

"실질적으로 전부. 시작하는 건 항상 독일 놈들이야." 그라부아가 코웃음을 쳤다.

"작년에는 스위스 대표단이었고." 뮤리엘이 말했다.

"정말 말도 안 되는 일이야!" 그라부아가 말했다. "스위스라니!"

"과학자들끼리 주먹다짐을 하는 것보다 더 한심한 일은 세상에 얼마 없단다, 윌 헨리."

---

* 프랑스어로 "미안해요, 이해해 주시겠죠?"

** 프랑스어로 "물론이지요."

난투극은 10시가 조금 넘은 시각에, 그라부아의 시계에 따르면(그는 올해의 시간 기록자이기도 했다.), 정확히 10시 23분에 시작되었다. 주세페 조반니라는 이탈리아 괴물학자가(후에 조반니 박사라고 주장한) 그리스 괴물학자의 파트너와 부딪쳐 그녀의 실크 드레스에 샴페인을 흘리게 만들었던 것이다. 그리스인은 이탈리아인의 실수에 대해 그의 머리에 주먹을 휘두르는 것으로 답하여 그의 코안경을 방 반대쪽으로 날려 보냈고, 그것은 밴더 잰던이라는 네덜란드 학자의 머리에 맞았는데 그는 그것이 자기 뒤에서 춤추던 (그라부아의 동료인) 프랑스 학자의 짓인 줄 착각하고는 손가락으로 그의 코를 튕겼다. 댄스 플로어는 즉시 아수라장이 되었다. 공중에 의자가 날아다니고 유리병과 술잔이 와장창 깨졌다. 남자들은 상대방의 몸을 두 팔로 껴안고 바닥을 종종거리며 새로 얻은 파트너의 등을 무력하게 콩콩 두들겼다. 악단은 아예 흥겹고 빠른 음악을 연주하기 시작했는데 나중에는 무대 위까지 쳐들어와 악보 스탠드를 붙잡고 서로의 머리를 향해 휘둘러 대는 과학자들을 피해 달아나야 했다. 종국에는 자칭 이 행사의 책임자라는 그라부아가 경찰을 불러야 했지만 경찰이 도착했을 즈음에는 모든 소동이 끝나 있었다.

"내기는 누가 이겼나?" 나중에 박사가 물었다.

"도저히 못 믿을 거야, 펠리노어." 그라부아가 말했다.

"자네가 이겼다네."

"기적이로군."

"존이 이 장면을 놓치다니 안타까운 일이야." 워스롭이 폐허가 된 연회장을 둘러보며 말했다. "존이 제일 좋아하던 연례행사였는데."

우리가 플라자 호텔로 돌아갈 때까지 박사는 한마디도 하지 않았다.

"지금은 가만히 있어라. 그렇지만 문 앞에서 살짝 뒤를 돌아보렴. 우리를 쫓아오는 사람이 있는 것 같구나."

나는 그의 말대로 호텔 입구에 도착했을 때에야 뒤를 돌아보았다. 5번로를 황급히 질러가는 사람이 보였다. 스무 살가량의 젊은이가 중산모를 귀 아래까지 깊숙이 눌러쓰고 있었다. 허름한 검은 재킷과 다 해져서 올이 드러난 바지를 입고 있었는데 무릎 부분은 얼마나 해졌는지 안이 비쳐 보일 정도였다.

"누구예요?" 나는 박사에게 물었다.

"뉴욕에 있는 내 그림자지." 그는 이렇게 대답하고는 입을 꾹 다물었다.

17장

"이히 하베 디히 아우즈 페르미스트."*

괴물과학연구발전 협회, 비공식적으로는 "협회"라고 불리는 단체의 본부는 브로드웨이와 23번가가 만나는 모퉁이에 자리 잡고 있었다. 좁은 아치 모양의 창문과 현관, 하늘 높이 솟은 소탑이 딸린 신(新)고딕 양식의 웅장한 건물로, 처마 끝 돌림띠에는 으르렁거리는 가고일이 앉아 있었다. 원래는 오페라하우스였는데 1842년에 회사가 파산하면서 협회에 건물을 매각한 뒤로 협회는 그들의 독특한 필요에 맞춰 건물을 수리해 사용하고 있었다.

오페라하우스의 주 공연장은 강의실과 대회장으로 탈바꿈했고, 대회장에서는 해마다 전 세계에서 모여든 괴물학자들의 총회가 열렸다. 2층과 3층에는 회의실과 관리사무실이 있었다. 4층은 층 전체

* 독일어로 "자네가 보고 싶었네."

를 하나로 연결하여 거대한 도서관으로 만든 다음 1만 6000권 이상의 서적들로 채웠다. 그중에는 기원전 48년에 율리우스 카이사르가 실수로 불태워 버린 알렉산드리아 도서관에서 구해 온 책들의 원본도 포함되어 있었다.

생전 처음 괴물학 학회에 참가한 나는 이 행사에 대한 지식이 전무했다. 내가 아는 것이라고는 내 스승이자 정신적 지주인 워스롭 박사가 이 연례행사를 마치 어린애가 성탄절 아침을 고대하듯이 손꼽아 기다렸다는 것뿐이었다. 1년에 한 번, 세상에서 가장 괴이하고 은밀한 학문을 연구하는 최고의 과학자들이 한자리에 모여 새로 발견한 사실과 방법론을 논하고, 무슨 이유에서인지 평범한 사람들은 존재하는지도 모를 생명체를 연구하는 데 일생을 바치기로 도모한 동료들과 떠들썩한 시간을 보내며 마음의 위안을 느꼈다.

어린아이라면 으레 그렇듯, 나도 내 스승의 열렬한 기대감을 보고 들으며 저절로 거기 감화되어 있었는지도 모른다. 그러나 혹여 존재했을지 모를 그런 부푼 기대감은 학회가 시작됨과 동시에 산산이 바스라지고 말았다. 학회가 열린 첫날, 나는 대회장에서 몇 시간 동안이나—점심시간도 30분이 채 되지 않았다.—연설에 대한 재능은 눈곱만큼도 없는 이들이 괴상하고 따분한 주제에 대해 역시 괴상하고 지루한 내용을 끝없이 늘어놓는 것을 참고 견뎌야 했다. 어떤 외국인 학자들은 모국어의 억양이 너무 심해서 무슨 말을 하는지 알아들을 수조차 없었다.

연례 총회는 일종의 출석 확인과 함께 개회되었다. 올해의 임시 회장이자 어젯밤 연회장에서 칠칠맞은 행동으로 소동의 도화선을 당긴 조반니 박사가—눈은 시퍼렇게 멍들고 코에는 커다란 반창고가 붙어 있었다.—연단에 서서 침울한 표정으로 손에 든 기다란 종이를 보며 차례대로 이름을 불렀다. 그러면 회장 곳곳에서 "네!"라는 대답이 들리거나 때로는 아무 대답도 돌아오지 않았다.

나는 연단이 환히 내려다보이는 곳에서 그 광경을 지켜보았다. 아니 그보다는 감내했다. 우리는 박사의 특별 박스석에 마련된 헐어 빠진 긴 의자에 앉아 있었다. 3대에 걸쳐 괴물학의 대의에 헌신한 워스롭 가문을 위해 협회가 특별히 헌정한 자리였다. 마침내 오전 10시쯤 명단의 이름이 F에 도달했을 무렵에는 박사는 따분함을 견디지 못하고 의자에 거의 드러눕다시피 늘어져 있었다. 나는 그에게 부족한 수면을 보충할 절호의 기회라고 넌지시 제안했지만—그는 어젯밤에 잠을 잘 이루지 못했다.—내 은근한 권유는 단번에 무시되었다.

잠시나마 좌중이 술렁거린 순간이 있다면 협회의 회장인 아브람 폰 헬룽 박사가 다음 날까지 참석하지 못할 것이라는 선언과 함께 그의 부재에 대해 아무런 추가 설명도 제공되지 않았을 때였다. 그들의 세계를 통째로 뒤엎을 거대한 사건이 일어날 것이라는 소문이 이미 흉흉하게 돌고 있었다. 이번 주말에 폰 헬룽 박사가 기상천외한 폭탄을 던져 그들 학문을 기저에서부터 뒤흔들 제안을 하리라는 내용이었다. 워스롭 박사는 해당 사안에 대해 그의 속내를 떠보려는 몇몇 배짱 두둑한 동료들에게 퉁명스러운 응수로 일관했고, 그 뒤에 즉각적으로 따라붙은 또 다른 소문에 대해서도 확인해 주기를 거부했다. 그것은 폰 헬룽이 예의 그 경악스러운 내용의 발제를 마치자마자 그의 옛 제자이자 저명한 동료 괴물학자인 펠리노어 워스롭이 반론을 제기할 것이라는 소문이었다.

우리는 저녁 6시쯤 호텔방으로 돌아왔다. 폰 헬룽 박사가 초대한 저녁식사 자리에 가기 전에 옷을 갈아입을 여유가 아직 한 시간쯤 남아 있었다. 어떤 자리에 참석하든 옷을 갈아입기에는 넉넉한 시간이었다. 그리고 전에도 말했듯이 박사는 원래 몸치장을 거의 경멸할 정도로 겉치레에는 무관심한 사람이었다. 그러나 그날 밤에는 이상하게도 까다로운 여인네처럼 구는 통에 그의 임시 시종인 나는 그의 짜증을 온몸으로 받아 내야 했다. 조끼에 주름이 졌다, 구두에 흠집이 나 있다, 크라바트가 삐뚤어졌다 등등. 내가 크라바트를 세 번째로 매려 하자 그가 내 손을 거칠게 밀쳐 내며 외쳤다.

"신경 쓰지 마라! 내가 할 테니까!"

식사 때 지켜야 할 에티켓에 대한 지겨운 설교는 또 어떻고.

"항상 허리를 펴고 똑바로 앉아야 한다. 말끝마다 '부탁합니다'와 '감사합니다'라고 붙이는 거 잊지 말고. 뭘 부탁할 때는 꼭 '해도 될까요?'라고 물어봐야 한다. 상대방이 말을 걸었을 때에만 대답하고."

"핑거볼의 목적과 기능은……." 기타 등등 기타 등등.

다행히도 스칼라가 정확히 7시 15분에 도착한 덕분에 설교는 거기서 중단되었다. 스칼라는 웅얼거리는 목소리로 박사에게 저녁 인사를 하고는 뒤도 돌아보지 않고 곧장 밖으로 나가 버렸다. 한 손은 줄곧 피코트 주머니 안에 쑤셔 넣은 채였다. 어쩌면 가랑이 사이를 주물럭거리고 있을지도 모른다는 생각이 들었다.

건물을 나서는데, 박사가 나지막이 끙 하고 괴로운 소리를 냈다. 그를 괴롭히는 근심의 근원을 찾아 주위를 둘러보자 어젯밤에 본 초라한 차림새의 사내가 공원으로 이어지는 59번가 입구에서 얼쩡거리고 있는 게 보였다.

스칼라의 거대한 체구가 자리를 잡자 마차가 크게 요동쳤다. 채찍 소리가 공기를 갈랐고, 우리는 목이 부러질 것 같은 엄청난 속도로 5번로를 따라 남쪽으로 달리기 시작했다. 스칼라는 우리의 앞길을 가로막는 모든 이들에게, 방금 전까지만 해도 길을 건너는 것이 목숨을 위협받아 마땅한 짓인 줄은 꿈에도 몰랐던 행인들에게 고함과 욕설을 마구 퍼부어 댔다.

다행히도 우리의 여정은 아주 짧았다. 폰 헬룽의 4층 저택은 5번로와 51번가가 만나는 모퉁이에 있었다. 그럼에도 마차가 멈췄을 때 나는 온몸이 두들겨 맞은 것처럼 기진맥진해 있었고 셔츠 밑에서는 심장이 격렬하게 도리질 치고 있었다.

아우구스틴 스칼라와 견줘도 손색이 없을 만큼 건장한 체구의 흑인이 우리를 현관에서 맞이했다. 그는 자신을 바솔로뮤 그레이라고 소개하며 박사에게 뭐든 분부만 내려 달라고 말했다. 그러고는 당당하고 느긋한 걸음걸이로 우리를 잘 꾸민 응접실로 안내했다.

우리가 응접실에 들어가자마자 집주인이 한달음에 방을 가로질러 다가왔다. 그는 가슴이 두툼하고 땅딸막한 사내로, 짧고 두꺼운 다리와 작고 민첩한 발을 갖고 있었다. 크고 네모난 머리 꼭대기에는 폭발이라도 한 것 같은 부드러운 백발이 얹혀 있었고 덥수룩한 눈썹 아래에는 짙은 사파이어색 눈동자가 반짝거리며 광채를 발하고 있었다. 혈색 좋은 뺨은 오랜 친구이자 옛 제자를 만난 솔직한 기쁨으로 달아올랐다. 나는 그가 무뚝뚝하고 감정을 잘 드러내지 않는 내 스승을 힘껏 끌어안고는 빳빳하게 풀을 먹인 조끼 위로 얼굴을 부비는 모습을 멀뚱히 바라보았다. 충격적인 일은 거기서 끝이 아니었다. 워스롭이 몸을 구부리더니 키 작은 스승의 등 뒤로 길고 야윈 팔을 둘러 포옹을 돌려주었던 것이다!

폰 헬룽이 눈물을 글썽이며 정답게 속삭였다. "펠리노어, 펠리노어, 마인 리버 프로인드,* 정말 오랜만일세, 이히 하베 디히 페르미스트!"

"마이스터 아브람." 괴물학자가 애정이 담뿍 담아 중얼거렸다. "이히 하베 디히 페르미스트, 두 지스트 구트 아우스.**"

"오, 아니야, 아니야." 폰 헬룽이 강한 오스트리아 억양으로 부인했다. "에스 이스트 니히트 바어,*** 난 이제 늙었다네, 펠리노어. 세상에 머물 날도 얼마 남지 않았지. 하지만 당케, 고맙네."

그의 반짝이는 눈동자가 나를 향하더니 기쁨의 미소가 돌아왔다.

"이쪽이 그 유명한 야생의 정복자 윌리엄 헨리로구나! 네 이야기를 아주 많이 들었단다."

나는 고개를 숙여 절하고 손을 내밀며 박사가 가르친 인사말을 정성스럽게 읊었다. "만나 뵙게 되어 영광입니다, 헤르 폰 헬룽 박

---

* 독일어로 "내가 사랑하는 친구."

** 독일어로 "좋아 보이네요."

*** 독일어로 "사실이 아닐세."

사님.”

“오, 아니, 아니야. 이러면 안 되지!” 폰 헬룽이 탄식했다. 그는 내가 내민 손을 무시하고는 나를 품 안 깊숙이 힘껏 끌어안고 내 폐에서 공기를 꾹꾹 짜냈다. “내가 오히려 영광이란다, 헨리 군!”

그러고는 나를 놔주었다. 나는 힘들었다는 듯이 길게 한숨을 내쉬었다. 폰 헬룽은 한참 동안 내 눈을 지그시 바라보았다. 그의 명랑한 태도가 갑자기 무겁게 가라앉았다. “나도 네 아버지와 아는 사이였다. 아주 용감하고 충직한 사람이었지. 너무 젊은 나이에 세상을 뜨긴 했지만, 용감하고 충직한 이들이 수도 없이 그러지 않았더냐! 정말 가슴 아픈 일이다. 참 안됐어. 그 소식을 듣고는 나도 울었지. 너희 아버지가 마인 프로인드 펠리노어에게 얼마나 중요한 존재인지 잘 알고 있었거든. 운제레 헤르첸 진트 아인스*, 그의 눈물은 곧 나의 눈물이고, 그의 상심은 곧 우리의 상심이란다! 눈이 아버지를 꼭 닮았구나. 이렇게 보니 알겠어. 그리고 아버지의 용기와 대담함도 물려받았겠지. 소문을 들었단다. 그분에 대한 추억을 간직하렴, 마인 윰게, 아이야. 네 아버지처럼 네 스승님을 섬기렴. 그러면 네 아버지가 천국에서 미소 띤 얼굴로 너를 내려다볼 게다!”

그때, “천국”이라는 말이 신호라도 되는 것처럼 갑자기 머리 위 복도에서 뭔가 우당탕탕 몰려오는 소리가 났다. 마치 거대한 군단이 계단 아래로 한꺼번에 달려 내려오는 것 같은 소리였다. 그러더니 우리들 앞으로 흰 레이스와 녹색 벨벳의 폭풍우가 휘몰아쳐 들

---

* 독일어로 “같은 마음일세.”

어왔다. 둥근 얼굴 뒤로 칠흑 같은 검은 곱슬머리를 붉은색 리본으로 질끈 당겨 묶은 어린 소녀였는데, 나보다 한두 살가량 많아 보였고, 폰 헬룽 박사처럼 눈이 시릴 정도로 새파란 눈을 갖고 있었다.

거센 폭풍처럼 응접실로 쳐들어온 그녀는, 우리를 보자마자 못지않게 급작스러운 속도로 우뚝 멈춰 섰다. 그렇지만 이내 당혹감을 수습하고는 폰 헬룽을 쳐다보며 외국어 억양이 전혀 섞이지 않은 낭랑한 목소리로 분개하며 소리쳤다.

"벌써 왔잖아요! 왜 절 안 부르신 거예요?"

"방금 도착했단다, 마인 클라이너 리블링, 귀여운 아가야." 폰 헬룽이 차분하게 달랬다. "워스롭 박사, 내 종손녀를 소개하네. 이 아이는……."

"베이츠예요." 소녀가 워스롭에게 손등을 내밀며 말했다. 그는 우아한 동작으로 작은 손을 잡고는 허리를 숙이고 살짝 입술을 가져다 댔다. "릴리언 트럼불 베이츠예요, 펠리노어 워스롭 박사님. 전 당신이 누군지 알아요."

"그런 것 같군요." 박사가 말했다. 그는 나를 향해 고개를 끄덕여 보였다. "베이츠 양, 내가 소개를 해도……."

"윌리엄 제임스 헨리죠." 그녀가 재빨리 말을 받더니 짙고 강렬한 푸른 눈으로 나를 훑어보았다. "줄여서 '윌'이라고 부르고요. 넌 워스롭 박사님 제자지?"

"안녕." 나는 소심하게 인사를 건넸다. 그녀는 나를 너무나도 빤히 쳐다보고 있었다. 나는 첫 만남부터 그녀에게 주도권을 빼앗긴 셈이다.

"할아버지가 나랑 비슷한 나이라고 했는데, 정말 그런 거면 너 진짜 조그맣구나? 몇 살이니? 난 열세 살이야. 2주일 후면 열네 살이 되지. 어머니가 그러는데 난 이제 데이트도 할 수 있대. 난 나이 많은 남자가 좋은데 어머니는 나이가 너무 많으면 교제를 허락해 주지 않을 거라고 하셔."

그녀는 말을 멈추고는 내가 대답하기를 기다렸지만 나는 아직도 어안이 벙벙해 정신을 못 차리고 있었다.

"넌 학교에 다녀? 아니면 집에서 워스롭 박사한테서 배워?"

"양쪽 다 아니야." 나는 엉겁결에 비명을 지르듯이 대답했다. 내가 듣기에도 창피할 정도로 높고 계집애 같은 소리였다.

"정말? 왜? 너 바보니?"

"릴리." 할아버지가 그녀를 나무랐다. "윌 헨리는 우리 손님이란다." 그는 릴리의 어깨를 다정하게 토닥이고는 내 스승에게 말했다. "이리 오게, 펠리노어. 여기 내 옆에 앉게나. 아주 좋은 아바나산 시가가 있어. 옛 추억을, 그리고 흥겹고 즐거운 새 이야기를 나누세!" 그런 다음 그는 종손녀에게 말했다. "릴리, 마인 클라이너 리블링, 윌리엄을 네 방에 데리고 가서 네 생일 선물을 구경시켜 주지 그러느냐? 저녁식사가 준비되면 부르마."

박사(시가를 피우지 않는)와 내가(릴리언 트럼불 베이츠의 침실을 그다지 보고 싶지 않은) 미처 항변을 하기도 전에 나는 어느새 응접실 밖으로 끌려 나가, 계단을 지나, 그녀의 방에 내던져졌다. 릴리는 문을 쾅 닫고 걸쇠를 채운 다음 캐노피 침대 위로 나를 밀어 눕혔다. 몸을 돌리자 그녀가 옆에서 인형처럼 동그란 얼굴을 손바닥으로 받친 채 섬세한 눈썹 아래에서 피에로 라로세의 심장을 꺼내 들고 그것을 바라보던 박사와 똑같은 표정으로 나를 쳐다보고 있었다.

"너도 괴물학자가 되려고 공부하고 있는 거지?" 그녀가 말했다.

"응, 아마도."

"아마도? 자기가 뭘 하는지도 몰라?"

"내가 결정한 게 아니거든. 내가 박사님 밑에서 일하고 싶다고 부탁한 것도 아니고."

"그럼 네 아버지가 박사님한테 부탁한 거야?"

"우리 아버진 돌아가셨어. 아버지가 박사님 밑에서 일했고. 그래서 아버지가 돌아가셨을 때……."

"그럼 너희 엄마는? 어머니도 돌아가셨어? 너 고아야? 오, 그럼 넌 올리버 트위스트인 거구나! 워스롭 박사가 패긴이고!"

"그보단 브라운로*라고 생각하는데." 내가 말했다.

"난 디킨스가 쓴 소설은 다 읽었어!" 릴리가 뽐내듯이 말했다. "『위대한 유산』 읽어 봤니? 내가 제일 좋아하는 책이야. 난 항상 책을 읽어. 사실 책을 읽는 거 말고는 거의 아무것도 안 해. 그리고 자전거 타는 거하고. 너 자전거 타는 거 좋아하니, 윌? 난 일요일마다 자전거 타러 가는데, 릴리언 러셀**을 일곱 번이나 봤다? 남자친구인 다이아몬드 짐 브래들리랑 같이 금색 자전거를 타고 있었어! 다이아몬드 짐 브래들리가 누군지는 알아? 그 사람 완전 유명한데. 엄청

---

* 『올리버 트위스트』에서 소매치기 두목 페긴에 의해 범죄의 길로 내몰리던 올리버는 브라운로를 만나 새 삶을 살게 된다.

** 19세기 최고의 인기를 구가하던 여배우.

나게 잘 먹어. 한번은 아침으로 달걀 네 개랑 팬케이크 여섯 장, 포크찹 세 덩어리, 머핀 다섯 개, 비프스테이크랑, 거기다 오렌지 주스 4리터를 통째로 마시는 것도 봤어. 그 사람은 그걸 '황금 넥타르'라고 부른대.

아브람 할아버지가 그 사람을 알거든. 할아버지는 모르는 유명 인사가 없어. 버펄로 빌 코디랑도 아는 사이야. 나도 2년 전에 런던에서 그 사람이 하는 와일드 웨스트 쇼를 보러 갔지. 그때 여왕님도 왔다? 난 여왕님이랑도 아는 사이야. 빅토리아 여왕님 말이야. 할아버지가 날 여왕님한테 소개해 줬거든. 할아버지는 정말 모르는 사람이 없어. 클리블랜드 대통령하고도 아는 사이야. 나도 백악관에서 클리블랜드 대통령이랑 만난 적 있거든. 같이 차를 마셨지. 대통령한테는 사생아가 있는데, 유부남이라서 진짜 사랑하는 사람이랑 같이 살 수가 없대. 이름은 마리아야."

"누가 마리아라고?" 내가 물었다. 나는 도무지 그녀의 이야기를 따라갈 수가 없었다. "그 사생아?"

"아니, 대통령이 진짜 사랑하는 사람 말이야. 딸 이름은 몰라. 아마 딸이었던 것 같아. 넌 외동이니, 윌?"

"응."

"그럼 넌 정말 아무도 없겠구나."

"박사님이 계셔."

"그리고 그분한테도 아무도 없고. 나도 그건 알아. 존 챈러가 그분이 사랑하는 사람이랑 결혼했거든."

"난 잘 몰라…… 그런 말씀은 하신 적이 없어서……. 그렇지만 박사님이 사랑에 빠진다는 것 자체가 잘 상상이 안 가." 나는 원시림에서 박사가 호크 경사에게 한 말을 떠올렸다. "그분은 여자랑 남자는 완전히 다른 종이래."

"그분이라면 진짜로 그렇게 말했을 거 같아." 릴리가 말하더니 코웃음을 쳤다. "옛날에 있었던 일을 생각하면 말이야."

"무슨 일이 있었는데?"

"왜, 너도 알잖아! 박사님이 말 안 해 줬어? 너 박사님 제자라며?"

"두 분이 약혼한 사이였다는 건 알아. 그런데 박사님이 다리에서 떨어져서 심하게 앓았고, 그래서 그녀랑 챈러 박사가 만나게 됐……."

릴리가 고개를 뒤로 젖히고는 깔깔거리며 웃음을 터뜨렸다.

"난 박사님이 하신 말씀을 그대로 말한 것뿐이야." 나는 경솔하게 행동했다는 생각에 부끄럽고 화가 났다. 그것은 박사님이 자랑스러워할 만한 과거가 아니었고, 내가 다른 사람에게 말했다는 걸 알기라도 한다면 역정을 낼 터였다.

"생일 선물 보여 준다고 하지 않았어?" 나는 화제를 바꾸려고 말했다.

"맞다! 생일 선물! 깜빡했네." 릴리가 침대에서 뛰어내리더니 침대 밑으로 반쯤 기어 들어가 선물을 꺼내 왔다. 두껍고 묵직해 보이는 책이었는데, 그녀는 그것을 우리 둘 사이에 툭 내려놓았다. 가죽 장정에 화려한 장식체로 제목이 새겨져 있었다. '콤펜디아 엑스 호렌다 말레피키이(흉악범죄 모음집).'

"이게 뭔지 알아?" 그녀가 물었다. 노골적인 도전이었다.

가슴이 덜컹 내려앉았다. 나는 숨을 크게 내쉬며 대답했다. "그런 것 같아."

"할아버지가 나한테 이걸 준 걸 알면 어머니는 할아버지를 죽이려고 할 거야. 우리 어머니는 괴물학을 증오하거든."

그녀는 쉴 새 없이 얇은 종잇장을 넘겼다. 인체 내부를 그린 징그러운 그림들과 잘린 팔다리, 토막 난 머리가 보였다. 비웃는 듯한 미소를 띤 해골은 전두골과 두정골이 조각조각 분해되어 있었다. 거대한 애벌레와 구더기처럼 보이는 구불구불한 내장, 여자 시신의 앞면과 뒷면, 벽에서 가늘게 말려 떨어지는 페인트칠 조각처럼 황폐한 필멸의 성전에서 반쯤 벗겨진 피부 안쪽에는 힘줄과 근육이 드러나 있었다. 낱장을 넘길 때마다 섬뜩할 정도로 실물과 똑같은 인간의 참혹한 모습이 나타났고, 릴리는 그 위로 바짝 몸을 기울이고 있었다. 콧구멍이 벌름거리고 뺨에는 홍조가 돌았으며, 두 눈은 병적인 관음의 환희로 반짝거렸다. 그녀의 머리칼에서는 재스민 향이 났는데, 그 향기로운 내음과 징그러운 그림의 기괴한 부조화 때문에 머리가 아찔할 정도였다.

"여기 있다!" 그녀가 속삭였다. "내가 제일 좋아하는 거야."

그녀가 손가락으로 종이를 톡톡 두드렸다. 그것은 젊은 남성의 알몸 시체로, 레오나르도 다빈치의 유명한 인체 비례도를 흉내 낸 것이었다. 팔다리는 옆으로 벌어져 있고, 머리는 소리 없는 비명을 지르며 뒤로 젖혀져 있었다. 배 밖으로 촉수인지 뱀인지(아니면 그의 내장일 수도 있었다.)가 꼬물거리며 튀어나와 있었다. 천만다행으로 릴리는 자신이 왜 하필 그 그림을 좋아하는지 설명하지 않았다. 그저 그 끔찍한 그림에 경탄하며 반짝이는 두 눈으로 그것을 뚫어져라 바라보고 있을 뿐이었다. 그녀가 고개를 들었다. 아래층에서 나는 소리 때문이었다.

"두 분이 싸우고 있어." 그녀가 말했다. "저거 들려?"

들렸다, 박사의 공격적인 목소리와 폰 헬룽의 고집스러운 대답이.

"구경하러 가자." 그녀가 책을 탁 닫았다. 나는 생각할 겨를도 없이 그녀의 팔을 붙잡았다.

"안 돼!" 나는 반대했다. "저런 걸 훔쳐보면 안 돼."

"그 사람 싫어해?"

"누구?"

"워스롭 박사 말이야. 박사님이 네 적이야?"

"아니."

"그럼 넌 훔쳐보는 게 아니야. 훔쳐본다는 건 네가 싫어하는 사람일 때만 해당되는 거라고."

"어쨌든 난 훔쳐볼 필요가 없어." 나는 재빨리 머리를 굴렸다. "두 분이 뭣 때문에 다투는지 알거든."

릴리는 눈을 가늘게 뜨고 나를 지그시 응시했다. "두 분이 뭣 때문에 다투는데?"

나는 그녀와 눈을 마주칠 수가 없었다. 그래서 고개를 떨어뜨리고는 조용하게 말했다. "오래된 존재 때문이야."

내가 성급하게 자백을 내뱉은 이후, 이제 그녀를 막을 수 있는 것은 문자 그대로 아무것도 없었다. 릴리는 내 격렬한 항의에도 불구하고 살금살금 계단을 내려가 난간에 조심스럽게 몸을 기댔다. 귀를 쫑긋 세우며 고개를 한쪽으로 기울이자 곱슬머리가 흘러내렸다. 굉장히 연극적인 동작이었다. 두 명의 괴물학자가 퀸스 가까지 들릴 정도로 쩌렁쩌렁한 목소리로 말다툼을 하고 있었다.

"……부끄러운 줄 아십시오, 마이스터 아브람." 박사가 외쳤다. "그런…… 그런 딴따라의 꼬임에 넘어가다뇨!"

"사실을 확인하기도 전에 결론부터 내리는군, 마인 프로인드."

"사실? 사실이라고 했습니까? 그게 뭡니까? 다른 생명체의 피로 연명하는 살아 있지도 죽어 있지도 않은 존재요? 안개와 박쥐와 늑대로 변신하는 존재 말입니까? 왜, 닭과 돼지로도 변신하라지, 안될 건 또 뭐랍니까? 관 속에서 잠을 자고 달이 뜨면 눈을 뜬다고요? 그게 당신이 말하는 '사실'입니까, 마이스터 아브람?"

"펠리노어, 뱀파이어 전설은 자그마치 수백 년 동안……."

"늑대인간도 그렇죠. 하지만 우리는 그런 것들을 연구하지 않습니다. 아니면 다음번에는 정말로 그런 걸 들고 나오시려나요? 나중에는 요정들도 포함시키렵니까? 정말로 그럴지도 모르겠군요! 그래서 바늘귀 위에서 요정이 몇 마리나 춤을 출 수 있는지 토론이라도 벌이겠군요. 그보다 당신 어깨 위에 있는 텅 빈 공간에는 요정이 몇 마리나 들어갈지 토의를 하는 게 낫겠습니다!"

"자네가 내 가슴에 못을 박는군, 마인 프로인드."

"그리고 당신은 저를 모욕하고 있고요, 마인 마이스터. 제가 당신 밑에서 수학할 때 그런 의견을 주장했더라면 제 빰을 때리셨겠죠! 대체 왜 이러는 겁니까? 정신이 나간 겁니까? 술에라도 취했어요?

대체 무슨 광기가 당신을 이렇게 만든 겁니까?"

"자넨 나를 너무 과대평가하고 있어, 펠리노어. 나는 협회에 발의를 할 뿐이야. 결론은 총회의 결정에 달려 있다네."

"저는 죄 없는 두 사람의 죽음이, 그리고 또 다른 한 명이 목숨을 잃을 뻔한 사건이 모두 당신 책임이라고 생각합니다. 윌 헨리와 나는 셈하지도 않고 말입니다. 우리는 그런 위험을 무릅썼는데 박사님은 아무 거리낌도 죄책감도 보이질 않는군요."

"난 존한테 강요한 적이 없네. 그 친구가 가겠다고 나선 거야."

"그럴 필요도 없었겠죠, 이 능구렁이 노인네 같으니. 당신을 기쁘게 할 수만 있다면 그 친구가 기꺼이 간다는 것 정도는 뻔히 알고 있었잖아요."

"존이 그것에 대한 연구가 아직 제대로 이뤄진 적이 없다고 했어. 그가 가겠다고 우긴 건……."

박사가 큰 소리로 욕지거리를 내뱉었다. 두꺼운 카펫 위로 뭔가 무거운 것이 쿵 하고 떨어지는 소리가 들렸다. 내가 본능적으로 계단 아래로 뛰어 내려가려 하자 릴리가 나를 황급히 붙들었다.

"가지 마." 그녀가 속닥였다.

"신경 쓰지 말게." 폰 헬룽의 목소리가 들렸다. "다른 걸로 바꾸면 돼."

"존이 그렇게 된 건 다 박사님 책임입니다." 박사가 다시금 쏘아붙였다.

"그렇다면 내가 책임을 지도록 하겠네. 할 수 있는 일은 뭐든지 하지. 벌써 늦은 것 같긴 하지만."

"늦다니, 뭐가요?"

"그는 변하는 중이라네."

"이런 제기…… 세상이 미친 겁니까? 온 우주에 제정신인 사람이 이제 저 하나밖에 없는 건가요? 변하는 중이라니…… 그게 대체 무슨……? 아니! 말하지 마십시오. 그 단어를 꺼내면 다른 것도 깨뜨려 버릴 겁니다. 이번에는 당신의 그 머저리 같은 머리를 사용하도록 하죠."

"자네가 왜 화를 내는지 이해한다네."

"그래서요? 계획이 뭡니까? 그 친구를 최대한 오래 살려 뒀다가 렙토 루르코니스라고 사람들 앞에 전시라도 하려고요? 그런 다음에 심장에 은도금이 된 단도를 찔러 넣기라도 할 겁니까? 시체는 화장하고요? 그랬다간 내가 즉시 당신을 경찰에 넘길 겁니다. 극악무도한 살인죄로 체포돼서 목이 매달리는 꼴을 꼭 보고야 말 거라고요."

"자네도 사실을 인정해야……."

"또 사실! 아, 정말 끝내주는군. 다시 사실로 돌아왔군요." 워스롭이 신랄한 웃음소리를 냈다.

"가장 중요한 건, 내가 총회에서 무슨 내용을 발표한다고 자네가 믿고 있건 간에, 존이 죽을 거라는 거네. 내가 연단에 서기도 전에 말이야."

"왜 그런 말을 하는 겁니까?"

"왜냐하면, 그는 굶어 죽고 있으니까."

한참 동안 아무 소리도 들리지 않았다. 그러나 나는 박사가 지금 어떤 표정을 짓고 있을지 눈앞에 선하게 떠올릴 수 있었다.

"음식을 못 먹고 있는 겁니까?"

"먹지 않는 걸세. 우리가 주는 음식으로는 만족할 수가 없으니까."

릴리가 잇새로 다급한 소리를 내며 나를 다시 뒤로 끌어당겼다. 박사가 층계 밑에 불쑥 나타났기 때문이다. 그는 현관문을 향해 거의 달려가고 있었다.

"윌 헨리이이이이이이!" 그가 고함을 질렀다.

"펠리노어! 펠리노어! 마인 리버 프로인드, 어디 가는 건가? 제발, 이렇게 부탁하네만……."

땅딸막한 오스트리아인 괴물학자가 통통한 다리로 그의 뒤를 쫓아 나오며 외쳤다.

"제가 어디 가는지는 당신이 상관할 문제가 아닙니다, 폰 헬룽……. 하지만 말씀은 드리죠. 존한테 갑니다. 존을 보러 갈 겁니다." 그는 옛 스승을 피해 옆으로 내딛더니 내가 층계 위에 서 있는 걸 보고는 발을 멈췄다.

"냉큼 움직여라, 윌 헨리." 그가 으르렁거리며 말했다. "방문 시간은 끝났다."

"가면 안 되네, 펠리노어." 폰 헬룽이 말했다.

"이유가 뭡니까?"

폰 헬룽이 한숨을 길게 내쉬었다. "왜냐하면 존은 여기 있으니까."

박사의 몸이 뻣뻣하게 굳었다. 그는 폰 헬룽을 향해 다가가 내게 자주 쓰는 말투로, 단호하고 강경하며 반박의 여지가 전혀 없는 말투로 말했다. "안내하시죠."

존은 2층에서도 가장 구석에 있는 침실에 있었다. 릴리의 방과 문

네 개가 떨어진 방이었다. 폰 헬룽은 시간이 너무 늦었다며 릴리와 나만이라도 식당에 가서 저녁을 먹는 것이 어떻겠느냐고 제안했지만 워스롭은 들은 척도 하지 않았다. "윌 헨리는 저와 함께 갑니다." 그 말을 들은 릴리는 내가 간다면 당연히 자기도 같이 가야 한다며 항변했다. 너무 불공평하다는 것이었다. 하지만 폰 헬룽은 릴리의 저항을 깡그리 무시했다. 그는 내게는 아무 말도 하지 않았지만 릴리에게는 역정을 내며 당장 아래층으로 내려가라고 명령했다. 릴리는 그게 내 잘못이라도 되는 양 나를 무시무시한 눈으로 노려보고는 토라진 듯 두 팔을 축 내리고 층계를 한 칸씩 터벅터벅 무릎을 거의 직각으로 차올리며 내려가기 시작했다.

폰 헬룽은 나무문을 두 번 두드리고 잠시 뜸을 들였다가 다시 두 번을 두드렸다. 안에서 육중한 몸집이 방을 가로질러 걸어오는 발소리가 들리더니 이내 여러 개의 빗장이 차례대로 움직이는 소리가 들렸다. 문이 끼익 소리를 내며 열렸다. 문 반대편에 아우구스틴 스칼라가 솥뚜껑 같은 한쪽 손을 피코트에 찔러 넣은 채 서 있었다. 그는 고용주에게 말없이 고개를 끄덕이더니 옆으로 물러섰고, 우리는 그의 산채만 한 몸집을 스쳐 방 안으로 들어갔다.

좁고 초라한 방이었다. 침대 하나, 옷장 하나, 세면대와 작은 창문 하나, 그리고 벽난로 안에는 검게 그을린 장작 몇 개비가 남아 있었다. 벽난로 선반 위에 놓인 등잔이 뿌린 그림자가 어두운 카펫 위에서 가늘게 떨며, 단조로운 벽지 위에서 안절부절하고 있었다. 마치 컴컴한 동굴 속에 들어와 있는 것 같았다. 빨갛게 부어오른 챈러의 입술은 살짝 벌어져 있었는데, 방 반대편에서도 그의 쌕쌕거리는 숨소리가 들릴 정도였다.

“어째서 여기로 데려온 겁니까?” 박사가 조용히 물었다.

“우리가 보기엔 그게 최선인 것 같았네.” 폰 헬룽이 대답했다.

“우리라고요?”

“챈러의 가족과 나 말일세.”

“이 친구 주치의는 뭐라고 하던가요?”

“내가 주치의일세.”

“언제 의학박사가 된 겁니까, 폰 헬룽?”

“내가 그를 맡고 있다는 뜻일세, 펠리노어.”

“뮤리엘도 이 일에 찬성했고요?”

오스트리아인은 고개를 끄덕이고 침울하게 덧붙였다. “이제 그녀가 그를 위해 할 수 있는 일은 없다네.”

“저도 다 들립니다.”

손가락 하나도 까딱하지 않고 누워 있는 것만 같던 그들 대화의 장본인이 어느 순간 두 눈을 크게 뜨고 있었다. 그의 눈은 입술처럼 붉고, 눈물이 흥건하게 고여 번들거렸다.

“펠리노어, 자넨가?” 그가 곪아 터진 아랫입술을 혓바닥으로 훔치며 물었다.

“그래, 날세.” 워스롭이 침대로 다가서며 말했다.

“그 옆은 누구지? 꼬마 윌리는 아닌 것 같은데.”

“윌, 윌 헨리야.” 박사가 대답하며 내게 가까이 오라고 손짓했다.

“코마 윌리.” 챈러가 빛나는 눈을 내 쪽으로 깜박이며 말했다. “축하한다, 윌리 빌리. 널 손에 넣고도 아직 죽이지 않았구나. 이 친구가 원래 그럴 작정이었던 거, 너도 알지? 네 아버지랑 똑같이. 그는 네가 죽는 걸 지켜볼 거다. 그러고는 네 유해를 협회에 기증하겠지. 널 괴물원에 전시할 거야. 자기가 잡은 온갖 고약한 괴물들을 전시하는 곳 말이다." 그가 콜록거리며 기침을 했다. "너처럼 고약한 것들이 있어야 할 곳이지."

"자네한테 실망했네, 존." 워스롭은 챈러의 입에서 나오는 길고 신랄한 악담을 무시했다. "지금쯤은 완전히 회복했을 줄 알았는데 말이야. 어젯밤 난투극은 끝내줬다네."

"내기는 누가 이겼지?"

"그라부아가."

"아, 그 방정맞은 개구리 자식. 아니야, 아무 말도 하지 말게. 돈 관리도 그 친구가 했겠지?"

"하지 말라니 안 하도록 하지."

"그 녀석이 악단을 방패 삼아 숨었는데 튜바 연주자가 그 친구한테 토해 버렸던 일 기억나나?"

"그래, 그래서 그 친구도 같이 토해 버렸지 아마."

"맞아, 자기 파트너한테. 댄서였는데……."

"발레리나였어." 워스롭이 말했다.

"맞아, 그 여자. 다리가 정말 가늘었지."

"자네가 그 여자를 '황새'라고 불렀잖나."

"아니, 그건 자네였지."

"아니야, 나는 캐서린이라고 불렀네."

"왜 하필?"

"그게 그 여자 이름이었으니까."

챈러는 각고의 노력 끝에 웃음을 터뜨리는 데 성공했다. "자넨 정말 대책 없이 고지식하단 말이야. 차라리 '황새'가 낫잖아!"

박사가 고개를 끄덕였다. "어젯밤에 자넬 만나길 고대했는데, 존. 그런데 병세가 더 악화된 것 같군……."

"떨쳐 낼 수가 없어, 펠리노어." 그의 친구가 말했다. "다소 나아지는가 싶더니 다시 이 모양 이 꼴이 되고 말았네. 시시포스의 바위 같아."

"먹질 않는데 어떻게 몸을 회복할 수 있겠나?"

챈러의 얼굴에 돌연 분노의 감정이 번득였다. "누구한테 들었나?"

워스롭은 폰 헬룽을 힐긋 쳐다보았다. 폰 헬룽은 지극히 걱정스러운 얼굴로 환자를 바라보고 있었다.

"왜 먹지를 않는 건가, 존?" 박사가 물었다.

"먹고 싶어. 배도 고프고. 배가 너무 고파서 견딜 수가 없을 정도야. 그렇지만 나한테 먹을 것을 주지 않는다고!"

"존." 폰 헬룽이 나무라듯 말했다. "그게 사실이 아니라는 건 자네도 알잖나."

"말해 사실을!" 챈러가 불쑥 고함을 질렀다! "사실 말해 내게!" 그는 눈을 질끈 감더니 좌절감이 가득한 탄식을 내뱉었다. 그러고는 천천히, 복잡하게 뒤엉킨 생각의 덩굴로부터 단어를 하나씩 신중하게 풀어내어 마침내 입술 밖으로 밀어내는 데 성공했다. "뭐가…… 사실인지…… 나한테…… 가르치려…… 마요."

"원하는 게 있으면 말만 하게. 뭐라도 좋아. 말만 하면 한 시간도 안 돼 내가 여기 대령하지." 워스롭이 말했다.

챈러는 온몸을 부들부들 떨고 있었다. 눈가에서 눈물이 뚝뚝 떨어졌다. 박사가 손을 내밀어 닦아 주자 그의 친구가 이불 아래에서 격렬하게 몸을 뒤틀었다. "하지 말……! 나한테 손대지 말게, 펠리노어."

"말만 하게, 존." 박사가 재차 다그쳤다.

챈러의 고개가 양옆으로 도리질 쳤다. 눈에서는 끊임없이 눈물이 흘러내렸다. 베개가 온통 눈물 자국투성이였다. "말할 수 없어."

워스롭 박사와 폰 헬룽은 사람들의 귀를 피해 난롯가로 갔다.

"이건 도리에 어긋나는 비상식적인 짓입니다!" 워스롭이 폰 헬룽에게 말했다. "저 친구한테는 의사가 필요해요. 문제는 당신이 부를 건지 제가 부를 건지 하는 겁니다!"

"다 들린다네!" 챈러가 말했다.

"지금 챈러의 상태는 그 사람들의 지식으로는……." 폰 헬룽이 입을 열었지만 그의 옛 제자는 들으려고도 하지 않았다.

"존은 지금 벨뷰 병원에 있어야 합니다. 여기서 피코트나 입은 저런 어릿광대와 시간 낭비를 하고 있을 때가 아니란 말입니다!"

"똥!"

두 사람은 갑자기 들려온 비속어에 고개를 돌렸다.

"배고픈 것보다도 더 끔찍해, 펠리노어." 존 챈러가 말했다. "똥 말이야! 똥! 양동이 가득 똥이 넘친다고!"

워스롭이 폰 헬룽을 쳐다보았다.

"대소변을 가리질 못한다네." 오스트리아인이 변명하듯 설명했다.

"이질도 있는 거군요……. 그런데도 의사가 필요 없다고요? 이러단 일주일 만에 이 친구를 죽일 겁니다."

"그게 어떤 기분인지 아나, 펠리노어?" 챈러가 또다시 외쳤다. "자기 똥바다 위에서 뒹구는 기분 말이야."

"우리가 곧바로 시트를 갈아 주잖나." 폰 헬룽이 항변했다. "그리고 요강을 사용하면 되잖나. 존, 바로 옆에 있는데." 그는 워스롭을 쳐다보며 간청하듯 말했다. "존이 최대한 편안하게 지낼 수 있게 노력 중일세. 하지만 마인 프로인드, 자네도 이해해야 하네……."

박사는 그를 무시하고 침대 곁으로 다가갔다.

"비유를 잘못했어." 챈러가 헐떡이며 말했다. "그 지옥이 아니야. 시시포스가 아니야. 그리스 신화도 아니고. 기독교의 지옥이지. 단테가 똥으로 가득 찬 강이 있다고 했잖아? 바로 그거라고."

"자넬 병원으로 데려가야겠네, 존." 워스롭이 말했다.

"그랬다간 내가 자네한테 똥물을 끼얹어 버리겠어!"

"그래, 틀림없이 그러겠지. 하지만 그래도 자넬 데려가야겠어."

"그게 전부지…… 그래, 그렇지? 펠리노어, 하지만 우린 잊어버렸어."

"무슨 뜻인지 모르겠군. 뭘 잊어버렸다는 건가?"

챈러가 목소리를 낮추더니 마치 심오한 진리를 가르쳐 주기라도 하겠다는 듯이 엄숙하게 말했다. "똥 말이야!" 그가 키득거렸다. "모조리 똥이야, 나도 똥, 너도 똥." 그의 시선이 아우구스틴 스칼라의 유인원처럼 거대한 체구로 향했다. "저 친구는 확실히 똥 같은 놈이고…… 인생도 똥이지. 사랑……. 그래, 사랑도 똥이야."

워스롭이 뭐라 말하려 했지만 폰 헬룽이 급히 그를 가로막았다.

"그러지 말게, 펠리노어. 지금 말하는 건 존이 아니야. 그 짐승이라네."

"내 말을 안 믿는군." 챈러가 말했다. "아직 똥물에 목욕을 해 본 적이 없어서 그래. 자네라면 그 완벽한 엉덩이에 조금이라도 더러운 게 묻으면 그 즉시 강물에 뛰어들걸, 안 그래?" 챈러가 콜록거리며 기침을 했다. 짙은 초록색 담즙이 역류해 입가로 끓어올랐다. 그가 다시 꿀떡 삼키자 커다란 후두가 깐닥거렸다.

"자네는 역겨운 인간이야." 챈러가 말했다. "자네의 모든 점이 하나같이 역겹고 구역질이 나. 더럽고, 쓸모없고, 입만 살아 있는 속물 자식!"

박사는 침묵을 지켰다. 행여 자신이 언젠가 챈러와 비슷한 말을 한 적이 있음을 기억하고 있을지도 모르지만, 그는 아무런 내색도 하지 않았다. 그러나 나는 기억하고 있었다.

"'펠리노어, 펠리노어, 나는야 완벽대마왕!' 그 노래 기억나나?" 챈러가 말했다.

"그래." 박사가 대답했다. "개중에서 그나마 제일 무난한 축이었지."

"그때 물에 빠져 죽게 내버려 뒀어야 했는데."

워스롭이 빙긋 미소를 지었다. "왜 안 그랬나?"

"그랬다간 내가 놀려 먹을 사람이 없어지니까! 어쨌든 그것도 다 쇼에 불과했지. 어차피 빠져 죽을 생각도 아니었잖아."

"그걸 어떻게 알지?"

"왜냐하면 그때 내가 옆에 있었으니까, 이 허풍쟁이 자식. 자네가 정말 그럴 생각이었다면 혼자 있을 때 저질렀겠지."

"경험 미숙에서 비롯된 실수였어."

"오, 걱정 말게, 펠리노어. 조만간 그렇게 될 거야……. 우리 모두…… 똥물에 질식하겠지……."

챈러의 눈동자가 천장을 향해 말려 올라갔다. 눈꺼풀이 파득거렸다. 워스롭이 나를 보고 고개를 끄덕였다. 이 정도면 충분했다. 그는 문을 향해 몸을 돌렸다. 우리가 방을 반쯤 가로질렀을 때, 챈러가 다시 커다란 목소리로 불렀다. "그래 봤자 아무 소용도 없을 거야, 펠리노어. 구급차가 현관을 떠나기 전에 저치가 나를 끝장낼 테니까!"

박사가 몸을 휙 돌렸다. 그는 폰 헬룽을, 이어서 스칼라를 노려보았다.

"저치의 주머니에 들어 있는 게 뭐라고 생각하나, 응?" 챈러가 말했다. "자네가 문을 닫자마자 내 심장에 박아 넣을걸. 아무도 없을 때면 주머니에서 끄집어내서 손톱도 다듬고 잇새도 쑤시고, 더러운 똥구멍도 긁어내지." 킬킬대는 챈러의 얼굴에는 악귀와도 같은 표정이 떠올라 있었다. "아마추어 같으니!" 그는 전혀 동요하지 않고 가만히 서 있는 예술가를 조롱했다. "넌 아무것도 모르지? 그건 오기마나 할 수 있는 일이야. 네가 오기마냐? 이 냄새나는 더러운 이민자 원숭이 새끼가!"

이이니오크족의 언어를 듣는 순간, 워스롭은 동상처럼 얼어붙었다. "그 단어를 어떻게 알고 있나, 존?"

베개 위로 챈러의 머리가 축 늘어졌다. 눈동자가 뒤로 사라지고 흰자만 번득거렸다. "나이가 아주아주 많은, 숲 속의 노인네한테 들었지."

"잭 피들러?" 박사가 물었다.

"늙은이 잭 피들러가 파이프를 빼서는 똥구멍 속에 넣고 불을 붙였지!"

"펠리노어." 폰 헬룽이 박사의 팔을 건드리며 다급하게 속삭였다. "그만하게. 자네가 원한다면 구급차를 부르게. 그렇지만 너무 심하게 다그치진……."

워스롭이 폰 헬룽의 손을 뿌리치고 다시 존 챈러의 침대 가로 다가갔다.

"피들러를 기억하는군." 그가 말했다.

챈러가 히죽거리며 대답했다. "그의 눈은 아주 멀리까지 보지. 너보다 훨씬, 훨씬 멀리 볼 수 있어."

"라로세는? 피에르 라로세도 기억하나?"

챈러가 숲 속에서 중얼거렸던, 이상한 언어의 뒤죽박죽 문장이 들려왔다. "구츠누트 네흐스트! 게프궁 그로이페히 크리쉬흐눅트." 워스롭이 목소리를 높여 똑같은 질문을 하며 재차 다그쳤다. "존, 피에르 라로세에게 무슨 일이 있었나?"

별안간 챈러의 태도가 바뀌었다. 갑작스러운 상실감이 — 두 눈 가득 고인 눈물, 가슴이 먹먹한 슬픔을 마주한 어린아이처럼 덜덜 떨리는 두툼한 아랫입술 — 짐승 같은 그의 야만적인 면모에 왠지 모를 애처로움을 불어넣었다.

"'그러면 안 돼요, 미스터 존.' 그가 말했지. '위대한 숙녀의 치맛자락을 들치면 안 돼요. 그들을 찾아 숲을 뒤지면 안 돼요. 왜냐하면 그것들이 당신을 찾아올 테니까.'"

"그리고 그가 옳았지, 안 그런가, 존?" 폰 헬룽이 워스롭을 대신해 물었다. 워스롭이 그를 매서운 눈으로 쏘아보았다.

"그가 날 버리고 도망쳤어!" 챈러가 울부짖었다. "그는 알고 있었어. 그래서 날 버리고 가 버린 거야!" 피가 섞인 붉은 눈물이 그의 푹 꺼진 뺨 위로 흘러내렸다. "왜 날 버리고 도망친 거지? 펠리노어, 자네도 봤지? 절대로 시선을 피하지 않는 그 눈 말이야. 바람을 울부짖는 그 입! 발이 뜨거워! 오, 하느님 맙소사, 내 몸에 불이 붙었어."

"그것이 자네 이름을 불렀지." 폰 헬룽이 독려하듯이 중얼거렸다. "그래서 라로세는 자네를 황량한 원시림 속에 버린 거야. 그리고 황량함이 자네에게 말을 걸었지."

챈러는 대답하지 않았다. 절망감에 일그러진 입술이 상처가 터져 갓 배어 나온 피로 번들거렸다. 그는 멀거니 천장을 쳐다보고 있었고, 나는 뮤리엘의 말을 떠올렸다. 몸은 여기 있지만…… 실제로는 여기 없어요.

"구츠누트 네흐스트! 추워. 게프궁 그로이페히. 뜨거워. 좀 천천히…… 하느님 맙소사, 진정하라고. 황금색 빛이야. 어둠이야. 우리가 준 게 뭐지?"

침대보 밑에서 챈러의 손이 나타났다. 손가락은 기이할 정도로 길었고 길게 자란 손톱에는 그 자신의 배설물이 말라붙어 있었다. 챈러가 박사를 향해 간절하게 손을 뻗자 그는 친구의 깡마른 손을 두 손으로 포개 잡았다. 나는 내 스승의 눈에서 눈물이 반짝이는 걸 보고는 깜짝 놀랐다.

"우리가 무엇을 주었지?" 챌러가 물었다. "바람은 말하지 않은 건 아무것도 아니라고 말하지. 우리 마음에, 심장에는 텅 빈 구멍뿐이야. 노란 눈, 깜박이지 않는 노란 눈, 검은 황금빛."

박사는 챌러의 손을 어루만지며 친구의 이름을 중얼거렸다. 폰 헬룽은 이 가슴 아픈 장면을 차마 눈 뜨고 보지 못하고 고개를 돌려 버렸다. 그는 두툼한 가슴을 두 팔로 감싸 안은 채 기도라도 하듯이 고개를 떨어뜨렸다.

"날 돌려보내 줘." 부서지고 망가진 사내가 애원했다. "메스나웨세노, 그는 알아. 메스나웨세노가 나를 똥구덩이에서 구해 줄 거야." 그는 순수한 증오를 내뿜으며 박사에게 눈을 부릅떴다. "네가 그를 방해한 거야. 나를 메스나웨세노한테서 훔쳐 왔어. 왜 그런 거야? 네가 준 게 뭐지?"

허공에 질문을 남긴 채, 존 챌러는 다시금 달뜬 꿈속으로 빠져들었다. 황량한 잿빛 땅, 아무도 우리를 구해 줄 수 없는 그 고요한 심연 속으로 한없이 추락했다.

워스롭은 챌러를 메스나웨세노에게 데려가지 않았다. 그는 챌러를 구급차에 태워 벨뷰 병원으로 보냈고, 그동안 나는 배부르게 먹이고 자기 전에 깨끗이 목욕을 시키라는—마치 말을 맡기는 것처럼—상세한 지시와 함께 폰 헬룽의 보살핌 아래 맡겨졌다.

"오늘 밤 늦게, 안 되면 내일 아침에 데리러 오겠습니다."

"저도 같이 가고 싶어요." 나는 졸랐다.

"안 돼."

"그럼 호텔에서 박사님을 기다릴게요."

"널 혼자 둘 수는 없다." 그는 눈썹 하나 까딱 않고 정색하며 대답했다. 평소에는 몇 시간은 물론, 때로는 며칠간이나 나를 혼자 내버려 두는 사람의 말이었다.

18장

"제가 살아야 될 이유가 있나요?"

그날 저녁 나는 폰 헬룽 박사의 부엌에서 집사인 바솔로뮤 그레이와 함께 데운 누에콩 수프와 차가운 양고기를 먹었다. 집사인 바솔로뮤는 위엄이 있는 만큼이나 친절했고, 사려 깊게도 뉴잉글랜드에 있는 우리 집에 관해 무수한 질문을 퍼붓는 동시에, 남부 노예였던 그들의 가족이 어떻게 "언덕 위의 위대한 빛나는 도시" 뉴욕에 오게 되었는지 등의 사연을 들려주며 내 우울한 기분을 달래 주었다. 그는 매우 자랑스럽게 그의 아들이 해외에 유학을 가 있으며 의사가 되기 위해 공부 중이라고 말했다. 디저트로 나온 신선한 딸기와 커스터드를 먹고 있는데 릴리가 나타나 내가 오늘 밤 그녀의 옆방에서 자게 될 것이라고 선언하며 내가 큰 소리로 코를 골지 않길 바란다고 말했다. 벽이 얇은 데다 그녀가 매우 예민하기 때문이라고 했다. 릴리는 아직도 자신은 가차 없이 쫓겨난 반면 나는 어른들과 함께 존 챈러의 병실을 구경하는 영광을 누린 데 대해 부아가 나 있었다. 나는 그녀의 할아버지가 준 생일 선물과 두 눈을 반짝이며 그 안의 삽화를 응시하던 그녀의 모습을 떠올렸다. 릴리라면 분명 흔쾌히 나와 입장을 바꾸었을 것이다.

새벽 1시가 약간 지났을 무렵, 또다시 운명이 내 발목을 잡고 늘어졌다. 나는 평생 달콤한 수면의 초입에서 방해를 받을 운명이었던 것이다. 방문이 벌컥 열리더니 잠옷을 걸친 릴리가 흔들리는 촛불을 들고 들어왔다. 풍성한 곱슬머리가 리본에서 해방되어 등 뒤로 폭포수처럼 늘어져 있었다.

나는 이불을 턱까지 끌어 올렸다. 릴리한테 내 모습을 보여 주고 싶지 않았기 때문이다. 나는 폰 헬룽의 잠옷을 빌려 입고 있었는데, 비록 그는 체구가 작은 편이긴 해도 여전히 나보다는 훨씬 컸다.

우리는 깜박이는 촛불 아래서 잠시 동안 서로의 얼굴을 응시했다. 그러더니 불쑥 그녀가 말했다. "그 사람 죽을 거야."

"안 그럴지도 몰라." 내가 말했다.

"웃기시네. 죽을 거야. 냄새가 나는걸."

"무슨 냄새?"

"그래서 스칼라 씨가 그를 감시하고 있는 거야. 할아버지가 그러는데 미리 준비를 해 둬야 한대."

"무슨 준비?"

"아주 신속하게 끝장내야 해. 아주 신속하게. 그리고 다른 건 아무 쓸모도 없고, 반드시 은이어야 한대. 그래서 스칼라 씨가 그 칼을 갖고 있는 거야. 은도금이 되어 있거든."

"뭐가 은도금이 되어 있는데?"

"단도 말이야! 손잡이에 자개장식이 있는 미코프 스위치블레이드야. 그래서 때가 되면……." 그녀는 칼로 가슴을 스윽 긋는 몸짓을 해 보였다.

"박사님이 가만있지 않을걸."

"넌 정말 이상해, 윌. 네가 '박사님' 얘기를 할 때 말이야. 조심스럽게 속닥이는 게 꼭 하느님 얘기를 하는 것 같아."

"내 말은, 박사님이 그를 죽게 내버려 두지 않을 거라는 뜻이야." 나는 병실에서 있었던 수많은 놀라운 일들 중에서 가장 충격적인 장면에 대해 말해 주었다. 괴물학자의 눈에 고인 눈물 말이다.

"난 그분이 우는 걸 한 번도 본 적이 없어. 단 한 번도. 그럴 뻔한 적이 있긴 해도……." 나는 한낱 티끌에 불과해. "그때도 자기 때문에 그런 거였지. 그분은 챈러 박사를 정말 사랑하는 거야."

"그래? 난 잘 모르겠어. 난 전혀 안 그렇다고 생각하는데."

"넌 그분을 전혀 모르잖아." 점점 부아가 치밀기 시작했다.

"난 너야말로 하나도 모른다고 생각해." 그녀가 쏘아붙였다. 릴리의 눈이 즐거움에 반짝이고 있었다. "실수로 도나우 강에 빠졌다고? 실은 뛰어내린 거야. 하마터면 죽을 뻔했고."

"나도 알아." 내가 말했다. "챈러 박사가 그분을 구해 줬지."

"하지만 왜 뛰어내렸는지 알아? 그리고 그 후에 무슨 일이 있었는지는?"

"몸이 안 좋아져서 심하게 앓았는데, 그때 존이랑 뮤리엘이 만났지. 그분의 병실에서 말이야." 나는 승리감을 담아 말했다. 진짜 아무것도 모르는 게 누구인지 보라지!

"그게 다가 아니야. 사실 그건 아무것도 아니야. 그때 두 사람은 결혼을 약속한 사이였는데……."

"그것도 알아."

"좋아, 그런데 왜 두 사람이 결혼을 안 했는지 알아?"

"박사님이 체질적으로 결혼이랑 안 맞아서." 나는 워스롭의 설명을 그대로 읊었다.

"그럼 애초에 청혼은 왜 한 건데?"

"난…… 나도 몰라."

"거 봐! 넌 아무것도 모른다니까." 릴리가 활짝 웃었다. 뺨에 보조개가 패었다.

"좋아." 나는 한숨을 내쉬었다. "박사님이 왜 청혼을 한 건데?"

"나야 모르지. 하지만 어쨌든 청혼을 한 건 사실이잖아. 그래 놓고는 다음 날 크론프린츠 루돌프 다리에서 뛰어내린 거야. 도나우 강물을 한 바가지나 마시고 폐렴에 걸려서 피도 토하고 검은색 위액을 양동이째 뱉어 냈대. 거의 죽을 뻔했다고 할아버지는 그랬어.

두 사람은 정말 뜨겁고 열렬한 사랑에 빠져 있었대. 진짜 천생연분이었다고 했어. 여기서도 유럽에서도. 그는 단정하게 차려입기만 하면 꽤 잘생긴 청년이었고, 그녀는 트로이의 헬레나보다 더 사랑스러웠으니까. 그래서 모두 두 사람이 완벽한 한 쌍이라고 생각했대. 챈러 박사가 그를 강에서 건져 올린 후에도 그녀가 침대 곁을 밤낮으로 지켰다고 하더라. 그녀는 그를 불렀고, 그는 그녀를 불렀어. 바로 옆에 앉아 있을 때에도 말이야!"

릴리는 손가락으로 곱슬머리를 쓸어 넘기며 아련한 표정을 지었다.

"할아버지는 펠리노어를 뮤리엘한테 소개한 사람이 자기라서, 그게 다 자기 탓이라고 생각하셨대. 너희 박사님이 2주일이 지나도록 회복을 하지 않아서 할아버지가 빈에서 그를 데리고 테플리체에 있는 광천학자한테 데려갔는데, 그사이에 진짜 나쁜 일이 터진 거지."

릴리는 극적인 효과를 내기 위해 잠시 뜸을 들였다. 나는 그녀의 어깨를 붙잡고 앞뒤로 마구 흔들며 빨리 뒷이야기를 뱉어 내라며 외치고 싶은 충동을 억지로 꾹 참았다. 욕망이란 어떻게 이렇게 우리가 모르는 사이에, 그리고 상상도 못 했던 곳에서 튀어나오곤 하는지! 내 안에는 그를 향한 너무나도 수많은 감정들이 숨어 있다. 심지어 오랜 세월이 지난 지금까지도 묵직한 커튼 아래 감춰져 있는 자그마한 감정들이 부지불식간에 불쑥불쑥 튀어나오곤 한다.

"그는 식음을 전폐했어." 이윽고 릴리가 말을 이었다. "잠도 자지 않고, 말도 하지 않았대. 할아버지는 너무 걱정이 돼서 죽을 것 같았고. 한 달이나 그랬다고 하더라. 펠리노어는 죽어 가고 있었어. 그러다 어느 날, 할아버지가 그에게 말했지. '결정을 내리게. 살 건가 죽을 건가?' 그러자 펠리노어가 대답했지. '제가 살아야 될 이유가 있나요?' 할아버지가 말했어. '그건 자네가 결정하는 거라네.' 그래서 그는…… 결정을 내렸지."

"그래서?" 내가 숨죽이며 물었다. "그래서 어떤 결정을 내린 거야?"

"당연히 살기로 결정했지! 세상에, 이젠 나도 네가 진짜 바보가 아닌지 의심이 가기 시작했어, 윌 헨리. 당연히 살기로 결정했지. 안 그랬다면 지금 네가 어떻게 여기 있겠니? 안 그래? 물론 완벽한 결말은 아니야. 완벽한 결말이 되려면 그 반대를 선택했어야 되니까. 그럼 정말로 사랑 때문에 죽은 게 되잖아. 사랑은 비극적일 때에만 가치가 있는 거야……. 로미와 줄리엣이랑 햄릿이랑 오필리어를 생각해 봐. 바보가 아닌 이상 그런 건 누구나 아는 거 아냐?"

워스롭 박사는 다음 날 아침 10시가 조금 넘은 시각에 돌아왔다. 옷은 구깃구깃하고, 전날 밤까지만 해도 단정하게 매여 있던 검은색 크라바트는 칼라 사이로 흐느적거리고 있었으며 녹색이 감도는 칙칙한 얼룩으로 뒤덮여 있었다. 친구의 토사물 자국이 틀림없었다. 내가 챈러 박사의 상태를 묻자 그는 간명하게 대답했다. "살아남을 거다." 그러고는 입을 다물었다.

그날 새벽부터 불어온 매서운 북풍은 원시림에서 겪었던 힘들고 고된 기억들을 불러 일으켰다. 폰 헬룽과 릴리가 문밖 도로까지 우리를 배웅해 주었다. 마부석에 바솔로뮤 그레이가 앉아 있는 것을 본 워스롭이 황급히 옛 스승을 돌아보았다.

"스칼라는 어디 있습니까?" 그가 물었다.

폰 헬룽이 애매모호한 대답을 중얼거리자 박사의 얼굴이 분노로 일그러졌다. "그 짐승 같은 인간한테 무슨 죽음의 천사 같은 임무를 준 거라면, 마이스터 아브라함, 저는 그를 경찰에 신고할 겁니다." 나는 폰 헬룽의 대답을 듣지 못했다. 마침 릴리가 나한테 말을 걸었기 때문이다.

"너 오늘 학회에 참석할 거니?" 그녀가 물었다.

"아마도." 내가 대답했다.

"잘 됐다! 할아버지가 나도 데려가 준다고 했거든. 그럼 거기서 봐, 윌."

내가 이 흥분되는 소식에 진심에서 우러나온 대답을 하기도 전에 박사가 나를 마차 안으로 끌어당겼다.

"곧장 협회로 갑시다, 미스터 그레이!" 그가 지팡이 머리로 천장을 신경질적으로 두드리며 외쳤다. 박사는 좌석 뒤로 깊숙이 기대앉아 눈을 감았다. 벨뷰에서 죽어 가고 있는 그의 친구 못지않게 지친 모습이었다. 그렇게 우리는 서로의 품 안에서 숙명이 정해 준 춤을 추고 있었다. 마침내 한 명이 지쳐 쓰러질 때까지. 그리고 그때가 되면 함께 추락하지 않기 위해서라도 상대를 놓아줘야 할 것이다.

하루 종일 비가 내리던 그날, 나는 고풍스러운 오페라하우스의 3층에 있는, 한때는 춤 연습장이었던 휑뎅그렁한 방에서 대부분의 시간을 보냈다. 내 옆에서는 워스롭이 모든 크고 작은 유해하고 적대적인 생물에 관한 괴물학 협회의 지식을 총망라한 『괴수 백과사전』의 편집진과 회의를 하고 있었다. 워스롭 박사는 편집진의 일원이었다. 모임의 의장은 미주리 출신의 굉장히 마르고 홀쭉한 펠트라는 사나이로, 이제껏 내가 본 중에서 가장 인상적인 콧수염을 기르고 있었다. 회의 내내 펠트는 소금 크래커를 아삭거리고 있었는데, 나는 그 와중에서도 풍성한 콧수염에 부스러기 하나도 흘리지 않는 그의 오묘하고 신기한 능력에 감탄을 금치 않을 수가 없었다. 더불어 펠트 박사는 후에 그가 시인한 바에 따르면, 우리가 괴물학의 잘못된 방향을 바로잡기 위한 시도를 하게 만든 익명의 편지를 보낸 장본인이었다.

나는 간밤에 잠을 거의 자지 못한 터라 커다란 유리창을 두드리는 편안한 빗소리와 가장 최근의 협약에 관해 의논하고 토론하고 해부하는 학자들의 목소리를 배경음악 삼아 의자 위에서 꾸벅꾸벅 졸고 있었다. 반쯤 인사불성의 상태에서 달콤한 시간을 보내고 있는데 갑자기 누군가 내 어깨를 쿡 찔렀다. 화들짝 놀라 눈을 떠 보니 릴리 베이츠가 나를 내려다보며 웃고 있었다.

"여기 있었구나!" 릴리가 속닥였다. "널 찾으려고 사방을 돌아다녔어. 어디 있을 건지 말해 주면 좋았잖아."

"나도 몰랐는걸." 나는 솔직하게 말했다.

릴리가 내 옆에 놓인 의자에 주저앉더니 산티아고 루이스 모레노 아코스타로하스라는 꽤나 희한한 이름을 가진 작달막하고 무기력해 보이는 괴물학자가 동료 괴물학자들의 형편없는 글솜씨에 대해 지루하게 웅얼거리는 모습을 다소 시무룩하게 쳐다보았다.

"이 사람들이 작가가 아니라는 건 나도 알겠소. 하지만 어떻게 이렇게까지 글이라는 게 뭔지 모를 수가 있는 거지?"

"도저히 못 참겠다." 릴리가 의자에서 벌떡 일어나더니 내게 손을 내밀었다.

"난 박사님 곁을 떠나면 안 돼." 나는 저항했다.

"왜? 너희 박사님이 언제 발판을 찾을지 몰라서?" 그녀가 빈정대듯 물었다. 릴리는 나를 의자에서 일으켜 세워 문 쪽으로 끌고 갔다. 나는 내 스승을 돌아보았지만, 늘 그렇듯이 그는 내가 처한 곤경에는 무관심했다.

"지금부터는 아주 조용히 해야 해." 릴리가 작게 속살거리면서 홀 맞은편에 있는 문으로 나를 이끌었다. 문 위에 걸린 팻말에는 이렇게 적혀 있었다. '출입엄금. 출구 아님.'

문 안쪽에는 아래층으로 내려가는 층계가 있었고, 좁은 통로를 뒤덮은 어둠은 층계참마다 타고 있는 애처로울 정도로 조그만 가스등을 게걸스레 삼키고 있었다.

"저기 들어가면 안 될 것 같은데." 내가 말했다. "팻말에……."

릴리는 내 말을 무시하고 내 손을 잡은 채 거의 사용되지 않는 계단을 따라 내려가기 시작했다. 층계가 몹시 좁다거나 난간이 없다는 사실은 신경조차 쓰지 않는 것 같았다. 벽—축축하고, 검은색 페인트 조각이 벗겨진—이 우리를 양옆에서 짓눌렀다. 지면에서 2층 위에 있는 아래층 층계참 문에는 다른 팻말이 붙어 있었다.

'회원 전용. 인가자 외 출입 금지.'

"릴리……." 내가 입을 열었다.

"괜찮아, 윌." 그녀는 자신 있게 말했다. "이 시간에는 늘 낮잠을 자거든. 조용히만 하면 돼."

내가 왜 팻말이 하는 말과는 달리 괜찮다고 하는지, 그리고 누가 이 시간에 늘 낮잠을 자는지 묻기도 전에, 릴리가 어깨로 문을 밀어 열고는 빨리 따라오라고 손짓했다. 그리고 지금까지도 알 수 없는 이유로, 나는 그녀의 뒤를 따랐다.

철컹 소리와 함께 문이 닫히며 우리는 칠흑 같은 어둠 속으로 들어섰다. 다음 순간 우리는 박물학의 가장 음침하고 혐오스러운 면모를 대변하는 성역으로 이어지는, 지금은 망각 속으로 사라진 복도의 입구에 서 있었다.

그곳의 공식 명칭은 몬스트러마리움이었다. 문자 그대로 해석하면 "괴물의 집"이라는 뜻인데, 기간토피테쿠스(Gigantopithecus)의 못된 사촌인 히말라야의 켄쳉중가 라키야스(Kangchenjunga rachyyas)에서부터 그에 못지않게 포악한 벨기에령 콩고의 바스타루스 호미니스(Vastarus hominis)에 이르기까지 전 세계 곳곳에서 날아온 수천수만 종의 표본들이 모여 있었다. 1875년에 한 장난기 넘치는 회원이 몬스트러마리움에 일종의 스코틀랜드식 재치를 곁들여 "괴물원"이라는 별명을 붙였고 그 후로는 이 별칭이 널리 사용되고 있었다.

릴리와 내가 어둠 속에서 길을 잃지 않기 위해 축축한 벽을 손가락 끝으로 더듬으며 향한 곳은 이른바 로어 몬스트러마리움으로, 1867년에 원래의 공간을 확장한 곳이었다.

토끼 굴처럼 복잡하게 얽힌 구불구불한 통로와 숨이 막힐 정도로 낮은 천장, 몇 개는 옷장보다 약간 큰 정도에 불과한 좁고 작은 방들. 로어 몬스트러마리움은 아직 정식으로 분류되지 못한 표본이나 무시무시하고 진기한 생물들을 모아 둔 보관소였다. 방방마다 빼곡히 서 있는 선반들은 아직 정체가 밝혀지지 않은 생물들이 보관액 속에서 둥둥 떠다니는 수천 개의 병들의 무게로 신음하고 있었고, 내가 아는 한 오늘날까지도 그 자리에 그대로 남아 있을 것이다. 아주 드물게 라벨이 붙어 있는 병들도 있었지만, 표본을 기증한 인물의 이름(어쨌든 그렇다고 알려져 있는)과 날짜가 적혀 있을 뿐이었다.

나머지는 괴물학 세계를 구성하고 있는 무수한 익명의 사람들이 기증한 것으로 그 뜻을 헤아릴 수 없는 하느님의 설계에 따라 우리 인류를 해치도록 창조된 생명체들이 무궁무진한 장관을 이루고 있었다.

작은 딸림 방에 들어갔을 때 릴리가 콘크리트 벽에 걸린 강철 창에서 등불을 하나 챙겼다. 공기는 차고 퀴퀴한 냄새가 났다. 희미한 불빛 속에서 우리가 내뿜는 숨결이 하얗게 엉기는 게 보였다.

"지금 어디 가는 거야?" 내가 물었다.

"조용히 해, 윌." 릴리가 목소리에 힘을 주며 대답했다. "아돌퍼스가 깰지도 모른단 말이야."

"아돌퍼스가 누군데?" 그 즉시 나는 이 지하 감옥에 사람을 잡아먹는 괴물이 살고 있다고 확신했다.

"쉿! 그냥 나만 따라와. 제발 입은 다물고."

나중에 밝혀진 사실이지만, 아돌퍼스는 그날 로어 몬스트러마리움에 있지 않았다. 그는 이 아래까지 내려오는 일이 드물었다. 그는 괴물학자가 아니고, 스스로를 괴물원지기로 여기지도 않았기 때문이다. 그보다는 몬스트러마리움의 관장이라고 할 수 있었다.

아돌퍼스 에인스워스는 지팡이를 짚은 노인이었다. 그가 들고 다니는 지팡이의 손잡이는 오래전에 멸종된 오켈리 카르펜디(Ocelli carpendi)의 해골로 장식되어 있었는데, 그것은 꼬리감는원숭이와 비슷한 크기의 야행성 포식동물로 아래턱에는 칼날처럼 날카로운 15센티미터 길이의 송곳니가 튀어나와 있고 인간의 눈알을 아주 좋아했다(다른 영장류의 눈알을 구할 수 없을 때면 말이다.). 그중에서도 특히 어린애들의 눈알을 좋아해서 애들이 잠들어 있는 동안 눈구멍에서 눈알을 뽑아 갔다. 아돌퍼스는 지팡이에 달린 해골에 오이디푸스라는 이름을 붙이고는 아주 뿌듯해했다. 엄밀히 말하자면 오이디푸스는 자신의 눈을 파냈다는 사실은 멋대로 무시하고 말이다.

아돌퍼스 에인스워스는 그 88년 가을까지 이 지하실에서 40년을 지냈는데 햇빛 한 점 들지 않는 공간에서 보낸 긴 세월은 그의 외모에 상당한 악영향을 끼쳤다. 시력은 약해졌고 눈은 늘 눈물에 젖어 있었으며 두꺼운 안경 때문에 세 배는 확대되어 보였다. 코트는 낡아 빠져 올이 다 드러났고 소매는 짧았으며 끝이 누더기처럼 너덜거렸다. 앞이 트인 낡은 실내화를 신고 좁은 복도를 터벅터벅 걸어 다닐 때면 어슴푸레한 불빛 속에서 신발 밖으로 드러난 발톱이 잘 닦은 놋쇠처럼 빛을 반사하곤 했다.

그가 몬스트러마리움의 책임자로 근무하는 동안 협회 회원들 사이에는 새로운 관용구가 생겼다. "아돌퍼스가 오는 냄새가 난다." 그것은 쉽게 예상할 수 있는 일이나 결과를 지칭하는 말로 "낮이 가면 밤이 오는 것처럼"과 똑같은 의미였다. 그의 땀구멍에서는 이 지하실에서 맡을 수 있는 모든 냄새가—포름알데히드와 곰팡이, 그리고 역겨운 부패의 냄새가 섞인—나는 것 같았다. 그와 가깝게 지내는 괴물학자들은 그의 북슬북슬한 턱수염에 냄새가 배어 있는지도 모른다며 면도를 하는 것이 어떻겠느냐고 넌지시 권유하기도 했다. 그러면 아돌퍼스는 버럭 성을 내면서 자신은 머리가 당구공처럼 매끈매끈하기 때문에 몸에서 기를 수 있는 털이라는 털은 최대한 길게 유지할 작정이며 또 자기 몸에서 얼마나 고약한 냄새가 나든 개의치 않는다고 말하곤 했다.

벌써 나이가 80대에 접어들었건만 아돌퍼스의 기억력은 놀랍도록 비상했다. 누구든 연구 자료를 찾는다며 미로처럼 복잡한 복도와 먼지투성이 방들을 몇 시간이나 헤매며 무수한 표본들을 뒤지다 보면 아무 표식도 없는 서랍과 천장까지 쌓여 있는 이름 없는 궤짝들의 두서없는 정리 체계에 백기를 들기 마련이었고, 그의 불평불만에 대한 반응은 항상 단순한 질문으로 돌아왔다. "아돌퍼스한테는 물어봤나?" 예를 들어 스발바르 제도에 거주하는 희귀한 설인의 손가락뼈를 연구하고 싶다고 하자. 그러면 아돌퍼스는 당신에게 다른 수많은 서랍들과 똑같이 생겨 도저히 구분할 수 없는 작은 서랍 칸을 열어 준 다음, 당신이 손가락뼈를 관찰하는 동안 옆에서 하릴없이 얼쩡거리며 행여나 그것을 잘못된 자리에 돌려놔 그의 머릿속에 들어 있는 목록 전체를 흐트러뜨리지는 않는지 감시할 것이다.

아돌퍼스의 사무실은 지금 우리가 있는 곳보다 한 층 위에 있었다. 그는 그곳에서 온갖 서류와 책, 그리고 한때는 살아 있었을 수도 혹은 그렇지 않을 수도 있는 화석들이 쌓여 있는 책상 뒤에서 낮잠을 잤다. 그의 사무실은 그 자신만큼이나 어수선함 그 자체였다. 바닥을 포함해 눈에 보이는 표면이라는 표면은 산더미처럼 쌓인 수집품과 표본 들로 뒤덮여 있었다. 그런 잡동사니 사이에 난 좁고 구부러진 샛길만이 그의 보금자리로 이어지는 유일한 동맥이었다.

빗방울이 날리는 11월의 오후, 사무실에서 꾸벅꾸벅 졸고 있는 그의 발밑에서, 릴리의 등불이 희미한 포름알데히드 냄새와 녹청색 더께, 그리고 간혹 발작을 일으키듯 요동치는 거미줄 사이로 로어 몬스트러마리움의 먼지 냄새가 퀴퀴한 좁고 뒤엉킨 금지된 복도에 작은 빛을 드리우고 있었다.

우리는 복도가 두 갈래로 갈라지는 곳에 도달했다. 릴리는 아랫입술을 잘근거리며 손에 든 등불을 이쪽저쪽으로 번갈아 비춰 보았다.

"길을 잃었잖아." 내가 말했다.

"조용히 하라고 했지!"

그녀는 왼쪽 길을 택했고, 나는 선택의 여지 없이 그 뒤를 따랐다. 어쨌든 길을 밝힐 수 있는 유일한 수단이 그녀의 손에 들려 있었고 자칫하다간 이 지옥처럼 음산한 방들을 배회하다 결국 기력을 소진해 천천히 굶어 죽을지도 몰랐기 때문이다. 마침내 팻말이 붙어 있는 문이 나타났다. '미분류 101.' 왠지 불길한 예감이 들었다.

"여기야! 바로 여기라고, 윌! 준비됐어?"

"무슨 준비?"

"사실 내가 생일 선물로 받고 싶었던 건 이거였어. 하지만 할아버지가 그 바보 같은 책을 줬지 뭐야."

릴리가 문을 밀어 열었다. 다음 순간 아주 익숙한 냄새가 좁은 복도를 가득 메웠다. 괴물학자의 옆에서 자주 맞닥뜨렸던—생체 기능이 활발하게 작동하고 있다는 증거인—동물의 배설물과 고기 썩는 냄새였다.

작은 방에는 삼면에 철창 우리가 겹겹이 쌓여 있었다. 대부분 비어 있는 우리 안에는 축축한 지푸라기와 빈 물그릇이 놓여 있었다. 개중에 간간이 갇혀 있는 짐승들은 어두운 그림자 속에서 날래게 움직이거나 철망 사이로 침이 질질 흐르는 주둥이를 쑤셔 내밀며 우리의 갑작스러운 침입에 분개한 듯 이빨을 드러내고 으르렁거렸다. 놈들이 어떤 종류의 생물인지는 알 방도가 없었다. 우리에는 아무 표식도 붙어 있지 않았고, 내 머리에 괴물학 사전이 담겨 있는 것도 아니었으니까. 나는 그저 광포함이 이글거리는 사나운 눈동자와 언뜻언뜻 보이는 털 뭉치나 비늘이 덮인 몸뚱이, 철망을 움켜쥐고 흔드는 갈고리발톱, 허점이라도 찾는 듯 자물쇠를 꼼꼼하게 더듬는 갈라진 혀끝을 스쳐 가듯 봤을 뿐이다.

릴리는 짐승들의 온갖 소란과 야단법석을 가볍게 무시하고 반대쪽 벽에 놓여 있는 탁자로 직행했다. 탁자 위에는 두꺼운 유리로 만들어진 정육면체의 상자가 놓여 있었다. 그녀는 옆에 등불을 내려놓고 내게 가까이 다가오라고 손짓했다.

상자 안에는 고운 모래가 10센티미터쯤 깔려 있었고 큼지막한 돌덩어리 몇 개와 피처럼 보이는 걸쭉한 액체가 담긴 접시가 놓여 있었다. 사막과 비슷한 환경을 조성하려 한 것 같았다. 그렇지만 안에 무엇이 살고 있는지는 보이지 않았다. 릴리가 무거운 뚜껑을 들어올리고 내게 자세히 보라고 부추겼을 때도 마찬가지였다.

"아직 어린 새끼야." 쇠창살 안에 갇힌 괴물들의 울음소리가 방안을 가득 메우고 있어 그녀는 입술을 내 귀에 바짝 가져다 대야만 했다. "다 자라면 150센티미터까지 큰대. 할아버지가 그랬어. 저기, 저거 보여? 모래에 커다란 혹같이 튀어나와 있는 거. 저게 아마 맞을거야. 할아버지가 그러는데 이건 진짜진짜 진귀한 생물이라서 값도 엄청나게 비싸대. 살아 있으면 더더욱 그렇고. 키우기가 너무 힘들거든. 저기! 방금 움직이는 거 봤어? 우리 목소리가 들리나 봐."

황토색 모래 담요 밑에서 갑자기 뭔가가 물결처럼 굽이쳤다.

"저게 뭐야?" 내가 작게 속삭였다.

"바보. 너야말로 괴물학을 공부하는 학생이잖아. 이 정도면 단서를 충분히 준 거 아니야? 사막에 산다. 150센티미터까지 자란다. 굉장히 희귀하고 아주아주 비싸다. 그럼 힌트를 하나 더 줄게. 고비 사막에서 잡아온 거야."

나는 고개를 저었다. 내 무식함에 충격을 받았다는 듯이 그녀의 입술이 벌어졌다. "난 보자마자 뭔지 알았는데. 힌트도 거의 안 듣고 말이야. 윌리엄 헨리, 넌 워스롭 박사 밑에서 배운 게 별로 없구나? 그렇지? 그 사람이 형편없는 스승이거나 아니면 네가 형편없는 제자인 거겠지. 아무리 봐도 내가 너보다 아는 게 훨씬 많은 것 같아. 할아버지가 여자는 협회의 회원이 될 수 없다고 말하지만 난 반드시 괴물학자가 되고 말 거야. 난 역사상 최초의 여성 괴물학자가 될 거라고. 어떻게 생각해? ……어머! 저거 코 내민 거 아냐?"

물결 모양으로 요동치는 모래 밑에서 뭔가가 조금씩 올라오고 있었다. 동전만 한 크기의 둥글고 오그라진 새까만 구멍, 구멍 가장자리에는 자잘한 송곳니처럼 보이는 것이 빽빽하게 나 있었다. 저 정체 모를 생물의 입이라는 데 의심의 여지가 없었다. 그렇지만 알아볼 수 있는 것은 그게 다였다. 눈도 없고, 코도 없고, 다른 눈에 띄는 특징도 없었다. 녀석은 작은 입을 열고 물 밖에 나온 물고기처럼 뻐끔거렸다.

"몽골 사람들은 얘들을 너무 무서워해서 이름만 말해도 재수가 옴 붙는다고 믿는대." 릴리가 말했다. "어쨌든 넌 모르는 것 같으니까 내가 알려 줄게. 이건 올고이 코르고이(Allghoi khorkhoi)야."

그녀는 내 얼굴을 빤히 쳐다보며 깨달음의 표정이 떠오르길 기다렸다. 아, 그래! 그 올고이 코르고이 말이지! 나는 별로 깊이 생각하지도 않은 채, 내 교육 수준에 대한 그녀의 경멸 어린 비난에 쓰라린 통증을 느낀 나머지 나중에 후회할 것을 뻔히 알면서도 박사가 내 앞에서 수천 번이나 그랬던 것처럼 손바닥으로 이마를 탁 하고 내리쳤다. 그러고는 외쳤다. "아, 그래! 그 올고이 코르고이 말이지! 생각도 못 했어. 워낙 희귀해서 살아 있는 표본이 있을 줄은 상상도 못 했네. 정말 대단한걸!"

릴리의 눈이 미심쩍다는 듯이 가늘어졌다. "그럼 너도 이게 뭔지 아는 거구나?"

"응, 물론이지. 방금 내가 그렇게 말했잖아." 하지만 나는 그녀와 눈을 마주치는 것을 피했다.

"그럼 꺼내 보자."

"꺼내 봐?"

"그래. 성별을 확인해 보게."

"성별을 확인해?"

"왜 아까부터 내가 하는 말을 따라 하는 거야? 암컷인지 수컷인지 알아야 이름을 붙이지. 너 코르고이의 성별을 구분하는 방법 정도는 알고 있지? 그렇지?"

"응, 물론이지." 나는 거만한 태도로 손을 휘저으며 — 역시 박사의 버릇을 따라 한 것이었다. — 코웃음을 쳤다. "식은 죽 먹기지, 뭐."

"잘 됐다!" 릴리가 말했다. "여자애면 밀드레드라고 짓고, 남자애면 하워드라고 지을 거야. 빨리 꺼내 봐, 윌. 확인해 보게."

더 이상 달아날 길이 없었다. 변명도 할 수가 없었다. 지독한 알레르기가 있다고 우길 수도 있지만, 릴리라면 거짓말이라는 걸 금세 간파할 것이다. 입 모양을 보면 성별을 알 수 있으니까 굳이 만질 필요가 없다고 할 수도 있지만, 그러다가 내가 모래바닥에 난 구멍과 코르고이도 구분할 줄 모른다는 의심만 굳히게 되어 도리어 화를 자초할지도 모른다.

그리하여 나는 나 자신의 허풍에 딸려 온 기만의 족쇄를 선택했고, 유리 상자 안에 손을 넣어 뻐끔거리는 입을 최대한 피해 파도처럼 굽이치는 벌레의 몸통 밑으로 천천히 밀어 넣었다. 그것은 내가 예상한 것보다 더 무겁고 두꺼웠다. 내 손목에 버금가는 두께라 도저히 한 손으로는 들 수가 없었다. 더구나 코르고이가 누군가의 손에 붙들리는 것을 좋아하지 않는다는 사실이 분명해지자 상황은 더욱 심각해졌다. 녀석은 내 덜덜 떨리는 손아귀 안에서 입부터 꼬리까지 온몸을 비틀며 사납게 몸부림쳤다('머리'라고는 부르고 싶지 않다. 왜냐하면 놈은 처음부터 끝까지 동글 길쭉한 몸통만 있을 뿐, 중요한 신체기관이라고 구분할 만한 형상이 아무것도 없었기 때문이다.). 몸통은 적갈색이었고 생긴 것도 손에 닿는 촉감도 소의 내장을 연상시켰다.

"두 손을 다 사용해야지, 윌." 릴리가 속삭였다. 나는 코르고이를 붙드는 데에만 정신이 팔린 나머지 그녀가 나와 내 손에 들린 것을 피해 멀찍이 물러서고 있다는 것도 눈치채지 못하고 있었다.

어쨌든 그것은 사려 깊은 충고처럼 들렸다. 코르고이의 몸길이는 15센티미터는 족히 넘어 보였고, 내가 잡은 곳은 꼬리 쪽에 더 가까웠기 때문에 주름투성이 입은 공중에서 치대며 뻐끔거리고 있었다.

나는 조심스럽게 왼손을 내밀어 몸통 앞쪽을 잡으려고 했다. 눈도 콧구멍도 없는 녀석이 어떻게 내 기척을 느꼈는지는 모른다. 그렇지만 코르고이는 내 손이 다가오고 있다는 것을 감지했다.

순식간에 녀석이 맹렬하게 달려들었다. 애벌레보다 방울뱀에 가까운 동작이었다(나중에 알았지만 코르고이는 파충류였다.). 몸을 한껏 웅크려 수축했다가, 갑자기 채찍처럼 휘어지며 내 얼굴을 향해 똑바로 날아왔다. 둥근 입이 두 배로 늘어나더니 검은 목구멍 안쪽에 겹겹이 나 있는 작고 날카로운 이빨이 나타났다. 나는 본능적으로 머리를 뒤로 잡아 뺐다. 덕분에 얼굴은 공격을 피할 수 있었지만 대신에 목을 훤히 드러내고 말았다. 녀석이 내게 달라붙기 전에 내가 마지막으로 본 것은, 그 커다랗게 열린 검은 목구멍 안쪽에서 정체를 드러내는 이빨이었다.

처음에는 놈이 나를 물었는지조차 느끼지 못했다. 그저 고무처럼 탄력 있는 입술이 살에 닿더니 쪽쪽 빠는 듯한 엄청난 압력이 느껴졌을 뿐이다. 녀석은 거머리처럼 집요하고 끈덕지게 나를 물고 늘어졌다. 통통한 몸통이 내 가슴에 찰싹 달라붙는 게 느껴졌다. 내 손에서 미끄러져 빠져나간 것이다! 녀석은 즉시 내 목을 꼬리로 휘감고는 힘껏 조르기 시작했다. 숨이 막혔다. 녀석의 입이 닿아 있는 곳이 화끈거렸다. 나중에야 알았지만 코르고이는 먹이의 고기를 먹지 않았다. 그리고 엄밀하게 말해 피를 빨아 먹지도 않았다. 녀석들은 거미처럼 독성이 있는 침으로 먹이의 살을 녹여 먹었다. 이빨은 진화 과정에서 퇴화한 흔적 기관에 불과하며, 먹이의 숨통을 조르는 것은 거미가 거미줄을 둘둘 감아 먹이의 움직임을 봉쇄하는 것과 비슷했다. 어쨌든 의식을 잃으면 스스로를 방어하기가 어려우니까 말이다.

나는 소스라치게 놀라 목에 달라붙은 괴물의 몸뚱이를 필사적으로 할퀴었다. 릴리는 겁에 질려 주춤주춤 뒷걸음쳤다. 작은 장난이 순식간에 끔찍한 결과를 불러온 것이다. 그녀는 상상도 못 했던 이런 대단원 앞에서 옴짝달싹도 못 하고 얼어붙어 있었다. 나는 휘청거리다…… 균형을 잃고…… 바닥에 쓰러졌다. 시야 가득 검은 꽃잎이 피어나기 시작했다.

릴리가 비명을 질렀다. 비명 소리가 아주 멀리, 아득한 곳에서 들려오는 것만 같았다. 새까만 꽃들이 활짝 핀 정원 속에서 나는 릴리가 방 밖으로 뛰쳐나가는 모습을 바라보았다. 손에는 등불을 잡아 쥐고, 이 암흑 속에 광분해서 날뛰는 로어 몬스트러마리움 미분류 101의 거주민들과 나를 내버려 둔 채.

19장

"내가 누구를 배신했는데."

나는 아주 오래도록 암흑 속에 있었다.

그리고 마침내 어둠이 걷혔을 때에는 내 옆에 괴물학자가 있었다.

"깼느냐?" 그가 물었다.

나는 말을 하려고 했다. 하지만 그 노력에 대한 대가로 돌아온 것은 목에서부터 허파까지 이어지는 지독한 통증이었다. 가슴 위에 커다란 바윗덩이가 얹혀 있는 것 같았다. 처음에는 머릿속이 텅 비어 아무 생각도 나지 않았지만, 여기가 어딘지 기억하고 나니 안도의 파도가 밀려왔다. 머리 밑의 베개가 무척 푹신했다. 해링턴 레인의 다락방에 있는 내 베개보다 훨씬 푹신했다. 호텔 침대는 내 방 침대보다 크고 널찍했고, 그래서 또 다행이라는 생각이 들었다. 그의 홀쭉한 얼굴이 눈앞에서 점차 선명해지자 행복이라고 부르기에는 다소 망설여지지만 그보다 더 적절한 표현은 없을 법한 따뜻하고 부드러운 기운이 가슴속 깊은 곳에서 벅차올랐다.

"안녕하세요, 박사님." 내가 갈라진 목소리로 말했다.

"어디 한번 맞혀 봐라, 윌 헨리. 네가 지금 아주 커다란 곤경에 처한 것 같으냐, 아니면 작은 곤경에 처한 것 같으냐?"

"아주 커다란 곤경요."

"네가 그보다 약간 더 운이 좋았다는 것만 알아 둬라. 어느 모로 보나 넌 죽었어야 해."

"처음도 아닌걸요."

나는 목 주위에 두툼하게 감겨 있는 붕대를 만져 보았다. 살짝 닿기만 했는데도 말을 하려고 했을 때처럼 엄청난 통증이 엄습했다.

"나라면 만지지 않을 거다." 그가 말했다.

"네, 박사님." 나는 숨을 몰아쉬며 대답했다.

"어째서 너를 혼자 둘 때마다 이렇게 심한 부상을 입는 거지? 이쯤 되면 널 인디언 아기처럼 항상 등에 업고 다녀야 하는 건 아닌지 싶구나."

"제 생각이 아니었어요, 박사님."

"그래? 그럼 베이츠 양이 코르고이를 네 목에 걸어 주기라도 했단 말이냐?"

"아뇨, 박사님. 릴리는 그걸 만지지도 않았어요. 꺼낸 건 제가 맞는데요."

"그럼 대관절 왜 몽골리언 데스웜을 사육기에서 꺼냈는지부터 말해 봐라."

"……성별을 확인하려고요."

"맙소사, 윌 헨리. 코르고이는 자웅동체라는 걸 모르느냐? 녀석들은 암컷도 되고 수컷도 된다."

"몰랐어요, 박사님." 나는 울음을 삼켰다. "전 몰랐어요."

"이제는 괴물학에 대한 무지가 얼마나 비싼 대가를 치를 수 있는지 알게 되었겠지?"

"네, 박사님."

"무지는 네 목숨을 앗아 갈 수도 있다. 데스웜의 성별을 아는 게 그런 위험을 무릅쓸 정도로 가치 있는 일이냐?" 그는 내 대답을 기다리지 않았다. "그럴 리가 없지. 도대체 왜 그런 짓을 한 게냐, 윌 헨리? 너하고는 하등 상관도 없는 거기까지 내려간 이유가 뭐야?"

"릴리가……."

"릴리! 맙소사, 그 애가 네 머리를 의자로 내려치고 몬스트러마리움으로 끌고 가기라도 했단 말이냐?"

"저한테 보여 주고 싶은 게 있댔어요."

"내가 충고 한마디 하마, 윌 헨리. 여자 사람이 너한테 보여 주고 싶은 게 있다고 하거들랑 당장 반대쪽으로 줄행랑을 쳐라. 너는 절대로 보고 싶지 않은 것일 확률이 크니까."

"네, 박사님. 그럴게요. 그건 몰랐네요."

그는 엄숙하게 고개를 끄덕였다. 그렇지만 통증 때문에 눈물이 나서 눈앞이 뿌연 와중에서도 나는 그의 눈이 등불 아래서 재미있다는 듯이 춤추고 있는…… 건가?

"넌 모르는 게 아직 많아. 과학은 물론이고…… 그보다 훨씬 심오하고 오묘한 현상에 대해서도 말이야."

"심오하고 오묘한 현상이라니요?"

"여성을 말하는 거다. 이번 사건의 경우에는, 너를 하마터면 죽음으로 몰고 갈 뻔했던 소녀가 너를 구해 준 은인이기도 하지. 릴리의 민첩한 판단이 없었다면 나는 앞으로 네 소중한 봉사를 받지 못할 뻔했다. 릴리는 곧장 에인스워스 교수한테 가서 그를 깨웠단다. 그것만도 결코 쉽지 않은 일이야. 특히 애들은 절대 놀면 안 될 곳에서 놀다가 사고를 친 어리석은 두 꼬마 때문에 달콤한 낮잠을 방해받은 그분이 어떤 반응을 보였을지 생각하면 말이다. 네 목숨을 구한 건 아돌퍼스다, 윌 헨리. 그분께 감사하도록 해. 몸이 회복되는 대로 그분께 감사의 마음을 충분히 전하도록 해라. 하지만 그럴 때도 네 안전을 위해 거리를 좀 멀찍이 두는 게 좋을 거야. 네가 그분의 영역에 다시 발을 들여놨다간 지팡이로 네 목을 조를 테니까."

나는 고개를 끄덕였다. 그 바람에 또다시 목에 타는 듯한 통증이 찾아와 얼굴이 절로 일그러졌다.

워스롭 박사가 침대 옆에 놓인 세면대에서 물수건을 건졌다. 그는 수건을 짠 다음 땀이 송골송골 어린 내 이마에서부터 시작해 점차 아래쪽으로 내려가며 내 몸을 닦아 주기 시작했다. 그는 평소에 다른 일을 할 때와 똑같이 극도의 집중력을 발휘해 그 일에 전념했다. 천방지축 제자에게 스펀지 목욕을 시켜 주는 것에도 절대적인 진리와 이상이 존재하는 것처럼, 반드시 따라야 할 정확한 절차라도 있는 것처럼 말이다.

"앞으로 며칠간이 중요해." 그는 전에도 수없이 들었던 차분히 강의하는 말투로 말했다. "네 행운에는 아돌퍼스가 꼬마 애들 둘이 성별을 구분할 수도 없는 생물의 성별을 확인하기 위해 몬스트러마리움에 몰래 숨어드는 것 같은 전례 없는 해괴망측한 사건에 대비해 코르고이의 해독제를 상비해 두고 있었다는 사실도 포함된다. 그렇지만 그 행운도 독의 성질에 따라 경감되기 마련이야. 야생 데스웜은 몇 달이나 먹지 않고 버티는 대신 먹이를 잡을 때 독으로 사지를 마비시킨다. 그러고는 며칠 동안 살아 있는 먹이의 살점을 녹여 먹지.

놈들의 독은 최면제와 비슷하다, 윌 헨리. 환각을 유발하지. 토착민들은 그 독을 짜내서 소량으로 아편처럼 사용했어. 증류주에 타거나, 아니면 더 흔한 방법으로는 토끼풀에 적셔서 담배처럼 피우곤 했지. 이성적으로 있을 리가 없는 것들이 보이거나 하는 일이 생기면 즉시 나한테 말해야 한다. 그래야 내가 옆에서 지켜보며 네가 편집증 증세를 보이거나 과대망상에 빠지지 않는지 감시할 수 있으니까. 후자의 경우가 되면 아주 위험하단다. 그건 평소의 정상적인 상태와 구분하기가 힘들거든. 아까까지는 아무렇지도 않다가 다음 순간에는 갑자기 자기가 하늘을 날 수 있다고 착각하거나 머리가 하나 더 생겼다고 주장할 수도 있단다. 두 번째야 너한테는 별로 나쁜 일이 아니겠지. 뇌가 하나 더 있어도 해가 될 일은 없을 테니까."

그는 존 챈러가 이로 물어뜯은 내 가슴의 상처를 살펴보았다.

"또 뭐가 있더라?" 그는 혼자 중얼거렸다. "아, 그래그래. 소변을 볼 때 화끈거리고 아플 수도 있다. 독에 유달리 민감한 사람들은 신체 말단 부위의 혈액 순환이 저조해져서 괴저가 생기거나 부속기관을 절단해야 할 수도 있어. 머리카락이 빠지거나 고환이 부을 수도 있다. 개구부에서 출혈이 발생한다는 연구 결과도 있었지. 특히 항문에서 말이야. 신장 기능이 저하되고 폐에 물에 찰 수도 있는데 그렇게 되면 말 그대로 네 가래침에 익사하게 될 거다. 흠, 더 빠뜨린 게 없는지 모르겠구나."

"부디 없길 바라요, 박사님." 그는 수건의 물을 짜고 잠옷을 내려 내 배를 가린 다음 이불을 덮어 주었다.

"배고프니?"

"아니요, 박사님."

"내가 다른 환자를 돌보는 동안 말썽 부리지 않고 얌전히 있을 수 있겠니?"

"릴리요?" 이유는 알 수 없지만, 별안간 끔찍한 예감에 심장이 팔딱거렸다.

"거참 이상하게도, 늘 그렇듯이 너희들의 골치 아픈 비행을 부추긴 주동자는 아무 해도 입지 않았단다. 나는 챈러 박사를 말하는 거다."

"아, 네! 전 괜찮아요, 박사님."

"행여 나중에 배가 고프거들랑 프런트에 전화를 걸어 식사를 주문해라. 부드러운 음식을 시켜야 한다, 윌 헨리. 맛이 너무 자극적인 것도 안 돼."

그때 바깥방에서 전화기 소리가 울리자 박사는 깜짝 놀랐다. 우리에게 전화가 올 것이라고는 전혀 짐작도 못 한 것 같았다. 잠시 뒤에 그가 손가락으로 머리칼을 쓸어 넘기며 방으로 돌아왔다.

"문은 닫아 두마, 윌 헨리. 그만 자렴."

나는 그러마고 대답했다. 그러고는 순종적으로 눈을 감았다. 거실에서 목소리가 들려왔다. 진짜 사람들의 목소리일까? 나는 궁금했다. 아니면 아직 내 몸 안에 남아 있는 코르고이의 독이 이야기를 하고 있는 걸까? 하나는 낮고 굵은 남자 목소리였고, 다른 하나는 좀 더 높은 여자 목소리였다. 뮤리엘이야. 나는 생각했다. 뮤리엘이 박사님을 찾아온 거야. 하지만 왜? 챈러 박사한테 무슨 일이라도 생긴 걸까? 그가 마침내 병마에 굴복하고 말았나? 그녀의 흐느낌 소리가 들리는 것 같았다. 드디어 끝이 난 거야. 나는 생각했다. 가장 먼저 그녀의, 이어 내 스승의 비통한 심정이 내 것처럼 느껴졌다. 나는 마음속으로 두 팔에 그녀의 남편을 그러안은 채 황량하고 무자비한 원시림 사이로 난 끝없는 길을 한없이 걸어가던 박사의 모습을 떠올렸다. 무겁고 적막한 대기를 뚫고 울려 퍼지던 그의 절박한 외침을 들었다. 도대체 여긴 뭐 하러 온 거야? 뭘 찾을 거라고 기대한 거냐고!

챈러는 왜 숲으로 떠난 걸까? 랫 포티지에서 만난 그는 폰 헬룽의 계획과 모든 일의 원흉인 사내를 조롱하고 또 비웃었다. 그렇다면 그는 왜 자신이 존재한다고 믿지도 않는 것을 찾아 거기까지 간 것일까? 박사의 추측처럼, 폰 헬룽에게 잘 보이려고 했거나 아니면 존경하는 스승님을 위해 어디까지 헌신할 수 있는지 보여 주려는 과잉 충성의 발로였던 것일까? 대관절 무엇이 챈러가 목숨을 걸고서라도 스스로 근거 없는 망상, 신화에 불과하다고 믿는 것을 찾아 떠나게 만든 것일까?

두 개의 목소리는 딱히 격양되지도 나긋해지지도 않은 채 봄날의 시냇물처럼 온화하게 흐르고 있었다. 그래, 나는 결론을 내렸다. 저건 그들의 목소리였다. 박사와 뮤리엘의 목소리가 확실했다. 그리고 잠시 뒤에는 그것들이 실제로 존재하고 있다고 장담할 수 있었다.

저 목소리들은 내 머릿속에만 존재하는 게 아니라, 바깥방에서 진짜로 들려오고 있었다.

그다음에 내가 한 일은 그리 자랑할 만한 것이 못 된다.

우리 방과 연결된 짧은 복도는 거실로 이어졌다. 다행히도 복도등이 켜져 있지 않아 나는 어둑어둑한 속에서 길을 더듬어 찾을 수 있었다. 느릿느릿—오, 너무나도 느릿느릿!—나는 바닥에 배를 깔고 엎드려 해병대원이라도 된 것처럼 조심스럽게 미끄러져 전진했고, 덕분에 들키지 않고 두 사람을 훔쳐볼 수 있었다.

뮤리엘은 긴 소파에 앉아 있었다. 태피터와 벨벳으로 지은 라벤더색 드레스 위에 승마용 망토를 맵시 있게 걸치고 있었다. 내가 있는 곳에서도 그녀의 아름다운 초록색 눈동자는 냉정해 보였으며, 손가락은 무릎 위에서 손수건을 쥐어짜고 있었다. 박사는 어디 있는지 보이지 않았지만 그녀의 시선으로 미뤄 짐작해 보건대 벽난로 근처에 있는 것 같았다. 내가 아는 워스롭이라면 분명히 서 있을 것이다. 박사는 긴장되거나 스트레스가 심할 때면 의자를 놔두고 서 있거나 아니면 우리에 갇힌 사자처럼 초조하게 서성이곤 했다. 그리고 지금은 누가 보더라도 심한 스트레스를 받고 있는 상황이었다.

"……당신이 나를 찾아온 이유를 이해하는 데 다소 어려움을 겪고 있다는 걸 고백해야겠소." 그는 이렇게 말하고 있었다.

"그들이 그이를 퇴원시켜야 한다고 고집하고 있어요."

"말도 안 되는 소리. 도대체 왜 그를 병원에 두지 않겠다는 거지? 존이 죽기라도 바라는 건가?"

"아치볼드 때문에요. 그이의 아버지요. 자기 허락도 없이 그이를 병원에 데려갔다며 몹시 진노하셨어요. 서류 기록 때문에 소문이라도 날까 봐 전전긍긍하고 있죠. 애초에 그이를 병원에 입원시키지 못한 것도 그 때문이었어요. 아치볼드가 너무 완강하게 거부해서요."

"아, 그렇지. 나도 참 미련하기는." 박사가 비아냥거렸다. "위대한 아치볼드 챈러와 상의도 하지 않고 그 아들의 목숨을 구하려고 했다니!"

"그분이 존의…… 직업을 어떻게 생각하는지 알잖아요. 그분은 그걸 수치스럽게 여겨요. 가문의 치욕이라고. 자존심이 아주 센 분이죠. 다른 무엇보다도 세간의 웃음거리가 되는 걸 가장 참지 못하는 성격이고. 그 점에 있어서만큼은 다른 사람이라면 몰라도 적어도 당신은 이해할 텐데요."

"훌륭하오, 뮤리엘. 도움을 청하러 온 주제에 나를 모욕하지 않으려는 노력이 참 가상하군."

그녀는 억지로 웃어 보였다. "아, 하지만 당신이 어쩔 수 없게 만든다고요."

"아니, 당신이 어쩔 수가 없는 거겠지."

"아까 한 말을 취소하면, 나를 도와줄 건가요?"

"그래요. 지금껏 줄곧 그랬듯이, 내 힘이 닿는 한 내 친구를 도울 거요."

"그게 바로 내가 부탁하는 거예요."

"그런가?" 돌연 그의 목소리가 가라앉았다. "그게 당신이 부탁하는 전부요?"

"어쩌면 아닐지도요. 그렇지만 지금으로서는 그게 다예요."

그의 긴 그림자가 나타나 그녀의 얼굴 위에서 어른거렸다. 그녀의 내리깐 시선, 아래로 떨군 턱, 상실감에 젖은 표정. 그녀가 의자에서 일어났다. 그림자 끝에 그의 모습이 나타났다. 그가 그녀를 향해 다가가다, 우뚝 멈춰 섰다. 그녀의 모습이 그의 등에 가려졌다.

"각오는 되어 있는 거요, 뮤리엘? 어쩌면 그는 살지 못할지도 모르오."

"랫 포티지에서 일이 일어난 후로 각오는 늘 되어 있었어요. 하지만 '그가 돌아온 뒤로'라는 말은 할 수가 없군요. 왜냐하면 그는 돌아온 적이 없으니까요. 펠리노어, 존은 거기에서 돌아오지 않았어요."

그녀가 그의 품 안에 쓰러졌다. 그는 깜짝 놀라 휘청거렸지만 곧 본능적으로 긴 팔을 뻗어 그녀를 감싸 안았다. 그가 그녀를 내려다보았다. 그는 그녀의 얼굴을 볼 수 있었다. 나는 볼 수 없었다. 볼 수 있으면 좋으련만.

"그이는 어디 있어요?" 그녀가 물었다. "존은 어디 있는 거죠?"

"뮤리엘, 당신도 알잖소, 내가……."

"오, 그럼요. 당신이 무슨 말을 할지 알고말고요. 당신은 내가 신경이 날카로워져 과민반응을 하고 있다고 말할 거예요. 내가 여자라서 히스테리를 부리고 있고, 내 작고 예쁜 머리로는 걱정할 필요가 없다고, 그러니 강하고 유능한 남자들이 중요한 일을 처리하게 내버려 둬야 한다고 말이죠. 당신은 왜 내 남편이 괴물이 되었는지 완벽하고 이성적이고 과학적인 설명을 늘어놓을 거예요."

"당신 남편은 매우 잘 알려진 정신분열증을 앓고 있는 거요, 뮤리엘. 그가 어리석게 찾아다니던 바로 그 신화적 존재의 이름을 딴 병이지. 허약한 신체와 영양 결핍, 그리고 어쩌면 고문 때문에 증세가 더 악화되…….”

뮤리엘은 그의 가슴을 밀고 몸을 수습하고는 모자를 고쳐 쓰고, 웃음소리를 내며 말했다. “그거 봐요. 그렇게 말할 줄 알았다니까. 한 번도 예상에서 어긋난 적이 없지. 내가 어떻게 당신을 사랑한다고 믿었는지 신기할 정도예요.”

“많은 사람들이 태양을 사랑하지. 세상에서 태양만큼 예상하기 쉬운 게 없는데도.”

“지금 그거 농담이라고 한 거예요?”

“논리적으로 말하려고 한 것뿐이오.”

“제발 조심해요, 펠리노어. 당신의 그 논리 타령이 언젠가는 사람을 죽일지도 모르니까.”

뮤리엘은 긴 의자와 워스롭의 사이에 서 있었다. 그녀가 빠져나가려고 한쪽으로 발을 옮기자, 그가 같은 방향으로 움직여 앞을 가로막았다.

“뭐 하는 거예요?” 그녀가 물었다.

“당신이 예측 못 할 행동을 하는 거요.”

그녀가 신경질적으로 웃었다. “당신이 그런 적이 딱 한 번 있었죠.”

“존은 그게 쇼였다며 비난하더군. 자기가 구해 줄 걸 알고 일부러 뛰어들었다고 말이오.”

“그래도 나는 놀랐는걸요. 소식을 들었을 때 큰 충격을 받았죠.”

“어떤 점에서? 내가 뛰어내렸다는 것? 아니면 내가 살았다는 것?”

“난 아직도 당신이 왜 그랬는지 이해할 수가 없어요, 펠리노어.”

"그 점에선 우리 둘이 똑같군. 나도 이해할 수가 없다오, 뮤리엘."

그가 한쪽으로 비켜섰다. 이제야 내 눈에도 그녀의 모습이 들어왔다. 하지만 그녀는 길이 트인 후에도 움직이지 않았다.

"내가 그만 가야 할까요?" 그녀가 물었다. 그에게 묻고 있는지, 아니면 그녀 자신에게 묻고 있는지 알 수가 없었다. 그녀는 마치 문이 아득히 멀리 있는 것처럼 멍하게 바라보고 있었다.

"그게 최선일 거요." 그가 부드럽게 대답했다.

"당신이라면 그렇겠죠." 그녀는 책망하는 투로 말했다. "정말 너무 뻔하다니까."

"그리고 논리적이고."

나는 누가 먼저 움직였는지 보지 못했다. 빛의 장난인지, 아니면 아직도 독 기운이 돌고 있는 탓인지, 내가 보기에는 누구도 먼저 움직인 것 같지 않았다. 손도 닿아 있지 않았다……. 그러다 다음 순간 두 사람의 손이 닿아 있었다. 그녀는 문 쪽으로 몸을 반쯤 돌린 채였고 워스롭은 반대쪽에 있는 창문을 향해 비스듬히 서 있었다. 그녀의 손이 그의 손등을 가볍게 스쳤다.

"당신이 미워요, 펠리노어 워스롭." 그녀는 그를 쳐다보고 있지 않았다. "당신은 이기적이에요. 그리고 자만심으로 똘똘 뭉쳐 있죠. 그이를 구한 것도 그 자만심 때문이었고요. 그이는…… 그 사람은 당신을 두 배로 합쳐 놓은 것보다도 더 좋은 사람이에요. 그이는 당신을 사랑해서 목숨을 걸었어요. 당신은 그저 그이가 틀렸다는 걸 증명하려고 목숨을 걸었고요."

박사는 대답하지 않았다. 그는 몸을 꼿꼿이 세운 채 기도라도 하듯 고개만 수그리고 있었다.

"나는 밤마다 하느님이 있길 빌었어요. 부디 우리의 죄를 심판해 달라고 기도했죠." 그녀는 이제 차분한 목소리로, 깃털처럼 가벼운 손끝으로 그의 팔을 쓰다듬으며 말하고 있었다. "당신이 다른 모든 배신자들과 함께 지옥의 가장 깊은 구덩이 속에서 영원히 고통받길 기도했어요."

"내가 누구를 배신했는데?" 그가 큰 소리로 물었다. 화가 난 것 같지는 않았다. 그저 궁금한 것뿐이었다. "내가 그를 구해 왔잖소."

그녀의 손이 거둬졌다. 그녀의 손길이 사라지자 그는 흡사 얼굴을 세게 맞은 것처럼 순간 움찔거렸다.

"당신이 그이를 그곳으로 보냈어요. 당신만 아니었다면 그이는 절대로 그런 곳에 가지 않았을 거예요."

"바보 같은 소리. 당신이 말해 주기 전까지 난 그런 걸 알지도 못했……."

"그이는 항상 죗값을 치를 거라는 걸 알고 있었죠. 스스로는 인정하지 않았을지 몰라도…… 그이는 당신처럼 성찰적인 사람이 아니니까요……. 그렇지만 마음속 깊은 곳에서는 대가가 있을 거라는 걸, 언젠가는 그 값을 치러야 한다는 사실을 알고 있었어요."

"대가라니, 무슨 대가?"

"사랑요. 당신이 나를 사랑한 대가. 그리고……." 그녀의 목소리가 잠시 주저했다. "그리고 내가 당신을 사랑한 대가."

"그렇지만 당신은 나를 미워하잖소. 방금 그렇게 말했는데."

그녀가 웃음을 터뜨렸다. "오, 펠리노어. 어쩜 그렇게 똑똑한 사람이 이렇게까지 미련할 수가 있을까! 어째서 존 챌러가 내 남편이 된 거죠?"

그는 대답하지 않았다. 그녀가 한 걸음 다가섰다. 그는 여전히 그녀를 쳐다보지 않았다.

"존은 이 질문의 답을 알고 있었죠." 그녀가 말했다. "그런데 존은 당신의 절반만큼도 똑똑하지 않다고요."

"난 그보다 더 나은 질문을 알지. 당신은 어째서 그의 부인인 거요?"

그녀가 그의 따귀를 때렸다. 그는 그녀가 그의 몸에서 손길을 거둬들였을 때보다도 훨씬 침착하고 차분하게 반응했다. 심지어 거의 움직이지도 않았다.

"거기서 죽어 버렸더라면 좋았을걸." 그녀가 차가운 말투로 내뱉었다.

"당신 소원을 거의 이룰 뻔했소."

"난 캐나다를 말하는 게 아니에요. 빈에서 말이에요. 당신이 빈에서 죽었더라면 난 수심에 잠긴 약혼녀답게 당신의 축축한 무덤에 엎드려 펑펑 울었을 테죠. 존은 지금쯤 머리가 텅 빈 사교계 여자랑 결혼해서 행복하게 살고 있을 테고, 난 다른 누군가와 사랑에 빠졌을 거고요. 자기가 경멸하는 남자를 사랑하는, 이런 끔찍한 지옥에서 살 필요도 없었을 텐데. 왜냐하면 당신이 이 세상에 존재하는 한, 펠리노어, 난 당신을 사랑할 테니까. 이 세상 어딘가에 살아 있는 한, 여기가 됐든 수천 킬로미터나 떨어진 외국이 됐든, 그래도 난 당신을 사랑할 테니까. 당신을 사랑할 수밖에 없어서…… 그래서 당신을 미워하기로 결심했죠. 어떻게든 이 사랑을 극복해야 하니까."

"당신은…… 그러면 안 돼…… 뮤리엘, 우리는 절대로……." 내가 아는 한 처음으로, 괴물학자가 할 말을 잃고 더듬었다. "그런 말을 하면 안 돼."

"아뇨, 난 당신이 알길 바랐어요. 내가 아직도 당신을 사랑한다는 걸 알고 있길 바라요. 남은 평생 동안 그 사실을 기억해 주길 원해요. 당신은 당신의 그 차갑고 매정한 연인 때문에 나를 버렸고 언젠가는 윌 헨리도 당신 곁을 영원히 떠날 테죠. 그래서 그때가 되면, 하루하루 나이 들어 홀로 외로이 죽어 가면서, 마침내 당신의 빚을 갚고 잔인한 언동에 대한 죗값을 치를 때까지, 내 말을 기억하길 바라요."

물에 빠진 사람이 가냘픈 지푸라기를 잡으려는 것처럼, 그가 말했다. "윌 헨리는 결코 나를 떠나지 않을 거요."

그가 침실 문을 열었을 때, 나는 침대에 누워 있었다. 나는 실눈을 뜨고 나를 바라보는 그를 지켜보았다. 문이 닫혔다. 그러더니 다시 열렸다. 그가 내 이름을 불렀다. 나는 대답하지 않았다. 그가 다시 문을 닫았다.

두 사람의 목소리가 들렸다. 어쨌든 나는 그렇다고 생각했다. 갑자기 온몸에 불이라도 붙은 듯 뜨겁게 달아오르면서 숨이 가쁘게 차올랐다. 열이 심하게 올라 상태가 나빠진 것 같았다. 어쩌면 내가 들었다고 생각한 목소리도 실은 잔향에 불과한지도 몰랐다. 데스웜의 독이 만들어 낸 진짜 같은 가짜 말이다. 내가 침실로 돌아올 무렵 그는 그녀를 문 쪽으로 배웅하고 있었다. 뮤리엘은 지금쯤 돌아갔을 게 틀림없었다. 나는 땀을 흘리기 시작했다. 편집증…… 망상…… 소변을 볼 때 통증. 나는 머릿속으로 박사가 말한 증상들을 하나씩 점검해 보았다. 괴저…… 출혈……. 나는 속옷 밑으로 손을 넣어 슬며시 고환을 만져 보았다. 조금 부은 건가? 만약 그렇더라도 그걸 어떻게 알지? 아침마다 크기를 쟀던 것도 아닌데.

방 밖에서는 나지막한 웅얼거림이 서서히 부풀어 올랐다가 희미해졌다. 나는 눈을 감았다. 느슨한 매듭이 스르르 헐거워지듯이 온몸이 풀어지는 느낌, 나는 부드럽게 물결치는 망망대해에서 둥둥 떠다니고 있었다.

후자의 경우가 되면 아주 위험하단다. 아까까지는 아무렇지도 않다가 다음 순간에는 갑자기 자기가 하늘을 날 수 있다고 착각할 수 있지.

나는 보지 않은 것을 입증할 수는 없다.

그들의 명예를 더럽힐 마음도 없다.

내가 정상적인 상태가 아니었다는 것도 안다. 내 피 속에는 독이 흐르고 있었다.

그러나 바깥방에서 목소리가 들려왔고, 어느 순간 사라졌다. 문을 닫는 소리도 없었고, 잘 가라는 인사말도 들리지 않았다.

밖에서 들리던 목소리가 잠잠해지더니 다시는 들려오지 않았다. 방금 전까지 그들이 있던 텅 빈 공간에서 한 여인이 녹색 눈을 들었다. 그 속에 담긴 거울이 그를 비추고, 그에게 형태와 본질을 부여했다. 그 빛이 없다면, 그는 그림자보다도 더 헛된 존재였다.

우리가 무엇을 주었지?

황량한 풍경 속에서 그가 홀로 비틀거린다. 말라빠진 뻐다귀 위로 바람이 칼날 같은 소리를 내며 지나간다. 물은 없다.

그녀의 눈 안에는 샘이 있다.

우리가 무엇을 주었지?

그는 노란 눈을 보았다. 그는 뼈 무더기가 그득한, 폐허가 된 빈 성당에서 무릎을 꿇고 기도를 올린다. 그는 거센 바람이, 빼빼 마른 팔다리가 메마른 공기를 퉁기며 그의 이름을 부르는 소리를 들었다.

그는 알고 있었다. 그는 괴물학자였다. 그는 너무 오랫동안 황량함 속에 있었다.

하지만 이제, 그녀의 눈 속에서, 풍요로움을 찾았다.

혹자는 그들을 비난할지도 모른다. 나는 아니다. 만일 그들이 한 일이 죄라면, 그것은 축복받은 죄, 행위 그 자체로 신성한 죄였다. 그는 그녀의 순수한 눈 속에서 자신을 만났고, 그녀의 제단 위에서 죄를 사함 받았다.

바깥방에서 그들의 그림자가 만나 하나가 되었다. 굶주린 자가 먹는다. 가득 흘러넘치는 순수한 물을 마신다. 그녀의 달콤한 숨결. 난롯불에 황금빛으로 빛나는 그녀의 피부. 짧은 시간이나마 그는 이 사랑을 거부하게 만든 신비로운 연인이 줄 수 없었던 것을 맛본다. 그녀의 풍요로운 녹색 눈 속에서, 펠리노어 워스롭은 마침내 자신이 다른 이에게 속해 있음을 발견했다.

M

6권

보상

"밤이건 낮이건 이 대도시에는
초행자가 안심하고 갈 수 있는 거리가 없다."

— 제이콥 리스

20장

“아름다운 날.”

그는 다음 날 아침 일찍 내 방으로 쳐들어왔다. 손에는 달걀과 토스트, 팬케이크, 소시지, 크랜베리 머핀, 사과 코블러*와 오렌지 주스가 담긴 트레이가 들려 있었다. 불시에 이런 상상도 못 한 푸짐한 아침상을 마주한 내 표정이 어찌나 솔직했던지 박사는 너털웃음을 터뜨리더니 과장스러운 동작으로 내 앞에 트레이를 내려놓았다. 심지어 냅킨을 착 털어 펼치더니 점잔을 빼며 아직 붕대가 감겨 있는 내 목에 둘러 주었다.

“저런, 헨리 군.” 그는 당황스러울 정도로 명랑한 말투로 말했다. “몰골이 정말 형편없구나!” 그는 창가로 성큼성큼 다가가 커튼을 활짝 열어젖혔다. 화창한 아침 햇살이 방 안 가득 비쳐 들어왔다.

* 과일 파이의 일종.

"하지만 오늘은 참으로 아름다운 날이야. 아름답고말고! 가슴 깊은 곳에 잠들어 있던 시인을 꿈틀대게 만들 정도로 좋은 날이지. 우린 너무 오랫동안 의기소침해 있었어. 너도, 나도 말이다. 이젠 우울한 기분을 떨칠 때도 됐다! 희망이라는 게 없다면 인간과 날마다 무거운 짐수레를 끄는 짐말이 다를 바가 뭐냐!"

그는 손으로 내 이마를 짚었다. 맥박도 쟀다. 내 눈도 검사했다. 그는 내가 이해할 수 없다는 표정으로 화려한 아침 만찬을 멀뚱멀뚱 쳐다보고 있는 것을 보고는 재미있다는 듯 킬킬거렸다.

"아니, 그건 환각이 아니다. 얼른 먹어 치우렴. 나는 아침 세미나를 건너뛰고 이 멋진 도시를 탐험할 생각이다. 내가 15년 만에 뉴욕에 와서는 제대로 둘러보지도 않았다는 걸 아니? 하루 종일 호텔, 학회, 호텔, 학회만 왕복했지 뭐냐. 아까 말한 것처럼 곁눈질도 못하게 안대 낀 짐말처럼 정해진 길만 다니면서 규칙적인 일상에만 안주해서는…… 하지만 판에 박힌 삶이란 죽음이나 마찬가지지. 뭐냐? 왜 그런 눈으로 나를 쳐다보는 거냐? 목이 너무 아파서 말을 못하겠니?"

"아뇨, 박사님."

"배는 어떠냐? 밥은 먹을 수 있지?"

나는 포크를 집어 들었다. "그럴 것 같아요, 박사님."

"잘 됐구나! 내 생각에는…… 먼저 페리를 타고 리버티 아일랜드에 가서 무슈 바르톨디가 만든 여신상을 구경하자. 참, 그 사람도 내 친구지. 아니, 바르톨디 말고 동상을 제작한 에펠 말이야. 흠, 엄밀히 말하자면 친구는 아니고 지인이라는 편이 맞겠구나. 에펠에 관해 말하자면 아주 재미있는 이야기가 있지. 알다시피 내년에 파리에서 만국박람회가 열리잖니. 프랑스 정부는 이 기회에 혁명 100주년을 기념할 기념물을 세우고 싶어 하는데 에펠이 나한테 보낸 편지에 쓰기를, 그의 계획이 뭐냐하면……!"

전화벨 소리가 그의 이야기를 방해했다. 그는 쏜살같이 방 밖으로 달려 나갔고, 나는 오렌지 주스를 홀짝였다. 릴리는 그것을 "황금 넥타르"라고 불렀다. 그의 목소리가 들렸다. "알겠소. 그래요, 당연하지요. 지금 내려가겠소."

박사가 다시 문간에 나타났다. 방금 전과는 사뭇 다른 분위기였다. 평소와 달리 생기 있게 반짝이던 눈빛도, 깡충깡충 뛰는 들뜬 발걸음도 모두 사라졌다.

"나갔다 와야겠다."

"왜요? 무슨 일인데요?"

"그게…… 너는 여기 있어라, 윌. 시간이 얼마나 걸릴지는 나도 모르겠구나."

나는 트레이를 한쪽으로 치우고 이불을 젖혔다. 그는 내가 버둥거리며 침대에서 빠져나와 양말 신은 발로 휘청거리며 바닥을 딛고 서는 모습을 잠자코 지켜보았다.

"전 괜찮아요. 진짜로요. 진짜 괜찮아요. 저도 같이 가게 해 주세요, 네?"

우리가 엘리베이터에서 내리자 뉴욕 경찰 소속의 젊은 경관이 다가왔다. 작달막한 키에 방금 풀을 먹인 빳빳한 제복을 입고, 부스스한 붉은 머리에 갓난아기처럼 동그란 얼굴에는 주근깨가 흩뿌려져 있었다. 경찰이라고 하기에는 너무 앳되어 보여서 흡사 어린아이가 제복을 입고 장난질을 치는 것 같았다. 그는 워스롭 박사에게 싹싹하게 경례를 하고는 자신을 앤드루 코널리 경사라고 소개했다. 우리는 그를 따라 건물 밖에서 대기 중인 사륜마차로 향했다.

워스롭이 옳았다. 정말로 아름다운 날이었다. 약간 쌀쌀하긴 했지만 하늘에는 구름 한 점 없고 눈부신 아침 햇살이 건물들 위로 선명한 그림자를 새기며 아름다운 부조를 조각하고 있었다. 마차가 찰랑이는 이스트 강을 배경으로 남쪽으로 향하는 사이, 나는 박사의 얼굴을 올려다보며 무슨 일인지 물어봐도 될지 망설였다. 하지만 나는 속으로 확신하고 있었다. 존 챈러가 죽은 게 틀림없었다.

우리가 탄 마차는 강가를 따라 한 블록 전체를 차지하고 있는 커다란 건물 앞에서 멈춰 섰다. 벨뷰 병원. 미국에서 가장 유서 깊은 공립병원이었다. 우리는 코널리 경사를 따라 옆문으로 들어가, 어두침침한 계단을 타고 4층으로 올라간 다음, 정부기관 특유의 연두색으로 칠한 좁고 긴 복도를 따라갔다. 음산한 복도 끝에 있는 문 앞에 이르자 코널리가 문을 한 번 두드렸다.

그 즉각 제복경관이 문을 열고 우리를 들여보내 주었고, 그 후로 이어진 긴박한 시간 내내 그와 코널리는 문 앞에서 경직된 차렷 자세를 유지한 채 서 있었다.

방은 얼음장처럼 추웠다. 차가운 가을바람이 침대 위에 있는 깨진 창문 새로 날카로운 소리를 내며 휘몰아치고 있었다. 침대 발치에는 평상복을 입은 한 무리의 형사들이 모여 서서 두 동료가 쪼그린 채 바닥에 있는 무언가를 조사하는 모습을 지켜보고 있었다. 그중 한 명이 — 대단히 인상적인 가슴팍과 그에 못지않게 인상적인 콧수염을 기른 당당한 체격의 사나이 — 우리가 방 안에 들어서자 고개를 들었다. 그의 얼굴에 험악한 표정이 떠올랐다. 두툼한 입술이 불 붙지 않은 시가를 굳게 물고 있었다.

"워스롭. 잘 됐군. 와 줘서 고맙소." 그가 심한 아일랜드 사투리로 말했다. 격식 따위는 생략한, 거칠고 퉁명스러운 태도였다.

"번스 경감." 박사도 딱딱하게 대꾸했다.

"이건 뭐지?" 번스가 내게 눈을 부라리며 말했다. "이 꼬맹이는 뭐고 왜 여기 와 있는 거요?"

"꼬맹이가 아닙니다. 내 조수죠." 괴물학자가 말했다.

물론 대부분의 어른들이 보기에 나는 꼬맹이였다. 하지만 워스롭 박사는 대부분의 사람들과는 다른 눈으로 세상을 봤다.

번스는 구시렁거리면서 숱이 무성한 눈썹 밑에서 나를 꼼꼼히 뜯어보았다. 터무니없을 만큼 거대한 콧수염의 오른쪽이 꿈틀거렸다. 그러더니 대수롭지 않다는 듯 어깨를 으쓱했다.

"이쪽에 있소." 뉴욕 경찰의 수사반장이 말했다. "발밑을 조심하시오. 미끄러우니까."

침대 발치에 모여 있던 사내들이 인간 커튼이 스르륵 열리듯이 옆으로 길을 터 주었다. 반쯤 응고된 피 웅덩이 한가운데 아우구스틴 스칼라가 누워 있었다. 어쩌면 그의 잔해라고 하는 편이 더 정확할지 모른다. 육중한 체구와 넝마가 되다시피 한 피코트가 아니었다면 나는 그를 알아보지도 못했을 것이다. 왜냐하면 아우구스틴 스칼라에게는 더 이상 얼굴도, 눈도 없었기 때문이다. 텅 빈 눈구멍이 황백색의 천장을 공허하게 응시하고 있었다.

너덜너덜 찢긴 셔츠 사이로 털이 무성한 가슴팍이 드러나 있고 가슴 한복판에는 파이 그릇만 한 구멍이 뚫려 있었다. 가장자리가 들쑥날쑥한 구멍 밖으로 심장 한쪽이 튀어나와 있었는데, 원래 있어야 할 자리에서 잡아 뜯긴 데다 누군가 한 입 베어 먹기라도 한 양 일부가 사라져 있었다.

워스롭의 관심을 잡아끈 것은 바로 그 심장이었다. 그는 끈적거리는 피 웅덩이를 무시하고 시신 옆에 무릎을 꿇고는 심장을 유심히 조사하기 시작했다.

"오늘 아침 7시쯤 간호사가 발견했소." 번스가 말했다.

"챈러를 어디로 데려갔습니까?" 박사는 고개를 쳐들지도 않은 채 물었다.

"아무 데도. 그는 사라졌소."

"사라졌다고?" 워스롭이 고개를 번쩍 들었다. "무슨 뜻입니까? 어디로 사라졌다는 거요?"

"난 당신이 그 질문에 답해 주길 바랐소만."

문이 벌컥 열리더니 폰 헬룽이 방 안으로 황급히 뛰어 들어왔다. 넙데데한 얼굴은 붉게 상기되어 있고 네모난 머리통 주변에서는 머리칼이 무질서하게 너울거리고 있었다.

"펠리노어! 하느님, 감사합니다. 자네가 와 있었군. 오, 정말 끔찍한 일이야! 너무나도 끔찍해!"

박사가 바닥에서 일어났다. 그의 바지는 스칼라의 피에 흠뻑 젖어 있었다. "폰 헬룽, 존은 어디 있습니까?"

"챈러 박사가 사라졌소." 폰 헬룽이 입을 열기도 전에 번스가 끼어들었다. 그는 턱 끝으로 깨진 창문을 가리켰다. "저기로 도망친 것 같소이다."

워스롭이 창밖으로 몸을 내밀어 4층 아래에 있는 땅바닥을 내려다보았다. "불가능합니다." 그가 중얼거렸다.

"문은 안에서 잠겨 있었소." 번스가 낮고 굵은 목소리로 말했다. "챈러는 사라졌고. 달리 설명할 길이 없소."

"자연법칙에 따르면 아닙니다, 경감." 박사가 날카롭게 반론했다. "그 친구 등에 갑자기 날개라도 돋아서 날아갔다면 또 모르지만 말입니다."

번스가 폰 헬룽을 힐끗 보더니 부하들에게 밖에서 기다리라고 지시했다. 이제 방 안에는 우리 넷과 아우구스틴 스칼라뿐이었다.

"폰 헬룽 박사가 챈러 박사의 특이증세에 대해 말해 주었소."

워스롭이 탄식하듯이 두 팔을 벌리며 말했다. "존 챈러는 특정 종류의 치매로 비롯된 정신 및 신체적 증상을 앓고 있었을 뿐입니다, 경감. 이름하여 웬디고 정신장애라고 하죠. 역사적으로도 매우 잘 기록되어 있는 병으로……."

"그 웬디고라는 것에 대해서도 설명해 주더군."

"이제 끝났네." 폰 헬룽이 엄숙하게 선언했다. "그는 완전히 우티코가 된 거야."

워스롭이 끙 하고 신음 소리를 냈다. "경감님, 제발 이 사람 말을 듣지 마시길 간곡히 부탁드립니다. 이성을 발휘해요. 대체 어떤 인간이—더더구나 존 챌러처럼 신체적으로 허약한 사람이—4층 높이의 창문에서 떨어지고도 상처 하나 입지 않고 도주할 수 있단 말입니까?"

"나는 의사가 아니오. 내가 아는 것이라곤 그가 실종되었고, 창문이 유일한 탈출구라는 것뿐이지."

"그는 이제 바람을 타고 날 수 있네." 폰 헬룽이 말했다.

"닥쳐요!" 워스롭이 노호를 내지르며 옛 스승의 얼굴에 삿대질을 했다. "당신의 광기에 번스를 끌어들였을지는 몰라도 난 절대로 그런 데 동조하지 않을 겁니다." 그는 번스를 돌아보며 말했다. "간호사를 만나 보고 싶습니다."

"오늘은 집으로 돌려보냈소." 번스가 대답했다. "짐작하다시피, 충격을 심하게 받았거든."

"존은 여기서 걸어 나간 게 틀림없어요……."

"그렇다면 투명인간이 된 게지." 경감이 쏘아붙였다. "이 층에는 항상 간호사가 상주하고 있고 의사와 잡역부들도 수시로 돌아다니오. 그가 문으로 탈출했다면 누군가는 봤을 거란 말이오."

"그리고 내 주장을 뒷받침할 목격자가 분명히 있……." 폰 헬룽이 입을 열었다.

"입…… 다물라고…… 했습니다." 워스롭이 옛 스승에게 위협적으로 으르렁거렸다. 그는 다시 번스에게 관심을 돌렸다. "좋아요. 그가 이 높이에서 뛰어내리고도 어쨌든 이동 능력에 손상을 입지 않았다고 칩시다. 그렇다면 지금 경관들이 그를 찾아 주변을 수색하고 있겠지요? 존의 몸 상태로는 그리 멀리 가지 못했을 테니 말입니다."

그때 한 남자가 들어왔다. 폰 헬룽과 비슷한 연배지만 큰 키에 탄탄하고 강건한 몸매를 지니고 있었으며 날카로운 눈매와 주걱턱에, 연미복을 입고 실크해트를 쓰고 있었다.

"워스롭!" 그는 곧장 박사를 향해 성큼성큼 걸어오더니 손등으로 박사의 얼굴을 후려쳤다.

워스롭이 입가를 문지르자 피가 묻어 나왔다. 아랫입술이 찢어진 것이다.

"아치볼드." 박사가 말했다. "저도 다시 뵈어 기쁘군요."

"네가 그 아이를 여기로 데려왔지!" 존 챈러의 부친이 고함을 질렀다. 방 안에 있는 유일한 경찰은 섣불리 끼어들 생각이 없는 것 같았다. 오히려 이 광경을 즐기고 있는 것처럼 보였다.

"여긴 병원입니다." 박사가 말했다. "병들고 상처 입은 사람들을 치료하는 곳이죠."

"그리고 내가 네놈과 볼일을 마치고 나면 네놈이 갇힐 곳이기도 하지! 어떻게 그런 짓을 할 수가 있지? 그럴 권리도 없으면서!"

"나한테 권리 같은 소리 하지 마십시오." 워스롭이 매섭게 응수했다. "당신 아들한테는 살 권리가 있어요."

부친 챈러가 거칠게 콧방귀를 뀌더니 번스 경감에게 말했다. "가급적 빨리 내 아들을 찾아오시오, 경감. 가능한 한 조용히, 공연한 소동은 피우지 말고. 일이 빨리 해결될수록 좋소. 그리고 어떤 경우든, 당신이든 당신 부하들이든 언론에는 반드시 함구하시오. 우리 가문의 이름이 싸구려 신문에 오르내려 추문거리가 되는 건 질색이니까."

번스는 짧게 고개를 까딱였다. 그의 입술이 경멸감을 내비치며 싸구려 여송연 위로 말려 올라갔다. "밑에 것들이 선생님 이름을 입에 올리기만 해도 쏴 버리지요."

챈러가 다시 박사를 돌아보았다. "이게 다 네놈 잘못이야, 워스롭. 내 아들의 치료와 관련해 네놈이 저지른 파렴치한 중과실에 대해서는 이미 변호사와도 얘기를 마쳤지. 맹세코 네놈이 죗값을 치르게 해 주마. 반드시 대가를 치르게 될 거야!"

그는 발꿈치를 홱 돌리더니 격렬한 폭풍우처럼 주위를 휘저으며 방을 빠져나갔다. 워스롭이 커다란 한숨을 내쉬었다. "아들 걱정이 참 대단하시군."

그는 폰 헬룽을 돌아보았다. "뮤리엘은 알고 있습니까?"

"바솔로뮤를 통해 전갈을 보냈네." 폰 헬룽이 대답했다. "우리 집으로 데려올 거야. 거기라면 안전하겠지."

"안전?" 괴물학자가 되물었다. "안전이라니, 뭐로부터 안전하단 말입니까?" 하지만 그는 대답을 기다리지 않았다. "경감, 일단은 나도 존이 창밖으로 뛰어내려 도망쳤다는 말도 안 되는 주장을 받아들이도록 하지요. 그 대신에 지금 즉시 인근 지역을 봉쇄하고 검문을 실시해 주시오. 아직 멀리 가지 못했을 겁니다."

"그보다 더 시급한 문제가 있소이다." 폰 헬룽이 다급하게 말했다. "당신 부하들의 안전을 위해서요."

"아브람, 지금은 그럴 때가 아닙니……." 워스롭이 말했다.

"평범한 총알로는 아무 해도 입히지 못할 거요." 폰 헬룽은 워스롭을 무시하고 말을 이었다. "반드시 은총알을 사용해야 하오. 그리고 심장, 반드시 심장을 쏴야 합니다. 머리에 스무 발을 맞아도 놈은 쓰러지지 않을 테니까. 아마 밤이 되기까지는 몸을 숨기고 있을 거요. 지대가 높고 인적이 드문 곳을 찾아보시오. 탐색을 인근 지역으로만 국한해서도 안 돼요. 지금쯤 수 킬로미터는 갔을 테니까. 인력을 총동원하는 게 좋을 거요. 신체 건강한 젊은 경관들을 한 명도 빠짐없이 투입하시오. 주 방위군에도 연락을 취하는 게 좋고."

번스가 투덜거렸다. "내가 뉴욕 주를 통째로 움직일 수 있는 사람으로 보입니까, 폰 헬룽 박사? 챈러 씨 말은 그쪽도 들었을 거 아뇨. 난 이 일을 최대한 조용히 처리할 생각이오."

"하느님 맙소사!" 워스롭이 참다 못해 한탄했다. "경관 한 명과 개 한 마리면 5분도 안 돼 그를 찾을 수 있을 겁니다!"

"당신의 결정을 존중하지요, 경감." 폰 헬룽이 워스롭의 절규를 못 들은 양 말했다. "그렇지만 최대한 빨리 움직여야 할 거요. 시간이 곧 생명이니까. 날이 저물기 전에 반드시 그를 찾아야 해요."

폰 헬룽의 경고를 들은 번스가 눈을 치켜떴다. "이유가 뭐요, 박사? 밤이 되면 무슨 일이 생기는 거요?"

"놈이 사냥을 시작하겠지. 그리고 한번 사냥을 시작하면 절대로 멈추지 않을 거요. 멈출 수가 없는 거지. 무슨 짓을 해도 허기가 채워지지 않으니까. 놈은 죽을 때까지 계속 사람을 사냥해 배를 채울 거요."

박사는 이제 어이가 없다는 듯 사납게 고개를 가로젓고 있었다. 그는 번스에게 말했다. "이 사람 말을 듣기 전에, 경감, 먼저 존의 주치의를 만나 보고 그의 건강 상태에 대해 알아 두는 것이……."

"아우구스틴 스칼라를 제압할 정도면 절대로 그의 몸 상태가 허약하다고는 말 못 할 걸세!" 폰 헬룽이 기세등등하게 외쳤다. "게다가 날래기는 또 어떻고? 밤 간호사가 근무를 마치기 전에 들여다봤을 때만 해도 스칼라는 아주 쌩쌩하게 살아 있었네. 하지만 7분 뒤에 새로 교대한 간호사가 들어왔을 때에는 이 사달이 나 있었지."

"그건 아무 증거도 못 됩니다."

"그래? 정말 그런가? 자기보다 몸집이 두 배는 됨 직한 사내에게 치명적인 부상을 입히고, 심장을 잡아 뽑고, 안구와 얼굴 거죽을 제거했는데…… 그것도 단 7분 만에 말일세! 나라면 못 할 걸세. 자네라면 할 수 있겠나?"

"아마도요."

"거참 흥미로운 대답이군." 번스가 시가를 입에 문 채 무시무시한 미소를 띠며 말했다. "당신네 괴물학자들은 정말로 재주가 뛰어난 작자들이란 말이지."

폰 헬룽은 워스롭 박사에게 그의 집으로 같이 돌아가자고 설득했다. "뮤리엘이 와 있네. 지금 그녀에겐 자네가 필요해, 펠리노어." 그러나 워스롭은 번스가 챈러가 도망쳤다고 주장한 골목길을 먼저 살펴보기 전에는 병원을 떠나지 않겠다고 고집했다. 그는 번스의 얼토당토 않는 주장에 대한 자신의 반론을 뒷받침할 증거를 전혀 찾지 못했다. 챈러는 정말로 등에 날개라도 돋아 공중으로 사라진 것만 같았다. 워스롭은 창문에서 30센티미터도 떨어지지 않은 곳에 빗물받이 배수관이 있음을 발견했다.

"어쩌면 지붕으로 올라갔는지도 몰라." 그가 중얼거렸다.

"자네의 이론에 따르면 불가능하네." 폰 헬룽이 반박했다. "자네 말대로 존이 신체적으로 열악한 상태에 있었다면 말일세, 펠리노어."

워스롭이 한숨을 내쉬었다. "박사님도 그 친구를 진찰하지 않았습니까, 폰 헬룽. 존의 몸 상태에 대해선 저만큼이나 잘 알고 계실 텐데요. 어째서 합리적인 결론이 아니라 그런 허황된 이론을 고집하는지 저로서는 도무지 이해할 수가 없군요. 대관절 어떻게 된 일입니까? 머리를 심하게 다치기라도 한 겁니까? 아니면 마약이라도 하는 건가요? 마이스터 아브람, 도대체 왜 이렇게 황당하고 기이한 행동을 하시는 겁니까? 당신이 경찰한테 은총알이니 사람이 참새처럼 바람을 타고 난다느니 하는 말을 듣고 있으려니 정말 기가 막혀서 말도 안 나오더군요."

"시대가 변하고 있으니 우리도 거기에 맞춰 가야 하지 않겠나, 펠리노어. 그렇게 하지 못하면 도태될 뿐이야."

"과학은 진보입니다, 폰 헬룽. 당신이 말하는 것들은 과거의 미신들이고요. 퇴보하는 거라고요."

"이 천지간에는 자네의 철학으로 상상할 수 있는 것보다 훨씬 많은 게 존재한다는 정도만 말해 두기로 하지."*

괴물학자가 코웃음을 쳤다. 그는 포석 위에 구두 밑창을 문질렀다. 깨어진 창문에서 추락한 유리 조각들이 그의 발밑에서 가루로 부서졌다.

* 셰익스피어의 「햄릿」 1막 5장에 나오는 대사.

"제 철학은 그렇게까지 광범위하지 않습니다, 마이스터 아브람. 땅이 아닌 천상의 문제는 신학자들에게 맡기도록 하죠."

"그런 거라면, 자네는 정말 가엾은 친구네, 마인 리버 프로인드. 만일에 신학자들이 옳다면, 그리고 이 문제에 있어 내가 옳다면, 자네는 평생 후회하게 될 테니까."

워스롭이 그를 날카롭게 노려보았다. 그는 서글픈 미소를 띠며 말했다. "벌써 그러고 있습니다."

21장

"그를 발견할 것 같지는 않군요."

뮤리엘 챈러는 폰 헬룽의 응접실에서 우리를 기다리고 있었다. 그녀는 워스롭을 보고는 한달음에 달려와 그를 껴안고 가슴에 얼굴을 파묻었다. 워스롭이 그녀의 이름을 부르며 적갈색 머리칼을 쓰다듬었다. 폰 헬룽은 고개를 돌리고 점잖게 헛기침을 하며 그 장면이 끝나길 기다렸다. 두 사람은 재빨리 서로의 품에서 벗어났다.

"아직 그이를 못 찾았나요?" 뮤리엘이 물었다.

"조만간 찾게 될 거요." 워스롭이 단호하게 말했다. "그런 몸으로는 멀리 가지 못할 테니까."

"뮤리엘, 리브헨, 얘야, 꼬마 윌에게 먹을 것을 좀 챙겨 주는 게 어떻겠니?" 폰 헬룽이 말했다. "안색이 아주 창백해 뵈는구나."

"전 배고프지 않아요." 내가 말했다. 솔직히 말하자면, 나는 나보다 박사의 정신건강이 더 걱정이었다. 캐나다의 황량한 숲에서 죽도록 고생했던 그때 이후로 박사가 이처럼 위태로워 보이는 건 처음이었다.

"제발 당신이 옳으면 좋겠어요." 뮤리엘이 박사에게 말하고 있었다. "그리고 마이스터 아브람이 틀렸기를. 제발 스칼라를 살해한 범인이 그이가 아니라 다른 사람이면 좋겠어요."

"마스터 아브람은 거의 모든 점에서 잘못된 생각을 갖고 있지만." 워스롭이 말했다. "그 부분만은 예외인 듯하오."

워스롭의 말에 뮤리엘이 그 사랑스러운 얼굴을 낙담한 듯 돌려버렸다. 워스롭이 그녀를 위로하려는 듯 손을 들었지만 이내 옆으로 떨어뜨리고 말았다.

"그를 변호할 가장 좋은 전략을 생각해 봅시다, 뮤리엘." 그가 다짐했다. "물론 나도 존에게 유리한 증언을 할 거고. 그가 지낼 적당한 곳도 물색할 거요."

"정신병원 말이죠." 그녀가 속삭였다.

"자자, 마음을 굳게 먹어야지, 뮤리엘. 존을 생각해서라도 강해져야 해." 폰 헬룽이 그녀의 팔꿈치를 잡고 의자로 이끌었다. "여기 앉아라. 아브람 아저씨 말을 들어야지, 응? 슬픔에 잠겨야 할 때도 있지만 지금은 그때가 아니야! 바솔로뮤더러 필요한 걸 가져오라고 하마. 브랜디를 좀 마시겠니? 셰리주는 어떠냐?"

그녀는 폰 헬룽의 호들갑을 무시하고 워스롭을 올려다보았다.

"난 내 남편을 원해요."

워스롭 박사가 폰 헬룽에게 둘이서만 조용히 대화를 나누자고 제

의했다. 두 사람은 폰 헬룽의 서재로 들어가 문을 꼭 닫았다. 잠시 후, 문 건너편에서 그들이 언쟁을 벌이는 소리가 들려왔다. 박사가 폰 헬룽에게 정신적으로 심각한 혼란을 겪고 있는 환자를 두고 경찰에게 전설 속의 괴물을 추격하라고 했다며 신랄한 비난을 퍼붓고 있었다.

나는 방 안을 불안하게 두리번거리다 아직도 촉촉이 젖은 눈으로 나를 바라보며 미소를 짓고 있는 뮤리엘과 눈이 마주쳤다.

"목은 어쩌다 그렇게 된 거니, 윌?" 그녀가 물었다.

나는 진실을 꿰뚫어 보는 듯한 그 아름다운 눈동자를 피해 바닥에 깔려 있는 페르시아 카펫에 시선을 못 박은 채 조그맣게 중얼거렸다. "사고가 있었어요."

"그래, 네가 일부러 그런 건 아닐 거라고 생각했다!" 그녀는 무심결에 웃음을 터뜨렸다. "괴물학자 밑에서 일하는 게 쉬운 일은 아니지?"

"네, 너무 힘들어요."

"특히 그 괴물학자가 펠리노어 워스롭이라면 더더구나 그렇지."

"맞아요."

"그럼 왜 그를 위해 일하고 있는 거니?"

"제 아버지가 그러셨으니까요. 아버지가 돌아가셔서 전 갈 곳도 없고요."

"그리고 너도 이제 그에게 없어서는 안 되는 존재가 되었겠구나."

내 놀란 표정을 보고 그녀가 빙그레 웃었다.

"그래, 그이라면 틀림없이 너한테도 그 말을 했을 줄 알았다. 나한테도 똑같은 말을 하곤 했거든. 아주 오래전이긴 하지만. 넌 그를 사랑하니, 윌?"

갑자기 말문이 턱 막혔다. 사랑하냐고……? 저 워스롭 박사를?

"미안하구나. 그런 질문을 하는 게 아닌데." 뮤리엘이 말했다. "주제넘은 짓이었어. 너한테 저 사람밖에 없다는 건 나도 안단다. 한때는 나도 그랬거든. 하지만 모래 위에 누각을 세울 수는 없는 법이지. 무슨 뜻인지 알겠니, 윌? 내 말이 무슨 뜻인지 알겠어?"

나는 천천히 고개를 끄덕였다. 사실은 무슨 뜻인지 짐작도 가지 않았다.

"그이가 사랑 같은 걸 할 줄 모르는 사람이라고 여기는 게 편했던 적도 있었어. 그러니까 우리 사이에 있었던 일도 감정적으로 받아들일 필요가 없다고 말이야. 하지만 지금은 이해할 수 있을 것 같아. 워스롭에게 부족한 건 사랑이 아니야. 그는 내가 아는 어떤 남자보다도 열렬하게 사랑할 수 있는 사람이지. 그에게 부족한 건…… 사랑이 아니라 용기야."

"워스롭 박사님은 세상에서 제일 용감한 분이세요. 그분은 괴물학자인걸요. 박사님이 무서워하는 건 아무것도 없어요."

"그래, 그렇겠지." 그녀는 부드럽게 말했다. "너는 아직 어린아이고, 나와는 다른 눈으로 그를 볼 테니까."

나는 아무 대꾸도 할 수 없었다. 이상하게도 갑자기 새하얀 들판에 울려 퍼지던 그의 목소리가 들리는 것 같았다. 너한테 넌덜머리가 난다. 나는 고개를 떨어뜨렸다. 그의 팔이 내 몸을 끌어안고, 따뜻한 숨결이 목덜미에 닿던 기억이 떠올랐다.

그녀는 내 풀 죽은 모습을 보고는 가여운 생각이 든 것 같았다.

"그이는 너를 꽤 좋아한단다. 이미 알고 있겠지만."

나는 고개를 들고 그녀를 쳐다보았다. 지금 나를 놀리는 걸까?

"그렇고말고." 그녀가 살포시 미소 띤 얼굴로 말했다. "새끼를 품은 암탉처럼 너를 얼마나 아끼는데. 보고 있으면 정말 사랑스러워. 그 사람답지 않기도 하고. 어젯밤만 해도 그이가……."

그녀가 갑자기 말을 뚝 그치더니 고개를 돌리며 딴청을 부렸다. 일순 그녀의 얼굴이 붉어진 것 같았다.

두 괴물학자의 논쟁이 일시적이나마 중단되었을 무렵, 뮤리엘은 떠날 채비를 하고 있었다. 폰 헬룽이 뮤리엘의 마음을 돌리기 위해 온갖 방법으로 간청했지만 그녀는 어떤 말에도 흔들리지 않았다.

"겁먹은 아기 고양이처럼 여기 숨어 있고 싶진 않아요. 그이가 경찰에 잡히지 않고 집으로 돌아올지도 모르잖아요. 그렇다면 내가 제일 먼저 그이를 맞이하고 싶어요."

"그럼 내가 같이 가겠소." 박사가 말했다.

뮤리엘은 그의 시선을 외면했다.

"아뇨." 그녀가 힘주어 대답했다. 하지만 워스롭도 순순히 물러나지는 않았다. 그는 현관까지 그녀를 배웅하고 망토를 둘러 주는 와중에도 줄곧 그녀를 간절히 설득했다.

"혼자 가게 내버려 둘 순 없어." 박사가 말했다.

"바보처럼 굴지 마요, 펠리노어. 난 두렵지 않아요. 그이는 내 남편이라고요."

"제정신이 아닌데도?"

"당신네 괴물학자들한테선 흔히 볼 수 있는 결점이죠." 그녀가 장난기 어린 말투로 대답했다. 뮤리엘은 거울에 비친 그의 모습과 대화를 나누고 있었다. 그녀는 현관에 걸린 거울을 바라보며 모자를 고쳐 썼다.

"잠시만이라도 진지해지면 안 되겠소?"

"당신이 진지하지 않을 때도 있나요?"

"여기는 안전할 거요."

"내가 있을 곳은 우리 집이에요, 펠리노어. 우리 집 말이에요."

그는 그 말에 흠칫 놀랐고, 놀란 기색을 굳이 감추려 들지도 않았다. "그렇다면 내가 당신과 같이 가겠소."

"왜요?" 뮤리엘이 거울에서 시선을 떼고 몸을 획 돌렸다. 뺨이 붉게 상기되어 있었다. "나를 내 남편한테서 보호하려고요? 당신 말대로 그이가 그저 아픈 거라면 왜 그런 게 필요하죠?"

그는 대답하지 못했다. 그녀는 살포시 웃더니 장갑을 낀 손으로 가볍게 그의 손목을 건드렸다.

"나는 두렵지 않아요. 게다가 나 같은 신분에 있는 기혼 여성이 남편도 없이 젊은 남성과 함께 있는 게 보이면 별로 좋을 것도 없고요. 남들이 어떻게 생각하겠어요?"

"남들이 어떻게 생각하느냐는 상관없어. 내가 걱정되는 건 그저……!"

그는 끝까지 말하지 않았다. 혹은 하지 못했는지도 모른다. 그는 그녀의 뺨을 어루만지려는 것처럼 손을 들었다가 뒤편에 내가 서 있는 것을 보고는 재빨리 거둬들였다.

"윌 헨리." 그가 호통치듯 말했다. "아까부터 왜 그렇게 뱅코의 유령*처럼 내 옆에서 알짱대는 거냐?" 그러고는 그녀에게 말했다. "알겠소. 그놈의 고집불통은 도무지 개선의 기미가 보이질 않는군요, 부인. 하지만 바솔로뮤가 동행하는 건 거절하지 못할 거요."

폰 헬룽은 박사의 제안이 대단히 좋은 생각이라며 반색했고, 뮤리엘은 두 사람을 안심시키기 위해 고집을 한풀 누그러뜨렸다. 그녀는 두 괴물학자가 호들갑을 떤다고 생각했다.

"집에 도착하면 꼭 전화 주렴. 너무 걱정시키지 말고, 리브헨!"

대문 앞에서 폰 헬룽이 외쳤다. 그는 뮤리엘이 탄 2인용 마차가 도로 위의 다른 마차들에 섞여 모습을 감출 때까지 한참 동안 지켜본 후에야 문을 닫았다. 폰 헬룽은 근심이 가득한 한숨을 내쉬며 통통한 손가락으로 머리카락을 쓸어 넘겼다.

"저 아이가 걱정이네, 펠리노어. 가엾게도 충격에 빠졌어. 우리가 존을 영원히 잃었다는 사실을 아직 인정하지 못하나 봐."

"제발 그렇게 신파조로 구시는 것 좀 그만두면 안 됩니까." 내 스승이 말했다. "신경에 거슬린단 말입니다. 지금은 존이 실종됐을지 몰라도 말씀하시는 대로 영원히 못 찾지는 않을 겁니다. 한 시간 안에 번스 경감이 그가 죽었든 살았든 찾았다고 연락을 해 올 겁니다."

그러나 한 시간이 흐르고 또 한 시간이 흐르고 도합 세 시간이 흐른 뒤에도 전화기는 울리지 않았다. 시시각각 저택에는 어두운 그림자가 깃들기 시작했다. 폰 헬룽은 줄담배를 피워 댔고 방 안은 고

---

* 셰익스피어의 「맥베스」에서 뱅코는 동료 장군인 맥베스에게 살해당한 후 유령이 되어 돌아와 맥베스를 괴롭힌다.

약한 연기로 뿌옇게 가득 찼다. 워스롭 박사는 방 안을 초조하게 거닐며 강박적으로 회중시계를 들여다보았다. 때로는 경감이 탄 마차가 나타나지는 않는지 창가에서 거리를 내다보기도 했다. 4시 15분경, 허드슨 강에 태양이 얼굴을 담글 즈음에 하녀가 응접실로 고개를 들이밀더니 박사와 그가 돌보는 피후견인이 저녁을 드시고 갈 것인지 물었다.

그 말에 무기력에 빠져 있던 워스롭이 마침내 정신을 차리기라도 한 듯이 온몸을 부르르 떨었다.

"윌 헨리와 저는 멀버리 가로 돌아갈 겁니다. 경찰의 전갈은 거기서도 기다릴 수 있으니까요. 혹시 소식이 오거들랑 전화 주십시오, 마이스터 아브람."

노인의 입에서 시가가 툭 떨어지더니 값비싼 카펫 위로 데구루루 굴렀다. "뭐라고?" 그가 의자에서 벌떡 튀어 오르며 외쳤다. "리버고트*, 내가 왜 그랬담? 어떻게 이렇게 멍청할 수가!"

그는 황급히 현관으로 달려 나가며 하녀에게 빨리 티미—마방(馬房)지기—에게 이륜 포장마차를 불러오라고 지시했다. 그러고는 주머니를 마구 뒤져 재킷 안에서 손잡이에 자개장식이 되어 있는 작은 데린저 권총을 꺼냈다.

"왜 그러시는 겁니까?" 워스롭이 물었다.

"아무 일도 아닐 수도 있고 전부일 수도 있네, 펠리노어. 마음이 어수선한 나머지 완전히 잊어버리고 있었지 뭔가. 부디 아무 일도

* 독일어로 "맙소사."

아니길 비네. 제발, 제발 그랬으면 좋겠네! 자, 이거 받게." 그는 반대쪽 주머니에서 가죽 칼집에 담긴 긴 칼을 꺼내 박사의 손에 쥐여 주었다. "명심하게. 심장을 노려야 해. 그리고 절대로! 절대로 놈의 눈을 쳐다봐서는 안 되네."

그는 문을 벌컥 열어젖히고 도로로 달려 나갔다. 나보다 별로 나이가 많아 보이지도 않는 소년이 고삐를 쥔 채 낮은 포장마차 위에 앉아 있었다. 박사와 나는 서둘러 폰 헬룽의 뒤를 쫓아갔다. "뭘 잊어버렸다는 겁니까, 폰 헬룽!" 워스롭이 소리쳤다.

"뮤리엘 말일세, 마인 프로인드. 뮤리엘 말이야! 우리한테 전화를 안 했어!"

센트럴 파크 플라자 호텔에서 몇 블록 북쪽에 위치한 챈러 가의 거처는 50번가 위 5번로를 따라 으리으리한 대저택들이 늘어선 밀리어네어스로의 한복판에 자리 잡고 있었다. 건축적 낭비나 다름없는, 입이 쩍 벌어질 것 같은 규모의 저택들은 그 소유주들의 성품과 기질을 완벽하게 반영하고 있었다. 그곳은 미국 자본주의의 거물들과 황금기의 현신들이 거주하는 곳이었다. 굴드와 밴더빌트, 카네기와 에스터, 그리고 뮤리엘이 혼인을 통해 혈연관계를 맺은 가문을 비롯해서 말이다.

챈러 저택은 어느 기준으로 봐도 그 부근에서 가장 큰 저택은 아니었지만 도시의 "다른 절반"이 살고 있는 집들—복작복작한 지저분한 공동주택—에 비하면 15세기풍의 프랑스 성과도 같았다.

폰 헬룽은 나이에 비하면 깜짝 놀랄 만큼 민첩한 동작으로 마차에서 뛰어내려, 한 번에 두 달음씩 현관문을 향해 질주했다.

그는 포동포동한 주먹으로 연거푸 문을 두드렸다. "뮤리엘! 바솔로뮤! 어서 이 문 열게! 나야! 폰 헬룽일세!"

그는 박사를 돌아보았다. "펠리노어, 어서! 문을 부수고 들어가야겠네!"

박사는 이성적으로 반응했다. "2층에 있어서 듣지 못한 것일 수도 있……."

"아악!" 나이 든 괴물학자가 참다 못해 괴성을 질렀다. 그는 워스롭을 옆으로 난폭하게 밀쳐 내고는 뒤로 물러섰다가 어깨로 힘껏 문을 들이받았다. 문은 약간 휘어지긴 했지만 쉽게 굴복하지 않았다. "천상에 계신 하느님!" 그는 다음번 공격을 준비하며 절규했다. "부디!" 쾅! "제게!" 쾅! "힘을 주시옵소서!"

마침내 나무문이 그의 필사적인 마지막 타격을 이겨 내지 못하고 부서졌고, 우레 같은 소리와 함께 나무 파편들이 문 안쪽으로 날아갔다. 가로막고 있던 벽이 예기치 못하게 사라지자 폰 헬룽은 관성에 의해 몸을 제대로 가누지 못하고 집 안으로 달려 들어갔지만 다행히도 고꾸라지지 않고 몇 발짝 후에 발을 멈출 수 있었다. 천장에 늘어진 크리스털 샹들리에가 저녁 햇살을 반사해 수천 개의 빛 조각들을 토해 냈다.

문 안에 발을 들여놓자마자 그 냄새가 났다. 역겨울 정도로 달착지근한 죽음의 냄새. 도저히 달리 착각할 수 없는 부패의 향기. 그 즉시 박사가 반응했다. 그는 숨을 헐떡이고 있는 동행을 거의 떠밀다시피 제치고 웅장한 층계를 향해 돌진했다. 데린저를 손에 쥔 폰 헬룽이 옆에서 펄럭이는 워스롭의 망토를 간발의 차로 붙들었다.

"서로 떨어지면 안 돼." 그가 숨을 몰아쉬면서 속닥였다. "칼은 어디 있나?"

워스롭은 조바심을 내며 혀를 찼지만 단도를 꺼내 내 손에 들려주었다. "저한텐 리볼버가 있습니다." 그가 말했다.

"다행이군. 하지만 이게 필요할 걸세." 폰 헬룽이 하얗게 빛나는 은총알 몇 개를 내밀었다. 소름 끼치는 정적 속에서 총알이 부드럽게 잘그락거렸다. 워스롭이 그의 손을 뿌리쳤다.

"평범한 탄약으로도 충분할 것 같군요. 감사하지만 사양하지요."

우리는 워스롭의 뒤를 따라 중앙 층계를 올라가기 시작했고, 챈러 가문 선조들의 초상화와 이따금씩 놓여 있는 그리스 신의 조각상, 그리고 대좌 위에서 우리를 내려다보고 있는 이름 모를 인물들의 동상을 지나쳤다.

계단이 처음 휘어지는 곳에서 우리는 하녀 복장을 입은 젊은 아가씨의 시체를 발견했다. 얼굴은 위를 향하고 있었지만 몸은 엎드려 있었다. 누군가 그녀의 목을 완전히 꺾어 부러뜨린 것이다. 눈알과 얼굴의 피부는 사라지고 없었다. 치맛자락은 허리까지 들쳐져 벌거벗은 엉덩이가 드러나 있고, 둔부가 있어야 할 자리에는 커다란 상처가 입을 벌리고 있었으며 공기 중에 배설물의 냄새가 떠돌았다.

폰 헬룽은 그 광경에 기겁하며 뒷걸음쳤지만, 워스롭은 시체의 섬뜩한 몰골을 쳐다보지도 않았다. 그는 가엾은 아가씨의 시신을 훌쩍 뛰어넘더니 목청이 터져라 뮤리엘의 이름을 부르면서 잠시도 망설이지 않고 계단을 뛰어 올라갔고, 그의 눈은 공포로 가득 차 있었다. 폰 헬롱과 나는 그보다는 다소 조심스럽게 하녀의 시신을 에둘러 발을 디뎠다. 머릿속으로는 절대로 내려다봐서는 안 된다고 되뇌고 있었지만 눈은 내 말을 듣지 않았다. 그리고 다음 순간, 이제까지 워스롭의 냉랭한 연인인 괴물학의 충실한 병사로 일하면서 목격한 그 어떤 광경과도 비교할 수 없는 끔찍한 모습에 나는 하마터면 그 자리에서 졸도할 뻔했다.

누군가—또는 뭔가가—내장을 헤집은 배 속에 하녀의 얼굴에서 뜯어낸 거죽과 밝은 갈색 눈알을 정성들여 진열해 두었다. 하녀의 배 속에 난 그 깊은 심연 속에서 그녀의 얼굴이 나를 빤히 응시하고 있는 것처럼 말이다!

"뒤로 물러서 있어라, 윌!" 폰 헬룽이 속삭였다.

계단이 두 번째로 휘어져 도는 곳에서 나는 박사의 등에 부딪칠 뻔했다. 시신이 또 한 구 뒹굴고 있었다. 바닥에 등을 대고 누운 채 다리는 얌전히 모으고 팔은 넓게 벌렸다. 호크 경사와 똑같은 자세였다. 역시 배가 갈라져 있었다. 아직도 체액이 끈적거리는 축축한 장기들이 누군가 그 안에서 특별한 선물이라도 찾아 뒤진 것처럼 뒤죽박죽 엉망이 되어 있었다. 틀림없이 심장을 찾고 있었으리라(반쯤 뜯어 먹은 심장이 보였다.). 배에서 끄집어낸 창자가 얼굴 없는 머리에 왕관처럼 둘려 있었다.

그것은 바솔로뮤 그레이의 시신이었다.

괴물학자는 잠시도 지체하지 않았다. 2층으로 달려 올라가 그녀의 이름을 목청껏 외치며 방방마다 경첩이 뜯겨져 나갈 정도로 세게 문을 걷어차 열었다. 마침내 박사를 따라잡은 폰 헬룽이 그의 어깨를 붙들었는데, 다음 순간 외마디 비명을 질렀다. 워스롭이 번개같이 몸을 돌려 폰 헬룽의 이마에 총구를 가져다 댄 것이다. 나이 든 과학자가 복도 끝에 보이는 문을 가리켰다. 피로, 어쩌면 가엾은 하녀의 배 속 내용물로 아무렇게나 갈겨쓴 듯한 글씨가 휘갈겨져 있었다.

삶이란…….

폰 헬룽이 조용히 외쳤다.

"안 돼, 펠리노어!"

그러나 박사는 이미 리볼버를 뽑아 들고 빠끔히 열린 문 옆에 몸을 붙이고 있었다.

박사가 천천히 문을 민 순간, 문 위에 숨겨져 있던 뭔가가 그의 머리 위로 떨어졌다. 질척한 것으로 가득한 요강이었다. 그것은 수년 전 내 스승이 자주 골탕 먹은 것처럼 열린 문과 벽 사이에 교묘하게 얹혀 있었는데, 이번에 담겨 있는 것은 탄자니아 응골로코의 피가 아니었다. 요강은 인간의 배설물로 채워져 있었다.

삶이란…….

워스롭은 헛구역질을 하고 침을 뱉으며 뒤로 물러났다(그는 하필 입을 약간 벌리고 있었다.). 머리와 망토가 역한 냄새가 진동하는 배설물로 범벅이 되었지만 그는 재빨리 정신을 수습하고 방 안으로 뛰어 들어갔다. 폰 헬룽과 나는 그 뒤에 바짝 따라붙었다.

침대 위에 세 번째 시신이 놓여 있었다. 나와 연회장에서 춤을 췄을 때 입은 녹색 드레스. 다리는 음란하게 벌어져 있고 두 팔은 머리 위로 들려 있었다. 침대 머리판에는 "잘 했어!"라는 글자가 휘갈겨져 있었다.

워스롭이 내장을 쥐어짜는 듯한 탄식을 내지르며 침대로 달려가다가, 갑자기 우뚝 멈춰 섰다. 그의 핼쑥한 얼굴에 황당함에 가까운 경악이 피어올랐다.

"안 돼." 그가 중얼거렸다.

나는 그의 어깨 너머로 침대를 내려다보았다. 그러고는 바솔로뮤 그레이의 얼굴을 발견했다.

그 짐승 같은 놈이 바솔로뮤의 얼굴 가죽을 벗겨 그녀의 얼굴에 덮어 놓은 것이다.

폰 헬룽이 나지막한 오열을 터뜨렸다. 박사는 숨을 깊숙이 들이마시고 턱에 힘을 주며 즉석에서 만든 인간 가면을 벗겨 냈다.

그 아래 있는 얼굴은 고스란히 남아 있었다.

"레지나." 폰 헬룽이 속삭였다. "이건 레지나야. 요리사지."

워스롭이 몸을 돌렸다. 돌처럼 차가운 눈빛이었다. 그는 성큼성큼 우리를 지나쳐 깨진 창문이 있는 반대쪽 벽으로 다가갔다. 창틀에 유리 파편이 몇 조각 붙어 있었다. 그는 창문 너머로 건물 아래쪽에 있는 작은 뜰을 내려다보았다.

"집 안을 수색해야겠습니다. 하지만 그를 발견할 것 같지는 않군요."

그는 몸을 돌려 우리를 응시했다. 나는 시선을 피했다. 도저히 그와 눈을 마주칠 수가 없었다.

"여기서는 볼일이 끝난 것 같으니까."

22장

"일생일대의 특종."

박사의 예측이 옳았다. 우리는 존 챈러, 혹은 한때 존 챈러였던 존재를 발견하지 못했다. 뮤리엘도 찾지 못했다. 어떻게든 달아났거나 아니면 그에게 잡혀갔을 것이다. 우리는 눅눅한 지하실에서부터 먼지가 가득한 다락방에 이르기까지 챈러 저택을 이 잡듯이 샅샅이 뒤졌다. 폰 헬룽이 집 안에서 경찰을 기다리는 동안 워스롭과 나는 저택 밖을 둘러봤고, 특히 깨진 창문 아래 있는 작은 안뜰을 집중적으로 조사했지만 특이한 점은 아무것도 없었다. 존 챈러는 정말로 바람이라도 타고 날아간 것 같았다.

검은색과 흰색의 경찰마차는 집 앞에 도착하자마자 이웃들의 시선을 사로잡았다. 순식간에 구경꾼들이 모여들어서, 결국엔 경관 두 명이 수사를 중단하고 호기심이 가득한 구경꾼들이 안뜰로 밀고 들어오는 것을 막기 위해 배치되었다.

잠시 후 번스 경감이 도착했다. 그는 서고로 두 괴물학자를 호출했다. 폰 헬룽은 경감에게 대단히 공손하게 굴었는데 다소 비굴하게 보일 정도였다. 그는 번스가 범인을 잡기 위해서라면 얼마나 지독한 짓을 할 수 있는지 알고 있었고—그의 잔혹한 수법은 가히 전설적이었다.—이 심문의 달인에 대해 워스롭보다 훨씬 잘 알고 있었다. 반면에 워스롭은 무례하고 전투적이었으며 경감의 질문에 답하기보다는 외려 질문을 던지는 데 급급했다.

"존 챈러를 찾았습니까?" 워스롭이 말했다.

"그랬다면 지금 우리가 이런 대화를 나누고 있지 않을 거요."

"수색용 개도 동원했고요?"

"물론이오, 박사."

"목격자는요? 챈러의 독특한 외양은 사람들의 눈길을 끌고도 남았을 겁니다. 아무리 뉴욕이라도요."

번스는 고개를 가로저었다. "아직 목격자는 없소."

"전단지를 뿌리죠!" 박사가 문득 생각난 듯 외쳤다. "모퉁이마다 수배전단을 부착해요. 신문에도 실종기사를 내고. 폭로기사로 유명한 그 기자가 누구더라? 추종자들을 몰고 다니는…… 리스! 제이콥 리스. 그 사람을 부르면 한 시간도 안 돼 저녁신문에 기사를 낼 수 있을 거요."

번스가 천천히 그의 커다란 머리를 가로저었다. 입가에는 의미를 알 수 없는 미소가 떠올라 있었다.

"그리고 존 챈러를 당신네들 명단의 제일 위에 올리는 겁니다." 워스롭이 흥분해서 말을 이었다. "그걸 뭐라고 합니까? 범죄자 사진

대장? 그러면 스물네 시간 안에 존을 맨해튼에서 가장 유명한 사람으로 만들 수 있어요. 숙녀들이 끌고 다니는 애완견도 그가 어떻게 생겼는지 알게 될 거요."

"굉장히 좋은 생각이오, 워스롭 박사. 하지만 그럴 수는 없어요."

박사가 이유를 묻기도 전에 문이 벌컥 열리더니 그 질문에 대한 대답이 방 안으로 성큼성큼 쳐들어왔다.

"워스롭은 어디 있지? 그 빌어먹……."

아치볼드 챈러의 손이 다급히 코를 틀어막았다.

"하느님 맙소사, 이게 무슨 냄새지?" 그는 역겹다는 표정으로 오물 범벅이 된 박사의 망토를 쳐다보았다.

"인간의 삶이죠." 박사가 말했다.

존 챈러의 부친은 찌푸린 얼굴을 번스에게로 돌렸다. "경감, 용의자를 체포할 때는 수갑을 채워야 하는 거 아니오?"

"워스롭 박사는 체포된 게 아닙니다."

"그 일로 시장이 당신과 얘기를 하고 싶어 할 것 같소만."

"아마 그럴지도 모르지요, 챈러 씨. 하지만 그때까지는……."

번스가 어깨를 으쓱했다.

"아, 그래? 그럼 내가 자리를 마련해 주지!" 그는 획 고개를 돌려 워스롭을 노려보았다. "모든 게 네놈 잘못이야. 내 무슨 수단을 써서라도 네놈이 법의 심판을 받게 만들고야 말 테다."

"제가 무슨 죄를 저질렀습니까?" 괴물학자가 물었다.

"그건 내 며느리에게 물어보는 게 좋겠군."

"네, 그러지요. 그녀를 찾고 나면 말입니다."

챈러가 그를 멀뚱히 쳐다보았다. 그러고는 의아한 표정으로 번스를 돌아보았다.

"챈러 부인이 실종되었습니다." 경감이 사실을 고했다.

"존이 데려갔지요." 워스롭이 말했다. "하지만 그녀를 해치지는 않았을 겁니다. 애초에 그럴 작정이었다면 진작 그랬을 테니까." 그는 번스에게 필사적으로 애원했다. "시간이 관건입니다, 경감. 당장 정보를 뿌려야 해요."

"자네가 말하는 그 정보는 '절대로' 공개되지 않을 걸세." 챈러가 그 즉시 응수했다. "우리 챈러 가의 이름이 냄새나는 생선 포장지에 단 한 번이라도 언급되기라도 한다면 내 맹세코 반드시 네놈을 법정으로 끌고 가 동전 한 닢 남지 않은 거지로 만들어 버릴 테니까. 내 말 알아듣겠나? 감히 네놈이 우리 가문의 이름에 먹칠을 하게 내버려 두지 않겠어!"

"가문의 평판 따위가 뭐랍니까!" 내 스승이 말했다. "그게 사람보다 더 중요한가요? 그녀가 다른 희생자들과 똑같은 운명을 맞게 내버려 둘 겁니까?"

챈러가 워스롭의 얼굴에 두 눈을 바짝 들이대고는 이를 갈며 으르렁거렸다. "그 애가 어떤 고통을 겪든 난 관심 없어."

괴물학자가 폭발했다. 그는 자기보다 덩치가 큰 챈러의 멱살을 움켜쥐고는 책장이 세워진 반대쪽 벽까지 난폭하게 밀어붙였다. 책장 위에 놓여 있던 꽃병이 바닥에 떨어져 산산조각 났다.

그러나 상대방은 그의 진노에도 반격하지 않았다. 붉게 타오른 뺨과 거칠게 날뛰는 눈빛으로 비아냥거릴 뿐이었다. "그래서 어쩔 텐가? 날 죽이기라도 할 건가? 아, 그래, 그게 자네들 괴물 사냥꾼들이 하는 짓이지. 안 그래? 자네들이 무서워하는 걸 죽이는 거 말일세."

"당신은 두려움과 혐오감을 혼동하고 있군요, 미스터 챈러." 워스롭이 말했다.

"펠리노어." 폰 헬룽이 입을 열었다. "그러지 말게. 그래 봤자 해결되는 건 없어."

"그년은 당해도 싸." 챈러가 대꾸했다. "인과응보라지. 애초에 그 애만 아니었다면 내 아들이 여행을 떠날 일도 없었으니까."

"무슨 소리를 하는 겁니까?" 박사가 챈러의 몸을 앞뒤로 거칠게 흔들었다. "그게 왜 뮤리엘 잘못이라는 거요?"

"저 인간에게 물어보게." 챈러가 고갯짓으로 폰 헬룽을 가리켰다.

"자자, 신사분들, 얌전하게들 구십시다." 번스가 투덜거렸다. "난 아무도 쏘고 싶지 않단 말이오……. 뭐, 어쨌든 크게 내키는 일은 아니지. 워스롭 박사, 그만하시오……."

워스롭이 못마땅하다는 신음 소리를 내며 손아귀를 풀었다. 그는 몸을 돌려 몇 발짝 걷다가 다시 홱 챈러를 돌아보았다. 그는 챈러의 얼굴에 대고 삿대질을 하며 윽박질렀다.

"난 그가 두렵지 않아. 하지만 당신은 그럴 이유가 충분하지! 소위 사람들이 말하는 천국과 지옥의 개념을 조금이라도 믿는다면 똥구덩이 속에서 영원히 뒹굴 사람은 내가 아닐 테니까! 챈러 가의 체면이 당신 아들 목숨보다도 소중하다고? 천벌을 받을 줄 아시오! 심판의 날에 신 앞에 불려가서 그걸 설명할 준비나 하시지! 당신이 생각하는 것보다 그날은 훨씬 빨리 올 테니까."

"나를 겁박하는 거냐?"

"나 따위가 당신을 협박할 수나 있답니까? 아니, 당신이 무서워해야 할 건 이 집에 왔다 간 존재요. 명심해요, 챈러, 그를 움직이는 원동력이 내가 생각한 대로라면, 다음 차례는 당신일 테니까."

우리는 폰 헬룽의 저택으로 돌아왔다. 박사는 머리를 감고 엉망진창이 된 승마용 망토를 내다 버렸다. 폰 헬룽은 죄책감과(뮤리엘이 전화를 하지 않은 걸 깨닫고 더 일찍 찾아갔더라면) 비탄(바솔로뮤는 그를 오랫동안 모신 집사였다.)에 잠겨 눈에 띄게 괴로워하고 있었다.

워스롭의 인내심도 한계에 달해 있었다. 그는 수차례나 뉴욕의 모든 거리와 도로와 골목길과 마당을 뒤져서라도 존을 찾아내고야 말겠다며 폭풍우처럼 격렬하게 문밖으로 뛰쳐나가려 했지만 그때마다 폰 헬룽이 그를 달래 자리에 앉히곤 했다.

"지금 믿을 수 있는 건 경찰뿐이네, 펠리노어. 전력을 다해 그녀를 찾고 있어. 자네도 알잖나, 마인 프로인드."

박사는 고개를 끄덕였다. 아치볼드 챈러의 입김에도 불구하고, 아니 어쩌면 바로 그 때문인지 경찰은 존의 실종에 매우 기민하게 대처하고 있었다. 거기다 번스 경감*은 무자비하기로 정평이 난 인물이었다. 그는 이른바 "3도 심문"(혹자는 '고문'이라는 적절한 명칭을 들어 비판하는)이라는 개념을 고안해 낸 당사자이기도 했다.

"챈러가 말한 게 무슨 뜻입니까?" 박사가 폰 헬룽에게 물었다.

---

* 19세기 미국의 형사로 점차 고문의 강도를 높여 범인의 자백을 받아 내는 수사 방식을 확립하여 명성을 떨쳤다.

"이게 다 뮤리엘 잘못이라는 헛소리 말입니다."

폰 헬룽이 힘없이 웃었다. "자네도 알다시피, 그는 예전부터 뮤리엘을 별로 좋아하지 않았잖나. 존을 빼고 아무나 탓하는 게지."

"그러고 보니 뮤리엘이 이런 말을 했지요." 박사가 빨갛게 충혈된 눈을 가늘게 뜨며 옛 스승을 지그시 노려보았다. "그게 다 내 잘못이라고 말입니다. 내가 존을 숲으로 보냈다고 했습니다. 정말 이상하지 않습니까, 마이스터 아브람. 어째서 이 일과 관련된 모든 사람들이 실제로 존을 보낸 당사자가 아니라 다른 이들을 비난하고 있는 걸까요."

"난 존에게 가라고 한 적이 없네."

"그럼 그게 전적으로 그 친구 생각이었다고요? 존이 자기는 믿지도 않는 걸 찾겠다며 그런 위험한 곳에 갔단 말입니까?"

"내 논문을 보여 주기는 했지. 그렇지만 그에게 그런 제안을 하지는……."

"하느님 맙소사, 폰 헬룽. 제발 이 지긋지긋한 말장난은 그만두고 숨김없이 털어놓는 게 어떻겠습니까? 우리 우정이 겨우 이 정도였습니까? 진실을 말할 가치도 없어요? 왜 뮤리엘은 나를 책망하고 아치볼드는 뮤리엘을 책망하는 겁니까. 우리가 존이 미친 것과 무슨 상관이 있다고요?"

폰 헬룽이 두터운 가슴 위로 팔짱을 끼더니 고개를 수그렸다. 그는 천천히 몸을 앞뒤로 흔들기 시작했다. 나는 그러다 그가 넘어지기라도 할까 봐 걱정스러웠다.

"씨를 뿌리려면 밭이 있어야 하지."

"그게 당최 무슨 뜻입니까?"

"펠리노어, 친애하는 친구여…… 내가 자네를 친아들처럼 사랑한다는 걸 알아주게. 이 이야기는 정말 하고 싶지 않다네."

"왜요?"

"어차피 아무 도움도 안 되고, 고통만을 초래할 뿐이니까."

"그래도 아무것도 안 하는 것보단 낫지 않습니까."

폰 헬룽이 고개를 끄덕였다. 일순 그의 눈에서 눈물이 반짝였다. "그는 알고 있었다네, 펠리노어. 존은 알고 있었어."

워스롭은 그가 다음 말을 잇기를 기다렸다. 온몸의 근육을 팽팽하게 긴장시키고 온몸의 힘줄을 곤두세운 채, 잠시 후 날아들 충격에 단단히 대비했다.

"나도 자세한 내막은 잘 모르네." 옛 스승이 말했다. "존이 랫 포티지로 떠난 날, 나도 그에게 자네와 똑같이 물었지. '왜? 믿지도 않으면서 왜 가는 건가, 존?'"

나이 많은 괴물학자의 뺨 위로 눈물이 줄줄 흘러내렸다. 존을 위해, 박사를 위해, 그리고 두 남자 사이에 끼여 있는 그녀를 위해 흘리는 눈물이었다. 그는 워스롭에게 두 손을 애원하듯 내밀었지만 워스롭은 그의 손을 잡아 주지 않았다. 박사는 양쪽 옆구리에서 두 손을 꼭 주먹 쥐고 있었다.

"그건 너무나도 힘든 일이라네, 마인 프로인드. 다른 사람과 사랑에 빠진 이를 사랑한다는 것 말일세. 자기가 사랑받지 못할 거라는 것, 사랑하는 이의 마음이 다른 남자를 향한 사랑의 감옥에 갇혀 있다는 걸 아는 건 그 누구도 견딜 수 없을 만큼 괴로운 일이지. 존이 그랬다네."

아주 드물게, 펠리노어 워스롭은 솔직하지 못할 때면 아무것도 모르는 척 딴청을 부리곤 했다. "다들 미친 사람들뿐이군." 그가 기가 막힌다는 투로 말했다. "온 세상이 미쳐 버려서 제정신을 가진 사람이 나 하나밖에 안 남은 건가."

"존이 떠나기 전에 뮤리엘이 나를 찾아왔네. 그녀가 말했지. '그이가 못 떠나게 말려 주세요. 그는 앙갚음을 하는 거예요. 펠리노어를 바보로 만들고 굴욕감을 주고 싶은 거예요.' 그러더니 존에게 진실이라는 무거운 짐을 안겨 주었다고 고백했네."

"진실." 워스롭이 중얼거렸다. "무슨 진실 말입니까?"

"그녀가 아직 자네를 사랑한다는 진실 말이지. 늘 자네를 사랑했고, 빈에서 있었던 일 때문에 자네한테 화가 나서 그와 결혼했다는 진실 말이야."

"빈에서 있었던 일은 내 잘못이 아니에요!" 워스롭이 와락 외쳤다. 목소리가 분노로 부들부들 떨리고 있었다. 폰 헬룽이 움찔하더니 박사가 그를 한 대 치기라도 한 것처럼 주춤거리며 물러났다. "스승님도 거기 있었잖습니까. 진실이 뭔지 아시잖아요. 뮤리엘은 나한테 둘 중 하나를 선택하라고 했어요. 자기인지, 아니면 괴물학인지. 나한테는 그게 전부라는 걸 알면서도! 다 알면서도 말입니다! 그러더니 그것도 모자라 내 절친한 친우의 품에 안기더니, 그 친구한테는 아무런 희생도 요구하지 않는 궁극적인 배신을 저질렀죠!"

"그건 배신이 아닐세, 펠리노어. 그런 식으로 말하지 말게. 그녀는 자기 자신보다 그녀를 더 사랑하는 남자를 선택한 것뿐이야. 그것 때문에 그녀를 비난할 수 있나? 뮤리엘은 그녀가 절대로 이길 수 없는 존재 때문에 사랑하는 연인으로부터 거절당했어. 자넨 바보가 아니잖나. 우티코가 우리를 잡아먹는 유일한 존재가 아니라는 건 자네도 알지, 펠리노어. 우리 인간을 집어삼키는 존재는 그것만이 아니야. 그녀의 상심이 그녀를 존에게 이끌었고, 존의 실의가 그를 숲으로 이끌었네. 나는 애초에 그가 돌아올 작정이 아니었다고 생각하네. 존은 제 발로 노란 눈을 찾아간 거야. 나는 그것이 그를 부르기 전에 그가 먼저 그것을 불렀다고 생각하네!"

그는 의자에 풀썩 주저앉아 슬픔에 몸을 맡겼다. 워스롭은 여전히 꼼짝도 하지 않았다.

폰 헬룽은 간곡히 말렸지만, 박사는 우리가 호텔로 돌아가야 한다고 우겼다. 그는 지독히도 이성적인 논리를 설파했다.

"존이 뒤틀린 과거를 바로잡고 싶은 거라면 다음 목표는 나일 겁니다. 그렇다면 그가 내가 있을 거라고 짐작하는 곳에 있는 게 낫죠."

"나도 같이 가겠네." 폰 헬룽이 말했다.

"아닙니다. 하지만 박사님의 안전이 걱정된다면……."

"나인! 아닐세! 나는 늙은이야. 벌써 살 만큼 살았다네. 죽는 건 두렵지 않아. 하지만 자네가 미끼와 사냥꾼 노릇을 둘 다 할 수는 없지 않은가, 펠리노어. 그리고 윌 헨리는 어쩌고! 그 애는 여기 있어야지."

"그야말로 최악의 주장입니다." 내 스승이 쏘아붙였다.

그 뒤로 박사는 그 어떤 반론이나 간청도 용납하지 않았다. 티미가 포장마차를 가져왔고, 잠시 후 우리는 플라자 호텔 앞에 도착했다.

워스롭이 로비로 향하는 문 앞에서 우뚝 발을 멈췄다. 고개를 숙이더니 뭔가를 자세히 들으려는 듯 머리를 한쪽으로 기울였다. 그러고는 일언반구도 없이 별안간 행동을 개시했다. 그는 울타리를 훌쩍 뛰어넘더니 무시무시한 속도로 그 긴 다리를 놀려 잔디밭을 가로질러 59번가에 있는 공원 입구로 뛰어들었다. 정말이지 엄청나게 빨랐다. 나도 질세라 그의 뒤를 따랐다. 낮은 돌담 옆에 그가 쫓는 사냥감이 숨어 있었던 게 틀림없었다! 그렇지만 나는 점차 뒤처질 수밖에 없었다. 어쨌든 그는 나보다 훨씬 날랬으니까. 내가 공원에 들어섰을 무렵 그는 벌써 100미터는 앞질러 있었다. 마르고 호리호리한 인영이 아크등 사이로 쏜살같이 질주하는 게 보였다.

워스롭의 사냥감이 갑자기 길을 벗어나 수풀로 들어갔다. 박사는 그 뒤를 밟았고, 나는 잠시 두 사람을 시야에서 놓치고 말았다. 하지만 드잡이 소리를 따라갔더니 서로 엉겨 붙어 바닥을 뒹굴고 있는 두 사람을 발견할 수 있었다. 처음에는 박사가 위에 있었지만 이내 상대가 그 자리를 차지했다. 나는 난투극이 벌어지고 있는 곳에서 조금 떨어져, 발을 멈추고 폰 헬룽이 쥐여 준 은나이프를 꺼내 들었다. 칼을 사용하는 방법은 몰랐지만 손에 쥐고 있는 것만으로도 안심이 되는 것 같았다.

다행히도 그 외에는 내가 할 일이 없었다. 박사와 싸우고 있는 남자는 존 챈러가 아니라 뉴욕에서 줄곧 우리를 염탐하던 초라한 행색의 젊은이였기 때문이다. 그는 용감하게 싸웠지만 워스롭의 상대가 되지 못했고, 이윽고 워스롭은 정체 모를 청년을 깔고 앉는 데 성공했다. 그는 한 손으로 깡마른 목을 붙잡고 다른 한 손으로는 청년의 앙상한 가슴을 짓눌렀다.

"해치지 마세요!" 사내가 영국 억양으로 비명을 질렀다. "제발요, 워스롭 박사!"

"해치려는 게 아니야, 이 멍청한 양반아." 박사가 숨을 몰아쉬며 말했다.

그는 상대방의 목을 움켜쥔 손을 풀고 그의 가슴 위에 양쪽 다리를 벌린 채 걸터앉았다. 박사에게 잡힌 사내가 밝은 회색 눈동자로 호소하듯이 나를 바라보았다.

"숨을 쉴 수가 없다고요." 그가 거칠게 갈라진 목소리로 말했다.

"거참 잘 됐군! 자네한테서 쥐어짜 내고 싶은 게 있으니까, 블랙우드. 대관절 무슨 짓을 하려는 거지?"

"지금은 숨을 쉬려고 하는 중인데요."

박사가 과장조로 한숨을 푹 내쉬더니 남자를 밀치고 몸을 일으켰다. 젊은이는 배를 붙잡고 일어나 앉았다. 얼굴은 벌겋고 높은 이마에서는 땀이 번들거렸다. 코가 유난히 커다랬는데, 얼굴이 워낙 깡마르다 보니 코밖에 안 보이는 것 같았다.

"나를 왜 따라다니는 거요?" 박사가 추궁했다.

블랙우드는 나를 물끄러미 바라보았다. 아니, 그보다는 내 손에 들린 무기를 쳐다보고 있었다.

"저 친구에게 칼부터 치우라고 해 주시면 안 될까요?"

"그러지." 박사가 말했다. "저 아이가 자넬 찌르고 나면."

괴물학자가 블랙우드에게 손을 내밀었다. 그가 손을 잡자 워스롭이 그를 잡아당겨 일으켜 세웠다. 이내 사내의 야윈 얼굴에 함박웃음이 번져 나갔다. 방금 뭔가 숨겨진 의미가 있는 예선전이라도 치른 사람처럼 말이다. 그가 박사의 가슴팍을 툭 쳤다.

"어떻게 지내셨습니까, 워스롭 박사님?"

워스롭은 그의 친근한 태도를 무시했다. "윌 헨리, 미스터 앨저넌 헨리 블랙우드를 소개하마. 스파이 흉내를 내는 기자 양반인데, 스파이 흉내가 기자인 척할 때보다도 더 형편없는 친구지."

"사실 둘 다 아니라고 봐야죠."

"그런가? 그럼 왜 내가 묵는 호텔 앞에서 얼쩡거리는 거지?"

블랙우드는 멋쩍은 듯 씨익 웃더니 시선을 떨구었다. "저야 늘 똑같은 걸 바라지 않습니까, 워스롭 박사님."

박사가 천천히 고개를 주억거렸다. "그럴 줄 알았소. 사실 그러길 바랐지. 블랙우드, 당신 몰골이 정말 형편없군. 제대로 배를 채운 게 언제요?"

워스롭 박사에게는 속셈이 있었다.

그리고 그것이 바로 내가 30분 후에 굉장히 호화찬란한 실내장식으로 치장된 회원제 "신사전용 클럽"—그 당시 표현을 따르자면—의 응접실에 놓인 값비싼 벨벳 소파에 앉아 있게 된 이유였다. 그 유명한 니코보코 클럽*에서도 그리 멀지 않은 곳이었다.

니코보코 클럽과 마찬가지로, 워스롭이 속해 있는 그 클럽은 아무

* 미국 뉴욕에서 설립된 최초의 야구 클럽.

나 회원으로 받지 않는다는 자부심을 지니고 있었다. 회원 수는 늘 정확하게 지켜졌고(절대 그 이상도 그 이하도 아닌 100명), 회원들의 신분 또한 철저하게 비밀로 부쳐졌다. 내가 기억하는 한 역사상 제노 클럽의 회원임이 밝혀진 인물은 아무도 없으며 클럽 자체의 존재 또한 내가 아는 한에는 단 한 번도 외부에 드러나거나 알려진 적이 없었다.

원래대로라면 비회원은 이런 고상한 제노 클럽에 발조차 들여놓을 수가 없었지만 일부 회원들, 가령 워스롭 같은 우수 회원들은 다른 사람들보다 조금 더 평등했다. 워스롭이 문을 두드리자 문지기가 'ZC'라고 새겨진 황동 명판 아래 있는 작은 뚜껑문에 코를 바짝 대고 우리를 무섭게 쏘아보았다. 그는 블랙우드의 초라한 옷차림이 마음에 들지 않은 게 분명했지만 묵묵히 몸을 돌리고 우리를 아무도 없는 응접실로 안내했다. 빅토리아풍의 화려한 장식 앞에서 주눅이라도 들었는지 블랙우드의 몸이 점점 움츠러드는 것처럼 보였다. 문지기 못지않게 과묵한 웨이터가 다가와 우리의 주문을 받았다. 블랙우드는 진앤비터스*를 시켰고, 박사는 다즐링 차를 주문했다.

웨이터가 나를 쳐다보자 갑자기 머릿속이 하얘지는 것 같았다. 목이 타서 물 한 잔만 마실 수 있다면 더할 나위 없을 것 같았으나 나도 블랙우드처럼 고압적인 분위기와 웨이터의 노골적인 멸시감에 잔뜩 위축되어 있었다. 그러나 때마침 워스롭이 나를 구원해 주었다. 그가 웨이터의 귀에 뭐라고 속삭이자 웨이터는 장의사처럼 차

* 진에 쓴맛 나는 약용 술을 섞은 칵테일.

분하고 조용한 걸음걸이로 사라졌다.

잠시 후, 웨이터가 음료를 들고 돌아와 내 앞에 크고 투명한 유리잔을 내려놓았다. 유리잔 안에는 거품이 부글부글 끓고 있는 캐러멜색 액체가 담겨 있었다. 나는 미심쩍은 눈초리로 그것을 노려보았다. 왜 뜨겁게 끓는 음료를 유리잔에 담아 온 거지? 박사가 나를 보고 싱긋 웃으면서 말했다. "마셔 봐라, 윌 헨리."

나는 머뭇거리면서 시험 삼아 한 모금을 홀짝였다. 내 놀란 표정이 사뭇 자명했는지 워스롭의 미소가 더욱 크게 번졌다. "네가 좋아할 줄 알았다. 그건 코카콜라라고 한단다. 펨버튼이라고 내 지인이 발명한 거지. 내 취향은 아니더라. 너무 달고, 왜 이산화탄소를 첨가했는지도 납득이 안 가는 데다 두 가지가 합쳐지니 마음에 썩 들지 않더구나."

"이산화탄소요?" 블랙우드가 말했다. "그런 걸 마셔도 됩니까?"

워스롭은 어깨를 으쓱했다. "윌 헨리에게 부정적 효과가 나타나지는 않는지 지켜보면 알겠지. 기분이 어떠냐, 윌 헨리?"

나는 매우 기분이 좋다고 대답했다. 기포가 부글거리는 그 액체를 벌써 반이나 들이켠 나는 정말로 아주 기분이 좋았다.

블랙우드의 회색 눈이 이곳저곳을 불안하게 힐끔거렸다. 손가락은 무릎 위에서 옴죽거리고 있었다. 그는 워스롭이 먼저 운을 떼기를 기다리고 있었다. 이 위대한 과학자는 이제껏 그에게 시간을 내준 적이 한 번도 없건만, 지금 그는 뉴욕에서 가장 비밀스럽고 고급스러운 회원제 클럽에서 워스롭과 마주 보고 앉아 있었던 것이다. 가슴 벅찬 일이긴 해도 동시에 도저히 영문을 알 수 없는 일이기도

했다.

"블랙우드. 당신 도움이 필요하오." 괴물학자가 말했다.

영국인의 눈이 휘둥그레졌다. 워스롭의 입에서 그런 말이 나오리라고는 상상조차 하지 못했기 때문이다.

"워스롭 박사님, 어, 제가 박사님과 박사님의 중요한 업적에 대해 매우 깊은 존경심을 품고 있는 건 사실이지만……."

"쓸데없는 사탕발림은 집어치우시오, 블랙우드. 지난 2년간 내 뒤를 졸졸 쫓아다녔잖소. 당신의 목적이 뭔지는 짐작밖에 할 수 없지만 그게 존경과 흠모보다는 가십과 스캔들과 더 깊은 연관이 있을 거라는 건 나조차도 알겠소."

"아니, 박사님, 어떻게 그런 심한 말씀을 하실 수가 있습니까? 제 가슴을 찢어 놓으시는군요. 저는 단순히 직업적인 필요 때문에 박사님한테 관심을 갖고 있는 게 아닙니다. 박사님이 하시는 일이 제가 열렬한 애정을 품고 있는 일과 너무나도 근접해 있기 때문이지요. 바로 인간의 의식 아래, 아니면 안에라고 해야 할까요, 숨겨진 또 다른 세계 말입니다. 간단히 말해 괴물학 협회에 있는 몬스트러마리움과 비슷한 거죠."

"헨리, 난 당신이 인간의 의식에 관해 주장하는 이론이나 '그 안의 세계' 같은 것에는 아무 관심도 없소. 난 그보다 더 실용적인 걸 연구하지."

"하지만 우리의 의식을 우리가 아는 그 이상으로 확장해야만 인간의 무한한 잠재력이라는, 아직 규명되지 않은 미지의 영역을 탐구할 수 있지 않겠습니까."

"내 무덤덤한 반응을 용서해 주기 바라오." 박사가 말했다. "규명되지 않은 미지의 영역이라면 질리도록 탐구했으니까."

"궁극적인 진실은 과학에 있는 게 아닙니다." 아마추어 철학자가 고집했다. "그건 깊이를 가늠할 수조차 없는 인간의 의식에 있어요, 자연이 아니라……. 더 나은 말을 찾을 수 있으면 좋으련만, 초자연에 말입니다."

워스롭이 웃음을 터뜨렸다. "당신을 폰 헬룽에게 소개해야겠군. 둘이 아주 잘 맞겠어."

그는 이내 본론에 돌입했다. 워스롭은 몸을 살포시 앞으로 기울이더니 손가락을 세우고 아직도 얼굴이 벌겋게 달아 있는 기자에게 심각한 음모를 털어놓듯이 속닥였다.

"헨리, 당신에게 제안할 게 한 가지 있소. 내일 신문에 기사를 내줄 사람이 필요한데, 꽤나 시끄럽고 추문이 될 수도 있는, 뉴욕에서 가장 유명한 가문 중 하나에 관한 얘기요. 당신 주머니를 꽤 두둑하게 채울 수 있을 거요. 적어도 괜찮은 양복은 사 입을 수 있을 테지. 어쩌면 일자리를 얻을 수 있을지도 모르고. 그리되면 좋겠군. 지금 당신은 시간이 너무 남아돈다는 게 탈이니까."

블랙우드가 열렬하게 고개를 끄덕였다. 회색 눈이 반짝반짝 빛나고 커다란 콧구멍이 기대감에 벌름거렸다.

"단, 조건이 하나 있소." 워스롭이 말을 이었다. "절대로, 누구에게도, 심지어 당신 편집자에게도 누가 이 정보를 줬는지 밝히면 안되오."

"당연하죠, 박사님." 블랙우드가 속삭였다. "오, 너무나도 궁금하군요. 말씀해 주세요! 그게 뭡니까?"

"당신이 지금까지 간절히 기다린 거요, 블랙우드. 일생일대의 특종이지."

플라자 호텔로 돌아오는 길에 박사가 토로했다. "블랙우드와 거래한 걸 평생 후회할지도 모르겠다. 하지만 하늘이 우리를 도와줄 거라고 믿어야지. 내일 아침 조간신문에 그가 쓴 기사가 실리면 도시 전체가 들고 일어나게 될 거다. 수백만 명이 우릴 위해 움직이는 셈이지. 챈들러 가의 체면 따위 벼락이나 맞으라지."

그는 굉장히 지쳐 보였다. 가로등 불빛에 비친 얼굴은 유령처럼 파리했고, 지금껏 내가 본 그 어느 때보다도 피로하고 초췌해 보였다. 심지어 원시림에서 등에 진 무거운 짐에 심신이 짓눌려 있을 때보다도 더욱 기진맥진해 있는 것 같았다. 그때의 짐은 랫 포티지에서 내려놓았지만, 지금의 그는 훨씬 더 크고 무거운 것을 지고 있었다.

"그때 뮤리엘과 함께 갔어야 했는데. 본능에 따랐어야 했어."

"박사님 잘못이 아니에요." 나는 그를 위로하고 싶었다.

"바보 같은 소리!" 그는 내게 날카롭게 쏘아붙였다. "당연히 내 잘못이지. 마이스터 아브람이 한 말을 못 들었니? 모든 게 다 내 잘못이야. 내가 우리는 무조건 서로에게 솔직해야 한다고 했지? 하지만 그보다 더 중요한 건 자기 자신에게 솔직해지는 거다. 나는 늘 그랬지. 그리고 덕분에 어마어마한 대가를 치러야 했고." 그는 씁쓸하게 덧붙였다. "세상에서 진실보다 더 중요한 것은 없다. 그리고 난 그것을 추구하는 데 평생을 바쳤지. 그게 어디에 숨어 있든 간에 말이다. 진실이 곧 과학의 목적이자 본질이다, 윌 헨리. 우리가 쫓는 진정한 괴물이지. 나는 그것을 규명하기 위해 모든 것을 포기했고, 진실을 찾기 위해서라면 무슨 짓이든 하고 어떤 곳이든 갈 각오가 되어 있다."

그의 굳센 맹세를 확인할 기회가 오기까지는 오래 걸리지 않았다. 숙소에 도착하자마자 박사는 내게 도구 주머니를 가져오라고 했다.

"오늘 밤이 지나기 전에 해결할 작은 문제가 있다. 조금 위험하기도 하고, 법적으로 문제가 될 소지가 있으니 넌 여기서 기다려라."

챈러 저택에서 그런 무시무시한 광경을 목격하고 밤을 혼자 보내야 할지도 모른다고 생각하니 덜컥 겁이 났다. 창밖에서 울리는 거센 바람의 노랫소리를 들으며 혼자 밤을 지새우느니 차라리 아무리 어둡고 위험한 일이라도 박사와 동행하는 부담을 지는 편이 훨씬 나아 보였다. 재앙투성이였던 원시림에서 빠져나올 적에 그는 어깨에 물려받은 짐을 지고 있었지만, 혼자가 아니었다. 나는 그의 제안을 거절했다.

잠시 후, 우리가 탄 마차가 협회 본부의 입구가 위치한 23번가에서 멈췄다. 그림자 속에서 자그마한 형체가 튀어나와 우리를 반겼다.

"늦었군, 모나미." 다미앵 그라부아가 말했다. 그는 내 목에 감긴 붕대를 보고 눈을 휘둥그레 떴다. "사고라도 있었나?"

"아니." 박사가 대답했다. "왜 그런 걸 묻지?"

프랑스인은 어깨를 으쓱하고는 멋들어진 연미복 재킷 주머니에서 코담배갑을 꺼내 킁 소리를 내며 가루를 흡입했다.

"전부 준비해 놨네." 그라부아가 말했다. "배달료만 내면 되는데,

너무 서두르느라 지갑을 깜박했지 뭔가."

괴물학자가 얼굴을 찌푸렸다. 그는 방금 마차요금을 놓고 마부와 아주 긴 신경전을 벌인 차였다.

"가격은 합의했나?"

그라부아가 고개를 저었다. "그의 노고에 대해 보상을 충분히 해주겠다고만 말해 놨네. 알겠지만 펠리노어, 난 시체 절도에 대한 적당한 시세를 모른다네."

박사가 무거운 한숨을 내쉬었다. "무기는? 그것도 깜박했나?"

그라부아가 씁쓸한 미소를 지었다. 그는 재킷 안주머니에 손을 넣어 손잡이에 자개가 박힌 스위치블레이드를 꺼내 들었다. 엄지손가락으로 버튼을 누르자 15센티미터 길이의 칼날이 딸깍 하는 섬뜩한 소리와 함께 튀어나왔다.

"미코프야." 그가 말했다. "우리 예술가 보디가드 양반이 지니고 있던 것과 똑같은 물건이지."

오래된 오페라하우스를 개조한 협회 건물의 2층에는 일종의 수술실이 있었다. 강연이나 공개 실험, 그리고 때로는 오늘처럼 특별한 목적을 위해 마련한 작은 연단 위에서 해부를 할 수 있는 공간이었다. 미세하게 기운 콘크리트 바닥 중앙에는 배수구가 설치되어 있어 피와 체액이 절로 흘러 빠져나갔고, 둥그런 사발처럼 생긴 방은 층층이 놓인 좌석들이 무대를 삼면으로 에워싸고 있어 관객들은 그 섬뜩한 과정을 자세하고 적나라하게 지켜볼 수 있었다.

중앙 연단 위에 바퀴가 달린 커다란 금속 탁자 두 개가 놓여 있는 것이 보였다. 탁자에는 각각 인간의 시신이 한 구씩 누워 있었다. 둘 다 비슷한 체구의 남성이었고, 처음 이 세상에 나왔을 때처럼 완전히 발가벗고 있었다. 나는 금세 그중 한 구의 정체를 알아봤다. 그것은 얼굴과 눈알이 없는 아우구스틴 스칼라였다.

우리가 들어가자 제일 앞줄에 앉아 있던 덩치 큰 사내가 몸을 일으키며 잔돈이라도 찾는 듯 부산하게 주머니를 뒤졌다.

그라부아가 그를 소개했다.

"프레드리코, 이쪽은 내 동료 워스롭 박사일세. 워스롭, 이쪽은 프레드리코……."

"그냥 프레드리코면 됩다." 사내가 그라부아의 말을 가로막았다. 그는 잠시도 가만있지 못하고 자꾸만 주변을 두리번거렸다. 심한 불안장애라도 앓고 있는 것 같았다. "가져왔음다." 그는 굳이 연단 쪽을 고갯짓하며 말했다. "돈은 가져왔음요?"

그의 사건 수사에서 시간이 그토록 치명적인 요건이 아니었다면, 박사는 벨뷰 영안실에서 불법적으로 두 구의 시체를 빼돌린 데 대한 적정 가격을 놓고 길고 지루한 협상을 개시했을 것이다. 물론 워스롭은 그 와중에도 사내가 제시한 액수가 터무니없을 정도로 높다며 이건 강탈이나 다름없다고 투덜거렸다. 값비싼 보석을 훔쳐 온 것도 아니고 시체 두 구를 나른 것뿐인데! 그것도 우리가 계속 갖고 있을 것도 아니니 잠시 빌리는 것이나 다름없는데 말이다! 하지만 워낙 상황이 상황인지라 괴물학자도 다소 물러날 수밖에 없었고, 사내는 받은 돈을 세어 주머니에 안전히 보관하고 나자 퇴장을 선언하며 앞으로 여기서 벌어질 일을 목격할 생각이 전혀 없음을 분명히 했다. 그는 바깥에 있는 홀에서 기다리겠다고 통보했다. 우리는 먼저 스칼라부터 조사하기로 했다. 박사는 조악한 전기조명 아래서 텅 빈 눈구멍을 살펴보고, 얼굴의 남은 부분과 가슴에 난 상처, 훼손된 심장을 차례대로 검사했다.

"흠, 역시 내가 생각했던 대로구나, 윌 헨리." 박사가 중얼거렸다. "무슈 라로세의 상처와 거의 일치해. 안와골에 있는 긁힌 상처와 심장에 난 이빨 자국을 보렴."

"얼굴만 빼고요." 내가 말했다. "라로세는 얼굴 가죽이 벗겨지지 않았잖아요."

워스롭이 고개를 끄덕였다. "피부를 벗긴 부위가 반대지. 라로세는 몸통의 거죽을 벗겼고 스칼라는 얼굴 거죽을 벗겼다. 그렇지만 그건 시간과 장소의 문제일 수도 있어. 이번에는 그때보다 더 일을 서둘러 마쳐야 했던 거지."

"라로세는 그럴 필요가 없었고?" 저만치 떨어진 곳에서 속이 울렁거리는 표정으로 서 있던 그라부아가 말했다. "그럼 얼굴은 왜 남겨 둔 거지?"

박사가 고개를 저었다. "병리적인 요인일 수 있네. 이런 짓을 한 사람만이 이해할 수 있는 다른 이유가 있는 거지."

"아니면 라로세를 그렇게 만든 범인은 따로 있고 챈러가 거기에 본인의 해석을 더했을지도."

"가능성이야 있지." 워스롭이 시인했다. "하지만 만약 그렇다면 해답을 찾기보다 의문만 더 초래하게 돼. 존이 아니라면 누가 그랬다는 건가?"

"폰 헬룽이 뭐라고 할지 알잖나." 그라부아가 그를 놀리듯이 말했다.

워스롭은 코웃음을 쳤다. 그의 입술이 조소하듯이 말려 올려갔다. 나는 그가 성미를 폭발시키기 전에 재빨리 입을 열었다.

"챈러 박사님이 그랬을 리가 없어요. 라로세가 잭 피들러한테 자기를 맡기고 가 버렸다고 그랬잖아요. 그러니까 챈러 박사님이 라로세를 죽인 범인일 리가 없어요."

"존이 버림받았다는 말을 하긴 했지." 내 스승이 말했다. "그렇지만 라로세가 죽었을 때 그가 피들러와 함께 있었는지는 확실치 않아. 범죄를 저지른 후에 서커 야영지에 가게 됐는지도 모르니까."

박사가 무거운 한숨을 내쉬며 피 묻은 손가락으로 머리카락을 쓸어 넘겼다. "어쨌든 우리가 할 수 있는 건 추측뿐이고 사실을 규명할 방법은 없다. 오직 존만이 해답을 알고 있는 것들도 있고. 그러니 우리는 본래의 목적에만 충실한 게 좋겠지!"

그는 벨뷰 영안실에서 가져온 두 번째 시신 쪽으로 걸음을 옮겼다. "나이프를 주게, 그라부아." 그는 버튼을 눌렀다. 번개처럼 튀어나온 칼날이 전깃불에 반사돼 소름 끼치도록 번쩍거렸다. "폰 헬룽이 존에게 시간이 얼마나 있었다고 했지? 7분? 다미앵, 시간을 재주게. 내가 신호를 보내면 시작하지."

워스롭이 칼날로 죽은 자의 가슴을 푹 찔렀다.

"공격은 정확하고 치명적이었어. 심실에 구멍을 냈지. 30초에서 60초 안에 의식을 잃었을 거야. 그러고는 스칼라가 바닥에 쓰러졌고." 그는 칼을 거둬 내 쪽으로 내밀었다. "자, 나머지는 너한테 맡기마, 윌 헨리. 존의 신체적 상태를 고려해야 하니까."

"저요?" 내가 깜짝 놀라 물었다.

"서둘러라. 한시가 급한 일이니까!" 그는 내 손에 나이프를 쥐여 주고는 탁자 옆으로 떠밀었다.

"6분 남았네." 그라부아가 말했다.

"눈부터 시작한다." 워스롭이 내게 지시했다. "안구의 출혈량을 생각하면 스칼라는 존이 심장을 제거했을 때도 살아 있었을 거야."

"저더러 이 사람 눈을 잘라 내라고요?" 나는 박사가 나한테 바라는 게 뭔지 정확하게 이해하지 못한 상태였다. 설마 진심으로, 다른 누구도 아닌 내가 그런 짓을 할 수 있다고 기대하는 건 아니겠지.

워스롭은 당혹감의 표출인 내 대꾸를 방법론에 관한 질문으로 오해했다.

"어쨌든 맨손으로 눈알을 뽑거나 파내지는 않았으니까. 너도 시체를 봤잖니, 윌 헨리. 칼을 사용한 게 틀림없어. 냉큼 서둘러라!"

"두 살짜리 어린애도 사람의 안구를 파낼 수 있다는 사실을 지적해도 될까?" 그라부아가 끼어들었다. "완력은 중요한 게 아니라네, 워스롭."

"맞는 말이야." 박사가 수긍했다. 그는 내 손에서 칼을 낚아채더니 눈꺼풀을 위로 잡아당긴 다음, 시신의 오른쪽 눈 바로 위에 칼날을 찔러 넣었다. 그러고는 칼을 쥔 손을 둥그렇게 돌려 시신경을 잘라 내고 태연하게 맨손으로 안구를 뽑았다.

박사가 내 쪽으로 몸을 돌리자 나는 반사적으로 손바닥을 위로 내밀었다. 그는 내 손바닥 위에 눈알을 내려놓았다. 나는 그것들을 내려놓을 자리를 찾아 필사적으로 주위를 두리번거렸다. 탁자는 박사가 몸으로 가로막고 있었고, 그렇다고 바닥에 내려놓자니 너무 무례하고 어찌 보면 망자를 모욕하는 것 같았다. 워스롭이 탁자 위로 몸을 기울여 아까와 똑같은 방식으로 왼쪽 눈알을 빼냈다. 이번에도 내 손바닥 위에 동그란 것이 떨어졌다. 나는 고개를 돌리고 그 생명 없는 눈동자와 눈을 마주치지 않으려고 안간힘을 다했다.

"시간!" 워스롭이 외쳤다.

"5분 45초." 그라부아가 말했다.

괴물학자는 납빛 가슴에 칼을 대고 단호하게 밑으로 그은 다음, 스칼라를 습격한 자처럼 빠르고 거침없는 손길로 상처를 벌렸다. 그러고는 나이프를 탁자 위로 내던지고 나를 쳐다보았다.

"이 부분은 반드시 네가 해야 한다, 윌 헨리."

"무슨 부분요?" 나는 간신히 쇳소리를 내며 대답했다.

"애 손이 가득 차 있잖아." 그라부아가 지적했다.

워스롭이 눈알을 집어 자신의 코트 주머니 안에 떨어뜨린 다음 내 등을 탁자 쪽으로 떠밀었다. "저기 손을 넣어서 심장을 잡아라."

속이 울렁거렸다. 열이라도 오른 것처럼 온몸이 뜨겁고 벌벌 떨렸다. 나는 눈물이 흘러내리지 않게 두 눈을 연신 깜박이면서 애원하듯이 그를 올려다보았다.

"어서 서둘러라, 윌 헨리. 저기 늑골이 보이지? 여기, 그리고 저기가 부러져 있었다. 할 수 있겠니?"

나는 고개를 끄덕였다. 그러고는 다시 가로저었다.

"4분!"

"이게 바로 괴물학이다, 윌 헨리." 박사가 낮고 무시무시한 목소리로 속삭였다. "이게 바로 우리가 하는 일이지."

나는 다시 고개를 주억거리고, 숨을 깊이 들이마신 다음, 두 눈을 크게 뜨며 시신 안에 손을 집어넣었다. 그 안은 깜짝 놀랄 정도로 차가웠다. 강당을 둘러싼 공기보다도 더 차가웠다. 늑골은 뼈를 둘러싼 골막 때문에 미끈거렸지만 일단 잡고 나니 쉽게 부러졌다. 막대기를 부러뜨리는 것과 별반 다를 바가 없었다.

"심장이 보이니?"

"네, 박사님."

"좋아. 그럼 두 손을 다 사용해야 한다. 굉장히 미끄러울 테니까. 앞으로 똑바로 잡아당겨라. 그렇지! 멈춰. 이젠 칼을 써라. 아니, 아니야. 왼손을 심장 아래 넣고. 존은 오른손잡이거든. 이제 잘라라. 조심해야지! 맙소사, 칼날을 그렇게 높이 들지 마라, 그러다 네 손목을 베겠다. 조금 낮춰서…… 조금 더. 더 깊게! 뭐야, 이 사람을 다치게 할까 봐 겁이라도 나는 게냐?"

"3분!"

"그만 됐다!" 워스롭이 고함을 질렀다. 그는 나를 뒤로 밀치고는 손가락을 딱딱 튀겼다. "칼! 뒤로 물러서 있어라. 토할 거면 배수구를 사용하고."

괴물학자는 얼굴 가죽을 벗기기 시작했다. 그는 머리선 바로 아래에서 피부와 그 밑에 있는 근육 사이로 얇은 칼날을 밀어 넣어 피부를 뜨기 시작했다. 쉬운 일은 아니었다. 인간의 얼굴에는 수많은 미세한 근육이 있어 희로애락의 다양한 표정을 만들어 낸다. 근육은 건드리지 않고 그 위에 있는 피부만을 벗겨 내려면 해부학에 능통한 섬세한 손길이 필요했다. 다시 말해서, 괴물학자 같은 사람 말이다.

"1분!" 그라부아가 외쳤다. "간호사가 복도를 걸어오기 시작한다!"

워스롭이 나지막하게 욕설을 투덜거렸다. 그는 이제야 겨우 턱에 도달한 참이었다. 그는 미끈거리는 피부를 쥐고는 단숨에 얼굴에서 뜯어냈다.

"됐어!" 그가 외쳤다. "이제 창문 밖으로 나가서…… 올라가거나 내려가거나, 홈통을 타는 거지! 골목길이나 지붕까지 갈 필요도 없어. 간호사가 문을 열었을 때 눈에 보이지만 않으면 되니까!"

박사가 숨을 헐떡거리며 말했다. 꽉 쥔 손가락 사이로는 이름 모를 시신의 얼굴 가죽이 삐져나와 있고, 관절 위에서는 핏방울이 마치 이른 아침에 장미 꽃잎 위에 맺힌 이슬처럼 가볍게 떨리고 있었다.

"그 얼굴 가죽은 어쩌고?" 그라부아가 말했다. "그리고 눈은? 둘 다 방 안에서는 발견되지 않았어. 그건 어떻게 된 거지?"

"당연히 그가 가져갔겠지."

"가져갔다고? 어떻게? 환자복을 입고 있었는데?"

"일단 창밖으로 떨어뜨린 다음에 내려가서 주워 간 걸세."

"하지만 이 시나리오대로라면 아주 약간만 실수를 해도 끝이지 않은가." 그라부아가 말했다. "게다가 자네는 일을 제대로 끝마치지도 못했어. 하지만 존은 해냈지."

"그는 나보다 칼 다루는 솜씨가 좋아." 워스롭이 반박했다.

"하지만 몸도 정신도 성치 않은 상태에서?"

워스롭은 손을 내저으며 친구의 반론을 묵살했다. 그는 실험 결과에 매우 흡족해하고 있었다.

"상처가 스칼라의 것과 거의 일치해." 그는 꺾이지 않고 고집을 부렸다. "도려낸 눈, 심장에 난 이빨 자국과 유사한 들쑥날쑥한 상처…… 모두 초인적인 힘이나 속도가 필요하지 않은 것들이지. 폰 헬룽이 틀린 거야."

"자네의 이 작은 시범에는 대단히 명백한 허점이 하나 있다네, 펠리노어." 그라부아가 말했다. "나이프 말일세. 챈러처럼 몸이 허약한 환자가 어떻게 자기 덩치의 두 배나 되는 스칼라의 손목을 비틀어 칼을 빼앗을 수 있었겠나?"

"그가 잠들 때까지 기다린 거지."

"하지만 간호사는 스칼라가 깨어 있었다고 했네."

"아니면 그보다 일찍, 스칼라가 자는 사이에 몰래 나이프를 훔쳤겠지. 간호사가 그를 보기 전에 말일세!" 워스롭이 버럭 고함을 질렀다. "아니면 스칼라를 침대 옆으로 유인해서 그의 주머니에서 슬쩍했을 수도 있고. 그가 평소에 칼을 어디다 넣어 두는지 알고 있었으니까."

그라부아는 미심쩍다는 표정을 지었지만 더 이상은 물고 늘어지지 않았다. 그저 이렇게 덧붙였을 뿐이다. "그럴지도 모르지. 하지만 과연 그걸로 폰 헬룽의 이론을 반박하기에 충분하겠나?"

워스롭은 한숨을 내쉬며 천천히 고개를 저었다. "폰 헬룽이 왜 그렇게 열과 성을 다해 이 문제에 매달리는지 아나, 그라부아? 우리 인간들이 웬디고나 뱀파이어 같은 초자연적인 존재에 대한 비이성적인 믿음에 집착하는 것과 똑같은 이유지. 공명정대하고 사랑 넘치는 하느님이 세상을 다스리고 있는데도 하찮은 인간이 이런 가공

할 만한 범죄를 저지른 채 활개치고 다닌다는 사실을 받아들일 수가 없어서야." 그는 스테인리스 탁자 위에 누워 있는 시신을 향해 고개를 까딱였다. "저런 사악한 행위는 괴물이 그랬다는 것 말고는 도무지 설명할 수가 없으니까."

우리는 자정이 지나서야 플라자 호텔로 돌아올 수 있었다. 박사는 금방이라도 쓰러질 것처럼 보였고 나는 그에게 제발 쉬어야 한다고 다그쳤다. 그는 처음에는 저항했지만 이내 그것이 합리적인 제안임을 깨달았다. 하지만 자러 가기 전에 먼저 그는 문 앞에 방책을 쌓고, 긴 소파를 밀어 침실 입구를 막고, 지면과 우리 방 사이에 여덟 개의 건물 층이 있음을 알면서도 한참 고민한 후에 커다란 옷장으로 창문을 막았다.

그러고는 한심하다는 듯이 웃음을 터뜨렸다. "이건 미친 짓이야……. 미친 짓이라고!" 그가 중얼거렸다.

"워스롭 박사님, 제가 질문 하나만 해도 돼요? 그때 숲에서 저한테 어쩌면 웬디고와 비슷한 생물이 있을 수도 있다고 하셨잖아요……. 그게 챈러 박사님을 습격해서…… 그래서 그분도 저처럼 감염된 게 아닐까요? 뭔가 챈러 박사님을 엄청나게 빠르고 강하게 만들었다거나……."

나는 그가 내 말을 진지하게 받아들이는 것을 보고 깜짝 놀랐다.

"나도 그런 가능성을 생각해 봤다. 눈곱만 한 미생물이 살육에 대한 충동이나 광기를 불러일으킬 수도 있으니까. 악성 말라리아라든가 그와 비슷한 괴물학의 범주 밖에 있는 질병 같은 것들 말이다.

그러나 내가 폰 헬룽의 이론을 부인하는 건 아주 간단한 이유에서다, 윌 헨리. 그게 내가 평생을 바쳐 헌신한 모든 것을 모독하기 때문이지. 내가 괴물학을 위해 등 돌린 모든……." 그는 말끝을 흐렸다. "과거를 극복하지 못한다면 우린 결국 파멸하게 될 거다, 윌 헨리. 미신은 과학이 아니야. 그리고 종국에 우리를 구할 수 있는 건, 오로지 과학뿐일 거다. 혹자는 그게 존을 파멸시켰다고 할지도 모르겠지만…… 하긴 존뿐만이 아니지." 그는 잠시 목이 메어 더 이상 말을 잇지 못했다. 그는 허공을 응시하며 부드럽게 덧붙였다.

"나는 과학에 대한 신념 때문에 많은 것을 잃었다. 하지만 참된 신념이란 그런 거지."

나는 그가 말을 잇기를 계속해서 기다렸다. 아직 할 말이 남아 있는 것처럼 보였기 때문이다. 나야 그저 짐작밖에 할 수 없지만, 이만큼 나이가 들다 보면 알 수 있는 것도 많고 운이 좋으면 약간의 지혜도 쌓을 수 있는 법이다. 괴물학자는 자신의 친구가 초자연적인 짐승으로 둔갑했다는 사실을 결코 인정하지 않았고, 인정할 수도 없었다. 그리되면 그가 그토록 사랑했던 여인이 더 이상 이 세상 사람이 아님을 인정하는 것이나 다름없었기 때문이다. 그는 존 챈러가 인간이라고 믿어야만 했다. 왜냐하면, 만일 그가 더 이상 인간이 아니라면, 두 남자가 사랑한 그 여인은 이미 죽은 것이기 때문이다.

23장

“알아챘어야 하는데.”

박사가 내게 경고한 것처럼, 코르고이 독의 효력은 아주 천천히 나타났다. 코르고이 독에 중독된 사람은 하루는 전혀 아무렇지 않다가도 다음 날이면 갑자기 착란 증세를 일으키곤 했다. 그러니 그건 데스웜의 독 때문이었는지 모른다. 어쩌면 내가 그날 밤 네 시간도 채 자지 못했고, 그마저도 줄곧 수평선도 없는 너른 바다에서 몽롱하게 떠다녔기 때문인지도 모른다. 이유야 어찌 됐든 그 몇 시간 동안의 내 기억이 매우 희미하다는 사실을 미리 고백해야겠다. 참으로 고맙게도.

동트기 직전에 벨이 울린 게 기억난다. 박사가 어둠 속에서 허겁지겁 일어났다. 냉큼 서둘러라, 윌 헨리! 냉큼!

로비에 서 있던 코널리의 모습도 기억난다. 그를 보니 묘한 데자뷔가 느껴졌다. 워스롭 박사, 저를 따라오시죠.

싸늘한 새벽 공기…… 쪽빛 하늘에서 아롱거리는 별빛…… 새까만 브루엄 마차…… 5번로를 따라 늘어선 컴컴한 가게들…… 길가 도랑에서는 흰옷을 입은 미화원들이 고약한 악취를 풍기는 하수도에 정강이까지 담그고 지구 상에서 가장 위대한 도시의 거리에 매일같이 쌓이는 인간과 동물의 배설물을 퍼내고 있었다.

새벽은 더럽고 지저분한 시간이었다. 수천수만 개의 요강들이 고급 주택과 공동주택의 창문 너머로 지난밤의 "분뇨"를 쏟아 냈다. 그 전날 10만 마리의 말이 생산한 약 90만 킬로그램의 배설물은 고약한 냄새를 풍기며 내 키만 한 높이로 쌓여 있었는데, 심지어 어떤 동네에서는 계단을 사용하지 않고도 2층에 올라갈 수 있을 정도였다. 똥오줌이 섞인 질척한 진창 위로 바큇자국을 남기며 지나는 손수레에는 썩어 문드러져 조각조각 분해된 말의 시체가 담겨 도축장으로 향하고 있었다. 다 자란 말은 보통 70킬로그램이 나갔기 때문에 통째로 운반하기가 거추장스러웠고 그래서 대개는 죽은 자리에 방치해 뒀다가 가스가 차서 배가 부풀어 오르고 "똥 더미의 여왕", 즉 집파리가 좋아하는 국물이 줄줄 흐를 때쯤이야 팔다리와 몸통을 해체해 다른 곳으로 실어 날랐다.

더럽고 지저분한 시간이었다. 짐말은 날마다 평균 약 10킬로그램의 똥과 몇 리터의 오줌을 배출한다. 이런 어마어마한 규모의 불결한 똥오줌은 콜레라와 장티푸스, 황열병, 발진티푸스, 말라리아 같은 독이 든 과실을 품고 있었고, 빈민가의 인구를 거의 멸절 위기로 몰아넣었다. 사람들은 문자 그대로 파리처럼 죽어 나갔다. 오물과 쓰레기 속에서 파리 떼가 번창하는 동안, 이곳의 거주민들은 해마다 2만 명씩—대부분 어린아이들이—목숨을 잃었다.

매일 아침 수거된 분뇨는 이른바 "똥통 블록"이라고 불리는 대기 장소로 보내져 브루클린 다리 너머로 운송되기를 기다렸다. 가장 커다란 똥통 블록은 42번가에 있었는데, 10만 명의 인구가 식수를 조달하는 크로톤 저수지에서 겨우 한 블록밖에 떨어지지 않은 곳이었다.

박사의 초췌한 옆얼굴…… 차가운 강바람……. "알았어야 했는데…… 알아챘어야 했는데……."

봄비가 날리면 도로는 진흙과 배설물이 뒤섞인 진창으로 뒤덮였고, "횡단보도 청소부"들은 긴 치맛자락을 나부끼는 부유한 숙녀들을 위해 길을 쓸었다. 비가 오지 않는 계절이 되면 푸슬푸슬한 똥가루가 섞인 먼지바람이 거리를 배회하거나 폼페이 화산재처럼 공중을 떠다니다가 창틀이나 길가의 과일가게나 소시지 판매대 위에 쌓이거나 미세한 먼지와 함께 사람들의 폐 속으로 들어갔다. 미국에서 가장 화려하고 자랑스러운 이 도시에서, 사람들은 문자 그대로 똥을 마시며 살고 있었다.

마부들의 고함 소리. 짐마차꾼의 욕설. 까마귀 떼의 소름 끼치는 울음소리. 그리고 내 옆에 앉아 있는 박사의 중얼거리는 목소리. "알았어야 했는데…… 알아챘어야 했는데……."

길목마다 쌓여 있는 사람 키만 한 똥오줌의 산, 머리가 아플 정도로 지독한 악취, 쓰레기와 분뇨 더미, 동물의 사체에서 풍겨 나오는 사악한 독기…… 검은 파리 떼 수백만 마리가 윙윙거리는 혼미한 소리…….

42번가의 똥통 블록, 벌레가 들끓는 단테의 지옥도와 같은 풍경 속에서 우람한 검은 그림자가 나타났다. 괴물학자가 마차에서 뛰어내려 번스 경감에게 다가갔다.

"어디 있습니까?" 워스롭이 물었다.

번스가 언덕 꼭대기를 가리켰다. 워스롭은 미끈거리는 경사면을 따라 올라가기 시작했다. 힘들고 고된 여정이었다. 그는 오물에 종아리까지 푹푹 빠지며 발을 옮겼다.

"아니, 너는 거기 있어라." 내가 따라가려고 하자 그가 외쳤다.

번스도 같은 생각인 것 같았다. 가늘게 떨리는 내 어깨 위에 그가 커다란 손을 얹었다. 두툼한 입술은 불 꺼진 시가 꽁초를 잘근잘근 씹고 있었다. 나는 박사의 머리가 분뇨 언덕 너머로 사라지는 것을 지켜보았다. 잠시 후, 그러나 마치 영원처럼 느껴지는 시간이 흐른 후에, 나는 그의 절규를 들었다. 내 생전 처음 듣는, 이 세상에 존재하는 무엇과도 비교할 수 없는 끔찍한 소리였다. 인간이 내는 소리라고는 도무지 믿기지 않았다. 그것은 사람이 아니라 도살장에 끌려가는 가엾은 짐승이 울부짖는 소리 같았다. 괴로움과 비통함이 뚝뚝 떨어지는 그의 오열은 나를 붙들고 있는 거한의 손아귀보다도 더 강력했고, 나는 저도 모르게 그 소리에 이끌려 갔지만 몇 발짝을 떼기도 전에 번스가 내 코트 자락을 움켜쥐고 잡아당겼다.

"걱정하지 마라, 아이야. 어차피 그는 다시 여기로 올 거다. 달리 갈 곳이 없거든."

박사는 돌아왔다. 그러나 돌아온 그는 방금 전에 오물 언덕 너머로 사라진 사람이 아니었다. 겉모습은 똑같을망정, 완전히 다른 사람이었다. 존 챈러에게 희미한 인간성의 잔재가 남아 있었던 것처럼 내 스승의 가면은 여전히 견고했다. 그러나 공허함을 숨길 수 없는 눈빛만은 피에르 라로세와 호크 경사의 검고 텅 빈 눈구멍처럼 그가 결코 닿을 수 없는 황량하고 적막한 풍경의 끝을 황망하게 내다보고 있었다.

"펠리노어 워스롭." 번스가 냉랭하고 단호한 어조로 말했다. "당신을 살인 용의자로 체포하겠소."

나는 울부짖고 비명을 지르고 주먹을 휘두르고 발길질을 했지만, 그들은 우리를 떼어 놓고 나를 브루엄 마차 안에 내동댕이쳤다. 마차는 즉시 경찰서를 향해 출발했다. 뒤를 돌아보니 그들이 박사에게 수갑을 채워 끌고 가는 것이 보였다. 나는 그 뒤로 한동안 그를 보지 못했다.

도시가 살아나고 있었다. 비록 그 삶이란 것이 외진 뉴잉글랜드 시골 마을 출신의 어린 소년에는 매우 낯설었지만 말이다. 문 앞을 어슬렁거리거나 쓰레기통 주위를 맴도는 부랑자들은 누더기 모자 아래 도끼눈을 치뜨고 주워 입은 코트의 닳아 해진 소맷부리 안에 손을 꽁꽁 숨기고 있었다. 넝마주이들은 인도를 따라 나무수레를 밀며 어둡고 후미진 골목 구석이나 현관 계단과 가게 앞에 낙엽 더미처럼 쌓여 있는 쓰레기를 뒤졌다.

낡아서 기울어진 공동주택 지붕마다 길게 걸려 있는 빨랫줄에서 빨랫감이 펄럭였다. 김빠진 맥주를 파는 싸구려 술집 앞에는 주정뱅이들이 널브러져 있고 옆에서는 어린 부랑아들이 쪼그려 앉아 주머니를 뒤지고 있었다. 도박장은 아직 사람이 들지 않아 기분 나쁘게 조용했다. 컴컴한 창문에 포스터가 덕지덕지 붙은 극장에서는 외설스러운 통속극을 선전하고 있었다. 그리고 매춘굴인 멀버리와 블리커에서는 얼굴에 화장을 짙게 바른 한 젊은 여자들이 창밖으로 몸을 내민 채 이름 모를 행인들과 경찰들을 유혹하고 있었다.

경찰서에 도착하자 코널리는 나를 작고 창문이 없는 방으로 데려갔다. 탁자 하나와 삐걱거리는 의자 두 개가 놓여 있었다. 나름 몰인정하게 굴지는 않았다. 먹을 것을 가져다주마고 했지만 내가 거절했다. 지금은 먹을 것에 신경 쓸 때가 아니었다. 그는 나를 혼자 놔두고 나가 버렸다. 밖에서 빗장을 거는 소리가 났고, 나는 문 안쪽에는 손잡이가 달려 있지 않다는 걸 알아차렸다. 한 시간이 지났다. 나는 펑펑 울었다. 기운이 빠져서 더 이상 울음이 나오지 않을 때까지 꺽꺽거리며 울었다. 한번은 깜박 까무러쳐서 탁자에 이마를 찧기도 했다. 거짓말일 거야. 나는 생각했다. 그녀가 아니었을지도 몰라. 그렇지만 나는 박사가 짐승처럼 처절한 절규를 부르짖은 데 대해 그 외에 다른 이유는 생각해 낼 수가 없었다.

마침내 커다란 삐걱 소리와 함께 빗장이 풀리는 소리가 들렸다. 방 안에 들어선 번스 경감의 육중한 체구와 근육이 왠지 위압적인 분위기를 조성했다. 그의 뒤에는 중산모를 쓰고 너무 작아 꽉 끼는 오버코트를 입은 다른 커다란 사내가 있었다.

“박사님은 어디 있어요?” 내가 물었다.

“그런 건 걱정 안 해도 된다.” 번스가 알 바 아니라는 듯 손을 저으며 말했다. “너희 박사님은 아주 편안하게 쉬고 계시지.” 그는 같이 들어온 사내를 고갯짓으로 가리켰다. “이쪽은 오브라이언 형사다. 너만 한 나이의 아들이 있지. 안 그런가, 오브라이언?”

“네, 그렇습니다.” 그의 부하가 말했다. “걔 이름도 윌리엄이죠. 우린 빌리라고 부르지만요.”

“봤지?” 번스 경감은 그게 아주 중요한 사실인 양 내게 활짝 웃어 보였다.

“박사님을 보고 싶어요.”

“자자, 우리 너무 서두르지 말자꾸나. 때가 되면 볼 수 있을 거야. 때가 되면 말이다. 뭐 필요한 건 없니, 윌? 뭐든 갖다 줄 수 있는데. 뭐든 말이야.”

“뭐가 필요하니, 윌?” 오브라이언이 메아리처럼 물었다.

“박사님이 필요해요.” 내가 대답했다.

번스가 그의 동료를 돌아보더니 다시 내게로 고개를 돌렸다.

“그래, 그건 해 줄 수 있지. 원한다면 박사님을 대령해 주마. 네가 우리 질문에 정직하게 대답해 주면 말이야.”

“먼저 박사님부터 뵙고요.”

번스의 미소가 사라졌다. “지금 박사님은 아주 지독한 곤경에 처해 있단다, 윌. 네 도움이 필요하지. 박사님을 돕고 싶으면 우리를 먼저 도와줘야 해."

"그분은 잘못한 거 없어요."

오브라이언이 콧바람을 내뿜었다. "아, 그래?"

번스가 그의 팔에 손을 얹었다. 그는 돼지처럼 조그만 눈으로 나를 노려보았다.

"너, 똥통 블록에 누가 있었는지 알지? 응? 너희 박사님이 거기서 뭘 봤는지도 알지?"

나는 고개를 저었다. 부들부들 떨리는 입술을 꼭 깨물었다.

"그런데 문제가 있단다, 윌. 너희 박사님도 문제가 생겼지. 우리도 곤란한데 너희 박사님은 그것보다 더 곤란한 처지에 있어. 아주아주 심각한 일이란다, 얘야. 이건 살인사건이란 말이다."

"워스롭 박사님은 아무도 안 죽였어요!"

번스가 탁자 위에 종이봉투를 내려놓았다.

"어디 계속해 봐라. 그 안을 보렴, 윌."

나는 두려움에 떨면서 봉투 안을 살짝 들여다보았고, 짧은 비명을 지르며 화들짝 밀쳤다. 그것은 그가 수술실에서 주머니에 넣어 두고는 깜박 잊어버린 것이었다.

"사람이 평소에 주머니에 뭘 넣어 가지고 다니는지 보면 아주 흥미롭지. 나는 지갑과 빗, 그리고 성냥을 갖고 다닌다. 그렇지만 사람 눈알을 갖고 다니는 사람은 아주 드물어!"

"이건 그녀의 눈이 아니에요!" 나는 숨을 헐떡거리며 말했다.

"오, 그건 우리도 안다. 색깔이 다르거든." 번스가 고갯짓으로 문을 까딱해 보이자 오브라이언이 문을 열었고, 내가 프레드리코라고 알고 있는 남자가 들어왔다. 그의 얼굴은 유령처럼 창백했다. 죽을 만큼 겁을 집어먹고 있기 때문일 테다.

"이 아이인가?" 번스가 나를 가리키며 물었다.

우람한 병원 잡역부가 고개를 주억거렸다. "맞습니다. 거기 있던 애입죠."

번스가 말했다. "자, 봤지? 윌, 우리는 박사가 연습을 했다는 걸 안단다."

"그분은 연습을 한 게 아니에요! 그런 게 아니라고요!"

그는 손을 들어 조용히 하라는 신호를 보냈다. "네가 알아야 될 게 하나 더 있다. 세상에는 살인죄만 있는 게 아니란다. 공모죄라는 것도 있지. 간단히 말해 네가 우리한테 불어야 한다는 뜻이다. 내 나이가 될 때까지 교도소에서 썩고 싶지 않으면 지금 당장 털어놓는 게 좋아. 게다가 난 나이가 꽤 많단다."

나는 의자에 몸을 묻었다. 내 머리는 아직도 완전한 문장을 만들 정도로 차분해지기를 거부하고 있었다. 너, 똥통 블록에 누가 있었는지 알지? 응?

"챈러 부인이었던 거죠? 그렇죠?" 마침내 혀를 움직일 수 있게 되었을 즈음, 내가 물었다.

오브라이언이 악마처럼 히죽이며 나를 내려다보았다.

"얼마든지 시간을 들여도 좋네, 오브라이언." 번스가 증거물 봉투를 손에 들고 나가며 말했다. "늘 하던 방식으로 쥐어짜 봐. 얼굴만 건드리지 말고."

'늘 하던 방식'(카리스마 넘치는 젊은 개혁파 시어도어 루스벨트가 폐지하기 전까지)은 언어학대로 시작되었다. 욕설, 매도, 협박. 그다음은 신체적 학대였다. 침 뱉기, 주먹질, 뺨 때리기, 꼬집기, 머리카락 당기기. 이런 심문이 계속되다 보면 평범한 용의자들은 도중에 무너지기 마련이었다. 3도, 이른바 마지막 단계까지 버티는 사람은 거의 없었는데, 그것은 엄지손가락을 부러뜨리거나 신장을 파열시키는 것이었다. 몇몇은 취조실에 들어갔다가 시체 주머니에 담겨 나왔다는 소문도 있었는데 보통은 다소 황당한 해명과 함께 은폐되었다. 탁 치니 억 하고 죽었지 뭐야. 불쌍한 녀석 같으니! 얼굴은 햄버거 고기처럼 다져졌는데 말이다.

오브라이언은 번스의 지시에 충실히 복종했다. 내 얼굴을 엉망으로 만들지는 않았지만 고집 센 증인에게서 자백을 짜내는 데 사용하는 온갖 효과적인 공식들을 활용했던 것이다.

그는 내 얼굴에 대고 고함을 질렀다. "네 그 소중한 박사님은 교수형을 당할 거다. 그 자식은 이제 끝장이야. 그리고 네가 말을 하지 않으면 너도 같이 끝장날 거다!"

그는 짐승처럼 짖어 댔다. "우리가 바보같이 보이냐, 꼬맹이? 응? 정말로? 우리가 그 캐나다 놈이랑 경찰에 대해 모른다고 생각하는 거냐고! 너희 박사가 한 놈을 죽여 놓고 그걸 숨기려고 다른 놈도 해치워 버렸다는 걸 우리가 모를 것 같아? 지금 우리를 무슨 머저리 백치로 아는 거야? 엉? 벨뷰에 있던 그 뚱뚱보 놈은 어떻고? 정말로 50킬로그램도 안 되는 빼빼 말라빠진 놈이 그놈한테 칼을 훔쳐서 돼지처럼 멱을 땄다고 믿는 거냐? 대체 우리를 얼마나 멍청이 취급하는 거야? 네 그 빌어먹을 박사님은 사람 몸속이 어떻게 생겼는지도 알지? 응? '표본'이라면 진절머리가 나도록 갈라 봤을 테니까. 얼마나 빠삭하면 그 검둥이 집시 놈의 얼굴을 따서 여편네 얼굴에 입혀 놨다냐, 응?"

그다음 단계는 악다구니를 쓰면서 강조를 하고 싶을 때마다 내 따귀를 후려치는 것이었다.

"그 자식이 무슨 꿍꿍이인지 우리가 모를 것 같아?"

짝!

"아이고 저런, 그건 내가 한 짓이 아니에요. 괴물딱지가 그랬답니다!"

찰싹!

"그다음에 칼을 꺼내서 애인을 푹푹! 찌른 거 아냐? 안 그래? 어? 안 그러냐고!"

그러고는 뒤에서 내 머리칼을 주먹으로 부여잡고는 얽은 자국이 가득한 시뻘건 얼굴을 들이댔다. "녀석이 교수형을 당하기 전에 얼굴이라도 한 번 보고 싶지 않니? 응?" 얼마나 세게 잡아당기는지 머리카락이 우두둑 뽑혀 나가는 게 느껴졌다.

"빨리 입을 여는 게 좋을 거다, 거지 깽깽이 자식아. 너도 거기 있었다며. 그러니까 봤을 거 아냐. 봤다고 말해. 봤다고 말하라고!"

그가 내 명치에 주먹을 날렸다. 나는 그대로 고꾸라져 몸을 둥글게 웅크린 채 차가운 콘크리트 바닥을 뒹굴었다. 오브라이언이 내 꿈틀거리는 몸을 미적거리며 타고 넘더니 문을 두드렸다.

두 개의 강인한 팔이 나를 차가운 바닥에서 들어 올렸다. 번스의 팔이 나를 감싸더니 품 안에 꼭 끌어안았다. 큼지막한 손이 나를 어루만지며 뺨에서 눈물을 닦아 주었다.

"괜찮다, 얘야." 경감이 중얼거렸다. "조금만 있으면 끝날 거다."

"그 사람 때문에 애먼 네가 이 고생을 하는구나. 그 자식이 한 짓을 생각하면 구역질이 난다. 너한테만 이런 것도 아니야. 너도 봤어야 해. 그 자식이 그 불쌍한 여자에게 무슨 짓을 했는지 보여 줄걸 그랬다. 그렇게 아름다운 부인이 가엾게도! 윌, 너 그놈이 무슨 짓을 했는지 알고 싶지? 네 박사님이라는 사람이 뭘 했는지 알고 싶지?"

나는 고개를 도리질했다.

그러나 그는 아랑곳하지 않고 말해 주었다.

그는 말했다. "그냥 한마디만 하면 된다, 윌. 봤다고만 하면 돼. 그가 저지르는 걸 봤다고 하면 돼."

"싫어요."

"박사님 보고 싶지 않아? 응? 만날 수 있단다. 그냥 네가 옆에 있었고, 범행을 저지르는 걸 봤다고만 하면 된다고."

"저, 저는 그분 옆에 있었어요."

"잘 했다."

"전 항상 그분 옆에 있어요."

"그렇지."

"저…… 저는 그분 옆에 있어요."

"그리고 네가 봤는데……."

"그리고 제가 봤는데……."

나는 경감의 따뜻한 품 안에서 몸을 가누지도 못할 정도로 덜덜 떨고 있었다. 나는 봤다……. 그렇지만 무엇을 봤지? 온몸이 뒤틀린 채 무심한 하늘을 올려다보고 있는 죽은 남자. 나뭇가지에 꿰인 신의 성전의 잔해. 나는 노란 눈과 초록 눈을 보았고, 황량함과 풍요로움을 보았다……. 우리에게 주어진 것을 보았고 빚진 것을 보았다. 괴물학자의 손에 심장이 놓여 있었다. 나와 함께 춤을 추는 사람이 눈부신 미소를 지었고, 날카로운 치아를 가진 사람이 나를 황금색 빛줄기 속으로 데려갔다.

"뭘 봤니, 윌리엄 헨리?"

24장

"그는 내게 보여 주고 싶었던 거다."

나는 구류실로 옮겨졌다. 철창이 없으니 엄밀히 말해 교도소는 아니었지만 사실 다를 바는 없었다. 간이침대와 세면대, 그리고 아주 조그만 창문이 하나 있어 부연 서리가 낀 유리창으로 빛이라고 하기에도 너무 미진한, 빈약한 사촌이라고 할 만한 가을 햇빛이 비쳐 들어오고 있었다. 나는 침대에 몸을 던지자마자 깊은 잠에 빠져들었다. 어찌나 깊이 잠들었는지 코널리가 몇 번이나 세게 흔들어 깨운 후에야 눈을 뜰 수 있었다.

"면회다, 윌."

내가 어안이 벙벙한 표정을 짓자 그는 똑같은 말을 반복하면서 이번에는 미소 띤 얼굴로 내 어깨에 다정히 손을 올렸다.

"그 손 당장 떼지 못해!" 그때 익숙한 목소리가 들렸다. "당신네들의 환대는 받을 만큼 받았소!"

폰 헬룽이 코널리를 밀치고 내 옆에 쪼그리고 앉았다. 그는 통통한 두 손으로 내 얼굴을 감싸 쥐고 시선을 맞췄다.

"윌…… 윌." 그가 중얼거렸다. "이 짐승들이 너한테 무슨 짓을 한 거냐?"

그는 놀랄 만큼 강한 힘으로 나를 두 팔로 감싸 안고는 몸을 돌려 발로 문을 쾅 걷어차 열고 위풍당당하게 밖으로 걸어 나갔다. 당황한 코널리가 버려진 강아지처럼 깽깽거리며 우리 뒤를 쫓아왔다.

"폰 헬룽 박사님, 이봐요. 이러시면 안 됩니다." 코널리가 발끈하며 말했다.

"그래요? 그럼 내가 무슨 일을 할 수 있는지 어디 보시오!" 폰 헬룽이 어깨 너머로 포효했다.

"번스 경감님이 엄중한 지시를 내리……."

"그럼 가서 헤르 번스 경감의 명령이나 받들면서 그 뚱뚱한 아일랜드 엉덩이나 흔들지 그러시오!"

폰 헬룽은 벌써 앞문에 도달했다. 멀버리 가 맞은편에서 화려하게 반짝이는 사창가가 보였다. 폰 헬룽은 거기서 그대로 걸어 나갈 수도 있었다. 그의 우렁찬 엄포 때문인지 대여섯이나 되는 경찰이 어찌할 바를 모르고 얼어붙어 있었기 때문이다. 하지만 그는 마지막 일격을 날릴 수 있는 기회를 놓치지 않았다.

"부끄러운 줄 아시오! 당신들 모두 부끄러운 줄 알아! 내가 연구하는 그 어떤 잔인하고 포악한 괴물도 당신들 앞에서는 명함도 못 내밀 거요! 시민들을 괴롭히는 것도 모자라 이런 어린애를 고문하다니! 그것도 당신들은 상상도 못 할 일을 겪은 아이를! 디제 샤이

세폴리치스텐! 아이네 셰바이네라이!* 퉤!"

그는 경멸스럽다는 듯 침을 탁 뱉고는 뚜벅뚜벅 걸어 연석에 서 있는 포장마차의 뒷좌석에 나를 눕혔다. 그런 다음 내 옆에 올라타고는 티미에게 집으로 가자고 외쳤다.

"박사님은요?" 내가 헐떡거리며 말했다.

"무사하단다, 윌." 나를 구조한 사람이 대답했다. "무사해. 별로 좋은 상태는 아니지만 어쨌든 무사하다. 너를 이 짐승 같은 놈들에게서 더 빨리 구하지 못해 미안하구나."

"박사님을 보고 싶어요."

"금방 보게 될 거다. 지금 거기로 가는 중이니까."

폰 헬룽의 주치의는 시워드라는 젊은 남자였는데, 박사를 철저하게 검진한 후 많이 고통스럽긴 하겠지만—그 점은 누가 봐도 확연했다.—아래턱에 금이 간 것 외에 달리 심각한 상처는 없다고 장담했다. 다만 시워드는 워스롭의 신장에 손상이 갔을까 봐 염려하고 있었다. 경찰들의 가혹한 몽둥이세례에 허리 아래쪽이 온통 멍투성이였기 때문이다. 그렇지만 지금으로서는 기다리는 것 외에는 방법이 없었다. 대신 신부전증 증세가 나타나면 금방 알아차릴 수 있을 터였다.

워스롭은 침대에 상체를 기댄 채 반쯤 누워 있었다. 폰 헬룽의 잠옷을 입고 있었는데 그에게는 너무 작아서 심지어 나처럼 충직한

* 독일어로 "빌어먹을 경찰들! 추잡한 놈들!"

제자의 눈에도 부상에 더해 모욕감까지 끼얹어져 있는 것 같았다. 턱 밑에는 천으로 감싼 얼음주머니가 묶여 있었다. 내가 방에 들어가자 그가 눈을 떴다.

"윌 헨리." 그가 통증에 이맛살을 일그러뜨리며 말했다. "너냐?"

"네, 박사님."

"윌 헨리." 그가 한숨을 내쉬었다. "그동안 어디 있었니?"

"경찰서에 있었어요, 박사님."

"그럴 리가 없다." 그가 말했다. "아직 기억이 또렷이 돌아온 건 아니지만 넌 경찰서에서 내 옆에 없었어."

"전 다른 방에 있었어요."

"아, 그러면 그렇다고 정확하게 말했어야지."

나는 머뭇거리며 침대로 다가가 그의 손을 잡으려고 팔을 뻗었지만 이내 동작을 멈췄다.

"죄송해요, 박사님."

감정이 봇물처럼 터져 나왔다. 그의 그런 모습을 보는 것이…… 너무나도 힘들었다. 그리고 내가 그렇게 힘들었다면 그 자신은 어떤 심정이었겠는가? 그가 가까이 다가오라고 손짓하며 손을 뻗었다.

"네가 미안해할 필요 없다. 오히려 다행으로 여겨야지. 넌 거기 없었으니까. 내가 그 언덕에서 본 것을 못 봤으니까." 그는 이를 갈며 사납게 말했다. "지금도 눈에 선하다…… 아마 영원토록, 내 눈이 더 이상 아무것도 보지 못할 때까지 영원히 어른거리겠지!" 그는 두 눈을 질끈 감았다. "그는 내게 보여 주고 싶었던 거다……. 자기가 그녀에게 무슨 짓을 했는지…… 단순히 육체를 훼손한 게 아니라……. 그건 모독이었어. 내가 그를 실망시킨 거야. 아마 어젯밤에 나를 기다렸겠지. 그녀를 거기 데려갔을 때만 해도 그녀도 아직 살아 있었을 테고. 내가 찾아오길 기다렸지만 나타나질 않자 펄펄 뛰면서 앙갚음을 한 거야."

"아니에요!" 내가 울부짖었다. "그런 말씀 하지 마세요, 제발 그런……."

"그렇게 많은 단서를 남겨 줬는데, 난 어리석게도 전부 못 보고 지나쳐 버렸지. 그래서 그녀의 얼굴을 가져가고 눈은 남겨 놓은 거야. 마치 '그녀도 너보다는 잘 본다!'고 말하는 것처럼! 계단참에서 살해된 하녀, 문에 휘갈긴 글씨, 요강, 그리고 침대 머리판에 써 놓은 '잘 했어(Good Job)!'라는 말. 그건 무슨 '일(job)'을 잘 했다는 뜻이 아니라 성경의 욥(Job)을 가리키는 거였어. 욥이 똥 더미 위에 앉아 울었던 구절 말이다.* 그는 사실 나한테 지도를 그려 줬던 거야."

그를 위로할 말을 애써 찾으려 했지만, 그런 비통한 상황에서 내가 도대체 무어라 할 수 있겠는가? 이 세상 무엇이 그의 괴롭고 참담한 상처를 치유할 수 있겠는가? 나는 눈물 외에는 그에게 줄 것이 없었고, 그는 친절하게 내 눈물을, 그 자신의 고통이 반영된 그것을 닦아 주었다. 어쩌면 내가 측은했는지도 모른다.

"그녀는 숨진 지 얼마 안 된 것 같았다, 윌 헨리. 고작해야 한 시간 정도였을 거야. 그는 더 이상 나를 기다리는 것을 포기하고는, 그러

* 「욥기」 2장 8절. 위클리프 성서를 참고한 것으로 보인다(Job sat in a dunghill, and he shaved away the quitter of him with a shell.). 개역개정 성경의 번역은 조금 다르다(욥이 재 가운데 앉아서 질그릇 조각을 가져다가 몸을 긁고 있더니.).

고는…… 변태를 완료한 거야."

폰 헬룽은 나를 위해 기름진 저녁식사를 준비해 두었다. 수프 몇 입과 호밀빵 몇 조각 정도만 간신히 목구멍에 넘겼지만, 그 정도로도 힘이 나는 것 같았다. 마지막으로 뭘 먹은 게 언제인지 기억도 나지 않았다. 나는 극도로 피곤했고, 무엇보다 어서 빨리 멀버리 가의 구류실에서 맛봤던 달콤한 숙면을 취하고 싶은 마음이 간절했다. 하지만 내 소원은 이내 좌절됐다. 부엌문이 벌컥 열리더니 릴리 베이츠가 환한 얼굴로 뛰어 들어왔다.

"여기 있었구나! 너 때문에 오만 군데를 찾아다녔다고, 윌리엄 제임스 헨리! 목은 어때? 나 한번 봐도 돼? 워스롭 박사가 못 보게 했거든. 이래 봬도 몽골리언 데스웜에 물린 자국보다 훨씬, 훠얼씬 더 징그러운 것도 많이 봤는데. 살이 흐물흐물해졌어? 원래 그런 거야. 침이 살을 버터처럼 녹이거든."

나는 아직 내 상처를 보지 못했다고 털어놓았고, 그녀는 그 말에 깜짝 놀랐다. 대관절 왜 그걸 안 보고 싶은 건데?

"창피해서 그래? 왜냐하면 넌 거짓말쟁이고, 거짓말을 해서 그런 벌을 받았으니까? 살이 녹아내리는 거 말이야. 재미있지 않니, 윌? 정말 완벽한 비유잖아."

릴리는 가까이 다가앉아 탁자에 팔꿈치를 괴고 턱을 손으로 받친 채 당혹스러울 정도로 크고 새파란 눈동자로 나를 빤히 쳐다보았다.

"뮤리엘 챈러가 죽었대." 그녀가 담담하게 말했다.

"나도 알아."

"시체도 봤어? 할아버지가 그러는데 너도 거기 있었다며?"

"아니, 못 봤어."

"경찰들이 너를 고문하고 두들겨 팼다고 했어."

"나한테 자백을 받아 내려고 그랬어. 자백이라기보단, 박사님이 범인이라고 말하라고 했어."

"하지만 안 그랬구나?"

"사실이 아니니까."

그녀는 아직도 나를 쳐다보고 있었다. 나는 차게 식은 수프를 저었다.

"그 사람을 잡을 거래."

"누가?"

"괴물학자들. 전부 다 참가하는 건 아니고 할아버지가 특별히 선별한 사람들이라고 했어. 오늘 집에 와서 사냥 계획을 짤 거래. 그래서 나도 엄마한테 여기서 자고 간다고 했어. 우리 엄마는 내가 너랑 같이 있으려고 그런 줄 알아. 널 '불쌍하고 가엾은 꼬마 헨리'라고 부른단다. '그 가엾은 어린 고아가 그런 끔찍한 남자와 같이 살다니.' 물론 '그런 끔찍한 남자'는 너희 박사님이고."

무슨 이유에선지 붕대 밑 상처가 지독하게 간지러웠다. 나는 손톱으로 상처를 긁고 싶은 충동을 애써 참았다.

"새빨간 거짓말은 아니지." 릴리가 말했다. "지금 진짜로 너랑 같이 있잖아? 나한테 화난 거 아니지? 그렇지? 그런 일이 생길 줄은 몰랐어. 난 나쁜 애가 아니란 말이야. 아돌퍼스가 말해 줄 때까진 걔네들한테 성별이 없다는 걸 몰랐는걸. 어쨌든 그 사람이 죽여 버렸어. 아돌퍼스 말고 너희 박사님 말이야. 아돌퍼스가 그걸 너한테서 떼어 내자마자 워스롭 박사가 맨손으로 두 동강을 냈지 뭐니. 꼭 자기한테 덤벼들기라도 한 것처럼 엄청 화를 내더라고. 그러면 안 되는 거 아니야? 내 말은, 그게 걔 잘못도 아니잖아. 그냥 본성에 따른 것뿐인데 말이야."

"뭐가?" 내가 물었다. 릴리 베이츠와 얘기를 할 때면 으레 그렇듯이 대화를 따라가기가 힘들었다.

"데스웜 말이야! 그냥 상자에 다시 넣기만 하면 되는데 죽여 버렸다고! 물론 챈러 박사는 다르지. 그 사람은 죽여야 할 거야. 이대로 내버려 두면 계속 사람들을 습격할 테니까. 할아버지가 그러는데 세상에는 웬디고를 잡아 둘 수 있는 교도소가 없대."

"그 사람은 웬디고가 아니야." 나는 워스롭의 충성스러운 제자답게 날카롭게 쏘아붙였다. "웬디고 같은 건 없단 말이야."

"뮤리엘 챈러한테 그렇게 말해 보렴."

뺨이 뜨겁게 달아올랐다. 하마터면 릴리한테 주먹을 날리고 싶은 충동에 굴복할 뻔했다.

"그녀는 그를 쭉 사랑했대." 릴리가 말을 이었다. "넌 이해 못 할 거야, 윌. 왜냐하면 넌 남자니까. 챈러 박사는 그걸 알고 캐나다로 떠나 버린 거야. 아마 다시 돌아올 생각도 없었을걸. 실연당한 거니까. 자기가 사랑하는 여인이 실은 줄곧 자기 단짝 친구를 사랑하고 있었다니 얼마나 비극적이니? 그런데 그 친구가 죽을 뻔한 자기를 살려서 다시 그녀한테 데려다준 거야. 이제 그는 인간도 아니고……."

"그만해!" 나는 울부짖었다. "제발 그만하라고!"

나는 의자를 뒤로 밀치고 자리에서 일어나 휘청거리며 문으로 향했다. 릴리가 내 뒤를 졸졸 따라왔다.

"왜 그래, 윌? 어디 가는 거야?"

"나 좀 혼자 내버려 둬!"

"무슨 괴물학자 제자가 그러니?" 릴리가 뒤에서 외쳤다. "애초에 그 사람 제자로 들어갔을 때 뭘 기대한 거야, 윌리엄 제임스 헨리? 무슨 일이 있을 거라고 생각한 거냐고!"

나는 박사의 옆방에 묵었다. 침대에 누웠지만 잠은 자지 못하고 뒤척이기만 했다. 시계가 10시를 치자 괴물학자들이 속속 도착하기 시작했다. 아래층에서 조문객들처럼 낮고 침울하게 속삭이는 목소리들이 들려왔다. 나는 화가 났다. 그들이 마치 워스롭 박사가 없는 사람인 양 행동하고 있었기 때문이다. 어찌나 화가 났는지 잠에 대한 절박한 욕구도 날아가 버렸다. 아래층으로 내려가는 길에 박사의 방을 살짝 들여다보니 그는 깊이 잠들어 있었다. 나는 그를 깨우지 않기로 했다. 릴리와 마주칠지도 모르는 위험을 무릅쓰고라도 박사를 대신해 괴물학자들의 작전 회의에 참가하기로 했다. 박사라면 자신이 없는 사이 무슨 음모가 꾸며졌는지 알고 싶어 할 테니까.

그들은 서고에 있었다. 폰 헬룽과 자그마한 체구의 프랑스인 다미앵 그라부아, 펠트 박사, 그리고 내가 처음 보는 괴물학자 두 명이 같이 있었는데 그들의 이름은 토랜스와 도브로기누라고 했다. 서고는 그들의 작전 본부로 변해 있었다. 한쪽 벽에 붙은 커다란 맨해튼

섬 지도에는 곳곳에 빨간색 핀이 박혀 있었는데 챈러의 희생자가 발견된 장소를 표시한 것이었다. 핀은 모두 여덟 개였다. 내가 아는 것보다 세 개가 더 많았다. 그 짐승은 내가 아는 것보다 훨씬 바쁘게 돌아다니고 있었던 것이다. 놈은 절대로 멈추지 않을 거야. 폰 헬룽은 말했다. 놈은 죽을 때까지 계속 사람을 사냥해 배를 채울 거요.

지도 옆에는 크고 요란스러운 표제가 적힌 신문기사 쪼가리가 마구잡이로 붙어 있었다. '도시를 배회하는 광인', '미국의 리퍼를 잡기 위한 대규모 추격전'. 그리고 사건 초기에 나온 듯한, 보자마자 가슴이 미어지는 표제도 있었다. '경찰이 실종 여성에 대한 소문을 부인하다. 존 챈러 부인은 어디 있는가?'

"워스롭은 어디 있습니까?" 펠트 박사가 물었다. "그 친구 없이는 아무것도 결정할 수가 없는데요."

"악명 높은 번스 형사의 잔인한 손아귀에서 벗어나 쉬는 중이네." 폰 헬룽이 대답했다. "부디 신께서 자비를 베풀어 그 아이를 비탄의 구렁텅이에서 구해 주시길. 그리고 그분의 공의로우심으로 뉴욕 경찰청에 역병을 내려 주시길!"

"나중에 우리 계획을 설명해 주면 되겠죠." 그라부아가 말했다. "아니면 문가에서 얼쩡거리고 있는 무슈 헨리가 그 일을 맡아도 될 테고 말입니다. 부이예즈 앙트레, 어서 들어오려무나, 무슈 헨리. 네가 우리 서기가 되면 되겠구나!"

폰 헬룽은 그것이 굉장히 좋은 의견이라고 생각했다. 그는 나를 탁자에 앉히고는 종이와 펜을 가져다주었다. 그의 말을 빌리자면, 괴물학 사상 최초로 렙토 루르코니스를 공식 조사하는 역사적인 순간을 기록하기 위한 것이었다.

"역사적인 순간이란다, 마인 프로인드 윌. 우리는 신대륙의 해안에 처음으로 발을 디딘 최초의 탐험가들인 게야! 이건 우리의 학문이 가장 웅대한 미스터리와 마주친 순간으로 기억될 거다. 지식과 무지, 빛과 어둠이 교차하는 위대한 순간 말이다. 아, 펠리노어가 지금 이 자리에 있다면 얼마나 좋을까!"

"만약 그랬다면 방금 그 말을 듣고는 당신 얼굴에 주먹을 날렸을 겁니다." 펠트가 비꼬듯이 말했다.

"어디 한번 계속 부인해 보라지!" 폰 헬룽이 발끈하며 통통한 손을 마구 저었다. "현자들은 자그마치 7000년 동안 지구가 평평하다고 믿었고 거기에 반박하는 자들은 죽임을 당했어. 변화는 항상 저항을 수반하기 마련이야. 특히 펠리노어 정도의 깜냥을 지닌 사람들의 저항을 말일세! 그게 세상의 이치거든."

그가 짝 하고 손뼉을 치며 말했다. "그럼 시작해 볼까? 헤르 펠트 박사는 내 논문을 읽었으니 내가 지금부터 무슨 얘기를 할지 알고 있을 걸세. 이미 익숙한 내용을 다시 반복해야 할 테니 부디 양해해 주시게. 하지만 땅을 갈지 않으면 씨를 뿌릴 수 없고, 그러면 무엇보다 시급한 작금의 문제에 성공의 과실을 맺을 수도 없겠지.

존 챈러는 죽었네. 지금 그 안에 들어 있는 것, 그의 거죽을 뒤집어쓰고 있는 것은 세상에서 가장 오래된 지층보다도 더 오래된 영혼이라네. 그것은 많은 문화권에서 다양한 이름을 지니고 있지. 웬디고, 또는 우티코가 그중 하나고, 그 외에도 수백 개의 다른 이름으로 불리지. 일단 목표를 명확히 하기 위해, 나는 지금부터 그것을 짐승으로 취급할 것이네. 왜냐하면 그게 놈의 본성에 가장 가까운 단어니까. 한때 존 챈러였던 그것에게 이제 인간성이라고는 눈곱만큼도 남아 있지 않아."

도브로기누가 손을 번쩍 들더니 말했다. "그 부분에 이의를 제기하고 싶군, 박사. 그의 행동은 매우 끔찍하긴 하나 대단히 체계적이야. 사악하지만 체계적이지. 그러니 어느 정도 인간성이 남아 있는 게 틀림없네. 우리 인간의 사악성을 생각해 보게. 짐승은 순전히 재미로 장난을 치거나 질투심이나 복수심 때문에 행동하지 않아. 만약에 그렇다면 우리 모두도 짐승일 테지."

"그의 성격적인 잔재가 남아 있는 건 사실이지." 폰 헬룽이 말했다. "그건 부인할 수 없네. 하지만 그건 진화 과정에서 과거의 종이 남긴 희미한 흔적에 불과해. 그건 더 이상 인간이 아닐세. 마담 투소 박물관에 전시되어 있는 밀랍 인형이나 마찬가지지. 그것을 움직이는 원동력은 순전히 굶주림이고, 나머지는 수면의 물결이나 여진에 불과하네. 내가 그것을 '존'이라고 부르지 않는다는 걸 눈치챘나? 일부러 그러는 걸세. 그리고 자네들도 그러길 바라네. 왜냐하면 진정으로 놈을 죽이고 싶다면 무엇보다 먼저 그것이 인간이라는 인식을 버려야 하기 때문이네. 나는 인간을 죽일 수 없어. 여기 있는 모두가 그럴 걸세. 하지만 나는 그것을 죽일 수 있고, 신께서 허락하신다면, 기꺼이 그럴 걸세. 다시 말하겠네, 제군들. 존 챈러는 죽었네. 남은 것은 짐승뿐이네."

"우리 모두 목적에 대해서는 동의하고 있다고 생각합니다, 폰 헬룽 박사님." 토랜스가 말했다. 그는 폰 헬룽의 집에 모인 괴물학자가운데 가장 젊었고 건강한 신체와 자신감 넘치는 목소리를 지니고 있었다. "다만 우리가 맞닥뜨린 게 과연 초자연적인 존재인가 하는 문제에서 모두의 의견이 일치하리라고는 확신하지 못하겠군요. 경찰이 챈러를 체포하지 못했기 때문에 우리가 챈러의 친구이자 동료로서 흡족한 결과를 이끌어 내야 한다는 점에 있어서만큼은 동의합니다."

"나는 경찰이 섣불리 그를 체포하려고 하지 않길 바라네, 토랜스 박사." 폰 헬룽이 답했다. "그랬다간 굉장히 비극적인 실패를 경험하게 될 테니까 말일세. 경찰은 그들이 쫓고 있는 게 뭔지 몰라. 놈은 사로잡을 수도 없고, 죽일 수도 없네. 그걸 죽이는 방법을 알려주긴 했지만 내 말을 들으려고도 하지 않더군."

"저는 듣고 있습니다." 펠트가 말했다. "그걸 죽이려면 어떻게 해야 하죠?"

"은이야. 은총알이나 은칼로 심장을 명중시켜야 하네. 다른 부위는 아무 소용도 없어! 그런 다음 심장을 빼내 태워야 하네. 머리는 반드시 제거하고 흐르는 물에 담가야 해. 반드시 해야 하는 건 아니지만 남은 몸은 조각내어 멀리 버리는 게 좋네. 우리가 각자 나눠 갖고 알아서 처분하되 어디에 묻었는지는 서로 밝히지 않도록 하지."

펠트가 의아하다는 듯 눈을 가늘게 떴다. "방금 엄청난 내용을 말씀하셨다는 건 알고 계시겠죠, 폰 헬룽 박사님."

"윌 헨리도 거기 있었지." 폰 헬룽이 대답했다. "저 아이는 노란 눈을 봤네. 그렇지, 윌?"

모두의 시선이 나를 향했다. 나는 의자 위에서 쑥스럽게 꼼지락거렸다.

"뭘 봤니?" 그라부아가 물었다.

그것은 번스 경감이 물은 것과 같은 질문이었다. 나는 대답을 알고 있었다. 그러나 그것은 대답이 아니었다. 나는 목청을 가다듬었다.

토랜스가 콧방귀를 뀌었다. "저는 괜찮을 것 같은데요. 어쨌든 잘못될 여지는 최대한 줄이는 게 나으니까요. 시체훼손죄로 체포될 위험이 있긴 합니다만."

"훼손이라고!" 그라부아가 말했다. "제군들, 우린 지금 살인을 모의 중이네."

"자네 말이 맞길 바라네, 아브람." 도브로기누가 말했다. 그는 폰 헬룽과 비슷한 연배였지만 땅딸막한 오스트리아인과는 달리 나이에 비해 매우 건강하고 강인한 몸을 지니고 있었다. "자네가 틀렸을 경우에는 부디 신께서 우리가 존에게 그런 것보다는 더 큰 자비를 베풀어 주시길."

"그것도 그럴 기회가 생겼을 때나 가능한 일이죠." 토랜스가 말했다. "살인인지 안락사인지 철학적으로는 매우 흥미로운 논쟁이긴 하지만, 우리가 그를, 아니 놈을 찾지 못한다면 다 탁상공론에 불과한 거 아닙니까."

"맞습니다." 펠트 박사가 말했다. 그는 벽에 붙어 있는 신문기사를 향해 고개를 까딱해 보였다. "도시 전체에 비상령이 내렸어요. '공황에 빠졌다'는 표현은 쓰지 않겠습니다만 경찰이란 경찰은 모조리 동원돼서 골목을 뒤지고 집집마다 탐문수사를 하고 있습니다. 400만 쌍의 눈이 놈을 찾고 있는데 우리는 어디서부터 시작해야 하는 겁니까?"

"친애하는 펠트 박사. 우리가 누군지 잊은 것 같군." 폰 헬룽이 말했다. "경찰들이 실패해도 우리는 성공할 걸세. 왜냐하면 우리는 괴물학자니까. 우리는 렙토 루르코니스처럼 기이하고 특이한 생물종을 연구하고 박멸하는 데 평생을 바친 사람들이야. 어디를 찾아봐야 하느냐고? 어디서부터 시작해야 하냐고? 놈이 어디 있는지 알아내려면 놈이 무엇인지부터 파악해야 하네. 우리가 던질 질문은 그것이 어디 있느냐가 아니야. 무엇이냐지. 그래, 그것은 어떤 존재지?"

그는 잠시 말을 멈췄다가 자답했다. "그것은 포식자일세. 우리가 아는 어떤 생물보다 무자비하고 갑절로 교활하지. 지금은 말하자면 상처를 입은 상태고, 허기가 놈의 모든 것을 지배하네. 그리고 다른 포식자들처럼 먹잇감이 풍부하고 쉽게 사냥할 수 있는 곳을 좋아하지. 무엇보다 사냥감 집단이 쉽게 포기하는 개체를 노릴 걸세. 약한 자들, 보호받지 못하는 자들, 쉽게 버려지는 자들 말일세."

폰 헬룽이 지도에 핀으로 표시된 곳들을 손가락으로 가리켰다.

"병원과 챈러 저택은 제쳐 두도록 하지. 일반적인 패턴에서 벗어난 곳이니까. 자, 그럼 우리 피해자들은 어디서 발견되었지?"

동료 괴물학자들이 지도 주위로 몰려들었다.

"다섯 군데로군." 도브로기누가 코안경 너머로 지도를 쏘아보며 말했다.

"헬스키친." 토랜스가 말했다. "블라인드맨스 앨리, 밴디츠 루스트."

"빈민가." 펠트 박사가 말했다. "셋방과 공동주택이 몰려 있는 곳이군요."

폰 헬룽이 고개를 끄덕였다. "불행히도 그런 것 같네. 수천수만 명의 빈민들이 방 하나에 열 명이 넘게 살고 있는 곳이지. 이 도시에서 가장 가난한 사람들, 대부분 이민자라 영어도 못하고 경찰도 무서워해. 경멸의 대상이면서도 이른바 상류층에게서 착취당하고 있고. 실종자가 생기거나 신원을 알아볼 수 없을 만큼 엉망진창으로 훼손된 시체가 발견되더라도 한 명이 됐든 백 명이 됐든 누가 신경이나 쓰겠나? 어차피 사람이야 많고 날마다 전 세계에서 그보다 더 많은 사람들이 건너오고 있는데 말이야."

폰 헬룽의 혈색 좋은 얼굴이 혐오스럽다는 듯이 일그러졌다.

"완벽한 사냥터지."

"넓기도 하고." 도브로기누가 말했다. "다섯, 아니 펠리노어까지 치면 여섯이라고 치고 그중 둘은, 미안하네, 아브람, 한창때가 한참 지난 퇴물인데. 실제로 저기가 놈의 사냥터라고 해도 우리가 사냥감을 어떻게 구석으로 몰아넣는단 말인가?"

"우리는 못 하지. 하지만 맨해튼 섬을 누구보다 잘 아는 사람의 도움을 받을 수는 있네. 그래서 내가 주제넘은 권한을 발휘해 우리 일에 동참해 주십사 그를 초청했네."

그때 현관 종이 울렸다. 폰 헬룽이 주머니에서 회중시계를 꺼내 들여다보았다.

"호랑이도 제 말 하면 온다더니만 시간에 딱 맞춰 도착했군. 윌, 가서 제이콥 리스 씨를 여기로 모시고 오너라."

25장

"유일한 희망."

제이콥 리스는 중년의 절정에 달한 작달막한 사나이로 기하학적으로 연구할 가치가 있는 외양을 갖추고 있었다. 작은 발부터 커다란 머리에 이르기까지 모든 것이 네모났는데 예외가 있다면 지금 나를 뚫어져라 보고 있는 동그란 안경알뿐이었다.

"아브람 폰 헬룽 박사를 찾아왔다." 그가 억센 스칸디나비아 억양으로 그르렁거리며 말했다.

"네, 리스 씨. 지금 선생님을 기다리고 계세요. 이쪽으로 오세요."

"아, 리스! 잘 왔소, 정말로 잘 와 줬소. 이렇게 고마울 데가!"

폰 헬룽이 손님의 손을 붙잡고 열렬히 위아래로 흔들더니 동료들에게 이 덴마크인을 소개했다. 물론 그들도 리스의 명성에 대해서는 들은 바가 있었다. 리스는 지난 10년간 사회개혁의 필요성을 열렬히 부르짖어 왔다. 그의 주장은 대부분 묵살되었는데, 그러다

1890년에 『다른 절반의 사람들은 어떻게 사는가』라는 저서를 출간한 후부터 상황이 바뀌기 시작했다. 그것은 빈민가 주민들의 비참한 삶을 폭로하는 통렬한 고발이었고, 화려한 황금기를 누리는 뉴욕의 심장에 위치한 빈민가의 더러운 비밀을 폭로하고 자기만족에 취해 있던 도시를 그 중심에서부터 격렬히 뒤흔들어 놓았다. 자신의 글을 통해 불멸의 존재로 박제된 비참한 빈민들과 똑같이 이민자 출신인 리스는 당시에 기자로 활동하고 있었는데 《뉴욕 트리뷴》 사옥에 있는 그의 사무실은 내가 얼마 전까지 갇혀서 번스 경감의 독특한 호의를 맛보았던—그리고 그 고통이 아직도 가시지 않은—멀버리 경찰서의 맞은편에 위치해 있었다.

리스는 곧장 벽에 붙은 신문기사로 향했다.

"블랙우드!" 그는 기사를 쓴 기자의 이름을 보고 중얼거렸다. "앨저넌 헨리 블랙우드. 얼마 전에 편집자들이 나더러 이 사건을 맡으라고 부탁하더군요. 그래서 내가 뭐라고 했는지 압니까? '블랙우드한테 물어보시죠! 블랙우드는 모르는 게 없으니까!'"

폰 헬룽이 미소 띤 얼굴로 손님의 팔에 친밀하게 손을 올리고는 다른 이들을 돌아보았다. "나는 우리의 이 작은 문제와 관련해 리스 씨를 전적으로 신뢰하고 있다네. 지금 자네들이 아는 정보는 그도 전부 알고 있지. 이 사람은 믿어도 되네."

리스가 툴툴거렸다. "하지만 내가 이 괴물학인지 뭔지를 믿고 있다고는 말 못 하겠습니다. 내가 보기엔 다 큰 어른들이 어린애처럼 숲에서 개구리를 잡겠다고 사방팔방 촐싹거리며 뛰어다니고 싶어서 만든 그럴싸한 변명거리 같아서 말입니다. 하지만 이번에 일어난 사건은 정말 흥미롭더군요." 그는 지도를 향해 고개를 끄덕였다. "폰 헬룽의 가설을 들어 보면 앞뒤가 맞습니다. 범인의 정체가 뭐든, 그게 인간이든 괴물이든 말입니다. 어쨌든 제가 할 수 있는 일은 최선을 다할 생각입니다만, 그게 뭔지는 아직도 잘 모르겠군요. 제가 뭘 하길 바라십니까?"

"이 지역을 잘 아는 사람이 필요하오." 폰 헬룽이 말했다. "세상 누구보다, 우리가 쫓고 있는 것보다도 빈민가를 속속들이 잘 아는 사람이 필요하지. 당신은 그곳을 잘 알잖소. 수년간이나 그곳의 골목과 샛길을 구석구석 누볐으니까. 하지만 우리는 그런 경험이 없소. 당신은 그곳 주민들의 집과 교회, 유대교 회당, 무허가 선술집과 도박굴과 아편굴을 자기 손바닥처럼 알고 있지요. 거기 사람들은 우리나 경찰들에게는 한마디도 안 할 거요. 그렇지만 당신한텐 털어놓겠지. 당신을 신뢰하니까. 당신에 대한 신뢰가 그들을 그 짐승으로부터 구해 줄 거요."

리스는 그를 지그시 응시했다. 그러고는 고개를 돌려 다른 괴물학자들을 유심히 살폈다. 그들은 모두 엄숙한 표정으로 고개를 주억거리고 있었다. 순간 나는 그가 웃음을 터뜨릴지도 모른다고 생각했다. 그러나 그는 그러지 않았다. 그가 폰 헬룽을 돌아보며 말했다.

"언제 시작할 겁니까?"

"내일까지는 기다려야 하오. 오늘 밤에 목숨을 잃을지도 모를 사람을 생각하면 가슴이 찢어지지만 지금 놈을 사냥한다는 건 너무 무모한 짓이오. 사냥은 반드시 밝을 때 해야 하오. 왜냐하면 밤은 놈의 시간이니까."

* * *

추격대—관점에 따라서는 비밀 결사대라고 불러야 할지도 모르겠지만—가 떠난 후, 나는 위층으로 올라갔다. 박사의 방을 지날 때에는 그가 깰까 봐 일부러 발소리를 죽였다. 전적으로 어쩔 수 없는 상황이 아닌 한, 그에게 사실을 말해 주고 싶지 않았기 때문이다. 밤은 깊을 대로 깊었고, 이렇게 지치고 피곤한 적은 처음이었다. 심지어 캐나다 원시림에서 끝없는 행군을 했을 때보다도 더 피곤한 것 같았다. 그러나 솜털 베개와 폭신한 매트리스 위에서 조용하고 안락한 밤을 보내고 싶다는 내 간절한 기도는 결국 수포로 돌아갔다. 내가 문 앞을 지나는 순간, 그가 내 이름을 불렀기 때문이다.

"부르셨어요, 박사님?"

나는 일부러 방에 들어가지 않은 채 문가에서 물었다.

"아래층에서 목소리가 들린 것 같다만."

나는 고개를 갸웃거리며 귀를 기울이는 척했다. "저는 아무 소리도 안 들리는데요."

"지금 말고 말이다, 윌 헨리. 조금 전에 말이야. 왜 그런 식으로 행동하는 거냐, 윌 헨리? 난 바보가 아니야."

"당연하죠, 박사님. 그냥 헷갈렸어요. 죄송해요, 박사님."

"오, 작작 해 둬라. 들어와서 문이나 닫아……. 자, 그럼 내가 이 방에 갇혀 있는 사이에 폰 헬룽이 무슨 수작을 꾸미고 있는지 털어놔 봐. 여기만 갇혀 있자니 너무 갑갑해서 죽을 것 같구나."

나는 그에게 죄다 털어놓았다. 그는 중간에 질문도, 추임새도 넣지 않고 잠자코 듣기만 했다. 나는 폰 헬룽의 마지막 맺음말로 이야기를 마쳤다. 죽은 이들을 위해 기도하세. 하지만 우리의 의무는 산 자에게 있네. 우리는 그것의 상대가 되지 못해. 우린 평범한 인간에 불과하니까. 그러나 용기와 불굴의 의지만 있다면 삶은 죽음을 정복할 것이고, 우리가 겪은 희생과 슬픔도 결코 헛되지 않을 걸세. 우리는 존에게 안식을 가져다줄 수 없어. 안식을 구할 수 있는 때는 지났지. 우리의 어떤 노력도 그를 구원할 수는 없을 걸세. 시험에 들지 않게 조심해야 하네! 놈이 아는 건 배고픔뿐이야. 그렇지만 우리는 그보다 훨씬 많은 걸 알고 있지. 그것이 오직 허기와 굶주림의 힘으로 움직이고 있다면, 우리를 움직이는 건 그보다 훨씬 강력한 힘이야. 우리는 노란 눈에 비치는 것보다 훨씬 훌륭한 존재일세. 그 사실을 명심해야 해! 때가 되면 우리도 유혹에 빠질 수 있네. 죽은 자를 시기할지도 몰라. 그들은 이제 고통을 초월한 곳에 있건만 우리는 응당 제 있어야 할 곳에 있는 유다처럼 끊임없이 고통받고 있으니까. 만일 놈이 제군들을 데려가더라도, 저 거센 바람 속에서 자네들의 이름을 부르더라도, 그래도 절망하지 말게. 존이 그런 것처럼 두려움에 굴복해선 안 돼. 그가 그런 운명에 처하게 된 건 두려움의 대가를 치러야 했기 때문일세! 짐승의 심장을 뜯어낼 때는 연민을 느끼게! 그것은 이제 비참하게 버려져 폐허가 된 신의 성전의 잔해, 아담이 지은 죄의 희미한 메아리에 불과하다네.

박사가 지친 어조로 말했다. "결국 원하는 걸 얻었군. 그도 자신의 광기에 심취해 있구나. '폐허가 된 신의 성전의 잔해!' 그라부아가 동조한 건 별로 놀랍지 않아. 원래 윗사람에게 살랑거리는 친구니까. 폰 헬룽이 내일 아침에 태양이 서쪽에서 뜨고 자기 코 속에 작은 원숭이가 산다고 해도 그 땅딸보 녀석은 옳다구나 믿거나 적어도 맞장구를 칠 거다. 도브로기누도 그다지 충격적이진 않아. 그와 폰 헬룽은 함께 수학한 사이거든. 꽤 절친한 관계지. 하지만 토랜스는 좀 놀랍군. 그나마 상식이 있는 편이라고 생각했는데. 여자들 꽁무니를 쫓아다니지 않을 때면 꽤 괜찮은 과학자지. 그렇지만 폰 헬룽 밑에서 공부한 적이 있어. 옛 스승의 말이니 일단 믿어 보자고 생각했는지도 모르지. 하지만 펠트가 참여하다니, 그거야말로 놀라운걸. 나한테 폰 헬룽의 황당한 논문에 대해 경고한 게 바로 펠트인데 말이다."

박사가 커다랗게 한숨을 내쉬었다. "어쨌든 두고 봐야겠지, 안 그러냐, 윌 헨리? 그리고 헨리 블랙우드에게 이른바 신의 은총이 함께 하길! 이 사건이 마무리되고 나면 그 친구한테 감사 인사를 잊지 말라고 말해 주렴. 우리의 캐나다 여행에 관한 얘기를 들려주겠다고 약속했거든."

"박사님도 수색에 참가하실 거예요?" 내가 물었다.

"선택의 여지가 없잖니. 난 존의 유일한 희망이야. 만약에 경찰이 존을 먼저 찾아낸다면, 과연 그들이 그를 산 채로 재판에 회부하고 싶어 할지 의심스럽구나. 그리고 폰 헬룽은…… 그가 존을 어떻게 할지는 자기 입으로 명백히 밝히지 않았느냐? 너도 지금 이 상황이 얼마나 아이러니한지 알겠지?"

나는 그에게 말했다. "네, 저도 알겠어요."

나는 도무지 워스롭 박사를 이해할 수 없다고 생각하며 내 방으로 향했다. 그는 자신이 사랑하는 여인을 잔인하게 살해한(그는 "훼

손"이라는 단어를 사용했다.) 살인범에게 정의의 심판을 내리기보다 친구를 구하는 것이야말로 자신의 사명이라고 믿고 있었다. 인간의 마음은 그 어떤 동굴보다도 더 깊고 어두우며 몬스트러마리움보다도 더 복잡하고 어지러이 얽혀 있도다. 그는 알면 알수록 점점 더 알 수 없는 사람이었다. 알면 알수록 이해하기가 힘든 사람이었다.

침실 문을 연 나는 깜짝 놀랐다. 침대 위에 분홍색 잠옷을 입은 릴리 베이츠가 앉아 있었기 때문이다. 그녀의 옆에는 읽다 만 책 한 권이 펼쳐져 있었다.

"미안." 나는 나가려고 몸을 돌렸다.

"너 어디 가는 거야?" 그녀가 물었다.

"방을 잘못 들어왔잖아……."

"미련하기는. 여기 네 방 맞아. 넌 오늘 나랑 같이 잘 거야." 릴리가 자신의 옆자리를 손바닥으로 토닥이며 말했다. "무섭지 않다면 말이지만." 그녀가 놀리듯이 말했다.

"무섭지 않아." 나는 있는 힘껏 단호함을 짜내 외쳤다. "그냥 혼자 자는 게 익숙해서 그래."

"나도 그래. 그렇지만 넌 내 손님인걸. 할아버지 손님이니까 어쨌든 내 손님도 되는 거지. 코는 안 곤다고 약속할게. 그리고 물지도 않을게. 침도 조금밖에 안 흘려." 릴리가 싱긋 웃으면서 다시 이불을 두드렸다. "박사님 방이랑 가까운 데서 자고 싶지 않아? 너를 찾으실지도 모르잖아."

그것은 정말로 반박하기가 힘든 설득이었다. 순간적으로 워스롭에게 가서 오늘 밤 함께 자도 되냐고 물어볼까 하는 생각이 들었지만 그렇게 되면 이유를 설명해야 할 테고, 내 대답은 끔찍이도 비싼 대가를 치러야 할 테다. 어쩌면 그는 밤새도록 떠들면서 나를 괴롭힐지도 모른다. 나는 한숨을 내쉬며 침대 위로 올라가 가장자리에 걸터앉았다.

"침대 위로 안 올라올 거야?" 그녀가 물었다.

"올라온 거야."

"하나도 안 올라왔잖아."

"이 정도 올라갔잖아."

"그러고 어떻게 잘 건데? 그리고 잠옷도 안 입었잖아."

"이대로 잘 거야. 혹시 무슨 일이 생길지도 모르잖아."

"무슨 일?"

"잠옷을 입고 있으면 안 되는 급한 일."

"차라리 강아지처럼 침대 밑에서 자지그래?"

"난 강아지가 아닌걸."

"개처럼 충직하잖아."

나는 속으로 비명을 질렀다. 대관절 내가 뭘 잘못했길래 이런 모욕을 들어야 하는 거지?

"넌 좋은 남편이 될 거야, 윌 헨리." 릴리가 말했다. "무서운 남편보다 충직한 남편을 좋아하는 여자들한테 말이야. 하지만 내가 결혼하고 싶은 타입은 아니야. 나는 아주 용감하고 힘도 세고 키도 큰 사람이랑 결혼할 거야. 음악적 재능도 있어야 하고, 시도 써야 해. 우리 할아버지나 너희 박사님보다도 훨씬 더 똑똑하고. 토머스 알바 에디슨 씨보다도 더 똑똑할 거야."

"그 사람이 유부남이라서 안됐네."
"멋대로 생각하렴. 넌 커서 누구랑 결혼할지 생각 안 해 봤어?"
"난 겨우 열두 살인걸."
"난 열세 살인데? 조금 있으면 열네 살이지만. 어쨌든 그게 나이하고 무슨 상관이야? 줄리엣도 내 나이에 로미오랑 사랑에 빠졌는데."
"그래서 그 결과를 봐."
"그 스승에 그 제자라더니, 판박이네. 왜, 넌 사랑 같은 거 안 믿어?"
"안 믿을 만큼 잘 알지도 못하는걸."
릴리가 침대 위에서 꼬물꼬물 움직이더니 내 얼굴 옆에 얼굴을 바짝 들이댔다. 고개를 돌리면 그녀와 얼굴이 마주칠까 봐 도저히 용기가 나지 않았다.
"지금 내가 너한테 키스하면 넌 어떻게 할 거야?"
나는 고개를 흔들었다.
"내 생각에 넌 놀라서 기절할 거 같아. 너 여자애랑 키스해 본 적 없지? 응?"
"응, 없어."
"내 가설을 한번 시험해 볼까?"
"안 그랬으면 좋겠는데."
"왜?" 뺨에 그녀의 따뜻한 숨결이 닿았다. "과학자가 되고 싶지 않아?"
"차라리 몽골리언 데스웜에 물려서 살이 녹는 게 낫겠다."
그 말을 하지 말았어야 했다. 릴리는 그때까지 데스웜에 대해선 까맣게 잊어버리고 있었던 것 같다. 하지만 내가 채 반항을 하기도 전에 그녀는 내 상처를 덮고 있던 거즈를 홱 잡아채 끌어 내렸다. 욱신거리는 상처에 릴리의 숨결이 느껴지는 순간, 나는 꼼짝도 할 수가 없었다.

"이렇게 커다란 딱지는 처음 봐." 그녀가 속닥였다. 그녀는 손가락 끝으로 딱지를 쓸어내렸다. "이렇게 하면 아파?"

"아니. 응."

"어느 쪽인데?"

나는 대답하지 않았다. 온몸이 떨려 왔다. 굉장히 따뜻한데도, 왠지 몸서리가 쳐졌다.

매트리스가 부드럽게 끽끽거렸다. 릴리의 체중이 스프링을 눌러 침대가 움푹해지자 내 몸이 그쪽으로 스르르 기울었다. 그녀의 촉촉한 입술이 내 상처 자국을 꾹 눌렀다.

"자, 이제 넌 나한테 키스를 받은 거야."

잠시 후 나는 릴리언 트럼불 베이츠가 형편없는 거짓말쟁이라는 걸 알게 되었다. 그녀는 물지도 않고 침도 조금밖에 흘리지 않았지만 정말 지독한 코골이꾼이었다. 새벽 1시쯤에는 아예 그녀의 얼굴에 베개를 덮어 소리를 좀 줄여 볼까 진지하게 고민했다.

옷을 입고 있어 다행이었다. 밤이 깊어지면서 추위가 심해졌기 때문이다. 코가 시려 감각이 사라질 정도였다. 릴리도 꽤 추웠던 것 같다. 잠결에 뒤척이다가 나한테 꼭 달라붙었기 때문이다. 그 상황이 당혹스러우면서도 이상하게 위안이 되었다.

우리는 노란 눈에 비치는 것보다 훨씬 훌륭한 존재일세. 폰 헬룽은 이렇게 말했다.

옆구리에는 릴리가 붙어 웅크리고 있었고, 나는 창밖 가로등에서 비쳐 들어오는 황금색 빛무리를 멍하니 쳐다보았다. 나는 침대에서 일어났다. 그것을 향해 다가갔다. 세상이 온통 황금빛이었다.

그리고 그 순간, 나는 머리 위에서 바람 소리를 들었다. 빛이 있었고, 바람이 있었다. 그러고는 아무것도 없었다. 바람이 부는 소리가 들렸지만 느껴지지는 않았다. 나는 금색 빛 속에서 형체도 없이 둥둥 떠다니고 있었다.

바람결에 목소리가 실려 왔다. 아름다운 목소리였다. 그것은 내 이름을 불렀다. 바람 속에 목소리가 있고 목소리 속에 바람이 있었으며, 그 둘은 하나였다. 바람과 목소리는 하나였다.

텅 빈 방에서 어머니가 앉아 머리를 빗고 있었다. 나는 어머니 옆에 있었지만 어머니는 혼자였다. 고개를 돌리고 있어 얼굴이 보이지 않았다. 어머니의 피부가 황금빛으로 빛났다. 나를 부르는 것은 그녀가 아니었다. 그것은 바람의 목소리였다.

바람이 바다로 흘러가는 강물처럼 굽이치고 있었다.

그것이 나를 그녀에게 데려갔다. 나는 바람의 파도에 저항하지 않았다. 어머니와 함께 황금빛으로 빛나는 방 안에 머무르고 싶었다.

어머니가 고개를 돌려 나를 바라보았다. 눈이 없었다. 피부가 벗겨져 붉은 근육이 드러나 있고, 검고 텅 빈 눈구멍 속으로 황금빛이 빨려 들어가더니 다시는 빠져나오지 못했다. 달아날 길은 없었다.

바람이 울부짖었다. 바람과 내 이름은 다르지 않았고, 내 이름에는 시작도 끝도 없었다.

나는 어머니의 칠흑 같은 눈구멍 속으로 빨려 들어갔다.

갑자기 허공에서 불쑥 손이 나타나더니 내 멱살을 움켜쥐고 거칠게 끌어당겨 창가에서 떼어 냈다. 나는 구원자의 손에서 벗어나려 발버둥 쳤지만 그는 긴 팔로 나를 끌어안았다. 그의 목소리가 들렸다. 내 이름을 부르는, 바람의 소리가 아니라 그의 목소리가.

"윌 헨리! 윌 헨리……."

박사가 나지막이 내 이름을 불렀다. 그의 품 안에서 빠져나가려고 몸부림치며, 미끄러운 마룻바닥을 하릴없이 걷어차며, 우리 얼굴에 차디찬 숨결을 불어넣는 바람의 부름에 응답하려는 내게, 그가 속삭였다.

릴리가 비명이라도 지르듯이 날카로운 목소리로 묻고 또 묻는 소리가 들렸다. "왜 그래요? 왜 그러는 거예요?"

폰 헬룽 박사가 옆에서 무릎을 꿇고 내 얼굴에 등불을 들이대면서 박사에게 말하고 있었다. "나인, 나인. 이름을 부르면 안 되네, 펠리노어. 이름을 말하지 말게!" 그는 가볍게 내 뺨을 때렸다.

"날 봐라!" 그가 버럭 고함을 질렀다. "내 말을 들어! 나를 보라고! 그건 갔다! 사라졌어!"

그가 옳았다. 그것은 갔다. 나는 울음을 터뜨렸다. 왜냐하면 그것은 가 버렸고, 그러자 모든 것이 공허하게 느껴졌기 때문이다. 나는 부끄러웠다. 분하고 안타까웠다. 나는 대답을 했어야 했다. 바람은 나를 원했고 나도 바람을 원했다.

"제발, 펠리노어, 제발." 폰 헬룽이 박사에게 거듭 간청했다.

나를 감싼 박사의 팔이 느슨해지자 폰 헬룽이 나를 그의 품에서 떼어 냈다. 그는 내 어깨에 한 팔을 두르고는 커다란 손으로 내 얼굴을 가슴에 대고 눌렀다. 그의 심장이 콩닥대는 소리가 들렸다. 내 이름을 싣고 나는 바람처럼 우리 심장의 숨겨진 방에도 거부할 수 없는 파도가 흐르고, "마침내 인간의 목소리가 우리를 깨우면 우리는 익사한다."*

"꿈이에요." 괴물학자가 말했다. "코르고이 독과 신체적, 정신적 충격 때문에 환각을 경험한 겁니다."

"다 내 잘못일세." 폰 헬룽이 괴롭게 신음했다. "창문에 창살을 설치했어야 했는데."

"창에서 떨어졌어도 죽진 않았을 겁니다."

"아니, 떨어지지 않았을 걸세, 마인 프로인드. 걱정할 게 그거라면 오죽 좋겠나! 놈이 윌 헨리를 찾아왔어! 이 어린아이를! 이건 있을 수 없는 일일세. 그런 일이 생기게 내버려 둘 수는 없어. 펠리노어, 지금 당장 윌 헨리를 멀리 보내야 하네……."

"말도 안 되는 소리 하지 마십시오." 박사가 쏘아붙였다.

"새벽 첫 기차로 보스턴으로 보내게."

"윌 헨리는 아무 데도 안 갑니다."

"이 아이는 지금 엄청난 위험에 빠져 있네. 여기 남게 되면……."

"여길 떠난다면 더한 위험에 처하게 되겠지요. 폰 헬룽, 나는 저

---

* T. S. 엘리엇의 시 「알프레드 프루프록의 연가」 중 한 구절.

아이의 전부이고, 나는 안 갑니다."

"제발 절 보내지 마세요, 박사님." 내가 속삭였다. 하루 종일 악다구니라도 쓴 것처럼 목이 지독하게 칼칼했다.

"나도 자네 마음을 이해하네, 펠리노어. 하지만 놈은 절대로 멈추지 않을 거야. 멈출 수가 없으니까. 그것은 윌 헨리를 발견할 때까지, 아니면 윌 헨리가 그것을 발견할 때까지 계속해서 부를 걸세. 이젠 이 아이도 그것에 사로잡혔으니까. 라로세, 호크, 스칼라, 바솔로뮤, 그리고 뮤리엘이 그런 것처럼 말일세. 펠리노어, 뮤리엘을 생각해 보게! 이 아이가 그녀와 똑같은 운명을 맞이하게 할 건가? 자네의 그 옹고집 때문에 그것이 윌도 데려가게 내버려 둘 건가?"

"당신의 그 헛소리엔 신물이 납니다! 아무도 윌 헨리를 '부르지' 않았어요! 윌 헨리는 악몽을 꾼 거란 말입니다. 지난 24시간 동안 그 애가 겪은 일을 생각하면 십분 이해할 수 있는 일이고, 심지어 누구나 쉽게 예상할 수 있는 일 아닙니까!"

폰 헬룽이 포기했다는 듯 두 손을 쳐들었다.

"눈이 있는데도 보지를 못하고 귀가 있는데도 듣지를 못하는구먼! 아악! 난 나름 자네를 아주 잘 가르쳤다고 생각했는데 말일세, 펠리노어 워스롭! 그럼 제발 방해나 하지 말게! 방해하지 말고 물러나 있으라고! 존은 안 죽었어요. 존은 우티코가 아니에요. 존은 그냥 정신이 나간 거예요. 숲에서 악령에 들려 살인자가 된 겁니다! 괴물이긴 하지만 인간이 만들어 낸 괴물일 뿐이에요. 그가 허기에 조종돼 날뛰는 게 아니라면 당최 이유가 뭐란 말인가? 어째서 그가 뮤리엘을 데려갔고, 이번에는 왜 윌 헨리를 데려가려고 하는 거지? 두 사람의 공통점이 뭔가, 펠리노어? 그 둘한테 있는 유일한 공통점이 뭐냐고? 제발 부탁건대, 적어도 그 점만은 시인해야 할 게 아닌가. 그걸 광기라도 해도 좋네. 미친 짓이라고 불러도 좋네. 자네 멋대로 이름을 붙이라고. 그렇지만 그 광기에는 매우 체계적인 논리가 숨어 있네. 자네도 내 말이 사실이란 걸 알잖나."

"똑같은 실수를 두 번 저지르진 않을 겁니다, 마이스터 아브람. 윌 헨리는 나와 함께 있어야 안전합니다."

26장

"그도 우리와 크게 다를 바가 없는 사람입니다."

릴리는 다음 날 아침 일찍 떠났다. 간밤의 기묘한 사건에 좀 놀라긴 했지만 그녀는 존 챈러 박사의 껍데기를 뒤쫓는 계획에 대해 알고 있었고 자신이 그 사냥에서 완전히 배제되었다는 사실을 달가워하지 않았다. 특히 내가 "처참한 상태"임에도 불구하고 그 일에 참여한다는 사실을 알게 되자 릴리의 심기는 더욱 불편해졌다.

"내가 여자애라서 그런 거야." 그녀가 입을 삐죽이며 말했다. "이거 봐!" 그녀는 내 눈앞에 집게손가락을 내밀더니 재빨리 구부렸다 폈다를 반복했다. "나도 너 못지않게 방아쇠를 잘 당길 수 있다고. 너보다 실력도 낫고 심지어 더 빠를걸. 그리고 겁도 하나도 안 나. 나라면 그 사람한테 똑바로 다가가서 머리를 날려 버릴 거야. 식인 괴물이든 뭐든 전혀 신경도 안 쓸 거란 말이야."

나는 감히 릴리에게 말대꾸하지 않았다. 사실 나는 그녀의 말이

전적으로 옳다고 생각했다. 릴리라면 정말로 놈에게 위풍당당하게 걸어가 단번에 머리를 날려 버릴 것이다. 그녀는 괴물학자의 배짱을 갖고 있었다. 그것만은 확실했다. 다만 그 배짱이 어린 소녀의 그릇에 담겨 있었을 뿐이었다.

"두고 보라지." 그녀가 다짐했다. "언젠간 꼭 그렇게 하고야 말 테야. 남자들이 우리 여자들을 영원히 억압할 순 없어. 너희들이 얼마나 열심히 애쓰든 상관없어. 언젠간 우리 여자들도 선거권을 갖게 될 테고 그럼 너희 잘난 체하는 남자들이 어떻게 될지 두고 보라고. 우린 여자 대통령을 뽑을 거야. 두고 보라지."

그러더니 먹잇감을 덮치는 몽골리언 데스웜처럼, 릴리 베이츠는 번개 같은 속도로 내 어깨를 붙잡고 뺨에 촉촉한 키스를 남겼다.

"행운을 비는 뜻으로 하는 거야. 작별인사이기도 하고. 어쩌면 너를 다시는 못 볼지도 모르니까, 윌."

제일 먼저 노련한 도브로기누와 젊은 토랜스가 도착했고, 얼마 지나지 않아 펠트가 도착했다. 무겁게 늘어진 콧수염에 고운 눈송이가 붙어 있었다. 그가 날씨가 점점 악화되고 있다고 말하자 도브로기누가 고개를 끄덕이며 무릎이 쑤시는 걸 보니 틀림없다고 맞장구를 쳤다. 가장 늦게 도착한 사람은 그라부아였다. 그는 조끼에서 눈을 털어 내며 마차를 잡지 못해 늦었다고 변명했다.

워스롭을 발견한 그의 얼굴이 환하게 밝아졌다. 그라부아가 워스롭을 껴안자 그는 얼굴을 찌푸렸다. 그라부아가 양쪽 뺨에 입을 맞추는 유럽식 인사를 하려고 하자 그는 뒷걸음질을 치며 사양했다.

간밤에 압박붕대로 칭칭 감아 놓긴 했지만 그의 턱은 아직도 끔찍할 정도로 부어올라 있었다.

"아주 심각하진 않아." 프랑스인이 내 스승의 괴상한 몰골을 보고는 평가했다. "내 생각엔 좀 나아진 것 같은데. 의사는 뭐라고 하던가? 오늘 우리와 합류할 수 있겠나? 응?"

"지금 내가 왜 여기 나와 있다고 생각하나?" 워스롭이 신경질을 내며 대답했다.

그라부아의 눈에 눈물이 고였다. "펠리노어, 무슨 말로 애도를 표해야 할지 모르겠네. 그건 정말……."

"납득할 수 없는 일이지." 박사가 말했다. "그리고 미리 막을 수 있는 일이었고."

"자네 탓을 하면 안 되네."

"그럼 누구 탓을 할까? 후보라도 제시해 보게."

폰 헬룽이 일행을 불러 모으더니 조촐한 추격대에 워스롭이 참가할 수 있게 되어 기쁘다고 말했다.

"별 탈 없이 무사한 걸 보니 기쁘군, 워스롭." 펠트가 말했다. "폰 헬룽이 자네도 함께할 것이라는 말을 했을 때만 해도 다소 걱정스러웠는데 말일세."

"변호사를 고용하는 게 좋겠어." 도브로기누가 말했다. "나라면 그럴 걸세. 공식 조사를 요구해. 도시를 파산시키고 그 짐승 같은 번스라는 인간을 폭행죄로 집어넣게!"

"그도 우리와 크게 다를 바가 없는 사람입니다." 워스롭은 다소 이해하기가 힘든 말로 대답했다.

“고맙네, 펠리노어.” 폰 헬룽이 재빨리 끼어들었다. “이제 우리 일에 있어 가장 최근에 일어난 새로운 소식을 전해 주겠네.”

그는 깜짝 놀란 표정의 동료들에게 간밤에 나에게 일어난 일을 말해 주었다. 그 즉시 열띤 토의가 벌어졌다. 이건 무슨 뜻일까? 워스롭 박사가 강력히 주장하는 것처럼 단순한 악몽이자, 코르고이독이 촉발시키고 경찰서에서의 괴로운 경험이 악화시킨 환각에 불과한 걸까? 아니면 폰 헬룽이 똑같이 강력히 주장하는 것처럼—그리고 확연해 보이듯이—그들의 사냥감이 나를 붙잡아 가려는 책략인가?

토랜스는 일단 후자의 가능성은 제쳐 두되 만약 다른 모든 수단을 동원한 후에도 놈의 소재를 알아내지 못한다면 그놈의 욕구를 반대로 이용하는 방법도 있을 것이라고 말했다.

“놈이 자기 발로 우리한테 오게 하는 겁니다.” 그가 말했다.

“그러니까 자네 계획은 이 애를 미끼로 쓰자는 거로군.” 워스롭 박사가 말했다. “애가 한밤중에 머릿속에서 목소리를 들었다는 이유만으로 말이야.”

“당연히 다른 방법이 아무것도 없을 때, 최후의 수단을 말하는 겁니다.” 토랜스가 시뻘겋게 달아오른 얼굴로 응수했다. 워스롭의 말에 화가 난 것 같았다.

“벌써부터 절망의 냄새가 나는군.” 워스롭도 지지 않았다.

“나로 말하자면.” 펠트가 진지하게 입을 열었다. “그 습격 소식을 들으니 오히려 기운이 나는군. 그게 진짜로 놈의 습격이라면 말일세. 그렇다고 장담하진 않았네, 펠리노어. 하지만 어쨌든 그게 오늘 들은 유일한 새 소식이니까. 혹시 오늘 조간신문 읽은 사람 있습니까? 어젯밤에는 우리 목표의 범행 수법과 일치하는 사건이 없었어요."

폰 헬룽이 손을 휘휘 내저었다. "그런 건 아무 의미도 없네. 시민들의 집단 공황과 정치적 망신을 막으려고 당국이 손을 썼을 테니까. 지금 기자들이 경찰서 반경 100미터 이내에 접근이라도 할 수 있을지 모르겠군."

"서민들 중에 그럴 수 있는 사람이 있다면 리스 정도겠지." 도브로기누가 말했다.

"리스 이야기가 나와서 말인데, 그 사람은 지금 어디 있는 겁니까?" 토랜스가 물었다.

"생각해 보면 그것 참 끔찍하지 않겠나." 그라부아가 짙은 눈을 반짝이며 말했다. "그 사람이, 우리 중에서 없어서는 안 될 가장 중요한 부품인 그가 지난밤에 그 짐승의 희생자가 되었다면 말일세."

"그런 소름 끼치는 생각을 하다니!" 펠트가 성을 내며 말했다.

"난 괴물학자야." 그라부아가 명랑하게 말했다. "소름 끼치는 생각을 하는 게 내 직업이지."

물론 리스는 간밤을 무사히 넘겼다. 그는 괴물학자들의 토론이 간혹 그릇된 길로 빠지거나 때때로 긴 침묵이 흐르는 등 점차 소강상태에 이르렀을 즈음 느지막이 모습을 드러냈다. 밖은 마치 우리의 계획을 훼방이라도 놓듯이 점차 어두워지고 있었다. 5번로 건너편에는 수심에 잠긴 건물들이 우중충한 어스름에 덮여 있고 길가에는 2센티미터쯤 쌓인 눈이 회색으로 빛나고 있었다. 폰 헬룽은 아바나산 시가를 뻑뻑 고작 두 번 빨고는 다시 내려놓았다. 현관 종이 울렸을 때에는 의자에서 벌떡 튀어 오르는 바람에 재떨이를 엎었다. 불 꺼진 여송연이 페르시아 카펫 위로 데구루루 굴렀다. 그라부아가 그것을 집어 들어 주머니에 집어넣었다.

"워스롭." 덴마크인 기자가 말하며 박사의 손을 잡고 흔들었다. "몰골이 형편없군."

"나도 다시 만나 기쁘네, 리스."

"자네를 모욕하려는 건 아니지만 이렇게 말하면 위안이 될지 모르겠군. 난 멀버리 가에서 자네보다 훨씬 지독한 상태로 나오는 친구들을 많이 봤다네. 어쨌든 자넨 영구차에 실려 나오진 않았잖나."

"고맙네, 리스. 그 말을 들으니 기분이 훨씬 낫군."

리스가 싱긋 웃었다. 그러나 미소는 이내 사라졌다. "폰 헬룽 박사, 빨간 핀이 담긴 상자를 꺼내는 게 좋겠습니다. 어젯밤 당신네 짐승이 아주 바빴던 모양이니까요. 희생자가 셋이나 나왔는데, 어쩌면 넷이나 그 이상일 수도 있겠어요."

그는 괴물학자들에게 소식을 전하기 시작했다. 리스가 사건이 발생한 장소를 가리킬 때마다 폰 헬룽은 의미심장한 색깔의 핀을 지도에 꽂았다.

"내가 '어쩌면'이라고 말한 건, 그중 하나가 실종 사건이기 때문입니다. 보헤미안 지구에서 일어났는데, 시체는 발견되지 않았지만 정황을 보건대 여러분이 설명한 그 심란한 조건에 들어맞습니다. 목격자들은 하나같이 고약한 냄새가 났고, 커다랗게 번득이는 눈을 가진 유령 같은 형체를 봤고, 또 미덥진 않지만 꽤 흥미로운 증언에 따르면 지붕 위에서 커다란 회색 늑대를 봤다더군요."

"늑대?" 토랜스가 어안이 벙벙한 듯 말했다.

"놈은 형태 변환자일세." 폰 헬룽이 말했다. "사료에도 분명히 기록되어 있지."

"그럼요. 소설들 말이지요." 워스롭이 비웃듯이 말했다.

리스가 어깨를 으쓱했다. "나머지 사건들은 우리 친구의, 어쨌든 정체는 모르지만 놈의 작품이 확실합니다. 시신의 잔해 — 다시 말하지만 잔해입니다. — 는 지면보다 높은 곳에서 발견되었습니다. 둘은 공동주택 지붕에서 발견됐고, 세 번째 시체는 레스토랑 지붕 위에 있는 연통에 꽂혀 있었지요." 그는 지도에 꽂혀 있는 핀을 향해 고개를 까딱여 보였다.

"저기 차이나타운에 있는 레스토랑입니다. 제일 눈에 띄는 사건이에요. 그런 곳에 인간의 몸을 꿰려면 말 그대로 어마어마한 완력이 필요하니까."

나는 박사를 올려다보았다. 그도 나와 똑같은 생각을 하고 있는 걸까? 그도 나처럼, 피에르 라로세의 가슴팍에서 튀어나온 날카로운 나무줄기를 떠올리고 있는 걸까?

"희생자는 하나같이 안구가 사라졌고, 얼굴 가죽도 벗겨졌습니다." 리스가 말을 이었다. "피부 아래 있는 근육조직은 전혀 손상되지 않았다는군요. 그리고 모두 알몸으로 발견됐습니다." 그는 처음으로 감정을 드러내며 마른침을 삼켰다. 주머니에서 손수건을 꺼내더니 눈썹 주위를 가볍게 두드렸다.

"세 희생자 모두 어렸습니다. 가장 나이가 많은 아이가 중국인의 외동아들로, 지난 8월에 이민을 왔는데 겨우 열다섯 살이었고 나이에 비해 몸집이 작은 편이었답니다."

"약하고 힘없는 자들." 폰 헬룽이 중얼거렸다. "가장 쉽게 노릴 수 있는 사냥감이지."

"가장 어린 아이는 멀버리 벤드에서 발견됐습니다. 내 사무실에서 겨우 몇 블록 떨어진 곳이죠. 여자애였는데, 일곱 살이었습니다. 사체는 가장 끔찍하게 훼손되었고요. 굳이 자세하게 설명하진 않겠습니다."

그 뒤로는 한동안 아무도 입을 열지 않았다. 이윽고 폰 헬룽이 조용히 물었다. "심장은 어떻게 됐소?"

"아, 그래요. 심장." 리스가 고개를 끄덕였다. "심장도 모두 뜯겨져 나갔습니다. 내가 '뜯겨졌다'고 한 건, 정말로 뜯어냈기 때문입니다. 가슴을 가르고, 갈비뼈를 부러뜨리고 그런 다음 심장을……."

그는 말끝을 흐렸다. 폰 헬룽이 위로하듯이 그의 어깨에 손을 얹었지만 리스는 어깨를 움츠리며 뿌리쳤다.

"나도 이제껏 뉴욕 빈민가에서 보통 사람이라면 상상도 못 할 별별 것들을 다 봤다고 생각했지요. 굶주림, 알코올중독, 빈곤. 빈곤과 절망은 유럽 최악의 빈민가와 견줘도 손색이 없을 정도고. 하지만 이건. 이건."

"이것도 시작일 뿐이오." 폰 헬룽이 침통하게 말했다. "그리고 우리가 아는 한, 시작의 일부일 뿐이고. 앞으로 희생자가 더 많이 나올 거요."

"그렇다면 더 이상 지체해선 안 되겠군요." 토랜스가 말했다. 리스의 조사 결과를 듣고 나니 피가 끓어오른 듯했다. "지금까지 우리가 배운 것을 실천하도록 합시다, 여러분. 이 괴물을 찾아서 죽여 버리자고요."

그 말이 떨어지자마자 워스롭이 반응했다. 그는 젊은 토랜스를 무섭게 노려보며 번개 같은 속도로 지팡이를 들어 탁자를 거세게 내리찍었다. 그 소리에 토랜스가 깜짝 놀라 의자 위에서 몸을 움츠렸다.

"존 챈러를 해치고자 하는 사람이 있다면 나부터 상대해야 할 거요!" 워스롭 박사가 험악하게 으르렁거리며 말했다. "나는 절대로 냉혹한 살인마와는 같이 일할 수 없소."

"나도 마찬가지지요." 펠트가 말했다. "선택의 여지가 없는 한."

"그럼, 그럼, 당연하고말고." 폰 헬룽이 서둘러 끼어들었다. 그는 워스롭의 매서운 눈길을 애써 피했다. "우리와 우리의 사냥감을 가르는 경계는 매우 모호하다네. 그러니 우리는 절대로 인간성을 잃어서는 안 돼."

폰 헬룽은 모임을 세 그룹으로 나누어 리스가 가져온 사건들을 각자 따로 조사하자고 제안했다. 워스롭은 못마땅한 기색이었다. 그는 모두가 늘 같이 있어야 하며, 서로 나뉘어 분산된다면 약해질 수밖에 없고 성공할 가능성도 낮아질 뿐이라고 반박했다. 그의 주장은 기각되었다. 그러나 그는 잠시 주춤했을 뿐 쉽게 물러나지 않았다. 잠시 후에는 폰 헬룽이 나눈 팀의 구성에 또다시 이의를 제기하고 나섰다. 폰 헬룽은 워스롭과 펠트, 도브로기누와 자기 자신, 그리고 토랜스와 그라부아가 한 팀이 되는 것이 좋겠다고 제안했다.

"경험이 풍부한 사람과 미숙한 사람을 짝지어야죠." 워스롭이 반박했다. "내가 당신과 같이 갑니다, 마이스터 아브람. 펠트는 토랜스와, 그라부아는 도브로기누와 가고요."

"펠리노어 말이 옳습니다." 펠트가 수긍했다. "당신과 도브로기누가 놈과 맞닥뜨리게 되면 어쩌려고요? 그렇게 빠르고 강하다면서요."

도브로기누의 몸이 갑자기 굳었다. 모욕감을 느낀 것이다. "지금 내가 내 한 몸 건사할 힘도 없다는 말을 하고 싶은 건가? 그것 참 매우 불쾌하군. 이래 봬도 나는 말루스 세레브룸 코메도(Malus cerebrum comedo)를 혼자서 잡은 사람이네. 그것도 괴물학 사상 최초이자 유일하게 산 채로 말일세."

"하지만 그것도 오래전 일이잖습니까." 펠트가 냉정하게 평가했다. "마음을 상하게 할 의도는 아니었습니다, 도브로기누. 나도 나이 차가 그렇게 많이 나는 것도 아니고. 그저 펠리노어의 제안이 합리적이란 말을 하고 싶은 겁니다."

그 말과 함께, 그리고 상황의 절박함에 힘입어 논쟁이 종식되었다. 리스는 저녁때 새로운 소식을 갖고 찾아오겠다고 약속하며 부디 우리의 성공을 축하할 수 있길 바란다고 말했다.

리스를 현관까지 배웅하는 일은 내 몫이었다. 그는 코트를 입고 목도리를 두르고 옷깃을 세운 다음, 둥근 안경알 너머로 회색 세상을 지그시 노려보았다. 하늘에서 내리는 눈을 보니 괴로운 기억이 되살아났다. 우리는 회색 땅을 떠나왔건만, 이제는 회색 땅이 우리를 찾아온 것 같았다.

"내가 충고 한마디 해도 되겠니, 아이야?" 리스가 말했다. "들어 보겠니?"

나는 예의 바르게 고개를 끄덕였다. "네, 선생님."

그는 몸을 숙이더니 그의 철통같은 존재감을 꾹꾹 눌러 담은 것 같은 목소리로 말했다. "도망쳐라. 여길 떠나! 지금 당장, 잠시도 지체하지 말고 떠나야 한다. 이 악마 같은 놈이 너를 쫓고 있는 거라면 어서 도망가거라. 이 사건은 아무래도 불안하단 말이다. 어린애가 낄 곳이 아니야." 그는 차가운 바깥 공기에 온몸을 부르르 떨었다. "놈은 어린애를 좋아하는 것 같거든."

작전본부로 돌아오니 폰 헬룽이 상자 여섯 개와 길쭉한 은도금 단도 몇 개를 정렬해 놓은 참이었다. 워스롭을 제외한 모두가 각자 자신의 무기를 점검하거나, 시험해 보거나, 반짝이는 은빛 총알을 높이 들고 돌려 보는 등 솔직한 호기심으로 상자 속 내용물을 살펴보고 있었다.

"사료에는 렙토 루르코니스가 수면을 취한다는 기록이 없네." 오스트리아인 과학자가 말했다. "그리고 그것이 그처럼 우리한테 고마운 상태로 발견될 것 같지도 않고.

전설에 의하면 그것은 엄청난 속도와 무시무시한 완력을 발휘한다고 하네. 우티코는 눈을 이용해 먹잇감에게 최면을 걸지. 노란 눈을 들여다보면 끝장일세. 그 점을 명심하게!

탄약을 낭비해서도 안 돼. 구하기 힘든 것들이니까. 렙토 루르코니스를 죽일 수 있는 방법은 심장을 명중시키는 것뿐이네."

"최후의 수단일 때 말이지요." 워스롭이 끼어들었다.

폰 헬룽은 워스롭의 시선을 피하며 말을 이었다. "눈보다 더 강력한 건 바로 목소리야. 어젯밤에 꼬마 윌이 그걸 듣고 하마터면 끌려 갈 뻔했지. 그것이 이름을 부르거들랑 있는 힘껏 저항하게! 절대로 대답을 해서는 안 돼! 그것의 주문에 걸려든 양 속일 수 있을 거라고는 꿈도 꾸지 말게. 그건 자네들을 먹어 치울 거야."

폰 헬룽은 그들 모두를 한 명씩 차례대로 바라보았다. 진지하고 엄숙한 순간이었다. 심지어 그라부아마저도 생각에 잠긴 듯 조용했다.

"지금 우리가 쫓는 것은, 제군들, 생명 그 자체만큼이나 오래된 것이네." 폰 헬룽이 말했다. "그리고 죽음만큼 끈질기지. 교활하고 무자비하며, 늘 배가 곯아 있어. 그것은 루시퍼처럼 사악하고 기만적이지만 적어도 우리한테는 늘 솔직했네. 자신의 본모습을 감추지 않았으니까."

이제 남은 것은 아주 사소한 문제였다. 나를 어떻게 할 것인가. 나는 당연히 워스롭 박사를 따라갈 것이라고 여겼지만, 심지어 그마저도 그 생각을 좋아하지 않는 것 같았다. 그는 내가 코르고이의 독 때문에 중요한 순간에 정신착란에 빠져 불행히도 그리고 잠재적으로 치명적인 방해물이 될지도 모른다는, 나름 타당한 우려를 하고 있었다. 그렇다고 나를 두고 가는 것도 그리 내키지 않는 일이었다. 특히 폰 헬룽이 강력히 반대했다. 그는 그 짐승이 어젯밤에 나를 "점찍었다"고 생각했다. 도브로기누는 나를 협회에 맡기는 것이 어떻겠느냐는 의견을 내놓았다.

"괴물학자 백 명에게 둘러싸여 있는 게 안전하지 않다면 어디가 안전할 수 있겠나?" 그가 말했다.

"제 생각엔 우리와 함께 가는 게 좋을 것 같습니다." 토랜스가 말했다. 어떻게든 나를 미끼로 사용하려는 계획을 포기하지 않은 것이 분명했다. "워스롭을 제외하고 그것과 얼굴을 맞댄 유일한 사람 아닙니까."

워스롭이 얼굴을 찌푸렸다. "존 챈러는 '그것'이 아니오, 토랜스."

"뭐든 간에요."

"하지만 이 아이의 경험이 요긴할 수 있다는 데는 찬성입니다." 워스롭이 말을 이었다. "그러므로, 윌 헨리도 함께 가는 게 좋겠지만 나와 같이 가는 건 아닙니다. 그라부아, 자네와 도브로기누가 윌 헨리를 맡게."

"하지만 전 저들과 같이 가고 싶지 않은걸요!" 나는 저도 모르게 큰 소리로 외쳤다. 박사와 떨어진다는 생각만으로도 견딜 수가 없었다. "전 박사님이랑 같이 가고 싶어요!"

그러나 그는 내 애원을 묵살했다. 그의 눈이 내게는 익숙한 빛을 내뿜으며 형형하게 빛나고 있었다. 그는 우리와 함께 있으면서도 동시에 아주 멀리 있는 것 같았다.

다른 사람들이 권총에 은총알을 장전하고 허리춤에는 은나이프를 차는 동안, 박사는 나를 슬그머니 옆으로 데리고 갔다.

"이해해 다오, 윌 헨리. 지금 내 최우선 과제는 저 정신 나간 인간들한테서 존을 보호하는 거다. 그렇지만 몸뚱이가 두 개가 아니라 한 번에 여러 곳에 있을 수가 없어. 펠트와는 벌써 얘기를 끝냈는데 토랜스가 너무 날뛰지 않게 잘 조절하겠다고 했다. 그라부아와 도브로기누는 네가 내 눈이 되어 주어야겠구나. 그라부아는 그다지 걱정이 되지 않아. 평생 무기를 써 본 적도 없고, 혹여 그럴 일이 생긴다고 해도 커다란 벽도 제대로 못 맞출 작자니까. 그리고 도브로기누는 자기 코에서 15센티미터만 떨어져 있는 것도 못 볼 위인이지. 하지만 나이는 지긋해도 아주 냉철하고 예리한 사람이란다. 칼은 아직 갖고 있니?"

나는 고개를 끄덕였다. "네, 박사님."

"이건 정말 말도 안 되는 일이다. 너도 알지?"

"네, 박사님."

"존 챈러는 환자다, 윌 헨리. 나도 그가 정확히 어떤 병을 앓고 있는지 안다고 말할 수는 없다. 하지만 네가 너 자신을 방어할 권리가 있다는 데 대해서는 그도 반론하지 않을 거다."

나는 알겠다고 대답했다. 방금 괴물학자는 내게 그의 친우를 죽여도 좋다고 허락한 것이다.

27장

"물."

그가 처음 실종된 곳과 재차 발견된 곳은 그다지 다르지 않았다. 다만 지형적인 차이가 있었을 뿐이다.

캐나다의 원시림과 빈민가는 황량함이 지닌 두 개의 얼굴이었다. 영혼을 망가뜨리는 빈민가의 공허한 회색 땅은 흰 눈에 덮인 브뢸레처럼 희망이 사라진 곳이었다. 빈민가 주민들은 깊은 숲에서처럼 굶주림의 추격을 받았고, 숲에서와 똑같이 잔인한 포식자들의 사냥감으로 전락했다. 누추한 공동주택에 사는 이민자들은 옷장만 한 크기의 방에 비좁게 모여 살았고, 그들의 삶은 초라하고도 짧았다. 빈민가에서 태어난 아이들 가운데 열여덟 살까지 살아남는 것은 고작해야 다섯 명 중 둘에 불과했다. 나머지는 장티푸스와 콜레라, 말라리아, 디프테리아의 탐욕스러운 식욕에 희생되었다.

그 짐승이 이곳을 사냥터로 삼은 것은 어찌 보면 당연한 일이었다. 수천수만 마리의 사냥감이 겨우 몇 블록도 안 되는 좁다란 공간에 꾸역꾸역 몰려 있었을 뿐만 아니라 이들은 이이니오크족보다도 더욱 무력하고 고립되어 있되, 높은 바람에 실려 욕망이라는 삼라만상의 언어로 손짓하는 부름에도 그만큼 익숙했다.

짐승은, 드디어 익숙한 집으로 돌아온 것이다.

제비뽑기를 한 결과, 내가 속한 그룹은 보헤미안 게토를 조사하기로 했다. 어젯밤 아네즈카 노바코바라는 어린 소녀가 실종된 곳으로, 가족들은 경찰에게는 실종신고를 하지 않았지만 교구 신부에게는 솔직히 털어놓았고, 그가 리스에게 말한 것이었다.

아네즈카는 아무 말도 없이 집을 나갈 아이가 아니었다. 그녀는 지나치다 싶을 만큼 수줍고 나이에 비해 몸집이 작았으며 일당 1.2달러로 시가를 마는 부모를 돕는(여섯 식구가 먹고 입고 집세를 내기 위해) 무척 착한 큰딸이었다. 아네즈카는 담배업자들과 계약을 맺고 있는 다른 수천 명의 일용직 노예들과 마찬가지로 방 두 개짜리 비좁은 플랫에 갇혀 매일 열여덟 시간씩 일했다. 가족들은 그날 아침에야 그녀가 사라진 것을 발견했다. 아네즈카 노바코바는 모두가 잠들어 있던 한밤중에 사라진 것이다.

체코어를 조금 할 줄 아는 도브로기누는 신부에게서 아네즈카의 주소를 얻어 냈다. 신부는 우리가 왜 이 사건에 관심을 갖는지 이해하지 못했지만, 교구에서 리스의 이름은 상당한 영향력이 있었다. 비록 외부인에 대한 불신을 떨칠 수는 없어도 리스가 관련되어 있다는 사실만으로도 우리의 대의는 인정받을 수 있었다.

"정말로 형사가 아닙니까?" 신부가 그라부아에게 물었다. 그는 특히 프랑스인이 교구민들을 들쑤시고 다닌다는 것이 탐탁지 않은 듯했다.

"우린 과학자입니다." 그라부아는 그의 질문을 능숙하게 받아넘겼다.

"과학자라고요?"

"형사하고 비슷하지요, 신부님. 그저 옷을 좀 더 잘 입을 뿐이랍니다."

아네즈카의 집은 교회에서 걸어갈 수 있는 거리에 있었다. 막상 우리의 여정은 걷는다기보다는 눈송이가 날리는 이른 황혼 속에서 등산을 하는 것과 더 비슷했지만 말이다. 길모퉁이마다 서 있는 커다란 드럼통에서는 마치 우리가 가는 길을 밝히기라도 하듯 봉화처럼 피어난 불꽃이 날름거렸고, 뭉게뭉게 피어오르는 회색 연기는 함박눈과 어우러져 주변 풍광을 부옇게 뒤덮었다. 우리는 색조와 음영이 거의 없는 잿빛의 연옥 속을 걷고 있었다.

블록을 반쯤 내려갔을 때, 도브로기누가 두 개의 낡아 빠진 건물 사이에 있는 좁다란 틈새로(골목이라고 부르기도 민망한) 들어갔다. 어찌나 좁은지 몸을 옆으로 틀어 욱여넣어야 했는데, 그러면 한쪽 벽에 등이 닿고 반대쪽 벽은 코끝에서 아슬아슬하게 떨어져 있을 정도였다. 잠시 후에 폰 헬룽의 응접실만 한 넓이의 작은 공터가 나타났다.

우리는 지금 빈민가의 뒷동네에 있었다. 이곳이 뒷동네라고 불리는 이유는 큰길에서 떨어져 있기 때문이었다. 서른에서 마흔 채쯤 되는 조잡한 공동주택이 부지 하나에 서너 채씩 마구잡이로 쑤셔 넣어져 있었고, 정글 속 오솔길처럼 좁고 구불구불한 샛길이 간신히 그 사이를 구분 짓고 있었다. 다 망가진 울타리와 낡은 난간과 말뚝 사이로 펼쳐진 빨랫줄의 미로 복판에는 수천 개의 해지고 탈박거리는 신발로 콘크리트처럼 다져진 황폐한 공터가 있었다. 어디선가 염소 울음소리가 들렸고, 얕은 구덩이 위로 인간의 똥오줌이 찰랑거리는 옥외 변소의 냄새도 났다.

"이 중에 어떤 건물이지?" 그라부아가 초조하게 물었다. 그의 손은 은총알이 장전된 권총이 든 외투 주머니 속에 숨어 있었다.

도브로기누가 얼굴을 찌푸리며 말했다. "이런 지옥 같은 안개 속에서는 1미터 앞도 안 보이는군."

그때 안개 속에서 불쑥 부랑아 넷이 나타났다. 개중에서 가장 나이가 많은 아이는 열 살도 채 안 되어 보였다. 하나같이 땟국에 찌든 헌옷을 입고 헐렁한 바지는 헝겊 조각을 엮어 만든 허리띠로 묶어 치켜 올렸다. 아이들은 순식간에 두 괴물학자를 에워싸더니 외투 자락을 잡아당기고 손바닥을 내밀면서 귀에 거슬리는 불협화음으로 일제히 외쳤다. "돌라르? 돌라르, 파네? 돌라르, 돌라르?"*

"오냐, 오냐." 그라부아가 성마르게 대꾸했다. "아노, 아노."

그는 몰려드는 손바닥에 동전들을 나눠 주더니 지갑에서 5달러짜리 지폐를 꺼내 가만히 들어 올렸다. 아이들이 깜짝 놀란 표정으로 교회의 쥐새끼마냥 숨을 죽였다.

---

* 체코어로 "선생님, 돈 주세요."

"즈나스 노바코바?" 도브로기누가 물었다. "크데 지예 노바코바?"*

그 이름을 듣자마자 아이들은 돌연 숙연해졌고, 방금까지 보이던 탐욕은 공포와 두려움으로 돌변했다. 아이들은 재빨리 성호를 그었고 두 명은 손가락으로 악마의 눈을 쫓는 문양을 만들어 보였다.

"우피르! 우피르!"

"크도 예 스타테치니." 도브로기누가 날카로운 목소리로 물었다. "크도 메 베즈메 도무?"**

세 아이는 발을 꼬무락거리며 바닥에 시선을 내리깔았지만, 한 소년이—가장 크지도 않고 나이가 가장 많지도 않은—한 발짝 앞으로 나섰다. 소년의 얼굴은 핼쑥했고 광대뼈는 불룩 튀어나왔으며 눈빛은 강렬했다. 그는 최대한 용감한 척하려 했지만 자신도 모르게 목소리가 떨리고 있었다.

"네보임 세." 그가 말했다. "베즈무 바스."***

소년이 그라부아의 손에서 지폐를 낚아챘다. 지폐는 순식간에 그의 더러운 옷 어딘가에 숨어 있는 비밀 주머니로 사라졌다. 그의 동료들은 그림자 속으로 녹아 사라져 버렸고 우리 넷은 허름한 건물로 둘러싸인 민둥한 섬 같은 공터에 우두커니 남겨졌다.

우리의 새로운 안내인은 빨랫줄과 울타리의 어지러운 소용돌이 사이로 뱀처럼 구불구불 난 길을 따라 정확한 발걸음으로 우리를 인도했다. 이곳은 그의 세계였고, 지구 상 모든 빛의 입자가 별안간

---

* 체코어로 "노바코바가 어디 사는지 알아?"

** 체코어로 "그 집으로 우리를 데려다줄 용기 있는 사람?"

*** 체코어로 "나는 안 무서워요. 내가 데려다줄게요."

실종된다고 해도 그는 칠흑 같은 어둠 속에서 가고자 하는 길을 찾아낼 수 있을 것이다.

소년이 한 건물의 뒷면에서 발을 멈췄다. 뒷동네의 다른 모든 건물들처럼 비상구로 위장한 허물어져 가는 계단이 지그재그 모양으로 지붕까지 이어져 있고, 다른 모든 건물들과 똑같이 망가진 난간으로 둘러진 이른바 발코니라고 부르는 다 휘어진 발판이 층층마다 붙어 있었다.

"노바코바." 소년이 속삭이며 건물을 가리켰다.

"몇 층인데?" 도브로기누가 물었다. "야키 파트로? 어느 플랫이냐? 크테리 비트?"

소년은 말이 없었다. 그저 손바닥을 내밀었을 뿐이다. 그라부아가 커다랗게 한숨을 내쉬더니 다시 5달러짜리 지폐를 건네주었다.

"베 에트브르템 파트레. 포슬레드니 드베르제 블레보." 소년의 표정이 매우 진지해졌다. "니크도 탐 네니."*

도브로기누가 얼굴을 찌푸렸다. "니크도 탐 네니? 그게 무슨 뜻이지?"

"뭐라고 하는 겁니까?" 그라부아가 물었다.

소년이 손가락으로 음침하게 서 있는 공동주택을 가리켰다. "우피르." 그러고는 손가락을 세워 허공을 할퀴면서 이를 드러냈다. "토무 데드 파트리."

"이젠 우피르의 것이라고 하는 걸세."

---

* 체코어로 "4층으로 가서 복도 끝 왼쪽에 있는 집이에요. 거기 아무도 없어요."

소년이 고개를 열심히 끄덕였다. "우피르! 우피르!"

"우피르?" 그라부아가 물었다. "그 우피르라는 게 대체 뭡니까?"

"흡혈귀라네." 도브로기누가 대답했다.

"아! 이제야 뭐가 좀 나오는군요."

"저 건물은 비었어." 도브로기누가 말했다. "이젠 우피르의 것이 되었다고 하는군."

"그래요? 그럼 우린 시간 낭비를 하고 있는 거군요. 가서 폰 헬룽에게 보고합시다. 투 드 수트,* 밤이 되기 전에요."

도브로기누가 소년에게 다시 질문을 하러 몸을 돌렸지만 아이는 벌써 사라지고 없었다. 소년은 나타났을 때와 마찬가지로 차가운 안개 속으로 순식간에 자취를 감췄다. 한동안 아무도 입을 열지 않았다. 그라부아는 마음을 굳혔지만 나이 많은 괴물학자는 돌격과 퇴각 사이에서 갈등하고 있었다. 그의 눈앞에는 감질나면서도 골치 아픈 단서가 놓여 있었다. 렙토 루르코니스라고도 해석할 수 있는, 우피르의 것이 되었다는 텅 빈 건물. 하지만 그는 우리의 안내자가 딱 받은 돈만큼의 값어치만 한 건 아닌지 미심쩍었다. 5달러만 더 줬다면 소년은 우리에게 그 건물의 지하실에 지옥으로 가는 계단이 있다는 사실을 알려 줬을지도 모른다.

"아이가 거짓말을 했을 수도 있네." 그가 중얼거렸다. "어쩌면 건물이 정말로 버려진 게 아닐 수도 있고."

"불이 켜진 집이 하나라도 보입니까?" 그라부아가 물었다. "제 눈

---

* 프랑스어로 "지금 당장."

엔 안 보이는데요. 무슈 헨리, 네 눈은 아직 젊지. 불 켜진 창문이 보이니?"

보이지 않았다. 앞뜰에 놓여 있는 모닥불 통에서 이글거리는 불꽃이 검은 유리창 위에 희미하게 반사되고 있었을 뿐이다.

"등불도 없잖습니까." 그라부아가 지적했다. "불이 없는데 무슨 수로 조사할 겁니까? 기껏해야 발이나 걸려 넘어지겠죠."

"아직 해가 떨어지지도 않았잖나." 도브로기누가 응수했다. "어두워지려면 아직 몇 시간 남았네."

"'어둡다'라는 개념에 대해 우리 의견이 일치하지 않는 거 같은데요. 그럼 무슈 헨리에게 맡깁시다. 네 의견은 어떠냐, 윌?"

어른들이 내 의견을 묻는 경우는 극히 드물었기 때문에, 나는 입에서 대답이 흘러나올 때까지 나한테 의견이라는 게 있는지조차도 몰랐다.

"들어가 보는 게 좋겠어요. 뭐가 있는지 알아봐야 하니까요."

우리는 건물 뒤쪽에 있는 계단을 삐걱거리며 올랐다. 도브로기누가 한 손을 망토 안에 숨긴 채 앞장섰다. 안 보이는 손은 틀림없이 리볼버를 굳게 쥐고 있었을 것이다. 그다음에는 내가 불안한 마음을 달래기 위해 나이프의 손잡이를 만지작거리며 뒤를 따랐다. 제일 뒤에 선 그라부아는 프랑스어로 욕지거리처럼 들리는 것을 중얼거리고 있었다. 한두 번은 '펠리노어'라는 단어가 들리기도 했다.

층계는 무서울 정도로 불안했다. 조심스럽게 한 발짝을 내디딜 때마다 뒤뚱뒤뚱 심하게 흔들렸고, 낡은 나무판자는 소심하게 끽끽거리며 반항했다. 마지막 4층 계단참에 이르자 도브로기누가 리볼버를 든 손을 내민 채 문을 살짝 밀어 열었고, 우리는 그 뒤를 따랐다.

좁고 음침한 복도가 건물을 가로지르고 있었다. 벽에는 수십 년 쌓인 더께가 내려앉아 있고 바닥은 물 얼룩과 그보다 어두운색의 정체를 알 수 없는 자국으로 가득했다. 소변이나 배설물 자국인지도 몰랐다. 복도가 고약한 냄새로 진동했기 때문이다. 그리고 삶은 양배추와 담배, 나무 타는 연기, 특히 절망과 좌절의 냄새가 흐르고 있었다.

건물 안은 굉장히 춥고, 섬뜩하리만큼 적막했다. 우리는 한동안 꼼짝도 하지 않고 우두커니 서 있었다. 생명의 흔적이라고는 잔뜩 긴장한 귀에 들리는 우리 자신의 가쁜 숨소리뿐이었다. 아무것도 없었다. 도브로기누가 속삭였다. "제일 끝 왼쪽에 있는 문이네."

"윌 헨리더러 갔다 오라고 하죠." 그라부아가 우겼다. "제일 작고 발도 가볍잖습니까. 우린 여기서 기다리면서 뒤를 엄호하고요."

도브로기누가 두꺼운 회색 눈썹을 꿈틀대며 그를 노려보았다.

"자네는 어떻게 괴물학자가 된 건가, 그라부아?"

"집안의 압박과 사회성 부족의 결합이랄까요."

도브로기누가 끙 하고 앓는 소리를 냈다. "따라오려무나, 윌. 그라부아, 원한다면 자네는 여기 있게. 하지만 계단을 감시하는 건 잊지 말고!"

우리는 천천히 복도를 전진했다. 중앙계단은 오른쪽에 있었다. 건물의 유일한 빛은 비상구에서 나오고 있었는데 거기서 멀어질수록 점점 더 어두워졌다.

누더기 더미를 넘어간 도브로기누가 내게 걸려 넘어지지 않게 조심하라며 손가락으로 가리켜 보였다. 다음 순간 나는 놀랍게도 그것이 움직이고 있다는 것을 깨달았다. 누더기 천에 태어난 지 수개월밖에 안 되어 보이는 갓난아기가 칭칭 싸매여 있었다. 아직 이도 나지 않은 입이 크게 벌어지더니 소리 없는 울음을 처량하게 뱉어 냈다. 검은 눈이 쉴 새 없이 두리번거리고 막대기처럼 가느다란 팔이 공중에서 바르작거렸다.

나는 도브로기누의 소맷자락을 잡아당기고 갓난아기를 가리켰다. 놀란 그의 눈썹이 하늘 높이 치켜 올라갔다.

"살아 있는 거냐?" 그가 속닥였다.

나는 버림받은 아이 옆에 쪼그려 앉았다. 자그마한 손이 내 손가락을 꼭 잡았다. 야윈 얼굴 한가운데 박혀 있는 큼지막한 눈은 하릴없이 내게 못 박혀 있었다. 아기가 순수한 호기심을 빛내며 내 손가락을 힘주어 쥐었다.

"가까운 데 부모가 있을 거다." 도브로기누가 말했다. "내버려 두고 어서 오너라, 윌."

그는 나를 일으켜 세웠다. 내가 손을 잡아 빼는데도 아기는 울지 않았다. 울 만한 힘이 없거나, 아니면 아파서였는지도 모른다.

도브로기누는 계속 복도를 따라갔지만, 나는 그 자리에서 꿈쩍도 하지 않았다. 나는 발치에 놓여 있는 갓난아기를 내려다보았다. 도저히 움직일 수가 없었다. 그동안 얼마나 내 가엾은 운명을 한탄했던가. 부모님의 갑작스러운 죽음과 괴짜 천재 과학자를 섬겨야 하는 내 처지가, 그가 평생을 바친 어둡고 무시무시한 사명 때문에 나까지 온갖 위험하고 가혹한 일을 겪으며 생명의 위협을 무릅써야 하는 삶이 얼마나 억울했던가. 하지만 삶은 양배추와 오줌 냄새가 진동하는 더러운 복도에 버려진 이 굶주린 갓난아기와 비교하면 어떤가? 과연 내가 진정한 고통을 알기나 하는 것일까?

"왜 그러느냐?" 도브로기누가 물었다. 그는 어깨 너머로 돌아보고는 내가 아직도 그 자리에 못 박혀 있는 것을 보았다.

"이렇게 내버려 둘 수는 없어요." 내가 말했다.

"애를 데려갔다가 나중에 부모가 나타나기라도 하면 어쩌려고? 내버려 둬라, 월."

"신부님한테 데려가면 되잖아요." 내가 말했다. "신부님이라면 어떻게 해야 할지 아실 거예요."

서서히 모여드는 밤기운 속에서, 아기의 검은 눈동자가 내 눈을 찾아 두리번거리는 것이 보였다.

우리와 우리의 사냥감을 가르는 경계는 매우 모호하다네. 그러니 우리는 절대로 인간성을 잃어서는 안 돼.

내 영혼은 고뇌했다. 두 개의 커다란 바위 사이에 꼼짝없이 끼여 이도 저도 못 하고 있었다.

도브로기누는 벌써 복도 끝에 도착했다. "월!" 그가 나지막이 불렀다. "놔두고 와라!"

나는 입술을 깨물며 아기를 타고 넘었다. 내가 도대체 무엇을 할 수 있겠는가? 아기의 고통은 나와 아무 상관도 없었다. 나를 만나든 말든 어차피 아기는 이 춥고 지저분한 복도에 놓여 있을 운명이었다. 그래서 나는 그 젖먹이를 타고 넘었다. 그렇게 그 가엾은 아기에게 등을 돌리고, 그냥 내버려 두었다.

아기는 울지 않았다. 나는 그 눈 속에서 야생의 숲에서 본 것과 똑같은 생기 없고 무심한 무기력함을 보았다. 호크 경사가 사라진 날, 어두운 허공을 바라보던 그의 공허하고 굶주린 눈빛, 뭐라 표현할 수 없는 그 고통스러운 갈증이 담긴 눈빛처럼.

도브로기누가 문을 두드리며 사람을 불렀다. 소리가 좁은 벽 사이를 사방으로 튀어 다녔다. 어둠 속에서는 으레 그렇듯이, 유난히 소리가 크게 울리는 것 같았다. 한참을 기다렸지만 아무도 대답하지 않았다. 그는 손잡이를 돌려 보았다. 끼익 소리와 함께 문이 열렸다.

"계십니까?" 나이 든 괴물학자가 말했다. "예 네크도 도마?" 그는 권총을 뽑아 들었다.

노바코바 일가가 살던 플랫은 비참한 셋방살이의 전형적인 모습을 띠고 있었다. 벽은 갈라진 금으로 가득하고 회반죽은 부스러져 떨어지고 있었다. 천장은 얼룩투성이에 바닥은 발을 디딜 때마다 반항하듯이 신음했다. 하지만 방은 깨끗했고, 우중충한 분위기를 어떻게든 밝게 만들려고 밝고 화사한 싸구려 풍경화를 걸어 놓았다. 눈부신 빛깔의 수선화와 백합이 가득한 꽃밭이 누추한 방을 비웃고 있는 것 같은 그 모습은 가슴이 아플 정도로 애처로웠다. 거의 잔인하게 느껴질 정도였다.

기다란 쪽 벽에는 긴 탁자와 의자가 붙어 있었다. 탁자 밑에는 벽을 따라 담뱃잎이 담긴 커다란 광주리가 줄지어 늘어서 있었다. 이곳에서, 아네즈카와 그 부모는 미국 상업세계의 거대한 메커니즘에 맞춰 등을 구부리고 쥐가 나서 움직이지도 않는 손가락으로 토머스 번스 경감 같은 사내의 입에 물려질 시가를 말았다.

방이 한 개 더 있었다. 추레한 천을 걸어 첫 번째 방과 갈라 놓았는데, 잠만 자는 비좁은 방으로 뭉친 옷가지와 구겨진 침대시트가 어지러이 흩어져 있었다. 방 한쪽 귀퉁이에서 인형 하나가 고개를 빠끔히 내밀고 있었다. 등 뒤 창문으로 새어 들어오는 희미한 햇빛 속에서 밝은 눈이 반짝였다.

"다들 어디 간 걸까요?" 내가 속삭였다.

"아이를 찾으러 갔으려나." 도브로기누가 말했다. 대답이라기보다 질문에 가까운 어조였다.

"여기 사는 사람들 전부요?"

그는 고개를 가로젓고 몸을 돌렸다. 내 어깨를 톡톡 두드리더니 탁자 위에 놓인 등불을 가리켰다. 나는 대번에 그가 하고자 하는 말을 이해했다. 등불에 불을 밝히자, 도브로기누가 말했다.

"건물을 뒤져 봐야겠다. 꼭대기에서 1층까지 집집마다 문을 두드려 보자꾸나……. 이런 고약한 날씨에도 불구하고 달아났거나…… 그럴 이유는 한 가지뿐이겠지. 아니면 겁을 집어먹고 집 안에 틀어박혀 있을 게다. 어쨌건 알아낼 방법은 하나뿐이다. 가자, 윌!"

우리는 노바코바의 셋방에서 나왔다. 나는 갓난아기를 찾아보았지만 아기는 어디론가 사라지고 없었다. 도브로기누도 알아챘다.

"적어도 누군가는 여기 있군." 그가 말했다.

비상구로 시선을 돌린 그가 숨을 헉 들이켰다. "비겁한 겁쟁이 자식!" 그가 작게 으르렁거렸다.

복도의 갓난아기와 함께, 그라부아가 사라졌다.

도브로기누가 비상구 문을 밀어젖히고 밖으로 나갔다. 그는 허물어지는 난간에 몸을 기대고 안뜰을 내려다보았다.

"쓸모없는 놈 같으니." 그가 중얼거렸다. "천하에 쓸모없는 놈!" 그는 낙심하여 고개를 저었다. "이제 어떻게 해야 할까." 그가 중얼거렸다. "어떻게 해야 할까."

그때 아래층에서 뭔가가 부서지는 듯한 요란한 소리가 났다. 잠시 후, 뭔가 크고 무거운 물건이 나무계단 위로 굴러떨어지는 듯한 소리가 들렸다. 쿵쿵쿵. 도브로기누가 주머니에서 총을 잡아 꺼내더니 나이 든 팔다리를 신속하게 놀려 계단참으로 달려갔다. 나는 몇 발짝 뒤에서 그를 따랐다. 정체 모를 추락이 만들어 낸 메아리와 공명하듯이, 귓전에서 쿵쿵쿵 심장 뛰는 소리가 격정적으로 울렸다. 내가 든 등불의 빛은 깊은 어둠과 뒤엉켜 분투했지만 결국 굴복시키는 데 실패하고 고작 몇 발자국 앞을 밝히는 데만 급급했다. 도브로기누가 내 어깨에 손을 얹었다.

"여기 있어라." 그가 속삭였다. 그는 내 손에서 등불을 받아 들고 3층 계단참으로 향했다. 그는 총을 몸 앞에 세운 채 모퉁이를 돌았고, 마룻바닥에 끌로 새긴 것처럼 선명한 그림자도 이내 내 시야에서 사라졌다. 등불 빛이 점점 사라져 갔다.

"오, 안 돼." 그의 망연자실한 목소리가 내 귀로 날아왔다. "오, 안 돼."

나는 빛을 따라 층계를 내려갔다. 반쯤 내려갔을 때, 나는 도브로기누가 계단 위에 주저앉아 있는 것을 발견했다. 그는 등을 벽에 바짝 붙인 채, 품에는 다미앵 그라부아의 생명 없는 몸뚱이를 부여안고 있었다. 그라부아의 새하얀 셔츠는 갓 터진 동맥혈에 젖어 번들거렸고 늘 명랑했던 얼굴은 복도의 젖먹이를 감싸고 있던 더러운 강보에 덮여 가려져 있었다. 그리고 그의 뺨 위에서는 눈구멍에서 뽑혀 나온 안구가 시신경에 붙어 대롱거리고 있었다.

"그를 찾았다." 도브로기누가 말했다. 너무나도 명백하여 굳이 입 밖에 낼 필요조차 없는 사실을.

그는 시신을 계단 위에 내려놓고 벽을 지렛대 삼아 가까스로 발에 힘을 주고 일어섰다. 나는 층계에 놓여 있는 등불을 움켜쥐었다.

"이제 어떻게 하죠?" 자그맣게 속삭였지만, 나도 모르게 움찔할 정도로 목소리가 커다랗게 울렸다.

"우리가 배운 대로 해야지." 그는 단호한 말투로 전에 토랜스가 한 말을 읊었다. 회색 눈이 사납게 이글거렸다. 그가 계단 아래쪽을 향해 고함을 질렀다. "챈러!" 그러더니 실제 나이의 절반도 안 되는 젊은이처럼 날렵하게 몸을 날려 밑으로 뛰어 내려갔다. 나는 1층에 이르러서야 그를 따라잡을 수 있었다. 그는 중간에 멈춰 서서 귀를 쫑긋 세우고 있었다.

"방금 그 소리 들었느냐?" 그가 물었다.

나는 고개를 저었다. 우리 자신의 거친 숨소리와 어디선가 수도 꼭지에서 물방울이 떨어지는 소리 말고는 아무것도 들리지 않았다. 그리고 바로 다음 순간, 나는 들었다. 부드럽고 구슬픈, 갓난아기의 울음소리를 들었다. 그것은 어디에서든 나는 것 같았고, 아무 데서도 나는 것 같지 않았다.

"놈이 아기를 데려갔구나." 도브로기누가 속삭였다. 그는 지하실로 이어지는 계단을 훔쳐보았다. 그리고는 초조한 듯 혀로 입술을 축였다. 마음속으로 갈등하고 있는 것 같았다. "놈이 저 밑에 있을 것 같으냐?"

최대한 빨리 결정을 내려야 했다. 만일 우리가 잘못된 선택을 한다면, 만약에 그가 아기를 1층으로 데려갔고 우리가 잘못된 길을 택한다면, 아기는 틀림없이 죽을 터였다. 수십 년의 풍부한 경험을 지닌 도브로기누마저도 선뜻 결정을 내리지 못하고 있었다.

"따로따로 가야 할 것 같아요." 그는 내 말에 대답하지 않았다. "제 말 듣고 계세요?"

"그래, 그래." 그가 중얼거렸다. "자, 받아라." 그는 그라부아가 갖고 있던 자개장식 권총을 내 손에 쥐여 주었다. 그러고는 우리의 발밑에 있는 암흑을 향해 고개를 끄덕였다. "등불도 네가 가져가렴, 윌. 여기는 견딜 만하니까."

그래서 나는 내려갔다. 아래로. 혼자서.

계단은 비좁았다. 썩은 벽이 양옆에서 죄어들었다. 지독한 악취가 나를 맞이했다. 하수구에서 나는 냄새였다. 하수관이 터졌는데도 수리를 하지 않아 지하실이 오물 구덩이로 변해 있었다. 냄새가 내 모든 감각을 압도했다. 계단을 반쯤 내려갔을 즈음에는 헛구역질이 절로 올라왔다. 목구멍은 뜨겁고 속은 울렁거렸다. 아래쪽은 고요했고, 그래서 나는 대담해졌다. 왜냐하면 그건 그가 여기 없다는 뜻일 테니까. 그렇지만 사실을 확인하려면 직접 내려가는 수밖에 없었다.

바닥에는 더러운 물이 거의 반 미터나 고여 있고 표면에는 연녹색의 흐물거리는 역겨운 것들이 덮여 있었다. 부서진 판자 조각—나무통의 잔해들—이 썩은 물웅덩이 위를 둥둥 떠다녔다. 아래를 보니 내 발 옆에 엄청나게 커다란 들쥐 시체가 떠다니고 있었다. 퉁퉁 불어 썩은지라 가죽은 거의 벗겨졌고 눈은 뭔가가 벌써 파먹었다. 소리 없는 괴성을 지르며 살짝 벌어진 입가에서 싯누런 이빨이 번득이는 게 보였다.

나는 더러운 수면이 찰랑거리는 마지막 계단 위에서 발을 멈추고 등불을 높이 쳐들었지만 어둠을 몰아내는 데에는 실패했다. 지하실 반대쪽은 무저갱처럼 깜깜하고 무시무시한 암흑에 잠겨 있었다. 방금 움직인 게 뭐지? 판자때기? 오래된 병? 지저분한 더께이로 덮인 수면이 출렁거렸다. 냄새나는 검은 물 위로 나무판자가 요동쳤다. 어디선가 물방울이 똑똑 떨어지는 소리가 들렸다.

나는 몸을 돌렸다. 지하실에는 아무것도 없는 게 분명했다. 하지만 곧 머릿속에서 누군가의 목소리가 들렸다. 내 스승의 목소리였다.

잘 생각해 봐라, 윌 헨리! 저 물을 보면 무엇을 알 수 있지?

나는 머뭇거렸다. 어서 빨리 여기서 나가야 했다. 이 더러운 오물구덩이에서는 숨을 쉴 수조차 없었다. 챈러는 여기 없었다. 갓난아기도 여기 없었다. 도브로기누한테는 내 도움이 필요할 것이다.

그렇지만 목소리는 끈질겼다. 물, 말이다, 윌 헨리. 물을 봐라.

나는 뒷걸음질로 층계를 오르기 시작했다. 도브로기누를 불러야 할까? 혹시 그도 벌써 그라부아와 똑같은 운명을 맞이했고, 다음은 내 차례인 건 아닐까?

윌 헨리, 물 말이다…….

좀 닥쳐! 나는 속으로 버럭 소리를 질렀다. 난 도브로기누 박사님을 찾아야 한단 말이야…….

나는 물웅덩이로부터 약 2미터 위에서 멈춰 섰다. 그러고는 몸을 돌렸다. 죽은 쥐의 텅 빈 눈구멍이 나를 쏘아보고 있었다.

"물이 움직이고 있어." 나는 죽은 쥐에게 말했다. "왜 움직이는 거지?"

머릿속 목소리가 조용해졌다. 마침내 내가 두 귀 사이에 있는 중요한 기관을 사용하기 시작한 것이다.

뜨거운 눈물 때문에 두 눈이 따끔거렸다. 고약한 냄새 때문이기도 했지만, 실은 드디어 깨달았기 때문이었다. 나는 왜 물이 출렁거리는지 알았다. 그리고 왜 울음소리가 들리지 않는지도 알았다.

등불은 내 주위로 빛의 고리를 형성하고 있었다. 나는 쓰레기로 가득한 오수를 힘겹게 헤치며 지하실 안으로 걸어 들어갔다. 미끌미끌한 돌바닥 위로 발이 미끄러졌다. 장화 속에 물이 스며드는 게 느껴졌다. 죽은 쥐가 내 무릎을 코끝으로 쿡쿡 찔렀다.

지저분한 물웅덩이에 둥둥 떠다니고 있는 것은 병도 아니고 썩은 판자도 아니었다. 내가 손을 내밀어 뻗은 순간 발이 미끄러져 나는 외마디 비명을 지르며 넘어졌고, 그 바람에 총을 놓치고 본능적으로 오른손으로 바닥을 짚었다. 다행히도 등불을 든 왼손은 수면 위로 치켜들 수 있었다. 그 불빛 아래로, 수면 위를 정처 없이 떠돌고 있는 것이 보였다. 갑자기 온 세상이 사라진 것 같았다. 갓난아기의 얼굴이 거기 있었다. 나머지 몸뚱이는 누리끼리한 더께 밑에 가라앉아 있었다. 나는 몸을 일으켰다. 털썩 무릎을 꿇었다. 콜록거리고, 헛구역질을 하고, 흐느꼈다. 짐승이 내 소리를 듣든 말든 아랑곳하지 않았다. 지금 내 눈에 보이는 것이라고는 오로지 그 얼굴, 더럽고 흐물거리는 침전물에 덮인 아기의 얼굴뿐이었다. 텅 빈 눈구멍이 허공의 검은 심연을 응시하고 있었다.

그렇게 둘 수는 없었다. 이렇게 버려 둘 수는 없다. 나는 아기를 향해 손을 뻗었다.

내 손가락이 아기의 뺨을 스쳤다. 얼굴이 물 아래로 가라앉았다 다시 떠올랐다. 마치 닻 없는 배처럼 유유히 몸을 돌리며 방향을 바꿨다.

그리고 그제야 나는 알았다. 나는 아기를 찾았다. 그렇지만 아기의 전부를 찾은 것은 아니었다. 내가 찾은 것은 얼굴뿐이었다.

"오, 안 돼." 나는 울먹였다. 방금 전에 도브로기누가 그랬듯이, 우리가 숲에서 길을 잃었다는 사실을 깨달았을 때 워스롭 박사가 그랬듯이, 시공간을 초월한 만인공통의 절규를 내뱉었다. "안 돼."

신부님한테 데려가면 되잖아요. 신부님이라면 어떻게 해야 할지 아실 거예요.

나는 그렇게 말하고는 이 어린 젖먹이를 추위 속에, 냄새나고 불결한 복도에 내버려 뒀다. 나는 냉정하게 아기의 몸뚱이를 타고 넘었다. 어차피 내가 할 수 있는 일은 아무것도 없다고 되뇌면서, 아기를 못 본 체했다. 아기의 고통이 나와 아무 상관도 없다고 말하면서.

온통 회색빛으로 가득한 황량한 땅, 검은 짐승들이 배회하는 황폐한 숲 속에서, 한 남자는 어깨 위에 무거운 짐을 지었다. 이건 내 거야! 춥고 적막한 허공에 대고 포효했다. 내 거라고! 박사는 그를 숲으로 보내지 않았다. 그가 떠난 것은 박사의 선택이 아니었다. 그렇지만 박사는 모든 것을 단념하고 무너진 친구를 다시 데려왔다. 기꺼이 자신의 짐을 졌다.

나는 내가 저지른 극악한 범죄의 결과에 넋이 나간 나머지 그 짐승이 접근하는 소리를 듣지 못했다. 뒤에서 물이 부글거렸다. 나무 판자가 허리에 부딪쳤지만, 그것을 느끼지도 못했다. 오물 구덩이 속에서 짐승이 조용히 몸을 일으켜 내 몸 위로 그림자가 드리워졌을 때에도, 나는 보지 못했다. 갓난아기의 텅 빈 시선이 나를 붙들고 있었다. 몸뚱이 없는 얼굴이 나를 놔주지 않았다.

시야 한쪽 구석으로 놈의 팔이 번개처럼 날아오더니 단단한 주먹으로 내 머리를 가격했다. 내 마음속에서 뭔가가 찢겨져 나갔다. 마치 화산이 폭발하듯 격렬하게 솟구쳤다. 등불이 손에서 날아가 날카로운 소리를 내며 지하실 벽에 부딪쳐 깨졌고, 더러운 하수 위로 깨진 파편들이 우수수 떨어졌다. 나는 앞으로 곤두박질치며 심연 속으로 추락했다.

28장

"찾았습니다."

내 이름이 바람에 실려 왔고, 바람은 눈 덮인 도시 위로 불고 있었다. 내 이름과 바람 소리는 다르지 않았다. 나는 바람 안에 있고 바람은 내 안에 있었으며 우리의 발밑에는 가로등의 선명한 금빛 후광이, 지붕에 쌓인 눈덩이가 미끄러져 떨어지는 소리가, 나뭇가지에 매달린 죽은 이파리가 버석거리는 소리가 있었다.

바람의 위쪽은 무척 아름다웠다. 여기서는 괴로움도 고통도 무의미했다. 바람은 인간의 울음소리를 흘려보낸다. 눈 속에 묻힌 도시는 다이아몬드처럼 빛나고, 그 사이를 가로지르는 거리와 길 들은 정확하고 정교했으며, 하나같이 똑같이 생긴 지붕은 빈 캔버스 같았다. 이 적막한 공허함 속에는 완벽함이 존재했다. 사람들은 신이 우리를 굽어본다고 말한다. 저주받은 회색 풍경 위로 비상하는 독수리처럼, 신은 우리를 내려다본다. 신은 아득하고 먼 곳에 존재한다. 인간의 고약한 악취는 그 높은 곳까지 닿지 못한다. 우리의 배신과 시기, 두려움도 우리의 정수리보다 더 높은 곳에는 닿지 못한다.

빛 한 점 없는 지하실에는 인간의 분뇨가 흘러넘치고, 그 안에서 익사한 굶주린 갓난아기의 작은 폐는 600명의 인간들이 먹고 싼 배설물로 가득 차고, 사과 껍질처럼 벗겨진 얼굴 거죽은 단테의 강으로 흘러들어…….

이 세상 모든 신성한 자들이여 대답해 다오, 신은 어째서 지옥을 만들었는가. 이미 여기에 이렇게 존재하고 있는데.

나는 짐승의 품 안에서 깨어났다.

가장 먼저 나를 강타한 것은 냄새였다. 진저리가 날 정도로 달착지근한 살 썩는 냄새. 그러고는 이내 강인한 팔이 나를 꼼짝 못 하게 죄고 있음을 깨달았다. 도브로기누가 계단에서 그라부아를 껴안고 있었던 것처럼 뒤에서 나를 감싸 안고 있었다. 우리가 앉아 있는 바닥은 딱딱하고 차가웠다. 공기는 퀴퀴한 냄새가 났고 지하실처럼 눅눅했다. 깊은 땅속 지하 동굴처럼 주위에 다소 휑한 공간이 느껴졌다.

희미한 빛이 우리를 둘러싸고 있었다. 어디서 나오는 빛인지 알 수가 없었다. 그러다 문득 깨달았다. 눈이야. 놈의 눈이 빛을 내고 있는 거야. 내 숨소리가 들렸고, 놈의 숨소리가 들렸고, 놈의 입 냄새는 무덤에서 나는 것처럼 고약했다. 내 귀 바로 옆에서 내뿜는 숨결이 느껴졌다. 놈의 혀가 부르트고 갈라진 입술을 할짝거리는 소리가 들렸다. 놈이 입을 열었다. 부어올라 둔한 혓바닥에서 침이 튀어 내 목에 내려앉고 옷깃을 적셨다. 한동안 뇌를 사용하지 않아 사고 능력이 퇴화하기라도 한 듯이, 놈은 간단한 단어를 한참 동안이나 어색하게 더듬거렸다.

"우리 이름이 뭐지?"

"당신은…… 당신은 챈러 박사예요."

"우리…… 이름…… 뭐지?"

나도 모르게 다리가 달달 떨리고 있었다. 금세라도 방광이 터질 것 같았다. 나는 곧 속이 텅 빈 시체가 될 것이다.

"모르겠어요…… 당신 이름은 몰라요."

"구츠누트 네흐스트…… 착한 아이다."

뭔가 차고 날카로운 것이 내 귀 바로 아래 부드러운 살갗으로 파고들었다. 피부가 찢어지고 뜨거운 피가 고이는 것이 느껴졌다.

"아프지 않아." 놈이 웅얼거렸다. "마…… 니 마니 아프지는 않아. 그렇지만 피, 피는 아아주 마우니이…… 우우뤼는 눈이 좋아……." 놈은 잠시 말을 멈추더니 딸꾹질을 했다. 말을 하는 것은 놈에게 아주 버거운 일이었다. 굶주린 짐승은 낭비할 에너지가 없다.

"너는 과학자가 되려고 공, 공부하는 중이지, 윌. 과, 과학자처럼 실험을 해 볼 테냐? 우리 좋은 생각이 있어. 네 누, 눈깔을 빼서 거꾸로 넣는 거야. 너, 너 자신을 볼 수 있게. 우리는 진정한 자신을 볼 수가 없잖아. 그렇지, 윌? 거울은 거짓말을 하거든."

놈의 긴 팔이 튼튼한 철근처럼 내 가슴을 옭아맸다. 눈이 어둠에 적응되자 말라빠진 벌거숭이 다리가 내 다리를 양옆에서 가두고 있는 것이 보였다. 피부는 흑연처럼 새까맣고, 곳곳에서 피부가 벗겨져 까져 있었다.

"쇼, 손 내밀어 봐."

"하지 마세요." 나는 울기 시작했다. "제발요."

나는 손을 내밀었다. 놈이 내게 준 선물은 아주 작았다. 내 손바닥에 꼭 맞았다. 자두만 한 크기였는데, 표면은 미끈거리고 약간 끈적거렸다.

"이거 네 거……."

혐오감에 몸서리가 쳐졌다. 그것은 내가 공동주택 복도에 두고 온 갓난아기의 심장이었다. 나는 날카로운 비명을 내지르며 그것을 내던졌다.

"바…… 바보 같은 꼬마. 아깝잖아."

놈이 침이 줄줄 흐르는 입을 내 귀에 가져다 댔다. "우리가 무엇을 주었지?" 놈의 팔이 내 가슴을 조이며 폐를 짜부라뜨렸다. 숨을 쉴 수가 없었다. "우리가 무엇을 주었지?"

나는 말을 할 수가 없었다. 목소리를 낼 공기가 남아 있지 않았다. 그저 가까스로 고개를 아주 약간 가로저었을 뿐이다.

"뭐…… 뭐……." 놈은 나만큼이나 숨 쉬기가 힘든 것 같았다. "위대한 사랑이 뭐지? 어떠게 생겼지?"

놈의 팔에서 힘이 약간 빠졌다. 나는 황급히 악취로 가득한 공기를 들이마셨다. 고개가 앞으로 떨어졌다. 짐승이 내 머리카락을 쥐고는 뒤로 거칠게 잡아당겼다. 날카롭고 뾰족한 손톱이 내 머리 가죽을 지그시 눌렀다.

"사랑의 얼굴을 보고 쉬니, 윌? 그럼 우릴 봐, 우릴 봐."

놈이 내 뺨을 손톱으로 찌르며 목에서 뚝 소리가 날 때까지 억지로 내 얼굴을 돌렸다. 얼굴을 너무 가까이 들이대는 바람에 눈앞의 형상이 일그러져 보였다. 나는 순간적으로 내 눈에 비친 영상을 제대로 인식하지 못했다. 마치 번쩍이는 조명 속에서 언뜻언뜻 이미지가 스쳐 지나가는 것 같았다. 내가 가장 먼저 본 것은 역겨운 호박색으로 빛나는 커다란 눈이었고, 그다음은 군침이 흐르는 입, 다음은 피로 얼룩진 턱이었다. 무엇보다 충격적이었던 것은 놈의 얇고 평평한 모습이었다. 마치 몸속의 모든 뼈가 머리로 옮겨 가 버린 것 같았다. 몸통의 윤곽선이 없어서 처음에는 알아보지도 못했다. 뼈는 우리의 겉모습을 형성하는 데 아주 큰 영향을 끼친다.

하지만 나는 그 얼굴을 자주 보았더랬다. 부드럽게 어루만지는 모닥불 옆에서, 11월 오후의 차가운 겨울 빛 아래서, 화려한 무도회장 샹들리에 아래에서 함께 춤을 췄을 때 그 아름다운 초록색 눈동자는—지금은 사악한 주황색으로 빛나는—당당함을 뽐내며 풍요로움으로 넘치고 있었다.

이 짐승이 그녀의 얼굴을 취했다. 모락모락 김을 내뿜는 오물 언덕 위에서, 그는 그녀의 얼굴을 벗겨 자신의 남은 자투리 위에 덮어 씌웠던 것이다.

"우뤼가 보여, 윌? 이게 봐로 샤랑의 얼구리지."

나는 안간힘을 다해 놈의 손아귀에서 고개를 빼내 돌려 버렸다. 턱 아래 살갗이 놈의 손톱에 걸려 찢어졌다. 놈이 내 피를 손가락에서 쪽 빠는 소리가 들렸다.

"너한테는 재능이 있서, 윌. 아주, 아주, 좋은 제자. 우리 걸로 만들고 싶어. 너 우리 제자가 될래? 그 아기로 시작하면 되겠다……."

뭔가가 내 셔츠를 잡아당기기 시작했다. 단추가 뜯겨져 공중으로 날아갔다. 그러고는 하나 더, 또 하나 더. 맨살에 차가운 금속이 느껴졌다. 아니, 정말로 금속인 걸까? 방금 저 짐승이 숲에서 자기 이빨로 물어뜯은 내 상처에 칼날을 찌른 건가? 아니면 독수리의 갈고리발톱처럼 날카로운 그 손톱인 걸까? 차마 고개를 돌려 확인할 배짱이 없었다.

"너무나도 황홀한 그 느낌……." 놈이 신음했다. "너 건방진 녀석, 그걸 버렸어. 우리 선물을. 넌 몰라. 그게 얼마나 근사한지…… 아직 두근두근할 때 한 입 꽉 깨물면 입속으로 피가 꿀렁꿀렁 밀려드는데……."

내 피부가 잘려 갈라지는 것이 느껴졌다. 따뜻한 핏줄기가, 그 손가락 끝이 상처 속으로 스멀스멀 파고드는 것이 느껴졌다. 저 더듬거리는 손가락 끝에서 몇 센티미터도 떨어지지 않은 곳에서 내 심장이 고동치며 뛰고 있었다.

"정말 황홀해……." 놈이 내 귀에 대고 탐욕스럽게 웅얼거렸다. "꼭 네 주근 엄마의 젖을 빠는 것같이……."

놈이 갑자기 동작을 멈췄다. 귓가에서 놈이 숨을 헐떡였다. 온몸이 순식간에 얼어붙었다. 내 이름을 부르는 소리를 들은 것이다. "윌 헨리! 윌 헨리이이이이이이이이이!"

워스롭 박사였다.

짐승은 내가 인형이라도 되는 것처럼 갑자기 바닥에 내팽개치고는 무시무시한 속도로 방 밖으로 뛰쳐나갔다. 나는 벽에 부딪쳐 바닥으로 굴러떨어진 후, 한참 동안 그렇게 꼼짝도 못 하고 누워 있었다. 너무 세게 부딪쳐서 움직일 수가 없었다. 나는 울음을 터뜨렸다. 흐느낌에 목이 메어 기껏해야 개미 새끼마냥 기어드는 목소리만 흘러나왔다.

"박사…… 박사님…… 놈이 가고 있어요…… 놈이 가고 있어요……."

나는 바닥을 기며 어둠 속을 무작정 더듬었다. 손끝에 벽이 닿자 거기에 팔을 짚고 힘겹게 몸을 일으켜 세웠다. 나도 모르게 몸이 휘청거렸지만, 음산한 기운이 반대쪽으로 세게 밀친 것처럼 다시 바로 섰다. 나는 해수욕장에서 거센 파도를 정면으로 헤치며 나아가는 사람처럼 움직였다. 미약한 빛이 눈에 들어왔다. 문이 어디 있는지 알아볼 수 있을 정도의 빛이었다. 나는 입구를 향해 돌진했고, 다음 순간 좁은 복도에 나와 있었다. 벽을 따라 줄줄이 쌓여 있는 상자와 궤짝에 글자가 새겨져 있었다. 'SASM. 뉴욕.'

놈은 나를 워스롭이 경애해 마지않는 연인의 집으로 데려왔다. 이곳은 몬스트러마리움이었다.

빛은 나를 구하러 온 사람의 손에 들린 등불에서 나오고 있었다. 어둠 속에서 손짓하는 그 등대를 향해, 나는 달렸다. 비틀거리며 갈지자로 걷는 것을 그렇게 부를 수 있을지는 모르겠지만 말이다. 이리저리 벽에 부딪치고 탑처럼 높이 쌓인 상자 더미를 무너뜨리며, 나는 간신히 속삭임에 가까운 소리를 낼 수 있었다.

"놈이 가고 있어요……. 가고 있어요……."

궤짝 모서리에 발이 걸렸다. 나는 앞으로 고꾸라지며 콘크리트 바닥에 이마를 찧었다.

갑자기 땅바닥이 컴컴한 입을 벌리는가 싶더니 다음 순간 나는 추락하고, 또 추락하고 있었다. 그의 이름을 소리쳐 부르면서, 아니 아마도 머릿속으로 그의 이름을 소리쳐 부르면서.

놈이 가고 있어요! 가고 있어요!

어깨에 누군가의 손이 닿는 게 느껴졌다. 수천 개의 태양보다도 더 밝은 빛이 밀려와 눈앞을 가렸다. 나는 더 이상 추락하고 있지 않았다. 박사가 나를 붙잡아 끌어 올리고 있었다.

그가 나를 와락 껴안고 간절하게 내 이름을 불렀다. 나는 그에게 경고하려고 했다. 안간힘을 다해 노력했다. 뭐라고 해야 할지도 알고 있었다. 머릿속에서는 벌써 큰 소리로 외치고 있었다. 놈이 가고 있어요. 그렇지만 말이 나오지 않았다.

"그는 어디 있니, 윌 헨리? 존은 어디 있어?"

내가 대답하지 않자, 그가 고개를 들고 외쳤다.

"여기요! 찾았습니다! 여기 있어요!"

그가 다시 나를 보며 물었다.

"그가 여기 있니, 윌 헨리? 존이 여기 있어?"

나는 그의 어깨 너머로 시선을 던졌다. 그러고는 보았다. 박사가 사랑하는 여인의 얼굴 속에서 노란 눈이 나를 응시하고 있었다. 박사의 등 뒤에서 짐승이 몸을 일으켰고, 머리 꼭대기가 천장을 스쳤다. 흡사 성난 어린애가 고장 난 장난감을 집어던지는 것처럼, 놈이 거대한 손톱을 휘둘러 내 스승의 목을 움켜쥐고는 복도로 내팽개쳤다.

워스롭이 바닥에 등을 부딪치며 고통스러운 신음 소리를 냈다. 리볼버를 꺼내 들었지만 발사하지는 않았다. 그가 왜 그랬는지, 나는 짐작만 할 뿐이다. 그 황량한 숲에서 그는 친구를 지켜 냈다. 상상할 수 없는 고통과 희생을 불사하고 존 챈러를 집으로 데려왔다. 친구를 구하기 위해 그토록 많은 것을 주었건만, 어떻게 지금 와서 그 목숨을 빼앗을 수 있단 말인가? 그가 방아쇠를 당긴다면 지금껏 그가 믿어 온 모든 것이 무위로 돌아가는 게 아닌가? 실제로 폰 헬룽이 가장 기본적인 면에서 옳았음을, 사랑이야말로 모든 인간을 먹어 치우는 괴물이라는 그의 주장이 사실이라는 것을 보여 주지 않는가 말이다.

한때 존 챈러였던 검은 찌꺼기가 무시무시한 속도로 박사의 손에서 총을 쳐서 떨어뜨렸다. 어찌나 빨랐는지 내 눈에는 희미한 잔상만 남았을 뿐이었다. 놈은 그를 바짝 끌어당기더니 뮤리엘과 존이 그에게 무엇을 주었는지, 그리고 그가 그 보답으로 그들에게 무엇을 주었는지 똑똑히 보여 주었다. 이게 바로 사랑의 얼굴이지.

그리고 놈은 그들의 입술로 그의 입술을 덮었다.

다음 순간 나는 은도금이 된 나이프를 손에 꼭 쥐고 벌떡 일어났다. 그러고는 그 얇은 목에 나이프를 손잡이까지 힘껏 찔러 넣었다. 짐승은 마치 외투에 내려앉은 보푸라기를 털어 내듯이 등을 흔들어 나를 가볍게 떨쳐 냈다. 박사는 놈의 밑에서 몸부림치고 있었다. 놈은 새까만 손톱을 세워 박사의 코와 눈을 짓누르며 자신의 입술로 박사의 입을 봉했다. 그 짐승은 입맞춤으로 그를 질식시키고 있었다.

나는 뛰어올라 그것의 등에 매달렸다. 폰 헬룽의 말이 귓전에서 메아리쳤다. 은이야. 은총알이나 은칼로 심장을 명중시켜야 하네. 다른 부위는 아무 소용도 없어!

나는 놈이 나를 껴안던 것을 흉내 내듯 놈의 몸뚱이에 팔을 두르고 나이프를 높이 쳐들어 헐떡이는 가슴에 은으로 도금된 칼날을 다시금 찔러 넣었다.

해골처럼 얇고 가느다란 몸뚱이가 갑자기 경련을 일으켰다. 뮤리엘의 입술 뒤에서 피투성이 입이 벌어지더니 짐승처럼 고통스러운 비명을 내질렀다. 놈은 몸을 세워 나를 흔들어 떨쳐 내더니 바닥으로 쓰러졌다. 다시 일어났다가, 다시 쓰러졌다. 가냘프게 우는 소리를 내며 태아처럼 둥글게 몸을 말았다.

고통과 갈망이 잔뜩 고인 노란 눈이 번득거리며 내 눈을 찾았다. 나는 머리 위로 칼날을 높이 치켜들었다. 인간의 가면 아래, 짐승 속에 숨어 있던 무언가가 되살아났다. 존 챈러는 미소 지었다. 그의 심장이 최후의 일격을 맞이하기 위해 힘껏 튀어 올랐다.

"빌어먹을!" 박사의 목소리가 내 귀를 울렸다. "빌어먹을, 도대체 왜 그런 거야?"

그는 나를 옆으로 밀쳐 내더니 자신을 공격한 범인을 무릎 위에 눕혔다. 이제 놈은 가여울 정도로 작고 나약해 보였다. 방금 전까지 존재하던 분노의 화신과는 전혀 다른 모습이었다. 괴물학자가 한 손으로 상처를 눌렀다. 어두침침한 불빛 아래, 죽어 가는 사내의 심장이 파닥거릴 때마다 타르처럼 거무죽죽한 피가 박사의 손가락 사이로 흘러내렸다. 워스롭은 다정한 손길로 그들이 함께 사랑했던 여인의 얼굴을 벗겨 내고, 그가 황량함 속으로 내몰았다고 생각한 친구의 눈을 들여다보았다. 박사는 결국 그곳에서 친구를 구해 오지 못했다. 황량함은 그의 마음속에 있었다.

"안 돼, 안 돼, 안 돼." 펠리노어 워스롭은 울음을 터뜨렸다. 무력한 인간에 불과한 이의 흐느낌이었다.

29장

“내가 줄 수 있는 선물이 있었건만.”

괴물학 연례 학회의 마지막 날인 금요일, 내 스승이 의자에서 일어났다. 회장은 돌연 숙연해졌고 백 명의 괴물학자들은 의자에서 몸을 기울이며 그가 폰 헬룽에게 그들 학문의 위태로운 미래에 대해 어떻게 화답할지 숨을 죽여 기다렸다. 만일 그가 실패한다면 괴물학은 쇠락의 길을 걷게 될 것이다. 괴물학 연구자들은 그 순간부터 영원히 웃음거리가 되어 조롱당할 것이며 “진짜” 과학자가 아닌 정신 나간 유사과학자로 전락할 것이다.

폰 헬룽은 매우 설득력 있는 논거를 제시했을 뿐만 아니라 논문은 물론 유명한 증인까지 소환했다. 그가 “불가피한 증거”라고 부르는 윌리엄 헨리, 바로 그의 발제를 반박할 반대파 대변인의 제자였다!

나는 워스롭 박사의 연설이 연습 때처럼 어색하고 딱딱하며 거의 고문에 가까울 정도로 복잡하고 두서가 없을 것이라고 예견했는데 과연 그는 나의 기대를 저버리지 않았다. 듣고 있기조차 괴로울 정도였지만 참석자들은 모두 예의 바르게 그의 말을 경청했다.

진짜 볼거리는 워스롭이 발언권을 양보해야 하는 질의응답 시간에 있었다.

폰 헬룽은 망설이지 않고 첫 번째 질문을 던졌다.

"친애하는 동지이자 나의 전 제자인 존경하는 워스롭 박사, 당신의 논리정연하고 굉장히 솔직한 반론에 감사하는 바요. 아주 인상적이고, 솔직히 말해 열정적이라고까지 표현할 수 있는 반론을 듣게 되어 매우 영광이며, 나한테는 거의 과찬이라는 느낌까지 드는군요. 내가 참 잘 가르쳤어요. 그렇지 않습니까?"

그는 좌중의 짧은 웃음소리에 동참했다.

"그러나 발언대를 내려가기 전에 먼저 몇 가지 질문을 던져야겠군요. 경애하는 박사님만 괜찮다면……. 고맙군요. 벌써 시간이 늦었다는 건 나도 압니다. 모두들 잡아타야 할 기차도 있고, 돌아가야 할 집과 가족과…… 그래요, 어서 빨리 하던 일로 돌아가고 싶겠지요. 그리고…… 이젠 땅에 묻어야 할 친구들도 있습니다. 애석한 일이지요. 하지만 그게 바로 인류의 발전을 위해 우리가 치러야 할 대가이기도 합니다. 그라부아 박사는 그 점을 잘 이해하고 있었고, 기꺼이 받아들였습니다. 우리 모두가 그렇지요. 존마저도……."

그의 목소리가 갈라졌다.

"잠시 이야기가 벗어났군요. 자, 내가 워스롭 박사에게 하고 싶은 질문은, 마인 프로인드, 이 기괴하고도 유감스러운 사건에 대한 당신의 가설이 옳다면 그 짐승에 관한 당신 제자의 증언은 어떻게 설명할 것이오?"

"이미 설명하지 않았습니까." 박사가 경직된 목소리로 대답했다. 턱의 부기는 다소 가라앉았지만 그는 아직도 말을 할 때마다 통증을 느꼈다. "증거는 그의 목에 있는 상처처럼 명백합니다."

"그 상처란 올고이 코르고이에게 물린 자국을 말하는 거지요? 소년이 증언한 사건 이전에 겪은 사고 말입니다."

"바로 그겁니다. 그 생물의 독에 대해서는 다름 아닌 지금 이 자리에 참석해 있는 몇몇 학자들이 아주 훌륭한 논문을 발표한 바 있지요."

"그렇지만 소년이 독에 노출된 순간 아돌퍼스 에인스워스가 곧장 해독제를 투여한 것으로 알고 있는데요."

"그 부분 역시 많은 문헌에 정확히 기록되어 있습니다." 박사가 이를 갈며 대답했다. "코르고이 독의 희생자는 해독제를 투여받은 후에도 간헐적인 후유증을 겪는다는 사실 말입니다."

"그렇다면 헤르 윌리엄 제임스의 증언에 대한 당신의 해명은 그게 전부 꿈이라는 겁니까?" 폰 헬룽이 부드러운 웃음소리를 냈다.

"환각이 보다 정확한 용어겠지요."

"제임스 헨리가 우티코가 바람 위에서 그를 부르는 소리를 듣지 못했다고요?"

"당연히 그런 걸 들었을 리가 없지요."

"그리고 우티코가 바람을 타고 그를 몬스트러마리움까지 데리고 간 게 아니란 말입니까?"

"그 점에 대해서는 제가 당신에게, 그리고 여기 참석한 모든 회원 여러분께 눈을 감고 그 장면을 한번 상상해 보라고 하고 싶군요."

곳곳에서 어설픈 박수 소리가 들렸다. 워스롭이 점수를 딴 것이다.

"그렇다면 그가 어떻게 아이를 사건이 발생한 건물의 지하실에서 여기까지 데려왔는지 설명해 보시지요. 택시라도 탔답니까?"

커다란 웃음소리가 터져 나왔다. 방금 전의 미적지근한 박수 소리보다 훨씬 컸다. 이번에는 폰 헬룽이 점수를 얻은 것이다.

"여기까지 지고 왔겠지요."

"걸어서요."

"물론이죠. 어둠을 틈타 이동했을 겁니다."

"알겠습니다." 폰 헬룽은 사뭇 진지한 척 고개를 끄덕이며 말했다. "그렇다면 최초에 발생한 사건으로 돌아가 보지요, 워스롭 박사. 당신의 주장은 이 생물이……."

"존. 그의 이름은 존입니다."

"그래요. 한때는 존이었지."

"항상 존일 겁니다."

"당신의 주장은 그가 건물 4층에 있는 병실에서 뛰어내려……."

"내 주장은 그가 창문을 통해 탈출했다는 겁니다. 홈통을 타고 지붕으로 올라갔든 바닥으로 내려갔든, 어쨌든 탈출한 거지요. 당신이 말한 것처럼 '바람을 타고' 날아간 게 아니란 말입니다. 등에서 날개가 돋았다면 모를까, 하지만 당신이라면 정말로 그랬다고 주장할 테지요."

"그리고 다른 증인들도 있지요. 그들에 대해서는 뭐라고 할 겁니까?” 나이 든 오스트리아인이 손에 진술서 한 뭉치를 쥐고 흔들었다. “이들 역시 데스웜의 불운한 희생자라고 말할 겁니까?”

워스롭은 얼굴을 찌푸린 채 좌중의 요란한 폭소가 잦아들기를 기다렸다. “저로서는 그들이 일종의 집단 히스테리의 희생자일지 모르며, 판매부수를 올리기 위해 안달 난 언론에 의해 그 증세가 더욱 악화되었을 수 있다는 것 외에는 말씀드릴 수가 없군요.”

“그래서 귀하는 이 존엄한 위원회가 73명이나 되는 증인들의 증언을 거부하길 바란다는 말입니까? 도대체 무슨 근거로 말입니까? 당신이 그런 일은 있을 수 없다고 주장한다는 이유로 말인가요, 워스롭 박사? 그런 겁니까? 하지만 그게 바로 귀하가 나를 비난하는 이유가 아닙니까? 내 주장이 증거를 바탕으로 하는 게 아니라 단순한 추론일 뿐이라고 말입니다.”

“나는 당신이 사실을 추론한다고 비난하는 게 아닙니다, 박사. 당신이 사건의 진상을 날조했기 때문에 비난하는 겁니다.”

“좋습니다!” 폰 헬룽이 과장된 몸짓으로 책상 위에 종이 뭉치를 내던지며 외쳤다. “어디 말씀해 보시지요. 여기 모인 모두에게 진실을 깨우쳐 주시오, 박사. 무엇이 피에르 라로세를 살해했습니까? 그의 피부를 벗기고 심장을 뜯어 먹고 시신을 나뭇가지에 꿰어 놓은 건 무엇입니까? 무엇이 조너선 호크 경사를 지상에서 12미터 위로 끌고 올라가 나무 꼭대기에 올려놓았지요? 우리의 친애하는 동료는 그 황량한 숲에서 무엇을 발견했으며, 무엇이 그에게 이런 짓을 했습니까?” 폰 헬룽이 이글거리는 조명 아래 시신이 누워 있는 부검대를 가리켰다.

"나는 모릅니다." 박사는 신중하게 대답했다. "그가 뭔가를 발견하긴 했는지도 의심스럽군요." 그는 의자에서 일어났다. 나는 당장이라도 그의 옆으로 달려가고 싶은 충동을 억눌렀다. 그는 금방이라도 쓰러질 것처럼 보였다.

"나는 누가 피에르 라로세를 살해했는지 모릅니다. 미신에 사로잡힌 원주민이 그랬을 수도 있지요. 불만을 품은 채권자나 도박 빚을 독촉하던 사람이 범인일 수도 있습니다. 어쩌면 존이 자신을 사로잡은 악마에게 굴복해 그런 짓을 저질렀을지도 모릅니다. 언젠가 사건의 진상이 밝혀질 날이 과연 올지 모르겠군요. 호크의 경우에는…… 분명히 산림열에 걸린 겁니다. 나 또한 그보다 나은 설명이 있나 자문해 보았지요……. 그는 하늘에서 떨어진 것인가 아니면 나무에 올라간 것인가? 그의 절반 정도 되는 체구의 소년이 나무에 오를 수 있었습니다. 그러니 그도 그럴 수 있지 않았겠습니까?"

워스롭이 친구의 시신을 잠시 쳐다보다가 이내 고개를 돌렸다.

"그리고 존…… 아마 가장 중요한 점은 이것이겠죠. 존 챈러에게 무슨 일이 있었는가? 당신은 그를 괴물로 여길 테고, 그렇게 부를 것입니다. 그의 범죄를 부인하는 게 아닙니다. 그가 나로서는 이해할 수 없는 문제로 끔찍한 고통을 겪었다고 말하는 것도 아닙니다. 바로…… 글쎄요, 아마도 나는 이 땅에서 그가 심은 씨앗을 무시하는 유일한 정원사겠지요. 그렇지만 나는 이렇게 말할 것입니다."

괴물학자의 목소리가 돌연 경건해졌다.

"나는 그가 우리의 기대에 부응하려고 최선을 다해 노력했다고 말할 것입니다. 당신은 그가 괴물이길 바랐지요, 그리고 그는 당신의 기대에 충실했습니다. 그렇지 않았나요, 마이스터 아브람? 그는 당신의 허황된 꿈을 충족시키고도 남았어요. 우리는 타인이 우리를 보는 바로 그런 존재가 되기 위해 간절히 노력하는 경향이 있습니다. 그렇지 않습니까?

나는 그를 구하고 싶었습니다. 처음부터 그를 위해서라면 내 목숨까지 내려놓을 각오가 되어 있었지요. 아마 그보다 더 위대한 사랑은 없을 겁니다……."

박사는 감정에 북받쳐 말을 잇지 못했다. 나는 자리에서 일어나 그에게 다가가려 했다. 하지만 그가 손짓으로 나를 물렸다.

"그가 내게 물었지요. '우리가 무엇을 주었지?' 나는 그가 한 말을 전부 이해하는 척하지는 않을 것입니다. 하지만 이것만은 분명합니다. 그는 전시되지 않을 겁니다. 그렇게 되도록 내가 허락하지 않겠습니다. 당신이 그에 대한 기억을 모욕한 것처럼 그의 시신마저 모욕하도록 내버려 두지 않을 겁니다. 그것이 내가 그에게 줄 수 있는 전부입니다. 나는 내 친구를 묻을 것이고, 그런 나를 가로막으려는 자가 있다면 맹세코 죽여 버릴 겁니다."

그는 눈을 들어 청중을 바라보았고, 그들은 그의 곧고 고결한 눈빛을 마주치지 못했다.

"이제 투표를 시작하십시오. 더 이상 질문에는 답변하지 않겠습니다."

투표가 시작된 후 박사와 나는 우리의 특별석으로 돌아왔다. 투표는 폰 헬룽의 요청에 따라 무기명으로 진행되었다. 워스롭은 가슴에 팔짱을 끼고 머리는 팔걸이에 기댄 채 긴 의자에 드러누워 있었다. 그는 투표가 어떻게 진행되고 있는지 지켜보길 거부하며 화려하게 장식된 천장만을 응시하고 있었다.

우리 사이에는 어색한 침묵이 자리 잡고 있었다. 챈러가 죽은 후, 그는 내게 거의 말을 걸지 않았다. 나를 쳐다볼 때면 화가 났다기보다는 난처해한다는 느낌을 받았다. 친우를 구할 일말의 가능성도 없다는 그의 확고한 믿음으로 시작된 이 일은 궁극적으로는 친우를 구하고야 말겠다는 못지않은 확고부동하고 간절한 믿음으로 발전했지만, 그의 믿음은 결국 나로 인해 산산조각 나고 말았다. 이 세상 최후의 순간까지 그와 하나로 묶여 있을 마지막 영혼, 그의 이해력이 미치는 영역에서 벗어나 있는 유일한 인물, 그것이 나였다.

따라서 나로서는 그가 우리 사이에 세운 벽을 넘어야겠다고 결심하는 데에는 적지 않은 용기가 필요했다.

"워스롭 박사님?"

그는 숨을 깊이 들이쉬었다. 그러고는 두 눈을 지그시 감았다.

"그래, 윌 헨리. 왜 그러느냐?"

"어떻게, 어, 죄송해요. 그렇지만 너무 궁금해서요. 제가 몬스트러마리움에 있다는 걸 어떻게 아셨어요?"

"네 생각은 어떠냐?"

"우릴 본 사람이 있었나요?"

그는 고개를 가로저었다. 눈은 여전히 감은 채였다.

"다시 생각해 보렴."

"어, 도브로기누 박사님이 우리를 거기까지 따라왔나요?"

"아니. 그는 네가 사라진 걸 알고는 바로 폰 헬룽을 찾아갔다."

"그럼 추측하신 거네요." 나는 결론을 내렸다. 그것 말고는 달리 설명할 방법이 없었다.

"아니, 나는 추측하지 않았다. 챈러 저택의 참사에서 배운 교훈을 응용했지. 그날 배운 교훈이 뭐지, 윌 헨리?"

아무리 생각해 봐도 그 끔찍한 사건에서 배울 점이라고는 단 한 가지도 떠올릴 수가 없었다. 침실 문 위에 놓이랍시고 휘갈겨 놓은 문구를 제외하고는 말이다. 삶이란.

"존이 알려 줬다." 괴물학자가 설명했다. "뮤리엘을 어디서 찾아야 할지 가르쳐 준 것처럼 말이다. 도브로기누가 네가 실종되었다는 소식을 전하자마자 나는 그가 너를 어디로 데려갔는지 알아차렸다. 그가 뭐라고 했지? '널 괴물원에 전시할 거야. 자기가 잡은 온갖 고약한 괴물들을 전시하는 곳 말이다.'" 그는 슬며시 눈을 뜨고 고개를 들어 난간 너머를 내려다보았다. "흠…… 시간이 좀 걸리는구나. 좋은 징조인지 나쁜 징조인지 모르겠군." 그는 다시 머리를 뉘었다. "그건 그렇고 노바코바네 소녀의 시신을 발견했다. 지하실 물을 빼고 나니 나왔다더구나."

지하실에서 발견된 희생자는 그 소녀 말고도 또 있었다. 박사가 내 침울한 얼굴을 보고 말했다.

"네가 할 수 있는 일은 아무것도 없었다, 윌 헨리."

"제가 한 일이 그거예요. 아무것도 안 한 거요."

"너는 죄책감을 느낄 필요가 없다. 그런다고 아기가 살아나거나 과거가 바뀐다더냐? 나라도 너와 똑같이 했을 거다. 그런 상황에서는 누구나 그랬을 거야. 네가 그 아기를 데려왔다고 치자. 그날 밤 네 잘못된 이타주의 때문에 얼마나 많은 다른 희생자가 나왔을 것 같으냐? 살다 보면 어려운 선택을 해야 할 때가 있다, 윌 헨리. 그리고 특히 괴물학자는 그런 선택을 자주 해야 하지."

그는 내 대답을 기다렸다. 그는 내가 그의 말에 맞장구를 치리라는 것을 알고 있었다. 나는 항상 그랬으니까. 집에 불이 났는데 내가 기름을 부으라고 하면 그때도 너는 '네, 박사님! 네, 박사님!' 하다가 우리 둘을 하늘나라에 보내겠지!

"그 애를 구했어야 했어요."

"구한다고? 무엇으로부터 말이냐? 너는 그때 존이 건물 안에 있는 것도 모르고 있었잖아."

"그래도 그 애를 구했어야 했어요." 나는 거듭 말했다.

"그래. 네가 그랬다고 치자. 그리고 누구네 집 애인지도 알아냈다고도 하자. 그래 봤자 그 애는 첫 돌도 살아서 넘기지 못했을 거다. 왜냐하면 그게 사실이니까, 윌 헨리. 그게 바로 빈민가의 현실이라는 거다. 한 괴물에게서 구해 봤자 또 다른 살인마 괴물한테 붙잡히는 거야."

나는 고개를 가로저었다. "그래도 그 애를 구했어야 했어요." 나는 세 번째로 말했다.

그의 얼굴이 시뻘겋게 달아올랐다. 검은 눈이 이글거렸다. 그는 내가 더 이상 비굴하게 굴지 않게 되었다고 해서 이렇게 건방지게 말대꾸를 하리라고는 상상도 못 했을 것이다.

"왜?" 그가 물었다.

"왜냐하면 그게 제가 할 수 있는 일이었으니까요."

내 스승이 사랑하는 두 사람은 챈러 가의 묘지에 나란히 묻혔다. 아무리 제멋대로인 자식이라도 자식은 자식이기 때문이다. 부친 챈러는 워스롭에게 말을 걸지 않았다. 장례식장에서 몇 마디 협박을 내뱉은 게 고작이었다. 간단히 요약하자면, 그는 워스롭을 마지막 동전 한 푼까지 탈탈 털어 빈털터리로 만들고야 말겠다고 겁박했고 워스롭은 이렇게 대답했다. "뜻대로 하시죠. 하지만 적어도 현미경은 남겨 주셨으면 좋겠는데요."

장례식에는 폰 헬룽과 동료 괴물학자들도 참가했다. 그중에는 추격대의 생존자들도 포함되어 있었다. 도브로기누는 내 손을 붙잡고 엄숙하게 흔들며 워스롭 박사에게 이토록 용감하고 영민한 조수가 있어 다행이라고 말했다.

릴리도 왔다. 어떻게 폰 헬룽을 설득했는지는 알 수 없지만, 마차에서 뛰어내린 그녀는 검은 드레스를 입고 곱슬머리에는 검은 리본을 매고 있었는데 장례식 내내 내 옆에 앉아 있었고 한 번은 내 손을 잡아 주기도 했다. 나는 굳이 뿌리치지 않았다.

"그럼 이제 가는 거구나." 그녀가 말했다. "작별인사도 안 하고 갈 작정이었어?"

"난 박사님을 모시는 처지인걸." 내가 대답했다. "내가 결정할 수 있는 문제가 아니야."

"이제까지 들은 것 중에서 제일 처량하고 불쌍한 말이네. 나 보고 싶어 할 거야?"

"응."

"말은 잘 해요. 넌 나 하나도 안 보고 싶어 할 거야."

"보고 싶을 거야."

"그럼 작별인사로 입맞춤해 줄 테야? 아 미안. 네 박사님은 네가 나한테 작별인사로 입맞춤을 해도 괜찮으시대?"

나는 빙긋 웃었다. "여쭤볼게."

릴리는 우리가 언제 다시 만날 수 있을지 궁금해했다. 혹시 다시 학회가 열릴 때까지 1년이나 기다려야 하는 걸까?

"그 전에 박사님이 여기 오실 계획이 없으면." 내가 대답했다.

"나야말로 어떻게 될지 장담 못 하겠다, 윌." 그녀가 말했다. "네 일정에 맞추기엔 내가 너무 바쁠 거거든. 내년에는 데이트도 하게 될 거고, 그러니까 달력이 꽉 차 있을 거야." 그녀의 눈동자가 즐겁게 춤을 췄다. "내년 학회에도 올 거야? 아니면 너희 박사님이 투표에서 져서 학회를 탈퇴하는 건 아니야?"

그랬다. 박사는 패배했다. 폰 헬룽의 결의안은 아슬아슬하게 가결되었고, 그와 함께 최소한 워스롭의 마음속에서는 괴물학의 종말이 선포되었다. 그는 추방당한 병사, 미신의 바다 위를 고고하게 홀로 항해하는 이성의 배였다. 그 보답으로 그는 무엇을 얻었는가? 평생의 사랑을 바친 것이 허망한 시간 속으로 사라져 버린 지금, 자신만은 원칙을 고수했다는 빈약한 위안이 무슨 쓸모가 있을 것인가?

예상대로 박사는 그 소식을 매우 힘들게 받아들였다. 하지만 그가 보인 반응은 상당히 뜻밖이었다.

"내가 아주 심각한 실수를 범했다, 윌 헨리." 집으로 떠나기 전날 밤, 박사가 고백했다. "하지만 공동주택에서 네가 한 실수와는 달리, 내 실수는 바로잡을 수 있다. 아직 늦지 않았어."

공원 쪽 창문에 비쳐 들어오는 스산한 가을 햇살 속에서 그의 얼굴이 은은하게 빛났다. 그는 앞으로 어떤 길로 가야 할지 한 점의 의혹도 없는 사람답게 단호하게 말했다.

"존이 죽기 전에 나한테 물었지. 우리가 무엇을 주었지? 그때는 뭐라고 대답해야 할지 몰랐다. 그래, 솔직히 말하자면 나는 그런 질문을 이해할 수 있는 사람이 아니야. 내가 보기에 그건 존의 수많은 헛소리 중 하나에 불과했으니까. 그렇지만 네 아버지는 그런 걸 이해할 수 있었다. 그리고 그 재능 때문에 값비싼 대가를 치러야 했지. 알겠지만, 윌 헨리, 진짜로 중요한 것은 무엇을 주었느냐가 아니란다. 기꺼이 줄 의향이 있느냐, 무엇을 줄 수 있느냐는 것이다.

너는 복도에 그 갓난아기를 내버려 뒀지. 너는 그 아기에게 선물을 줄 수도 있었지만 단념했어. 이미 지난 일을 되돌릴 수는 없다. 네 아버지가 내게 준 것을 되돌릴 수 없는 것처럼. 하지만 내가 할 수 있는 일이 없는 건 아니지. 난 아직 존의 질문에 대답할 수 있어."

그가 나를 붙잡고 끌어당겼다. "나는 모든 것을 잃었다. 존, 뮤리엘, 심지어 내가 연구하는 학문마저도. 고독한 시간 동안 내게 유일한 위안이 되어 주었던 것이지. 그런데 그마저도 잃고 말았어. 너는 이제 내게 남은 전부다, 윌 헨리. 그리고 난 너마저 잃게 될까 봐 두렵구나."

"전 박사님 곁을 절대로 떠나지 않을 거예요." 내가 말했다. 그리고 나는 그 말을 진심으로 믿었다. "절대로요."

"잘못 생각하고 있구나, 얘야. 네가 복도에서 아기를 구해야 했던 이유가 뭐라고 했지?"

"왜냐하면 그게 제가 할 수 있는 일이었으니까요."

그가 고개를 끄덕였다. "그리고 나는 너를 구할 거다, 윌 헨리. 왜냐하면 그게 내가 할 수 있는 일이니까. 그게 바로 존의 질문에 대한 내 대답이다."

나는 비로소 그의 말을 이해했다. 저도 모르게 뒤로 물러나는 다리가 후들거렸다. 방 안이 핑핑 도는 것 같았다.

"저를 보내 버리실 거군요."

"넌 하마터면 죽을 뻔했어. 이번이 벌써 세 번째다. 계속 내 곁에 있다간 언젠가 너도 네 아버지처럼 운이 다하겠지. 그런 일이 일어나게 할 수는 없어."

"싫어요!" 나는 외쳤다. 부아가 치밀어서 목소리가 부들부들 떨렸다. "그런 게 아니잖아요. 제가 그를 죽여서 저를 버리시려는 거잖아요!"

"나한테 소리 지르지 마라, 윌 헨리." 그가 싸늘한 목소리로 경고했다.

"저한테 화가 나서 벌을 주시는 거잖아요! 제가 박사님을 구했는데! 제가 박사님 목숨을 구했는데!" 도저히 화를 억누를 수가 없었다. "뮤리엘 말이 맞았어. 두 사람 말이 다 맞았어. 박사님은 정말 형편없는 사람이에요. 자기밖에 모르고…… 박사님은 자기밖에 몰라요. 다른 건 하나도 몰라요! 하나도 모른다고요!"

"이것만은 안다." 마침내 인내심을 잃은 그가 거칠게 내뱉었다. "나만 아니었다면 뮤리엘은 아직 살아 있었을 거다. 그녀에게 선물을 줄 수도 있었건만, 난 주지 않았어. 주지 않았다고!" 그의 얼굴은 극도의 자기혐오로 일그러져 있었다. 그는 제단 앞에서 참회하는 사람처럼 가슴을 마구 두들겼다. "내가 그녀를 집으로 보냈다. 위험하다는 사실을 알면서도, 알면서도! 네가 갓난아기를 외면한 것처럼 나도 그녀를 외면했지. 그래서 무슨 일이 일어났지? 우리가 그들을 무시한 대가로 무슨 일이 일어났는지 어디 말해 봐라!"

그는 소파 위로 털썩 무너져 내렸다. 한때 아주 짧은 시간이나마, 그가 수년 전 도나우 강에 몸을 던져 거부했던 사랑을 다시 맛보았던 바로 그곳이었다.

"아, 윌 헨리." 그가 탄식했다. "우리는 정말 처량한 한 쌍이구나. 피들러가 뭐라고 했지? '그가 사랑하는 것은 그를 모르고, 그가 아는 것은 그를 사랑할 수가 없구나.' 원래는 네게 한 말이지만 실은 우리 둘 모두에게 한 말인지도 모르겠다."

그는 눈을 들어 나를 바라보았다. 그 모습이 모든 것을 잃고 낙심한 나머지 자포자기한 사람처럼 보여, 나도 모르게 그의 곁으로 다가갔다.

"절 버리지 마세요, 박사님. 제발요."

그가 손을 들었다. 그러더니 곧 떨어뜨렸다. "삶이란……." 그는 중얼거렸다. "존은 그 문장을 완성시켰지. 자기의 대답이 뭔지 알려줬어. 하지만 정말로 그게 대답일까, 윌 헨리? 마이스터 아브람은 우리는 노란 눈에 비치는 것보다 훨씬 훌륭한 존재라고 했지. 하지만 과연 그게 정말일까? 내가 존을 구했다. 너도, 나도, 그를 원시림에서 데리고 나오느라 거의 죽을 뻔했지. 내가 사랑한 유일한 여인을 죽일 수 있게 하려고 말이다!"

나는 박사의 옆에 앉았다. "그것 때문에 그 사람을 구하신 게 아니잖아요."

그는 손을 내저으며 그를 위로하려는 내 노력을 물거품으로 만들었다.

"그리고 네가 복도에 내버려 둔 갓난아기도 죽었지. 넌 그럴 의도가 아니었는데 말이다. 그래도 내 질문은 변함이 없다, 윌 헨리. 과연 존의 대답이 옳은 대답일까?"

나는 고개를 저었다. 그는 내가 인류가 걸음마 시절부터 품고 있던 그 수수께끼를 풀 수 있으리라고는 기대하지 않았다. 실은 아직까지도 그가 내게 기대했던 것이 무엇이었는지 모르겠다.

혹은, 내가 그에게 기대했던 것이 무엇이었는지도. 우리는 진심으로 처량한 한 쌍이었다. 괴물학자와 나는 뭐라 설명할 수 없는 방식으로 서로에게 묶여 있었다. 몬스트러마리움에서 그 짐승은 나를 붙들고 사랑의 "진정한 얼굴"을 보라고 종용했다. 그러나 사랑이란 여러 개의 얼굴을 갖고 있고, 노란 눈은 그것을 볼 수 있는 유일한 눈이 아니다. 풍요로움이 없다면 황량함도 없다. 짐승의 목소리만이 바람을 타고 나는 것도 아니다. 박사가 힘겹게 야생림을 헤치며 걷던 한 걸음 한 걸음에도 사랑이 깃들어 있었다. 그가 나를 품에 껴안고 얼어 죽지 않게 지켜 준 밤에도 사랑이 있었다. 두 사람의 그림자가 만나 하나가 된 그날 밤, 뮤리엘의 눈 속에도 사랑이 있었다.

그것은 늘 거기에 있다. 결코 채워지지 않는 허기처럼, 그러나 한 모금만 들이켜도 어떤 푸짐한 만찬보다도 더욱 풍족하게 우리를 채워 주는 그것이.

나는 우리 둘을 갈라 놓고 있는 공간 너머로 손을 뻗어 — 고작 몇십 센티미터도 안 됐지만 우주보다도 더 넓고 광활하게 느껴졌다. — 괴물학자의 손을 지그시 잡았다.

에필로그

2009년 11월

일기 속에 언급된 어떤 유명 인물도(토머스 에디슨, 앨저넌 블랙우드, 브람 스토커, 헨리 어빙, 존 펨버튼, 알렉산더 구스타프 에펠, 토머스 번스, 제이콥 리스) 펠리노어 워스롭 또는 괴물학과 유사한 어떤 것에 대해서도 공개적으로 언급하거나 기록을 남긴 적이 없다. 물론 그게 당대의 실존 인물들이 펠리노어 워스롭과 모르는 사이라는 증거가 되지는 못한다. 그러나 만일 그들이 실제로 워스롭을 알고 있었다면 그의 이름이나 그가 연구하는 특이한 "학문"에 관해 한 번도 언급한 적이 없다는 사실은 굉장히 이상하다. 예를 들어 나는 브람 스토커가 그 유명한 반 헬싱 교수*의 이름을 "실존" 인물인 폰 헬룽 박사에게서 따왔다는 근거를 어떤 자료에서도 찾을 수가 없었다.

* 브람 스토커의 소설 『드라큘라』의 등장인물로 뱀파이어 사냥꾼의 대명사이다.

1910년에 출간된 블랙우드의 소설은 웬디고라는 존재를 유명하게 만들었고 덕분에 블랙우드는 호러 장르에서 명성을 다질 수 있었다. 그 소설이 윌 헨리가 일기의 4권에서 다룬 이야기에서 파생되었거나 혹은 거기서 영감을 얻었다는 증거는 찾을 수 없었지만 제노 클럽에서의 대화를 볼 때 분명히 그러한 해석을 의도한 듯 보인다. 덧붙여 나는 제노 클럽이 실재했다는 기록 또한 발견하지 못했다.

신문기록 보관소를 샅샅이 뒤졌지만 책의 첫머리에 제시된 것과 같은 신문기사를 찾는 데에는 실패했다. 그리고 6권에 묘사된 것과 같은 살인사건에 대해 블랙우드나 다른 기자가 쓴 기사도 찾지 못했다. 챈러라는 이름이 언급된 기사는 물론이요, 미국의 리퍼가 뉴욕 시를 돌아다니고 있다는 기사도 발견하지 못했다. 윌 헨리의 기록 가운데 그 부분—폰 헬룽의 서고 벽에 신문기사 쪼가리들이 붙어 있었다는—은 의심할 여지없이 그가 지어낸 것이다. 뉴욕 명문가가 스캔들에 관련되었다면 그 당시 신문이 다루지 않았을 리가 없었기 때문이다. 그리고 만일 그것이 사실이 아니라면 이 기록 전체에 대해 의심을 품을 수밖에 없다……. 하지만 나는 이 일기가 허구의 산물에 불과하다고 늘 의심하지 않았던가?

사건의 사실 여부를 증명하는 데 실패한 나는 결국 일기 자체로 관심을 돌리기로 했다. 게인즈빌에 있는 플로리다 대학의 필체 분석가에게 연락을 취했더니, 고맙게도 이 일기장을 살펴봐 주었다. 그는 다음과 같은 분석 결과를 보내왔다.

필자는 정규 교육을 받았고, 최소 중등학교 이상의 교육을 거쳤으며 어쩌면 대학 교육을 받았을 수도 있다…….

필자는 대단히 꼼꼼하고 까다로운 성향을 지녔다. 외모는 극도로 깔끔하고 실수에 민감하며, 특히 남들이 생각하는 자신의 모습과 외모에 예민하다…….

필자는 성격장애를 앓고 있을 수도 있으나 글의 일관성을 볼 때 실제로 그럴 가능성은 희박하며 정신분열이나 다른 심각한 정신병을 앓고 있을 가능성도 낮다. 망상에 시달리고 있을 확률도 낮다. 필자는 습관과 반복된 일상, 완전한 예측성을 선호한다. 낯선 상황에서는 극도의 불편함을 느낄 것이다. 수줍고 내향적인 성격이며, "실천가"보다는 "전달자" 또는 "사색가"에 가깝다.

그는 윌 헨리가 관절염을 앓고 있을 가능성이 있으며 어쩌면 양극성 장애가 있을 수 있고, 장기간 친구나 가족 없이 고독한 삶을 보냈을 것이라고 추측했다. 외모에 민감한 사람일 것이라는 대목이 특히 흥미로웠는데, 하수구에서 발견되었을 당시 윌 헨리는 더럽고 오물투성이에 옷은 너덜너덜하고 수염은 덥수룩하고 머리카락은 길고 배배 꼬여 있었기 때문이다. 깔끔하고 위생적인 것을 좋아했던 사람이 어떻게 그런 지경에 이르게 되었을까? 또 다른 의외의 사실은 "그가 망상에 시달리고 있을 가능성이 낮다"는 것이었다.

웬디고. 몽골리언 데스웜. 정체를 알 수 없는 효소를 배출해 숙주에게 비정상적으로 긴 수명을 선사하는 기생체. 그런데도 이 사람이 망상증 환자가 아니라고? 필체 분석은 고도의 예술일 뿐만 아니라 분명한 과학 분야다. 그럼에도 나는 그 분석이 너무나도 당혹스러웠다.

하지만 곰곰이 생각해 보니 윌 헨리(정말로 윌 헨리든 아니든)가 작가라면 아무 문제도 없다는 생각이 들었다. 소설을 쓴다고 망상증 환자가 될 필요는 없는 것이다. 게다가 소설은 누구나 쓸 수 있지 않은가. 허구의 이야기란 체계적인 망상이다. 작가가 윌 헨리라는 사람의 삶에 관해 썼다고 해서 그것이 작가의 삶일 필요는 없다.

내가 바라는 것은 이 일기를 출간함으로써 — 앞 권을 출간했을 때처럼 — 윌 헨리의 정체에 대한 실마리를 찾는 것이다. 요양원 원장은 내게 중요하지 않은 사람은 없다고 했다. 어딘가 그를 아는 사람이 분명히 있을 것이다. 윌리엄 제임스 헨리라는 이름은 아닐지라도, 누군가는 그를 알고 있을 것이다. 그러므로 어느 날 나는 메일함을 열었을 때, 또는 전화벨이 울렸을 때, 마침내 그 해답을 얻을 수 있길 바란다. 이 책에 실린 마지막 일기장을 읽었을 때 나는 드디어 윌 헨리가 황량함 속을 헤매던 — 그와 그의 신비로운 스승에게 힘든 역경이었던 — 삶의 여정의 끝에서 자기 자신을 발견했다고 생각했다. 어쩌면 나의 임무도 — 그렇게 부를 수 있을지 모르겠지만 — 그를 찾는 것이 아니라 다시 데려오는 것일지 모른다. 그가 누구인지, 누구와 함께 살았는지를 찾아낼 수 있다면 윌 헨리를 집으로 데려올 수 있을지 모른다.

옮긴이 | 박슬라

연세대학교에서 영문학과 심리학을 전공했으며, 현재 전문 번역가로 활동 중이다. 옮긴 책으로는 『스틱!』, 『부자 아빠의 투자 가이드』, 『사라진 내일』, 『샤르부크 부인의 초상』, 『한니발 라이징』 등이 있다.

몬스트러몰로지스트 시리즈-2권

웬디고의 저주

1판 1쇄 찍음 2017년 5월 19일
1판 1쇄 펴냄 2017년 5월 26일

지은이 | 릭 얀시
옮긴이 | 박슬라
발행인 | 김세희
편집인 | 김준혁
펴낸곳 | 황금가지

출판등록 | 2009. 10. 8 (제2009-000273호)
주소 | 06027 서울 강남구 도산대로 1길 62 강남출판문화센터 5층
전화 | **영업부** 515-2000 **편집부** 3446-8774 **팩시밀리** 515-2007
홈페이지 | www.goldenbough.co.kr

도서 파본 등의 이유로 반송이 필요할 경우에는 구매처에서 교환하시고
출판사 교환이 필요할 경우에는 아래 주소로 반송 사유를 적어 도서와 함께 보내주세요.
06027 서울 강남구 도산대로 1길 62 강남출판문화센터 6층 민음인 마케팅부

ISBN 979-11-5888-262-4 04840(2권)
ISBN 979-11-5888-260-0 04840(set)

㈜민음인은 민음사 출판 그룹의 자회사입니다.
황금가지는 ㈜민음인의 픽션 전문 출간 브랜드입니다.